Richard Wright
Native Son

·

미국의 아들

창비세계문학
2

미국의 아들

리처드 라이트
김영희 옮김

창비

차례

•

일러두기

1. 이 책은 Richard Wright, *Richard Wright: Early Works* (Library of America 1991)를 번역 저본으로 삼았다.
2. 본문 중의 각주는 옮긴이의 것이다.
3. 외국어는 가급적 현지 발음에 준하여 표기하되, 일부 우리말로 굳어진 것은 관용을 따랐다.

어린 나를 무릎에 앉히고 공상과 상상의 세계를
우러러보게 가르쳐주신 내 어머니께

오늘 또 이 억울한 마음 털어놓지 않을 수 없고
그의 육중한 손에 눌려 신음 소리조차 내지 못하겠구나.
―욥기

1부
두려움

때르르르르르르르르르릉!

어둡고 조용한 방에 자명종 소리가 울려퍼졌다. 침대 용수철이 삐걱거렸다. 여자 목소리가 짜증스럽게 고함을 질렀다.

"비거, 그것 좀 꺼!"

양철을 두드리는 듯한 금속성 울림 너머로 투덜대는 소리가 들렸다. 마룻바닥 위로 맨발이 휙 가로지르더니 자명종 소리가 뚝 멎었다.

"불 켜, 비거."

"알았어요." 잠결에 중얼거리는 소리가 들렸다.

빛이 방에 흘러넘치며 두 철제 침대 사이의 좁은 틈에서 손등으로 눈을 비비며 서 있는 흑인 소년의 모습이 드러났다. 그의 오른쪽 침대에서 여자가 다시 말했다.

"버디, 어서 일어나! 오늘은 빨래거리가 많으니 모두 밖으로 나가주면 좋겠다."

또다른 흑인 소년이 침대에서 몸을 굴려 바닥에 섰다. 여자도 잠옷 차림으로 일어났다.

"옷 입게 고개 돌려." 그녀가 말했다.

두 소년은 눈을 돌려 저 구석 쪽을 바라보았다. 여자는 급히 잠옷을 벗고 헐렁한 바지를 걸쳤다. 그리고 자기가 일어난 침대 쪽으로 몸을 돌리고 소리를 질렀다.

"베라, 어서 일어나!"

"몇신데, 엄마?" 이불에 싸여 잘 들리지 않는 앳된 목소리가 물었다.

"일어나라니까!"

"알았어요, 엄마."

면 잠옷을 입은 갈색 피부의 소녀가 일어나 팔을 머리 위로 뻗으며 하품을 했다. 그러곤 잠에 취한 채 의자에 앉아 주섬주섬 양말을 신었다. 두 소년은 어머니와 누이가 부끄럽지 않을 정도의 옷을 걸치는 동안 얼굴을 돌리고 있었다. 그리고 소년들이 옷을 입는 동안은 어머니와 누이가 그렇게 했다. 돌연 모두 동작을 멈추고, 옷을 손에 든 채, 엷게 회칠한 벽에서 나는 가볍게 두드리는 소리에 귀를 곤두세웠다. 그들은 부끄러움을 덜기 위한 밀약도 잊고 불안이 가득한 눈으로 바닥을 여기저기 훑었다.

"또 나타났다, 비거!" 여자가 비명을 지르자 작은 단칸방 아파트 안은 감전이라도 된 듯 격렬한 움직임으로 가득 찼다. 옷을 반쯤 걸치고 양말을 신은 여자가 헐레벌떡 침대 위로 기어오르는 통에 의자 하나가 넘어졌다. 맨발 바람의 두 아들은 긴장하여 꼼짝도 않고 서서, 눈으로 침대와 의자 밑을 열심히 더듬었다. 소녀는 구석께로 달려가 허리를 반쯤 구부리고 속치마 가장자리를 두 손으로 그러쥐고 무릎 위로 단단히 여몄다.

"아! 아!" 소녀는 울먹였다.

"저기 있다!"

여자가 떨리는 손으로 가리켰다. 공포에 얼이 나가 눈이 휘둥그레졌다.

"어디요?"

"안 보여요!"

"큰오빠, 트렁크 뒤에 있어!" 소녀가 훌쩍이며 말했다.

"베라!" 여자가 고함을 쳤다. "이리 침대로 올라와! 물면 어쩌려고 그래!"

베라가 필사적으로 침대 위로 기어오르자 여자가 붙들어주었다. 검은 어머니와 갈색의 딸은 서로 꼭 부둥켜안고는, 입을 벌린 채 구석에 놓인 트렁크를 바라보았다.

비거는 정신없이 방을 둘러보더니 커튼으로 달려가 벌컥 열어젖히고는 화로 위 벽에서 묵직한 쇠 프라이팬 두개를 움켜잡았다. 그는 휙 돌아서서 트렁크에 시선을 붙박은 채 소리 죽여 동생을 불렀다.

"버디!"

"응?"

"자, 이 프라이팬 받아."

"알았어."

"이제 문 옆으로 가!"

"알았어."

버디는 문 옆에 웅크리고는 프라이팬 손잡이를 잡고 팔을 구부려 자세를 잡았다. 네 사람의 깊고 가쁜 숨소리뿐 아무 소리도 들리지 않았다. 비거는 프라이팬을 꽉 움켜쥐고 트렁크 쪽으로 살금살금 다가갔다. 그의 눈은 자기 앞 나무 바닥을 샅샅이 살피느라 이리저리 춤추었다. 그는 동작을 멈추더니 눈 하나 근육 하나 꼼짝하지 않은 채 말했다.

"버디!"

"어?"

"빠져나가지 못하게 저 상자로 구멍을 막아!"

"알았어."

버디는 나무상자로 달려가 벽 가장자리에 빠끔히 벌어진 구멍 앞으로 상자를 잽싸게 밀어놓고는, 다시 문으로 돌아와 프라이팬을 들고 섰다. 비거는 천천히 트렁크로 다가가 그 뒤쪽을 조심스럽게 들여다보았다. 아무것도 보이지 않았다. 그는 조심조심 맨발을 뻗어 트렁크를 몇 인치 밀었다.

"저겼다!" 어머니가 또 비명을 질렀다.

커다란 검은 쥐가 찍찍거리며 비거의 바짓가랑이에 훌쩍 올라붙어 이빨로 물어뜯었다.

"에이 씨!" 비거는 거칠게 중얼대면서 빙빙 돌며 온 힘을 다해 다리를 털어댔다. 격렬한 동작에 쥐는 떨어져나가 허공을 가르고 벽에 가 부딪혔다. 놈은 즉시 몸을 굴리더니 다시 달려들었다. 비거가 슬쩍 피하자 쥐는 탁자 다리에 쾅 부딪혔다. 비거는 이를 악물고 프라이팬을 집었다. 빗나갈까봐 던지기가 겁났다. 쥐는 찍찍거리며 돌아서서 숨을 곳을 찾아 작은 원을 그리며 빙글 돌았다. 그놈은 다시 풀쩍 뛰어오르더니 비거를 지나쳐 상자 이쪽저쪽으로 바스락거리며 허둥지둥 종종걸음으로 구멍을 찾았다. 그러더니 돌아서서 뒷발로 섰다.

"내리쳐, 형!" 버디가 소리쳤다.

"죽여버려!" 여자가 악을 썼다.

쥐의 배는 공포로 헐떡거렸다. 비거가 한발짝 다가가자 쥐는 새까만 구슬 같은 눈을 반짝이며 작은 앞발로 허공을 초조하게 할퀴어댔다. 그리고 대들듯이 길고 가는 소리를 냈다. 비거는 프라이팬을 던졌다. 그것은 빗나가 바닥 위로 미끄러지며 벽에 부딪혀 쨍그랑 소리를 내며 멈췄다.

"에이 씨!"

쥐가 펄쩍 뛰어올랐다. 비거는 한쪽으로 휙 비켜섰다. 쥐는 의자 밑에 멈추고는 독이 올라 찍찍거렸다. 비거는 천천히 뒷걸음질로 문 쪽으로 갔다.

"버디, 그 프라이팬 이리 줘." 그는 쥐에서 눈을 떼지 않고 침착하게 속삭였다.

버디가 손을 내밀었다. 비거는 프라이팬을 받아 공중에 높이 쳐들었다. 쥐는 허겁지겁 바닥을 가로질러 다시 상자 있는 데서 멈추고 다급히 구멍을 찾았다. 그러더니 다시 뒷발로 서서 길고 누런 송곳니를 드러내고 배를 떨며 날카롭게 찍찍거렸다.

비거는 겨냥한 다음 무겁게 꿍 소리를 내며 프라이팬을 던졌다. 상자가 움푹 패며 나뭇조각들이 튀었다. 여자가 비명을 지르며 얼굴을 손에 파묻었다. 비거는 발뒤꿈치를 들고 다가가 들여다보았다.

"잡았다. 잡았어." 그는 악문 이를 드러내고 미소 지으며 웅얼댔다.

그가 쪼개진 상자를 걸어차자, 납작하게 눌린 새까만 쥐의 몸뚱이가 드러났다. 길고 누런 송곳니 두개가 뚜렷이 보였다. 비거는 신발 한 짝을 집어들어 쥐의 머리를 내리쳐 짓이기며 "이 나쁜 새끼!"
하고 신경질적으로 외쳤다.

침대 위에서 여자가 무너져내리듯 무릎을 꿇고 얼굴을 이불에
파묻으며 흐느꼈다.

"주님, 주님, 자비를……"

"아, 엄마." 베라가 그녀에게 몸을 기울이며 훌쩍거렸다. "울지
마요. 이제 죽었어요."

형제는 죽은 쥐를 내려다보며 놀라움과 감탄을 담아 말했다.

"야, 이놈 진짜 크네."

"이 새끼는 목이라도 물어뜯겠어."

"1피트도 넘겠다."

"도대체 어떻게 저렇게 커지지?"

"쓰레기든 뭐든 닥치는 대로 먹어대니까."

"어, 형, 바지 자락이 3인치나 찢어졌네."

"응. 이놈 잘도 덤벼들더라."

"제발, 큰오빠, 갖다 버려." 베라가 애원했다.

"에이, 겁 좀 그만 내." 버디가 말했다.

침대 위에서 여자가 계속 흐느꼈다. 비거는 신문지 조각으로 조
심스럽게 꼬리를 집어들고 팔을 쭉 내밀었다.

"큰오빠, 갖다 버려." 베라가 다시 애원했다.

비거는 누이가 무서워하는 것을 즐기며, 쥐를 건들건들 추처럼
흔들면서 웃으며 침대로 다가갔다.

"큰오빠!" 베라는 발작적으로 숨을 헐떡였다. 그녀는 비명을 지
르며 휘청하더니 눈을 감고 어머니 위에 거꾸로 쓰러져, 축 늘어진
채 침대에서 바닥으로 굴러떨어졌다.

“비거, 그만둬!” 어머니가 일어나 베라에게 몸을 숙이며 흐느꼈다. “그만두지 못해! 어서 내다 버려!”

그는 쥐를 내려놓고 옷을 입기 시작했다.

“비거, 베라를 침대에 눕히게 좀 거들어.” 어머니가 말했다.

그는 동작을 멈추고 돌아섰다.

“무슨 일이에요?” 그는 아무것도 모르는 척 물었다.

“시키는 대로나 해라, 응, 이놈아!”

그는 침대로 가서 어머니가 베라를 안아 올리는 것을 도왔다. 베라의 눈은 감겨 있었다. 그는 돌아서서 옷을 마저 입었다. 그러고는 신문지로 쥐를 싸서 문밖으로 들고 나가 계단을 내려가 골목 모퉁이 쓰레기통에 버렸다. 방으로 돌아오니, 어머니는 여전히 베라를 내려다보며 이마에 젖은 수건을 대주고 있었다. 그녀는 몸을 펴고 비거를 쳐다보았다. 눈과 뺨은 눈물투성이였고, 입술은 화가 나 꽉 다물고 있었다.

“이놈의 자식, 도대체 왜 그렇게 못되게 구는 거냐?”

“내가 또 뭐 어쨌다구요?” 그는 싸움이라도 걸듯 딱딱거렸다.

“너처럼 바보 같은 놈은 처음 봤다.”

“무슨 소리예요?”

“쥐를 가지고 겁을 주니 애가 기절했잖아! 어쩌면 그렇게 생각이 없니?”

“아, 그렇게 겁쟁이인지 몰랐잖아요.”

“버디!” 어머니가 불렀다.

“네, 엄마.”

“거기, 신문으로 좀 덮어.”

“네.”

버디는 신문을 펴서 쥐가 깔려 죽은 자리의 핏자국을 덮었다. 비거는 창가로 가 서서 멍하니 거리를 내다보았다. 어머니가 그의 등을 노려보았다.

"비거, 이따금 널 왜 낳았나 싶다." 그녀는 모질게 말했다.

비거는 그녀를 쳐다봤다가 고개를 돌렸다.

"낳지 않은 게 나았겠죠. 낳지 말고 그냥 내버려두지 그랬어요?"

"그 버르장머리 없는 입 좀 닥치지 못해?"

"아, 그만 좀 해요!" 비거는 담배에 불을 붙이며 이렇게 내뱉었다.

"버디, 그 프라이팬들 개수대에 갖다놔라." 어머니가 말했다.

"네."

비거는 방을 가로질러 침대에 걸터앉았다. 어머니의 시선이 그의 뒤를 좇았다.

"너한테 조금이라도 사내다운 구석이 있었다면, 우리 식구가 이런 쓰레기통에서 살지는 않았을 거야."

"아, 그런 소리 좀 그만해요."

"기분이 어떠니, 베라?" 어머니가 물었다.

베라는 머리를 들더니, 금방이라도 다시 쥐가 튀어나올 것만 같은 듯, 방 안을 이리저리 둘러보았다.

"아, 엄마!"

"가엾은 것!"

"어쩔 수 없었어요. 큰오빠 때문에 겁나서."

"다치진 않았니?"

"머리를 부딪혔나봐요."

"자, 좀 쉬어라. 괜찮아질 거다."

"큰오빠 도대체 왜 저래요?" 베라가 다시 울음을 터뜨리며 물었다.

"미친 게야. 쓰잘머리 없는 미친 얼간이 검둥이라서 그래."

"YWCA 재봉 수업에 늦겠어요."

"자, 침대 위에 몸을 쭉 펴고 누워라. 조금만 있으면 나아질 거야."

어머니는 침대에 누운 베라에게서 물러나 차가운 눈으로 비거를 노려보았다.

"어느날 아침 일어나보니 네 누이가 죽어 있으면, 그래, 그땐 어떻겠니?" 그녀는 다그쳤다. "밤중에 자다가 저놈의 쥐들이 우리 핏줄을 끊어버리기라도 하면 어떻게 할래? 그만두자! 네가 이런 데 관심 있을 리 있나! 그저 노는 데나 정신이 팔렸지! 구호소에서 일자리를 준다고 해도, 식품 보조를 끊어 굶기겠다고 위협하기 전에는 받아들이지 않는 애니까, 넌! 비거, 정말이지 너처럼 쓸모없는 인간은 평생 처음 봤다."

"한번만 더 들으면 백번째예요." 그는 돌아보지도 않았다.

"그래, 어디 한번 더 해볼까! 잘 들어둬. 너 그러다간 조만간 주저앉아 울 날이 올 거다. 부랑자 짓거리만 하지 말고 뭔가 할 걸 그랬구나 하고 후회할 날이 조만간 올 거야. 그렇지만 그땐 이미 너무 늦었겠지."

"저를 두고 예언하는 것 좀 그만하세요."

"뭐라고 예언하든 내 맘이야! 싫으면 나가면 돼. 너 없어도 우린 잘살 수 있어. 네가 가버린대도 지금처럼 단칸방에서 살면 되니까."

"제발요!" 그의 목소리에는 불안과 짜증이 가득했다.

"이렇게 산 게 후회될 날이 올 거다." 그녀는 말을 계속했다. "그

패거리하고 그만 싸돌아다니고 착실하게 굴지 않으면 결국 꿈에도 생각하지 못한 일을 당하고 말걸. 네놈들이 하는 짓을 내가 모른다고 생각하겠지만, 천만에, 다 알고 있어. 너 그러다간 결국 교수대에서 끝장난다고, 이놈아. 명심해." 그녀는 돌아서서 버디를 쳐다보았다. "그 상자 밖에 내다 버려, 버디."

"네, 엄마."

침묵이 흘렀다. 버디가 상자를 가지고 나갔다. 어머니는 커튼 뒤 화로 쪽으로 갔다. 베라가 침대에서 일어나 앉아 바닥에 발을 내려 놓았다.

"그냥 누워 있어, 베라."

"이제 괜찮아요, 엄마. 봉재 수업에 가야 해요."

"그래, 그럼 식탁을 차릴래?" 어머니가 다시 커튼 뒤로 가며 말했다. "아, 이제 지긋지긋하구나. 어쩌야 좋을지 모르겠다." 커튼 너머로 구슬픈 목소리가 들려왔다. "어미는 자나 깨나 내 새끼들 먹여살릴 생각뿐인데 너희들은 관심도 없고."

"아이, 엄마. 그런 말 마세요." 베라가 그게 아니라는 듯 말했다.

"베라, 어떨 땐 그냥 드러누워 다 끝내버리고 싶구나."

"엄마, 제발 그런 말 마세요."

"이런 식으로 살다간 나도 몇년 못 버틸 거야."

"엄마, 조금만 있으면 저도 일할 수 있어요."

"그땐 이미 난 죽고 없을 게다. 하느님께서 이미 부르셨을 거야."

베라가 커튼 뒤로 가더니 어머니를 위로하려 애쓰는 소리가 들려왔다. 비거는 그들의 목소리를 마음 바깥으로 몰아냈다. 식구들이 고생을 하는데도 자기한테는 도울 힘이 없다는 사실을 알기에 그는 식구들을 미워했다. 그들이 어떻게 살고 있으며 얼마나 수치스럽고 비참하게 사는지 속속들이 느끼게 되는 순간 자신이 두려움과 절망감에 자제력을 상실하리라는 것을 잘 알았다. 그래서 그는 그들을 돌처럼 차갑게 대했다. 그들과 함께 살고는 있지만, 벽이나 커튼 뒤에서 살고 있는 격이었다. 그리고 자신에 대해서는 더욱 엄격했다. 그는 자기가 어떤 꼴로 살고 있는가를 있는 그대로 깨닫는 순간, 자살하거나 아니면 누군가 죽이고 말 것이었다. 그래서 그는 마음을 억누르고 거칠게 굴었다.

그는 일어나서 창문턱에 담배를 비벼 껐다. 베라가 방으로 들어와 식탁에 수저를 놓았다.

"다들 밥 먹으러 와." 어머니가 불렀다.

그는 식탁에 앉았다. 베이컨을 굽고 커피를 끓이는 냄새가 커튼 너머에서 풍겼다. 어머니의 노랫소리가 들려왔다.

인생은 산악 선로 같은 것
용감한 운전사가 몰고 가지
우리는 탈없이 달려야 해
요람에서 무덤까지⋯⋯[1]

그는 그 노래가 신경에 거슬렸고, 어머니가 노래를 멈추고 커피 주전자와 쪼글쪼글하게 구운 베이컨이 담긴 접시를 가지고 방에 들어오자 기분이 나아졌다. 베라가 빵을 가져오고 모두 자리에 앉았다. 어머니가 눈을 감고 고개를 숙이고 낮게 읊조렸다.

"주님, 오늘도 저희에게 육의 양식을 대접해주셔서 감사합니다.

---

1 19세기 말경에 나온 가스펠송 「인생은 산악 선로 같은 것」의 첫 부분.

아멘." 그녀는 눈을 뜨더니 똑같은 어조로 말했다. "좀더 일찍 일어나는 습관을 들여야겠다, 비거. 일자리를 얻으려면."

그는 대답하지도 쳐다보지도 않았다.

"커피 따라줄까?" 베라가 물었다.

"응."

"그 일자리 받을 거지, 비거?" 어머니가 물었다.

그는 포크를 내려놓고 어머니를 노려보았다.

"그러겠다고 어젯밤에 말했잖아요. 몇번이나 물어봐야 속이 시원하겠어요?"

"아니, 엄마한테 왜 그렇게 딱딱거려? 그냥 물어보신 것뿐이잖아." 베라가 말했다.

"빵이나 이리 주고 잘난 척 그만해라."

"5시 반에 돌턴 씨를 찾아가봐야 한다." 어머니가 말했다.

"벌써 열번도 더 들었어요."

"네가 잊어버릴까봐 그런다, 애야."

"얼마나 잘 잊어버리는지 오빠 자신이 잘 알잖아."

"에이, 형 좀 내버려둬요." 버디가 말했다. "그 일 한다고 이미 했잖아요."

"아무 말 마." 비거가 말했다.

"버디, 입 다물어. 아니면 당장 식탁에서 일어나." 어머니가 말했다. "너까지 시건방지게 굴면 가만히 안 두겠다. 한집에 바보는 하나로 충분해."

"그만해요, 엄마." 버디가 말했다.

"일자리가 생겼는데 기뻐하지도 않고 저러고 있잖아." 어머니가 말했다.

"어떻게 하면 좋겠어요? 소리라도 지를까요?" 비거가 물었다.

"아아, 큰오빠!"

"넌 그 잘난 입 좀 다물고 빠져 있어!"

"네가 그 일을 하게 되면, 살 만한 데를 찾아보마." 어머니는 바삐 손을 놀려 빵을 자르면서 나지막하게 온화한 목소리로 말했다. "그러면 이렇게 돼지처럼 살지 않고 좀 편하게 살 수 있을 게야."

"큰오빠가 그걸 신경 쓸 체면이라도 있는 사람인가요."

"제기랄, 밥 좀 먹게 모두 가만 좀 놔두지."

어머니가 못 들은 척 이야기를 계속하자, 비거는 귀를 닫아버렸다.

"엄마가 뭐라고 하시잖아, 큰오빠."

"그래서 뭐?"

"그러지 마, 큰오빠!"

그는 포크를 내려놓고, 힘센 검은 손가락으로 식탁 모서리를 그러쥐었다. 남동생의 포크가 접시에 부딪치는 소리뿐 정적이 흘렀다. 그는 누이동생이 시선을 떨굴 때까지 노려보았다.

"밥 좀 먹게 해줘." 그는 다시 한번 말했다.

식사를 하면서 그는 식구들이 자기가 저녁에 가보기로 한 일자리 생각을 하고 있다는 느낌이 들었고, 그러자 화가 났다. 그들의 속임수에 넘어가 자기를 싸구려로 팔아넘긴 기분이었다.

"차비 줘요." 그는 말했다.

"이것밖에 없다." 어머니는 그의 접시 쪽으로 25쎈트짜리 동전 한개를 밀어놓았다.

그는 동전을 주머니에 집어넣고 커피를 한모금에 쭉 다 마셔버렸다. 그리고 겉옷과 모자를 집어들고 문 쪽으로 갔다.

"알지, 비거." 어머니가 말했다. "네가 그 일자리를 거절하면 구호소에서도 손 뗄 거다. 집에 먹을 게 하나도 없을 거야."

"한다고 했잖아요!" 그는 고함을 지르며 문을 쾅 닫았다.

그는 계단을 내려가 현관에 서서 정문 유리창 밖으로 거리를 내다보았다. 이따금 전차가 덜커덩거리며 선로 위로 지나갔다. 그는 집이 지겨웠다. 날이면 날마다 고성과 말다툼뿐이었다. 그렇다고 그가 무엇을 할 수 있는가? 이런 질문을 던질 때마다 그는 막다른 벽에 부딪치는 기분이었으므로, 생각을 멈춰버렸다. 트럭 한대가 바로 맞은편 길가에 멈추더니 작업복을 입은 백인 두명이 양동이와 붓을 들고 내리는 것이 보였다. 그래, 돌턴 씨 집에서 비참하게 일하든가, 거절하고 굶든가 하는 수밖에 없구나. 선택지가 고작 이것뿐이라고 생각하니 미칠 듯 화가 치밀었다. 아무튼 온종일 여기 이러고 섰을 수는 없다. 뭘 하며 보내지? 10쎈트짜리 잡지를 살지, 영화를 보러 갈지, 당구장에 가서 친구들과 노닥거릴지 아니면 그냥 빈둥빈둥 돌아다닐지 결정해야 했다. 손을 주머니에 깊숙이 찌르고 담배를 또 한 개비 비스듬히 꼬나문 채, 그는 이런저런 생각을 하면서 건너편에서 작업 중인 사람들을 지켜봤다. 그들은 게시판에 커다란 컬러 포스터를 붙이고 있었다. 포스터에는 백인의 얼굴이 실려 있었다.

"버클리네!" 그는 낮게 중얼거렸다. "또 주州검사에 출마하나보지." 사람들은 젖은 붓으로 포스터를 꾹꾹 눌렀다. 그는 불그스름한 둥근 얼굴을 바라보며 고개를 저었다. "저 개새끼, 뇌물로 챙기는 돈만도 일년에 수백만 달러는 족히 되겠지. 에이, 내가 딱 하루만 저 새끼처럼 된다면, 다시는 아무 걱정 없을 텐데."

일이 끝나자 사람들은 양동이와 붓을 챙겨 들고 트럭에 올라 차를 몰고 떠났다. 그는 포스터를 바라보았다. 그 흰 얼굴은 살집이 좋으면서도 모질어 보였다. 그리고 한 손을 쳐들어 집게손가락으로 거리에 오가는 행인을 하나하나 똑바로 가리키고 있었다. 포스터의 얼굴은 쳐다보는 사람을 직시하며, 걷다가 그것을 보려고 뒤돌아보면 눈 하나 깜박이지 않고 되받아 응시해오는, 그러다가 너무 멀어져 마침내 눈을 돌려야 하면 영화가 중간에 뚝 끊기듯 돌연 멎어버리는, 그런 종류의 얼굴이었다. 포스터 꼭대기에는 크게 붉은 글자로 이렇게 적혀 있었다. 법을 어기면, 승리도 없다!

그는 담배를 비벼 끄고 소리없이 웃었다. "에이, 이 사기꾼아." 고개를 저으며 중얼거렸다. "저한테 돈만 주면 승리하게 해주면서!" 문을 여니 새벽 공기가 느껴졌다. 그는 머리를 숙인 채 주머니 속 동전을 만지작거리며 보도를 걸어갔다. 그러다 멈춰 서서 주머니를 모두 뒤져보았다. 조끼 주머니에 1쎈트 동전 하나뿐이었다. 전부 합쳐 26쎈트인 셈인데, 그중 14쎈트는 돌턴 씨네 집에 갈 차비로 남겨둬야 했다. 그 일을 하기로 한다면 말이다. 잡지를 사고 영화관에 가려면 적어도 20쎈트는 더 있어야 했다. "에이 씨, 맨날 빈털터리야!" 그는 투덜거렸다.

그는 햇볕이 내리쬐는 길모퉁이에 서서 지나가는 차와 사람 들을 지켜봤다. 돈이 더 필요했다. 돈이 더 생기지 않는다면, 남은 하루를 어떻게 보낼지 난감했다. 영화가 보고 싶었다. 그의 감각은 굶주린 듯 간절히 그것을 원했다. 영화관에서는 애쓰지 않아도 꿈꿀 수 있었다. 단지 좌석에 기대앉아 눈만 뜨고 있으면 되었다.

그는 거스, G.H., 잭을 떠올렸다. 당구장에 가서 그들과 이야기나 해볼까? 그러나 그들이 오래전부터 계획한 일을 함께할 각오가 안되었다면 가봤자 소용없다. 해내기만 하면, 돈을 얼마쯤 확실하고 빠르게 손에 쥘 수 있는데. 오후 3시에서 4시 사이에는 블럼 식품점이 있는 구역에 경관이 근무하지 않으니까 안전할 것이다. 한 명은 블럼에게 총을 들이대 소리를 지르지 못하게 만들고, 한명은 앞문을 지키고 또 한명은 뒤에서 망을 본다. 그리고 마지막 한명은 계산대 밑 금고에서 돈을 꺼내면 된다. 그다음에는 블럼을 가게 안에 가두어놓고 네명 모두 뒷문으로 빠져나와 골목으로 피한다. 그러고 나서 한시간 후에 닥의 당구장이나 싸우스사이드 청소년 클럽에서 만나 돈을 나눠 가지면 된다.

블럼네 가게를 터는 일은 길어도 2분 이상은 걸리지 않을 것이다. 그리고 이것이 그들의 마지막 작업이 될 것이다. 그러나 이것은 그들이 여태껏 해본 것보다 훨씬 어려운 일일 것이다. 이제까지는 항상 신문이나 과일을 파는 가판대나 아파트를 털었다. 게다가 백인을 턴 경험은 아직 한번도 없었다. 그들은 항상 흑인만 털었다. 동족을 터는 것이 훨씬 쉽고 안전하다고 느꼈다. 흑인이 흑인에게 저지른 범죄에는 백인 경찰이 범인 수색에 그다지 열을 올리지 않는다는 사실을 알기 때문이었다. 블럼네 가게를 털자는 이야기는 여러달 전부터 해왔지만 실행에 옮기지는 못했다. 블럼네 가게를 터는 행동은 마지막 금기를 깨는 것으로 느껴졌다. 그것은 영역의 침범이 되고 낯선 백인 세계의 분노가 온통 그들에게 퍼부어질 것이다. 그것은 백인 세계의 지배에 대한 상징적인 도전, 하고는 싶지만 겁나는 도전이었다. 그렇다. 블럼네 가게를 털게 된다면 그것은 여러가지 의미에서 진짜 강도질이었다. 이에 비하면 다른 건수들은 모두 장난에 불과했다.

"이따 봐, 큰오빠."

고개를 드니 베라가 재봉 도구를 팔에 끼고 지나가는 게 보였다.

그녀는 모퉁이에서 멈추더니 되돌아왔다.

"또 뭐야?"

"큰오빠, 제발…… 이제 좋은 일자리도 생겼잖아. 잭이니 거스, G.H.하고 다니면서 사고 치는 일은 하지 마."

"뭐 잘났다고 내 일에 참견이야!"

"하지만 큰오빠!"

"강습에나 가보시지, 응?"

그녀는 휙 돌아서 가버렸다. 어머니가 베라와 버디에게 그의 이야기를 한 모양이었다. 또다시 사고를 저지른다면, 지난번에는 소년원이었지만 이젠 감옥행일 거라고 얘기했을 것이다. 버디 같으면 어머니가 무슨 말을 하건 상관없다. 버디는 괜찮은 놈이니까. 꿋꿋하기가 진짜배기다. 그렇지만 베라는 고지식한 계집애다. 지각없이 무슨 소리든 곧이곧대로 믿어버리는 아이다.

그는 당구장으로 걸어갔다. 입구 가까이 왔을 때 저만치에서 거스가 다가오는 것이 보였다. 그는 멈춰 서서 기다렸다. 블럼네 가게를 털자는 제안을 맨 처음 꺼낸 사람이 바로 거스였다.

"야, 비거!"

"뭔 소식 있냐, 거스?"

"아니. G.H.나 잭 봤냐?"

"아니. 너는?"

"나도. 야, 담배 있냐?"

"응."

비거는 담뱃갑을 꺼내 거스에게 한 개비 건넸다. 그리고 담배에 불을 붙이고 거스에게 성냥불을 대주었다. 둘은 붉은 벽돌 건물의 벽에 등을 기대고 서서 검은 턱에 하얀 담배를 비스듬히 물고 피웠다. 비거는 동쪽에서 태양이 눈부시게 노란빛으로 타오르는 것을 보았다. 저 위 하늘에는 커다란 하얀 구름 몇점이 떠내려갔다. 그는 기분 좋게 나른한 방심 상태로 조용히 연기를 내뿜었다. 거리에서 일어나는 작은 움직임들은 그에게 느긋한 호기심을 일으켰다. 반들반들한 검은 아스팔트 위로 차가 지나갈 때마다 눈이 자동적으로 따라갔다. 여자 하나가 지나가자, 그는 그녀가 건물 입구로 사라질 때까지 부드럽게 흔들리는 몸을 지켜봤다. 그는 한숨을 내쉬고 턱을 긁적이며 중얼댔다.

"오늘 꽤 따뜻한데."

"그러게." 거스가 말했다.

"집에 있는 그놈의 라디에이터보다 햇볕이 훨씬 따뜻하네."

"그래, 집주인 백인 놈들은 불도 제대로 안 때줘."

"그래놓곤 맨날 돈 내라고 문이나 두드리지."

"빨리 여름이 왔으면 좋겠다."

"나도." 비거가 말했다.

그는 머리 위로 팔을 쭉 뻗으며 하품을 했다. 눈에 물기가 어렸다. 쇠와 돌로 만들어진 세상의 정확한 날카로움이 부옇게 물결 모양으로 흐려졌다. 눈을 깜박이자 세상은 다시 딱딱하고 기계적이며 분명한 모습으로 돌아왔다. 뭔가 하늘을 누비고 다니는 듯해서 올려다보니, 짙푸른 바탕에 굽이굽이 하얗게 피어나는 가는 줄이 보였다. 비행기가 하늘 꼭대기에서 글자를 쓰고 있었다.

"야, 저거 봐!" 비거가 말했다.

"뭐?"

"저기 비행기가 글자를 쓰잖아." 비거는 손가락으로 가리켰다.

"와!"

그들은 눈을 가늘게 뜨고 작은 띠처럼 풀려나오며 단어를 만들어내는 연기를 바라보았다. 스피드…… 비행기가 너무 멀어서 가끔 강한 햇빛에 가려 보이지 않았다.

"잘 안 보이는데." 거스가 말했다.

"조그만 새 같아." 비거는 어린애처럼 경탄하며 속삭였다.

"백인 놈들 잘도 날아다니네." 거스가 말했다.

"그러게." 비거가 부러운 듯 말했다. "백인한테는 온갖 기회가 다 있지."

작은 비행기는 공중제비를 하다 방향을 바꾸다 하며 나타났다간 사라지곤 했다. 뒤로는 흰 깃털 같은 꼬리를 길게 끌며. 그것은 마치 솜털 같은 치약을 튜브에서 짜내 사리처럼 구불구불 감아놓은 것 같았다. 이 깃털 사리는 길게 늘어나고 부풀어올랐다가 끄트머리부터 천천히 지워져 허공으로 사라졌다. 비행기는 단어를 또 하나 썼다. 가솔린을……

"얼마나 높을까?" 비거가 물었다.

"몰라. 백 마일쯤? 천 마일쯤 되나?"

"나도 기회만 있다면, 저런 거 타고 날아볼 텐데." 비거는 혼잣말하듯 생각에 잠긴 말투로 중얼거렸다.

거스는 입가를 비죽거리며 벽에서 몸을 일으켜 몇 발자국 앞으로 나오더니, 어깨를 으쓱하고 모자를 벗고는 깊숙이 머리 숙여 인사하며 짐짓 존경 어린 말투로 말했다.

"그렇습죠, 나리."

"자식, 집어치워." 비거가 웃으며 말했다.

"예, 나리." 다시 거스가 말했다.

"기회만 있다면 비행기를 **조종해**볼 텐데 말야." 비거가 말했다.

"만일 피부가 검지 않다면, 만일 돈만 있다면, 또 만일 항공학교에 다닐 수 있다면, 나리도 비행기를 조종할 수 있겠습죠." 거스가 말했다. 잠시 비거는 거스가 말한 모든 '만일'에 대해 곰곰이 생각했다. 그러다가 두 청년은 서로를 흘깃대며 배꼽을 잡고 웃었다. 웃음이 잦아들자 비거는 물음 반, 진술 반으로 말했다.

"백인 놈들 우리한테 참 웃기게 굴지?"

"웃기기나 하면 차라리 괜찮게." 거스가 말했다.

"날지 못하게 막는 게 당연할지도 몰라." 비거가 말했다. "내가 비행기를 타고 하늘로 올라가기만 해봐. 폭탄을 싣고 가 떨어뜨려버릴 테니……"

그들은 여전히 하늘을 올려다본 채로 다시 웃었다. 비행기가 오르락내리락하며 하늘에 또 단어를 썼다. 쓰세요……

"스피드 가솔린을 쓰세요." 비거는 생각에 골몰한 채 말을 굴리듯 천천히 한 단어씩 발음했다. "아아, 하느님, 저 하늘 위로 날아봤으면."

"하늘나라에 가. 그럼 하느님이 날개를 달아줘 날 수 있겠지." 거스가 말했다.

그들은 다시 웃으며 담에 기대어 담배를 피웠다. 햇살에 눈꺼풀이 나른하게 내리감겼다. 차들이 타이어를 끌고 붕붕거리며 지나갔다. 비거의 얼굴은 강한 햇살 속에서 금속처럼 까맣게 빛났다. 눈에는 골똘히 생각에 잠긴 듯 시름겨우면서도 궁금해하는 표정이 담겨 있었다. 마치 답이 떠오를 듯 떠오를 듯 떠오르지 않지만 꼭 답을 찾아내야만 할 것 같은 그런 수수께끼를 가지고 오랫동안 씨름해온 사람처럼. 침묵이 흐르자 비거는 조바심이 났다. 이 문제를 정면으로 바라보지 않기 위해서 뭐라도 해야 할 것 같았다.

“‘백인 놀이’ 하자.” 친구들과 곧잘 하던, 백인들의 행동과 습관을 흉내 내는 연극놀이를 하자는 말이었다.

“생각 없어.” 거스가 말했다.

“장군!” 비거는 당당한 어조로 말하며, 거스에게 기대의 눈초리를 보냈다.

“에이, 제기랄! 하기 싫단 말야.” 거스가 투덜댔다.

“군법회의에 회부될 것이오.” 비거는 단어를 하나하나 군대식으로 정확하게 끊어가며 말했다.

“이 미친 검둥이 새끼!” 거스가 웃었다.

“장군!” 비거는 굽히지 않고 다시 한번 시도했다.

거스는 지겨운 듯 비거를 바라보다가 몸을 곧게 펴고 경례를 붙이며 대답했다.

“예, 각하.”

“새벽에 병사들을 강 건너로 보내 적의 좌익左翼을 공격하도록 하시오.” 비거가 명령했다.

“예, 각하.”

“제5, 제6, 제7연대를 보내시오.” 비거는 눈살을 찌푸리며 말했다. “그리고 탱크와 독가스, 비행기, 보병을 동원해 공격하시오.”

“예, 각하!” 거스가 발뒤꿈치를 붙여 경례하며 다시 말했다.

그들은 치밀어오르는 웃고 싶은 충동을 억누르기 위해 입술을 꽉 다물고 어깨를 뒤로 젖힌 채, 마주 보며 잠시 침묵을 지켰다. 그러다가 웃음을 터뜨렸다. 그들 자신을 향한 웃음이자 저기 햇빛 속에 높이 솟아 펼쳐진 거대한 백인 세계를 향한 웃음이었다.

“야, ‘좌익’이 뭐냐?” 거스가 물었다.

“몰라, 영화에 나오던데.” 비거가 말했다.

그들은 다시 웃었다. 잠시 후 그들은 웃음을 가라앉히고 담에 기대어 담배를 피웠다. 비거는 거스가 수화기를 든 것처럼 왼손을 둥글게 쥐어 귀에 대고, 송화기에 말하듯이 오른손을 둥글게 말아 입에 갖다대는 것을 보았다.

"여보세요?" 거스가 말했다.

"여보세요, 누구십니까?" 비거가 말했다.

"J.P. 모건 회장이네." 거스가 말했다.

"아, 모건 회장님." 비거가 눈에 짐짓 아첨과 존경을 가득 담아 말했다.

"오전 중에 US 스틸 사社 주식 이만 주를 시장에 내다팔게." 거스가 말했다.

"얼마에 팔까요, 회장님?" 비거가 물었다.

"아, 얼마든 상관없으니 팔아치워." 거스가 짐짓 화난 투로 말했다. "지금은 너무 많아."

"알겠습니다, 회장님." 비거가 말했다.

"그리고 오후 2시에 클럽으로 전화해서 대통령한테서 나를 찾는 전화가 왔었는지 알아보게." 거스가 말했다.

"예, 모건 회장님." 비거가 말했다. 그들은 수화기를 내려놓는 동작을 했다. 그러곤 허리가 끊어져라 웃어댔다.

"실제로도 바로 이런 식으로 말할 거야." 거스가 말했다.

"두말하면 잔소리지." 비거가 말했다.

그들은 다시 침묵했다. 그러나 곧 비거는 손을 입에 갖다대고 가상의 송화기에다 말했다.

"여보세요?"

"여보세요, 누구십니까?" 거스가 대답했다.

"미국 대통령이오." 비거가 말했다.

"아, 예, 대통령 각하." 거스가 말했다.

"오늘 오후 4시 정각에 각료회의를 소집할까 하니, 국무장관께서도 참석해주셔야겠소."

"에, 저, 대통령 각하." 거스가 말했다. "제가 상당히 바쁩니다. 독일이 시끄럽게 굴어대니 한마디 적어 보내야 하고요……"

"그렇지만 중요한 일이오." 비거가 말했다.

"이번 각료회의 안건이 무엇입니까?" 거스가 물었다.

"에, 알다시피, 검둥이들이 온 나라에 소요를 일으키고 있소." 비거는 웃음을 억누르려 무진 애쓰며 말했다. "이 흑인들에게 뭔가 조치를 취해야겠소."

"아, 검둥이 일이라면 반드시 참석하겠습니다, 대통령 각하." 거스가 말했다.

그들은 가상의 수화기를 내려놓고 담에 기대어 웃어댔다. 전차가 덜커덩거리며 지나갔다. 비거는 한숨을 쉬며 욕설을 내뱉었다.

"우라질."

"왜?"

"우리한테는 아무것도 못하게 하잖냐."

"누가?"

"백인 놈들."

"그걸 뭐 이제 알았냐?" 거스가 말했다.

"그런 건 아니지만, 도무지 그러려니 해지지가 않아." 비거가 말했다. "하늘에 맹세코, 안되는 거야. 아예 생각을 말아야 한다는 건 나도 알지만 어쩔 수가 없어. 그 생각을 할 때마다, 누가 목구멍 속으로 시뻘겋게 달군 인두를 쑥 집어넣는 느낌이야. 제기랄, 생각해봐! 우리는 여기 살고 그놈들은 저기 살아. 우리는 검고 그놈들은 희고. 그놈들한텐 이것저것 없는 게 없지만 우린 아냐. 그놈들은 뭔가 해내지만 우린 못해. 이거야 꼭 감옥살이지. 세상 밖에서 울타리에 뚫린 구멍으로 들여다보는 느낌이 들 때가 태반이야……”

“자식, 그런 느낌 가져봤자 소용없어. 뭐에 써먹냐?” 거스가 말했다.

“너 알아?” 비거가 말했다.

“뭐?”

“어떤 땐 나한테 뭔가 엄청난 일이 일어날 것만 같아.” 비거의 목소리에는 씁쓸한 자존심이 어려 있었다.

“무슨 소리야?” 거스가 재빨리 그를 훔쳐보며 말했다. 거스의 눈에 두려움이 감돌았다.

“몰라. 그냥 그런 느낌이 들어. 나는 검고 그놈들은 희다는 걸, 나는 여기 있고 그놈들은 저기 있다는 걸 생각할 때마다 뭔가 엄청난 일이 나한테 일어날 것만 같아……”

“에이, 그만둬! 어쩔 수 없는 일이잖아. 왜 사서 걱정거리를 만드냐? 넌 흑인이고 법은 그놈들이 만드는데……”

“왜 그놈들은 우리를 도시 구석에다 처박아놓는 거야? 왜 비행기도 배도 조종할 수 없게 하냐고?”

거스는 팔꿈치로 비거를 툭 치면서 부드럽게 말했다. “야, 이 검둥이 자식아, 그런 생각 집어치워. 그러다 너 미쳐버리겠다.”

비행기가 하늘에서 사라졌고 흰 깃털처럼 뜬 연기가 엷게 번지며 스러져갔다. 기분도 가라앉지 않고 시간도 주체할 수 없을 만큼 남았으므로, 비거는 다시 하품을 하며 머리 위로 팔을 쭉 뻗었다.

“뭐 일어나는 일도 없고 맨날 그 타령이잖아.” 그는 투덜거렸다.

"어떤 일이 일어나면 좋겠냐?"

"뭐든." 비거는 세상에서 일어날 수 있는 일 모두를 싸잡듯이 거무스레한 손바닥을 크게 휘저었다.

그러다 그들의 눈길이 한군데로 쏠렸다. 푸른 기가 도는 잿빛의 비둘기 한마리가 전차 선로 한가운데 내려앉아, 살찐 목을 왕족처럼 위엄 있게 끄덕거리고 깃털을 세워 점잔을 피우면서 이리저리 거닐기 시작했다. 전차가 가까워오자 비둘기는 재빨리 공중으로 날아올랐다. 날개가 너무도 팽팽하고 완벽하게 펼쳐져 있어, 비거는 그 반투명한 날개 끄트머리를 통해 금빛 해를 볼 수 있었다. 그는 고개를 갸우뚱한 채로, 날갯짓하며 날아올라 선회하며 높은 지붕 꼭대기 너머로 사라지는 잿빛 새를 지켜봤다.

"아, 나도 저렇게 할 수만 있다면." 비거가 말했다.

거스가 웃었다.

"에이, 또라이 같은 자식."

"이 도시에서 가고 싶은 곳에 못 가고, 하고 싶은 걸 못하는 건 우리밖에 없을 거야."

"신경 끊어." 거스가 말했다.

"나도 어쩔 수가 없어."

"그러니까 뭔가 엄청난 일이 생길 것 같다는 생각이 들지. 넌 너무 생각을 많이 해." 거스가 말했다.

"도대체 할 수 있는 게 뭐가 있냐?" 비거가 거스를 돌아보며 물었다.

"술이나 마시고 잊어버려."

"그것도 못하겠다. 무일푼이다."

비거는 담배를 밟아 끄고 다시 한 개비를 꺼내고는, 거스에게 갑째 내밀었다. 그들은 계속 담배를 피웠다.

커다란 트럭이 휙 스쳐가는 바람에 하얀 종잇조각들이 햇빛 속으로 날아올랐다. 조각들은 천천히 내려앉았다.

"거스?"

"응?"

"너 백인들이 어디 사는지 아냐?"

"그럼." 거스는 동쪽을 가리키며 말했다. "'금' 저쪽에 살지. 저기 코티지그로브 로(路)에서."

"아냐, 틀렸어." 비거가 말했다.

"무슨 소리야?" 거스가 의아해하며 물었다. "그럼, 어디 사냐?"

비거는 주먹을 쥐어 자신의 명치께를 쳤다.

"바로 여기 내 뱃속에." 그가 말했다.

거스는 탐색하는 눈빛으로 비거를 바라보다가, 부끄러워진 사람처럼 눈길을 돌렸다.

"그래, 무슨 얘긴지 알겠다." 그는 나지막하게 말했다.

"백인들 생각만 하면, 여기서 그놈들이 느껴져." 비거가 말했다.

"알아. 그리고 가슴에서도 목구멍에서도." 거스가 말했다.

"꼭 불덩이 같아."

"그리고 어떨 때는 숨 쉬기도 힘들고……"

허공을 응시하는 비거의 눈은 크고 담담했다.

"바로 그럴 때, 엄청난 일이 생길 것 같은 느낌이 드는 거야……" 비거는 눈을 가늘게 뜨며 잠시 말을 멈추었다. "아냐, 나한테 무슨 일이 생길 것 같은 게 아니라, 마치…… 마치 내가 뭔가를 어쩔 수 없이 저지를 것만 같은 거야……"

"맞아!" 거스는 불안 섞인 열띤 어조로 말했다. 눈에는 비거에 대한 두려움과 감탄이 가득 뒤섞여 있었다. "그래, 무슨 얘긴지 알아. 떨어져버릴 것만 같은데 어디 내리게 될지 모르는 느낌하고 비슷하지……"

거스의 목소리가 잦아들었다. 해가 커다란 흰 구름 뒤로 들어가자 거스는 서늘한 그늘 속에 잠겼다. 그러다 금방 해가 다시 얼굴을 빠끔히 내밀었고, 다시 밝고 따스해졌다. 펜더가 햇빛에 반사되어 거울처럼 반짝이는 길고 미끈한 까만 차가 총알처럼 빠른 속력으로 스쳐지나가, 몇 구역 저 앞에서 모퉁이를 돌았다. 비거는 입을 둥글게 내밀고 소리를 냈다.

"부우우우우우우웅!"

"저놈들한텐 없는 게 없군." 거스가 말했다.

"이 세상이 자기들 것인데, 뭐." 비거가 말했다.

"에이, 빌어먹을." 거스가 말했다. "당구장에나 가자."

"좋아."

그들은 당구장 입구 쪽으로 걸어갔다.

"야, 전에 말한 그 일자리 할 생각이냐?" 거스가 물었다.

"모르겠어."

"하기 싫구나."

"아니, 천만에! 하고 싶어."

그들은 마주 보며 웃었다. 그들은 안으로 들어갔다. 당구장에는 손님이 없고, 반쯤 타다 만 여송연을 꺼진 채로 입에 물고 카운터에 몸을 기댄 뚱뚱한 흑인 남자 하나뿐이었다. 저 안쪽에서 푸른 갓을 씌운 전구 한알이 빛을 발했다.

"안녕하쇼, 닥." 비거가 말했다.

"오늘 아침엔 일찍 왔네." 닥이 말했다.

“잭이나 G.H. 왔어요?” 비거가 물었다.

“아니.” 닥이 말했다.

“한 게임 치자.” 거스가 말했다.

“돈 없어.” 비거가 말했다.

“나 좀 있어.”

“불 켜고 해. 공은 선반에 있다.” 닥이 말했다.

비거가 전깃불을 켰다. 그들은 순번을 정하는 공을 쳤다. 비거가 이겼다. 그들은 당구를 치기 시작했다. 비거는 공이 잘 맞지 않았다. 그는 블럼네 가게 생각을 하고 있었다. 가게털이는 매력적이지만 좀 겁나는 일이었다.

“전에 우리가 맨날 하던 이야기 생각나냐?” 비거는 별일 아닌 듯 단조롭게 물었다.

“아니.”

“블럼네 말야.”

“아.” 거스가 말했다. “그 얘기 안한 지 한달은 됐잖아. 갑자기 왜 그 생각이 났냐?”

“그 가게 싹 털어버리자.”

“뭔 소리야.”

“애당초 네가 꺼낸 이야기잖아.” 비거가 말했다.

거스는 허리를 펴고 비거를 쳐다보더니 입구의 창문으로 밖을 내다보고 있는 닥을 쳐다보았다.

“닥한테 알려줄래? 넌 조그맣게 이야기하는 법도 모르냐?”

“아, 그냥 물어본 거야. 생각 있냐?”

“없어.”

“왜? 백인이라 겁나냐?”

"천만에. 하지만 블럼한텐 총이 있어. 그 늙은이가 선수 치면 어쩌냐?"

"아, 겁난다, 그거 아냐? 백인이니까 겁난다 이거지?"

"그래, 겁난다." 기분 나쁘기도 하고 찔리기도 한 거스는 방어적으로 나왔다.

비거가 다가가 거스의 어깨에 팔을 둘렀다.

"들어봐. 넌 들어가지 않아도 돼. 그냥 문간에 서서 지키기만 하라고, 알겠냐? 나하고 잭하고 G.H.가 들어갈 거니까. 누가 오면 휘파람을 불어. 그럼 우린 뒷문으로 튀면 돼. 그뿐이야."

앞문이 열렸다. 그들은 이야기를 멈추고 고개를 돌렸다.

"잭하고 G.H. 자식이 오네." 비거가 말했다.

잭과 G.H.가 당구장 안쪽으로 다가왔다.

"자식들, 뭐 하냐?" 잭이 물었다.

"한 게임 친다. 할래?" 비거가 물었다.

"돈은 내가 내고 선심은 제가 쓰네." 거스가 말했다.

모두 웃음을 터뜨리자 비거도 따라 웃다가 금방 멈췄다. 자기가 농담거리가 된 기분이었다. 그는 아무 말도 못 들은 척, 벽 쪽 의자로 가 앉아 다른 의자의 가로대에 발을 올려놓았다. 거스와 G.H.가 계속 낄낄댔다.

"이 검둥이 자식들, 돌았나?" 비거가 말했다. "원숭이 새끼처럼 잘도 웃네. 입만 살았지 배짱도 없는 자식들이."

"뭔 소리야?" G.H.가 물었다.

"다 생각해놓은 건수가 있단 말이다." 비거가 말했다.

"건수라니?"

"블럼네 가게."

침묵이 흘렀다. 잭은 담배에 불을 붙였다. 거스는 이야기를 피해 시선을 돌리며 딴청을 피웠다.

"블럼이 흑인이었다면 다들 어서 하자고 야단을 부렸겠지. 막상 백인이니 죄다 쫀 거지."

"쫄긴 누가 쫄아. 난 찬성." 잭이 말했다.

"계획이 다 섰다고?" G.H.가 물었다.

비거는 숨을 깊이 들이쉬고는 얼굴을 차례차례 주시하였다. 굳이 설명까지 해줘야 아나 싶었다.

"자, 보자고, 아주 쉬워. 겁먹을 것 없어. 3시에서 4시 사이에 가게엔 그 늙은이밖에 없다. 경관은 멀찌감치 구역 반대편에 있을 거고. 하나는 밖에서 망보고, 셋이 들어간다, 알겠어? 하나가 블럼에게 총을 들이대고 하나는 카운터 밑의 금고를 맡는다. 그리고 하나는 뒷문을 맡아 미리 열어놓는 거야. 뒷길로 잽싸게 튈 수 있게…… 그것뿐이야. 3분도 안 걸려."

"총은 절대 안 쓴다고 다들 합의 본 것 같은데." G.H.가 말했다. "그리고 아직 백인을 건드린 적은 없잖아."

"그러니까. 이건 큰 건이라고." 비거가 말했다.

그는 또다른 반대가 나오기를 기다렸다. 아무도 나서지 않자 말을 계속했다.

"얼마든지 해낼 수 있어, 네놈들이 겁만 먹지 않으면."

저편 프런트에서 닥의 휘파람 소리가 들려올 뿐 조용했다. 비거는 잭을 유심히 살폈다. 이 상황에서 잭의 말이 결정적임을 알기 때문이었다. 그는 거스가 걸렸다. 잭이 좋다고 하면 거스도 고집부리지 않을 것이었다. 거스는 당구대 곁에 서서 큐를 만지작거리며, 게임이 아직 끝나지 않았음을 말해주듯 당구대 위에 이리저리 흩어져 있는 당구공들을 하염없이 바라보았다. 비거는 일어나 손으로 공을 확 쓸어버리고는 거스를 똑바로 쏘아보았다. 공들은 번쩍거리며 맞부딪치고 고무 쿠션에 튕겨나오며 당구대의 녹색 천 위로 지그재그를 그렸다. 같이 털자고 말은 했지만 거스가 정말로 하겠다면 어쩌나 하는 두려움에 비거는 뱃가죽이 땅길 지경이었다. 온몸이 달아올랐다. 재채기를 하고 싶었지만 나오질 않았다. 사실은 재채기를 하고 싶은 게 아니라 신경이 곤두선 것이었다. 열이 더 오르고 뱃가죽이 더 땅겼다. 신경이 날카롭고 초조해졌다. 몸속에서 곧 무언가가 툭 끊어져버릴 것만 같았다.

"빌어먹을! 누구 말 좀 해봐!"

"난 한다." 잭이 다시 말했다.

"너네가 한다면 나도 좋다." G.H.가 말했다.

거스가 말없이 일어서자, 비거는 육체적이자 동시에 정신적인 이상야릇한 감각을 느꼈다. 그의 마음은 두 갈래로, 내키지 않는 일에 떠밀려가는 형국이었다. 지금까지는 아주 잘해낸 셈이었다. 거스만 빼고 모두 동의했으니까. 현재는 거스 하나 대 셋인 상황이고 이것이야말로 그가 바라던 바였다. 비거는 백인을 터는 것이 두려웠고, 거스도 두려워한다는 것을 알았다. 블럼네는 작은 가게고 블럼 혼자 꾸려나가지만, 세 녀석의 도움 없이는 털 생각은 할 수도 없었다. 그러나 녀석들과 함께라 해도 두렵긴 매한가지였다. 그가 우긴 결과 이제 녀석들 가운데 하나만 제외하고는 모두 강도질에 동의하게 되었다. 그러자 혼자 고집을 부리는 놈에게 뜨거운 증오와 두려움이 일었다. 자신이 백인에게 느끼는 두려움이 거스에게 옮아간 것이다. 자기 역시 마찬가지면서도 거스가 두려워한다는 것을 알기 때문에 거스가 증오스러웠다. 그리고 거스가 동의할 것 같았고, 그러면 꼼짝없이 강도질을 벌여야 할 것이기 때문에 거스가 두려웠다. 마치 이제 막 자살하려는 사람처럼, 쏘는 게 겁나면서도 쏴야 한다는 것을 알고 있고 그 모든 것을 한꺼번에 강렬하게 느끼면서, 그는 거스를 지켜보며 하겠다고 말하기를 기다렸다. 그러나 거스는 입을 열지 않았다. 비거는 이를 너무 꽉 악문 바람에 턱이 아파왔다. 그는 거스한테 천천히 다가갔다. 거스를 바라보지 않은 채, 그러나 거스의 존재가 자신을 꿰뚫고 자신의 안팎에 버티고 있음을 온몸으로 느끼며, 그리고 그런 느낌 때문에 자신과 거스를 증오하면서. 그러자 더이상 참을 수가 없었다. 신경이 히스테릭하게 긴장되면서 그에게 말하라고, 멋대로 해붙이라고 부추겼다. 그는 주먹을 꽉 쥐어 옆구리에 단단히 붙인 채 분노와 두려움으로 충혈된 눈으로 거스를 노려보았다.

"이 개 같은 검둥이 새끼." 그는 단조롭기 그지없는 어조로 말했다. "백인이라고 벌벌 떠네."

"비거 너, 욕하지 마라." 거스가 조용히 말했다.

"욕한다, 왜!"

"욕할 필요는 없잖아." 거스가 말했다.

"그럼 왜 시꺼먼 혓바닥을 놀리지 않는 거냐?" 비거가 물었다. "어떻게 할 건지 왜 말 안해?"

"입을 놀리든 않든 내 맘이다!"

"이 개새끼! 이 겁쟁이 개새끼야!"

"네놈이 왕초라도 되냐?" 거스가 말했다.

"이 비겁한 새끼!" 비거가 말했다. "백인 터는 게 그렇게 겁나냐!"

"야, 비거, 그런 소리 좀 하지 마. 걔 그냥 놔둬." G.H.가 말했다.

“비겁한 새끼잖아.” 비거가 말했다. “이 새끼 빠질 거야.”

“빠진다고는 안했다.” 거스가 말했다.

“어디 그렇다면 어쩔 건지 말해보시지.” 비거가 말했다.

거스는 큐에 기대어 비거를 응시했다. 비거의 배는 타격을 예상한 듯 팽팽해졌고, 주먹은 더 굳게 쥐어졌다. 순간 그는 거스의 입을 정통으로 후려쳐서 피를 흘리게 만들 때 주먹과 팔, 몸이 어떤 느낌을 맛볼지 알 수 있었다. 거스는 쓰러질 테고 자신은 걸어나갈 것이며, 그러면 모든 일은 끝나고 강도질을 하지 않아도 될 것이다. 이런 생각과 느낌이 들자, 배에서 목구멍으로 치밀어오르던 숨 막힐 듯한 긴장감이 조금 느슨해졌다.

“야, 비거.” 거스는 부드러움과 자존심을 적당히 버무린 말투로 말을 시작했다. “여태껏 말썽이란 말썽은 모두 너 때문에 생겼잖아. 네 급한 성질머리 때문에. 그래, 나한테 욕을 퍼붓는 이유가 뭐냐? 나도 결정할 권리가 있잖아? 아니, 넌 그렇게는 안 나오지. 다짜고짜 욕부터 하고 보지. 나보고 겁쟁이라고! 그렇지만 겁난 건 바로 너야. 내가 하겠다고 할까봐, 그래서 해야만 할까봐 겁먹었잖아……”

“다시 한번 씨부려봐! 또다시 씨부려보라고, 이놈의 공을 아가리에 확 처박아줄 테니.” 자존심이 상한 비거가 말했다.

“그만 좀 해!” 잭이 말했다.

“저 새끼 하는 짓 너희도 **봤지**?” 거스가 말했다.

“어쩔 건지 왜 말 안하냐?” 비거가 따지고 들었다.

“나도 너희들하고 함께 간다.” 거스의 목소리는 불안했는데, 그는 그것을 감추려고 급히 말을 이었다. “나도 간다고. 그렇지만 비거처럼 나오면 곤란하지. 왜 욕부터 하고 지랄이야.”

"왜 그럼 처음부터 그렇게 말하지 않았냐?" 비거가 물었다. 화가 나다 못해 거의 미칠 것 같았다. "그러니까 얼어터지지, 새끼야!"

"……이번 일 나도 같이 한다." 거스는 비거가 아무 말도 안한 것처럼 말을 계속했다. "언제 내가 빠진 적 있냐. 이번도 마찬가지다. 그렇지만 비거, 너 같은 새끼가 시키는 대로 하느니 차라리 콱 고꾸라져 죽고 말지! 이 비겁한 겁쟁이 새끼! 제 놈이 얼마나 겁쟁인지 감추려고 나보고 겁쟁이라고 해!"

비거가 그에게 달려들었지만 잭이 두 사람 사이를 가로막았다. G.H.가 거스의 팔을 붙들어 끌고 갔다.

"누가 너보고 시키는 대로 하랬냐?" 비거가 받아쳤다. "너처럼 젖비린내 나는 새끼한텐 시킬 생각도 없다고!"

"이놈들, 거기 그만 조용히 못해!" 닥이 고함을 질렀다.

그들은 묵묵히 당구대 주위에 서 있었다. 비거는 거스가 큐를 선반에 놓고 소매에서 분필 가루를 털어낸 다음 몇 걸음 걸어가는 모습을 눈으로 좇았다. 복부가 타는 것 같았고 흐릿한 검은 안개가 눈앞에서 잠시 어른대다 사라졌다. 폭력 행위의 영상들이 이것저것 뒤섞인 채, 모래알처럼 건조하고 빠르게 마음을 스쳤다. 거스를 칼로 찌를 수도 있다. 갈길 수도 있다. 걷어찰 수도 있다. 다리를 걸어 엎어져서 쭉 뻗게 만들 수도 있다. 이런 기분이 들게 만들다니, 무슨 짓이든 못할까.

"가자, G.H.." 거스가 말했다.

"어디로?"

"좀 걷자고."

"알았어."

"우리 어떻게 하는 거냐?" 잭이 물었다. "3시에 여기서 만나냐?"

"물론이지. 방금 정했잖아." 비거가 말했다.

"올게." 거스가 등을 돌린 채 말했다.

거스와 G.H.가 나가자 비거는 주저앉았다. 온몸에 식은땀이 느껴졌다. 이제 계획이 잡혔으니 해내는 도리밖에 없었다. 그는 이를 갈았다. 문을 나가던 거스의 마지막 모습이 마음속에 맴돌았다. 큐를 집어들어 힘껏 그러쥐고는 거스의 뒤통수에다 던질 수도 있었을 것이다. 그리하여 단단한 나무가 두개골 밑에 딱 부딪치는 충돌감을 만끽하며. 뱃가죽이 땅기는 느낌은 여전했다. 실제로 일을 저지를 때까지는, 가게에서 돈을 강탈할 때까지는, 이런 느낌이 사라지지 않을 것이었다.

"너랑 거스는 왜 그렇게 앙숙이냐?" 잭이 고개를 저으며 말했다.

비거는 몸을 돌려 잭을 쳐다봤다. 아직 잭이 남아 있었다는 사실을 잊고 있었다.

"에이, 그 비겁한 검둥이 새끼." 비거가 말했다.

"괜찮은 놈이야." 잭이 대꾸했다.

"겁쟁이야." 비거가 말했다. "이중으로 겁을 줘야만 말을 듣잖아. 할 때보다 안할 때 후환이 더 겁나게 말야."

"오늘 블럼네 가려면, 이렇게 시끄럽게 굴면 안되지." 잭이 말했다. "건수가 눈앞에 있잖아. 진짜 건수가."

"물론이지. 그럼, 나도 알아." 비거가 말했다.

비거로서는 점점 커지고 깊어지는 병적인 흥분을 시급히 감춰야만 했다. 이런 느낌을 빨리 없애버리지 못하면 그것에 굴복해버리고 말 것이었다. 그는 주의를 집중하고 힘을 발산할 수 있을 만큼 강렬한 자극이 필요했다. 달리고 싶었다. 아니면 스윙 음악을 듣든가. 아니면 웃고 농지거리하거나. 아니면 『잡지 탐정 실화』를 보거나. 아니면 영화를 보러 가든가. 아니면 베시한테 가든가. 오전 내내 그는 무관심의 커튼 뒤에 숨어서, 자신을 밖으로 노출시킬 만한 것이면 무엇에든 딱딱대고 노려보는 식으로 매사를 대해왔다. 그러나 이제 그는 밖으로 노출되고 말았다. 블럼네 가게 건에 대한 생각과 거스와의 말싸움이 그에게 올가미를 씌워 세상 속으로 끌어들였고 그의 자신감도 사라져버렸다. 이제는 모든 걸 잊어버릴 만큼 난폭한 행동을 하고서야 비로소 자신감을 되찾을 수 있을 것이다. 이것이 그의 삶의 리듬이었다. 무관심과 폭력, 멍하니 생각에 잠기는 시간과 격렬한 욕망에 휩쓸리는 시간, 침묵의 순간과 분노의 순간—마치 보이지 않는 먼 힘에 이끌려 밀려갔다 밀려오는 물결처럼. 이러한 존재 방식은 그에게는 식욕만큼이나 절실한 욕구였다. 그는 낮에 피었다가 밤이면 시드는 이상한 풀과 같았다. 그렇지만 이 풀을 피어나게 만드는 태양과 시들게 만드는 차가운 어둠은 눈에 보이지 않았다. 그것은 그만의 태양이요, 어둠, 사적이고 개인적인 태양이요, 어둠이었다. 그는 자신의 급변하는 기분에 앙심 어린 자만을 느꼈으며, 그 댓가를 치러야 할 때면 큰소리쳤다. 난 이런 놈이다, 어쩔 수 없다고 말하며 고개를 젓곤 했다. 그리고 바로 이 음울한 시선과 뒤따르는 난폭한 행동 때문에 스스로 자신이 밉고 두려운 만큼 거스와 잭, G.H.도 그를 미워하고 두려워했다.

"어디 갈래?" 잭이 물었다. "앉아 있는 것도 지겹다."

"좀 걷자." 비거가 말했다.

그들은 앞문 쪽으로 갔다. 비거는 발을 멈추며 거칠고 절망적인 표정으로 당구장 안을 둘러보았다. 입술은 결의로 굳게 다물어져 있었다.

“가냐?” 닥이 고개도 돌리지 않은 채 물었다.

“네.” 비거가 말했다.

“나중에 봐요.” 잭이 말했다.

그들은 아침 햇볕을 받으며 거리를 내려갔다. 모퉁이에서는 차가 다 지나갈 때까지 한가로이 기다렸다. 차가 겁나서가 아니라 시간이 남아돌기 때문이었다. 싸우스파크웨이쯤 왔을 때 그들은 새로 불붙인 담배를 태웠다.

“영화나 봤으면 좋겠다.” 비거가 말했다.

“리걸에서 「트레이더 혼」²을 다시 상영하던데. 요즘 오래된 영화를 많이 틀고 있어.”

“얼만데?”

“20쎈트.”

“좋아, 보자.”

둘은 말없이 여섯 구역을 걸었다. 싸우스파크웨이 47번가에 도착했을 때는 11시 반으로 리걸이 막 문을 여는 참이었다. 둘은 표를 사서 어두운 극장 안으로 들어가 좌석에 앉았다. 아직 영화가 시작되지 않았고 나지막한 부드러운 파이프오르간 소리가 귀에 들어왔다. 비거는 불안하게 몸을 들썩였고 숨이 빨라졌다. 그는 어둠 속에서 주위를 둘러보며 안내원이 근처에 있는지 살펴보고, 좌석에 깊이 몸을 묻었다. 그가 잭을 슬쩍 쳐다보니 잭도 그를 곁눈질하고 있었다. 둘은 같이 웃었다.

“또 그 짓이냐?” 잭이 물었다.

---

2 1931년 개봉작으로 케냐를 배경으로 원시적 풍물을 담아 인기를 끌었다. 아프리카 부족에게 납치되어 여신으로 숭배받는 백인 여성과, 그녀를 발견하고 사랑에 빠지는 백인 남자 트레이더 혼의 이야기이다.

"이 몸의 야경봉 윤내는 중이시다." 비거가 말했다.

둘은 낄낄댔다.

"나는 못 당할걸." 잭이 말했다.

"미친놈."

오르간은 오랫동안 한 음만 연주하더니 소리가 잦아들었다.

"넌 인마, 아직 딱딱해지지도 않았잖아." 잭이 속삭였다.

"딱딱해지는 중이시다."

"내 건 막대기 같아." 잭은 지극한 자부심을 담아 말했다.

"여기 베시가 있으면 좋겠다." 비거가 말했다.

"클라라 입에서 당장이라도 신음 소릴 뽑아낼 수 있을 텐데."

둘은 한숨을 쉬었다.

"지금 지나간 여자가 우릴 봤나봐."

"그래서 뭐?"

"만일 다시 오면 내 이놈을 내놓고 흔들어준다고."

"에이, 미친 새끼."

"이놈을 보면 기절초풍하겠지."

"아니, 덥석 움켜쥘지도 모르지."

"그럼."

비거는 잭이 앞으로 몸을 숙이며 다리를 뻣뻣하게 뻗는 것을 보았다.

"끝났냐?"

"으—웅……"

"빨리도 끝나네……"

다시 둘은 말이 없었다. 그러다 비거가 숨을 거칠게 몰아쉬며 앞으로 몸을 숙였다.

"끝났네…… 빌어……먹을……"

둘은 좌석에 축 늘어진 채 5분쯤 가만히 앉아 있었다. 마침내 둘은 몸을 폈다.

"이제 발 둘 데가 없네." 비거가 웃으며 말했다. "다른 자리로 가자."

"그러자."

둘은 다른 좌석으로 자리를 옮겼다. 오르간은 여전히 연주 중이었다. 이따금 둘은 극장 뒤편 높이 있는 영사실을 뒤돌아봤다. 어서 영화가 시작되었으면 싶었다. 다시 이야기를 시작할 때 그들은 목이 쉰 듯 가라앉은 목소리로 말을 질질 끌었고 목소리에는 불안이 배어 있었다.

"그 건수 잘될까?" 비거가 물었다.

"잘될 거야."

"그 빌어먹을 구호소 일을 하느니 차라리 감옥에 가고 말지."

"그런 소리 마."

"젠장, 상관없어."

"붙잡힐 생각 따윈 집어치우고 잘해낼 생각을 해야지, 인마."

"겁나냐?"

"뭔 소리!"

그들은 오르간 소리를 들었다. 오르간은 거의 들리지 않을 만큼 낮게 웅웅거렸다. 어떨 때는 완전히 그쳤나 싶다가 다시 몰아치며 부드럽고 향수 어린 달콤한 가락을 연주했다.

"이번엔 아무래도 총을 가져가야겠어." 비거가 말했다.

"좋아, 하지만 조심해야 돼. 사람을 죽이는 건 안돼."

"알아. 하지만 이번엔 총이 있어야 마음이 더 놓일 거야."

"에이, 지금이 3시면 좋겠다. 그럼 이미 다 끝났을 텐데."

"내 말이."

오르간 소리가 멈추고 리듬감 있게 움직이는 영상들이 스크린에 번뜩였다. 비거는 자리에 앉아 첫 영화를 보았다. 뉴스영화였다. 장면들이 펼쳐지자 그는 흥미가 생겨 몸을 앞으로 기울였다. 그는 반짝반짝 빛나는 해변 모래사장에 누워 있는 갈색 머리의 백인 처녀들이 미소 짓는 모습을 보았다. 그 뒤로는 반짝이는 바닷물이 길게 펼쳐져 있었다. 야자나무들이 가까이, 그리고 멀리 서 있었다. 필름의 움직임에 맞추어 해설자 목소리가 나왔다. 플로리다 모래사장에서 일광욕하고 있는 부잣집 따님들입니다! 사교계에 갓 등장한 이 아가씨들은 사십여억 달러의 미국의 부와 미국을 주도하는 오십여 가문을 대표하는 여성들입니다……

"잘들도 빠졌네." 잭이 말했다.

"그러게, 야!"

"나도 저기서 놀아봤으면 좋겠네."

"못 갈 거야 없지." 비거가 말했다. "그렇지만 바나나 송이처럼 나무에 매달리게 될걸……"

둘은 해설자의 목소리에 귀 기울이며, 헤프고 나직한 웃음을 터뜨렸다. 반짝이는 모래사장 위를 이리저리 훑어대는 장면이 나왔다. 그러다 비거는 한 남자의 팔에 허리를 휘감긴 채 미소 짓는 호리호리한 백인 처녀가 클로즈업된 것을 보았다. 해설자의 목소리가 들렸다. 메리 돌턴. 드렉설 대로 4605번지에 거주하는 시카고의 헨리 돌턴 씨의 따님으로 최근 플로리다의 겨울 휴가 때 라샐 가와 골드코스트[3]의 청년들

------

3 골드코스트는 시카고의 부유한 지역으로 라샐 가는 그 지역에 있는 거리.

을 마다하고 잘 알려진 급진주의자의 관심을 받아들여 사교계를 놀라게 했습니다…… 미소 짓는 처녀가 남자에게 키스하고 남자가 여자를 번쩍 들고 빙 돌려 카메라 밖으로 나가게 만드는 모습이 클로즈업으로 비춰졌다.

"야, 잭?"

"어?"

"저 여자…… 저 남자 팔에 안겨 있는 저 여자 말야…… 저게 내가 일하러 갈 집 딸이야. 드렉설 4605번지에 산다잖아…… 거기가 내가 오늘 밤 그 일자리 때문에 가보기로 한 곳이라고……"

"진짜?"

"응!"

클로즈업 화면이 희미해지고 다음 장면은 반짝이는 모래사장을 달리는 그 여자의 다리만 보여주었다. 뒤를 쫓는 남자의 다리가 이어졌다. 해설은 단조롭게 계속됐다. 야아! 남자가 쫓아갑니다. 저런! 잡았네요! 아, 정말이지, 여러분도 여기 플로리다로 오고 싶지 않습니까? 클로즈업으로 잡은 화면이 희미해지고 또다른 클로즈업이 등장해 바싹 붙어 서 있는 두 쌍의 다리를 비쳤다. '이런!' 목소리가 말했다. 여자의 다리가 천천히 들리면서 마침내 발가락 끝만 모래에 닿았다. 아! 부잣집 아가씨들 대단하네요! 천천히 페이드아웃되면서 해설자의 목소리가 이어졌다. 이런 장면이 벌어지고 얼마 안되어, 놀란 돌턴 부부는 전보를 보내 겨울 휴가 중이던 딸 메리를 집으로 불러들였고 딸의 공산주의자 친구를 비난했습니다.

"야, 잭?"

"응?"

"공산주의자가 뭐냐?"

"내가 어찌 아냐? 러시아에 사는 사람들이잖아, 아냐?"

"돌턴 노친네 딸하고 키스하던 저 남자가 공산주의자인데 그 여자 부모가 좋아하지 않는다네."

"부자들은 공산주의자를 좋아하지 않지."

"여자는 아주 섹시하던데."

"그러게." 잭이 말했다. "거기서 일하게 되면 너 그 여자 편에 딱 붙어. 그러면 원하는 것은 뭐든 가질 수 있을 거라고, 알겠냐? 이 부자 놈들은 뒷구멍으로 구린 짓을 하거든. 그 노땅이 그 공산주의자 일에 그렇게 화낸 것도 딸내미가 너무 내놓고 그러니까 그랬을 거야……"

"그래, 그럴 거다." 비거가 말했다.

"씨발. 우리 엄마가 백인 부잣집에서 일한 적 있는데 그때 엄마 이야기를 너도 들었더라면……"

"무슨 얘긴데?"

"아, 저 부잣집 백인 여자들은 아무나하고 잔다는 거야. 살살거리는 놈부터 시작해서 쭉. 심지어 자기네 운전수하고도 한대. 야." 잭이 비거의 갈비뼈를 툭 치며 말했다. "너 인마, 그 집에서 기운 달리는 일이 생기면, 이 형님한테 알려라."

그들은 웃었다. 비거는 눈길을 화면으로 돌렸지만, 그림이 눈에 들어오지 않았다. 새 일자리에 대한 흥분으로 가득 찼다. 부잣집 백인들에 대해 들었던 얘기들이 정말 맞을까? 영화에서 본 그런 사람들 집에서 일하게 되는 걸까? 그러면 많은 것을 속속들이 들여다볼 수 있을 것이다. 숨은 내막을 알게 될 것이다. 「트레이더 혼」이 시작되고 벌거벗은 흑인 남녀가 정열적인 춤을 추며 빙글빙글 도는 광경과 함께 북소리가 들려왔다. 그러다 점차 그의 마음속에서 아프리카의 장면은 까만 정장과 하얀 드레스를 차려입고 웃고 떠들며 술 마시고 춤추는 백인 남녀의 모습으로 변했다. 저들은 똑똑한 치들이다. 저들은 돈을 몇백만 달러씩 긁어모으는 방법을 안다. 저들 밑에서 일한다면, 어쩌면 무슨 일인가 일어나서 돈을 좀 손에 쥐게 될지도 모른다. 저들이 도대체 어떻게 돈을 버는지 알게 될 것이다. 그렇다. 그것은 게임일 뿐이며, 백인들은 게임하는 법을 안다. 게다가 부유한 백인들은 흑인에게 그다지 심하게 굴지 않는다. 흑인들을 미워하는 것은 가난한 백인들이다. 그들은 제 몫의 돈을 챙기지 못하니까 공연히 흑인을 미워한다. 부유한 백인들은 가난한 백인보다는 차라리 흑인을 더 좋아한다고 어머니도 항상 말하지 않던가. 비거는 만일 자기가 가난한 백인이고 제 몫의 돈도 못 챙겼다면, 걷어차여도 싸다는 생각이 들었다. 가난한 백인은 멍청한 족속이다. 똑똑하고 사람을 다룰 줄 아는 것은 부유한 백인들이다. 그는 어디선가 들은, 부잣집 백인 여자와 결혼한 흑인 운전사 얘기가 생각났다. 그 여자 부모는 두 사람을 배에 태워 해외로 내보내고 돈을 보내주었다고 했다.

그렇다. 돌턴 씨 집에서 일하게 되다니 굉장한 일이다. 돌턴 씨는 백만장자다. 메리 돌턴은 아마 화끈한 여자일 것이다. 돈을 많이 쓸 것이고, 가끔 싸우스사이드를 구경하고 싶어할지도 모른다. 아니면 숨겨놓은 애인이 있을지도 모르고. 그렇다면 그녀를 태우고 다니는 자기만이 그 사실을 알 것이고, 입 다물어달라고 돈을 집어줄지도 모른다.

하필 좋은 일자리가 생길 판에 블럼네 가게를 털려고 하다니, 자기가 참 바보 같다는 생각이 들었다. 왜 이제까지 이런 생각을 못 했을까? 다른 일들, 거창한 일들이 생길지도 모르는 마당에 뭐하러 어리석게 모험을 한단 말인가? 이따가 오후에 뭔가 삐끗하면, 일자리도 놓치고 감방에 들어가게 되기 십상이었다. 게다가 블럼네 가게를 터는 일은 어차피 썩 마음이 내키지 않던 터다. 그는 어두운 극장 안에서 눈살을 찌푸렸다. 둥둥 울리는 톰톰⁴ 소리와 자유분방하고 정열적으로 춤추는 흑인 남녀들, 태어난 땅에 뿌리내린 채 두려움이나 히스테리 따위와 상관없이 자기 세계에서 편안히 살아가는 흑인 남녀들의 고함이 들렸다.

"일어나, 비거." 잭이 말했다. "가야 돼."

"어?"

"3시 20분 전이야."

그는 일어나서 보이지 않는 부드러운 양탄자를 밟으며 어두운 통로를 걸어나왔다. 사실상 영화는 하나도 안 본 셈이지만 상관없었다. 로비로 걸어나오면서 거스와 블럼네 가게 생각으로 뱃속이 다시 팽팽해졌다.

"근사한데, 응?"

"그래. 끝내주네." 비거가 말했다.

그는 잭과 나란히 씩씩하게 걸어 39번가에 도착했다.

"우리, 총 가져오는 게 낫겠다." 비거가 말했다.

"그러자."

"15분쯤 남았어."

"알았어."

"잘 가."

그는 두려움이 점점 더해지는 것을 느끼며 집으로 걸어갔다. 문

---

4 손바닥으로 두드리는 가늘고 긴 북.

간에 이르자 올라갈까 말까 망설여졌다. 블럼네 가게를 털고 싶지 않았다. 겁났다. 그렇지만 이제는 하는 수밖에 없었다. 그는 소리없이 계단을 올라가 자물쇠에 열쇠를 집어넣었다. 문이 조용히 안쪽으로 열렸고 커튼 뒤에서 어머니의 노랫소리가 들려왔다.

신자 되기 원합니다
이 내 맘에, 이 내 맘에
신자 되기 원합니다
이 내 맘에, 이 내 맘에……[5]

그는 발뒤꿈치를 들고 살금살금 방 안으로 들어가, 자기 침대의 위쪽 매트리스를 들어올리고 총을 꺼내 셔츠 안에 집어넣었다. 막 문을 열려고 하는데, 어머니가 노래를 멈추었다.

"거기 너냐, 비거?"

그는 재빨리 바깥 복도로 나와 문을 쾅 닫고 곤두박질하듯 계단을 내려갔다. 그리고 현관문을 박차고 거리로 달려나왔는데, 예의 뜨겁고 탄탄하게 뭉쳐진 공 같은 것이 배와 가슴 속에서 점점 크고 무거워지는 느낌이었다. 그는 입을 벌려 숨을 몰아쉬었다. 그는 닥의 당구장을 향해 걸어가 문간에서 안을 들여다보았다. 잭과 G.H.가 안쪽 당구대에서 포켓볼을 치고 있었다. 거스는 없었다. 그는 긴장된 신경이 약간 느슨해지는 것을 느끼며 침을 삼켰다. 거리를 위아래로 훑어보았다. 나다니는 사람이 별로 없었고 경관은 보이지 않았다. 거리 건너편 창문 안에서 시계가 3시 12분 전을 가리

---

5 찬송가로 쓰이는 흑인영가인 「신자 되기 원합니다」(Lord, I want be a Christian)의 일부.

키고 있었다. 그래, 됐다. 들어가야 한다. 그는 왼손을 들어 길고 느린 손짓으로 이마의 땀을 훔쳐냈다. 그리고 문간에서 잠시 더 머뭇거리다 들어가 꿋꿋한 걸음으로 안쪽 당구대로 갔다. 그는 잭이나 G.H.에게 말을 걸지 않았다. 그들도 마찬가지였다. 그는 떨리는 손가락으로 담배를 피워 물고는 스핀을 먹인 당구공들이 녹색 천 위에서 빛을 발하며 굴러가다가 고무 쿠션에 부딪혀 이리저리 튕겨나와 구멍 속으로 들어가는 것을 지켜봤다. 치밀어오르는 가슴을 달래기 위해 무슨 말이라도 해야만 할 것 같았다. 그는 급히 담배를 타구에 던져넣고는, 검은 콧구멍으로 두 줄기 푸른 연기를 내뿜으며 잠긴 목소리로 크게 말했다.

"잭, 너 그거 못 집어넣는 데 25쎈트 건다!"

잭은 대답하지 않았다. 공은 똑바로 당구대를 가로질러 싸이드 포켓으로 사라졌다.

"너 잃을 뻔했네." 잭이 말했다.

"이젠 늦었네요." 비거가 말했다. "네가 내기를 안 받았으니, 잃은 건 너라고."

그는 쳐다보지도 않고 말했다. 그의 온몸은 강렬한 감각, 긴장감을 덜어줄 뭔가 자극적이며 격렬한 것을 간절히 바랐다. 이제 3시 10분 전인데 거스는 아직 안 왔다. 거스가 더 지체하면, 너무 늦어버릴 것이었다. 그리고 그것은 거스도 알고 있었다. 뭔가 하려면, 사람들이 저녁거리를 사러 거리에 나오기 전에, 그리고 경관이 구역 저편에 있는 사이에 해치워야 했다.

"이 나쁜 새끼! 내 이럴 줄 알았어!" 비거가 말했다.

"에이, 올 거야." 잭이 말했다.

"가끔씩 그 새끼 비겁한 심장을 도려내고 싶어진단 말야." 비거는 주머니 속의 칼을 더듬으며 말했다.

"깔치를 만나 노닥거리고 있나보지." G.H.가 말했다.

"쫄았지 뭐." 비거가 말했다. "백인을 털자니 쫀 거야."

당구공이 부딪히는 소리가 났다. 잭이 큐에 초크 칠을 했는데, 금속성 소리에 비거는 아프도록 이를 악물었다. 그는 그 소리가 싫었다. 그 소리를 들으면 칼로 뭔가 자르고 싶어졌다.

"이 새끼 이번 건수 놓치게만 해봐, 내 본때를 보여주고 말 테니." 비거가 말했다. "이렇게 늦으면 안되지. 하나라도 늦으면 언제나 일이 틀어지잖아. 거물들 봐. 그놈들이 지각한다는 소리 들어본 적 있냐? 천만에! 그놈들은 시계처럼 정확하게 일한단 말야!"

"우리 중에 거스만큼 담 센 놈도 없잖아." G.H.가 말을 받았다. "걔가 언제 빠진 적 있냐?"

"야, 아가리 닥쳐." 비거가 말했다.

"또 시작이구나, 비거." G.H.가 말했다. "거스도 오늘 아침 네 행동에 대해 뭐라고 하던데 말야. 일만 닥쳤다 하면 넌 너무 신경질이야……"

"아가리 닥쳐, 인마. 내가 신경질이야?"

"오늘 못하면 내일 할 수도 있잖아." 잭이 끼어들었다.

"내일은 일요일이야, 멍청아!"

"비거, 부탁이다! 소리 좀 지르지 마!" 잭이 팽팽하게 긴장된 어조로 말했다.

비거는 뚫어질 듯 잭을 한참 노려보다가 얼굴을 찡그리며 돌아섰다.

"우리 계획을 온 세상에 떠들어댈 건 아니잖아." 잭이 달래는 듯한 목소리로 낮게 말했다.

비거는 당구장 앞쪽으로 걸어가 서서 창밖을 내다보았다. 그러다 갑자기 구역질이 났다. 걸어오는 거스가 보였다. 근육이 굳어졌다. 거스를 가만두지 않을 작정이었다. 딱히 어떻게 할지는 그도 알지 못했다. 거스가 가까워지면서 휘파람 부는 소리가 들렸다. "회전목마는 망가지고……"[6] 문이 안쪽으로 열렸다.

"왔냐, 비거?" 거스가 말했다.

비거는 대답하지 않았다. 거스는 그를 지나쳐 뒷줄 당구대 쪽으로 향했다. 비거는 획 돌아서서 그를 세게 걷어찼다. 거스가 한번에 획 고꾸라지며 얼굴을 아래로 묻고 엎어졌다. 바닥에 엎어진 거스와 뒷줄 당구대의 잭과 G.H., 그리고 닥을 보는 게 역력한 눈길로, 웃음기 어린 눈동자를 천천히 굴리며 이 모든 사람을 한꺼번에 주시하면서 비거는 웃음을 터트렸다. 처음에는 낮게, 그러다 점점 더 격렬하고 더 크게, 신경질적으로 웃어댔다. 속에서 뜨거운 물이 끓어올라 넘쳐날 것만 같았다. 거스는 증오로 가득 찬 험악한 눈빛으로 입을 벌린 채 말없이 일어났다.

"야, 거기, 그만들 하지." 카운터 뒤에서 닥이 고개를 들어 말하고는 다시 허리를 굽혔다.

"왜 차냐?" 거스가 물었다.

"차고 싶어 찼다, 왜." 비거가 대답했다.

거스는 시선을 내리깔며 비거를 노려보았다. G.H.와 잭은 큐에 몸을 기대고 묵묵히 지켜봤다.

"언제고 내 손에 혼날 줄 알아." 거스가 위협했다.

"다시 한번 읊어봐." 비거가 말했다.

---

[6] 1937년 발표된 유행가로, 인기 애니메이션 씨리즈 '루니 툰스'의 주제곡으로 유명했다.

닥이 허리를 펴며 비거를 보면서 웃었다.

"내버려둬라, 비거."

거스는 돌아서서 뒷줄 당구대 쪽으로 걸어갔다. 비거는 놀랄 만큼 높이 뛰어올라 그의 뒷덜미를 움켜잡았다.

"다시 한번 읊어보라고 했잖아!"

"하지 마, 비거!" 거스는 무릎을 꿇고 주저앉으며 숨이 막혀 허덕거렸다.

"명령하지 마!"

몸의 힘줄이 팽팽해지며 그는 자기 주먹이 거스의 옆머리통을 내려치는 것을 보았다. 자기도 모르는 사이에 손이 먼저 나갔다.

"야, 다치겠다." 잭이 말했다.

"죽여버리겠어." 비거는 멱살을 잡은 손에 힘을 가해 목을 더 세게 조르며, 꽉 다문 이 사이로 내뱉었다.

"이 ― 이 ― 이거 놔 ― 놔." 거스는 빠져나오려 애쓰며 숨넘어가는 소리로 말했다.

"어디 그렇게 해보시지!" 비거는 손가락에 더욱 힘을 주며 말했다.

거스는 무릎을 꿇은 채 꼼짝도 하지 않았다. 그러더니 팽팽하게 당긴 활이 튕겨나가듯 벌떡 일어서며 비거를 떨쳐내고 몸을 틀어 달아났다. 비거는 순간 숨이 막혀와 비틀거리며 벽에 기대섰다. 비거의 손놀림이 너무 빨라 아무도 눈치채지 못했다. 번쩍하고 칼날이 빛을 발했다. 그는 도약하는 짐승처럼 우아하게 한발짝 크게 내디디며 거스를 왼발로 걸어 바닥에 넘어뜨렸다. 거스는 일어나려고 몸을 굴렸지만, 이미 비거가 칼날을 펴 들고 몸 위에 올라탔다.

"일어나봐! 일어나기만 해, 목젖을 베어버릴 테니!"

거스는 누운 채 꼼짝하지 않았다.

"됐어, 비거." 거스는 굴복했다. "그만 일어나자."

"이놈이 날 바보 취급해, 응?"

"아냐." 거스가 거의 입술을 움직이지 않고 말했다.

"아니라니 잘 생각했군." 비거가 말했다.

그의 얼굴이 약간 부드러워지며, 충혈된 눈의 냉혹한 번뜩임도 사라졌다. 그러나 그는 여전히 칼을 펼쳐 들고 무릎을 꿇은 채였다. 잠시 후 그는 일어섰다.

"일어나!" 그는 말했다.

"제발, 비거!"

"칼 맛을 봐야겠냐?"

그는 다시 몸을 굽혀 거스의 목에 칼을 들이댔다. 거스는 꼼짝도 않고 크고 검은 눈으로 애원하듯 바라보았다. 비거는 아직 성이 차지 않았다. 근육이 또다시 빳빳해졌다.

"일어나! 두번 말하지 않는다!"

천천히 거스가 일어섰다. 비거는 펼친 칼날을 거스의 입술에 바싹 갖다댔다.

"핥아." 의기양양한 비거의 몸에 홍분이 일었다.

거스의 눈에 눈물이 고였다.

"핥으라고 했잖아! 장난인 것 같냐?"

거스는 머리를 움직이지 않고 눈만 굴려 실내를 둘러보며 말없이 도움을 청했다. 그러나 아무도 움직이지 않았다. 비거의 왼쪽 주먹이 칠 듯 천천히 올라갔다. 거스의 입술이 칼 쪽으로 다가갔다. 그는 혀를 내밀어 칼날에 댔다. 거스의 입술이 떨리며 눈물이 뺨을 타고 흘러내렸다.

"하하하하!" 닥이 웃었다.

"야, 그만해!" 잭이 큰 소리로 말했다.

비거는 비틀린 미소로 입술을 일그러뜨린 채 거스를 지켜봤다.

"야, 비거, 그만큼 겁줬으면 이제 됐잖아?" 닥이 물었다.

비거는 대답하지 않았다. 새로운 생각에 그의 눈이 다시 냉혹하게 번뜩였다.

"손들어, 번쩍!" 그는 말했다.

거스는 침을 꿀꺽 삼키더니 손을 벽에 기댄 채 높이 뻗쳤다.

"그만해, 비거." G.H.가 기어드는 소리로 말했다.

"자, 잘 봐." 비거가 말했다.

그는 거스의 셔츠 속에 칼끝을 집어넣더니 마치 원을 잘라내듯 팔을 움직여 원호를 그었다.

"네놈 배꼽을 도려내면 어떨까?"

거스는 대답이 없었다. 땀방울이 관자놀이를 타고 굴러떨어졌다. 입술이 멍하니 크게 벌어졌다.

"그 시뻘건 아가리 좀 다물지!"

거스는 꼼짝도 하지 않았다. 비거는 거스의 배에 칼을 더 세게 밀어넣었다.

"비거!" 거스가 긴장된 목소리로 속삭였다.

"입 다물어!"

거스가 입을 다물었다. 닥이 웃었다. 잭과 G.H.도 웃었다. 그러자 비거는 뒤로 물러나 미소를 띠며 거스를 쳐다봤다.

"이 광대 같은 자식아, 팔 내리고 저기 의자에 앉아." 그는 거스가 앉는 것을 지켜봤다. "이만하면 다음부턴 늦게 오지 않겠지?"

"아직 안 늦었잖아, 비거. 아직 시간이 있다고……"

"닥쳐! 이미 늦었어!" 비거가 명령조로 고집했다.

비거는 돌아섰다. 그러다 바닥이 긁히는 날카로운 소리에 몸이 빳빳해졌다. 거스가 의자에서 튕기듯 일어나 당구대에서 공을 움켜잡고 흐느낌 반 욕설 반인 소리를 내지르며 던졌다. 비거는 손을 휙 치켜들어 얼굴을 가렸고 공을 맞은 충격이 그의 팔목에 가해졌다. 공이 허공을 가르며 자기 쪽으로 날아오는 것을 본 순간 그는 눈을 감았었다. 눈을 떠보니 거스는 뒷문으로 나는 듯 도망치는 중이었으며, 그와 동시에 공이 바닥에 떨어져 굴러가는 소리가 들렸다. 지독한 통증으로 팔이 욱신거렸다. 그는 욕설을 뱉으며 앞으로 몸을 날렸다.

"이 개새끼!"

그는 바닥 가운데 놓여 있던 큐를 밟고 미끄러져 앞으로 고꾸라졌다.

"이제 그만하지, 비거." 닥이 웃으며 말했다.

잭과 G.H.도 따라 웃었다. 비거는 일어나 다친 손을 부여잡고 그들을 똑바로 쳐다보았다. 그는 붉게 충혈된 눈에 증오를 담아서 묵묵히 노려보았다.

"어디 계속 웃어봐." 그가 말했다.

"얌전하게 굴어, 인마." 닥이 말했다.

"계속 웃어봐." 비거는 칼을 꺼내 들며 다시 한번 말했다.

"까불지 마라." 닥이 경고했다.

"에이, 비거." 잭이 뒷문 쪽으로 뒷걸음치며 말했다.

"네놈이 이제 다 망쳐버렸어." G.H.가 말했다. "너 이렇게 되길 바랐지……"

"꺼져, 새끼야!" 비거의 고함 소리가 G.H.의 목소리를 삼켜버렸다.

닥이 카운터 뒤에서 허리를 깊숙이 굽혔다가 폈다. 보이지는 않지만 손에 뭔가 들고 있었다. 그는 그대로 서서 웃었다. 비거의 입가에 거품이 일었다. 그는 닥에게 시선을 고정시킨 채 당구대로 걸어갔다. 그러더니 팔을 크게 휘둘러 당구대의 녹색 천을 찢기 시작했다. 그러는 동안 그는 닥의 얼굴에서 잠시도 눈을 떼지 않았다.

"아니, 이 새끼가!" 닥이 말했다. "쏴버려야 알겠냐! 꺼져, 경찰 부르기 전에!"

비거는 닥을 쳐다보며 펼친 칼을 손에 들고 천천히 서두르지 않고 닥을 지나쳐 걸어간 후, 문간에서 멈추고 뒤돌아봤다. 잭과 G.H.는 가고 없었다.

"얼른 꺼져!" 닥이 총을 내보이며 말했다.

"왜, 저거 맘에 안 드쇼?" 비거가 말했다.

"쏘기 전에 꺼져!" 닥이 말했다. "다신 여기에 그림자도 얼씬하지 마."

닥이 화를 내자 비거는 겁났다. 그는 칼을 접어 주머니 속에 쓱 집어넣고는 문을 박차고 거리로 뛰쳐나왔다. 햇빛에 눈이 부셔 눈을 깜박였다. 신경이 너무 곤두서서 숨 쉬기도 힘들었다. 거리를 반쯤 내려가니 블럼네 가게가 나왔다. 곁눈질로 유리창 안을 들여다보니, 블럼 혼자뿐 가게에는 손님이 없었다. 그래, 가게를 털 시간은 있었을 것이다. 사실, 지금도 시간은 있다. 거스, G.H., 잭에게 거짓말했던 것이다. 그는 계속 걸었다. 경관은 한명도 보이지 않았다. 그렇다. 가게를 털고 튈 수 있었을 것이다. 그는 자기가 숨기려한 것이 거스와의 싸움으로 완전히 감춰졌으면 했다. 적어도 그 싸움으로 그는 그애들과 대등하다고 느낄 수 있었다. 그리고 또한 닥과도 대등하다고 느껴졌다. 당구대를 찢어 닥이 총을 사용하게 만들지 않았던가?

그는 미치도록 혼자 있고 싶었다. 다음 거리의 중간쯤에서 그는 골목길로 꺾어 들었다. 낮고 격한 웃음이 터져나왔다. 그러다가 문득 멈춰 섰다. 따뜻한 것이 뺨을 타고 흘러내리는 것이 느껴졌다. 그는 손으로 훔쳐내며 "우라질" 하고 낮게 내뱉었다. "너무 웃었더니 눈물이 다 났네." 그는 조심스럽게 얼굴을 윗도리 소맷자락에 닦고는 2분이 다 가도록 멍하니 서서 골목길 보도 위에 드리운 공중전화 부스 그림자를 응시했다. 그러다 갑자기 몸을 곧추세우며 숨을 한번 확 토해내고는 걷기 시작했다. "씨발!" 보도의 갈라진 작은 틈서리에 걸려 몸이 휘청거렸다. "빌어먹을!" 골목길 끝에서 그는 큰 거리로 나와, 풀이 죽어 주머니에 손을 깊숙이 찌르고 고개를 푹 숙인 채, 햇볕 속을 천천히 걸었다.

그는 집으로 돌아와, 창가 의자에 앉아 꿈꾸듯 바깥을 내다보았다.

"거기 비거냐?" 어머니가 커튼 뒤에서 소리쳤다.

"네."

"왜 뛰쳐들어왔다 뛰쳐나갔니, 조금 전에?"

"아무것도 아녜요."

"이제 일 좀 저지르고 다니지 마라, 얘야."

"에이, 엄마! 나 좀 내버려둬요."

그는 어머니가 금속 빨래판에 옷을 문지르는 소리를 잠시 듣다가, 닥의 당구장에서 거스와 싸울 때 느꼈던 기분을 떠올리며 멍하니 거리를 내다보았다. 한시간만 있으면 돌턴네 일자리를 알아보러 간다고 생각하니 기쁘고 마음이 홀가분해졌다. 그는 자기 패거리에 구역질이 났다. 오늘 이런 일이 있었으니 이제 그들과 같이 일하는 것도 끝장임을 그도 알았다. 마치 팔이나 다리가 잘려나간 자리를 안타깝지만 희망 없이 바라보는 사람처럼, 그는 거스와 싸움을 시작했을 때 자기가 백인을 턴다는 두려움에 사로잡혀 있음을 알고 있었다. 그렇지만 이런 생각이 구체적이고 확실한 인식으로 마음에 떠오르지 못하게 억누르고 있었다. 뒤섞인 감정들이 그로 하여금 백인과 총으로 맞서느니 거스한테 싸움을 걸어 강도 계획을 망쳐버리는 게 낫다는 것을 본능적으로 느끼게 해주었다. 그러나 그는 자신의 두려움에 대한 이 같은 자각을 마음속 깊이 꽁꽁 묻어두었다. 그에게 살아갈 용기를 가진다는 것은 자신의 두려움을 스스로의 의식으로부터 얼마나 잘 감추느냐에 달려 있었다. 거스와 싸운 것은 거스가 늦게 왔기 때문이다. 이것이 그가 감정적으로 용납할 수 있는 이유였고, 그는 자기 자신이나 친구들한테 스스로의 정당성을 입증하려 애쓰지도 않았다. 그래야 할 만큼 친구들을 중하게 여기지도 않았다. 그 강도 계획은 자기 못지않게 그들에게도 대단히 중요한 일이었는데도, 그는 자기가 한 행위에 대해 그들에게 책임져야 한다는 생각도 하지 않았다. 누구한테나 그는 이런 식이었다. 그는 누구한테도 책임을 져본 기억이 없었다. 상황이 자신한테 뭔가를 요구하면 그는 즉각 반항했다. 이것이 그의 생활 방식이었다. 그는 두렵기만 한 세계 속에서 강렬한 충동을 억누르거나 충족시키려 발버둥 치며 하루하루를 보내는 것이었다.

*

창밖 서쪽 하늘에서 지붕 너머로 지는 해가 보였다. 그는 서서히 땅거미가 지기 시작하는 광경을 지켜봤다. 이따금 전차가 지나갔다. 방 저편에서 녹슨 라디에이터가 식식거렸다. 낮에는 내내 봄 날

씨 같았으나, 지금은 어두운 구름이 서서히 해를 삼키고 있었다. 돌연 가로등이 켜지고 하늘이 지붕 가까이 시커멓게 내려앉았다.

셔츠 안쪽으로 총의 차가운 금속성 촉감이 맨살에 느껴졌다. 다시 매트리스 사이에 갖다놓아야 한다. 아니다! 갖고 있다가 돌턴 씨 댁에 갈 때 가지고 가야지. 가지고 가는 게 더 안전할 듯싶었다. 사용할 계획도 없고 딱히 두려운 것도 없었지만, 그의 마음속에는 그것을 지니고 다녀야 할 것만 같은 불안과 불신이 있었다. 백인들 속으로 가는 거니까 칼과 총을 가지고 가야겠다. 그러면 저들과 대등하다는 느낌이 들 것이고, 든든할 것이다. 그러다 그는 총을 가지고 가야 할 좋은 구실을 생각해냈다. 돌턴 저택으로 가려면 백인 동네를 지나가야 했다. 최근에는 흑인을 괴롭혔다는 이야기를 듣지 못했지만, 언제라도 일어날 수 있는 일이라는 생각이 들었다.

멀리서 시계가 다섯번 울렸다. 그는 한숨을 내쉬며 일어나, 하품을 하면서 두 팔을 머리 위로 높이 추켜올려 몸의 근육을 풀었다. 바깥 기온이 내려가고 있었으므로 그는 외투를 걸쳤다. 그리고 모자를 썼다. 그러고는 어머니 모르게 빠져나가려고 발뒤꿈치를 들고 문으로 다가갔다. 막 문을 열려고 하는데 어머니가 불렀다.

"비거!"

그는 멈추며 눈살을 찌푸렸다.

"네."

"일자리 알아보러 가니?"

"네."

"저녁도 안 먹고?"

"시간 없어요."

그녀는 비누거품이 묻은 손을 앞치마에 닦으며 문간으로 나왔다. "옜다, 15쎈트니 뭐 좀 사먹어라."

"알았어요."

"그리고 조심해라, 얘야."

그는 밖으로 나와 남쪽으로 46번가까지, 그다음에는 동쪽으로 걸었다. 그래, 앞으로 일할 돌턴 씨 댁 식구들이 영화에 나오는 사람들 같은지 어떤지 조금만 있으면 알게 될 것이다. 그러나 이 조용하고 널찍한 백인 주택가를 걸으면서는 영화에서 느꼈던 만큼 강한 매력과 신비는 느껴지지 않았다. 지나치면서 보는 집들은 굉장히 컸다. 창에서는 불빛이 부드럽게 빛났다. 이따금 쌩쌩 바퀴 소리를 내며 차가 지나갈 뿐 길에는 사람이 없었다. 이것은 차갑고 먼 세계, 소중히 간수된 비밀스러운 백인들의 세계였다. 그는 이 거리들과 집들에서 자부심과 자신감, 확신 같은 것을 느낄 수 있었다. 그는 드렉설 대로에 도착하여 4605번지를 찾기 시작했다. 마침내 거기에 다다르자 발을 멈추고, 쇠말뚝을 둘러친 시커먼 높은 담 앞에 위축된 기분으로 섰다. 영화에서 느낀 감정은 모두 사라져버렸다. 이제는 두려움과 공허감만이 가득했다.

이 집 사람들은 그가 어디로 들어오기를 바랄까, 앞길로, 아니면 뒷길로? 이런 것을 생각해보지도 않았다니 어이가 없었다. 빌어먹을! 그는 뒤로 통하는 길을 찾아 집을 에워싼 담을 빙 돌아봤다. 그러나 그런 건 없었다. 정문 말고는 주택 현관으로 통하는 진입로밖에 없었고 진입로의 출입구는 굳게 잠겨 있었다. 이렇게 백인 주택가를 서성거리는 모습을 경관이라도 본다면? 강도나 강간을 하려는 거라고 생각할 것이다. 그는 점점 화가 났다. 왜 이 빌어먹을 일자리를 구하러 왔던가. 동족 속에 눌러 있었더라면 이런 두려움과 증오심은 느끼지 않아도 됐을 텐데. 이곳은 그의 세계가 아니었다.

이곳이 맘에 들 거라고 생각했다니 어리석기 짝이 없었다. 그는 턱을 앙다문 채 길 한가운데 서 있었다. 주먹으로 뭐라도 치고 싶었다. 에이…… 젠장! 앞길로 들어가는 수밖에 없었다. 설령 잘못했다 해도, 설마 죽이기야 하겠는가! 고작해야 일자리를 주지 않겠다는 정도겠지.

그는 겁먹은 손으로 대문 빗장을 들어올리고 층계 쪽으로 걸어갔다. 그리고 멈춰 서서 누군가 제지하기를 기다렸다. 아무 일도 일어나지 않았다. 집에 아무도 없나? 문으로 다가가자 초인종 위편의 차양 달린 벽감壁龕에서 희미한 빛이 비치는 것이 보였다. 그는 초인종을 누르고는 안에서 부드러운 종소리가 나자 깜짝 놀랐다. 너무 세게 눌렀나? 제기랄! 이렇게 서툴게 굴어선 안된다. 그는 굳은 근육을 풀고 편안한 자세로 기다렸다. 문고리가 돌아갔다. 문이 열렸다. 하얀 얼굴이 보였다. 여자였다.

"안녕!"

"네, 부인."

"누구 만나러 왔니?"

"저…… 저…… 돌턴 씨를 뵈려구요."

"토머스네 아이냐?"

"네, 부인."

"들어오너라."

그는 문 안으로 천천히 몸을 들이밀다가 중간에 멈췄다. 그 여자가 너무 가까이 있어서 입가의 작은 점까지 보일 정도였다. 그는 숨을 죽였다. 그 여자 몸을 건드리지 않고 지나가기에는 너무 비좁아 보였다.

"어서 들어와." 여자가 말했다.

"네, 부인." 그는 기어드는 소리로 말했다.

그는 간신히 몸을 비켜 들어가, 부드러운 불빛이 흐르는 복도에 어정쩡하게 섰다.

"따라오너라." 여자가 말했다.

그는 모자를 손에 들고 어깨를 늘어뜨린 채 그녀를 따라, 너무 부드럽고 푹신해서 한 걸음 디딜 때마다 푹 가라앉는 것만 같은 양탄자 위를 걸어갔다. 그는 희미한 불빛이 켜진 방으로 들어갔다.

"앉아라. 네가 왔다고 돌턴 씨께 말씀드리마. 곧 나오실 거다." 그녀가 말했다.

"네, 부인."

그는 앉아서 여자를 올려다보았다. 그녀가 그를 빤히 쳐다보고 있었으므로 그는 당황해서 시선을 돌렸다. 그녀가 나가자 기뻤다. 빌어먹을 여편네! 내 어디가 그렇게 우습단 말야? 자기나 나나 뭐가 다르다고…… 앉은 자세가 몹시 어색하게 느껴졌다. 그러고 보니 그는 의자 끄트머리에 앉아 있었다. 그는 좀더 깊숙이 앉으려고 몸을 약간 일으켰다. 그러나 고쳐 앉자 몸이 너무나 갑자기 푹 꺼지는 바람에 의자가 무너진 줄 알았다. 그는 두려운 마음에 몸을 반쯤 벌떡 일으키다가, 영문을 깨닫고는 조심스럽게 다시 앉았다. 방을 둘러보았다. 보이지 않는 어딘가에서 희미한 불빛들이 흘러나오고 있었다. 눈을 굴려 여기저기 훑어보았으나 찾을 수가 없었다. 이런 것은 전혀 예상하지 못했었다. 이 세계가 자신의 세계와 이처럼 겁날 정도로 철저히 다를 줄은 생각도 못했다. 매끄러운 벽에는 그림이 몇점 걸려 있는데, 어떤 그림인지 알아내려 했으나 도저히 알 수 없었다. 그림을 자세히 들여다보고 싶었지만 감히 용기가 나지 않았다. 그러다 그는 귀를 기울였다. 어디선가 희미하게 피아

노 소리가 흘러들어왔다. 그는 백인 가정에 앉아 있는 것이었다. 희미한 빛이 감돌았고 낯선 물건투성이였다. 그는 화나고 불편했다.

"자, 따라오게."

그는 남자 목소리에 깜짝 놀랐다.

"네, 회장님."

"따라오라고."

의자에 엉덩이가 파묻힌 깊이를 잘못 가늠한 까닭에, 일어나려고 했으나 그는 도로 미끄러지며 모로 주저앉았다. 의자 팔걸이를 잡고 몸을 일으키니, 손에 종잇조각을 든 키가 크고 여윈 백발의 남자가 보였다. 남자는 재미있다는 듯한 미소를 띠며 그를 바라보고 있었는데, 비거로 하여금 자신의 검은 몸 구석구석을 샅샅이 의식하도록 만드는 미소였다.

"토머스?" 남자가 물었다. "비거 토머스?"

"네, 회장님." 그는 작은 소리로 대답했다. 정말로 말을 했다기보다는, 제 입에서 저절로 흘러나오는 소리를 들었다.

"따라오게."

"네, 회장님."

그는 남자를 따라 방을 나가 복도로 걸어갔다. 남자가 갑자기 발을 멈췄다. 비거도 어리둥절하여 멈춰 섰다. 그때 그는 키가 크고 여윈 백인 여자가 두 손을 우아하게 공중에 들고 양쪽 벽을 짚으며 소리없는 걸음걸이로 자기 쪽으로 천천히 다가오는 것을 보았다. 비거는 그녀가 지나갈 수 있게 뒤로 물러났다. 그녀의 얼굴과 머리는 완전히 흰빛이었다. 그에게는 유령처럼 보였다. 남자가 그녀의 팔을 부드럽게 잡아 잠시 멈춰 서게 했다. 비거가 보니 그녀는 나이 든 노인이고 회색 눈은 돌처럼 무표정해 보였다.

"괜찮소?" 남자가 물었다.

"네." 그녀가 대답했다.

"페기는 어디 있어요?"

"저녁 준비를 하고 있어요. 난 정말 괜찮아요, 헨리."

남자가 여자의 팔을 놓자, 그녀는 하얗고 긴 손가락으로 벽을 살짝 스치듯 더듬으면서 천천히 앞으로 나아갔다. 여자 뒤로는 커다란 흰 고양이가 옷자락 끝에 바싹 붙어 소리없이 움직이고 있었다. 장님이구나! 비거는 놀랐다.

"자, 이쪽으로 가지!" 남자가 말했다.

"네, 회장님."

그는 자기가 그 여자를 쳐다보는 것을 남자가 보았을까 하는 생각을 했다. 여기서는 조심해야 되겠다. 이상한 것이 너무 많았다. 그는 남자를 따라 방으로 들어갔다.

"앉게."

"네, 회장님." 그는 앉으며 대답했다.

"아까 그분이 돌턴 부인이시네. 앞을 못 보지." 남자가 말했다.

"네, 회장님."

"그 사람은 유색인한테 관심이 아주 많아."

"네, 회장님." 비거는 작게 웅얼거렸다. 숨 쉬는 것조차 의식되었다. 그는 침으로 입술을 적시며 초조하게 모자를 만지작거렸다.

"내가 돌턴이네."

"네, 회장님."

"운전사로 일할 생각이 있나?"

"아, 네, 회장님."

"서류는 가지고 왔고?"

"네, 회장님."

"구호소에서 나한테 가져가라고 뭐 적어주지 않던가?"

"아, 네, 회장님."

그는 서류에 대해서 까맣게 잊고 있었다. 그래서 조끼 주머니를 뒤져보려고 몸을 일으키다가 모자를 떨어뜨렸다. 순간 반사신경이 마비되었다. 모자를 집고 나서 서류를 찾아야 할지, 서류를 찾고 나서 모자를 집어야 할지 알 수 없었다. 그는 모자를 집어들기로 결정했다.

"모자는 여기 놓게." 돌턴 씨가 책상 한구석을 가리켰다.

"네, 회장님."

그때 그는 돌처럼 굳어졌다. 흰 고양이가 그의 곁을 지나 책상 위로 펄쩍 뛰어올랐다. 그것은 거기 앉아서 크고 냉정한 눈으로 그를 바라보며 구슬프게 울어댔다.

"무슨 일이냐, 케이트?" 돌턴 씨가 미소를 짓고서 고양이 털을 쓰다듬으며 물었다. 그는 다시 비거 쪽으로 몸을 돌렸다.

"찾았나?"

"아니요, 회장님. 하지만 가지고는 왔습니다. 어디 있을 겁니다."

그 순간 그는 자신이 미웠다. 왜 이렇게 느끼고 왜 이렇게 처신하는 것일까. 그는 손을 저어, 이런 기분이 들게 만드는 이 백인 남자를 지워버리고 싶었다. 아니면, 자기 자신을 지워버리고 싶었다. 이 집에 들어온 이래 그는 한번도 돌턴 씨 얼굴을 똑바로 쳐다보지 못했다. 그는 무릎을 약간 굽히고 입을 조금 벌리고 어깨를 축 늘어뜨린 자세로 서 있었다. 그리고 눈은 사물의 표면만을 스치는 표정을 짓고 있었다. 그에게는 백인들 앞에서는 이렇게 해야 그들이 좋아한다는 본능적인 확신이 있었다. 아무도 꼭 그렇다고 말한 적은 없지만, 그들의 태도에서 그렇다는 느낌을 받았다. 그는 돌턴 씨가 자신을 주의 깊게 지켜보고 있음을 깨닫고 모자를 내려놓았다. 잘못 처신하고 있는 걸까? 제기랄! 그는 허둥대며 서류를 찾았다. 얼른 찾아지지 않았고, 그래서 그렇게 오래 걸리는 데 대해 뭔가 변명을 해야만 할 것 같았다.

"틀림없이 여기 조끼 주머니에 넣었는데요." 그는 우물댔다.

"천천히 찾아보게."

"아, 여기 있습니다."

그는 서류를 꺼냈다. 지저분하고 꼬깃꼬깃했다. 그는 허둥지둥 서류를 펴서 맨 가장자리를 잡고 돌턴 씨에게 건넸다.

"됐네. 자, 뭐라고 쓰여 있나 보세." 돌턴 씨가 말했다. "인디애나 로路 3721번지에 사나?"

"네, 회장님."

돌턴 씨는 말을 멈추고 눈살을 찌푸리며 천장을 올려다봤다.

"거긴 어떤 건물이지?"

"제가 사는 곳 말씀입니까, 회장님?"

"그래."

"아, 그냥 낡은 건물입니다."

"집세는 어디다 지불하는가?"

"31번가에 있는 곳입니다."

"싸우스사이드 부동산회사에?"

"네, 회장님."

비거는 도대체 왜 이런 질문을 하는지 의아스러웠다. 돌턴 씨가 싸우스사이드 부동산회사의 소유주라는 소리를 들은 것도 같지만 확실하지는 않았다.

"집세는 얼만가?"

"일주일에 8달러입니다."

"방은 몇 개인데?"

"하나뿐입니다, 회장님."

"알겠네…… 그래, 비거, 나이는 어떻게 되나?"

"스무살입니다, 회장님."

"결혼은?"

"안했습니다, 회장님."

"앉게. 서 있지 않아도 되네. 오래 걸리진 않을 거야."

"네, 회장님."

그는 앉았다. 하얀 고양이가 여전히 크고 축축한 눈으로 그를 찬찬히 살펴보고 있었다.

"어머니와 남동생 하나, 누이동생 하나가 있다고?"

"네, 회장님."

"그럼 네 식군가?"

"네, 네 식구입니다." 그는 자신이 겉보기처럼 우둔하지 않다는 것을 보여주려고 애쓰며 더듬거렸다. 좀더 말해야 할 필요를 느꼈다. 돌턴 씨가 그러길 바라는 것 같았다. 그러자 문득, 백인과 말할 때나 일자리를 청할 때에는 바닥을 내려다보지 말라고 여러 차례 주의를 주던 어머니 말이 떠올랐다. 눈을 드니 돌턴 씨가 그를 유심히 살펴보고 있었다. 그는 다시 시선을 떨구었다.

"사람들이 부르는 이름은 비거고?"

"네, 회장님."

"비거, 자네하고 잠시 하고 싶은 이야기가 있는데……"

에이, 제기랄! 그는 무슨 이야기가 나올지 잘 알았다. 자동차 바퀴를 훔친 혐의로 기소되어 소년원에 갔던 일을 물을 것이다. 그는 죄라도 지어 단죄당하는 듯한 기분이 들었다. 여기 오지 말 걸 그랬다.

"구호소에서 자네에 대해 몇가지 묘한 얘기를 하던데. 그 점에 관해 이야기를 나눠봤으면 하네. 자, 내 앞에선 부끄러워할 필요 없네." 돌턴 씨가 미소 지으며 말했다. "나도 한때는 청년이었으니 사정을 이해할 수 있지 않겠나. 그러니 마음 편하게 갖고⋯⋯" 돌턴 씨는 담뱃갑을 꺼냈다. "자, 한대 피우지."

"아닙니다, 회장님. 감사합니다, 회장님."

"담배 안 피우나?"

"피웁니다. 그렇지만 지금은 생각이 없습니다."

"그래, 비거, 구호소 이야기로는, 자네는 하는 일에 흥미가 있을 땐 아주 일을 잘한다더군. 맞나?"

"글쎄요, 맡은 일은 합니다, 회장님."

"그렇지만 또 항상 사고를 저지른다고 하던데. 어찌 된 일인지 설명해보겠나?"

"저도 모르겠습니다, 회장님."

"소년원에는 어쩌다 들어갔지?"

그는 바닥을 뚫어져라 쏘아보았다.

"저보고 도둑질을 했다는 거예요!" 그는 불쑥 변명 투로 말했다. "그렇지만 아닙니다."

"정말인가?"

"네, 회장님."

"그러면, 어쩌다 말려들게 되었지?"

"친구들하고 같이 있다가 경찰한테 끌려갔습니다."

돌턴 씨는 말이 없었다. 뒤편 어딘가에서 똑딱거리는 시계 소리가 들려오자 비거는 시계를 보고 싶은 어이없는 충동을 느꼈다. 그렇지만 그는 자제했다.

"그래, 지금은 그 일에 대해 어떻게 생각하나?"

"네? 뭐 말씀이신지요?"

"일자리가 생긴다면, 지금도 훔칠 텐가?"

"아, 아닙니다, 회장님. 전 도둑질은 안합니다."

"그렇다면, 자네가 운전할 줄 안다니까 일자리를 하나 주지." 돌턴 씨가 말했다.

그는 아무 말도 하지 않았다.

"해낼 수 있겠나?"

"아, 그럼요, 회장님."

"급료는 보통 주당 20달러지만 25달러 주겠네. 남는 돈 5달러는 자네 몫이니 자네 맘대로 쓰게. 필요한 옷과 식사는 제공해주겠네. 잠은 부엌 위쪽에 있는 뒷방에서 자게 될 거야. 20달러는 어머니께 드리면 동생들이 계속 학교에 다닐 수 있을 거야. 어때, 괜찮은가?"

"좋습니다, 회장님."

"우리가 잘 지낼 수 있으리라고 믿네."

"네, 회장님."

"아무 말썽도 없을 거고."

"그럼요, 회장님."

"자, 비거." 돌턴 씨가 말했다. "그럼 그건 결정되었으니 이제 자네가 매일 할 일을 말해주지. 나는 매일 아침 9시에 사무실에 출근하네. 20분 걸리는 길이지. 자네는 10시에 돌아와서 돌턴 양을 학교에 태워줘야 하네. 12시에는 대학교로 돌턴 양을 모시러 가야 하고.

그때부터 밤까지는 별로 할 일이 없네. 물론 돌턴 양이나 내가 밤에 외출하는 경우에는 운전해야지. 매일 일해야 하지만 일요일에 우리는 정오까지는 일어나지 않으니까, 일요일 아침은 자네 시간이 될 걸세. 예기치 않은 일이 생기지만 않으면 말야. 격주에 하루씩은 완전히 쉬게 될 거고."

"알겠습니다, 회장님."

"해낼 수 있겠나?"

"아, 그럼요, 회장님."

"그리고 무슨 곤란한 일이 있으면 언제든지 찾아오게. 함께 상의해보세."

"네, 회장님."

"오오, 아버지!" 젊은 여성의 목소리가 노래하듯 들려왔다.

"오냐, 메리!" 돌턴 씨가 말했다.

비거가 돌아보니 한 백인 처녀가 방으로 들어오는 것이 보였다. 그녀는 대단히 날씬했다.

"어머, 바쁘신지 몰랐어요."

"괜찮다, 메리. 무슨 일이냐?"

비거는 그 처녀가 자기를 쳐다보는 것을 보았다. 그렇다. 영화에서 본 바로 그 여자였다.

"새 운전사예요, 아버지?"

"왜 그러니, 메리?"

"목요일 연주회 표 좀 구해주실래요?"

"오케스트라 홀에서 하는 거?"

"네."

"그래. 구해주마."

“이 사람이 새로 온 운전사예요?”

“그래.” 돌턴 씨가 말했다. “이쪽은 비거 토머스다.”

“안녕, 비거.” 처녀가 말했다.

비거는 침을 삼켰다. 그는 돌턴 씨를 쳐다보고 그다음 순간 쳐다보지 말걸 하고 후회했다.

“안녕하십니까, 아가씨.”

처녀는 가까이 다가오더니 바로 그의 의자 바로 맞은편에 섰다.

“비거, 노조에 가입했나요?” 그녀가 물었다.

“아니, 메리!” 돌턴 씨가 얼굴을 찌푸렸다.

“아버지, 당연히 가입해야지요.” 처녀는 그를 돌아보더니 다시 비거를 바라보며 말했다. “가입했어요?”

“메리……” 돌턴 씨가 말했다.

“그냥 물어보기만 하는 건데요, 아버지!”

비거는 망설였다. 그때 그는 여자가 증오스러웠다. 일자리가 생기려는 판인데, 왜 이러는 건가?

“아뇨, 아가씨.” 그는 고개를 숙이고 눈을 이글거리며 웅얼댔다.

“왜요?” 그녀가 물었다.

비거는 돌턴 씨가 뭐라고 중얼거리는 소리를 들었다. 돌턴 씨가 입을 열어 더 그러지 못하게 했으면 싶었다. 고개를 드니, 돌턴 씨는 딸을 뚫어지게 쳐다보고 있었다. 저 여자 때문에 일자리가 날아가는구나 하는 생각이 들었다. 빌어먹을! 그는 사람들이 노조를 나쁘게 본다는 것밖에는 노조에 대해 아는 것이 하나도 없었다. 그런데 분명 노조를 좋아하지 않을 돌턴 씨 앞에서 이런 말을 하다니, 도대체 저 여잔 무슨 꿍꿍이속인가.

“노조 문제는 나중에 처리해도 되잖아, 메리.” 돌턴 씨가 말했다.

"하지만 조합에 가입하는 게 싫진 않겠죠, 네?" 여자가 물었다.

"잘 모르겠습니다, 아가씨." 비거가 말했다.

"자, 메리, 보다시피 이 청년은 여기 처음이다. 그러니 가만 놔둬." 돌턴 씨가 말했다.

처녀는 돌아서서 그에게 붉은 혀를 쑥 내밀었다.

"좋아요, 자본가 양반!" 그녀는 다시 비거에게 돌아섰다. "우리 아버지는 자본가 아닌가요, 비거?"

비거는 대답하지 않고 바닥만 내려다보았다. 그는 자본가가 무엇인지 몰랐다.

그녀는 나가려다가 멈춰 섰다.

"아, 아버지, 이 사람 다른 일이 없으면, 나 오늘 밤 강의 들으러 갈 때 학교에 데려다주게 하세요."

"지금은 나하고 이야기 중이다, 메리. 금방 끝날 거다."

그녀는 고양이를 안고 밖으로 나갔다. 잠시 침묵이 흘렀다. 비거는 여자가 노조 얘기를 꺼내지 않았더라면 하는 심정이었다. 이제 고용되지 않을지도 모른다. 고용된다 하더라도 여자가 계속 저런 식으로 군다면 그는 금방 해고되고 말 것이다. 저런 사람은 처음이다. 여자는 그가 상상했던 것과는 전혀 달랐다.

"참, 메리!" 돌턴 씨가 불렀다.

"네, 아버지." 비거는 그녀가 복도에서 대답하는 소리를 들었다.

돌턴 씨가 일어나 방을 나갔다. 그는 가만히 앉아 귀를 기울였다. 한두번 그녀의 웃음소리가 들리는 듯했지만, 확실하지는 않았다. 최선의 방책은 저런 또라이와는 상종하지 않는 것이었다. 영화에서 그녀를 공산주의자라 부른 것도 당연했다. 그녀는 단단히 미쳤다. 그는 노조 얘기를 들은 적이 있는데, 노조와 공산주의자가 한

통속이라는 정도로 생각하고 있었다. 그는 조금 자세를 풀었으나, 돌턴 씨가 방으로 되돌아오는 소리를 듣고는 다시 자세가 굳어졌다. 그 백인 남자는 말없이 책상에 앉아서 서류를 집어들고는 오래 침묵을 지키며 그것을 보았다. 비거는 내리깐 눈으로 그를 주시했다. 그는 돌턴 씨 마음이 서류가 아닌 다른 데 가 있음을 알아챘다. 진심으로 그는 그 정신 나간 여자가 저주스러웠다. 돌턴 씨는 그를 쓰지 않을 작정인가? 빌어먹을! 매주 가욋돈이 5달러씩 생기는 것도 이제 다 틀렸나보다. 우라질 것 같으니! 그 여자가 다 망쳐놓았다! 아마도 돌턴 씨는 그를 믿을 수 없다는 생각이 들 것이다.

"아, 비거." 돌턴 씨가 말했다.

"네, 회장님."

"내가 왜 자네를 고용하는지 자네도 알았으면 하네."

"네, 회장님."

"비거, 나는 전국유색인향상협회의 후원자네. 자네 이 단체 들어본 적 있나?"

"없습니다. 회장님."

"그래, 그건 상관없네." 돌턴 씨가 말했다. "저녁식사는 했나?"

"아뇨, 회장님."

"그렇다면 해야지."

돌턴 씨가 단추를 눌렀다. 침묵이 흘렀다. 현관문을 열어주었던 여자가 들어왔다.

"부르셨어요, 돌턴 씨?"

"페기, 이쪽은 비거요. 우리 집 운전사로 일하게 되었소. 먹을 것을 좀 주고 잘 곳과 차 있는 데로 안내해줘요."

"네, 돌턴 씨."

"그리고 비거, 8시 반에 돌턴 양을 대학에 모셔다드리고 끝날 때까지 기다리도록 하게." 돌턴 씨가 말했다.

"네, 회장님."

"그럼 가보게."

"네, 회장님."

"따라오너라." 페기가 말했다.

비거는 일어나서 모자를 들고 여자를 따라 집 안을 통과해 부엌으로 갔다. 부엌 공기에는 음식 만드는 냄새가 가득했고 화로 위에서는 냄비들이 끓고 있었다.

"여기 앉아라." 페기가 흰 보를 씌운 식탁에 자리를 마련해주면서 말했다. 그는 앉아서 모자를 무릎 위에 올려놓았다. 이 집 내실 쪽에서 벗어나니 기분이 약간 나아지긴 했지만 그래도 마음이 썩 편안하지는 않았다.

"아직 저녁 준비가 덜 되었는데." 페기가 말했다. "베이컨 달걀 부침 좋아하니?"

"네, 부인."

"커피 줄까?"

"네, 부인."

그는 뒤에서 여자가 움직이는 소리를 들으면서 부엌의 흰 벽을 바라보고 앉았다.

"돌턴 씨가 난방로煖房爐 말씀도 하시던?"

"아뇨, 부인."

"그래, 잊어버리셨나보다. 그것도 네가 맡기로 되어 있다. 네가 가기 전에 어디 있는지 보여주마."

"불 때는 것도 하라는 말씀이세요, 부인?"

"그래. 하지만 쉬워. 전에 해본 적 있니?"

"아뇨, 부인."

"배우면 돼. 아무것도 아냐."

"알겠습니다, 부인."

페기는 꽤 친절해 보이지만, 자기 일을 그에게 떠넘기려고 친절하게 구는 것인지도 몰랐다. 그래, 두고 봐야지. 만일 시답지 않게 굴면 돌턴 씨에게 말하면 된다. 베이컨 굽는 냄새에 그는 비로소 배가 고프다는 사실을 깨달았다. 어머니가 준 15쎈트로 쌘드위치를 산다고 해놓곤 깜빡 잊었으니, 아침식사 후로 아무것도 안 먹은 셈이었다. 페기가 그의 앞에 접시와 나이프, 포크, 스푼, 설탕, 크림, 빵을 늘어놓았다. 그리고 베이컨 달걀부침을 내왔다.

"더 먹겠으면 더 줄게."

음식은 맛있었다. 나쁜 일자리는 아닐 것 같았다. 지금까지로 봐선 그 정신 나간 여자만이 문제였다. 그는 베이컨 달걀부침을 씹으며 마음 한구석으로는, 이 부잣집 딸이 영화에서 본 것과 너무나 달라 놀라고 있었다. 영화에서는 위험해 보이지도 않고 생각뿐이긴 해도 그의 마음대로 가지고 놀 수도 있었다. 그렇지만 여기 자기 집에서는 뭐든 제멋대로 하며 참견하고 나섰다. 그는 페기가 부엌에 있다는 사실을 까맣게 잊고, 접시가 비자 부드러운 빵 조각으로 접시를 깨끗이 닦아 입으로 가져가 크게 베어물었다.

"더 먹을래?"

그는 씹다가 멈추고 빵을 내려놓았다. 그런 식으로 먹는 모습을 보이고 싶지 않았다. 그는 집에서만 그렇게 먹었다.

"아뇨, 부인. 많이 먹었습니다." 그는 말했다.

"여기가 맘에 들 것 같니?" 페기가 물었다.

"네, 부인. 그럴 것 같습니다."

"여긴 아주 괜찮은 곳이야. 어디 못지않을 거다. 전에 우리 집에서 일한 흑인 남자는 10년이나 있었지." 페기가 말했다.

비거는 그녀가 '우리'라는 말을 쓰는 게 이상했다. 그 늙은 부부와 사이가 퍽 좋나보다는 생각이 들었다.

"10년이나요?" 그는 말했다.

"그래, 10년이나. 이름은 그린이었지. 좋은 사람이었어."

"왜 그만두었습니까?"

"응, 아주 똑똑한 사람이었거든, 그린 말야. 정부에 일자리를 구했어. 돌턴 부인께서 야간학교에 보내주셨거든. 돌턴 부인은 항상 누군가를 도와주려 하시지."

그래, 그건 비거도 알았다. 그렇지만 그는 야간학교 따위는 다닐 생각이 없었다. 그는 페기를 쳐다봤다. 그녀는 개수대에 몸을 굽히고 접시를 닦고 있었다. 그녀가 그를 시험하는 이야기를 꺼냈으니 뭐라도 말을 해야 할 것 같았다.

"네, 부인. 똑똑했나보네요. 그리고 10년씩 있었다니 오래 있었네요."

"아, 그렇게 오래도 아냐." 페기가 받았다. "나도 여기 온 지 20년이 된걸. 난 늘 한군데 붙어 있는 편이었지. 좋은 자리를 구하면 거기 붙어 있으라고 난 항상 말해왔지. 우물을 파도 한 우물을 파란 얘기도 있잖아. 맞는 말이야."

비거는 아무 말도 하지 않았다.

"여기선 모든 게 소박하고 점잖아. 그분들은 백만장자지만 사람답게 살거든. 거만을 떨고 과시하는 법이 없으시지. 사람이란 그래야 한다는 게 돌턴 부인의 신조야."

“그렇군요, 부인.”

“그분들은 독실한 기독교 신자고, 모든 사람이 열심히 일하면 된
다고 믿으셔. 그리고 깨끗한 생활을 하고 말이지. 우리 집에서 하인
을 더 두어야 한다는 사람들도 있지만, 지금도 잘해나가고 있는걸.
꼭 대가족 한식구처럼 말야.”

“네, 부인.”

“돌턴 씨도 훌륭한 분이란다.” 페기가 말했다.

“아, 네, 부인. 그러시데요.”

“너희 민족을 위해 많은 일을 하신단다.”

“우리 민족요?” 비거는 무슨 소리인지 몰라 물었다.

“그래. 유색인들 말야. 유색인 학교에 오백만 달러나 기부하신걸.”

“와!”

“그렇지만, 정말 착한 분은 돌턴 부인이야. 부인이 아니었다면
회장님도 그런 일을 하지 않았을 거야. 부인 덕분에 부자가 되었지.
결혼할 때 부인 재산이 수백만 달러나 되었거든. 물론 나중에 돌턴
씨도 부동산으로 돈을 많이 벌긴 했지. 그렇지만 돈은 대부분 부인
거야. 부인은 장님이셔. 가여운 분. 10년 전에 시력을 잃으셨단다.
벌써 만나뵈었니?”

“네, 부인.”

“혼자 계시던?”

“네, 부인.”

“딱하기도 해라! 패터슨 부인이, 돌턴 부인 시중을 드는 사람인
데, 주말휴가를 갔기 때문에 혼자 계시는 거야. 너무 안됐지 않니?”

“아, 그러게 말입니다, 부인.” 페기가 자기한테서도 동정을 기대
하는 것 같아 그는 목소리에 돌턴 부인에 대한 동정을 담으려 애

썼다.

"이 댁은 그냥 일자리라고만 할 수 없는 곳이야." 페기가 말을 계속했다. "진짜 집 같아. 내가 늘 돌턴 부인한테 하는 말이 있지. 내가 아는 집은 이곳뿐이라고 말야. 이 나라에 온 지 2년밖에 안되었을 때 여기서 일하기 시작했는데……"

"아." 비거는 그녀를 쳐다보았다.

"나는 아일랜드 사람이야." 그녀가 말했다. "그곳에 사는 우리 민족이 영국에 대해 느끼는 감정은 흑인들이 이 나라에 대해 느끼는 감정과 비슷해. 그래서 나도 유색인에 대해서 좀 알지. 아, 이 댁 식구들은 착한 분들이야. 마음씨가 비단결처럼 곱지. 따님까지도 그래. 아가씨 만나봤니?"

"네, 부인."

"오늘 밤에?"

"네, 부인."

페기는 돌아서서 날카롭게 그를 쳐다보았다.

"사랑스러운 아가씨야." 그녀가 말했다. "아가씨가 두살 때부터 봐왔어. 한데 약간 무모한 편이란 말야. 언제나 문제를 일으켜대니. 부모님한테 걱정만 시키고. 어디서 그런 거친 행동거지를 배웠는지 도무지 모를 노릇이지만, 어쨌든 거친 건 사실이야. 너도 여기 오래 있으면, 아가씨를 알게 될 거다."

비거는 딸 이야기를 더 물어보고 싶었지만, 지금은 그러지 않는 게 좋을 것 같았다.

"다 먹었으면, 난방로와 차에 가보자. 그리고 네 방이 어딘지도 가르쳐줄게." 그녀는 화로에 놓인 냄비들 불을 낮췄다.

"네, 부인."

일어나 그녀를 따라 부엌을 나가 좁은 계단을 내려가니 지하실
이 나왔다. 캄캄했다. 딸깍하는 날카로운 소리와 함께 불이 들어
왔다.

"이쪽이다…… 이름이 뭐라고 했지?"

"비거요, 부인."

"뭐라고?"

"비거요."

석탄과 재 냄새가 나고 불이 활활 타오르는 소리가 들렸다. 난방
로 속에 이글거리는 새빨간 잿더미가 보였다.

"이게 난방로다." 그녀가 말했다.

"네, 부인."

"아침마다 늘 여기 쓰레기가 놓여 있을 거야. 쓰레기는 태워버리
고 양동이는 운반용 승강기에 올려놓아라."

"네, 부인."

"석탄을 삽으로 퍼넣을 필요는 없어. 자동 연료 보급장치가 되어
있으니까. 봐, 알겠니?"

페기가 손잡이를 잡아당기자, 석탄 더미가 시끄러운 소리를 내
며 금속 투하장치를 타고 미끄러져내렸다. 비거가 허리를 굽히고
난방로 틈 사이로 보니 석탄이 빨간 잿더미 위에 부채꼴로 펼쳐져
있었다.

"멋지네요." 그는 감탄하며 중얼댔다.

"그리고 물도 신경 쓸 필요가 없다. 저절로 채워지니까."

비거는 이 일이 마음에 들었다. 쉽기도 하고 잘하면 재미도 있을
것이었다. 거의.

"가장 큰 일은 재를 꺼내고 청소하는 거야. 그리고 항상 석탄이

얼마나 남았는지 잘 살펴봐. 다 떨어지면 나나 돌턴 씨한테 말하고. 더 주문할 테니까.”

“네, 부인. 잘해낼 겁니다.”

“그리고, 이 뒷계단만 올라가면 네 방이 나온단다. 가자.”

그는 그녀를 따라 계단을 한 층 올라갔다. 그녀가 문을 열고 불을 켰다. 커다란 방에 여자 얼굴 사진들과 프로 권투선수 사진들이 벽에 즐비했다.

“그린이 쓰던 방이야. 그 사람은 사진이라면 사족을 못 썼지. 하지만 정리 정돈은 단정하고 깔끔하게 했어. 방도 아주 따뜻하단다. 아 참, 잊어버리기 전에. 자, 방하고 차고하고 차 열쇠다. 이제 차고를 보여주마. 거기는 바깥에서 들어가야 돼.”

그는 그녀를 따라 계단을 내려와 바깥 진입로로 갔다. 날씨가 훨씬 푹해졌다.

“눈이 올 모양이네.” 페기가 말했다.

“그러네요, 부인.”

“여기가 차고다.” 그녀는 열쇠로 문을 열어 밀어젖히며 말했다. 문이 열리자 불이 자동으로 들어왔다. “언제든지 차를 꺼내서 옆문에 대놓고 식구들을 기다리면 돼. 이제 다 되었나? 아, 오늘 밤 돌턴 양을 모셔다드린다고 했지?”

“네, 부인.”

“음, 아가씬 8시 반에 나가거든. 그러니까 그때까진 일이 없어. 네 방을 둘러보고 싶으면 그러려무나.”

“네, 부인. 그럴까봐요.”

비거는 페기를 따라 계단을 내려와 다시 지하실로 왔다. 그녀는 부엌으로 가고 그는 자기 방으로 왔다. 그는 방 한가운데 서서 벽을 바라보았다. 잭 존슨, 조 루이스, 잭 뎀프시, 헨리 암스트롱[7]의 사진이 있었고 진저 로저스, 진 할로우와 재닛 게이너[8]의 사진도 있었다. 방은 넓고 라디에이터가 두대나 됐다. 그는 침대를 만져보았다. 푹신푹신했다. 야! 언젠가 밤에 베시를 데리고 와야겠다. 지금 당장은 아니고. 이곳 사정에 익숙해질 때까지는 기다려야지. 방 하나를 온통 혼자 쓰다니! 술을 한 병 들고 와 마음 놓고 마실 수도 있을 것이다. 이제 숨죽여 살금살금 다닐 필요도 없을 것이다. 밤중 내내 버디의 발길질을 참아가며 한 침대에서 잘 필요도 없을 것이다. 그는 담배에 불을 붙이고 침대 위에 몸을 쭉 뻗었다. 아아……절대 나쁜 일자리는 아닐 것이었다. 그는 손목에 찬 달러 시계[9]를 내려다보았다. 7시였다. 조금 있다가 내려가 차를 좀 봐두어야지. 그리고 시계도 다른 놈으로 사야겠다. 이런 일을 하면서 달러 시계라니, 그건 너무 격이 떨어진다. 금시계를 사야겠다. 새로 살 것이 많았다. 아, 신난다! 놀고먹는 거나 매한가지잖아. 그 젊은 여자만 빼놓곤 모든 게 괜찮았다. 그는 그 여자 때문에 걱정되었다. 그 여자가 계속 노조 얘기를 꺼낸다면, 일자리를 잃게 될지도 모르는 일이었다. 정말 이상한 여자였다. 여태껏 그런 사람은 한번도 본 적이 없었다. 그는 그녀가 이해가 안 갔다. 그녀는 부자이면서도 부자처럼 행동하지 않았다. 그녀의 행동은 마치…… 글쎄, 그녀가 딱히 무엇처럼 행동하더라고 꼬집어 말할 수는 없었다. 백인 여자를 만나본 건 대개 일터나 구호소에서인데, 그들은 모두 차갑고 사리는 느

____

7 세계 챔피언을 한 흑인 권투선수들.
8 백인 여성 영화배우들.
9 1890년대부터 1950년대까지 대량생산되었던 휴대용 시계로 가격이 약 1달러여서 '달러 시계'라고 불렸다. 나중에 손목시계로 바뀌었다.

낌을 주었다. 그들은 늘 거리를 두었으며 말을 하면서도 멀찌감치 떨어져 있는 듯했다. 그러나 이 여자의 말과 행동은 정면으로 밀고 들어와 이마빡을 치는 식이었다. 에이, 집어치우자! 이러쿵저러쿵 생각해봤자 무슨 소용이 있나? 어쩌면 괜찮은 여자일지도 모른다. 익숙해지기만 하면 괜찮을 거다. 그래, 그뿐이다. 그 여자 틀림없이 돈깨나 쓰고 다닐 거다, 하는 생각이 들었다. 그 노인만 하더라도 유색인에게 오백만 달러나 기부했다지 않는가. 오백만 달러를 선뜻 내놓을 수 있는 사람한테야 백만 달러쯤은 잔돈푼처럼 지천에 쌓였을 것이다. 그는 몸을 일으켜 침대 가장자리에 걸터앉았다.

어떤 차를 몰게 될까? 페기가 차고 문을 열었을 때는 미처 볼 생각을 못했다. 그는 패커드나 링컨이나 롤스로이스면 좋겠다고 생각했다. 우아! 신나게 몰아봐야지! 두고 봐라! 물론, 돌턴 씨나 돌턴 양을 태웠을 땐 조심해야겠지. 그렇지만 아무도 없을 때면, 차도에 불나도록 달려볼 테다. 바퀴에서 연기가 날 거다!

그는 입술을 핥았다. 목이 말랐다. 시계를 보니 8시 10분이었다. 부엌으로 가 물을 한모금 마신 후 차고에서 차를 몰고 나와야겠다. 그는 계단을 내려가 지하실을 거쳐, 부엌문으로 통하는 계단으로 올라갔다. 자신도 모르게 그는 발소리를 죽이며 걸었다. 문을 살짝 열고 들여다보았다. 놀라서 숨을 훅 들이마셨다. 풍성하게 늘어진 흰옷을 입은 돌턴 부인이 부엌 한가운데 돌처럼 굳은 채 서 있었다. 매우 조용했다. 흰 벽에 걸린 커다란 시계가 천천히 째깍거리는 소리만 들렸다. 그는 들어가야 할지 계단을 다시 내려가야 할지 알지 못한 채 잠시 그대로 서 있었다. 갈증은 이미 사라졌다. 돌턴 부인의 얼굴은 뭔가 주의 깊게 귀 기울이는 듯한 자세였고 양손은 느슨히 허리께에 내리고 있었다. 비거에게 그녀의 얼굴은 온 땀구멍으로 소리를 듣고 있으며 항상 뭔가 낮은 목소리에 귀 기울이는 듯 보였다. 그녀 옆에는 하얀 고양이가 조용히 바닥에 앉아 있었는데, 고양이는 크고 검은 눈을 그에게 못 박은 듯 고정했다. 그녀와 하얀 고양이를 보는 것만으로도 그는 마음이 불안해졌다. 막 문을 닫고 살금살금 계단을 내려가려는 순간, 그녀가 입을 열었다.

"새로 온 아이냐?"

"네, 사모님."

"뭐 필요한 게 있니?"

"방해하려던 건 아닙니다, 사모님. 저—저…… 저 그저 물 한모금 마시려구요."

"그래, 들어오너라. 어디에 잔이 있을 거야."

그는 그녀를 지켜보면서 개수대로 다가갔다. 장님인 줄 뻔히 알면서도, 꼭 그녀가 자기를 볼 수 있을 것만 같은 느낌이었다. 살갗이 따끔거렸다. 그는 좁은 선반에서 잔을 꺼내 수도꼭지에서 물을 받았다. 마시면서 잔 너머로 훔쳐보니 그녀는 얼굴을 기울이고 가만히 기다리고 있었다. 언젠가 한번 본 적이 있는 죽은 남자의 얼굴이 떠올랐다. 그러다가 문득 깨달았다. 그가 걸음을 떼자 돌턴 부인이 돌아서서 발걸음 소리에 귀를 기울였다. 내가 어디 있는지 정확하게 아는구나, 그는 생각했다.

"방은 마음에 들던?" 그녀가 물었다. 이 말을 듣고 그는 그녀가 잔이 개수대에 부딪히는 소리가 날 때까지 기다리고 서 있었다는 걸 알 수 있었다.

"아, 네, 사모님."

"차를 조심해서 몰면 좋겠구나."

"아, 네, 사모님. 조심하겠습니다."

"운전 일 해본 적 있니?"

"네, 사모님. 하지만 식료품 배달 트럭이었습니다."

눈먼 사람하고 이야기하자니 이쪽에서도 마치 잘 보이지 않는 상대하고 이야기하는 기분이었다.

"학교는 어디까지 다녔지, 비거?"

"8학년까지요, 사모님."

"다시 다닐 생각은 해봤니?"

"글쎄요, 지금은 일해야 하니까요, 사모님."

"기회가 생긴다면?"

"글쎄요, 모르겠습니다, 사모님."

"저번에 우리 집에서 일하던 사람은 야간학교에 다니며 교육을 받았단다."

"네, 사모님."

"교육을 받는다면 무엇이 되고 싶으냐?"

"잘 모르겠습니다, 사모님."

"생각해본 적은 있니?"

"아뇨, 사모님."

"일하는 게 더 좋으냐?"

"그런 것 같습니다. 사모님."

"그래, 그 이야기는 나중에 다시 하자. 지금은 돌턴 양을 모시고 나가게 차를 대놓는 게 좋겠구나."

"네, 사모님."

그는 그녀를 부엌 한가운데 남겨두고 나왔다. 그녀의 자세는 그가 처음 본 그대로였다. 그녀를 어떻게 받아들여야 할지 알 수가 없었다. 그녀는 그가 하는 모든 것에 엄하지만 친절한 판단을 내릴 것 같은 느낌을 주었다. 그는 그녀에게서 자기 어머니를 대할 때와 비슷한 감정을 느꼈다. 돌턴 부인과 어머니가 주는 느낌의 차이점은, 어머니는 어머니 본인 생각에 그가 했으면 싶은 일을 하라고 요구하는 반면, 돌턴 부인은 그로서는 당연히 이런 일을 하고 싶어할 거라고 판단해서 요구한다는 점이었다. 그러나 그는 야간학교에 갈 생각이 없었다. 야간학교도 괜찮지만, 그에겐 다른 계획들이 있었다. 지금 당장은 확실히 잡혀 있진 않지만, 조금씩 구체화해나가는 중이었다.

밤공기가 따뜻해져 있었다. 바람 기운이 있었다. 그는 담배에 불을 붙이고 차고 문을 땄다. 문이 열리면서 불이 자동으로 들어오는 것을 보자 다시 한번 놀랍고 즐거웠다. 이 사람들한텐 없는 게 없군, 하고 생각했다. 차를 살펴보았다. 그것은 강철 휠캡이 번쩍거리는 암청색 뷰익 신형이었다. 그는 뒤로 물러나 훑어보았다. 그리고 문을 열고 계기반을 보았다. 기대만큼 비싼 차가 아니어서 좀 실망했지만, 값에서 모자라는 점은 빛깔과 형태로 보충하고도 남았다. "이만하면 괜찮네." 그는 들릴 듯 말 듯 혼잣말을 했다. 그는 차에 올라타 후진하여 진입로로 들어섰다가 차를 돌려 옆문에 댔다.

"비거, 당신이에요?"

그 젊은 여자가 계단에 나와 섰다.

"네, 아가씨."

그는 차에서 내려 그녀를 위해 뒷문을 열어주었다.

"고마워요."

그는 모자에 손을 대며 이렇게 하는 게 맞나 생각했다.

"저기 미드웨이에 있는 대학교인가요, 아가씨?"

위쪽의 후면경으로 보니 그녀는 대답하기 전에 잠깐 머뭇거렸다.

"그래요. 거기예요."

그는 차를 거리로 빼고, 남쪽을 향해 약 시속 35마일의 속력으로 달렸다. 그는 구역이 새로 시작될 때마다 속도를 올리고 교차로에 가까워지면 약간 늦추면서 능숙하게 차를 다뤘다.

"운전 잘하네요." 그녀가 말했다.

"네, 아가씨." 그는 으쓱해서 말했다.

그는 운전하며 후면경으로 그녀를 훔쳐봤다. 그녀는 그만하면 예쁜 편이지만 그 이상은 아니었다. 마치 진열대에 놓인 인형처럼 보였다. 까만 눈, 하얀 얼굴, 빨간 입술. 그리고 지금은 처음 만났을 때와 태도가 전혀 달랐다. 눈에는 거리감까지 담겨 있었다. 그는 47번가에서 빨간불에 걸려 차를 세웠다. 그러곤 계속 멈추지 않고 죽 달리다 55번가에 오니 앞뒤로 차가 길게 늘어서 있었다. 그는 운전대를 가볍게 잡고 차량 행렬이 움직이기를 기다렸다. 차를 몰고 있으면 선명하게 힘이 느껴졌다. 차의 감촉을 느끼면 뭔가 든든했다. 그는 페달을 밟아 미끄러져나가며 꼼짝도 못하는 다른 차들을 보고 아스팔트 도로가 밑에서 풀려나가는 모습을 보는 게 기분이 좋았다. 신호등이 붉은색에서 파란색으로 바뀌자 그는 차를 앞으로 전진시켰다.

"비거!"

"네, 아가씨."

"이 모퉁이에서 돌아서 옆길에 대요."

"여기서요, 아가씨?"

"그래요, 여기서."

이건 또 무슨 꿍꿍이인가? 그는 코티지그로브 로에서 벗어나 인도 옆에 차를 세웠다. 그는 그녀를 돌아보다가 그녀가 뒷좌석에 살짝 걸터앉아 그녀의 얼굴이 그의 얼굴에서 6인치쯤밖에 안되는 바람에 깜짝 놀랐다.

"내가 무서워요?" 그녀는 미소 지으며 부드럽게 말했다.

"아, 아녜요, 아가씨." 그는 당황해서 어물거렸다.

그는 거울로 그녀를 훔쳐보았다. 그녀는 작고 하얀 두 손을 앞좌석 등받이 위에 걸쳐놓고 멍한 눈으로 응시했다.

"어떻게 말해야 좋을지 모르겠네." 그녀가 말했다.

그는 아무 말도 하지 않았다. 침묵이 오래 흘렀다. 아니, 이 여자는 도대체 어쩌자는 거야? 전차가 덜커덩거리며 지나갔다. 후면경을 통해 저 뒤에서 신호등이 파란불에서 빨간불로, 그리고 다시 파란불로 바뀌는 것이 보였다. 무슨 말을 할지 몰라도 빨리 말하고 끝냈으면 싶었다. 이상한 여자였다. 언제 어디로 튈지 모르는 여자였다. 그는 그녀가 입을 열기를 기다렸다. 그녀는 앞좌석 등받이에서 손을 거두더니 핸드백을 뒤적거렸다.

"성냥 있어요?"

"네, 아가씨."

그는 조끼 주머니를 뒤져 성냥을 꺼냈다.

"켜요." 그녀가 말했다.

그는 움찔하곤 성냥을 켜 불을 댕겨주었다. 잠시 그녀는 묵묵히 담배를 피웠다.

"당신 고자질쟁이는 아니겠죠?" 그녀는 미소를 띠며 물었다.

그는 대답하려고 입을 벌렸지만 아무 말도 나오지 않았다. 묻는 내용이나 어조로 볼 때 어떤 대답이든 해야 할 것 같았다. 그렇지만 뭐라고 대답하지?

"나 학교에 안 가요." 마침내 그녀가 말했다. "그렇지만 당신은 잊어버려요. 날 루프[10]로 데려다줘요. 하지만 누가 물으면 난 학교에 간 거예요. 알았죠, 비거?"

"네, 아가씨, 저야 뭐 상관없습니다." 그는 중얼거렸다.

"당신은 믿어도 될 것 같네요."

"그럼요, 아가씨."

"어쨌든, 난 당신 편이니까."

아니, 이건 또 무슨 소린가? 내 편이라니. 내가 어느 편인데? 유색인을 좋아한다는 소리인가? 아, 이 집 식구들 모두 그렇다더라만. 이 여자 정말 돌았나? 부모는 이 여자가 무슨 짓을 하는지 얼마나 알고 있을까? 그러나 진짜 돌았다면, 돌턴 씨는 왜 차를 태워주라고 한 것일까?

"난 친구를 만날 건데, 당신 친구이기도 해요." 그녀가 말했다.

"제 친구요!" 그는 자기도 모르게 소리쳤다.

"아, 아직은 만난 적이 없지만요." 그녀가 웃으며 말했다.

"아, 예."

"아우터드라이브로 해서 레이크 가[街] 16번지로 가면 돼요."

"네, 아가씨."

빨갱이 얘기를 하는 것 같은데? 맞다, 그거다! 하지만 내 친구 중에는 빨갱이라곤 없는데. 도대체 어찌 돌아가는 판인지? 만일 돌턴 씨가 대학교까지 잘 데려다주었느냐고 묻는다면 그랬다고 대답하고 그녀도 그렇게 말하기를 바랄 수밖에 없을 것이다. 하지만 돌턴 씨가 사람을 시켜 미행했다면, 실제 어디로 갔는지 다 들을 텐데? 부자들 중에는 탐정을 고용하는 사람이 많다는 이야기를 들은

---

10 시카고의 상업중심지구.

적이 있었다. 어떻게 돌아가는 판인지 알기나 한다면, 기분이 한결 나을 것이다. 게다가 자기가 만나려는 사람이 내 친구라고 하지 않던가. 공산주의자라면 아무도 만나고 싶지 않다. 그자들은 돈도 없다. 사람이 강도질하다 감방에 들어가는 것은 괜찮지만, 그자들과 싸돌아다니다가 감방에 간다는 건 어처구니없는 짓이라고 생각되었다. 어쨌든 운전은 해주겠다. 그러라고 고용된 것이니까. 하지만 이번 일에는 신중을 기할 작정이었다. 그가 바라는 거라곤 이 여자 때문에 일자리에서 떨려나지나 말았으면 하는 것뿐이었다. 그는 7번가에서 아우터드라이브를 벗어나 미시간 대로를 따라 북쪽으로 달려 레이크 가로 갔다. 그리고 16번지를 찾아 서쪽으로 두 구역을 더 달렸다.

"바로 여기예요, 비거."

"네, 아가씨."

그는 어두운 건물 앞에 차를 세웠다.

"기다려요." 그녀가 차에서 내리며 말했다.

그는 그녀가 거의 활짝 웃다시피 환한 미소를 보내오는 것을 보았다. 그 순간 자기가 느낀 모든 생각과 감정을 그녀가 샅샅이 알고 있다는 느낌이 들어 그는 당황하며 고개를 돌렸다. 이런 빌어먹을 것 같으니!

"오래 걸리진 않을 거예요." 그녀가 말했다.

그녀는 발을 떼어놓다가 다시 돌아섰다.

"마음 놓아요, 비거. 차차 더 잘 알게 될 거예요."

"네, 아가씨." 그는 미소를 지으려 했지만 미소가 지어지지 않았다.

"그런 노래 있지 않나요? 당신네들이 부르는 노래 중에 말예요."

"어떤 노래요, 아가씨?"

"「차차 우리는 더 잘 알게 될 거예요」라는?"

"아, 예. 아가씨."

정말 묘한 여자였다. 그녀에게서는 그에게 두려움을 자아내는 것 이상으로 다른 무언가가 느껴졌다. 그녀는 마치 그가 인간인 것처럼, 자기와 같은 세계에 사는 존재인 것처럼 대했다. 그리고 백인에게서 이런 느낌을 받기는 난생처음이었다. 그렇지만 왜? 무슨 게임 같은 건가? 그녀의 말을 듣고 있노라면 조심스럽지만 자유로운 느낌이 드는 한편으로, 그녀가 백인이며 부자라는, 그에게 무엇은 해도 되고 무엇은 안된다고 명령하는 그런 사람들 세계에 속하는 인물이라는 엄연한 사실이 뒤얽혀 마음이 혼란스러웠다.

그는 그녀가 들어간 건물을 바라보았다. 낡고 칠도 하지 않은 건물이었다. 창문에도 현관에도 불빛이 없었다. 애인을 만나는 거겠지? 그뿐이라면 별일 없을 것이다. 그렇지만 그 공산주의자들을 만나러 간 거라면? 그런데 공산주의자는 도대체 어떻게 생겼을까? 여자도 한패일까? 무엇이 사람들을 공산주의자로 만드는 것일까? 신문에서 공산주의자를 풍자한 만화를 여럿 본 기억이 났는데, 그들은 항상 수염을 기르고 손에 타오르는 횃불을 들고 살인을 하거나 불을 지르려 하였다. 그런 짓을 하는 놈들은 정신이 나간 놈들이었다. 공산주의자에 관해 들은 기억이라곤 어둠과 낡은 집, 작은 소리로 쑥덕거리는 사람들, 그리고 파업에 돌입한 노동조합을 연상시키는 것뿐이었다. 그런데 이것도 보아하니 그 비슷했다.

그는 긴장했다. 그녀가 들어갔던 문이 열렸다. 그녀가 나오고 젊은 백인 남자가 뒤따라나왔다. 그들은 차로 다가왔으나, 뒷좌석에 타는 대신 차 옆으로 와서 선 채로 그를 바라보았다. 비거는 그가 영화관에서 본 뉴스영화에 나온 남자임을 바로 알아보았다.

"아, 비거, 이 사람은 잰이에요. 잰, 비거 토머스야."

잰이 활짝 미소를 띠며 손을 펴 내밀었다. 비거의 온몸은 긴장과 불안으로 뻣뻣해졌다.

"안녕하세요, 비거?"

운전대를 잡은 비거의 손에 힘이 들어갔다. 이 백인 남자와 악수해야 되는 건지 망설여졌다.

"예, 뭐." 그는 우물댔다.

잰의 손은 여전히 내민 채였다. 비거의 오른손이 3인치쯤 올라가다 중도에 멈췄다.

"자, 악수합시다." 잰이 말했다.

비거는 놀라 입이 벌어진 채 축축한 손을 내밀었다. 잰의 손이 그의 손을 힘주어 잡는 게 느껴졌다. 그는 아주 살짝 손을 빼려고 했지만, 잰은 미소 띤 얼굴로 계속 단단히 잡고 있었다.

"서로 알고 지내는 게 좋을 거요." 잰이 말했다. "나는 메리 친구요."

"네, 선생님." 그가 중얼거렸다.

"우선," 잰이 자동차 발판에 발을 올려놓으며 말을 이었다. "선생님이라고 부르지 마요. 나도 비거라고 부를 테니 당신은 나를 잰이라고 불러요. 우리 그렇게 합시다. 어때요?"

비거는 대답하지 않았다. 메리는 미소 짓고 있었다. 잰은 아직도 그의 손을 잡고 있었고, 비거는 시선만 슬쩍 돌리면 잰을 볼 수 있고 또 잰의 시선을 피하고 싶으면 언제든지 거리를 내다볼 수 있도록 고개를 모로 돌렸다. 메리의 나지막한 웃음소리가 들렸다.

"괜찮아요, 비거." 그녀가 말했다. "잰은 진심이에요."

그는 화가 나 얼굴이 화끈 달아올랐다. 빌어먹을 여자, 지옥에나 떨어져라! 지금 날 비웃는 건가? 이치들이 날 놀리는 것인가? 도대체 뭘 바라고 이러는 걸까? 왜 그냥 내버려두지 않을까? 이쪽에선 건드리지도 않는데 말이다. 그래, 이런 사람들하고 있다간 무슨 일이 생길지 알 수 없는 법이다. 그의 몸과 마음은 고통스럽게 온통 날카로운 한 지점에 집중되었다. 그는 이해해보려고 필사적으로 노력했다. 이렇게 운전대에 앉아 백인한테 손을 잡히고 있다니, 바보가 된 느낌이었다. 지나가는 사람들이 어떻게 생각할 것인가? 그는 자신의 검은 피부가 몹시 의식되었고, 잰 같은 사람들이야말로 자기로 하여금 검은 피부를 의식하게끔 만드는 장본인이라는 생각이 자꾸만 들었다. 백인은 검은 피부를 멸시하지 않는가? 그렇다면 잰은 왜 이런 짓을 하는 것일까? 왜 메리는 열심히 눈을 반짝이며 저기 저러고 서 있는 것일까? 도대체 이래서 얻는 게 뭐 있다고? 어쩌면, 저들은 날 경멸하지 않는 걸까? 그러나 그렇게 하나는 손을 잡고 또 하나는 미소를 지으며 그를 바라보고 서 있는 것만으로도, 그들은 그에게 자신의 검은 피부를 느끼게 만들었다. 바로 이 순간 자신의 육체적 존재마저 사라져 없어지는 느낌이었다. 그 자신이 바로 스스로 증오하는 그것, 검은 피부에 부착된 '수치의 표지'였다. 그가 서 있는 자리는 그림자지대, '경계지대', 백인 세계와 흑인 세계가 나뉘는 지대였다. 그는 발가벗은 듯한, 투명해진 듯한 기분이었다. 이제껏 그를 억누르고 그를 일그러뜨리는 데 협력해오던 이 백인 남자가 이제 그를 손바닥에 올려놓고 구경하며 즐기는 것처럼 느껴졌다. 그 순간 그는 메리와 잰에게 뭐라 말하기 어려운 무언의 차가운 증오가 일었다.

"잠시 내가 운전할게요." 잰이 그의 손을 놓고 문을 열며 말했다.

비거는 메리를 쳐다보았다. 그녀가 다가와 팔에 손을 댔다.

"괜찮아요, 비거." 그녀가 말했다.

그는 내리려고 자리에서 몸을 틀었지만, 잰이 가로막았다.

"아니, 그냥 그쪽으로 옮겨 앉아요."

그가 옮겨 앉자, 잰이 운전대 앞에 자리를 잡았다. 그는 아직도 손에 이상한 느낌이 남아 있는 듯했다. 잰의 손가락 자국이 지울 수 없는 낙인처럼 남아 있는 것 같았다. 메리도 앞좌석으로 들어왔다.

"조금만 좁혀줘요, 비거." 그녀가 말했다.

그는 잰 쪽으로 몸을 좁혔다. 메리가 그와 문 사이에 비집고 끼어들었다. 그의 양편에 백인이 있었다. 그는 우뚝 선 거대한 두개의 흰 벽 사이에 앉아 있었다. 백인 여자와 이렇게 가깝게 있어본 적은 한번도 없었다. 그는 그녀의 머리칼 냄새를 맡았고 다리에는 그녀 허벅지의 부드러운 압력이 느껴졌다. 잰은 차량 행렬에 끼어들었다 벗어났다 하며 다시 아우터드라이브로 차를 몰았다. 곧 그들은 호반을 따라 속력을 냈고, 희미하게 빛나며 잔잔하게 펼쳐진 광활한 수면이 스쳐지나갔다. 하늘은 눈을 머금은 구름들로 무겁게 내려앉고 바람이 세게 불었다.

"오늘 밤 참 장엄하지?" 그녀가 물었다.

"그러게, 어쩜 이렇지!" 잰이 말했다.

비거는 그들의 어조, 그들의 낯선 억양, 그들의 입에서 그리도 매끄럽게 흘러나오는 기쁨에 찬 표현들에 귀를 기울였다.

"저 하늘!"

"그리고 저 호수!"

"너무 아름다워서 보기만 해도 마음이 저려." 메리가 말했다.

"이 세상은 참 아름답지 않소, 비거?" 잰이 그를 향해 말했다.

"저 마천루 좀 봐요!"

비거는 고개는 그대로 둔 채 눈만 굴려 쳐다봤다. 작고 네모난 노란 불빛이 점점이 찍힌 높다란 빌딩들이 한쪽으로 길게 펼쳐졌다.

"언젠가 저 모든 게 우리 것이 될 거요, 비거." 잰이 손을 휘두르며 말했다. "혁명이 끝나면 모두 우리 것이 될 거란 말이오. 그렇지만 그러려면 싸워야 하오. 정말 싸워 얻을 만한 세계잖소, 비거! 그리고 그날이 오면 모든 게 달라질 것이오. 백인도 흑인도 없고 부자도 빈자도 없을 거요."

비거는 아무 말도 하지 않았다. 차는 계속 질주했다.

"우리가 이상하게 보일 거예요, 그렇죠, 비거?" 메리가 물었다.

"아, 아닙니다, 아가씨." 그는 작은 소리로 말했다. 그녀가 믿지 않을 걸 알았지만 달리 대답할 수도 없었다.

너무 비좁은 공간에 끼어 앉아 있자니 팔과 다리가 저렸지만 감히 움직일 엄두가 나지 않았다. 좀더 편안한 자세를 취해도 상관하지 않을 사람들이라는 것은 알았다. 그렇지만 움직이면 그와 그의 검은 몸에 주의가 쏠릴 텐데 그는 그렇게 되는 게 싫었다. 이 사람들은 그가 느끼고 싶지 않은 것을 느끼게 만들었다. 만일 그도 백인이라면, 만일 그도 그들과 같다면, 문제는 달라졌을 것이다. 하지만 그는 흑인이었다. 그래서 팔과 다리가 저려와도 그는 꼼짝 않고 앉아 있었다.

"그런데, 비거. 싸우스사이드에 어디 음식 잘하는 데 없소?" 잰이 물었다.

"글쎄요." 비거는 생각해보는 투로 말했다.

"진짜배기 장소에 가고 싶어요." 메리가 명랑하게 그에게 몸을 돌리며 말했다.

"나이트클럽에 가시게요?" 비거는 그냥 이곳저곳 말해보는 것일 뿐 갈 곳을 추천하는 것은 아니라는 어조로 물었다.

"아니, 식사하려구요."

"이봐요, 비거. 우리가 가고 싶은 곳은 번지르르한 식당이 아니라 유색인들이 식사하러 가는 곳이에요."

도대체 이 사람들은 뭘 바라는 걸까? 그는 중립적이고 억양 없는 목소리로 대답했다.

"글쎄요, 어니네 밥집이라고 있기는 한데요……"

"근사하게 들리는데!"

"거기 가자, 잰." 메리가 말했다.

"좋아." 잰이 말했다. "어디 있죠?"

"인디애나 로 47번가에 있습니다." 비거가 그들에게 말했다.

잰은 31번가에서 아우터드라이브에서 벗어나 인디애나 로를 향해 서쪽으로 차를 몰았다. 비거는 잰이 더 빨리 몰았으면, 그래서 한시라도 빨리 어니네 밥집에 도착했으면 싶었다. 그러면 그들이 식사하는 동안 자기는 차에 앉아서 쥐가 나서 저리는 다리를 쭉 뻗을 수 있을 것이다. 잰은 인디애나 로로 접어들어 남쪽으로 향했다. 비거는 이런 차에 두 백인 사이에 앉아 있는 자기를 본다면 잭과 거스, G.H.가 뭐라고 할까 궁금했다. 그들은 잊어버릴 때까지 계속 놀려댈 것이다. 메리가 자리에서 몸을 뒤채는 것이 느껴졌다. 그녀는 그의 팔에 손을 올려놓았다.

"난 말예요, 비거, 오래전부터 저런 집에 한번 들어가보고 싶었어요." 그녀는 양편으로 솟은 높고 어두운 아파트 건물들을 가리키며 말했다. "그래서 당신들이 어떻게 사는지 한번 보고 싶었어요. 내 말 알겠어요? 나는 영국이나 프랑스, 멕시코에는 가봤지만 정작

열 구역 떨어진 곳에서 사람들이 사는 모습은 모르는 거예요. 우리
는 서로를 너무나 몰라요. 그냥 한번 보았으면 좋겠네. 이 사람들을 알
고 싶어. 한번도 흑인 집에 들어가본 적이 없어. 그렇지만 **틀림없이**
그 사람들도 우리와 똑같이 살 텐데. 저들도 같은 **사람**이고…… 이
백만이나 되는 사람들이…… 우리나라에 살고 있는데…… 우리와
같은 도시에서……" 그녀의 목소리는 아쉬운 듯 잦아들었다.

침묵이 흘렀다. 차는 흑인 빈민가를 뚫고, 흑인의 삶을 담은 높
은 건물들 옆을 달렸다. 비거는 그들이 자기의 삶, 자기 민족의 삶
을 생각하고 있다는 것을 알았다. 갑자기 그는 뭐든 묵직한 물건을
집어들어 온 힘을 다해 움켜잡고는 어떤 이상한 방법으로든 솟구
쳐올라 달리는 차 위에 온몸을 드러내고 단 한방에 차를—그 속
에 탄 자신과 그들도 모두 함께—없애버리고 싶은 충동을 느꼈
다. 가슴이 급하게 뛰어 그는 숨을 가다듬으려고 안간힘을 썼다. 그
는 이 일에 휘말려들고 있었다. 이런 식으로 감정에 굴복해서는 안
된다는 생각이 들었다. 그렇지만 어쩔 수 없었다. 왜 저들은 그를
그냥 내버려두지 않는 것일까? 그가 저들에게 무슨 짓을 했단 말인
가? 여기 앉아서 그를 그렇게 비참하게 만든들, 저들에게 무슨 이
득이 된단 말인가?

"어딘지 말해줘요, 비거." 잰이 말했다.

"네, 선생님."

밖을 내다보니 46번가였다.

"다음 구역 끝입니다, 선생님."

"이 길에 주차해도 되나요?"

"아, 예, 선생님."

"비거, 제발! 나한테 선생님 소리 좀 하지 마요…… 난 그런 거 좋아

하지 않아요. 당신이나 나나 똑같은 사람이에요. 내가 당신보다 나을 것도 없어요. 다른 백인들은 그런 걸 좋아할지 모르지만, 난 아니에요. 봐요, 비거……"

"네……" 비거는 말을 멈추고 침을 삼키며 자신의 검은 손을 내려다봤다. "알겠습니다." 그는 중얼거렸다. 목이 멘 것을 그들이 알아차리지 못하기만 바랄 뿐이었다.

"저, 비거……" 잰이 말을 시작했다.

메리가 비거의 등 뒤로 팔을 뻗어 잰의 어깨를 가볍게 쳤다.

"내리자." 그녀는 서둘러 말했다.

잰은 인도 가까이 차를 대고 문을 열고 내렸다. 비거는 마침내 팔다리를 뻗을 자리가 생긴 걸 다행으로 여기며, 다시 운전대 앞으로 몸을 밀어넣었다. 메리가 반대편 문으로 내렸다. 자, 이제 좀 쉴 수 있겠지. 자신의 즉각적인 감각에만 온통 신경을 쓰던 그는 오랜 정적이 흐른 후에야 뭔가 이상한 감을 느끼고 고개를 들었다. 그리고 바로 그 순간 메리가 자기 얼굴에서 시선을 돌리는 것을 보았다. 그녀는 잰을 바라보고 잰은 그녀를 바라보았다. 그들의 눈에 담긴 표정의 의미는 오해의 여지가 없었다. 비거가 보기에 그것은 분명 당황하고 의아해하는 눈초리, 도대체 저 사람이 왜 저러는 걸까 하고 묻는 눈초리였다. 비거는 이를 꽉 악물고 똑바로 앞만 응시했다.

"같이 안 갈래요, 비거?" 메리의 상냥한 말투에 그는 그녀에게 확 달려들고 싶어졌다.

어니네 밥집 사람들은 그를 아는데, 그는 이 백인들과 함께 있는 모습을 보이고 싶지 않았다. 그가 들어간다면 모두들 이렇게 쑥군거릴 것이다. 비거가 어울려다니는 저 백인들이 도대체 누구야?

“저—저…… 저는 들어가고 싶지 않습니다……” 그는 숨 가쁘게 속삭였다.

“배고프지 않소?” 잰이 물었다.

“예. 배고프지 않습니다.”

잰과 메리가 차로 다가왔다.

“어쨌든 함께 들어갑시다.” 잰이 말했다.

“전—전……” 비거는 말을 더듬었다.

“괜찮을 거예요.” 메리가 말했다.

“전 여기 있겠습니다. 차 지킬 사람이 있어야지요.” 그가 말했다.

“에이, 차 같은 건 잊어버려요!” 메리가 말했다. “들어가요.”

“식사 생각 없습니다.” 비거는 완강히 말했다.

“그래요?” 잰이 한숨을 내쉬었다. “당신이 그런 기분이라면 우리도 들어가지 말죠.”

비거는 덫에 걸린 기분이었다. 아, 빌어먹을! 자기가 처음부터 그들의 행동이 예사로운 양 처신하기만 했어도 일이 훨씬 쉽게 풀렸으리라는 생각이 한순간 그를 스치고 지나갔다. 그러나 그는 그들이 이해되지 않았다. 그는 그들이 미덥지 않았고 정말로 미웠다. 왜 자기한테 이렇게 대하는 것인지 알 수가 없었다. 하지만 어쨌든 지금 그는 맡은 일을 하는 것뿐이었다. 그리고 여기 앉아서 그들의 시선을 견디는 것도 들어가는 것만큼이나 고역이었다.

“알았습니다.” 그는 화난 목소리로 중얼거렸다.

그는 차에서 내려 문을 쾅 닫았다. 메리가 그에게 다가와 팔을 잡았다. 그는 오랫동안 말없이 그녀를 쏘아보았다. 그렇게 똑바로 그녀를 쳐다본 것은 처음이었는데, 화가 났기 때문에 비로소 그럴 수 있었던 것이다.

"비거." 그녀가 말했다. "정말로 들어갈 마음이 없으면 안 들어가도 돼요. 제발 그렇게 생각하지…… 오, 비거…… 우린 기분을 상하게 만들려고 그런 게 아닌데……"

그녀의 목소리가 끊겼다. 희미한 가로등 불빛 속에서 비거는 그녀의 눈이 흐려지며 입술이 떨리는 것을 보았다. 그녀는 휘청거리며 차에 기대섰다. 그는 마치 그녀가 보이지 않는 전염병에 감염되기라도 한 듯 뒤로 물러섰다. 잰이 그녀의 허리에 팔을 둘러 부축했다. 비거는 그녀가 나지막하게 흐느끼는 소리를 들었다. 하느님 맙소사! 돌아서서 가버리고 싶은 격한 충동이 일었다. 그는 뒤얽힌 짙은 그림자들, 머리 위에 펼쳐진 밤처럼 시커먼 그림자들의 덫에 걸려든 느낌이었다. 그녀는 그의 행동 때문에 울고 있지만, 그로 하여금 그녀에게 그런 식으로 행동할 수밖에 없는 기분이 들게 만든 것은 바로 그녀 본인의 행동이었다. 그녀와의 관계는 마치 시소를 탄 형국이었다. 그들은 결코 같은 높이에 있는 법이 없었다. 그든 그녀든 한 사람은 높이 떠 있었다. 메리가 눈물을 닦고 잰이 뭐라고 속삭였다. 비거는 그들을 놔두고 가버릴 경우 어머니나 구호소나 돌턴 씨에게 뭐라고 해야 하나 생각했다. 왜 일을 하다 말고 가버렸느냐고 물을 게 분명한데, 그렇다고 사실대로 말할 수도 없는 노릇이었다.

"이제 됐어, 잰." 메리의 말소리가 들렸다. "미안해. 난 정말 바본가봐…… 얼간이처럼 굴었잖아." 그녀는 눈을 들어 비거를 쳐다봤다. "나한테 신경 쓰지 마요, 비거. 내가 그냥 바보처럼……"

그는 아무 말도 하지 않았다.

"자, 비거." 잰은 모든 것을 덮어버리려는 투로 말했다. "가서 식사나 합시다."

잰이 그의 팔을 잡고 앞으로 끌었지만 비거는 뒤로 처졌다. 잰과 메리가 식당 입구 쪽으로 걸어가자 비거도 곤혹스럽고 성마른 기분으로 그들을 따라갔다. 잰은 벽 가까이의 작은 테이블로 갔다.

"앉아요, 비거."

비거는 앉았다. 잰과 메리가 앞자리에 앉았다.

"닭튀김 좋아해요?" 잰이 물었다.

"네, 선생님." 그는 조그맣게 말했다.

그는 머리를 긁었다. 평생을 백인에게 네, 선생님, 네, 부인 해왔는데, 어떻게 하룻밤 새에 고칠 수 있단 말인가? 그는 그들의 시선을 피하며 앞을 바라보았다. 여종업원이 오자 잰은 맥주 세 잔과 닭튀김 삼 인분을 주문했다.

"어이, 비거!"

돌아보니 잭이 손을 흔들며 인사했다. 그러나 잭의 시선은 잰과 메리에 꽂혀 있었다. 그는 답례로 딱딱하게 손을 흔들었다. 젠장! 잭은 급히 자리를 떴다. 비거는 조심스럽게 주위를 둘러보았다. 여종업원들과 다른 테이블에 앉은 몇몇 사람들이 그를 쳐다보고 있었다. 모두 아는 사람들이었다. 자기가 그들이었더라도 마찬가지였겠지만, 그들이 의아해하는 것이 느껴졌다. 메리가 그의 팔을 건드렸다.

"여기 와본 적 있어요, 비거?"

그는 어중간한 말, 정보 전달에 그칠 뿐 감정은 조금도 내비치지 않을 그런 말을 찾아보았다.

"몇번요."

"아주 멋진 곳인데요." 메리가 말했다.

누군가 자동축음기에 5쎈트짜리 동전을 넣었고 그들은 음악에 귀를 기울였다. 그때 그의 어깨를 잡는 손이 느껴졌다.

"안녕, 비거! 어디 있었어?"

고개를 드니 베시가 얼굴을 들여다보며 웃고 있었다.

"안녕." 그는 무뚝뚝하게 말했다.

"아, 실례. 동행이 있는지 몰랐네." 그녀는 잰과 메리에게서 시선을 떼지 않은 채 테이블을 떠났다.

"이리 오라고 해요, 비거." 메리가 말했다.

베시는 이미 먼 자리로 가 어떤 여자와 함께 앉아 있었다.

"이미 저쪽에 앉았는데요." 비거가 말했다.

여종업원이 맥주와 닭고기를 가져왔다.

"와, 굉장하네!" 메리가 탄성을 올렸다.

"이거 짱인데." 잰이 비거를 바라보며 말했다. "내가 제대로 말했소, 비거?"

비거는 잠시 망설였다.

"그렇게들 말하죠." 그는 단조롭게 말했다.

잰과 메리가 먹기 시작했다. 비거는 닭 한 조각을 집어들고 베어 물었다. 씹으려 했지만 입안이 말라 있었다. 몸의 유기적 기능마저 바뀌어버린 것 같았다. 그리고 왜 그런지를 깨닫자, 그 이유를 알게 되자, 씹을 수가 없었다. 그는 두세 조각 베어물다 그만두고, 맥주를 홀짝거렸다.

"닭고기 들어요." 메리가 말했다. "맛있는데요!"

"배고프지 않아요." 그는 중얼거렸다.

"맥주 더 할래요?" 오랜 침묵 끝에 잰이 물었다.

어쩌면 좀 취하는 편이 나을지도 몰랐다.

"그럴까요?" 그는 말했다.

잰이 한 잔씩 더 시켰다.

"여기 맥주보다 독한 것도 있소?" 잰이 물었다.

"시키는 것은 뭐든지 나오지요." 비거가 말했다.

잰은 1피프스[11]짜리 럼주를 주문해 한 잔씩 돌렸다. 비거는 술기운이 따뜻하게 오르는 것이 느껴졌다. 두번째 잔을 마신 후 잰이 말을 시작했다.

"태어난 곳은 어디요, 비거?"

"남부요."

"남부 어디?"

"미시시피 주요."

"학교는 얼마나 다녔나요?"

"8학년까지요."

"왜 그만뒀어요?"

"돈이 없어서요."

"학교는 북부에서 다녔어요, 남부에서 다녔어요?"

"대부분 남부에서요. 여기서는 2년 다녔습니다."

"시카고에 온 지 얼마나 되는데요?"

"글쎄요, 5년쯤요."

"여기가 맘에 들어요?"

"괜찮아요."

"식구들하고 함께 살아요?"

"어머니하고 남동생, 여동생이 있지요."

"아버지는 어디 계시는데요?"

---

11 1피프스는 약 0.75리터.

"돌아가셨습니다."

"얼마나 되었죠?"

"제가 어렸을 때 폭동 와중에 살해당했어요. 남부에서요."

침묵이 흘렀다. 럼주 기운이 비거한테 도움이 되었다.

"그래서 취해진 조치는요?" 잰이 물었다.

"없었어요. 제가 아는 한은요."

"그 일에 대한 당신 생각은요?"

"모르겠습니다."

"들어봐요, 비거, 우리는 바로 그런 일을 못하게 막으려는 거예요. 우리 공산주의자가 맞서 싸우는 것은 바로 그런 일이오. 사람들이 다른 사람을 그런 식으로 취급하지 못하게 막으려는 것이지요. 나는 당원이오. 메리는 동조자고. 우리가 함께 뭉치면 그런 일을 막을 수 있지 않겠소?"

"잘 모르겠네요." 비거가 말했다. 술기운이 머리 꼭대기까지 올라왔다. "세상엔 백인이 수없이 많은걸요."

"스코츠보로 소년들[12] 이야기 읽어본 적 있소?"

"얘긴 들었어요."

"그 소년들이 사형당하지 않게 우리가 도왔는데, 잘한 일이라 생각하지 않아요?"

"괜찮은 일이었네요."

"말예요, 비거." 메리가 말했다. "우린 당신 친구가 되고 싶어요."

---

12 1931년 앨라배마 주 스코츠보로에서 흑인 소년 아홉명이 백인 여성 둘을 강간했다는 누명을 입고 부당한 재판 절차와 여론의 공세에 떠밀려 사형을 선고받았다. 당시 미국공산당 등의 항의로 재심이 진행되었지만, 1937년 그중 일부만이 무죄로 석방되고, 나머지는 감형 및 사형으로 결정되었다. 상당히 큰 화제를 모았기에, 이 사건을 소재로 한 책이나 영상물 등이 꾸준히 발표되었다.

그는 아무 말도 하지 않았다. 그가 잔을 다 들이켜자 잰이 또 한 잔씩 돌렸다. 그는 이제 그들을 똑바로 쳐다볼 수 있을 만큼 취해가고 있었다. 메리가 그에게 미소를 보냈다.

"금방 우리한테 익숙해질 거예요." 그녀가 말했다.

잰이 럼주병의 마개를 닫았다.

"이제 그만 가자." 그가 말했다.

"그래." 메리가 말했다. "아, 비거, 아침 9시에 디트로이트에 갈 거니까 내 작은 트렁크를 역에 실어다놓으면 좋겠어요. 아버지에게 말하면 시간을 조정할 수 있을 거예요. 트렁크를 가지러 8시 반에 오면 돼요."

"실어다놓겠습니다."

잰이 돈을 치르고 그들은 다시 차로 왔다. 비거는 운전대에 앉았다. 기분이 좋았다. 잰과 메리는 뒷자리에 앉았다. 비거는 운전하면서 그녀가 잰의 팔에 편히 안겨 있는 것을 보았다.

"잠깐 공원을 좀 돕시다, 그래줄래요, 비거?"

"알겠습니다."

그는 워싱턴 공원으로 접어들어, 길고 완만하게 굽은 도로를 따라 천천히 빙빙 돌았다. 이따금 머리 위 후면경을 통해 잰이 메리에게 입 맞추는 것을 훔쳐봤다.

"여자 친구 있어요, 비거?" 메리가 물었다.

"여자 친구, 있죠." 그가 말했다.

"한번 만나보고 싶어요."

그는 대답하지 않았다. 메리의 눈은 앞으로 할 일을 계획하는 양 꿈꾸듯 앞을 응시했다. 그러더니 그녀는 잰에게 몸을 돌려 그의 팔에 다정하게 손을 얹었다.

“데모는 어땠어?”

“꽤 잘됐어. 그런데 경찰이 세 동지를 연행했어.”

“누굴?”

“YCL[13] 맹원 하나와 흑인 여자 둘이야. 아, 그래서 말인데, 메리. 보석금이 다급한 형편이야.”

“얼마나?”

“삼천.”

“수표를 부쳐줄게.”

“잘됐네.”

“오늘 일이 많았어?”

“응. 새벽 3시까지 회의를 했어. 그리고 하루 종일 맥스하고 보석금 모금을 했지.”

“맥스는 멋진 분이야, 안 그래?”

“우리 편에서 가장 뛰어난 변호사로 손꼽히는 분이지.”

비거는 귀를 기울였다. 이들이 공산주의에 대해 이야기하고 있다는 것을 알았기에 잘 들어보려 애썼다. 그러나 무슨 소린지 알아들을 수가 없었다.

“잰.”

“응.”

“이번 봄에는 학교를 때려치우고 당에 가입할 거야.”

“와, 역시 멋져!”

“하지만 아직 조심은 해야 해!”

“아, 나하고 함께 사무실에서 일하는 건 어때?”

---

13 청년공산주의동맹(Youth Communist League)은 코민테른의 요청으로 1921년에 결성되어 1943년에 해산하였다.

"아니, 난 흑인들 속에서 일하고 싶어. 사람이 필요한 곳은 거기
야. 흑인들은 모든 것에서 밀려난 형국이잖아."

"그러게 말야."

"저들이 이 사람들한테 저지른 짓을 볼 때면, 난 너무나 화가 나
고……"

"그래, 끔찍한 일이야."

"그리고 내가 무력하고 쓸모없는 존재처럼 느껴져. 난 뭔가 하고
싶어."

"네가 결국 가입하리란 걸 난 언제나 알고 있었지."

"저, 잰, 흑인을 많이 알아? 몇 사람 만나봤으면 해."

"아주 잘 아는 사람은 없어. 그렇지만 당에 들어오면 만날 수 있
을 거야."

"흑인들은 어쩌면 감정이 그렇게 풍부하지! 굉장한 민족이야! 잘
밀어만 주면……"

"그들 없이는 혁명을 할 수 없어." 잰이 말했다. "조직해내야지.
그들에겐 혼이 있어. 당에 필요한 것을 줄 수 있는 사람들이야."

"노래는 또 어떻고. 흑인영가 말야! 너무나 멋지잖아." 비거는 그
녀가 자기를 향해 몸을 돌리는 것을 보았다. "봐요, 비거, 노래 좀
해줄래요?"

"노래 못하는데요." 그가 말했다.

"아이, 비거." 그녀는 입을 삐죽거렸다. 그녀는 고개를 기울이고
눈을 감더니 입을 벌렸다.

기분 좋은 짐마차, 천천히 흔들리며,
나를 집으로 실어가려 다가오네……[14]

잰도 합세했고, 비거의 입가에는 비웃음이 번졌다. 천만에, 가락이 틀려, 그는 생각했다.

"자, 비거, 노래 좀 도와줘요." 잰이 말했다.

"노래 못하는데요." 그는 되풀이했다.

그들은 아무 말도 안했다. 차는 엔진 소리를 내며 계속 달렸다. 그러다 잰의 낮은 목소리가 들렸다.

"술병 어디 있지?"

"여기."

"한모금 마실래?"

"나도, 응."

"오늘 밤 너무 마시는 것 아냐?"

"자기도 마찬가지야."

그들은 웃었다. 비거는 묵묵히 차를 몰았다. 목구멍으로 술이 넘어가는 음악적인 소리가 희미하게 들렸다.

"잰!"

"왜?"

"한모금이 뭐 그렇게 많아!"

"자, 여기 있어, 메리도 그만큼 마셔."

그는 후면경으로 그녀가 술병을 기울이고 마시는 것을 보았다.

"비거도 한모금 더 마시고 싶을지 몰라, 잰. 물어봐."

"아, 참, 비거! 자, 쭉 들이켜요!"

그는 속력을 늦추며 뒤로 손을 뻗어 병을 받았다. 그는 병을 두

---

14 대표적인 흑인영가인 「스윙 로우, 스윙 채리엇」(Swing Low, Swing Chariot)의 첫 부분.

번 기울이며 크게 두 모금 삼켰다.

"와아!" 메리가 웃었다.

"정말 시원하게 들이켜네." 잰이 말했다.

비거는 손등으로 입을 닦고 계속 어두운 공원을 뚫고 천천히 차를 몰았다. 이따금 반쯤 빈 럼주병이 출렁거리는 소리가 났다. 저 사람들 곤드레가 되겠는데. 그는 럼주의 효과가 손가락 끝까지 그리고 입술까지 올라오는 것을 느끼며 이렇게 생각했다. 곧 메리가 낄낄거리는 소리가 들렸다. 맙소사, 벌써 곤드레가 되었군! 차는 경사진 커브 길을 따라 계속 천천히 돌았다. 럼주의 따뜻한 기운이 배에서부터 부채꼴로 퍼져나가 온몸을 삼켜버렸다. 그는 운전을 하는 게 아니라, 그저 앉아서 어둠 속을 부드럽게 떠내려가고 있었다. 손을 가볍게 운전대 위에 얹어놓고, 나른한 몸을 의자 깊숙이 파묻었다. 그는 거울을 보았다. 메리는 뒷좌석에 길게 늘어져 있고 잰이 그 위로 몸을 숙였다. 그는 흐릿하게 곡선을 그리는 흰 허벅지를 보았다. 그래, 엉망으로 취했군, 그는 생각했다. 그는 앞에 펼쳐지는 도로를 보다가 거울을 보다가 하며, 커브를 따라 차를 부드럽게 몰았다. 잰의 속삭임이 들리더니 이내 둘 다 숨을 몰아쉬는 소리가 들렸다. 온통 그들을 의식하다보니 그의 근육이 점점 팽팽해졌다. 그는 아랫배 쪽이 딱딱해지는 느낌을 애써 떨쳐내며, 한숨을 내뱉고 똑바로 앉았다. 그러나 곧 그는 다시 몸이 축 처졌다. 입술이 얼얼했다. 나도 거의 취했구나, 하는 생각이 들었다. 도시와 공원은 그의 의식에서 사라졌다. 그는 차를 탄 채 둥둥 떠올랐고, 잰과 메리는 뒤에 앉아 키스와 애무를 했다. 긴 시간이 흘렀다. 잰이 일어나 앉으며 메리를 일으켰다.

"1시네, 자기야." 메리가 말했다. "이제 집에 가야겠어."

“알았어. 조금만 더 드라이브하다가. 여기 멋있잖아.”

“아버지는 내가 못됐대.”

“미안해.”

“떠나기 전, 아침에 전화할게.”

“그래. 몇시쯤?”

“8시 반쯤.”

“에이, 디트로이트에 보내기 싫은데.”

“나도 가기 싫어. 하지만 가야 해. 자기하고 플로리다에서 못되게 군 것을 보상해드려야지. 얼마 동안은 어머니 아버지 말씀대로 해야 해.”

“그래도 보내기 싫은데.”

“이삼일만 있으면 돌아올 텐데, 뭘.”

“이삼일이면 긴 시간이지.”

“이 바보. 그렇지만 다정은 하네.” 그녀는 웃으며 그에게 키스했다.

“이제 집으로 가는 게 좋겠소, 비거.” 잰이 그를 불렀다.

비거는 차를 돌려 공원을 빠져나와 46번가로 향했다.

“난 여기서 내릴 거요, 비거!”

그는 차를 세웠다. 그들이 속삭이는 소리가 들렸다.

“잘 가, 잰.”

“잘 가, 메리.”

“내일 전화 건다.”

“그래.”

잰이 차 앞문에 서서 손을 내밀었다. 비거는 머뭇거리며 악수했다.

"당신을 만나게 되어 정말 즐거웠소, 비거." 잰이 말했다.

"감사합니다." 비거가 중얼거렸다.

"당신을 알게 되어 정말 기뻐요. 자, 한모금 더 들어요."

비거는 크게 한모금 들이켰다.

"나도 줘, 잰. 잠이 잘 올 거야." 메리가 말했다.

"정말 더 마셔야 하겠어?"

"아이, 어서, 응."

그녀는 차에서 도로 갓돌 위로 내려섰다. 그리고 잰에게서 병을 받아들고 기울였다.

"워워!" 잰이 말했다.

"왜 그래?"

"취해서 정신을 잃으면 어쩌려고."

"나 멀쩡해."

잰이 병을 기울여 비우고는 하수도에 버렸다. 그는 둔한 몸짓으로 주머니를 뒤지며 뭔가를 찾았다. 그는 비틀거렸다. 취한 것이었다.

"뭐 잃어버렸어?" 메리가 혀 꼬부라진 소리를 냈다. 그녀도 취해 있었다.

"아냐. 여기 비거가 읽어봤으면 하는 게 좀 있어서. 이것 봐요, 비거, 여기 소책자가 몇권 있어요. 꼭 읽어봐요, 예?"

비거는 손을 내밀어 소책자들을 받았다.

"알았어요."

"꼭 읽어봐야 해요, 당장 말이오. 며칠 있다가 이 책들에 대해 얘기해봅시다……" 그는 혀가 굳어 잘 돌아가지 않았다.

"읽어볼게요." 비거는 책들을 주머니에 쑤셔넣고 하품이 나오려는 것을 억지로 참으면서 말했다.

"내가 꼭 읽도록 만들게." 메리가 말했다.

잰이 다시 그녀에게 키스했다. 비거는 루프행 전차가 거리 저편에서 덜컥거리며 다가오는 소리를 들었다.

"그럼, 안녕." 그가 말했다.

"잘 가, 잰." 메리가 말했다. "난 비거하고 같이 앞에 타고 갈래."

그녀는 앞자리에 올라탔다. 전차가 덜커덩거리며 멈췄다. 잰이 휙 올라타자 전차는 북쪽으로 떠났다. 비거는 드렉설 대로를 향해 차를 몰았다. 메리는 좌석에 푹 파묻혀 한숨을 내쉬었다. 다리가 넓게 벌어졌다. 차가 계속 굴러갔다. 비거는 머리가 빙빙 돌았다.

"당신 정말 친절하네요, 비거." 그녀가 말했다.

그는 그녀를 보았다. 그녀의 얼굴은 하얗고 창백했으며 눈은 흐릿했다. 몹시 취해 있었다.

"글쎄요." 그가 말했다.

"에이! 우스갯소리도 잘하잖아요." 그녀는 낄낄거렸다.

"그렇겠죠." 그가 말했다.

그녀는 그의 어깨에 머리를 기댔다.

"기대도 되죠?"

"괜찮습니다."

"당신 알아요? 벌써 세시간 동안 네 아니요 같은 말은 한마디도 안한 거?"

그녀는 배를 잡고 웃었다. 그는 증오로 몸이 굳어졌다. 또다시 그녀가 그의 마음속을 들여다보고 있었고 그는 그것이 싫었다. 그녀는 일어나 앉아 손수건으로 눈을 닦았다. 그는 시선을 똑바로 앞으로 향한 채 차를 집 안 진입로로 몰고 들어가 세웠다. 그는 차에서 내려 문을 열었다. 그녀는 움직이지 않았다. 눈이 감겨 있었다.

"다 왔습니다." 그가 말했다.

그녀는 일어나려 했으나 다시 자리로 미끄러졌다.

"에이, 참!"

이 여자 취했어, 완전히 녹아떨어졌어! 하고 비거는 생각했다. 그녀가 손을 내밀었다.

"자, 좀 일으켜줘요. 몸이 말을 안 듣네……"

그녀는 등허리로 몸을 지탱했고, 치마가 말려올라가는 바람에 허벅지의 스타킹 끝이 다 보였다. 잠시 바라보며 서 있자니, 그녀가 눈을 들고 쳐다보았다. 그녀는 웃었다.

"도와줘요, 비거. 꼼짝도 못하겠어."

그는 그녀를 부축해주었다. 그녀가 바닥에 내려설 때 그녀의 부드러운 몸이 손에 느껴졌다. 그녀는 검고 깊은 눈동자에 열띤 빛을 담아 그를 바라보았다. 그녀의 머리칼이 얼굴에 닿았고 그 냄새는 그를 꽉 채워버렸다. 좀 어지러운 느낌에 그는 이를 악물었다.

"내 모자 어디 갔지? 어딘가 떨어뜨렸는데……"

그녀가 이렇게 말하며 휘청거리는 통에, 그는 그녀를 부축하느라 감은 팔에 힘을 주었다. 주위를 둘러보니 모자는 자동차 발판 위에 떨어져 있었다.

"여기 있네요." 그가 말했다.

모자를 주워들며 그는 자기가 그녀와 이런 모습으로 여기 있는 것을 백인이 본다면 어떻게 생각할까, 하는 생각을 했다. 만약 지금 돌턴 노인이 본다면? 불안한 마음에 그는 그 큰 집을 올려다보았다. 집은 어둡고 조용했다.

"자, 자러 가야겠네……" 메리가 한숨을 내쉬었다.

그는 그녀를 놓았지만, 길에 넘어지지 않게 다시 붙들어야 했다. 그는 그녀를 계단으로 데리고 갔다.

"혼자 올라갈 수 있겠어요?"

그녀는 도전이라도 받은 듯 그를 쳐다봤다.

"물론이죠. 놔봐요……"

그가 그녀에게서 팔을 떼자 그녀는 꼿꼿한 자세로 계단을 올라 갔지만 곧 발이 걸려 목제 현관 위로 큰 소리를 내며 넘어졌다. 비거는 그녀에게 다가가려다가, 손을 내민 채 두려움에 얼어붙고 말았다. 하느님 맙소사, 저러다 온 식구를 다 깨우겠다! 그녀는 한쪽 무릎과 한쪽 손을 땅에 대고 반쯤 굽힌 자세로, 놀라면서도 재미있어하는 표정으로 그를 돌아보았다. 저 여자 정말 단단히 돌았군! 그녀는 몸을 일으켜 난간에 기대며 다시 천천히 계단을 내려왔다. 비거 앞에 온 그녀는 미소를 지으며 휘청거렸다.

"나 진짜 취했나봐……"

그는 무력감과 감탄과 증오가 뒤섞인 기분으로 그녀를 지켜봤다. 만일 지금 그녀의 아버지가 여기 그녀와 함께 있는 그를 본다면, 일자리에서 떨려나게 될 것이다. 그렇지만 그녀는 아름답고 날씬하고, 행동거지도 다른 백인들처럼 그를 증오하진 않는 것 같은 인상을 주었다. 그렇지만 뭐라 해도 백인이니 그는 그녀를 증오했다. 그녀는 천천히 눈을 감았다가 다시 떴다. 그녀는 몸을 가누려고 무진 애를 썼다. 혼자서는 자기 방에 갈 수 없을 테니 돌턴 씨나 페기를 불러야 할까? 안되지…… 그건 이 여자를 배반하는 일이야. 또, 그녀에 대한 증오심에도 불구하고, 이처럼 그녀를 지켜보며 서 있으니 흥분되기도 했다. 그녀는 눈이 다시 감기더니 휘청거리며 그에게로 기울었다. 그는 그녀를 붙잡았다.

"부축해드리는 게 낫겠어요." 그가 말했다.

"뒷길로 해서 가요, 비거. 앞문 쪽으로 올라가면…… 꼼짝없이 넘어져서…… 모두 깨우고 말 테니……"

그녀를 지하실로 데리고 가는 동안 그녀의 발이 콘크리트 바닥에 질질 끌렸다. 그는 한 손으로 그녀를 부축하며 전등 스위치를 올렸다.

"내가 이렇게 취했나?" 그녀가 웅얼거렸다.

그는 그녀를 끌고 좁은 계단을 천천히 올라가 부엌문으로 갔다. 그는 손으로 그녀의 허리를 감쌌다. 부드럽게 부풀어오른 그녀의 가슴이 손가락 끝에서 느껴졌다. 순간순간 그녀는 더욱더 무겁게 기대왔다.

"좀 똑바로 서봐요." 부엌문에 이르자 그는 격한 말투로 속삭였다.

돌턴 부인이, 그가 물을 먹으러 들어갔던 때처럼, 풍성하게 늘어진 흰옷을 입고 돌처럼 무표정한 눈먼 눈으로 앞을 응시하며 부엌 한가운데 서 있을 것만 같았다. 그는 문을 조심스럽게 밀고 둘러보았다. 부엌은 텅 비었고, 창문을 통해 겨울 하늘에서 희미하고 아련한 푸른 빛이 스며들 뿐 어두웠다.

"자, 어서요."

그녀는 그의 목에 팔을 걸고 무겁게 매달렸다. 그는 문을 밀어 연 다음 한발짝 들여놓고는, 멈춰 서서 귀를 곤두세우고 기다렸다. 입술에 그녀의 머리카락이 스치는 것이 느껴졌다. 몸이 후끈 달아오르고 힘줄이 땅겼다. 그는 그녀의 머리칼과 살 냄새에 취해, 희미한 빛 속에서 그녀의 얼굴을 쳐다봤다. 그렇게 잠시 서 있던 그는 두려움과 흥분에 휩싸여 속삭였다.

"자, 어서요. 방으로 가셔야죠."

그는 그녀를 이끌고 부엌에서 복도로 나왔다. 한번에 한 걸음씩 부축해주어야 했다. 복도는 텅 비고 캄캄했다. 그는 질질 끌다시피 해서 천천히 그녀를 뒷계단으로 데리고 갔다. 다시 그녀가 증오스러워졌다. 그는 그녀를 흔들었다.

"어서요, 정신 차려요!"

그녀는 꼼짝도 않은 채 눈도 뜨지 않았다. 그러더니 마침내 뭐라고 중얼거리면서 맥없이 축 늘어졌다. 손가락에 그녀의 몸의 부드러운 곡선을 느끼며, 그는 여전히 육체적인 고양감에 휩싸인 채 그녀를 바라보았다. 이런 잡것! 그녀의 얼굴이 그의 얼굴에 닿았다. 그는 그녀를 돌려세우고 계단을 하나씩 오르기 시작했으나 삐걱거리는 작은 소리가 들리는 바람에 발을 멈췄다. 그는 눈을 크게 뜨고 어둠 속을 바라보았다. 그러나 아무도 없었다. 계단을 다 올라왔을 때 그녀는 완전히 축 늘어진 채 계속 뭔가 중얼거리고 있었다. 제기랄! 몸을 안아서 들지 않으면 앞으로 나아갈 수가 없었다. 그는 팔로 그녀를 안아들고 복도를 따라내려가다가 멈춰 섰다. 도대체 어떤 게 이 여자 방이야? 염병할!

"아가씨 방이 어디예요?" 그는 속삭였다.

대답이 없었다. 완전히 녹아떨어졌나? 여기에 두고 갈 수는 없었다. 손을 떼면, 그녀는 바닥에 쓰러진 채 밤새 내내 거기 누워 있을 것이었다. 그는 그녀를 힘껏 흔들며, 감히 낼 수 있는 가장 큰 소리로 말했다.

"아가씨 방 어디 있어요?"

순간적으로 그녀는 몸을 일으키며 멍한 눈으로 그를 바라보았다.

"어디냐구요?" 그는 다시 물었다.

그녀가 어떤 방문 쪽으로 눈을 굴렸다. 그는 그녀를 그 방문 앞까지 데리고 가서 멈춰 섰다. 이게 정말로 이 여자 방일까? 너무 취해서 모르는 게 아닐까? 돌턴 부부 방문을 열게 된다면? 에라, 기껏해야 쫓겨나기밖에 더 하려고. 이 여자가 취한 게 내 잘못도 아닌데. 그는 뭔가에 사로잡힌 듯한 묘한 느낌이, 혹은 무대에 올라 운집한 사람들 앞에서 연기하고 있는 느낌이 들었다. 그는 조심스럽게 한 손을 빼내어 방문 손잡이를 돌렸다. 그리고 기다렸다. 아무 일도 없었다. 그는 조용히 문을 밀었다. 방은 캄캄하고 고요했다. 전기 스위치를 찾으려고 손가락으로 벽을 더듬어보았으나 찾을 수가 없었다. 그는 그녀를 팔에 안은 채 두렵고 의심스러운 마음으로 서 있었다. 점차 눈이 어둠에 익숙해졌고, 창문을 통해 겨울 하늘에서 약간의 빛이 방으로 스며들어왔다. 방 저편 끝으로 희끄무레한 침대 형태를 희미하게 식별할 수 있었다. 그는 그녀를 일으켜 세워 방으로 데리고 들어간 후 살그머니 문을 닫았다.

"자, 이제 정신 차려요."

그는 그녀를 서 있게 만들려고 애썼지만, 그녀가 완전히 축 늘어졌다는 사실을 깨달았다. 그는 다시 그녀를 팔에 안고 어둠 속에서 귀를 곤두세웠다. 그녀의 머리카락과 살 냄새에 정신이 어지러웠다. 그녀는 그의 여자인 베시보다 훨씬 작지만 훨씬 부드러웠다. 그녀는 그의 어깨에 얼굴을 묻고 있었다. 그는 그녀를 안은 팔에 힘을 주었다. 그녀의 얼굴이 천천히 돌아갔고, 그는 얼굴을 꼿꼿이 들고 그녀의 얼굴이 완전히 그를 향하기를 기다렸다. 그러자 그녀의 머리가 천천히 부드럽게 뒤로 젖혔다. 그녀는 마치 굴복해버린 것 같았다. 아련한 푸른 빛에 약간 촉촉이 젖어 보이는 입술이 벌어지며, 하얀 이의 은밀한 번쩍임이 보였다. 그녀의 눈은 감겨 있었다. 그는 흐릿하게 보이는 그녀의 얼굴을 응시했다. 곱슬곱슬한 까만 머리가 이마를 덮고 있었다. 그가 손가락을 쫙 펴서 손으로 그녀의 등 한가운데를 쓰다듬어 올라가자, 그녀의 얼굴이 그에게로 다가오며 그의 입술에 그녀의 입술이 와닿았다. 어쩐지 전에 상상해본 일만 같았다. 그녀를 일으켜 세우자 그녀는 그에게로 쓰러져왔다. 그는 입술로 그녀의 입술을 단단히 누르며 두 팔에 힘을 주었고 그녀의 몸이 힘차게 반응하는 것이 느껴졌다. 잰이 이미 그녀를 가졌구나 하는 생각과 확신이 그의 마음을 번뜩 스쳐갔다. 그는 다시 그녀에게 키스했고, 분명 세게 뒤틀리며 움직이는 그녀 엉덩이의 뾰족한 뼈들이 느껴졌다. 그녀는 입을 벌리고 있었고 숨결은 느리고 깊었다.

그는 그녀를 들어올려 침대에 눕혔다. 뭔가가 그에게 당장 나가라고 재촉했지만, 그는 흥분해서 그녀에게 몸을 숙이고 희미한 빛에 비친 그녀의 얼굴을 바라보았다. 그녀의 가슴에서 손을 떼고 싶지 않았다. 그녀는 몸을 뒤척이며 졸린 듯 중얼거렸다. 그는 다시 그녀에게 입 맞추며 그녀의 가슴을 더 힘주어 잡았다. 그녀가 자기 쪽으로 다가드는 것이 느껴졌다. 이제 그의 의식에는 그녀의 몸밖에 없었다. 그의 입술이 떨렸다. 그러다 몸이 굳어졌다. 뒤에서 삐걱거리는 문소리가 났다.

몸을 돌린 그는 마치 꿈에서 아주 높은 데서 떨어지는 것처럼 발작적인 공포에 사로잡혔다. 문 옆에 흐릿한 하얀 형체가 유령처럼 조용히 서 있었다. 그것은 그의 눈을 가득 채우며 그의 몸을 죄어왔다. 돌턴 부인이었다. 그는 그녀를 확 밀어버리고 방에서 뛰쳐나가고 싶었다.

"메리!" 그녀가 물어보듯 나지막하게 불렀다.

비거는 숨을 죽였다. 메리가 또 웅얼거렸다. 그는 두려움에 주먹을 꽉 쥐고 그녀 위로 몸을 굽혔다. 그는 돌턴 부인이 자기를 볼 수 없다는 것을 알았다. 그러나 메리가 입을 열었다간 부인이 침대 곁으로 와 그를 건드리고 발견하리라는 것을 알았다. 그는 어둠 속에서 움직이다가 뭔가에 부딪혀 들킬까 두려워 몸을 굳힌 채 기다렸다.

"메리!"

메리가 일어나려는 것이 느껴졌고, 그는 재빨리 그녀의 머리를 눌러 도로 베개에 눕혔다.

"자나보네." 돌턴 부인이 중얼거렸다.

그는 침대를 떠나고 싶었지만 뭐에 걸려 넘어져 돌턴 부인이 듣게 되거나 메리가 아닌 다른 사람이 방에 있다는 것을 알게 될까봐 겁이 났다. 공포와 광포함이 그를 사로잡았다. 그는 손으로 메리의 입을 막고 그녀와 돌턴 부인이 한눈에 들어오는 각도로 머리를 틀었다. 메리가 웅얼대며 다시 일어나려 했다. 그는 미친 듯이 베개 모서리를 잡아 그녀의 입술에 갖다댔다. 웅얼대지 못하게 해야 한다. 그러지 않으면 들킬 것이다. 돌턴 부인이 천천히 그에게 다가오고, 그는 금방이라도 터질 듯 몸이 팽팽해졌다. 메리의 손톱이 그의 손을 파고들었다. 그래서 그는 베개를 들고 그녀의 얼굴 전부를 꽉 덮었다. 메리의 몸이 위로 솟구치고, 그는 그녀가 움직이거나 소리를 내는 바람에 들키는 일이 있어서는 안된다는 일념에 온 힘을 다해 베개를 눌렀다. 그의 눈은 어두운 방 안에서 그를 향해 다가오는 희미하고 희끄무레한 형체로 가득 찼다. 다시 메리의 몸이 솟구치고, 그는 혼신의 힘을 다해 베개를 꽉 눌렀다. 오랫동안 그는 그녀의 손톱이 손목을 파고드는 날카로운 아픔을 느꼈다. 희끄무레한 형체가 멈춰 섰다.

“메리? 너냐?”

자신을 향해 물결치듯 다가오는 이 무시무시한 희끄무레한 형체에 뼛속까지 공포에 휩싸인 그는 이를 악물며 숨을 죽였다. 그의 힘줄은 강철처럼 단단하게 휘었고 그는 침대가 천천히, 고르게, 그러나 소리없이 쑥 들어가는 것을 느끼며 베개를 눌렀다. 그러다 돌연 그녀의 손톱이 손목에 파고들지 않았다. 메리의 손가락이 풀어졌다. 그녀가 출렁이고 솟구치며 버티는 것이 느껴지지 않았다. 그녀의 몸은 움직이지 않았다.

“메리! 너 맞지?”

이제는 돌턴 부인이 뚜렷이 보였다. 그가 베개에서 손을 떼자, 침대에서 어두운 방의 공중으로 올라가는 길고 느린 숨소리가 들렸다. 이 숨소리는 이후 그의 기억에 돌이킬 수 없는 결정적인 소리로 남았다.

“메리! 너 어디 아프니?”

그는 일어섰다. 그녀가 침대로 한 걸음 다가올 때마다 그의 몸도 그녀에게서 먼 쪽으로 움직여갔다. 그는 발을 바닥에서 떼지 않고 매끄럽고 폭신한 양탄자 위로 소리없이 부드럽게 미끄러져나갔다. 근육이 너무 팽팽하게 긴장되어 아파왔다. 돌턴 부인이 이제 침대를 내려다보았다. 그녀는 손을 뻗어 메리의 몸에 손을 댔다.

“메리! 자니? 네가 움직이는 소리를 들었는데……”

돌턴 부인은 갑자기 몸을 펴고 황급히 한발짝 뒷걸음쳤다.

“아니, 술에 곯아떨어졌나봐! 위스키 냄새가 진동하는구나!”

그녀는 아련한 푸른 빛 속에 가만히 서 있더니 침대가에 무릎을 꿇었다. 비거는 그녀가 속삭이는 소리를 들었다. 기도하나봐, 그는 놀라운 마음으로 생각했는데, 그 말이 마치 누가 소리내어 말한 것처럼 마음속에 울려퍼졌다. 마침내 돌턴 부인은 일어나 언제나 그랬듯이 얼굴을 위쪽으로 기울였다. 그는 이를 악물고 주먹을 꽉 쥔 채 기다렸다. 그녀가 천천히 문 쪽으로 나아갔다. 이제 모습이 거의 보이지 않았다. 삐걱대는 문소리, 그리고 정적.

그는 긴장을 풀고 막혔던 숨을 길게 들이마시며 바닥에 주저앉았다. 힘이 쭉 빠지고 온몸이 땀으로 젖었다. 그는 어둠을 채우는 자신의 숨소리를 들으며, 웅크린 채 가만히 앉아 있었다. 점차 격한 감정이 가라앉으며, 실내가 의식에 들어왔다. 불가사의한 마력에 사로잡혔다가 이제 막 벗어난 느낌이었다. 오른손 손끝이 푹신한 양탄자 속에 깊이 파묻히고, 심장이 마구 뛰는 바람에 온몸이 떨렸다. 빨리 방에서 나가야 했다, 빨리. 돌턴 씨였다면 어쩔 뻔했나? 지금도 그야말로 아슬아슬하게 위기를 벗어났는데.

그는 일어나 귀를 기울였다. 돌턴 부인이 복도에 있을지도 몰랐다. 어떻게 나가나? 이 집이, 그리고 여기 발을 들여놓은 후 이 집으로 말미암아 겪어야 했던 모든 감정이 참을 수 없이 지긋지긋해지며 거의 몸이 떨릴 지경이었다. 그는 뒤로 손을 뻗어 벽을 더듬었다. 등 뒤에 뭔가 단단한 게 있다는 것이 기뻤다. 그는 어둠에 싸인 침대를 바라보며, 오랫동안 못 본 사람처럼 메리를 기억했다. 그녀는 거기 가만히 누워 있었다. 내가 다치게 만들었나? 그는 침대로 다가가 그녀를 굽어보았다. 그녀의 얼굴은 베개 위에 모로 놓여 있었다. 그의 손이 그녀를 향해 움직이다가 공중에서 멈췄다. 그는 눈을 깜작이고 메리의 얼굴을 응시했다. 그가 처음 몸을 숙여 봤을 때보다 얼굴빛이 더 어두웠다. 입은 벌리고 유리 같은 눈을 둥그렇게 뜨고 있었다. 그녀의 가슴, 그녀의 가슴, 그녀의—그녀의 가슴이 움직이지 않았다! 처음 방에 데리고 왔을 때와는 달리, 이제는 들이쉬고 내쉬는 숨소리가 들리지 않았다! 몸을 숙여 손으로 그녀의 머리를 움직여보았지만 그녀는 맥없이 축 늘어져 있을 뿐이었다. 그는 화들짝 손을 뗐다. 사고와 감각이 마비되었다. 뭔가 필사적으로 혼잣말을 내뱉으려 애썼지만, 말이 나오지 않았다. 그러다 경련을 일으키듯 그는 숨을 훅 들이마셨고, 어마어마한 말이 천천히 형체를 갖추며 귓전을 울렸다. **죽었다**⋯⋯

방 안의 현실이 사라지고, 바깥에 펼쳐진 백인의 거대한 도시가 그 자리를 차지했다. 그녀는 죽었고, 그가 죽였다. 그는 살인자, 흑인 살인자, 검둥이 살인자였다. 그가 백인 여자를 죽였다. 여기서 도망쳐야 한다. 돌턴 부인은 그가 방 안에 있을 때 들어왔지만 알아차리지 못했다. 아니, 알았나? 그럴 리가! 아냐, 알았을 거야! 도움을 청하러 간 건가? 아니다. 알았다면 비명을 질렀을 것이다. 몰랐던 거다. 이 집을 빠져나가야 한다. 그렇다. 집에 가서 잠자리에 든 다음 내일 와서, 메리를 집까지 태워다주고 옆문에서 헤어졌다고 말하면 될 것이다.

어둠 속에서 공포에 사로잡혀 있다보니 그가 '저들'이라고 부르는 사람들이 마음속에 생생히 살아났다. '저들'에게 잘 꾸며대야 할 것이었다. 그러나 잰은! 아⋯⋯ 잰 때문에 들통이 나겠구나. 그녀가 죽었다는 것을 알면, 잰은 코티지그로브 로 46번가에서 두 사람을 차에 두고 자기는 떠났다고 말할 것이다. 그렇지만 그건 사실이 아니라고 말해야겠다. 그리고 결국 잰은 **빨갱이** 아닌가? 그의 말도 잰의 말만큼은 통할 게 아닌가? 잰도 자기들과 함께 집으로 왔었다고 말해야겠다. 그녀와 마지막으로 함께 있었던 게 자기라는 사실은 누구도 알아서는 안된다.

지문! 잡지에서 읽은 적이 있었다. 지문 때문에 들통나겠구나!

저들은 그가 그녀의 방에 들어왔다는 사실을 증명할 수 있을 것이
다! 하지만 트렁크를 가지러 왔던 거라고 말하면 어떨까? 그렇다!
트렁크! 그러면 지문이 남아 있는 것도 당연하다. 주위를 둘러보니,
침대 저편에 뚜껑이 열린 채 세워놓은 트렁크가 눈에 띄었다. 트렁
크를 지하실로 내려다놓은 다음, 차를 차고에 넣고 집으로 가면 되
겠다. 아니다! 더 좋은 방법이 있다. 차를 차고에 넣지 말아야겠다!
잰도 함께 집으로 왔고, 자기가 집으로 들어왔을 때 잰은 바깥 차
안에 있었다고 말해야겠다. 아니, 그것보다도 더 좋은 방법이 있다!
잰이 한 짓이라고 생각하게 만들자. 빨갱이는 못하는 짓이 없으니
까. 신문에서들 그러지 않던가? 잰과 메리를 태우고 집에 왔는데,
메리가 트렁크를 가지러 자기 방에 함께 가자고 했고, 그리고 잰도
함께 올라갔고! 자기는 트렁크를 들어 지하실에 내려다놓았고, 자
기가 떠날 때 메리와 잰은—둘은 그사이 다시 내려왔고—차에
앉아 키스하고 있었다고 말한다…… 그래, 그거다!

　째깍거리는 시계 소리가 들렸고 그는 눈으로 시계를 찾았다. 시
계는 메리의 침대 머리맡에 있었는데 검푸른 어둠 속에서 하얀 숫
자판이 빛을 발했다. 3시 5분이었다. 잰은 코티지그로브 로 46번가
에서 그들과 헤어졌었다. 잰은 46번가에서 떠나지 않았다. 우리와 함께 타
고 왔다……

　그는 트렁크로 다가가 뚜껑을 가만히 닫고는, 양탄자 위로 방
가운데까지 끌고 왔다. 뚜껑을 열고 안을 더듬어보니, 반쯤 비어 있
었다.

　그러다 그는 굳어졌다. 또다른 생각에 숨이 멈출 정도였다. 돌
턴 씨 말로는 이 집 식구들은 일요일 아침에는 일찍 일어나지 않는
다고 하지 않던가? 또 메리는 디트로이트에 갈 예정이라지 않았는

가? 일어나서 메리가 안 보이면, 벌써 디트로이트로 떠났나보다 생
각하지 않을까? 그렇다면…… 그래! 트렁크 속에 넣어두자! 체구도
작으니까. 그래, 트렁크 속에 넣어두자. 여자 말로는 사흘 동안 떠
나 있을 거라고 했었다. 그렇다면 사흘 동안은 아무도 모를 것이다.
사흘의 시간을 벌 수 있을 것이다. 어차피 그녀는 또라이가 아닌
가? 노상 빨갱이들하고 돌아다니지 않았나? 그러니 그녀에게 무슨
일이 생길지 알 수 없는 법이다. 사람들은 그녀가 안 보이면, 또 무
슨 정신 나간 짓거리를 하나보다 생각할 것이다. 그래, 빨갱이들은
못하는 짓이 없다. 신문에서들 그러지 않던가?

그는 침대로 다가갔다. 그녀를 들어 트렁크 속에 넣어야 했다.
그는 그녀에게 손대고 싶지 않았지만 어쩔 수 없다는 것을 알았다.
그는 몸을 굽혔다. 그는 떨리는 손을 뻗은 채 공중에 들고 있었다.
그녀한테 손을 대 들어올려 트렁크에 넣어야 했다. 손을 움직이려
해봤지만 되지 않았다. 손이 닿으면, 그녀가 비명을 지를 것만 같
았다. 우라질! 모든 게 바보짓처럼 보였다. 웃어버리고 싶었다. 현
실감이 느껴지지 않았다. 악몽처럼. 죽은 여자를 들어올려야 하는
데 겁에 질린 그. 오랫동안 비슷한 상황을 꿈꿔오다가 돌연 사실이
되어버린 느낌이었다. 째깍거리는 시계 소리가 들렸다. 시간이 흘
러가고 있었다. 곧 아침이 될 것이다. 행동을 취해야 한다. 밤새도
록 여기 이러고 서 있을 순 없다. 그러다가는 전기의자에 앉게 될
것이다. 그는 몸서리를 쳤다. 뭔가 차가운 것이 살갗에 스멀거렸다.
우라질!

그는 그녀의 몸 밑에 가만히 손을 넣고 들어올렸다. 그리고 그녀
를 팔에 안고 섰다. 그녀는 축 늘어졌다. 그는 그녀를 트렁크 있는
곳으로 옮기다가 자신도 모르게 고개를 획 돌렸는데, 문간에 서 있

는 희끄무레한 형체가 보이고, 순간 타오르는 공포의 불길이 온몸을 휘감으며 심한 통증이 머리를 옥죄었고, 그러고는 그 희끄무레한 형체가 사라졌다. 그 여잔 줄 알았잖아…… 가슴이 두방망이질했다.

그는 고요한 방에서 그녀의 몸을 팔에 안은 채 서 있었고, 냉엄한 사실들이 바다에서 몰아닥치는 파도처럼 그를 때렸다. 그녀는 죽었다. 그녀는 백인이다. 그녀는 여자다. 그는 그녀를 죽였다. 그는 흑인이다. 그는 붙잡힐지도 모른다. 잡히고 싶지 않다. 붙잡혔다간 저들 손에 죽을 것이다.

그는 그녀를 트렁크에 넣으려고 몸을 숙였다. 집어넣을 수 있을까? 희끄무레한 형체가 보일 것만 같아 다시 문 쪽을 바라보았지만, 아무것도 없었다. 그는 팔에 안은 그녀를 모로 눕혔다. 숨이 거칠고 몸이 떨렸다. 그는 바스락거리는 그녀의 옷자락 소리에 귀를 기울이며 그녀를 살그머니 내려놓았다. 머리는 구석으로 밀어넣었지만, 다리가 너무 길어 들어가지 않았다.

무슨 소리를 들은 것 같아 그는 허리를 폈다. 자신의 숨소리가 폭풍에 몰아치는 바람 소리처럼 큰 것 같았다. 귀를 기울여봤지만 아무 소리도 들리지 않았다. 다리를 집어넣어야 한다! 무릎을 굽히자, 하고 생각했다. 그래, 거의 다 됐다. 조금만 더…… 그는 조금 더 무릎을 구부렸다. 턱에서 손으로 땀이 떨어졌다. 그는 그녀의 무릎을 접어 트렁크 속으로 완전히 밀어넣었다. 자, 여기까진 됐다. 그는 뚜껑을 가만히 닫고 어둠 속에서 걸쇠를 더듬어 찾았고, 큰 소리를 내며 걸쇠가 닫히는 소리를 들었다.

그는 일어나 트렁크 손잡이 하나를 잡고 끌어당겼다. 트렁크는 꼼짝도 하지 않았다. 기운이 없고 손은 땀으로 미끄러웠다. 그는 이를 악물고 두 손으로 트렁크를 잡아 문까지 끌고 갔다. 문을 열고 복도를 내다보았다. 텅 빈 채 고요했다. 그는 트렁크를 똑바로 세우고, 오른손을 왼쪽 어깨 위에 걸친 자세로 몸을 구부려 가죽 손잡이를 잡고 트렁크를 등에 짊어졌다. 이제 일어서야 한다. 그는 힘을 주었다. 힘을 주느라 어깨와 다리의 근육이 떨렸다. 그는 입술을 꽉 깨물며 비틀비틀 일어났다.

한발짝 한발짝 조심스럽게 내디디며 그는 복도를 지나 계단 아래로, 그리고 또다른 복도를 통과해 부엌까지 와서 멈췄다. 등이 쑤시고 가죽 손잡이가 손바닥을 파고들어 불에 댄 듯 화끈거렸다. 트렁크 무게가 1톤은 되는 것 같았다. 언제라도 희끄무레한 형체가 불쑥 앞에 나타나 손을 내밀어 트렁크를 건드리며 그 속에 무엇이 들어 있느냐고 물어볼 것만 같았다. 트렁크를 내려놓고 쉬고 싶었지만 다시 들어올릴 수 없을까봐 겁났다. 그는 부엌을 가로질러 문을 열어둔 채 계단을 내려갔다. 그리고 트렁크를 등에 지고 캄캄한 지하실에 서서, 난방로 통풍장치의 울부짖음과 틈새로 보이는 타오르는 석탄의 시뻘건 불길 따위에 멍하니 정신을 팔았다. 그는 트렁크 밑부분이 콘크리트 바닥에 닿는 소리가 나기를 고대하며 몸을 웅크렸다. 그러다 몸을 더 숙여 한쪽 무릎으로 앉았다. 우라질! 불에 덴 듯 아파오던 손에서 가죽 손잡이가 빠져나가면서 트렁크가 시끄러운 소리를 내며 바닥에 떨어졌다. 그는 몸을 앞으로 접으며 왼손으로 오른손을 꽉 움켜쥐고 타는 듯한 아픔을 진정시키려 했다.

그는 난방로를 뚫어지게 바라보았다. 또다른 생각에 몸이 떨렸다. 저기다―저기, 저기다―저기에 넣어버리면, 저기 난방로에 넣어버리면 된다. 태워버리자! 그러는 게 가장 안전하다. 그는 난방로로 다가가 문을 열었다. 시뻘겋고 거대한 석탄 더미가 뜨겁게 타오르며 불길을 뿜었다.

　그는 트렁크를 열었다. 그녀는 집어넣은 그대로였다. 머리는 한 구석으로 파묻히고, 무릎은 오그려 배에 붙여져 있었다. 또다시 들어올려야 했다. 그는 몸을 굽혀 그녀의 어깨를 잡아 끌어낸 후 안아서 들어올렸다. 그리고 난방로 문 쪽으로 가서 멈춰 섰다. 불길이 소용돌이쳤다. 머리부터 넣나, 다리부터 넣나? 지치고 겁에 질린데다 그녀의 발이 더 가까운 쪽에 있었기 때문에, 그는 그녀를 발부터 밀어넣었다. 손에 확 열기가 끼쳤다.

　이제 어깨만 남았다. 그는 난방로를 들여다보았다. 그녀의 옷에 불이 붙어 안이 연기로 꽉 차서 거의 보이지 않았다. 공기가 위로 빨려올라가며 울부짖는 소리가 귓전을 울렸다. 그는 그녀의 어깨를 움켜쥐고 힘껏 밀었지만 더이상 들어가지 않았다. 다시 해보았지만 여전히 머리가 바깥에 나왔다. 어쩐다…… 염병할! 그는 주먹으로 뭐라도 후려치고 싶었다. 어떻게 하지? 그는 뒤로 물러나 주위를 살펴보았다.

　무슨 소리가 나는 바람에 그는 휙 돌아섰다. 트렁크 꼭대기에 도사리고 앉은 희끄무레한 형체 한가운데에서 타오르는 듯한 두개의 초록색 웅덩이, 비난과 단죄의 웅덩이가 그를 노려보고 있었다. 그는 입을 딱 벌리며 소리없는 비명을 질렀고 몸은 뜨겁게 마비되었다. 그 하얀 고양이가, 둥근 초록색 눈으로 그의 뒤쪽, 불길이 솟구치는 난방로 문밖으로 축 늘어진 하얀 얼굴을 응시하고 있었다. 맙소사! 그는 입을 다물며 침을 꿀꺽 삼켰다. 고양이도 잡아 죽여 난방로에 처넣어야 할까? 그는 움직이는 동작을 취했다. 고양이는 발딱 일어나 흰 털을 세우며 등을 구부렸다. 그가 잡으려 하자 그놈은 겁에 질린 울음소리를 길게 토하며 휙 스쳐지나가 황급히 계단을 올라 문으로 사라졌다. 아! 부엌문을 열어놓았구나! 그렇게 된 거구나. 그는 문을 닫고 다시 난방로 앞에 서서 머릿속으로는, 고양이는 말을 못해…… 하는 생각을 했다.

그는 주머니에서 칼을 꺼내 펴 들고 난방로 옆에 서서 메리의 하얀 목을 바라보았다. 할 수 있을까? 해야 한다. 피가 날까? 아, 주님! 그는 뭐에 홀린 듯 간구하는 눈빛으로 주위를 둘러보았다. 낡은 신문 더미가 구석에 차곡차곡 쌓여 있는 것이 눈에 띄었다. 그는 꽤 두꺼운 뭉치를 집어들어 머리 밑에 갖다 괴었다. 그리고 날카로운 칼날을 목에 갖다댔다. 그저 살짝 대기만 했다. 마치 칼이 저절로 하얀 살을 베기를 기다리기라도 하는 듯이, 마치 자기가 칼에 힘을 가할 필요는 없다는 듯이. 그는 생각에 잠긴 눈으로 하얀 피부 위에 놓인 칼끝을 응시했다. 반짝이는 금속에 맹렬히 타오르는 석탄의 떨리는 불길이 비쳤다. 그래, 해야 한다. 그는 칼날로 부드럽게 살을 베었다. 뼈에 부딪혔다. 그는 이를 악물고 더 힘껏 잘랐다. 아직은 피가 칼날에만 보였다. 그러나 뼈 때문에 자르기가 어려워졌다. 땀이 등을 타고 흘러내렸다. 그러다 피가 밖으로 배어나와 신문지 위에 분홍색 원을 그리며 점점 넓게 스며들더니 이제 빠른 속도로 번지기 시작했다. 그는 칼로 뼈를 내리쳤다. 머리가 신문지 위에 축 늘어지며, 곱슬곱슬한 까만 머리카락이 핏속에 질질 끌렸다. 더 세게 내리쳤지만 머리는 떨어져나갈 기미도 없었다.

그는 신경질적으로 동작을 멈췄다. 지하실을 뛰쳐나가 이 피 묻은 목이 보이지 않는 곳으로 가능한 한 멀리 달아나버리고 싶었다. 그러나 그럴 수는 없었다. 그래서는 안되었다. 이 여자를 태워버려야만 했다. 신경이 흥분되어 안절부절못하며 침침해진 눈으로 그는 지하실을 둘러보았다. 손도끼가 보였다. 됐다! 저거면 된다. 그는 깨끗한 신문 더미를 머리 밑에 받쳐 피가 바닥으로 떨어지지 않게 했다. 그리고 손도끼를 집어들고 왼손으로 머리를 비스듬히 잡고는, 기도하는 자세로 잠깐 멈췄다가 혼신의 힘을 다해 손도끼날로 목뼈를 내리쳤다. 머리가 굴러떨어졌다.

그는 울지는 않았다. 그러나 입술이 떨리고 가슴이 들먹였다. 바닥에 드러누워 이 끔찍한 일을 잊고 자버렸으면 싶었다. 그러나 여기서 나가야 했다. 급히 그는 머리를 신문지로 싸서, 그것으로 피에 젖은 몸통을 난방로 속으로 더 깊숙이 밀어넣었다. 그러고 나서 머리를 집어넣었다. 그런 다음 손도끼를 던져넣었다.

시체를 다 태울 만큼 석탄이 충분할까? 아침 10시 이전에는 아마 아무도 이곳에 내려오지 않을 것이었다. 그는 시계를 보았다. 4시였다. 그는 종잇조각을 주워 칼을 닦았다. 종이는 난방로에 던져넣고 칼은 주머니에 집어넣었다. 손잡이를 잡아당기자, 석탄이 양철 투하장치 양 벽에 부딪치며 시끄러운 소리를 내고 난방로가 온통 불길을 뿜으며 통풍장치가 더욱 큰 소리로 울부짖었다. 시체가 석탄에 덮이자 그는 손잡이를 제자리로 밀어놓았다. 됐다!

그는 트렁크를 닫아 구석으로 밀어놓았다. 아침에 역으로 신고 갈 작정이었다. 들킬 만한 물건이 남아 있지 않나 주위를 살펴보았지만 아무것도 눈에 띄지 않았다.

그는 뒷문으로 나왔다. 고운 눈송이 몇개가 허공을 떠돌며 내려앉고 있었다. 날씨가 아까보다 찼다. 차는 여전히 진입로에 서 있었다. 그래, 저기 그냥 내버려두자.

잰과 메리는 키스하며 차 안에 앉아 있었다. 그들은 잘 자요, 비거,라고 말했고…… 그래서 그도 안녕히 계세요,라고 말했다…… 그리고 모자에 손을 대고 인사했다……

지나치면서 보니 차문이 그대로 열려 있었다. 메리의 핸드백이 바닥에 떨어져 있었다. 그는 그것을 집어들고 문을 닫았다. 아냐! 열어놓자. 그는 문을 열어놓고 진입로를 따라내려갔다.

거리는 텅 비고 고요했다. 젖은 몸에 바람이 닿으니 선뜻했다. 그는 핸드백을 겨드랑이에 끼고 걸었다. 이제 어떻게 될까? 달아나야 하나? 그는 길모퉁이에서 발을 멈추고 핸드백 안을 들여다보았다. 두툼한 지폐 뭉치가 있었다. 10달러짜리, 20달러짜리…… 잘됐다! 어떻게 할까 결정하는 것은 아침까지 미뤄두자. 피곤하고 졸렸다.

그는 서둘러 집으로 돌아가 계단을 뛰어오른 후, 까치발로 방에 들어갔다. 어머니와 동생들은 고른 숨을 쉬며 잠들어 있었다. 그는 옷을 벗으며 생각했다. 트렁크를 지하실에 내려다놓은 후 집으로 왔는데 그때 그 여자는 잰과 함께 차에 타고 있었다고 이야기해야지. 아침이 되면, 그 여자가 시킨 대로 트렁크를 역에 실어다놓아야겠다……

셔츠 속에 뭔가 묵직한 것이 늘어져 있는 게 느껴졌다. 총이었다. 그는 그것을 꺼냈다. 따뜻하고 축축했다. 그는 그것을 베개 밑에 밀어넣었다. 내가 한 짓이라고는 못할 거다. 설령 그런다 해도 증명할 길이 없을 거다.

그는 침대 커버를 젖히고 미끄러져들어가 버디 옆에 몸을 뻗었다. 5분이 지나자 그는 깊은 잠에 빠져들었다.

2부
도주

눈을 감기가 무섭게 비거는 마치 누가 어깨를 잡아 흔들기라도
한 듯, 갑자기 억지로 잠에서 깨어난 기분이었다. 그는 보이지도 들
리지도 않는 멍한 상태로 침대에 반듯이 누워 있었다. 그러다가 전
기 스위치가 찰깍 켜지듯, 희미한 새벽빛이 방에 가득하다는 것을
깨달았다. 마음 한구석에서 저절로 이런 생각이 떠올랐다. 아침이
구나, 일요일 아침. 그는 팔꿈치로 몸을 받치고는 귀를 기울이듯 고
개를 모로 꼬았다. 깊은 잠에 빠진 어머니와 동생들의 부드러운 숨
소리가 들렸다. 그는 실내도 보고 창 너머로 내리는 눈도 보았다.
그러나 이런 것들은 그의 마음에 아무런 이미지도 만들어내지 못
했다. 그것들은 서로 아무런 관련 없이 그저 존재할 뿐이었다. 눈과
새벽빛과 부드러운 숨소리는 그에게 묘한 주문을 걸었다. 두려움
의 지팡이가 와닿아야 비로소 실체와 의미를 갖게 될 그런 주문을.
깊은 잠에서 깨어난 지 몇초밖에 안된 그는 충동의 수렁 속에서 아

직은 산 자의 육지로 올라오지 못한 채 침대에 누워 있었다.

그때, 마음속 어두운 한구석에서 들려오는 불길한 부름에 그는 침대에서 벌떡 일어나 방 한가운데 맨발로 내려섰다. 가슴이 벌렁거렸다. 입술이 벌어졌다. 다리가 떨렸다. 그는 잠을 완전히 떨쳐버리려고 안간힘을 썼다. 그는 긴장된 근육에서 힘을 풀었다. 메리를 죽였다는, 질식시키고 머리를 잘라내고 시체를 타오르는 난방로에 집어넣었다는 사실이 떠오르자 두려움이 엄습했다.

일요일 아침이 되었으니 트렁크를 역에 싣고 가야 했다. 주변을 흘낏 둘러보는데, 의자에 벗어놓은 바지 위에 메리의 반짝거리는 까만 핸드백이 눈에 띄었다. 하느님 맙소사! 방 공기가 찼지만 이마에 땀방울이 솟고 숨이 멎었다. 그는 재빨리 주위를 둘러보았다. 어머니와 누이동생은 여전히 잠들어 있었다. 그가 방금 내려온 침대에서는 버디가 자고 있었다. 저 핸드백을 내다 버려야 해! 혹시 또 뭐 잊어버린 건 없나? 떨리는 손으로 바지 주머니를 뒤지니, 칼이 나왔다. 그는 칼을 펴 들고, 가만가만 창가로 다가갔다. 칼날에는 핏자국이 검게 말라붙어 있었다! 모조리 즉시 없애버려야 했다. 그는 칼을 핸드백에 집어넣고 소리를 죽여가며 서둘러 옷을 입었다. 칼하고 핸드백은 쓰레기통에 버리자. 그러면 돼! 그는 외투를 입다가 주머니 속에서 잰이 준 소책자들을 발견했다. 이것도 버리자! 아, 아니…… 아니지! 그는 교활한 계책을 생각해내곤, 동작을 멈추며 검은 손으로 소책자를 꽉 움켜쥐었다. 이것은 잰이 준 거니까 그대로 가지고 있다가 혹시라도 심문을 받게 되면 경찰에게 보여줘야겠다. 그래 맞아! 돌턴 씨 댁 내 방으로 가지고 가서 서랍에 넣어놓아야지. 나는 펴본 적도 없고 그럴 마음도 없었다고 말해야겠다. 잰이 강요하는 바람에 받았을 뿐이라고 말해야겠다. 그는 소리가 나지 않게 가만히 소책자들을 넘기며 제목을 읽어보았다.「재판에서의 인종적 편견」「미국의 흑인 문제」「흑인과 백인이여, 단결하여 투쟁하자」. 그러나 그것만으론 별로 위험해 보이지 않았다. 어떤 표지의 아래쪽을 보자 망치와 휘어진 칼의 흑백 그림이 보였다. 그 밑에 이런 문구가 쓰여 있었다. **미합중국 공산당 간행**. 그래, 이것은 위험해 보이네. 더 들춰보니 한 책자의 아래쪽에는 흰 손과 검은 손이 단결하여 굳게 맞잡고 있는 펜화가 있었다. 그러자 잰이 자동차 발판 위에 발을 올리고 서서 그와 악수하던 순간이 떠올랐다. 그것은 증오와 수치의 끔찍한 순간이었다. 그래, 나는 그들이 무서웠고, 잰과 메리와 함께 차에 타고 싶지도 않았고 함께 식사하고 싶지도 않았다고 말해야겠다. 단지 맡은 일이기 때문에 그렇게 했을 뿐이라고 말해야겠다. 백인과 같은 식탁에 앉아보기는 그게 처음이었다고 말해야겠다.

그는 소책자들을 외투 주머니에 찔러넣고 손목시계를 보았다. 7시 10분 전이었다. 서둘러 옷을 꾸려야겠다. 8시 30분에는 트렁크를 역으로 싣고 가야 하니까.

그러자 두려움이 밀려오며 다리에 맥이 확 풀렸다. 메리의 시신이 다 타지 않았다면? 아직도 그대로 있어 눈에 다 보인다면? 그는 만사를 집어치우고 달려가 살펴보고 싶었다. 하지만 더 나쁜 일이 일어났을지도 모르는 일이었다. 어쩌면 그 여자가 죽었다는 사실이 밝혀져 경찰이 자기를 찾고 있는지도? 당장 이 도시를 떠나야 하지 않을까? 메리를 부축하고 계단을 올라갈 때처럼 감당하기 힘든 흥분에 사로잡혀, 그는 방 한가운데 서 있었다. 아냐, 그대로 있겠다. 상황은 나한테 유리하다. 그 여자가 죽었다고 생각하는 사람은 아무도 없다. 그대로 버티고 나가 잰한테 뒤집어씌워야겠다. 그는 베개 밑에서 총을 꺼내 셔츠 속에 집어넣었다.

그는 자고 있는 어머니와 동생들을 어깨 너머로 돌아보며 살금살금 방을 나와 계단을 지나 현관으로, 그리고 거리로 나왔다. 밖은 하얗고 추웠다. 눈이 내렸고 얼음처럼 차가운 바람이 몰아쳤다. 거리에는 사람이 없었다. 핸드백을 겨드랑이에 끼고, 그는 쓰레기통이 눈에 덮인 채 놓여 있는 골목길로 걸어갔다. 여기다 버려도 안전할까? 청소차 인부들이 아침 일찍 통을 비워갈 테고, 일요일인데다 눈까지 오는 이런 날 기웃거리고 돌아다니는 사람도 없을 것이다. 그는 쓰레기통 뚜껑을 열고, 귤껍질과 곰팡이 슨 빵이 한데 얼어붙은 쓰레기 더미 깊숙이 핸드백을 찔러넣었다. 그리고 뚜껑을 제자리에 놓고 주위를 두리번거렸다. 아무도 보이지 않았다.

그는 방으로 돌아와 침대 밑에서 여행가방을 꺼냈다. 식구들은 여전히 자고 있었다. 옷을 챙기려면 방 저편 옷장으로 가야 했다. 그렇지만 어머니와 누이동생이 누운 침대가 중간에 가로막고 있으니, 어떻게 그리 가지? 빌어먹을! 그는 손을 휘저어 그들을 지워버리고 싶었다. 그들은 언제나 너무 가까이, 너무나 가까이 있어서 아무것도 그의 마음대로 할 수가 없었다. 그는 살그머니 침대로 다가가 넘어갔다. 어머니가 약간 뒤척거리다 조용해졌다. 그는 옷장 서랍을 열고 옷을 꺼내 여행가방에 챙겨넣었다. 그러는 동안 눈앞에는 젖은 신문지 위에 놓여 있던, 곱슬곱슬한 까만 머리카락이 피에 푹 젖은 메리의 머리가 어른거렸다.

"비거!"

그는 숨을 훅 들이마시며 이글거리는 눈으로 휙 돌아보았다. 어머니가 침대 위에서 팔꿈치에 기대 몸을 일으키고 있었다. 그 순간 그는 깜짝 놀란 티를 내지 말아야 했다는 것을 깨달았다.

“무슨 일이냐, 얘야?” 그녀는 소리를 죽여 물었다.

“아무것도 아녜요.” 그도 작은 소리로 대답했다.

“뭐가 물기라도 한 것처럼 펄쩍 뛰었잖니?”

“아, 말 시키지 마요. 짐을 꾸려야 하니까.”

어머니는 그가 이야기해주기를 기다리고 있는 게 분명했다. 그는 이런 어머니가 미웠다. 왜 그가 자발적으로 말할 때까지 기다리지 않는 것일까? 그렇지만 어머니가 그저 기다리기만 한다면 자기가 스스로 이야기하는 일은 없으리라는 것은 그도 잘 알았다.

“그래, 그 일 하기로 했니?”

“네.”

“얼마나 준다던?”

“20달러요.”

“일은 시작했고?”

“네.”

“언제부터?”

“어젯밤부터요.”

“네가 왜 그렇게 늦나 했다.”

“일했단 말예요.” 그는 짜증스러운 목소리로 말을 끌었다.

“4시가 되어도 안 들어오던데.”

그는 몸을 돌려 그녀를 쳐다봤다.

“2시에 들어왔는데요.”

“4시가 넘어서 왔지, 비거.” 그녀는 고개를 돌려 눈을 가늘게 뜨고 머리맡의 자명종을 보며 말했다. “네가 돌아올 때까지 깨어 있으려고 하다가 잠이 들어버렸지. 들어오는 소리를 듣고 시계를 올려다보니 4시가 넘었더라.”

“내가 들어온 시간은 내가 알아요, 엄마.”

“하지만, 비거, 4시가 지났었어.”

“2시 조금 넘어서였어요.”

“원, 애도! 그래, 2시가 **좋겠다면** 2시라고 해두자, 아무래도 좋으니까. 그런데 꼭 겁에 질린 것처럼 구는구나.”

“아니, 왜 또 공연히 시끄럽게 만들려고 그래요?”

“시끄럽다고? 세상에!”

“내가 일어나기가 무섭게 트집부터 잡잖아요.”

“트집을 잡는 게 아니란다, 애야. 네가 일자리를 얻었다니 기뻐서 그러는 거야.”

“말씀은 안 그렇잖아요.”

이렇게 행동하는 것이 실수라는 느낌이 들었다. 지난밤 들어온 시간 이야기를 계속하다가는 오히려 어머니에게 깊은 인상만 주어 기억에 남게 해서, 나중에 그에게 해되는 말을 하게 만들 수도 있다. 그는 몸을 돌리고 계속 짐을 꾸렸다. 훨씬 더 현명하게 처신해야 한다. 자제해야 한다.

“뭐 먹어야지?”

“네.”

“차려주마.”

“좋아요.”

“거기서 지내기로 했니?”

“네.”

그녀가 침대에서 일어나는 소리가 들렸다. 이제 돌아볼 수도 없었다. 그녀가 옷을 입는 동안 고개를 돌리고 있어야 했다.

“사람들은 어떻던, 비거?”

"괜찮아요."

"별로 기쁜 것 같지 않구나."

"아, 엄마! 제발! 환호성이라도 질러야 되나요!"

"비거, 넌 정말 가끔씩 왜 그렇게 구니?"

잘못된 말투를 썼구나. 조심해야겠다. 그는 치미는 화를 애써 눌렀다. 어머니와 시끄럽게 다투지 않아도, 이미 골칫거리는 충분하다.

어머니가 말했다. "너 이제 좋은 일자리도 생겼으니까 열심히 일해서 일자리 놓치지 말고 제대로 사람 구실 좀 해야지. 언젠가 결혼도 하고 가정을 꾸려야 하지 않겠니. 드디어 기회를 잡은 거야. 넌 항상 기회가 없다는 소리만 해왔잖니. 그런데 드디어 생긴 거야."

그는 어머니의 기척을 통해 자기가 몸을 돌려도 좋을 만큼 옷을 입었다는 것을 알았다. 그는 여행가방의 끈을 묶어 방문 옆에 세워 놓았다. 그리고 창가에 서서 생각에 잠긴 채 깃털처럼 내리는 눈송이를 내다보았다.

"비거, 무슨 일 있니?"

그는 휙 돌아섰다.

"없어요." 그는 어머니가 자기에게서 뭔가 변한 걸 눈치챘나 싶어 말했다. "없어요. 그냥 엄마 때문에 속상해서 그래요, 그것뿐이에요." 그는 자기가 정말 잘못 말한 게 있다 해도 이젠 우겨서 어머니를 누르는 도리밖에 없다고 생각하며 말을 맺었다. 그는 자기 말이 실제로 어떻게 들릴까 궁금했다. 오늘 아침 목소리가 여느 아침과 다르게 들리나? 메리를 죽인 후부터 목소리에 평상시와 다른 기미가 생긴 것일까? 그의 행동을 보고 사람들은 그가 뭔가 나쁜 짓을 저질렀다는 것을 알아차릴까? 그는 어머니가 고개를 저으며, 아침밥을 차리기 위해 커튼 뒤로 가는 것을 보았다. 하품 소리가 들렸다. 쳐다보니 베라가 팔꿈치를 괴고 앉아 미소 지으며 그를 바라보고 있었다.

"일자리 됐어?"

"응."

"돈은 얼마나 준대?"

"에이, 베라. 엄마한테 물어봐. 다 말씀드렸으니까."

"신난다! 큰오빠가 취직했다!" 베라가 노래하듯 말했다.

"야, 입 닥쳐."

"건드리지 마라, 베라." 어머니가 말했다.

"왜 그래요?"

"언제는 걔가 왜 그러디?" 어머니가 반문했다.

"아, 큰오빠." 베라가 간청하듯 부드럽게 말했다.

"저 녀석은 도무지 철딱서니가 없어, 그래서 그래." 어머니가 말했다. "너한테 어디 한마디라도 상냥하게 하는 적이 있니?"

"옷 입게 고개 돌려." 베라가 말했다.

비거는 창밖을 내다보았다. "아아!" 하는 소리가 났고 버디가 깨어났다는 것을 알 수 있었다.

"고개 돌려, 버디 오빠." 베라가 말했다.

"알았어."

비거는 누이동생이 서둘러 옷을 걸치는 소리를 들었다.

"이제 봐도 돼." 베라가 말했다.

버디가 눈을 비비며 일어나 앉는 게 보였다. 베라는 의자 끄트머리에 걸터앉아 오른발을 다른 의자에 올려놓고 신발 끈을 맸다. 비거는 멍하니 베라 쪽을 바라보았다. 천장을 뚫고 올라가 이 방에서 멀리 영원히 날아가버렸으면 싶었다.

"쳐다보지 좀 말았으면 좋겠어." 베라가 말했다.

"어?" 비거는 놀라 그녀의 뾰로통한 입술을 바라보며 말했다. 그러다 그녀의 말뜻을 알아차리고는 입술을 쑥 내밀었다. 그녀는 곧장 벌떡 일어나 신발 한 짝을 그에게 집어 던졌다. 신발이 그의 머리를 지나 창문에 부딪히는 바람에 유리창이 덜컹거렸다.

"쳐다보지 말라고 했잖아!" 베라가 소리를 빽 질렀다.

비거는 화가 나 핏발 선 눈으로 일어섰다.

"맞히기만 했어봐, 가만두나." 그가 말했다.

"아니, 베라!" 어머니가 소리쳤다.

"엄마, 큰오빠보고 쳐다보지 좀 말라고 그래." 베라가 울듯 말했다.

"본 사람 없어." 비거가 말했다.

"신발 끈 매는데 치마 속을 들여다봤잖아!"

"맞히기만 했어봐." 비거가 되풀이했다.

"난 개가 아니란 말야!" 베라가 말했다.

"이리 부엌으로 와서 입어, 베라." 어머니가 말했다.

"큰오빠 때문에 꼭 개가 된 기분이에요." 베라는 손으로 얼굴을 가리고 흐느끼며 커튼 뒤로 갔다.

"참," 버디가 말했다. "어젯밤 형이 들어올 때까지 안 자려고 했는데 그러지 못했어. 3시에 누워버렸네. 너무 졸려서 눈이 자꾸 감겨서 말야."

"그전에 들어왔는데." 비거가 말했다.

"어, 아냐! 내가 잠든 게……"

"언제 들어왔는지는 내가 알아!"

그들은 침묵 속에서 서로를 바라보았다.

"알았어." 버디가 말했다.

비거는 불안했다. 제대로 된 처신이 아니다 싶었다.

"일자리 됐어?" 버디가 물었다.

"응."

"운전 일?"

"그래."

"무슨 찬데?"

"뷰익."

"언제 같이 타봐도 돼?"

"그럼. 자리가 좀 잡히면."

버디의 질문에 그는 마음이 좀 편안해졌다. 버디가 숭배심을 드러낼 때마다 그는 늘 기분이 좋았다.

"와! 나도 그런 일 좀 해봤으면." 버디가 말했다.

"쉬워."

"내 일자리도 있나 알아봐줄래?"

"그래. 좀 있다가."

"담배 있어?"

"응."

그들은 말없이 담배를 피웠다. 비거는 난방로 생각을 하고 있었다. 메리가 다 탔을까? 손목시계를 보니 7시였다. 아침밥을 기다리지 말고 당장 가보는 게 좋을까? 어쩌면 메리가 죽었다는 사실이 발각날 무슨 물건을 놓아두고 왔을지도 모르는 일이었다. 그렇지만 돌턴 씨가 말한 대로 일요일 아침에 모두들 늦게 일어난다면 식구들이 거기까지 내려가서 둘러보고 있을 까닭이 없었다.

"어젯밤 베시 봤어." 버디가 말했다.

"그래?"

"형이 어니네 밥집에서 백인들하고 같이 있는 걸 보았다던데?"

"그랬을 거야. 어젯밤 내가 운전한 차에 탔던 사람들이야."

"형하고 자기하고 결혼할 거라더라."

"흥!"

"계집애들은 왜 그렇지, 형? 남자가 일자리만 구했다 하면 결혼하자고 달려드니."

"내가 어찌 아냐?"

"형은 이제 좋은 일자리도 생겼으니까, 베시보다 나은 여자를 얻을 수 있을 거야." 버디가 말했다.

그도 버디 말에 동감했지만 아무 말도 하지 않았다.

"베시한테 일러줄 거야!" 베라가 소리쳤다.

"그래봐라. 모가질 분질러놓을 테니." 비거가 말했다.

"이 집에선 그런 말 쓰지 마!" 어머니가 말했다.

"에이, 알았어요." 버디가 말했다. "어젯밤 잭을 만났는데, 형이 거스 자식을 반쯤 죽여놓았다고 하던데?"

"그 자식들하고는 이제 끝났어." 비거는 힘주어 말했다.

"하지만 잭은 괜찮잖아." 버디가 말했다.

"그래, 잭은. 그렇지만 다른 놈들은 형편없어."

거스, G.H., 잭은 이제 비거하고는 다른 세계에 사는 머나먼 존재처럼 느껴졌다. 단지 그가 돌턴 씨네 집에서 몇시간 보냈고 백인 여자를 죽였다는 사실 때문이었다. 그는 실내를 둘러보았다. 이제 비로소 처음으로 보는 것이었다. 바닥에는 깔개도 없고, 벽과 천장의 회칠은 여기저기 들떠 건들거렸다. 낡아빠진 철제 침대 두대와 의자 네개, 오래된 옷장 하나, 그리고 식탁으로 쓰는 접는 탁자 하나가 있었다. 돌턴 씨 댁하고는 완전히 딴판이었다. 여기서는 온 식구가 단칸방에서 자지만, 거기 가면 자기 방이 생길 것이다. 그는 음식 만드는 냄새를 맡으며, 돌턴 씨 댁에선 음식 만드는 냄새가 나지 않는다는 사실을 떠올렸다. 덜그럭거리며 집 안을 온통 흔들어놓는 냄비 소리도 들리지 않았다. 모두 독방을 쓰며 자기만의 작은 세계를 가지고 있었다. 그는 이 방과, 자신을 비롯하여 이 방 안에 있는 사람들 모두가 미웠다. 왜 그와 식구들은 이렇게 살아야 하나? 그들이 도대체 무슨 일을 저질렀단 말인가? 어쩌면 아무 일도 안한 탓일 것이다. 그들이 이렇게 사는 것은 바로 그들 중 아무도 여태껏 옳든 그르든 중대한 일을 한번도 한 적이 없기 때문일지도 모른다.

"식탁 차려라, 베라. 아침밥 다 됐다." 어머니가 소리쳤다.

"네, 엄마."

비거는 식탁에 앉아서 음식이 나오길 기다렸다. 어쩌면 이게 여기서 식사하는 마지막이 될지도 모른다. 그런 느낌이 강했던 까닭에 그는 좀더 인내심을 가질 수 있었다. 언젠가는 감방에서 먹게 될지도 몰랐다. 여기 식구들과 함께 앉아 있지만, 그들은 그가 백인 여자를 살해하고 머리를 자르고 태워버렸다는 사실을 까맣게 몰랐다. 그가 저지른 일, 그 끔찍한 공포, 그런 행동에서 연상되는 대담함 등에 대한 생각은, 두려움으로 점철된 그의 인생에서 처음으로 그와 그가 두려워하는 세계 사이에 하나의 보호벽을 만들어주었다. 그는 살인을 함으로써 스스로 새로운 삶을 창조해냈다. 그 삶은 온전히 그 자신만의 것이었으며, 여태껏 무언가 남이 뺏어갈 수 없는 것을 가져본 적은 이번이 처음이었다. 그렇다. 그는 여기 조용히 앉아 식사하며 식구들이 어떻게 생각하고 어떻게 행동하건 무관심할 수 있었다. 뒤에 숨어 그들을 바라볼 수 있는 벽이 저절로 생겨난 것이다. 그의 범죄는 그를 때맞춰 안전하게 붙들어줄 닻과도 같았다. 범죄는 총과 칼로는 얻을 수 없었던 자신감 같은 것을 더해주었다. 그는 이제 식구들 바깥에, 그들의 손이 닿지 않는 곳에 있었다. 그들은 그가 그런 행위를 저질렀다고는 생각도 하지 못했다. 그리고 사실 그가 저지른 일은 그 스스로도 할 수 있다고 생각해본 적이 없는 그런 일이었다.

우발적으로 죽인 것이긴 했지만, 우발적 사고였다고 생각하고 싶은 욕구는 한번도 느껴지지 않았다. 그는 흑인이고, 백인 여자가 살해된 방에 혼자 있었고, 그러므로 그녀를 죽인 것이다. 그가 뭐라 하든, 어쨌든 누구나 이렇게 말할 것이었다. 그리고 어떤 의미에서는 그 여자의 죽음이 우연이 아니라는 사실을 그는 알고 있었다. 그는 이미 여러번 살인한 적이 있었다. 다만 다른 때에는, 살해 의지를 표출하고 극적으로 만들 만한 적절한 희생자나 환경이 없었을 뿐이다. 그가 저지른 범죄는 당연한 일인 것 같았다. 자신의 모든 삶이 이것을 향해 나아가고 있었던 게 아닌가 하는 생각이 들었다. 더이상 자신의 검은 살갗에 무슨 일이 생길 것인지 멍하니 궁금해할 필요가 없었다. 이제 그는 알았다. 그의 삶의 숨겨진 의미, 남들이 보지 못했고 그 자신도 항상 감추려 했던 의미가 이제 다 드러났다. 아니다, 그것은 사고가 아니었고, 결코 그렇게 말하지는 않겠다. 언젠가는 내가 한 일이라고 사람들 앞에서 말할 수 있으리라고 생각하자 속으로 두려움 섞인 일종의 자부심이 느껴졌다. 마치 그 행위를 받아들임으로써 스스로에게 갚아야 할, 불분명하지만 무거운 빚이라도 있는 기분이었다.

이제 둑이 터진 셈이니, 무슨 일은 못하겠는가? 무엇이 그를 막을 수 있겠는가? 아침밥을 기다리며 식탁에 앉아서, 그는 오랫동안 잘 잡히지 않았던 무언가에 다다르는 느낌이 들었다. 모든 것이 분명해지고 있었다. 이제부터는 어떻게 행동해야 할지 알 것 같았다. 해야 할 일은 다른 사람들과 똑같이 행동하고 똑같이 살면서 그들이 안 보는 사이에 하고 싶은 일을 하는 것이다. 그들은 결코 모를 것이다. 그는 어머니와 동생들의 조용한 존재 속에서 말로 표현되지 않는 무의식적인 하나의 힘, 생각이 없는 삶을 추구하고 평화와 습관을 추구하며 눈멀게 만드는 희망을 추구하는 그런 힘을 느꼈다. 그들은 인생을 특정한 방식으로 바라보기를 바라고 갈구한다고 느껴졌다. 그들에게는 특정한 세계상이 필요했다. 그들이 다른 어떤 생활 방식보다 선호하는 하나의 생활 방식이 있으며 그들은 거기에 들어맞지 않는 것은 보지 못했다. 그들은 다른 사람들이 하는 일이 자신들의 욕망에 도움이 되지 않으면 알려고 들지 않았다. 그러니 다만 대담하게 굴고 아무도 생각해보지 못한 그런 일을 하기만 하면 되었다. 모든 것이 그에게 강하고 단순한 감정의 형태로 다가왔다. 사람은 누구나 믿고 싶은 커다란 갈망이 있고 그 때문에 장님이 된다. 그러니 남들은 눈이 멀었지만 그는 볼 수 있다면, 갖고 싶은 대로 가져도 절대 들키지 않을 것이다. 자, 도대체 어느 누가 그처럼 소심한 새까만 흑인 사내아이가 부잣집 백인 처녀를 살해하여 태워버리고 이렇게 아침밥을 기다리며 앉아 있으리라고 생각이나 하겠는가? 그는 고양감에 휩싸였다.

식탁에 앉아 창밖으로 떨어지는 눈을 바라보고 있자니 많은 것이 분명해졌다. 그렇다, 이제는 벽이나 커튼 뒤에 숨을 필요가 없었다. 안전을 기하는 좀더 안전한 대책, 좀더 쉬운 방법이 있었다. 그것은 어젯밤 그가 저지른 일로 입증되었다. 잰은 장님이다. 메리도 장님이었다. 돌턴 씨도 장님이다. 그리고 돌턴 부인도, 그렇다, 여러 면에서 장님이다. 비거는 슬그머니 미소가 지어졌다. 돌턴 부인은 어젯밤 그 방에서 침대를 굽어보면서도 메리가 죽은 것을 알지 못했다. 그 여자는 메리가 취해 돌아오는 것을 익히 보았기 때문에 이번에도 그런 것으로 생각했다. 또, 돌턴 부인은 그가 자기와 한방에 있다는 것을 알지 못했다. 꿈에도 생각하지 못했을 것이다. 그는 검둥이고 그녀가 그런 경우 떠올릴 인물이 아니었다. 비거는 수많은 사람이 돌턴 부인처럼 장님이라는 생각이 들었다……

"자, 들어라, 비거." 어머니가 옥수수 가루가 든 접시를 식탁 위에 놓으며 말했다.

그는 먹기 시작했다. 어젯밤 일어났던 일을 다 생각하고 나니 훨씬 기분이 나아졌다. 이제는 자신을 제어할 수 있을 것 같았다.

"식사들 안해요?" 그는 둘러보며 물었다.

"너나 어서 먹어. 가봐야 하잖니. 우리는 나중에 먹으마." 어머니가 말했다.

메리의 핸드백에서 꺼낸 돈이 있어 필요하지 않았지만, 그는 행적을 주도면밀하게 숨겨두고 싶었다.

"돈 좀 있어요, 엄마?"

"조금밖에 없어, 비거."

"좀 필요한데."

"옜다, 50쎈트다. 이제 수요일까지 딱 1달러밖에 안 남았구나."

그는 50쎈트 은화를 주머니에 넣었다. 버디가 옷을 다 입고 침대 모서리에 앉아 있었다. 불현듯 그는 버디를, 잰과 견주어 버디를 보았다. 버디는 나약하고 흐리멍텅했다. 그의 눈은 무방비 상태이며 그 시선은 오직 사물의 표면에밖에 닿지 못했다. 전에는 알아차리지 못했다니 이상한 일이었다. 버디도 장님이었다. 버디는 저기 앉아 자기와 같은 일자리를 갖고 싶어하는 것이었다. 버디 역시 틀에 박힌 생활을 다람쥐 쳇바퀴 돌듯 반복할 뿐, 아무것도 보지 못했다. 버디의 옷은 잰의 옷에 비해 몸에 헐거웠다. 버디는 통통한 강아지처럼 영리하거나 다부진 구석은 하나도 없고 목적도 방향도 없어 보였다. 버디를 보고 잰과 돌턴 씨를 떠올리니 버디에게서 어떤 정지되고 고립된 목적 없는 상태가 느껴졌다.

"왜 그렇게 쳐다보는 거야, 형?"

"어?"

"이상하게 쳐다보잖아."

"몰랐네. 그냥 생각 좀 하느라고."

"무슨 생각?"

"아무것도 아냐."

어머니가 접시들을 더 방으로 들여왔고, 그는 어머니가 얼마나 연약하고 볼품없는지를 깨달았다. 눈은 피곤에 찌들어 퀭하게 들어가고 오래 휴식을 취하지 못한 탓에 눈 밑에 검게 그늘이 졌다. 그녀는 손가락으로 물건을 더듬고 거기 의지해가며 천천히 움직였다. 발은 나무 바닥에 질질 끌리고 얼굴은 억지로 안간힘을 쓰는 표정이었다. 무엇을 보려 할 때면 가까운 물건인 경우에도 눈은 가만히 둔 채 머리와 몸을 전부 돌려서 보았다. 마치 가까스로 균형을 유지하고 있는 묵직한 짐이 가슴속에 들어 있어 조금이라도 건드렸다간 그 무게를 느끼게 될까봐 조심하는 것 같았다. 그녀는 그가 자기를 쳐다보는 것을 보았다.

"아침이나 먹어, 비거."

"먹고 있어요."

베라가 자기 접시를 가져와 맞은편에 앉았다. 비거는 어머니보
다는 더 작고 매끈하지만 베라의 얼굴에도 이미 똑같은 피로의 기
색이 깃들기 시작했다고 느꼈다. 메리하고 얼마나 다른가! 베라가
포크를 입에 가져갈 때 손을 움직이는 동작만 보아도 알 수 있었
다. 모든 동작에서 그녀는 삶에서 움츠러들고 있는 것처럼 보였다.
앉은 자세에서도 그녀 존재의 일부분이 되었다시피 한 뿌리 깊은
두려움이 드러났다. 그녀는 음식을 아주 조금씩 입으로 가져갔다.
마치 음식이 목에 걸릴까봐 겁나거나 너무 빨리 없어질까봐 걱정
이라도 되는 듯이.

"큰오빠!" 베라가 우는 소리로 외쳤다.

"어?"

"이제 그만 좀 해." 베라는 포크를 내려놓고 손으로 허공을 가르
며 그를 찰싹 치면서 말했다.

"뭘?"

"나 좀 그만 쳐다보라고, 큰오빠!"

"에이, 입 닥치고 아침이나 먹어라!"

"엄마, 쳐다보지 좀 말라고 해요!"

"쳐다보지 않아요, 엄마!"

"쳐다보고 있잖아!" 베라가 말했다.

"베라, 잠자코 밥이나 먹어." 어머니가 말했다.

"자꾸만 쳐다보잖아, 엄마!"

"이게, 너 돌았냐!" 비거가 말했다.

"오빠만큼은 안 돌았어!"

"그만, 둘 다 조용히 해." 어머니가 말했다.

"저렇게 쳐다보는데 어떻게 먹어요." 베라는 일어나 침대 가장 자리에 앉았다.

"자, 와서 처먹어!" 비거는 벌떡 일어나 모자를 움켜잡았다. "내 가 나가줄 테니."

"도대체 너 왜 그러냐, 베라?" 버디가 물었다.

"참견 마!" 베라의 눈에 눈물이 솟구쳤다.

"얘들아, 제발 조용히 좀 해라." 어머니가 구슬프게 말했다.

"엄마, 나한테 이렇게 구는데 그냥 내버려두면 어떡해요." 베라 가 말했다.

비거는 여행가방을 집어들었다. 베라가 눈물을 닦으며 다시 식 탁에 와 앉았다.

"언제쯤 올 거니, 비거?" 어머니가 물었다.

"몰라요." 그는 문을 꽝 닫으며 말했다.

반쯤 계단을 내려왔을 때 그는 자기 이름을 부르는 소리를 들 었다.

"형, 비거 형!"

그는 멈춰 서서 뒤돌아봤다. 버디가 계단을 뛰어내려왔다. 그는 무슨 일인가 의아해하며 기다렸다.

"왜?"

버디가 미소 띤 얼굴로 조심스럽게 앞에 섰다.

"저—저……"

"왜 그래?"

"에이 씨, 그냥 내 생각에……"

비거는 겁에 질려 굳어졌다.

"뭐야, 뭔데 그렇게 야단이야?"

"어, 아무 일도 아닐 거야. 그냥 내 생각에 형한테 문제가 생긴 건 아닌가 해서……"

비거는 계단을 올라가 버디에게 가까이 가 섰다.

"문제라니? 무슨 소리야?" 그는 겁에 질린 소리로 속삭이듯 캐물었다.

"그—그냥 내 생각에, 형이 좀 불안해하는 것 같아서 말야. 도와줄까 해서, 그뿐이야. 내—내 생각에는……"

"왜 그런 생각을 하는데?"

버디는 지폐 뭉치를 내밀었다.

"형이 바닥에 떨어뜨린 거야."

비거는 소스라치게 놀라 뒷걸음질을 쳤다. 돈이 있나 주머니를 뒤져보니 없었다. 그는 버디에게서 돈을 받아 황급히 주머니에 쑤셔넣었다.

"엄마도 봤냐?"

"아니."

그는 한참을 말없이 버디를 응시했다. 버디가 자기하고 함께 있고 싶어하고 털어놓고 이야기해주기를 간절히 바라는 것은 알았지만, 지금은 그럴 수가 없었다. 그는 버디의 팔을 꽉 움켜쥐었다.

"너 아무한테도 얘기하지 마, 알았지? 자." 그는 지폐 뭉치를 꺼내 한장을 빼냈다. "자, 이걸로 사고 싶은 것 있으면 사. 하지만 절대 아무한테도 얘기하면 안돼."

"와! 고마워. 아—아무한테도 말하지 않을게. 뭐 내가 도와줄 건 없어?"

"아니, 없어……"

버디는 도로 계단을 올라가기 시작했다.

"잠깐." 비거가 말했다.

버디가 돌아와 열심히 눈을 반짝이며 앞에 섰다. 비거는 막 뛰어오르려는 짐승처럼 몸을 팽팽히 긴장시키고 버디를 바라보았다. 하지만 동생은 그를 배신하지 않을 것이었다. 버디라면 믿을 수 있었다. 그는 다시 버디의 팔을 잡고 아파서 움찔할 때까지 꽉 쥐었다.

"절대 아무한테도 말하지 마, 알았어?"

"응. 알았어…… 안할 거야……"

"그럼 가봐."

버디는 계단을 뛰어올라 사라졌다. 비거는 계단 그늘에 서서 생각에 잠겼다. 부끄러워서가 아니라 짜증스러운 마음에 그는 감정을 털어버렸다. 흐릿한 푸른 빛이 감도는 방에서 희끄무레한 형체가 다가오는 동안 침대에 누워 있던 메리에게 느꼈던 것과 같은 감정을 한순간 버디에게 느꼈던 것이다. 하지만 저 애는 말하지 않을 거야, 그는 생각했다.

그는 계단을 내려와 거리로 나왔다. 공기가 차고 눈은 이미 그쳤다. 머리 위 하늘이 조금씩 개고 있었다. 밤새 내내 열어놓는 모퉁이 가게에 가까워지자 친구들 가운데 누가 거기 있지 않을까 하는 생각이 들었다. 가끔 그랬듯이 잭이나 G.H.가 집에 가지 않고 어슬렁거리고 있을지도 몰랐다. 그들과는 이제 영원히 끝났다는 느낌에도 불구하고 이상하게도 그들이 있었으면 하는 마음이 간절했다. 그들을 다시 보면 어떤 느낌이 들지 알고 싶었다. 그는 새로 태어난 사람처럼, 이제 이것저것 시험하고 맛보아 어떻게 되는지 보고 싶었다. 오랜 병석에서 일어난 사람처럼 고집스럽고 깊은 변덕이 일었다.

그는 성에 낀 유리창을 들여다보았다. 정말로 G.H.가 있었다. 그는 문을 열고 들어갔다. G.H.는 탄산음료 판매기 앞에 앉아 점원과 수다를 떨고 있었다. 비거는 옆에 가 앉았다. 그들은 입을 열지 않았다. 비거가 담배 두 갑을 사서 한 갑을 G.H. 쪽으로 내밀자 그는 놀란 눈으로 쳐다봤다.

"나한테 주는 거야?" G.H.가 물었다.

비거는 손을 휘저으며 입가를 내려뜨렸다.

"그럼."

G.H.는 갑을 뜯었다.

"야, 마침 한대 피우고 싶었는데. 일하기로 했냐?"

"응."

"어때?"

"근사해."

"잭한테 들었는데, 너, 네가 운전수로 일할 집 딸을 영화에서 봤다며. 진짜로 봤냐?"

"그럼."

"그 여자 어때?"

"아, 근사하지." 비거는 손가락으로 십자가를 만들며[15] 말했다. 그는 흥분으로 몸이 떨렸다. 이마에 땀이 맺혔다. 그는 흥분했고 더 흥분하도록 뭔가 그를 몰아댔다. 피에서 갈증이 솟구치는 것 같았다. 문이 열리며 잭이 들어왔다.

"야, 어떠냐, 비거?"

비거는 고개를 흔들었다.

"그냥저냥." 그는 말했다. "이봐. 담배 한 갑 더 줘." 그는 점원에

---

15 검지를 엄지손가락에 엇갈리게 대어 십자형을 만드는 것은 일이 잘 풀리기를 기원하는 동작이다.

게 말했다. "이건 너 해라, 잭."

"와, 자식 돈푼깨나 잡았나보네." 잭이 두툼한 지폐 뭉치를 힐끗 거리며 말했다.

"거스는 어딨냐?" 비거가 물었다.

"금방 올 거야. 우린 밤새 클라라네 집에서 놀았어."

다시 문이 열렸다. 돌아보니 거스가 들어서는 게 보였다. 거스는 멈칫 섰다.

"자식들, 싸우지 마." 잭이 말했다.

비거는 담배를 한 갑 더 사서 거스에게 던져주었다. 거스는 그것을 낚아채고 어리둥절한 채 서 있었다.

"에이, 자, 거스. 잊어버려." 비거가 말했다.

"비거, 이 또라이 자식." 거스가 쑥스러운 미소를 지으며 말했다.

거스가 싸움이 끝나 다행이라고 생각하는 것을 비거는 알았다. 비거는 이제 그들이 두렵지 않았다. 그는 여행가방에 발을 얹고 앉아서 조용한 미소를 띤 채 그들을 하나씩 하나씩 바라보았다.

"1달러만 줘라." 잭이 말했다.

비거는 각각 1달러씩 나눠주었다.

"이제 내가 네놈들한테 쫀쫀하게 군다는 소리는 쏙 빼." 그는 웃으며 말했다.

"비거 이 자식, 또라이 검둥이가 여기 또 하나 있네." 거스가 즐겁게 웃으며 다시 말했다.

그러나 그는 가야 했다. 그들과 계속 노닥거릴 수는 없었다. 그는 맥주 세 병을 시키고는 여행가방을 집어들었다.

"너도 한잔 안할래?" G.H.가 물었다.

"아니, 가봐야 해."

"또 보자!"

"안녕!"

그는 그들에게 손을 흔들어 보이며 문을 나섰다. 그는 어지럽고 들뜬 기분으로 눈 위를 걸어갔다. 입이 벌어지고 눈이 반짝였다. 그들과 함께 있으면서 두려운 느낌이 없었던 것은 이번이 처음이었다. 그는 낯선 나라로 통하는 낯선 길을 따라가고 있었고, 그곳이 어떤 곳인지 알고 싶어 온 신경이 곤두섰다. 그는 여행가방을 끌고 구역 끝까지 가서 전차를 기다렸다. 조끼 주머니에 손을 넣어 빳빳한 지폐 뭉치를 만져보았다. 돌턴 씨 집으로 가는 대신 전차를 타고 기차역으로 가서 도시를 떠나버릴 수도 있었다. 그렇지만 그렇게 떠나면 일이 어떻게 되겠는가? 지금 도망간다면, 메리가 없어진 게 알려지기 무섭게 그가 뭔가 알고 있다는 생각들을 할 것이다. 아니, 끝까지 버티면서 무슨 일이 일어나는지 지켜보는 편이 훨씬 나을 것이다. 메리가 살해당했다는 생각을 하기까지는 오랜 시간이 걸릴 것이고, 그의 짓이라는 생각을 하는 데는 더 오랜 시간이 걸릴 것이다. 그리고 메리가 보이지 않으면 저들은 우선 빨갱이들부터 떠올릴 게 아닌가?

덜커덩거리며 전차가 다가오자 그는 전차에 올라타고 47번가까지 가서 동쪽행 전차로 갈아탔다. 그는 불안한 눈으로 습기 찬 창에 희미하게 비치는 자신의 검은 얼굴을 바라보았다. 주위에 있는 하얀 얼굴 중에서 그가 부잣집 백인 여자를 죽였다고 생각할 놈이 있을까? 천만에! 그가 동전을 훔치거나, 여자를 강간하거나, 술에 취하거나, 칼로 누구를 찔렀다는 생각은 할 수 있을 것이다. 하지만 백만장자의 딸을 살해하고 태워버렸다고? 그는 온몸이 따끔따끔한 전율에 휩싸이는 것을 느끼며 보일 듯 말 듯 미소를 지었다.

모든 것이 아주 명확하고 간단했다. 남들이 기대하는 대로 행동하되, 그러면서 하고 싶은 대로 하는 거다. 어떻게 보면 여태껏 그는 소란스럽고 거친 방법으로 바로 이렇게 해온 셈이었다. 그러나 메리 방에서 눈먼 어머니가 팔을 뻗고 서 있는 동안 메리의 목을 조른 어젯밤에야 비로소 그는 깔끔하게 해내는 방법을 깨달은 것이다. 몸이 약간 떨리긴 했지만 정말로 두렵지는 않았다. 그는 의욕적이었고, 엄청난 흥분을 느꼈다. 그는 돌턴 부부를 떠올리며, 그들쯤이야 얼마든지 다룰 수 있어, 하고 생각했다.

단 하나 걱정되는 것이 있었다. 자꾸 눈에 어른거리는, 신문지 위에 놓인 메리의 피에 젖은 머리 모습을 눈에서 지워내야 했다. 그것만 된다면 무사할 것이다. 아, 얼마나 멍청한 여자인가, 그는 메리의 행동을 떠올리며 생각했다. 그런 식으로 굴다니! 제기랄, 그 여자가 그렇게 만든 거다! 어쩔 수 없었다! 그 여자는 더 지각 있게 굴었어야 했다! 날 건드리지 말았어야지, 빌어먹을! 그는 메리에게 미안하다는 생각은 없었다. 그에게 그녀는 실재하는 존재가, 하나의 인간이 아니었다. 그럴 만큼 그녀를 오래 안 것도 잘 아는 것도 아니었다. 그녀가 그에게 느끼게 만들었던 두려움과 수치심만으로도 그녀를 살해한 것이 정당화되고도 남는다고 여겨졌다. 그녀의 행동이 그에게 두려움과 수치심을 불러일으켰던 것 같았다. 그렇지만 곰곰이 생각해보니 그게 아닌 것 같았다. 그는 그 두려움과 수치심이 정확히 어디서 온 것인지 정말 알지 못했다. 그것은 그저 거기 있을 뿐이었다. 그녀를 접할 때마다 그것은 뜨겁고 강하게 치밀어올랐었다.

두려움과 수치심을 느꼈을 때 그가 반응하는 대상은 메리가 아니었다. 메리는 그의 감정, 숱한 메리들에 의해 조건 지어진 감정을 폭발시키는 역할을 했을 뿐이었다. 그리고 메리를 죽이고 난 이제, 그는 몸에서 긴장이 풀리는 것을 느꼈다. 오랫동안 지고 다니던, 보이지 않는 짐을 벗어버린 것이다.

전차가 눈 위를 기우뚱거리며 달리는 동안, 그는 고개를 들어 눈 덮인 보도 위로 걸어가는 흑인들을 보았다. 저 사람들도 그와 마찬가지로 두려움과 수치심을 안고 있었다. 길모퉁이에 서서 길고 미끈한 차들이 부웅거리며 지나가는 가운데 그들과 백인들 이야기를 해본 적도 많았다. 비거와 그의 인종에게 백인들은 사실상 사람이 아니었다. 저들은 머리 위로 덮쳐오는 폭풍우 치는 하늘처럼, 혹은 어둠 속에서 갑자기 발치에 밀려오는 소용돌이치는 깊은 강처럼, 일종의 거대한 자연력이었다. 어떤 한계를 넘지 않는 한, 그나 흑인들이 그 백인들의 힘을 두려워할 필요는 없었다. 그렇지만 두려워하든 않든 간에 그들은 언제나 하루하루를 그 힘과 더불어 살았다. 소리내어 그 이름을 말하지 않을 때에도 그들은 그것의 실재를 인식했다. 여기 이 도시의 정해진 한구석에서 살아가는 한, 그들은 그것에 묵묵히 경의를 표해야 했다.

드물기는 했지만 그가 다른 흑인들과 연대감을 느끼거나 연대감을 바라는 마음에 사로잡히는 순간도 있었다. 그는 백인의 힘에 맞서 싸울 것을 꿈꾸곤 했지만, 그 꿈은 주위의 다른 흑인들을 보면 스러져버렸다. 자기도 그들처럼 검기는 했지만, 자신과 그들 사이에는 너무 큰 차이가 있어 도저히 함께 단결하거나 함께 살 수는 없을 것 같았다. 그런 일은 오직 죽음의 위협에 맞닥뜨릴 때에만 일어날 수 있었다. 그런 일은 오직 막다른 궁지에 몰려 두려움과 수치심에 휩싸이게 될 때에만 일어날 수 있었다. 희망 속에서는 결코 그 차이가 덮이지 않았다.

보도 위의 흑인들을 바라보며 차를 타고 가는 동안, 그는 두려움과 수치심을 사라지게 하는 한가지 방법은 저 모든 흑인들을 함께 행동하게 만드는 것, 그들을 다스리고 할 일을 말해주고 그 일을 하게 만드는 것이라고 생각했다. 어렴풋이 떠오르는 느낌이 있었다. 즉 그와 모든 다른 흑인들이 온 마음을 바쳐 나아갈 수 있는 방향이 분명 있으리라는, 갉는 듯한 굶주림과 끊임없는 갈망을 함께 융합할 수 있는 방법이 분명 있으리라는, 몸과 마음을 확신과 믿음으로 사로잡는 행동 방식이 분명 있으리라는 느낌이었다. 그렇지만 자신과 흑인들에게 그런 일은 결코 일어나지 않으리라고 느껴졌다. 그러자 그는 그들이 증오스러웠고 손을 휘저어 그들을 지워버리고 싶었다. 그렇지만 그는 여전히 막연하나마 희망을 갖고 있었다. 요즈음에 그는 다른 사람들을 지배할 줄 아는 사람들 이야기가 좋아졌다. 그런 행동들 속에서 그는 그의 생명의 뿌리까지 파먹어 들어오는 두려움과 수치심의 이 빽빽한 늪에서 벗어나는 방법이 있음을 느낄 수 있었던 것이다. 그는 일본이 중국을 어떻게 정복하고, 히틀러가 유대인을 어떻게 완전히 몰아내는지, 무솔리니가 어떻게 스페인을 침략하는지, 하는 이야기를 좋아했다. 이런 행동들이 옳은가 그른가에는 관심 없었다. 그저 가능한 탈출구로서 매력적으로 다가왔을 뿐이다. 언젠가 한 흑인이 나타나 흑인들을 채찍질해 하나로 굳게 단결하도록 만들 것이며, 그러면 함께 뭉친 흑인들이 행동에 나서 두려움과 수치심을 끝장낼 수 있을 거라는 느낌도 들었다. 이런 생각을 마음속에서 분명하게 해본 적은 없었다. 느낌이었다. 잠시 이런 느낌을 가졌다가 잊어버리곤 했다. 그러나 마음속 깊이 한구석에는 항상 희망이 기다리고 있었다.

당구장에서 거스와 싸운 것도 두려움 때문이었다. 그가 자신과 거스에 대해 확신을 가질 수 있었다면, 싸우지 않았을 것이다. 그렇지만 그는 자신을 알듯 거스를 알았으며, 둘 중 하나가 결정적인 순간에 두려움에 일을 그르칠지도 모른다는 것을 알았다. 그런 마당에 블럼네 가게를 털러 가다니 말도 안되는 이야기 아닌가? 그는 거스를 불신하고 두려워했으며, 거스가 그를 불신하고 두려워한다는 것도 알았다. 그러므로 거스와 한패가 되어 일을 벌이려 할 때면 자신과 거스에게 증오를 느끼곤 했다. 그렇지만 궁극적으로 그의 희망과 증오는 자신과 거스로부터 바깥으로 향했다. 희망은 그를 도와 이끌어줄 그 막연하나마 자비로운 어떤 것을, 그리고 증오는 백인을 향하고 있었다. 백인들이 멀리 있어 자기 따위는 안중에도 없을 때조차도 백인들은 자기를 지배한다고, 자기와 동족과의 관계마저 은연중에 구속함으로써 지배한다고 느껴졌다.

전차는 눈 속을 기어갔다. 다음 정류장이 드렉설 대로였다. 그는 여행가방을 들고 문가에 섰다. 몇분 후면 메리가 다 탔는지 알 수 있을 것이다. 전차가 섰다. 그는 펄쩍 뛰어내려, 발목까지 빠지는 눈을 헤치며 돌턴 씨 집을 향해 걸었다.

진입로에 이르니, 보드라운 눈으로 온통 뒤덮인 것을 제외하면 놓아두고 간 모습 그대로 서 있는 차가 보였다. 집은 하얗고 고요한 모습으로 서 있었다. 그는 대문 빗장을 열고 차를 지나 걸어갔다. 눈앞에 메리의 모습이, 피에 젖은 몸은 난방로 바로 안에 있고 곱슬곱슬한 까만 머리카락을 한 머리는 푹 젖어버린 신문지 위에 놓인 모습이 어른거렸다. 그는 발을 멈췄다. 지금 돌아서서 가버릴 수도 있다. 전차를 잡아타고 아무도 모르는 사이에 여기서 몇 마일 떨어진 곳까지 갈 수도 있다. 하지만 그럴 만한 이유도 없는데 왜 달아나는가? 때가 되면 달아날 수 있는 돈도 있다. 그리고 총도 있다. 손가락이 떨려 문을 따는 데 애를 먹었다. 그렇지만 두려움 때문에 떨리는 것은 아니었다. 그것은 일종의 몰두감, 자신감, 충족감, 해방감이었다. 하나의 의미 깊은 최고의 행위 속으로 그의 온 생애가 휩쓸려든 것이다. 그는 문을 들이밀다가 숨을 조그맣게 훅 들이쉬며 돌처럼 굳어버렸다. 난방로의 붉은 불빛 속에 서 있는 사람이 어렴풋이 보였다. 돌턴 부인인가? 그러나 돌턴 부인보다는 더 키가 크고 뚱뚱했다. 아, 페기구나! 그녀는 그에게 등을 돌린 채 몸을 약간 굽히고 서 있었다. 난방로를 열심히 들여다보는 것 같았다. 내가 들어오는 소리를 못 들었나보다, 그는 생각했다. 가버려야 할까보다! 그러나 그가 채 움직이기 전에 페기가 몸을 돌렸다.

"아, 잘 잤니, 비거?"

그는 대답하지 않았다.

"네가 와서 잘됐다. 불에 석탄을 더 넣으려던 참이야."

"제가 하겠습니다, 부인."

그는 난방로 속에 메리의 흔적이 남아 있지 않은지 눈을 곧추뜨며 앞으로 다가갔다. 페기 옆까지 왔을 때, 그는 그녀가 문틈으로 빨간 석탄 더미를 뚫어지게 쳐다보는 것을 보았다. "어젯밤에는 불이 아주 뜨겁더니만, 오늘 아침에는 약해졌네." 페기가 말했다.

"제가 하겠습니다." 비거는 선 채 말했다. 그녀가 불그레한 어둠 속에서 난방로 옆에 서 있는 동안에는 문을 열 엄두가 나지 않았다.

그는 통풍장치가 공기를 빨아올리며 내는 둔탁한 울부짖음을 들으며, 이 여자가 뭔가 눈치챘나 하는 생각을 했다. 그는 불을 켜야 했다는 것을 알았다. 하지만 그러다가 그 불빛에 난방로 속에 든 메리의 잔해가 드러나면 어쩌는가?

"제가 하겠습니다, 부인." 그는 되풀이했다.

만일 그녀가 불을 켜고 메리가 죽었다는 생각이 들 만한 물건을 본다면 죽여서 입을 막아야 하나 하는 생각이 머리를 재빨리 스치고 지나갔다. 고개를 돌리지 않은 채 그는 가까운 구석에 놓인 쇠삽을 보았다. 그는 주먹을 그러쥐었다. 페기가 곁을 떠나 지하실 저쪽 끝 계단 가까이 천장에 달려 있는 전등으로 다가갔다.

"불 켜줄게." 그녀가 말했다.

그는 소리없이 재빨리 삽 쪽으로 다가가, 무슨 일이 일어나나 기다렸다. 불이 들어왔다. 눈이 부시도록 밝았다. 눈이 깜박여졌다. 페기는 오른손을 가슴에 꼭 갖다대고 계단 가까이 서 있었다. 그녀는 기모노풍의 실내복을 입고서 옷자락을 꼭 여미고 있었다. 비거는 즉시 깨달았다. 그녀는 난방로는 생각도 않고 있었다. 다만 실내복 차림으로 지하실에 내려온 모습을 보인 게 좀 부끄러운 모양이었다.

"돌턴 양은 내려오셨니?" 그녀는 계단을 오르며 어깨 너머로 물었다.

"아뇨, 부인, 못 뵈었는데요."

"너 방금 온 거니?"

"네, 부인."

그녀는 멈춰 서서 그를 돌아보았다.

"그렇지만 차는, 차가 진입로에 있던데."

그는 아무런 정보도 자진해서 제공하지 않으려고 그저 "네, 부인"이라고만 했다.

"그럼 밤새 내내 밖에 서 있었단 말야?"

"저도 모르겠습니다, 부인."

"네가 차고에 넣지 않았니?"

"아뇨, 부인. 돌턴 양께서 그냥 두고 가라고 하셨습니다."

"아! 그렇다면 정말로 밤새 내내 밖에 서 있었던 거네. 그래서 눈이 쌓였구나."

"그런가봅니다, 부인."

페기는 머리를 흔들며 한숨지었다.

"아마도 몇분 있으면 아가씨가 내려오실 테니 역에 모셔다드려야 할 게다."

"네, 부인."

"트렁크를 내려다놓았더구나."

"네, 부인. 어젯밤 아가씨께서 시키셔서요."

"트렁크 잊지 마라." 그녀는 부엌문으로 들어가며 말했다.

그녀가 가고 나서도 한참 동안 그는 꼼짝도 않고 서 있었다. 그러다가 천천히 지하실을 둘러보았다. 눈과 귀를 곤두세운 동물처럼 고개를 돌리며, 뭐 잘못된 게 없나 살펴보았다. 지하실은 어젯밤 떠날 때와 똑같았다. 그는 돌아다니며 좀더 자세히 살폈다. 그러다가 문득 눈을 휘둥그렇게 뜨며 멈춰 섰다. 바로 앞에 피 묻은 작은 신문지 조각이, 난방로의 문틈에 의해 반사된 납빛 그림자 속에 떨어져 있는 것이 보였다. 페기도 보았을까? 그는 달려가 전등을 꺼버리고는 다시 달려와 종잇조각을 바라보았다. 거의 보이지 않았다. 그렇다면 페기도 못 본 것이다. 메리는 어떻게 되었을까? 다 탔을까? 그는 다시 불을 켜고 종잇조각을 주웠다. 누가 보지 않나 좌우를 훔쳐보고는, 난방로 문을 열고 들여다보았다. 메리와 피에 젖은 그녀의 목의 환영이 눈에 가득 찼다. 난방로 안은 타오르는 석탄 더미에 휩싸여 식식거리며 떨렸다. 눈앞에는 시신 모습이 어른거렸지만, 그의 눈과 뜨겁게 타고 있는 석탄 더미 사이에는 시신의 흔적이라곤 전혀 없었다. 그리고 시뻘건 석탄 더미에는, 새로 만든 무덤에 타원형으로 쌓은 새 흙더미처럼 메리의 구부린 몸의 윤곽이 드러나 있었다. 그 타원형의 시뻘건 더미를 손가락으로 건드리기만 해도 움푹 꺼져들어, 메리의 시신이 타지 않은 채로 고스란히 드러날 것만 같았다. 석탄이 밑에 있는 시신을 태워버려 빨갛게 타는 재만 남아 가운데가 텅 빈 새빨간 뜨거운 조개껍데기처럼 되어, 떨리며 타오르는 석탄 속에 웅크리고 있는 메리의 시체 형태를 고스란히 담아낸 모양이었다. 그는 눈을 깜박이다가, 자기가 아직도 손에 종잇조각을 들고 있음을 깨달았다. 종이를 문 높이까지 들어올리자, 공기의 흐름에 종이가 손에서 빨려들어갔다. 그는 떨리고 있는 붉은 열기 속으로 종이가 날아들어가 연기를 내며 까매지더니 활활 타오르다가 사그라지는 것을 지켜봤다.

그는 난방로 문을 닫고 석탄을 더 집어넣기 위해 손잡이를 잡아당겼다. 작은 덩어리들이 낙하장치의 양철 벽에 부딪혀 덜거덕거리는 소리가 시끄럽게 귓전을 울리며 석탄이 난방로 속으로 마구 쏟아져들어와 부채꼴로 펼쳐지자, 타원형의 시뻘건 불더미가 점점 까맣게 변하더니 세게 타올랐다. 그는 손잡이를 잠그고 일어섰다. 아직까지는 모든 게 괜찮았다. 누가 공연히 불을 뒤적거리지 않는 한 아무 일도 없을 것이었다. 그도 불을 뒤적여보고 싶지는 않았다. 메리 사체의 일부분이 아직 남아 있을까 두려웠기 때문이다. 오후까지만 이대로 나아간다면, 메리는 안심해도 될 만큼 충분히 타버릴 것이다. 그는 몸을 돌려 다시 트렁크를 쳐다보았다. 아! 잊어버리면 안돼! 당장 그 공산주의 소책자들을 방에 갖다놓아야 한다. 그는 난방로에서 물러나 계단을 뛰어올라 방으로 가서, 소책자들을 서랍장 한구석에 판판하고 단정하게 놓았다. 그렇다, 단정하게 쌓아놓아야지. 아무도 그가 읽어봤다고 생각해서는 안된다.

그는 지하실로 돌아가 트렁크를 문으로 끌고 가, 등에 짊어지고 차로 가져가 발판에 묶어놓았다. 시계를 보니 8시 20분이었다. 자, 이제, 메리가 나올 때까지 기다려야 했다. 그는 운전대 앞 자기 자리에 앉아 5분 동안 기다렸다. 가서 초인종을 눌러 어찌 되었나 알아보는 게 좋겠다. 집의 옆문으로 통하는 계단을 바라보니, 어젯밤 메리가 걸려 넘어지던 일, 그리고 자기가 부축해주던 일들이 떠올랐다. 그러다가 그는 자기도 모르게 깜짝 놀라 소스라쳤다. 하늘에서 한 줄기 강한 햇살이 쏟아지면서, 쥐 죽은 듯 고요하고 마술에 걸린 듯 하얗게 펼쳐진 세상에서 눈雪이 반짝반짝 빛을 발하며 확 달려드는 것 같았던 것이다. 이러다 늦겠다! 들어가서 돌턴 양이 왜 안 나오느냐고 물어보아야 한다. 이대로 너무 오래 있다간, 그 여자가 내려오지 않을 것을 미리 안 것처럼 보일 것이다. 그는 차에서 나와 계단을 올라 옆문으로 갔다. 유리를 들여다보니 아무도 없었다. 문을 열려고 해봤지만 잠겨 있었다. 그는 초인종을 눌렀다. 안에서 부드럽게 울리는 종소리가 들렸다. 잠시 기다리니 페기가 서둘러 복도로 걸어오는 게 보였다. 그녀가 문을 열었다.

"아가씨 아직 안 나오셨니?"

"네, 부인. 이러다 늦겠는데요."

"기다려라. 모셔오마."

아직 실내복 차림의 페기가 계단을, 그가 메리를 질질 끌다시피 해서 올라갔던 그 계단을, 그리고 어젯밤 트렁크를 들고 비틀대며 내려왔던 그 계단을 뛰어올라갔다. 잠시 후 올라갈 때보다 훨씬 느린 걸음으로 계단을 도로 내려오는 페기가 보였다. 그녀가 문간으로 왔다.

“안 계신데. 아마 떠나셨나보네. 너한테는 뭐라고 하셨는데?”

“역까지 운전해주고 트렁크도 실어다달라고 하셨습니다, 부인.”

“글쎄, 아가씨 방에도 없고 돌턴 부인 방에도 없구나. 돌턴 씨는 주무시고. 오늘 아침에 출발한다고 하시던?”

“어젯밤에 그렇게 말씀하셨는데요, 부인.”

“어젯밤에 트렁크를 내려다놓으라고 하셨고?”

“네, 부인.”

페기는 비거 너머로 눈 덮인 차를 바라보며, 잠시 생각했다.

“글쎄, 트렁크를 실어다놓는 게 좋겠다. 어젯밤 여기서 주무시지 않았을지도 모르겠다.”

“네, 부인.”

그는 돌아서서 계단을 내려가기 시작했다.

“비거!”

“네, 부인.”

“아가씨가 차를 밤새 내내 밖에 세워두라고 하셨단 말이지?”

“네, 부인.”

“다시 쓰겠다고 하시던?”

“아뇨, 부인, 저,” 비거는 신중을 기하며 말했다. “그분이 차 안에 계셨는데요……”

“누가?”

“그 신사분 말예요.”

“아. 그래, 알았다. 트렁크를 실어다놔라. 메리 아가씨가 또 장난을 치는 모양이네.”

그는 차에 올라 진입로를 따라 거리로 나와 북쪽으로 눈길을 달렸다. 페기가 자기를 지켜보고 있나 뒤돌아보고 싶었지만 엄두가 나지 않았다. 그랬다가는 그가 뭔가 잘못되었다고 생각한다는 느낌을 주게 될 텐데, 지금 그런 인상을 주기는 싫었다. 어쨌든, 적어도 한 사람은 그가 원하는 대로 생각하게 만들어놓은 셈이었다.

그는 라샐 가 역에 도착하자, 차를 한 플랫폼에 대고 다른 차들 사이 좁은 공간으로 후진시키고는 트렁크를 끌어올려놓고 누가 와서 트렁크 표를 주기를 기다렸다. 아무도 찾으러 오지 않으면 어떤 일이 벌어질까 생각했다. 아마 돌턴 씨에게 알릴 것이다. 그래, 두고 보자. 맡은 일은 다 했으니까. 돌턴 양이 트렁크를 역에 실어다 놓으라고 해서 시키는 대로 한 것이다.

그는 눈 덮인 도로에서 낼 수 있는 최대한의 속력으로 급히 차를 몰고 돌턴가로 돌아왔다. 현장에 되돌아가 어찌 돌아가는지 봐야 했다. 벌어지는 일을 한순간도 놓치고 싶지 않았다. 그는 진입로에 도착해 차를 차고에 집어넣고 차 문을 잠갔다. 그러고는 자기 방으로 가야 할지, 부엌으로 가야 할지 망설이며 서 있었다. 아무 일도 없었던 것처럼 곧장 부엌으로 가는 편이 나을 것이다. 페기 입장에서는 그가 아직 아침식사 전인 셈이니 부엌으로 오는 것을 당연하게 여길 것이다. 그는 지하실을 통과하다 잠깐 멈춰 울부짖는 난방로를 보고는 부엌문으로 가 조심스럽게 발을 들여놓았다. 페기는 등을 돌리고 가스화로 앞에 서 있었다. 그녀는 돌아서서 그를 흘낏 쳐다보았다.

"잘 실어다놨지?"

"네, 부인."

"거기서 아가씨 보았니?"

"아뇨, 부인."

"배고프니?"

"조금요, 부인."

"조금?" 페기는 웃었다. "일요일에 이 집이 어찌 돌아가는지 금방 익숙해질 게다. 아무도 일찍 일어나지 않고, 일어날 때는 다들 배고파 죽겠다지."

"전 괜찮습니다, 부인."

"그린이 여기서 일할 때 단 하나 불평거리가 그거였어." 페기가 말했다. "우리 때문에 일요일마다 굶어 죽겠다나."

비거는 억지로 미소를 짜내며, 검고 흰 무늬의 리놀륨 바닥을 내려다보았다. 저 여자가 안다면 어떻게 생각할까? 순간 그는 페기에게 매우 너그러워지는 기분이었다. 그녀가 자기를 깔본다 해도 결코 뺏어가지 못할 뭔가 귀중한 것이 자기한테 있는 듯한 기분이었다. 복도에서 전화벨 소리가 났다. 페기는 몸을 펴고 앞치마에 손을 닦으며 그를 쳐다보았다.

"도대체 일요일 아침에 누가 이렇게 일찍부터 전화를 거는 거야?" 그녀는 중얼거렸다.

그녀가 나가고 그는 앉아서 기다렸다. 메리가 궁금해서 잰이 전화한 것인지도 몰랐다. 메리가 잰에게 전화 걸겠다고 약속하던 일이 떠올랐다. 디트로이트까지 가는 데 얼마나 걸릴까? 대여섯시간? 먼 거리는 아니다. 메리가 탈 기차는 이미 떠났다. 4시경에는 디트로이트에 내릴 예정이었다. 누군가 마중 나오기로 했겠지? 그녀가 기차에 없으면 전화하거나 전보를 칠까? 페기가 돌아와 화로 앞으로 가서 요리를 계속했다.

"금방 될 거야." 그녀가 말했다.

"네, 부인."

그러자 그녀가 그에게로 돌아섰다.

“어젯밤 돌턴 양하고 함께 있던 신사분이 누구니?”

“모르겠습니다, 부인. 아가씨가 잰이라던가, 그 비슷하게 부르시던데요.”

“잰? 그 사람이 방금 전화했던데.” 그녀는 머리를 휙 젖히며 입술을 꽉 다물었다. “천하에 쓸모없는 인간이란 바로 그 사람을 두고 하는 말이야. 정부에 반대하는 그 무정부주의자들 중 하나지.”

비거는 듣기만 하고 아무 말도 하지 않았다.

“도대체 왜 메리처럼 좋은 아가씨가 그런 미친 작자들하고 돌아다니려고 드는지 알다가도 모르겠다. 내 장담하지만, 그러다가 좋은 꼴은 못 볼 거다. 메리 아가씨만 그렇게 멋대로 굴지만 않으면, 이 집은 시계처럼 정연하게 돌아갈 텐데. 딱한 일이지 뭐냐. 아가씨 어머닌 착하기가 그지없는 분인데. 돌턴 씨만큼 훌륭한 분은 또 어디 있겠니…… 하지만 좀 있으면 메리 아가씨도 정신을 차릴 거야. 다들 그러잖아. 젊어서 아무것도 모를 때야 멋대로 돌아다니지 못하면 뭔가 놓치는 기분이겠지만……”

그녀는 우유를 넣은 뜨거운 오트밀을 한 그릇 차려주었고, 그는 먹기 시작했다. 식욕이 하나도 없어 삼키기가 힘들었다. 그러나 그는 꾸역꾸역 음식을 집어넣었다. 페기는 계속 떠들어댔는데 그는 뭐라고 대꾸할지 생각해봤지만, 할 말이 없었다. 아마 그녀도 그에게 무슨 말을 기대하지는 않을 것이다. 아마도 그의 어머니가 가끔 그러듯, 달리 이야기할 사람도 없으니까 그에게 말하는 것일 게다. 그래, 지하실에 가면 다시 불을 살펴보아야겠다. 난방로에 석탄을 최대한 채워서 메리가 빨리 타버리도록 확실히 해놓아야겠다. 뜨거운 오트밀을 먹으니 졸음이 와 그는 하품이 나오는 것을 간신히 참았다.

"오늘은 제가 할 일이 뭔가요, 부인?"

"그냥 부를 때까지 기다려라. 일요일은 지루한 날이야. 어쩌면 돌턴 씨 내외 중 한분이 외출할지도 모르지."

"네, 부인."

그는 오트밀을 다 먹었다.

"지금 시키실 일은 없나요?"

"없어. 그렇지만 아직 다 안 먹었잖아. 햄과 달걀 좀 줄까?"

"아뇨, 부인. 많이 먹었습니다."

"그래, 여기 네 몫이 있으니까 주저하지 말고 달라고 해라."

"이제 불을 살펴보는 게 좋겠는데요."

"그럼 그러렴, 비거. 2시쯤에는 벨 소리가 나나 신경 쓰고. 그때까지는 할 일이 없을 것 같다."

그는 지하실로 갔다. 불길이 타오르고 있었다. 불씨가 빨갛게 타오르며 공기가 위로 빨려올라가고 있었다. 석탄을 넣을 필요는 전혀 없었다. 그는 또다시 지하실을 둘러보며 어젯밤의 흔적을 남겨 놓은 게 없나 구석구석 샅샅이 살펴보았다. 아무것도 없었다.

그는 자기 방으로 와서 침대에 누웠다. 자, 드디어 내 방에 왔구나. 이제 무슨 일이 일어날까? 방은 조용했다. 아니다! 무슨 소리가 들린다! 그는 머리를 갸우뚱하고 귀를 기울였다. 아래 부엌에서 덜커덕거리는 냄비며 프라이팬 소리가 희미하게 잡혔다. 그는 일어나 방의 저 끝으로 갔다. 소리가 더 커졌다. 부엌 바닥을 가로지르는, 부드럽지만 안정된 페기의 발소리가 들렸다. 바로 밑에 있구나, 그는 생각했다. 그는 꼼짝 않고 서서 귀를 기울였다. 돌턴 부인의 목소리, 그다음에 페기 목소리가 들렸다. 그는 웅크리고 앉아 귀를 바닥에 댔다. 메리 이야기를 하나? 무슨 이야기인지 알아들을 수가 없었다. 그는 일어나 주위를 둘러보았다. 한발짝 떨어진 곳에 붙박이장이 있었다. 문을 열었다. 목소리가 분명히 들려왔다. 장 속에 들어가자 바닥의 널조각이 삐걱거려 그는 멈칫 섰다. 들었을까? 그가 엿듣는다고 생각할까? 아! 좋은 생각이 있다! 그는 여행가방을 가져와 열고는 한아름 옷을 꺼냈다. 누가 방에 들어오더라도 옷을 챙기고 있는 것처럼 보일 것이다. 그는 붙박이장에 들어가 귀를 기울였다.

"……차가 밤새 내내 진입로에 서 있었단 말이야?"

"네. 아가씨가 거기 놔두라고 하셨대요."

"몇시쯤 그랬대?"

"글쎄요, 돌턴 부인. 물어보지 않았는데요."

"도대체 무슨 일인지 모르겠네."

"아, 아가씬 괜찮아요. 걱정하실 필요 없어요."

"그렇지만 쪽지도 안 남겼잖아, 페기. 메리답지가 않아. 저번에 뉴욕으로 달아날 때도 쪽지는 써놓고 갔잖아."

"아직 안 떠나셨는지도 모르죠. 아마 뭔가 일이 생겨 밖에서 밤을 샜는지도 모르잖아요, 돌턴 부인."

"그렇지만 뭐하러 차는 밖에 두라고 한 거지?"

"글쎄요."

"그리고 남자가 함께 있었다고 했단 말이지?"

"그 잰이라는 사람인가봐요, 돌턴 부인."

"잰?"

"네. 플로리다에서 아가씨와 함께 있던 사람 말예요."

"얘가 그 끔찍한 사람들하고 끝내 어울려다니네."

"오늘 아침 전화해서 아가씨를 찾던데요."

“우리 집에 전화했다고?”

“네.”

“뭐라고 해?”

“아가씨가 안 계시다고 하니까 약간 속상해하는 것 같았어요.”

“이 철없는 아이가 도대체 어쩔 작정이야? 나한테는 다시는 그 사람 안 만나겠다고 했는데.”

“어쩌면 아가씨가 전화 걸라고 시켰는지도 몰라요, 돌턴 부인……”

“무슨 소리야?”

“저, 사모님, 어쩌면 아가씨가 플로리다에서 그랬던 것처럼 또 그 사람하고 함께 있을지도 모른다는 생각이 드네요. 그리고 자기가 없어진 걸 식구들이 아는지 보려고 전화하라고 시켰는지도……”

“아니, 페기!”

“어머, 죄송합니다, 사모님…… 어쩌면 친구분들하고 있는 거 아닐까요?”

“그렇지만 오늘 새벽 2시에는 자기 방에 있었다고, 페기! 그 시간에 누구네 집에 간단 말야?”

“돌턴 부인, 아침에 아가씨 방에 갔을 때 좀 이상한 점이 있었어요.”

“뭐?”

“저, 사모님, 침대에서 사람이 잔 것 같지가 않았거든요. 덮개를 젖히지도 않았던데요. 누군가 잠깐 누웠다가 일어난 것 같던데요……”

“아!”

비거는 귀를 곤두세웠지만 아무 소리도 들리지 않았다. 그들은 이제 뭔가 잘못되었음을 알았다. 의혹과 두려움에 떨리는 돌턴 부인 목소리가 다시 들렸다.

"그러면 어젯밤 여기서 안 잤단 말야?"

"그런 것 같아요."

"잰이 차에 타고 있었다고 했단 말이지?"

"네, 밤새 내내 차를 눈 속에 놔둔 게 이상해서 물어보았죠. 그랬더니 아가씨가 차를 거기 두라고 했고, 잰이 차에 타고 있었다고 하던데요."

"저기, 페기……"

"네, 돌턴 부인."

"어젯밤 메리는 취해 있었어. 아무 일도 없었으면 좋겠는데."

"아이고 참!"

"메리가 들어오고 금방 개 방에 가봤는데…… 너무 취해서 말도 못하는 거야. 곯아떨어진 거지. 개가 그런 꼴로 집에 올 줄이야."

"아가씬 아무 일 없을 거예요, 돌턴 부인, 제가 알아요."

또다시 긴 침묵이 흘렀다. 비거는 돌턴 부인이 그의 방으로 오고 있나 하는 생각이 들었다. 그는 침대로 돌아가 누워 귀를 기울였다. 아무 소리도 없었다. 한참을 누워 있었지만 아무 소리도 들리지 않았다. 그때 다시 부엌에서 발소리가 들렸다. 그는 급히 벽장으로 갔다.

"페기!"

"네, 돌턴 부인."

"세상에, 방금 메리 방을 살펴보았는데 뭔가 잘못됐어. 트렁크 짐을 다 꾸리지 않았어. 옷가지도 반 이상 남아 있는걸. 디트로이트에서 몇번 춤추러 갈 계획이라고 했는데, 새로 산 옷들도 챙겨가지 않았어."

"디트로이트에 안 갔나보지요."

"그럼 도대체 어디 있는 거야?"

그는 처음으로 두려움을 느끼며, 듣기를 멈췄다. 트렁크 짐을 다 싸지 않았으리라고는 생각도 못했다. 제대로 짐을 꾸리지도 않은 트렁크를 역으로 가져가라고 했다니, 뭐라고 설명하나? 에이, 제기 랄! 그 여자는 취했다. 그거다, 메리는 너무 취해서 자기가 무슨 짓 을 하는지도 알지 못했다. 그 여자가 가지고 가라고 해서 가지고 갔을 뿐이라고 말해야지. 그것뿐이다. 제대로 꾸리지도 않은 트렁 크를 뭐하러 역으로 가져갔느냐고 누가 물으면, 메리가 그날 밤 그 에게 시켰던 다른 모든 어리석은 짓들이나 그것이나 조금도 다를 바가 없었다고 말해야겠다. 자기가 그 여자와 잰과 함께 어니네 밥 집에서 식사하는 것을 사람들이 보지 않았는가? 둘 다 취해 있었 고, 자기는 소임이 소임이니만큼 그들이 시키는 대로 했다고 말해 야겠다. 그는 다시 말소리에 귀를 기울였다.

"……그리고 조금 있다 그애를 나한테 보내줘. 얘길 해봐야겠 어."

"네, 돌턴 부인."

다시 그는 침대에 누웠다. 자기가 할 이야기를 다시 한번 점검하 여 완벽하게 만들어놓아야 했다. 트렁크를 가지고 내려온 게 잘못 이었을까? 메리를 안고 내려와 태워버리는 편이 나았을까? 그렇 지만 트렁크에 넣은 것은 그녀를 안은 모습을 누구한테 들킬까 해 서였다. 그녀를 방에서 아래로 옮기려면 다른 도리가 없었다. 에 이, 빌어먹을, 이미 일어난 건 일어난 거니 여태까지 했던 이야기를 밀고 나가야 한다. 그는 하나하나 마음속에 깊이 새기며 이야기를 다시 점검했다. 그 여자가 취했다고, 떡이 되도록 취했다고 말하자. 그는 따뜻한 방에서 푹신한 침대에 누워, 라디에이터에서 식식거리는 증기 소리를 들으며 졸리고 나른한 상태로 이런저런 생각을 했다. 그 여자가 취했던 거며, 그 여자를 계단 위로 간신히 데리고 올라갔던 거며, 그녀의 얼굴을 베개로 누른 것, 그녀를 트렁크에 넣은 것, 그리고 어두운 계단에서 트렁크와 씨름한 것, 그리고 무거운 트렁크를 끌고 계단을 비틀비틀 내려갈 때 쿵—쿵—쿵 트렁크 소리가 하도 크게 나서 온 세상 사람이 들을 것만 같은데 손가락은 얼마나 타는 듯 아팠던지……

노크 소리에 그는 눈을 번쩍 떴다. 가슴이 두방망이질했다. 그는 일어나 앉아 졸음 어린 눈으로 방 안을 둘러보았다. 누가 문을 두드렸나? 그는 시계를 보았다. 3시였다. 맙소사! 2시에 울린다던 벨 소리도 못 듣고 계속 잔 모양이었다. 다시 노크 소리가 났다.

"잠깐만요." 그는 중얼거렸다.

"나 돌턴 부인이야!"

"네, 사모님, 잠깐만요."

그는 성큼성큼 두 걸음에 문으로 가 잠시 서서 매무새를 가다듬었다. 문을 여니 돌턴 부인이 흰옷을 입고 미소를 지으며 앞에 서 있었다. 그녀의 창백한 얼굴은, 그가 침대 위에서 메리를 덮어 누르고 있을 때 어둠 속에서 그녀가 취했던 바로 그 자세로 기울어 있었다.

"아—아— 네, 사모님." 그는 더듬거렸다. "제—제가 잠이 든 바람에……"

"어젯밤 별로 못 잤나보네, 그렇지?"

“네, 사모님.” 그는 그녀의 말뜻이 뭘까 덜컥 겁이 나서 말을 끌었다.

“페기가 세번이나 벨을 울렸는데 대답이 없어서 말야.”

“죄송합니다, 사모님……”

“괜찮아. 어젯밤 일로 좀 물어볼 게 있어서…… 참, 트렁크를 역에 갖다놓았다고?” 그녀가 물었다.

“네, 사모님, 오늘 아침에요.” 그는 그녀의 목소리에서 주저하고 당황하는 빛을 눈치채며 말했다.

“그랬구나.” 돌턴 부인이 말했다. 그녀는 어슴푸레한 복도에서 얼굴을 비스듬히 위로 기울이고 서 있었다. 그는 딱딱하게 굳은 몸으로 문고리를 잡은 채 기다렸다. 이제 대답에 신중을 기해야 했다. 그렇지만 자기를 보호해주는 것이 있다는 것도 알았다. 돌턴 부인 입장에서는 수치심 때문에라도 그에게 너무 많이 캐물어 자신의 걱정하는 마음을 드러내지는 못하리라는 것을 그는 알았다. 그는 소년이고 그녀는 나이 든 여성이었다. 그는 피고용인이고 그녀는 고용주였다. 그러므로 그들 사이에는 지켜야 할 거리가 있었다.

“어젯밤 차를 진입로에 두고 갔다면서?”

“네, 사모님. 차고에 넣으려 했는데요.” 그는 오직 일자리에서 떨려나지 않고 의무를 다하는 데만 관심이 있다는 듯이 말했다. “하지만 아가씨께서 그냥 놔두라고 하셔서요.”

“그리고 누군가 아가씨랑 같이 있었다고?”

“네, 사모님. 신사분이었습니다.”

“꽤 늦었겠네, 그렇지?”

“네, 사모님. 2시 조금 전이었습니다, 사모님.”

“그리고 2시 조금 전에 트렁크를 아래로 내려왔고?”

“네, 사모님. 아가씨가 시키셔서요.”

“너를 자기 방으로 데리고 가던?”

그는 자기가 메리와 단둘이 한방에 있었다고 생각하게 하고 싶지 않았다. 그래서 황급히 머릿속에서 이야기를 다시 뜯어 맞췄다.

“네, 사모님. 두분이 올라가고……”

“아니, 그 사람도 아가씨와 함께 올라갔단 말야?”

“네, 사모님.”

“그래……”

“뭐가 잘못되었습니까, 사모님?”

“아, 아냐! 그―그―그저…… 아니, 잘못된 건 없어.”

그녀는 문간에 서 있었고, 그는 앞이 보이지 않는 밝은 회색빛 눈을, 거의 그녀의 얼굴과 머리와 옷만큼이나 하얀 그녀의 눈을 바라보았다. 그녀가 정말 걱정되어 그에게 더 묻고 싶어한다는 것을 알 수 있었다. 그렇지만 자기 딸이 얼마나 취했는지를 그의 입에서 듣고 싶지는 않다는 것도 알 수 있었다. 어쨌든 그는 흑인이고 그녀는 백인인 것이다. 그는 가난하고 그녀는 부자인 것이다. 흑인 하인인 그에게 물어봐야 할 정도로 자기 가족에게 잘못된 일이 생겼나보다 생각하게 만드는 일은 차마 부끄러워서 못할 것이다. 그는 자신이 생겼다.

“지금 시키실 일은 없습니까, 사모님?”

“없어. 아니, 원한다면 오늘 남은 시간은 쉬어도 좋다. 돌턴 씨께서 몸이 안 좋으셔서 우린 외출하지 않을 거야.”

“감사합니다. 사모님.”

그녀가 돌아서자 그는 문을 닫았다. 그러곤 그녀가 속삭이듯 작은 신발 소리를 내며 복도 끝으로 사라져 계단을 내려가는 것에 귀 기울이며 서 있었다. 그는 그녀가 손으로 벽을 더듬으며 길을 찾아가는 모습을 그려보았다. 이 집을 책 읽듯 환히 알고 있나봐, 하는 생각이 들었다. 그는 흥분에 몸을 떨었다. 그녀는 백인이고 그는 흑인이다. 그녀는 부자고 그는 가난하다. 그녀는 늙었고 그는 젊다. 그녀는 주인이고 그는 일꾼이다. 그는 안전하다. 그렇고말고. 부엌문이 열렸다 닫히는 소리를 듣고 그는 다시 벽장으로 가 귀를 기울였다. 그러나 아무 소리도 들리지 않았다.

자, 나가자. 지금은 나가는 게 돌턴 부인과 얘기하는 동안 느꼈던 긴장감을 해소하는 데 좋겠다. 베시를 보러 가야겠다. 그거다! 그는 모자와 외투를 걸치고 지하실로 갔다. 난방로에 공기가 빨려들며 신음 소리를 내고 불길이 새하얗게 타올랐다. 석탄은 그가 돌아올 때까지 탈 만큼 충분했다.

그는 47번가로 가서 길모퉁이에서 전차를 기다렸다. 그렇다, 지금 보고 싶은 사람은 베시였다. 이상하게도 그는 지난 하루 동안 그녀 생각을 거의 하지 않았다. 자극적인 일이 너무 많이 일어나서 그녀를 생각할 필요가 전혀 없었다. 하지만 지금은 잊어버리고 쉬어야 하므로 그녀가 보고 싶었다. 그녀는 일요일 오후에는 언제나 집에 있었다. 그는 그녀가 몹시 보고 싶었다. 그녀를 보면 내일을 견딜 힘이 좀더 생길 것 같았다.

전차가 오고, 그는 그날 있었던 일들을 생각하면서 전차에 올라탔다. 아니다. 그를 의심할 일은 전혀 없었다. 그는 흑인이었다. 다시 그는 주머니에 든 빳빳한 지폐 뭉치를 만져보았다. 일이 잘못되면 언제라도 달아날 수 있었다. 지폐 뭉치의 돈이 얼마나 되는지 궁금했다. 아직 세어보지도 않은 것이다. 베시네 집에 가서 세어봐야겠다고 마음먹었다. 아니, 겁낼 필요는 없다. 그는 살갗에 보듬은 총을 더듬어보았다. 그 총만 있으면 언제나 사람들로 하여금 그를 건드리기 전에 멀찌감치 물러나 다시 한번 생각해보게 만들 수 있었다.

　그렇지만 이 일에서 마음에 걸리는 점이 하나 있었다. 더 많은 돈을 긁어냈어야 했다. 미리 계획해서 일을 진행시켰어야 했다. 너무 조급하고 우발적으로 저질렀다. 다음번에는 전혀 다를 것이다. 오래 버틸 만큼 돈을 얻어낼 수 있도록 계획하고 준비할 것이다. 그는 차창 밖을 내다보다가 주위의 하얀 얼굴들을 둘러보았다. 갑자기 그는 일어나 외치고 싶었다. 자기가 부잣집 백인 처녀를, 그 집이라면 모르는 사람이 없는 집안의 딸을 죽였다고 말하고 싶었다. 그래, 그렇게 한다면 저들의 얼굴에는 경악과 공포의 표정이 어리겠지. 그러나 안된다. 그러면 만족감이 강렬하겠지만 그렇게 하면 안된다. 그는 수적으로 너무 열세이기 때문에 붙잡혀 재판과 처형에 처해질 것이었다. 그는 저들을 경악하게 만들어 강렬한 전율을 맛보고 싶었으나, 그 댓가가 너무 크다고 느꼈다. 체포당할 두려움 없이 자기가 한 일을 말할 수 있는 힘이 있었으면 싶었다. 그는 자기가 저들의 마음속에 하나의 관념이 될 수 있었으면 싶었다. 즉 메리를 질식시키고 머리를 잘라내고 시신을 태워버리는 그의 모습과 그의 검은 얼굴이, 보고 느낄 수는 있지만 파괴할 수는 없는 현실의 끔찍한 그림으로 저들 눈앞에 어른거렸으면 싶었다. 그는 지금 상태가 만족스럽지 않았다. 그는 목표를 시야에 포착하고 쟁취한, 그리고 그렇게 쟁취하는 가운데 바로 손 앞에 좀더 높고 좀더 커다란 또다른 목표가 있는 것을 본 사람이었다. 그는 외치는 법을 배우고 실제로 외쳤지만, 듣는 귀가 없었다. 그는 방금 걷기를 배우고 걷고 있었지만, 발밑의 땅이 보이지 않았다. 그는 오래전부터 손에 무기를 들기를 갈망해왔는데, 문득 보이지 않는 무기가 손에 들려 있음을 깨달은 사람이었다.

전차가 베시네 집에서 한 구역 떨어진 곳에 멈춰 서고 그는 차에서 내렸다. 그녀가 사는 건물에 도착해서 2층을 올려다보니 그녀의 집 창문에 불빛이 하나 비치고 있었다. 가로등이 갑자기 켜지면서 노란 불빛이 눈 덮인 보도를 환하게 밝혔다. 땅거미가 일찍 진 것이었다. 가로등들은 얼음 같은 바람에 날려가지 않게 까만 쇠기둥으로 닻을 내리고 허공에 정박한, 얼어붙어 정지한, 빛으로 빚어낸 희미한 둥근 공들이었다. 들어가 초인종을 누르고 버저 소리를 듣고 계단을 올라가니 문간에서 미소를 보내는 베시가 보였다.

"웬일이세요, 손님!"

"잘 있었어, 베시!"

그는 그녀와 마주 서서는 손을 잡으려 했다. 그녀는 몸을 피했다.

"왜 그래?"

"왜 그러는지 알잖아."

"아니, 모르겠는데."

"내 손은 잡아서 뭐하려고?"

"키스하고 싶어서."

"나하고 키스하고 싶을 리가 있나?"

"왜?"

"그건 내가 **그쪽한테** 물어야지."

"도대체 왜 그래?"

"어젯밤 자기가 백인 친구들하고 함께 있는 걸 봤어."

"에이, 친구는 무슨 친구."

"그럼 누군데?"

"일하는 집 식구야."

"그런데 함께 식사를 해?"

"에이, 베시……"

"나한테 말도 안 걸었잖아."

"아냐, 했어!"

"그냥 으르렁거리며 손만 흔들었지."

"에이, 이 아가씨야. 난 그때 일하는 중이었어. 자기가 이해해
줘."

"난 자기가 날 부끄럽게 여기는 줄 알았지. 온통 비단과 공단으
로 휘감은 백인 여자와 함께 앉아 있으니 말야."

"에이, 집어치워, 베시. 이봐. 그러지 마."

"정말로 나하고 키스하고 싶어?"

"물론이지. 아니면 내가 여기 뭐하러 왔겠어?"

"그렇담, 왜 그렇게 오랫동안 발길이 뜸했지?"

"일하고 있었다고 말했잖아, 베시. 어젯밤에 봤잖아. 자, 이런 식
으로 나오지 마."

"모르겠어." 그녀는 고개를 저으며 말했다.

그녀가 이러는 것이 그가 자기를 얼마나 원하는지, 자기가 아직
그에게 얼마만큼 힘을 가지고 있는지 알아보려는 수작이라는 걸 그
는 알았다. 그는 그녀의 팔을 잡아 끌어당기고는 한참 동안 열심히
키스했지만, 그녀가 응답하지 않는 것이 느껴졌다. 그는 입술을 떼
며 비난에 가득 찬 눈빛으로 그녀를 쳐다보았는데, 그와 동시에 치
미는 열정에 이가 꽉 다물어지고 입술이 약간 얼얼한 느낌이었다.

"우리 들어가자." 그가 말했다.

"원한다면."

"원하고말고."

"그렇게 오래 안 와놓곤."

"에이, 그러지 마."

그들은 들어갔다.

"오늘 밤은 왜 이렇게 차갑게 구는 거야?" 그가 물었다.

"엽서라도 보낼 수 있잖아." 그녀가 말했다.

"에이, 그냥 깜빡했어."

"아니면 전화를 하든가."

"바빠서 그랬지요, 아가씨."

"그 백인 여자를 쳐다보느라 그랬겠지."

"에이, 제기랄!"

"이제 날 사랑하지도 않잖아."

"뭔 소리야?"

"다만 5분이라도 들렀다 갈 수 있잖아."

"바빴다구요, 이 아가씨야."

다시 키스하자 이번에는 그녀가 약간 응해왔다. 그녀를 원한다
는 것을 보여주기 위해 그는 그녀가 그의 혀를 입속으로 가져가게
내버려두었다.

"오늘 밤 나 피곤해." 그녀는 한숨 쉬듯 말했다.

"이거 자기가 만나는 사람 있는 거 아냐?"

"없어."

"그럼 뭘 했길래 피곤해?"

"그런 식으로 말하려면 당장 꺼지시지. 난 자기한테 누구하고 만
나느라고 이렇게 오랫동안 안 왔느냐고는 묻지 않았잖아, 아냐?"

"오늘 밤 아주 까칠하네."

“이렇게 말하지 그랬어, ‘잘 있었냐, 강아지야!’”

“정말이야, 베시. 바빠서 그랬어.”

“자기 마치 변호사나 뭐나 되는 듯이 그 자리에 백인들하고 앉아 있던데. 내가 말을 걸어도 쳐다보지도 않으면서 말야.”

“에이, 잊어버려. 우리 다른 얘기 하자.”

그는 다시 그녀에게 키스하려 했지만 그녀가 몸을 피했다.

“이리 와, 아가씨.”

“자기는 요새 누구 만나는데?”

“그런 게 아냐. 맹세해. 일하느라고 그런 거야. 그리고 자기 생각을 얼마나 했는데. 보고 싶었어. 저기, 일하는 집에 내 방이 따로 있어. 밤에 함께 지낼 수도 있단 말야, 웅? 아, 정말 지독히 보고 싶었어. 짬이 나는 대로 곧장 달려온 거야.”

그는 방의 침침한 불빛 속에서 그녀를 바라보며 서 있었다. 그녀가 지분거리는 게 좋았다. 그러면 적어도 신문지 위에 피에 젖은 메리 머리가 놓인 그 끔찍한 광경에서는 벗어날 수 있었다. 그는 그녀에게 다시 키스하고 싶었지만 마음 깊은 곳에서는 그녀가 마다해도 상관없었다. 오히려 그 덕분에 그녀를 더욱 갈구하게 되었다. 그녀는 손을 엉덩이에 대고 벽에 반쯤 기대서서 생각에 잠긴 듯 그를 바라보고 있었다. 그때 갑자기 그녀를 끌어당기는 방법이, 지분대겠단 생각이 깡그리 사라지게 만들어줄 방법이 떠올랐다. 그는 주머니에 손을 넣어 지폐 뭉치를 꺼냈다. 그리고 미소를 지으며 그것을 손바닥에 올려놓고 혼자 중얼거리듯 말했다.

“이거 자기가 싫다면 좋아할 사람이 누군가 있을 것 같은데.”

그녀는 한발짝 다가섰다.

“비거! 세상에! 아니, 그 많은 돈이 어디서 났어?”

“알고 싶어?”

“얼마야?”

“뭔 상관이야?”

그녀가 곁으로 다가왔다.

“얼마야, 정말로?”

“알아서 뭐하게?”

“어디 좀 봐. 돌려줄게.”

“보여주지. 그렇지만 내 손에 놔둔 채 봐, 알았지?”

그는 지폐를 세는 그녀의 표정이 머뭇거림에서 감탄으로 바뀌는 것을 지켜봤다.

“맙소사, 비거! 이 돈 어디서 난 거야?”

“알고 싶지?” 그는 그녀의 허리를 손으로 감싸며 말했다.

“자기 돈이야?”

“그렇지 않으면 내가 왜 가지고 있겠어?”

“어디서 났는지 말해줘, 응?”

“그럼 다정하게 해줄 거야?”

그녀의 굳은 몸이 점점 풀어지는 게 느껴졌다. 그렇지만 그녀의 눈은 그의 얼굴을 주의 깊게 살피고 있었다.

“무슨 일 벌인 건 아니지, 그렇지?”

“다정하게 해줄 거야?”

“아, 비거!”

“키스해줘.”

그는 그녀의 몸이 완전히 풀어지는 것을 느꼈다. 그가 키스하자 그녀는 그를 침대로 이끌었다. 그들은 앉았다. 그녀는 가만히 그의 손에서 돈을 가져갔다.

“얼마야?” 그가 물었다.

“그것도 몰라?”

“응.”

“안 세어봤어?”

“응.”

“비거, 이 돈 어디서 난 거야?”

“어쩌면 언젠가 말해주지.” 그는 몸을 뒤로 기대 머리를 베개에
누였다.

“자기, 무슨 일 벌인 거지?”

“얼마나 돼?”

“125달러.”

“다정하게 해줄 거야?”

“하지만, 비거, 이 돈 도대체 어디서 난 건데?”

“그게 무슨 상관이야?”

“나한테 뭐 사줄 거야?”

“그럼.”

“뭐?”

“뭐든지 갖고 싶은 거.”

그들은 잠시 말이 없었다. 마침내 그녀의 몸이 그가 알고 있고
바라던 대로 부드럽게 녹아드는 게 그녀의 허리에 두른 팔에 느껴
졌다. 그녀는 베개에 머리를 누였다. 그는 돈을 주머니에 넣고 그녀
위로 몸을 수그렸다.

“아, 베시. 내가 자길 얼마나 원했는데.”

“정말?”

“하늘에 맹세코.”

그는 어젯밤 메리의 가슴에 손을 얹었던 것처럼 그녀의 가슴에
손을 얹고 키스하다가 그 사실을 떠올렸다. 숨을 쉬기 위해 입술을
떼자, 그녀가 말하는 소리가 들렸다.

"그렇게 오랫동안 안 오고 그러지 마, 응?"

"안 그럴게."

"나 사랑해?"

"그럼."

그가 다시 그녀에게 키스하자, 그녀의 팔이 그의 머리 위로 올라
가는 것이 느껴지며 찰칵하고 불이 꺼지는 소리가 들렸다. 그는 다
시 그녀에게 세게 키스했다.

"베시?"

"음?"

"자, 어서."

그들은 잠시 더 가만히 있었다. 그리고 그녀가 일어났다. 그는
기다렸다. 어둠 속에서 바스락대는 옷자락 소리가 들렸다. 그녀가
옷을 벗는 소리였다. 그도 일어나 옷을 벗기 시작했다. 점점 어둠이
눈에 익었다. 그녀는 침대 반대편에 있는데, 그녀를 에워싼 더 짙은
어둠 속에서 그녀 모습이 그림자처럼 보였다. 그녀가 눕자 침대가
삐걱거렸다. 그는 그녀에게 다가가 얼싸안으며 중얼거렸다.

"아, 우리 꼬맹이."

그의 얼굴을 다정하게 감싸는 부드러운 두 손바닥이 느껴지고
그녀가 그의 밑에 누운 갈지 않은 들, 비를 기다리며 구름 덮인 하
늘 아래 펼쳐진 들처럼 느껴졌다. 그에게 수치심과 두려움을 안겨
준 온통 눈먼 세계에 대한 생각과 영상이 사라지고, 그는 흘러들었
다가 흘러나가는 그녀의 피의 흐름을 따라 떠올랐다 가라앉았다

하며, 새로운 몸으로 다시 표면에 떠올라 밉고 지워 없애버리고만 싶은 세계를 직면할 수 있도록 기꺼이 따뜻한 밤바다로 끌려가면서, 다시 보고 맡고 만지고 맛보고 들을 수 있도록 따뜻한 물로 오감을 닦아내고 씻고 식혀서 강하고 날카롭게 만들어주는 샘물에, 오감을 씻어내어 피곤함을 없애주고 시간과 공간의 새로운 감각을 다시 불어넣어주는 샘물에 매달리며, 그녀의 몸속에서 잠을 잤다. 그리고 다시 육지로 떠밀려와 하얀 하늘 아래 햇살이 비치는 따뜻한 바위 위에서 몸을 말린 후, 그는 천천히 무겁게 손을 들어 손가락으로 베시의 입술을 더듬으며 중얼거렸다.

"아, 우리 꼬맹이."

"비거."

그는 손을 거두고 몸에서 긴장을 풀었다. 삶을 멈추었던 그곳으로 걸어들어가 다시 시작하고 싶은 기분이 나지 않았다. 지금 당장은. 그는 깊고 어두운 구덩이 밑바닥, 따뜻하고 축축한 지푸라기 위에 누워 있고, 구덩이 꼭대기로는 먼 하늘의 차가운 푸른빛이 보였다. 어떤 손이 그의 몸속으로 들어와, 불안하게 뒤척이는 그의 영혼을 잔잔하고 평화로운 손가락으로 어루만지자, 이제 집을 찾아헤맬 필요가 없다는 느낌이 들었다. 그러고는 길게 끌며 사라져가는 썰물의 파도 소리처럼, 밤과 바다와 따뜻함의 느낌이 그에게서 사라져갔고, 그는 어둠 속에서 베시의 몸이 그리는 그림자 같은 윤곽을 바라보면서 자기와 베시의 숨소리를 들으며 누워 있었다.

"비거?"

"어?"

"일자리는 맘에 들어?"

"응, 왜?"

“그냥.”

“자기 아주 멋있었어.”

“정말?”

“그럼.”

“일하는 데는 어딘데?”

“저기 드렉설 대로.”

“거기 어디?”

“4600번지대.”

“어머!”

“왜?”

“아냐.”

“왜 그러는데?”

“아니, 그냥 생각나는 게 좀 있어서.”

“말해봐. 뭔데 그래?”

“아무것도 아냐, 비거.”

이런 것들을 묻다니 그녀는 무슨 생각을 하는 것일까? 그녀가 자기한테서 뭔가 눈치채지 않았나 싶었다. 그러다가 매사를 메리와 그녀가 질식해서 죽어 불에 태워졌다는 사실과 연관 짓다니, 자기가 두려움에 지는 게 아닌가 하는 생각이 들었다. 그래도 일하는 곳이 어디냐고 물어본 까닭은 알고 싶었다.

“어서, 아가씨. 무슨 생각인지 말해봐.”

“별것 아냐, 비거. 나도 그 동네에서 일한 적이 있는데, 러브네가 사는 데서 멀지 않았거든.”

“러브?”

“응. 왜, 그 프랭크스란 사내아일 죽인 애들 가운데 한명이 그 집

아들이었잖아. 생각나?"

"아니. 무슨 얘기야?"

"사람들이 러브와 리어폴드 얘기[16]하던 거 생각 안 나?"

"아!"

"그 사내아일 죽이고 가족한테서 돈을 뜯어내려고 했던 애들 말
야……"

……편지를 보내서 비거는 듣지 않았다. 소리의 세계가 순식간에
사라지고 커다란 그림이, 너무 많은 의미를 담고 있어 한꺼번에 다
반응할 수도 없는 그림이 눈앞에 떠올랐다. 그는 눈을 깜박이지도
않고 누워 있었다. 가슴이 뛰고 입술이 약간 벌어지며 숨을 전혀
쉬지 않듯 숨결이 잔잔해졌다. 자기도 걔네들 생각나지 아니 안 듣고 있잖
아 그는 아무 말도 하지 않았다. 아니 사람이 말하는데 어쩜 듣지도 않아
그렇다면, 그렇다면 돌턴 씨 집에 돈을 요구하는 편지를 보낼 수도
있지 않나? 비거 그는 침대에서 일어나 앉아 어둠을 노려보았다. 왜
그래 자기 만 달러, 아니, 이만 달러쯤은 요구해도 될 것이다. 비거 왜
그러는 거야 내 말 안 들려 그는 대답하지 않았다. 그는 한가지를 기억
해내느라고 온통 신경이 팽팽하게 곤두서 있었다. 아! 맞다, 러브
와 리어폴드는 살해된 아이의 아버지에게 기차를 타고 가다가 어
느 지점을 지날 때 창밖으로 돈을 던지라고 시킬 계획이었지. 그는
침대에서 벌떡 일어나 방 한가운데에 섰다. 비거 그렇게 하면, 그래,
돈을 구두상자에 넣어 싸우스사이드 어느 지점쯤에서 차창 밖으
로 던지라고 하면 되겠다. 팔에 베시의 손가락이 닿는 것을 느끼고
그는 어둠 속에서 고개를 돌렸다. 그는 정신을 차리고 한숨을 내쉬

---

16 1924년에 시카고에서 일어난 유괴 살인 사건의 범인으로 체포된 십대 대학생들
로 열네살 소년 로버트 프랭크스를 차로 끌어들여 살해했다.

었다.

"왜 그래, 자기?" 그녀가 물었다.

"응?"

"무슨 생각을 하는 거야?"

"아무것도 아냐."

"그러지 말고 말해봐. 걱정거리가 있는 거야?"

"아니. 아냐……"

"아니, 난 자기한테 속생각을 다 털어놓았는데, 자기는 입 다물고 있겠다고? 불공평하네."

"뭘 좀 깜박해서. 그뿐이야."

"그런 생각 한 거 아니잖아." 그녀가 말했다.

그는 흥분으로 머릿가죽이 욱신거리는 것을 느끼며 다시 침대에 앉았다. 그렇게 할 수 있을까? 뭔가 빠진 것이 바로 이것이고, 이것으로 일은 완전해질 것이다. 그러나 이것은 아주 큰일이니까 시간을 두고 곰곰이 생각해봐야겠다고 마음먹었다.

"자기야, 그 돈 어디서 났는지 말해봐, 응?"

"무슨 돈?" 그는 놀라는 척하며 반문했다.

"아이, 비거. 뭔가 잘못되었다는 거 다 알아. 당신, 걱정하고 있잖아. 마음속에 걸리는 게 있잖아. 뻔히 보이는걸."

"내가 아무 말이나 꾸며내면 좋겠어?"

"알았어, 정 그렇다면 그만둬."

"에이, 베시……"

"오늘 밤 여기는 뭐하러 왔어?"

"괜히 왔나보네."

"이제 올 필요 없어."

“날 사랑하지 않아?”

“그쪽이 날 사랑하는 만큼.”

“그게 얼마만큼인데?”

“그야 그쪽이 알겠지.”

“아, 우리 실랑이는 그만두지.” 그가 말했다.

그녀가 침대보를 뒤집어쓰는 바람에 침대가 부드럽게 출렁이며 바스락거리는 소리가 났다. 그는 고개를 돌리고 어둠 속에서 희미하게 하얗게 빛나는 그녀의 눈을 바라보았다. 어쩌면, 어쩌면 그녀를, 그래, 어쩌면 그녀를 이용할 수 있을 것이다. 그는 그녀 옆에 몸을 눕혔다. 그녀는 꼼짝도 안했다. 그는 그녀 어깨에 손을 얹고 자기가 그녀 생각을 하고 있다는 것을 전할 만큼만 가만히 눌렀다. 손을 그녀 어깨에 얹은 채, 그는 마음속으로 그녀의 삶을 될 수 있는 대로 넓게 파악해보려고, 자신의 삶에 견주어 이해하고 가늠해보려고 애썼다. 그녀를 믿어도 될까? 어디까지 말해줘도 될까? 그녀는 내 말을 믿고 맹목적으로 한편이 되어줄까?

“일어나. 우리 옷 입고 나가서 뭐 좀 마셔.” 그녀가 말했다

“좋지.”

“자기, 오늘 밤은 행동이 평소와 영 다르네.”

“뭐 좀 생각하느라 그래.”

“말해주면 안돼?”

“글쎄.”

“나 못 믿어?”

“믿지.”

“그럼 말해주지그래?”

그는 대답하지 않았다. 그녀는 속삭이듯 말했고 뭔가 몹시 원하

는 게 있을 때 이런 말투를 쓴다는 것을 비거는 여러번 경험했다. 그 목소리를 듣고 있자니 그녀 어깨에 손을 얹고 있을 때 들었던 생각과 느낌이, 그녀의 삶이 절절히 다가왔다. 아침에 집에서 식사를 하면서 베라와 버디, 어머니를 지켜보던 때와 똑같은 깊은 깨달음이 다시 그에게 다가왔다. 단지 지금은 바라보는 상대, 얼마나 장님인지 깨닫는 상대가 베시라는 점만이 달랐다. 그녀의 좁은 삶의 궤도가 느껴졌다. 그녀는 움직여봤자 자기 방에서 백인들 부엌까지가 고작이었다. 그녀는 일주일을 하루같이 오랜 시간을 고되고 바쁘게 일하고, 일요일 오후에만 시간이 났다. 그리고 정작 시간이 나면 그녀가 원하는 것은 재미, 강렬하고 신속한 재미, 여태껏 견뎌온 굶주린 삶을 벌충한다고 느껴질 만한 재미였다. 그가 그녀에게서 좋아하는 것도 자극을 추구하는 이런 갈망이었다. 대개 밤이면 그녀는 외출하기에는 너무 지쳐 있었다. 그녀는 단지 취하고 싶어했다. 그녀는 술을 원하고 그는 그녀를 원했다. 그러므로 그는 그녀에게 술을 주고 그녀는 그에게 자신을 주었다. 그녀는 백인들이 지독하게 부려먹는다고 불평하는 소리도 여러번 했다. 백인들 집에서 일할 때 자신의 삶이 아니라 그들의 삶을 사는 거라는 말을 몇번이고 되풀이하곤 했다. 그래서 술을 마신다고 했다. 그는 그녀가 자기를 왜 좋아하는지 잘 알았다. 술 마실 돈을 주기 때문이었다. 만일 자기가 주지 않는다면 누군가 다른 사람이 주리라는 것도 알았다. 그녀가 그런 사람을 찾아낼 것이었다. 베시도 한참 장님인 것이었다. 어디까지 가르쳐줄까? 그녀는 꽤 쓸모가 있을 것이다. 그러면서 그는 무엇을 말해주건, 조금이라도 모르는 게 있다는 느낌을 갖게 해선 안된다는 것을 깨달았다. 자기가 모두 다 안다고 느끼게 해주어야 했다. 빌어먹을! 그는 해야 하는 대로 행동하는 게 전혀 익숙해지지가 않았다. 뭔가 숨길 만한 일이 있나보다, 생각하게 만들어서는 곤란했다.

"좀 있다가, 베시, 그때 말해줄게." 그는 일을 바로잡으려 애쓰며 말했다.

"말하기 싫으면 안해도 돼."

"그러지 마."

"케케묵은 수법에는 이제 안 넘어가, 비거."

"그럴 생각 없어."

"날 싸구려 취급하게 놔둘 줄 알아?"

"진정해. 내 행동은 내가 알아."

"그러신가."

"제발 좀!"

"에이, 가자. 술이나 마실래."

"아니. 들어봐……"

"자기 일이니 알아서 하시지. 나한테 뭐하러 말해. 하지만 친구가 필요할 때 나한테 달려오지는 마, 알았어?"

"몇 잔 마시고 나서 전부 얘기해줄게."

"마음대로 하셔."

그녀가 문간에서 기다리는 것이 보였다. 그는 모자와 외투를 걸쳤고 그들은 말없이 천천히 계단을 내려갔다. 다시 눈이라도 올 것처럼 바깥 공기가 더 따뜻해진 것 같았다. 하늘은 낮고 어두웠다. 바람이 불었다. 베시와 나란히 걷는데, 발이 부드러운 눈에 푹푹 빠졌다. 텅 빈 조용한 거리가 길게 늘어선 가로등의 희미해지는 불빛 아래 하얗고 깨끗하게 쭉 뻗어나갔다. 그는 걸으면서 옆에서 터벅터벅 걷는 베시를 곁눈질했다. 앞으로 나아갈 때마다 부드럽게 흔들리는 그녀의 몸이 마음속에 느껴지는 것 같았다. 불현듯 다시 그녀와 침대에 들어 그녀의 육체가 따뜻하고 나긋나긋하게 다가오는 것을 느끼고 싶은 강렬한 욕망이 일었다. 그러나 그녀의 얼굴 표정은 딱딱하고 거리감이 있었다. 그는 그녀의 몸에서 아주 멀리 떨어져 있는 듯했다. 사실 오늘 밤 그녀와 외출하고 싶지는 않았다. 그러나 그녀가 자꾸 캐묻고 의심하기 때문에 술 마시러 나가자고 했을 때 그러자고 대답할 수밖에 없었다. 베시 곁에서 걸으면서 그는 베시가 둘 있다는 느낌이 들었다. 하나는 방금 가졌고 다시 갖고 싶어 죽겠는 육체고, 다른 하나는 베시의 얼굴에 있었다. 그 베시는 질문을 던지고, 다른 베시를 흥정거리로 삼아 유리하게 팔아넘겼다. 그는 주먹을 쥐고 팔을 휘둘러 베시의 얼굴에 있는 베시를 지워버리고, 죽이고, 쓸어버리고, 그에게 굴복하는 무력한 다른 베시만 남겨놓고 싶었다. 그러고 나서 그녀를 주워모아 가슴속에, 뱃속에, 그의 속 깊은 곳에 넣어두어, 자고 먹고 얘기할 때에도 언제나 거기 간직해두고 싶었다. 원할 때는 언제나 갖고 만질 수 있는 자기 것이라고 여기고 느낄 수 있도록 거기 간직해두고 싶었다.

"어디로 가?"

"자기 가고 싶은 데."

"빨리 그릴로 가자."

"좋아."

그들은 모퉁이를 돌아 거리 중간쯤 있는 식당으로 들어갔다. 자동 축음기가 돌고 있었다. 그들은 뒤쪽 자리로 갔다. 비거는 슬로우 진 피즈를 두 잔 시켰다. 그들은 기다리면서 서로를 쳐다보며 말없이 앉아 있었다. 그는 베시의 어깨가 리듬에 맞춰 들썩거리는 것을 보았다. 그녀가 도와줄까? 그래, 한번 물어보자. 다 털어놓지는 않아도 되게끔 이야기를 꾸며낼 작정이었다. 그는 그녀에게 춤을 청해야 한다는 걸 알았지만, 흥분감에 사로잡혀 그럴 수가 없었다. 오늘 밤은 다른 날과는 기분이 달랐다. 하는 일 없이 보낸 낮과 밤을 지워버리기 위해 플로어에 나가 춤추고 노래하고 광대짓을 할 필요가 없었다. 그는 흥분에 가득 차 있었다. 여종업원이 술을 가져오자 베시가 잔을 쳐들었다.

"자기한테 건배. 얘기도 않고 이상하게 구는 사람이지만."

"베시, 걱정이 있어."

"에이, 술부터 마셔." 그녀가 말했다.

"그래."

그들은 한모금 마셨다.

"비거?"

"응?"

"자기 일 내가 도와주면 안돼?"

"어쩌면."

"도와주고 싶어."

"나 믿어?"

"아직까지는."

"지금 말야."

"응. 뭘 믿어야 하는 건지 말해준다면."

"그건 곤란할 것 같은데."

"그렇담 당신이 날 못 믿는 거네."

"그럴 수밖에 없어서 그래, 베시."

"내가 자기를 믿는다면 말해줄 거야?"

"어쩌면."

“‘어쩌면’이라는 말은 마, 비거.”

“이봐, 베시.” 그는 이런 식으로 말하는 자신이 싫었지만 곧바로 말해주기는 겁났다. “내가 왜 이러냐면, 큰 건수가 있어서 그래.”

“뭔데?”

“잘만 되면 엄청 돈이 생길 거야.”

“말해주든가, 아니면 그 이야긴 그만두든가 하지그래?”

그들은 침묵을 지켰다. 그는 베시가 잔을 쭉 비우는 것을 보았다.

“이제 가봐야겠어.” 그녀가 말했다.

“아니……”

“좀 자야겠어.”

“화났어?”

“어쩌면.”

그는 그녀가 이렇게 구는 것이 싫었다. 어떻게 해야 앉아 있게 할 수 있나? 얼마만큼 얘기해줘야 하나? 모조리 털어놓지 않고도 믿게 만들 수 있을까? 불현듯, 자기가 위험에 처했다는 느낌을 준다면 그녀가 좀더 가깝게 다가오리라는 생각이 들었다. 그거다! 그를 걱정하게 만들자.

“어쩌면 곧 이 도시를 떠나야 할 거야.” 그는 말했다.

“경찰?”

“어쩌면.”

“무슨 짓을 했는데?”

“지금 계획 중이야.”

“그럼 돈은 어디서 난 거야?”

“이봐, 베시, 내가 여길 떠나야 하는 일이 생겨서 쇠푼이 좀 필요하다면, 날 도와주겠어? 물론 자기한테도 나눠줄게.”

“나도 데리고 가면 나눌 필요도 없잖아.”

그는 아무 말도 하지 않았다. 베시와 함께 간다는 생각은 해본 적이 없었다. 도망치는 남자한테 여자는 위험스러운 짐이었다. 그는 남자들이 여자 때문에 붙잡힌 이야기를 읽어봤으며 그런 일을 당하고 싶지는 않았다. 그렇지만 만약, 그래, 만약 그녀를 한편으로 만들 만큼만 이야기해주면 어떨까?

“좋아.” 그는 말했다. “이 정도만 말해주지. 날 도와주면 함께 데리고 갈게.”

“진심이야?”

“그럼.”

“그러면 말해줄 거야?”

그렇다. 이야기를 조금 윤색하면 된다. 잰 이야기는 거론도 하지 말자. 잘 이야기해놔서 혹시 그녀가 심문당하는 경우 그가 바라는 말을, 도움이 되는 말을 하게끔 해놓으면 되지 않는가? 그는 잔을 들어 술을 쭉 들이켜고 나서 내려놓고는, 몸을 앞으로 기울이고 손가락으로 담배를 만지작거렸다. 그는 숨을 죽이며 말했다.

“들어봐, 정보를 알려줄게. 내가 일하는 집 딸이 말야, 백만장자 노친네 딸이 빨갱이하고 달아나버렸단 말야, 알겠어?”

“눈이 맞아 도망간 거야?”

“응? 어…… 그래, 눈이 맞아 도망갔어.”

“빨갱이하고?”

“그래. 공산당 패거리 중 한 놈하고.”

“어머나! 그 여자 어떻게 된 거 아냐?”

“아, 또라이야. 그 여자가 달아난 줄은 아무도 몰라, 그래서 내가 어젯밤 그 여자 방에서 돈을 집어온 거야, 알겠어?”

"어머!"

"그 여자가 어디 갔는지 아무도 몰라."

"그럼 앞으로 어쩌려고?"

"그 여자가 어디 갔는지 아무도 모른다고." 그는 다시 말했다.

"무슨 뜻이야?"

그는 담배를 빨았다. 그녀는 호기심에 가득 찬 검은 눈을 크게 뜨고 그를 쳐다보았다. 그는 그 표정이 맘에 들었다. 계속 궁금하게 말해주지 말까 하는 마음도 한구석에 일었다. 그녀의 얼굴에 나타난 그 완전히 몰두한 표정을 가능한 한 오래 지속시키고 싶었다. 그 표정을 보고 있자니 살아 있는 기분, 자신의 가치가 높아진 듯한 기분이 들었다.

"계획이 있어." 그가 말했다.

"오, 비거, 어서 말해봐!"

"그렇게 큰 소리로 말하지 마!"

"알았으니, 어서 말해봐!"

"그 여자가 어디 갔는지 아무도 몰라. 납치당했다고 생각할 수도 있단 말야, 알겠어?" 그는 온몸이 바짝 긴장되고 말할 때 입술이 떨렸다.

"아, 그래서 내가 러브와 리어폴드 얘기를 하니까 그렇게 흥분했구나."

"자, 어때?"

"정말 납치당했다고 생각할까?"

"우리가 그렇게 만들면 돼."

그녀는 마시던 빈 잔을 들여다보았다. 비거는 고갯짓으로 여종업원을 불러 두 잔 더 시켰다. 그러곤 한입 벌컥 마시고 말했다.

"그 여자는 도망갔다고, 응? 어디 갔는지 식구들도 몰라. 아무도 모른다고. 그렇지만 잘만 하면 누구 짓이라고 생각하게 만들 수 있어, 알겠어?"

"당신 말은…… 당신 말은 우리 짓이라고 말하자는 거야? 편지를 써서……"

"……그리고 돈을 요구하자고, 맞아." 그가 말했다. "그리고 손에 쥐는 거지. 아무도 나서지 않으니 우리가 하잔 말야."

"그러다 그 여자가 나타나면?"

"안 나타날 거야."

"당신이 어떻게 알아?"

"그냥 알아."

"비거, 당신 그 여자에 대해 뭔가 알지? 어디에 있는지 아는 거야?"

"어디 있건 무슨 상관이야? 그 여자가 나타날까봐 걱정할 필요는 없다고, 알겠어?"

"오, 비거, 이건 미친 짓이야!"

"그렇담, 제기랄, 더이상 이야기하지 말자!"

"아이, 그런 뜻이 아니고."

"그렇담 도대체 무슨 뜻인데?"

"내 말은, 우리 조심해야 한단 말야."

"만 달러는 얻어낼 수 있어."

"어떻게?"

"돈을 어디다 두고 가라고 하면 돼. 그치들은 딸을 돌려받을 수 있다고 생각할 거야……"

"비거, 당신 그 여자 어디 있는지 알지?" 그녀의 어조는 질문 반,

단정 반이었다.

"몰라."

"그렇다면 신문에 날 거고 그 여자가 나타날 텐데."

"안 나타날 거야."

"어떻게 알아?"

"그냥 안 나타나."

그는 그녀가 입술을 실룩대는 것을 보았고 그다음 그녀가 그에게 몸을 굽히며 조그맣게 말하는 소리를 들었다.

"비거, 자기 그 여자한테 아무 짓도 안했지, 응?"

그는 공포로 온몸이 굳어졌다. 갑자기 손에 무엇인가, 무엇인가 딱딱하고 무거운 것이, 총이나 칼이나 벽돌이 있었으면 하는 충동이 일었다.

"다시 그런 소리 지껄이면, 뼈도 못 추리게 하겠어!"

"아!"

"자, 자. 바보같이 굴지 마."

"비거, 그런 짓을 하면 어떡해……"

"도와줄 거야? 좋다 싫다 대답만 해."

"맙소사, 비거……"

"겁나? 허드 부인 집에서 은식기를 훔치게 도와줬을 때도 겁났어? 메이시 부인의 라디오를 훔치게 도와줬을 때도? 그래놓고 이제 와서 겁나?"

"모르겠어."

"네가 말해달라고 했잖아. 그래서 말해줬잖아. 여자는 언제나 이 모양이야. 알고 싶어 안달해놓고는 토끼처럼 토껴버리니."

"그렇지만 우리 붙잡힐 거야."

“잘하면 안 잡혀.”

“그렇지만 어떻게 할 건데, 비거?”

“내가 다 알아서 할게.”

“그렇지만 나도 알고 싶어.”

“쉬운 일이야.”

“그렇지만 어떻게?”

“네가 돈을 가져올 때 아무도 방해하지 못하게 하면 돼.”

“그런 짓을 하는 사람은 잡히고 말던데.”

“네가 겁내면 잡히고 말겠지.”

“어떻게 돈을 가져오라고?”

“어디 갖다놓으라고 하면 돼.”

“그렇지만 경찰이 지켜보고 있을 텐데.”

“딸을 돌려받고 싶으면 못 그럴걸. 칼자루는 우리 손에 있단 말야, 알겠어? 그리고 또 내가 지켜볼 거고. 그 집에서 일하잖아. 만일 우리를 속이려 들면 너한테 알려줄게.”

“우리가 해낼 수 있을까?”

“차 안에서 밖으로 돈을 던지라고 하면 돼. 넌 어디 숨어서 미행하는 사람이 따라붙었는지 살펴보면 되고. 주위에 누가 있으면 돈은 건드리지도 않는 거야, 알겠어? 그렇지만 딸을 돌려받고 싶다면 미행을 붙이진 못할 거야.”

긴 침묵이 흘렀다.

“비거, 난 모르겠어.” 그녀가 말했다.

“돈만 있으면, 뉴욕으로, 할렘[17]으로 갈 수 있어. 뉴욕은 진짜 도

---

17 뉴욕의 흑인 빈민가.

시라고. 얼마간 숨어 지내면 돼."

"그렇지만 돈에다 표시를 해놓으면 어떡해?"

"안 그럴 거야. 그리고 만일 그러면 내가 말해줄게. 난 바로 그 집에 있잖아."

"그렇지만 우리가 달아나면 우리 짓이라고 생각할 거야. 몇년이 고 우릴 찾을 거야, 비거⋯⋯"

"당장 달아나는 건 아냐. 잠시 그대로 지켜볼 거니까."

"모르겠어, 비거."

그는 만족했다. 그녀의 표정에서 웬만큼 세게 밀어붙이면 자기 말에 따를 기색이 읽혔다. 그녀는 겁먹었고 그 두려움을 이용하면 얼마든지 조종할 수 있었다. 그는 시계를 보았다. 늦었다. 돌아가서 난방로를 살펴봐야 했다.

"자, 이제 가야겠어."

여종업원에게 돈을 지불한 다음, 그들은 나왔다. 그녀를 그에게 묶어둘 방법이 또 하나 있었다. 그는 지폐 뭉치를 꺼내 한장만 빼 낸 다음 나머지를 내밀었다.

"자." 그는 말했다. "살 거 있으면 사고 나머지는 내 몫으로 간직 해둬."

"아!"

그녀는 돈을 바라보며 망설였다.

"받기 싫어?"

"알았어." 그녀는 지폐 뭉치를 받았다.

"내 말만 잘 들으면 훨씬 더 많은 돈이 생길 거야."

그들은 그녀 집 문 앞에서 멈춰 섰다. 그는 그녀를 바라보았다.

"그래, 어때?" 그는 말했다.

“비거, 자기야, 나—난 모르겠어.” 그녀는 처량하게 말했다.

“네가 말해달라고 했잖아.”

“무서워.”

“나 못 믿어?”

“그렇지만 이런 일은 한번도 해본 적이 없잖아. 이런 일을 했다간 우리를 잡으려고 난리가 날 텐데. 이건 백인들이 여행 가고 없는 사이 밤중에 내가 일하는 집에 들어가 물건을 훔치는 거하고는 달라. 이건……”

“네가 정해.”

“난 무서워, 비거.”

“우리 짓이라고 생각할 사람이 어디 있겠어?”

“나도 몰라. 정말 식구들도 그 여자가 어디 갔는지 모른다고 생각해?”

“생각이 아니라 알아.”

“당신이 안다고?”

“그래.”

“그 여자 나타날 거야.”

“안 나타나. 그리고 어쨌든 그 여잔 또라이야. 사람들은 그 여자도 한패라고, 자기네 집에서 돈을 뜯어내려는 짓이라고, 그렇게 생각할지도 몰라. 빨갱이들 짓이라고 생각할 거야. 우리 짓이라고는 생각도 못할걸. 우리한테는 그럴 배짱이 없다고 생각하니까. 검둥이는 너무나 겁쟁이라서……”

“난 모르겠어.”

“내가 언제 틀린 소리 하는 거 봤어?”

“아니. 하지만 이런 건 해본 적이 없잖아.”

"어쨌든, 지금도 틀린 소리 아냐."

"언제 할 건데?"

"식구들이 그 여자 걱정을 하기 시작하는 대로."

"정말 우리가 해낼 수 있다고 생각해?"

"내 생각은 이미 말했잖아."

"안돼, 비거! 난 안할래. 당신도……"

그는 휙 돌아서서 뚜벅뚜벅 걸어갔다.

"비거!"

그녀는 눈 위를 달려와 소매를 붙잡았다. 그는 발을 멈췄지만 돌아서지는 않았다. 그녀는 그의 외투를 잡고 그를 돌려세웠다. 노란 가로등 불빛 아래서 그들은 묵묵히 서로를 마주 보았다. 그들 주위에는 온통 하얀 눈과 밤뿐이었다. 그들은 세상에서 단절되어 오직 상대만을 의식하고 있었다. 그는 무표정하게 그녀를 바라보며 기다렸다. 그녀의 눈은 두렵고 의심쩍은 표정으로 그의 얼굴에 못 박혀 있었다. 그는 한 오라기 머리카락 위에서 가까스로 균형을 유지하는 듯한 자세로, 그녀가 그를 밀어낼지 잡아당길지 기다리며 서 있었다. 그녀는 입가에 희미한 미소를 떠올리더니 손을 들어 손가락으로 그의 얼굴을 만졌다. 그가 자기에게 얼마나 중요한 존재인지 마음속으로 가늠해보는 것임을 그는 알았다. 그녀는 그의 손을 잡아 꽉 쥐었다. 손에 힘을 주어 그를 원한다는 의사를 전하면서.

"하지만, 비거…… 우리 그거 관두자. 지금도 잘해나가고 있잖아……"

그는 손을 뺐다.

"갈게." 그는 말했다.

"언제 다시 봐?"

“몰라.”

그가 다시 걷기 시작하자 그녀가 따라와 그를 두 팔로 얼싸안았다.

“비거, 자기야……”

“어서, 베시. 어떻게 할래?”

그녀는 둥글고 무력한 검은 눈으로 그를 쳐다보았다. 그는 그녀가 자기를 끌어당길지 아니면 혼자 쓰러지게 내버려둘지 궁금해하면서, 여전히 균형을 취하며 서 있었다. 그는 그녀의 당혹스러운 좌절감에서 자신의 가치를 맛보았고 그녀의 고통을 즐겼다. 입술이 떨리더니 그녀가 울기 시작했다.

“어떻게 할래?” 그는 다시 물었다.

“내가 한다면 그건 당신이 원하기 때문이야.” 그녀는 흐느꼈다.

그는 그녀의 어깨를 팔로 감싸안았다.

“자, 베시. 울지 마.” 그는 말했다.

그녀는 울음을 멈추고 눈물을 닦았다. 그는 그녀를 주의 깊게 살펴보았다. 할 거다, 그는 생각했다.

“이제 가봐야 돼.” 그가 말했다.

“나 지금은 집에 안 가.”

“어디 가려고?”

이제 그녀가 자기와 한패가 된 이상, 그녀의 행동에 신경이 쓰이기 시작했다. 그의 마음의 평화는 그녀가 무엇을, 왜 하는가에 달려 있었다.

“맥주 파인트나 한잔하려고.”

그건 괜찮았다. 그녀의 이런 감정 상태는 그가 익히 아는 바였다.

“그럼, 내일 밤 만나자, 응?”

“알았어. 하지만 자기, 조심해.”

“봐, 베시, 걱정 붙들어매. 나만 믿어. 무슨 일이 있어도 우릴 잡진 못할 거야. 더군다나 네가 관련된 줄은 꿈에도 모를 거야.”

“우릴 찾기 시작하면 어디에 숨지, 비거? 우리는 흑인이잖아. 아무 데나 갈 수는 없잖아.”

그는 가로등 불빛에 싸인 눈 덮인 거리를 둘러보았다.

“갈 데는 많아.” 그는 말했다. “난 싸우스사이드라면 하나에서 열까지 모르는 게 없어. 하다못해 저 낡은 건물들 안에라도 숨을 수 있잖아, 그렇지? 지난번에 내가 숨은 것처럼. 그런 곳은 아무도 안 들여다보거든.”

그는 거리 건너편에 어슴푸레 솟은 텅 빈 검은 아파트 건물을 가리켰다.

“그래.” 그녀는 한숨을 내쉬었다.

“갈게.” 그가 말했다.

“잘 가.”

그는 전찻길 쪽으로 걸었다. 돌아보니 그녀는 여전히 눈 속에 서 있었다. 아까 그 자리 그대로였다. 괜찮을 거야, 그는 생각했다. 내가 시키는 대로 할 거야.

다시 눈이 내리고 있었다. 거리는 보이지 않는 손으로 높이 쳐든 횃불이 드문드문 빛을 발하는 빽빽한 밀림을 뚫고 난 기다란 길이었다. 10분 동안 전차를 기다렸지만 한대도 오지 않자, 그는 모퉁이를 돌아 머리를 푹 숙이고 손은 주머니에 찌른 채 돌턴 씨 집 쪽으로 걸음을 옮겼다.

그는 자신이 있었다. 지난 하루 동안 새로운 두려움들이 생겨났지만 또한 새로운 느낌도 생겨나 두려움을 가라앉히는 데 도움이 되었다. 메리의 침대를 굽어보고 그녀가 죽었다는 것을 발견한 순간 전기의자의 공포가 뼛속 깊이 사무쳤었다. 그렇지만 집에서 어머니와 동생들과 함께 아침 식탁에 앉아서 그들이 얼마나 장님인가를 보면서, 그리고 페기와 돌턴 부인이 부엌에서 이야기하는 것을 엿들으면서, 새로운 느낌이, 죽음의 공포를 거의 지워버리다시피 하는 느낌이 마음속에 싹텄다. 조심스럽게 잘 가늠하며 처신하는 한 얼마든지 감당해낼 수 있다고 그는 생각했다. 자신의 목숨을 스스로 손안에 쥐고 원하는 대로 처분할 수 있는 한, 그리고 언제 어디로 도망갈 것인지 스스로 결정할 수 있는 한, 두려워할 필요는 없었다.

그는 자신의 운명을 자기 손아귀에 쥔 듯한 느낌이 들었다. 그는 기억컨대 과거 어느 때보다도 생생하게 살아 있었다. 생각과 주의가 하나의 목표를 향해 집중되었다. 그는 명확히 구분된 두 극단 사이에서 난생처음 의식적으로 선택이라는 걸 하고 있었다. 죽음의 형벌의 위협으로부터, 그의 가슴속에 그 팽팽하고 뜨거운 덩어리가 생겨나게 만든 죽음 같은 시간들로부터 벗어나, 잡지와 영화를 통해 아주 자주, 그러나 감질나게만 맛보았던 그 충족감을 향해 나아가고 있었다.

메리와 잰과 돌턴 씨와 그 거대하고 훌륭한 집 앞에서 그렇게도 거칠고 뜨겁게 솟구쳤던 수치심과 두려움과 증오심은 이제 가라앉고 누그러들었다. 저들이 그가 절대 못하리라고 여긴 행동을 해내지 않았는가? 흑인이며 밑바닥 인생이라는 점이 이제는 새로이 굳세게 움켜쥘 무엇이 되었다. 한때 총칼이 의미했던 것을 이제 아무도 모르게 메리를 살해했다는 자각이 대신했다. 저들이 그를 광대 같은 검둥이라고 비웃는다 해도, 그는 저들을 똑바로 바라보고 화내지 않을 수 있었다. 늘 보이지 않는 힘에 둘러싸여 숨이 막힐 것만 같던 느낌은 이제 사라졌다.

드렉설 대로로 접어들어 돌턴가를 향해 걸으며 그는 자신이 얼마나 불안정했던가, 언제나 육신의 굶주림에 얼마나 시달렸던가를 생각했다. 어떤 면에서 오늘 밤 이것과 단판을 지은 셈이고, 시간이 가면서 좀더 확실해질 것이었다. 베시와 자고 나니 몸이 자유롭고 편했다. 그녀에게 이 일을 같이하자고 했을 때부터 이미 그녀가 그의 생각대로 하게끔 만들어놓은 셈이었다. 그녀는 결혼보다도 강한 끈으로 그에게 묶이게 될 것이며, 그녀는 그의 것이 될 터였다. 체포와 죽음에 대한 공포 때문에 스스로 온 힘을 다해 그에게 매달릴 것이었다. 비거 자신이 지난밤 저지른 일 때문에 온 힘을 다해 이 새 길에 매달리게 된 것처럼.

그는 보도를 벗어나 돌턴 씨 집 진입로를 걸어올라가, 지하실로 들어가서 난방로 문의 낡은 틈새를 들여다보았다. 뜨겁게 달아오른 시뻘건 석탄 더미가 보이고 위로 빨려올라가며 윙윙거리는 공기 소리가 들렸다. 그는 손잡이를 당겼다. 석탄이 양철에 부딪히며 시끄러운 소리를 내고, 가물거리던 불씨들이 까맣게 변하는 것이 보였다. 그는 석탄이 더이상 내려오지 못하게 한 다음, 몸을 굽혀 난방로 맨 아래쪽 문을 열었다. 재가 쌓이고 있었다. 오전 중에 삽으로 재를 긁어내어 타지 않은 뼈가 남아 있는 일이 없도록 해야 했다. 그가 막 문을 닫고 자기 방으로 가려고 난방로 뒤편으로 움직였을 때, 페기의 목소리가 들렸다.

"비거!"

그는 멈춰 섰는데, 대답이 나오기 전에 격렬한 흥분감이 온몸을 훑고 지나갔다. 그녀는 계단 꼭대기, 부엌으로 통하는 문에 서 있었다.

"네, 부인."

그는 계단 아래로 가서 올려다보았다.

"돌턴 부인께서 역에 가서 트렁크를 갖고 오라신다……"

"트렁크요?"

그는 깜짝 놀라 묻고는 페기의 대답을 기다렸다. 그런 식으로 물어보는 게 아니었나?

"역에서 전화가 왔는데 트렁크를 찾아가는 사람이 없다는 거야. 그리고 돌턴 씨에게 디트로이트에서 전보가 왔는데, 메리 아가씨가 그곳에 나타나지 않았다지 뭐냐."

"알겠습니다, 부인."

그녀는 계단을 모두 내려와 마치 뭔가 작은 물건을 잃어버리기라도 한 듯 지하실을 두리번거렸다. 그는 굳었다. 만일 그녀가 메리 이야기를 캐묻게 만들 물건이라도 본다면, 쇠 삽을 집어들어 머리를 정통으로 내려친 다음 차를 잡아타고 재빨리 도망가야겠다.

"돌턴 씨는 걱정이 되시나봐." 페기가 말했다. "글쎄, 메리 아가씨가 여행에 가져가려고 사놓은 새 옷들을 꾸리지도 않았다는 거야. 그래서 가엾게도 돌턴 부인께선 아가씨 친구들한테 전화를 거느라 하루 종일 마룻바닥이 닳도록 왔다 갔다 난리란다."

"아가씨가 어디 계신지 아무도 몰라요?" 비거가 물었다.

"그렇다지 뭐냐. 메리 아가씨가 너한테 트렁크를 있는 그대로 가져가라고 하시던?"

"네, 부인." 그는 이것이 첫번째 어려운 장애물이라고 생각하며 말했다. "잠긴 채 구석에 서 있었어요. 그래서 가지고 내려와 오늘 아침에 보신 바로 거기다 갖다놓았습니다."

"아, 페기!" 돌턴 부인이 부르는 소리가 들렸다.

"네!" 페기가 대답했다.

비거가 올려다보니, 돌턴 부인이 예의 흰옷 차림에 얼굴을 비스듬히 치켜든, 신뢰감이 묻어나는 자세로 계단 꼭대기에 서 있었다.

"그 아이 돌아왔어?"

"지금 여기 있어요, 돌턴 부인."

"잠깐만 부엌으로 들어오겠니, 비거?" 그녀가 물었다.

"네, 사모님."

그는 페기를 따라 부엌으로 들어갔다. 돌턴 부인은 손을 앞으로 꼭 맞잡고 있었고, 얼굴은 여전히, 그러나 이제 좀더 높이 기울어지고 하얀 입술은 약간 벌어져 있었다.

"페기한테 트렁크 가져오라는 얘기 들었지?"

"네, 사모님. 지금 가려던 참입니다."

"어젯밤 우리 집에서 나간 게 몇시였니?"

"2시 조금 전이었습니다, 사모님."

"그리고 우리 딸이 너더러 트렁크를 내려다놓으라고 하던?"

"네, 사모님."

"그리고 차를 들여놓지 말라고 했고?"

"네, 사모님."

"그리고 오늘 아침 네가 왔을 때 차가 어젯밤에 놔둔 곳에 그대로 있었고?"

"네, 사모님."

돌턴 부인은 부엌 안쪽 문이 열리는 소리를 듣고 고개를 돌렸다. 돌턴 씨가 문간에 서 있었다.

"잘 있었나, 비거."

“안녕하십니까, 회장님.”

“그래 일은 잘되고?”

“네, 회장님.”

“조금 전에 역에서 트렁크 때문에 전화가 왔었네. 자네가 가서 가져와야겠어.”

“네, 회장님. 지금 가려던 참입니다, 회장님.”

“그런데, 비거. 어젯밤에 무슨 일이 있었나?”

“글쎄요, 아무 일도 없었습니다, 회장님. 돌턴 양께서 오늘 아침 역으로 가져가게 트렁크를 내려다놓으라고 하셨습니다. 그래서 시키는 대로 했습니다.”

“잰도 자네하고 함께 있었고?”

“네, 회장님. 두분을 차로 모시고 온 후 셋이 모두 2층으로 올라갔습니다. 트렁크를 가지러 모두 방으로 간 겁니다. 그러고 나서 제가 트렁크를 들고 내려와 지하실에 갖다놓았습니다.”

“잰은 취했나?”

“글쎄요, 모르겠습니다, 회장님. 두분이 술을 마시긴 했는데……”

“그리고 무슨 일이 있었나?”

“아무 일도 없었습니다, 회장님. 전 트렁크를 지하실에 갖다놓고는 집으로 돌아갔습니다. 돌턴 양께서 차를 밖에 놔두라고 하셨거든요. 잰 씨가 알아서 하실 거라고 하셨습니다.”

“무슨 얘기들을 하던가?”

비거는 머리를 떨구었다.

“잘 모르겠습니다. 회장님.”

돌턴 부인이 오른손을 쳐드는 것이 보였는데 돌턴 씨에게 그렇게 자세히 캐묻지 말라고 하는 것임을 그는 알았다. 그녀의 수치심이 느껴졌다.

"됐다, 비거." 돌턴 부인이 말했다. 그녀는 돌턴 씨에게로 돌아섰다.

"지금 이 잰이라는 사람 어디 있을까요?"

"아마 노동자상담소 사무실에 있을 거요."

"연락해보실 수 있겠어요?"

"글쎄." 돌턴 씨는 비거 곁에서 뚫어지게 바닥을 바라보며 말했다. "해볼 수야 있지. 그렇지만 기다려보는 게 낫겠소. 아직도 내 생각엔 메리가 또 어리석은 장난을 치는 것 같으니. 비거, 자네는 트렁크를 가져오도록 하게."

"네, 회장님."

그는 차에 올라 내리는 눈을 뚫고 루프를 향해 차를 몰았다. 그는 그들의 질문에 답하는 가운데 결정적으로 잰 쪽으로 주의를 돌려놓는 데 성공했다고 생각했다. 사태가 이런 속도로 진전된다면, 몸값을 요구하는 편지를 즉시 보내야 할 터였다. 내일 베시를 만나 일을 처리해야겠다. 그래. 만 달러를 내놓으라고 하자. 베시에게 가로등이 환한 길모퉁이의 낡은 건물 창가에 손전등을 들고 서 있으라고 해야겠다. 편지에다가는 돌턴 씨에게 돈을 구두상자에 넣어 길모퉁이에서 눈 속에 떨어뜨리라고 써야겠다. 차를 계속 몰면서 불을 깜박거리되, 창문에서 전등빛이 세번 깜박이는 것을 보기 전에는 돈을 떨어뜨리지 말라고 해야겠다…… 그렇다. 그렇게 하면 된다. 베시는 돌턴 씨 차의 불빛이 깜박이는 것을 확인하고 차가 떠난 다음 돈 상자를 주우면 된다. 간단한 일이다.

그는 역 안에 차를 대고, 표를 내고 트렁크를 찾아 발판에 실은 다음, 다시 돌턴가로 향했다. 차고에 도착했을 때는 눈이 너무 펑펑 쏟아져서 10피트 앞도 안 보였다. 그는 차를 차고에 넣고 트렁크를 눈 위에 내려놓은 후, 차고 문을 잠그고 트렁크를 등에 지고 지하실 입구로 운반했다. 그랬다. 트렁크는 가벼웠다. 반쯤 비어 있었다. 분명 저들은 이것에 관해 다시 물어올 것이다. 이번에는 상세히 얘기해야 할 테니 필요하다면 천번이라도 되풀이 말할 수 있도록 할 말을 마음 깊이 새겨두어야 할 것이다. 물론, 지금 당장 트렁크를 눈 속에 세워두고 전차를 집어타고 베시에게서 돈을 받아 도시를 떠날 수도 있다. 그렇지만 뭐하러 그러는가? 얼마든지 잘 처리할 수 있는데. 일은 그가 바라는 대로 되어가고 있었다. 저들은 그를 의심하지 않으며, 저들의 주의가 그에게로 쏠린다 해도 즉시 알아차릴 수 있을 것이다. 그리고 또 그는 베시에게 돈을 맡기기를 잘했다 싶었다. 만약 여기서 일하는 도중에 수색이라도 당한다면? 그에게서 돈이 발견된다면 그것만으로도 그는 결정적인 의심을 받게 된다. 그는 문을 따고 트렁크를 안으로 들였다. 트렁크 무게에 눌려 등이 휘어지고, 그는 바닥에 너울대는 불그스름한 그림자들을 보며 천천히 걸었다. 난방로 속에서 불이 타오르는 소리가 들렸다. 그는 트렁크를 전날 밤 세워두었던 구석 자리로 가지고 갔다. 그는 트렁크를 내려놓고 서서 바라보았다. 트렁크를 열고 안을 들여다보고 싶은 충동이 일었다. 그는 몸을 숙이고 금속 걸쇠를 더듬거리다가, 소스라치게 놀라 몸을 활짝 폈다.

"비거!"

대답도 하지 않은 채, 그리고 자기가 무엇을 하는지 미처 깨닫기도 전에 그는 휙 돌아섰다. 눈은 두려움으로 휘둥그레졌고 손은 날아드는 주먹이라도 막듯 반쯤 올라갔다. 돌아서는 순간 그는 흥분된 감각에 맞은편에 수많은 백인들이 서 있다고 착각했다. 그는 숨을 삼키고 불그스름한 어둠 속에서 눈을 깜박이며, 좀더 침착하게 굴어야 한다고 생각했다. 그러고 보니 돌턴 씨와 또 한 명의 백인 남자가 지하실 저편에 서 있었다. 불그스름한 그늘 속에서 그들의 얼굴은 조용히 허공을 떠도는 하얗고 위험스러운 원반이었다.

"아!" 그는 나지막하게 소리를 냈다.

돌턴 씨 곁의 백인 남자가 눈을 가늘게 뜨고 그를 쳐다보고 있었다. 그는 그 팽팽하고 뜨겁고 숨 막히는 두려움이 되살아나는 것을 느꼈다. 백인 남자가 전깃불을 찰칵 켰다. 차갑고 공식적인 그의 태도는 비거에게 조심하라는 경고와 같았다. 그 남자의 눈에 어린 표정에서 비거는 편협하고 제한된 시선에 비친 제 모습을 보았다.

"아니, 너 왜 그러냐?" 그 남자가 물었다.

비거는 아무 말도 하지 않았다. 그는 침을 삼키고 정신을 가다듬고는 천천히 앞으로 나아갔다. 백인 남자의 눈이 꾸준히 그를 응시했다. 비거는 그 백인 남자가 머리를 숙이고 눈을 더 가늘게 뜨면서 외투를 뒤로 젖히고 손을 바지 주머니에 찌를 때, 가슴에 반짝이는 배지가 드러나는 것을 보고는 공포에 사로잡혔다. 한마디 말이 비거 마음속에 울려퍼졌다. 경찰이다! 그는 반짝이는 금속 조각에서 눈을 뗄 수가 없었다. 갑자기 그 남자는 태도와 표정을 바꾸며 주머니에서 손을 빼고 미소를 지었다. 비거는 그 미소를 믿지 않았다.

"난 경찰이 아니다. 그러니 겁내지 마라."

비거는 이를 악물었다. 마음을 다잡아야 했다. 배지를 쳐다보고 있다는 것을 저 남자가 알아채서는 안되었다.

"네, 선생님." 그는 말했다.

“비거, 이분은 브리튼 씨네.” 돌턴 씨가 말했다. “우리 사무실 소속 사설탐정이시네.”

“네, 회장님.” 비거는 다시 말했다. 긴장이 좀 누그러들었다.

“자네에게 몇가지 질문을 하실 테니까, 물어보시는 대로 침착하게 모두 말씀드리게.”

“네, 회장님.”

“우선 저 트렁크를 살펴봤으면 하는데요.” 브리튼이 말했다.

그들이 지나갈 때 비거는 비켜섰다. 그는 재빨리 난방로를 훔쳐보았다. 그것은 여전히 매우 뜨겁게 윙윙 타오르고 있었다. 그러고 나서 그도 트렁크로 다가가, 두 백인에게서 멀찌감치 공손히 한편으로 비켜서서 짐짓 멍한 눈으로 그들의 행동을 지켜봤다. 손은 주머니에 깊숙이 찔렀다. 그리고 그들의 말이나 행동에 즉각 반응하여 당장 뛰쳐나가 도망갈 수 있도록 묘한 자세를 취하고 섰다. 그는 브리튼이 트렁크를 눕히고 몸을 굽혀 자물쇠를 여는 것을 지켜봤다. 조심해야 한다, 비거는 생각했다. 지금 조금만 삐끗했다간 일을 몽땅 망치게 될 것이다. 목과 얼굴에 땀이 솟았다. 트렁크가 안 열리자 브리튼은 고개를 들어 비거를 쳐다봤다.

“잠겼는데. 열쇠 가지고 있니?”

“아뇨, 선생님.”

비거는 이게 함정일까 생각했다. 그는 안전을 우선에 두고 말을 시킬 때만 입을 열자고 마음먹었다.

“부숴도 괜찮겠습니까?”

“그렇게 하시오.” 돌턴 씨가 말했다. “비거, 브리튼 씨한테 손도끼를 갖다드리게.”

“네, 회장님.” 그는 기계적으로 대답했다.

그는 온몸이 빳빳해진 채 재빨리 머리를 굴렸다. 손도끼가 집 안 어딘가 있다고 말하고 찾아오겠다고 한 다음 그 기회에 도망쳐야 하는 걸까? 저들은 정말로 그를 얼마나 의심하고 있을까? 이 모든 것이 그를 혼란시켜 함정에 빠트리기 위한 계략일까? 그는 날카롭고 주의 깊은 시선으로 그들을 힐끗 훔쳐보았다. 그들은 오직 손도끼만 기다리는 듯 보였다. 그렇다, 모험하는 셈치고 그냥 있어야겠다. 거짓말로 궁지를 모면해야겠다. 그는 돌아서서 어젯밤 손도끼가 놓여 있던 장소, 메리의 목을 자르기 위해 손도끼를 집어들었던 장소로 갔다. 그는 몸을 구부리고 찾는 척하다가 몸을 폈다.

"지금은 여기 없는데요…… 어―어제 여기쯤에서 봤는데." 그는 중얼거렸다.

"그래, 신경 쓰지 마라." 브리튼이 말했다. "어떻게 해볼 수 있겠으니."

비거는 다시 조용히 그들에게로 다가가 기다리며 지켜봤다. 브리튼이 발을 들어 구두 뒤축으로 자물쇠를 짧고 세게 차자 자물쇠가 퉁겨오르며 열렸다. 그는 트렁크 맨 위쪽 칸막이를 들어내고 안을 들여다보았다. 반쯤 빈 채 옷이 헝클어져 뒤범벅이었다.

"봐요." 돌턴 씨가 말했다. "옷을 모두 가져간 게 아니에요."

"그렇군요. 사실 이걸 보면 트렁크를 가져갈 생각도 없었던 것 같은데요." 브리튼이 말했다.

"비거, 트렁크를 가지고 내려가라고 할 때 트렁크가 잠겨 있었나?" 돌턴 씨가 말했다.

"네, 회장님." 비거는 이 대답이 가장 안전한 것인지 자문하며 대답했다.

"그애가 판단력이 흐려질 정도로 취했었나, 비거?"

“글쎄요, 두분이 방으로 들어갔습니다. 저도 따라서 들어갔습니다. 그러니까 아가씨가 트렁크를 내려다놓으라고 하셨습니다. 그게 전붑니다.”

“이 정도라면 작은 여행가방으로도 충분했을 텐데요.” 브리튼이 말했다.

불길이 타오르는 소리가 비거의 귓전을 울리고 벽 위에서 춤추는 불그스레한 그림자가 보였다. 누가 한 짓인지 알아낼 수 있으면 알아내보라지! 그는 아플 만큼 이를 꽉 악물었다.

“앉아, 비거.” 브리튼이 말했다.

비거는 놀라는 척하며 브리튼을 쳐다보았다.

“트렁크 위에 앉아.” 브리튼이 말했다.

“저 말씀입니까?”

“그래. 앉아.”

그는 앉았다.

“자, 천천히 잘 생각해봐. 너한테 몇가지 물어볼 게 있으니.”

“네, 선생님.”

“어젯밤 돌턴 양을 모시고 나간 게 몇시지?”

“8시 반쯤입니다, 선생님.”

비거는 드디어 올 게 왔구나 싶었다. 이 남자는 모든 걸 알아내려고 여기 온 것이다. 이것은 심문이다. 자신에게서 관심을 확실히 돌려놓을 수 있게끔 대답해야 한다. 이야기를 꾸며내야 한다. 그러되 자신은 그것들의 의미를 깨닫지 못하는 것처럼 사실들 하나하나가 서서히 흘러나오듯 대답해야 한다. 묻는 말에만 대답하자.

“학교로 모셔다드렸나?”

그는 고개를 떨구고 대답하지 않았다.

"어서 대답해!"

"저, 선생님, 아시다시피 전 이 댁에서 일하는 사람일 뿐이라……"

"무슨 소리야?"

돌턴 씨가 다가와 그의 얼굴을 뚫어지게 들여다보았다.

"묻는 말에 대답하게, 비거."

"네, 회장님."

"학교로 모셔다드렸느냐고?" 브리튼이 질문을 되풀이했다.

여전히 그는 대답하지 않았다.

"내가 물었잖아, 인마!"

"아뇨, 선생님. 학교로 모시고 가지 않았습니다."

"그럼, 어디로 간 거야?"

"저, 선생님. 공원까지 갔을 때 아가씨가 차를 돌려 루프로 가자고 했습니다."

"학교에 안 갔다고?" 돌턴 씨가 놀라서 입이 벌어진 채 물었다.

"네, 회장님."

"왜 여태까지 말하지 않았나, 비거?"

"아가씨가 아무 말 말라고 하셨거든요."

침묵이 흘렀다. 난방로가 윙윙거렸다. 거대한 불그스레한 그림자가 벽을 가로지르며 헤엄쳤다.

"그럼, 어디로 모시고 갔지?" 브리튼이 물었다.

"루프로요, 선생님."

"루프 어디쯤?"

"레이크 가요, 선생님."

"번지를 기억하나?"

"16번지인 것 같습니다, 선생님."

"레이크 가 16번지?"

"네, 선생님."

"노동자상담소 사무실이오." 돌턴 씨가 브리튼을 돌아보며 말했다. "이 잰이란 자는 빨갱이거든요."

"아가씨가 거기 얼마나 계셨지?" 브리튼이 물었다.

"반시간쯤 된 것 같습니다, 선생님."

"그리고 그다음엔 어떻게 됐지?"

"저, 전 차에서 기다렸습니다……"

"네가 집으로 모시고 올 때까지 거기 계셨단 말이냐?"

"아뇨, 선생님."

"아가씨가 나왔겠지……"

"함께들 나오셨습니다……"

"그렇다면 이 잰이라는 사람이 아가씨와 함께 있었단 말야?"

"네, 선생님. 함께 계셨습니다. 아가씬 그분을 데리러 들어가신 것 같습니다. 아무 말도 없이 그냥 들어가시더니 잠시 계시다가 그분하고 같이 나오셨거든요."

"그리고 네가 차를 몰아……"

"운전은 그분이 했습니다." 비거가 말했다.

"네가 운전한 거 아냐?"

"맞습니다. 하지만 그분이 차를 몰겠다고 했고 아가씨도 저보고 그러라고 해서요."

다시 침묵이 흘렀다. 그들이 그에게 그림을 그리라고 하니 그는 자기 마음대로 그려낼 작정이었다. 그는 흥분으로 떨고 있었다. 과거에는 언제나 그들이 자기 대신 그림을 그리지 않았던가? 마음 내

키는 대로 아무 말이나 한들 그들이 어쩌겠는가? 그의 말과 잰의
말이 부딪치는 격인데, 잰은 빨갱이가 아닌가.

"넌 어디 다른 데서 기다렸나?" 브리튼이 물었다. 그의 목소리에
서 풍기던 무뚝뚝한 적의가 갑자기 사라졌다.

"아뇨, 선생님. 저도 차에 탔습니다……"

"그리고 어디로 갔는데?"

그는 그들이 자기를 억지로 그들 사이에 앉게 했던 이야기를 하
고 싶었다. 그렇지만 그것은 나중에, 잰과 메리 때문에 어떤 기분이
들었는지 말할 때 끼워넣어야겠다고 생각했다.

"저, 잰 씨가 저에게 어디 식사할 만한 좋은 데가 없냐고 물으셨
죠. 그런데 싸우스사이드에서 백인들이," 그는 자신도 그 말의 의
미를 의식하고 있음을 능히 알릴 수 있게끔 '백인들'이라는 말을
천천히 발음했다. "식사하는 곳이라곤 어니네 밥집밖에 아는 데가
없어서요."

"그리로 모시고 갔나?"

"차는 잰 씨가 몬걸요, 선생님."

"두분이 거기 얼마나 계셨나?"

"글쎄요, 우리는 아마……"

"넌 차에서 기다린 거 아냐?"

"아뇨, 선생님. 아시다시피, 선생님, 전 시키는 대로 했습니다. 전
이 댁에서 일하는 사람일 뿐이……"

"아!" 브리튼이 말했다. "그럼, 그 남자가 너도 함께 식사하게 했단
말이군?"

"그러고 싶지 않았습니다, 선생님. 맹세합니다. 그분이 하도 다
그치는 바람에 들어갈 수밖에 없었습니다."

브리튼은 트렁크에서 발길을 돌리며, 초조한 듯 왼손 손가락으로 머리카락을 빗어넘겼다. 그는 다시 비거에게로 돌아섰다.

"그 사람들 술 마셨지, 응?"

"네, 선생님. 술을 마셨습니다."

"잰이란 사람이 너한테 뭐라고 하던?"

"공산주의자 얘기를 꺼내던데요……"

"그 사람 얼마나 마셨나?"

"제가 보기엔 많이 마시는 것 같았습니다, 선생님."

"그다음엔 집으로 모시고 왔나?"

"공원에서 드라이브를 좀 했습니다. 선생님."

"그러고 나서 집으로들 모시고 왔나?"

"네, 선생님. 그때가 2시 가까이 됐습니다."

"돌턴 양은 얼마나 취했지?"

"글쎄요, 제대로 서지도 못하셨습니다, 선생님. 집에 왔을 때 그분이 아가씰 안고 계단을 올라가야 했어요." 비거는 눈을 내리깔며 말했다.

"괜찮아. 우리한텐 말해도 돼." 브리튼이 말했다. "정확하게 얼마나 취했었지?"

"취해서 의식이 없으셨습니다." 비거가 말했다.

브리튼은 돌턴을 쳐다보았다.

"아가씨 혼자서는 집을 나가지 못했을 겁니다." 브리튼이 말했다. "돌턴 부인 말씀이 옳다면 아가씨는 나갈 수가 없었을 겁니다." 브리튼은 비거를 응시했고, 비거는 브리튼이 속으로 훨씬 의미심장한 질문을 떠올리고 있다는 느낌이 들었다.

"그밖에 무슨 일이 있었지?"

그는 이제 슬슬 말을 꺼내야겠다는 생각이 들었다. 조금 비춰줘야겠다.

"저, 아까 돌턴 양께서 트렁크를 가져가라고 했다고 말씀드렸는데요. 아가씨가 루프로 갔다는 얘기를 하지 말라고 하셔서 그렇게 말씀드리긴 했지만요, 트렁크를 내려다놓고 차를 치우지 말라고 한 건 잰 씨였습니다."

"차를 치우지 말고 트렁크를 내려가라고 한 게 그 사람이라고?"

"네, 선생님. 그렇습니다."

"왜 미리 말하지 않았나, 비거?" 돌턴 씨가 물었다.

"아가씨가 그러지 말라고 하셔서요, 회장님."

"이 잰이란 사람 행동거지는 어땠나?" 브리튼이 물었다.

"취한 상태였습니다." 비거는 지금이야말로 잰을 결정적으로 끌어들일 때라고 느껴졌다. "저한테 트렁크를 내려가고 차를 눈 속에 놔두라고 말한 건 잰 씨였습니다. 돌턴 양께서 그랬다고 말씀드렸지만, 사실은 그 사람이었습니다. 제가 잰 씨 얘기를 했다면 전부 다 일러바치는 꼴이 되었을 겁니다."

브리튼은 난방로 쪽으로 몇 발자국 떼어놓더니 다시 돌아왔다. 난방로는 여전히 윙윙거렸다. 비거는 아무도 지금 그것을 들여다보려고 하지 않기를 바랐다. 목이 말라왔다. 그때 브리튼이 휙 돌아서서 손가락으로 그의 얼굴을 가리키는 바람에 그는 화들짝 놀랐다.

"파티에 대해 그 남자가 뭐라고 했지?"

"네?"

"얼른 대답해, 인마! 얼버무리지 말고! 그 남자가 파티에 대해 뭐라고 했는지 말해!"

"파티요? 저한테 같은 테이블에 앉으라고 하셨고……"

"파티 말야!"

"그건 파티[18]가 아니었습니다, 선생님. 그분은 저를 자리에 앉히고는 닭을 시키더니 먹으라고 했습니다. 먹고 싶지 않았지만 그분이 그러라고 시켰고, 또 그게 제가 맡은 일이라서요."

브리튼은 비거에게 가까이 다가오더니 회색 눈을 가늘게 떴다.

"넌 어느 세포 소속이지?"

"네?"

"어서, 동지. 어느 조직 소속인지 대."

비거는 놀라 아무 말도 못한 채 그를 바라보았다.

"너희 조직책은 누구냐?"

"무슨 말씀이신지 모르겠는데요." 비거는 떨리는 목소리로 말했다.

"『매일』 안 읽나?"

"매일 뭐라구요?"[19]

"여기 일하러 오기 전부터 잰과 아는 사이였잖아?"

"아뇨, 선생님. 아닙니다, 선생님!"

"그들이 널 러시아로 보내지 않았어?"

비거는 눈을 크게 뜬 채 대답을 못했다. 그는 그제야 브리튼이 그가 공산주의자인지 아닌지 알아내려 한다는 것을 깨달았다. 전혀 예기치 못한 일이었다. 그는 떨며 똑바로 섰다. 이 일이 두가지 방향으로 번질 수 있다는 것은 생각도 못했었다. 천천히 그는 머리를 흔들며 뒷걸음쳤다.

18 '파티'(party)는 '당'과 '모임, 파티'라는 두가지 뜻이 있다.
19 브리튼은 공산당 기관지 『데일리 워커』를 말했으나 비거는 알아듣지 못하고 '데일리'(daily)를 '매일'이라는 뜻으로 이해한 것이다.

"아닙니다, 선생님. 절 잘못 생각하신 겁니다. 그런 사람들하고 어울려다닌 적은 한번도 없습니다. 돌턴 양하고 잰 씨가 처음이에요, 하늘에 맹세합니다!"

브리튼은 비거의 머리가 벽에 부딪힐 때까지 그를 몰아붙였다. 비거는 그의 눈을 똑바로 들여다보았다. 브리튼은 비거도 알아채지 못할 만큼 빠른 동작으로 비거의 목덜미를 움켜쥐고 머리를 세게 벽에 짓찧었다. 눈앞에서 빨간 불이 번쩍였다.

"너 공산주의자 맞잖아, 이 빌어먹을 검둥이 새끼! 그러니 이제 돌턴 양과 그 잰 자식 이야기를 다 털어놔!"

"아니에요, 선생님! 전 공산주의자가 아닙니다! 아니에요, 선생님!"

"그럼 이건 뭐야?" 브리튼은 주머니에서 비거가 옷장 서랍에 넣어두었던 작은 소책자 꾸러미를 불쑥 꺼내 그의 눈앞에 들이밀었다. "네가 거짓말하고 있다는 건 네가 잘 알잖아! 자, 어서 불어!"

"아녜요, 선생님! 절 잘못 보신 겁니다! 그건 잰 씨가 저한테 준 겁니다! 그분하고 돌턴 양이 저한테 읽어보라고……"

"전부터 돌턴 양을 알고 있었던 거 아냐?"

"아닙니다. 선생님!"

"잠깐만, 브리튼!" 돌턴 씨가 브리튼의 팔에 손을 얹었다. "잠깐만. 이 아이 말에 일리가 있소. 어제 딸애는 이 아이를 처음 만나자마자 조합 이야기를 꺼내려고 했소. 저 책자들이 그 잰이라는 자가 준 거라면, 이 아이는 아무것도 모르는 게 분명하오."

"확실합니까?"

"틀림없소. 처음에 당신이 저 책자들을 가지고 왔을 땐, 나도 이 아이가 뭔가 알고 있는 게 틀림없다고 생각했소. 하지만 아닌 것 같소. 그러니 하지도 않은 일을 가지고 이 애를 탓해봤자 무슨 소용이겠소.”

브리튼은 비거의 목덜미를 잡은 손아귀를 풀며 어깨를 으쓱했다. 비거는 긴장을 풀면서 그대로 선 채 아픈 머리를 벽에 기댔다. 새까만 검둥이인 자기가 잰과 한패가 될 수 있다고 생각할 사람이 있을 줄은 몰랐다. 브리튼은 그의 적이었다. 그는 브리튼의 눈에서 흑인이라는 사실만으로 그를 죄인으로 단정하는 냉혹한 빛을 읽을 수 있었다. 졸음에 겨운 눈을 하고 입을 벌린 채 서 있긴 했지만, 그는 브리튼에게 너무도 격하고 뜨거운 증오를 느꼈으므로 구석에서 쇠 삽을 집어들어 그의 골통을 둘로 빠개버릴 수만 있다면 기꺼이 그랬을 정도였다. 한순간 귓속에서 울부짖는 소리가 나며 다른 모든 소리를 지워버렸다. 그는 가까스로 자신을 추슬렀다. 그러자 브리튼의 말소리가 들렸다.

“……그 잰이라는 녀석을 잡아야겠습니다.”

“이제 그래야 할 것 같군요.” 돌턴 씨가 한숨지으며 말했다.

비거는 돌턴 씨에게 뭐라고 직접 말할 수만 있다면, 사태를 다시 자신에게 이롭게 돌려놓을 수 있으리라는 느낌이 들었다. 그러나 어떻게 말해야 할지 알 수 없었다.

“따님이 가출했다고 보십니까?” 브리튼이 묻는 소리가 들렸다.

“모르겠소.” 돌턴 씨가 말했다.

브리튼은 몸을 돌려 비거를 바라보았다. 비거는 계속 눈을 밑으로 내리깔고 있었다.

“인마, 그냥 알아야겠어서 물어보는데, 네 말이 사실이냐?”

“예, 선생님. 사실입니다. 전 어젯밤에야 여기서 일하기 시작했는걸요. 전 아무 짓도 안했습니다. 그분들이 시키는 대로 했을 뿐입니다.”

“정말 믿을 수 있겠습니까?” 브리튼이 돌턴 씨에게 물었다.

“믿을 수 있소.”

“제가 댁에서 일하는 게 싫으시다면요, 돌턴 씨,” 비거는 말했다. “집으로 돌아가겠습니다. 전 여기 오고 싶지도 않았는데요.” 그는 이렇게 말하면 그가 여기 온 이유를 돌턴 씨에게 일깨울 수 있으리라 느끼며 말을 이었다. “그래도 가라고 해서 온 겁니다.”

“사실이오.” 돌턴 씨가 브리튼에게 말했다. “구호소에서 천거한 아이요. 소년원에도 갔다 온 적도 있고 해서 내가 이 아이에게 기회를 주려고……” 돌턴 씨는 비거 쪽을 보며 말했다. “다 잊어버리게, 비거. 확실히 해둘 필요가 있어서 그런 거니. 계속 우리 집에서 일이나 열심히 하게. 이런 일이 생겨서 미안하네. 그렇다고 장래를 망가뜨려서야 되겠나.”

“네, 회장님.”

“좋습니다.” 브리튼이 말했다. “회장님이 괜찮다고 하시면 저도 괜찮습니다.”

“자네 방으로 가게, 비거.” 돌턴 씨가 말했다.

“네, 회장님.”

머리를 숙이고 그는 난방로 뒤편으로 걸어가 위층 자기 방으로 왔다. 그는 문에 걸쇠를 걸고 엿듣기 위해 급히 벽장으로 갔다. 목소리가 분명하게 들려왔다. 브리튼과 돌턴 씨는 부엌에 와 있었다.

“휴, 저 밑은 정말 덥군요.” 돌턴 씨가 말했다.

“네.”

“……당신이 그애를 다그친 게 좀 유감스럽소. 그애가 여기 온 것은 생각을 바꾸어보기 위해선데 말이오.”

“글쎄요, 회장님과 전 저놈들을 보는 눈이 서로 다른 모양이죠.

저한텐 검둥이는 검둥입니다."

"그렇지만 그애는 일종의 문제아일 뿐이오. 정말 못된 축은 아니오."

"저놈들은 거칠게 다뤄야 합니다, 돌턴 씨. 제가 그놈한테서 내막을 캐내는 것 보셨지요? 회장님한테라면 입을 열지 않았을 겁니다."

"그렇지만 난 이 문제로 실책을 범하고 싶지는 않소. 그애 잘못이 아니었잖소. 얼빠진 내 딸이 시키는 대로 한 것뿐이니까. 난 후회할 일은 조금도 하고 싶지 않아요. 어쨌든 이 흑인 청년들한텐 기회라는 게 없잖소……"

"제 의견을 듣고 싶으시다면 말입니다, 그놈들에겐 기회 같은 건 필요 없습니다. 그렇지 않아도 충분히 사고를 저지르니까요."

"글쎄, 그들이 맡은 일을 하는 한 그냥 내버려둬야지요."

"그러지요. 제가 계속 이 일을 맡을까요?"

"물론이오. 우리 이 잰이란 자를 만나봐야겠소. 메리가 아무 말도 없이 집을 나갔다는 게 납득이 안 가요."

"그자를 체포하게 만들 수도 있습니다."

"아니, 아니요! 그런 식은 안됩니다. 그러면 그 빨갱이들이 붙들고 늘어져 신문에다 시끄럽게 써댈 것이오."

"그러면 제가 어떻게 하면 좋겠습니까?"

"그 사람을 이리 오게 해보겠소. 그 사람 사무실에 전화를 걸어보고 거기 없으면 집에 전화해보지요."

그들의 발걸음 소리가 멀어졌다. 문이 쾅 하고 닫히더니 정적뿐이었다. 그는 벽장에서 나와 소책자들을 넣어두었던 옷장 서랍을 들여다보았다. 그렇다, 브리튼이 방을 수색했다. 옷이 뒤죽박죽 엉망이었다. 다음번에는 브리튼을 잘 다룰 수 있을 것이다. 브리튼은 그에게 익숙한 존재였다. 여태까지 브리튼 같은 사람은 수천명도 더 보았다. 그는 방 한가운데 서서 생각에 잠겼다. 브리튼이 잰을 심문하는 경우, 잰은 메리를 보호하기 위해 그녀와 함께 있었다는 것을 부인할까? 그렇게 한다면 비거 자신에게 이로울 것이다. 어젯밤 메리가 학교에 가지 않았다는 그의 이야기를 브리튼이 조사해 볼 마음이 있다면 쉽게 그럴 수 있을 터였다. 만일 잰이 술 마신 적 없다고 말한다면, 술을 마셨다는 사실은 그 식당 사람들이 입증해 줄 것이다. 잰이 한가지 일에 거짓말을 한다면, 다른 일도 거짓말하는 거라고 쉽게들 믿을 것이다. 잰이 자기는 이 집에 오지 않았다고 말한다 해도, 술 마시지 않았다고, 그리고 메리가 학교에 갔다고 이미 거짓말한 것이 드러난 판국에 누가 믿어주겠는가? 비거 생각 대로 잰이 메리를 보호하려 든다면, 잰으로서는 스스로에게 불리한 주장을 하는 데만 성공할 것이다.

비거는 창으로 다가가 하얀 장막처럼 내리는 눈을 내다보았다. 협박장 생각이 났다. 지금 돈을 얻어내야 할까? 그래, 맞다! 저 브리튼 새끼에게 보여주자! 빨리 작업을 하자. 그러나 잰의 말이 끝난 후까지 기다리자. 오늘 밤 베시를 만나야 한다. 그리고 사용할 연필과 종이도 골라야 한다. 그리고 편지를 쓸 때에는 종이에 지문이 남지 않도록 장갑 끼는 걸 잊지 말아야 한다. 브리튼 자식 골치 좀 썩어보라지, 꼭 그렇게 만들겠다. 어디 두고 봐라.

원하기만 한다면 당장 가버릴 수도, 모든 걸 남겨두고 달아나버릴 수도 있기 때문에 그는 어떤 힘이, 잠재적인 생존능력에서 솟아나는 힘이 생긴 듯한 느낌이었다. 그는 이 조용하고 따뜻하고 깨끗하고 풍족한 집, 아주 폭신한 이런 침대가 있는 이 방, 사방에서 호화스러운 생활을 뽐내는 부유한 백인들, 자기로서는 한번도 경험하지 못한 점잖고 안정되고 자신있는 삶을 살아가는 백인들을 의식했다. 저들이 아름다움의 상징으로 생각하고 사랑하는 한 백인 처녀를 자기가 죽였다는 자각은, 그에게 저들과 동등하다는 느낌, 이제껏 어찌어찌 속아만 오다가 드디어 빚을 갚은 사람 같은 느낌을 주었다.

브리튼에 대한 생각에 젖어들수록, 다시 한번 그와 얼굴을 맞대고 그로 하여금 자기에게서 뭔가 알아내려고 애쓰게 만들고 싶은 생각이 더욱 간절해졌다. 이번에는 훨씬 잘할 것이다. 그는 브리튼이 그 공산주의 건으로 자기를 걸고넘어질 수 있도록 방치했다. 미리 대비했어야 했는데. 그렇지만 다행히도 그는 브리튼이 모든 수를 한꺼번에 다 써버렸다는 것, 밑천을 다 드러냈다는 것, 카드를 다 써버렸다는 것을 알았다. 모든 게 다 겉으로 드러난 이상, 이제는 어떻게 행동해야 할지 알 수 있었다. 게다가 브리튼은 그가 잰에게 불리한 증인이 되어주길 원할지도 모르는 일이었다. 그는 어둠 속에 누운 채 미소를 지었다. 그렇게만 된다면, 몸값을 요구하는 편지를 보내도 안전할 것이다. 그들이 메리의 실종이 잰의 짓이라고 확신하는 때에 맞추어 편지를 보내면 된다. 그러면 모든 것이 혼란에 빠져들 것이고, 그들은 요구대로 즉시 돈을 주고 딸을 구해내고 싶어질 것이다.

따뜻한 방 공기에 혈기가 가라앉으며 점점 심해지는 피로감이 그를 잠으로 몰고 갔다. 그는 침대 위에 몸을 쭉 뻗고 한숨을 쉰 다음 똑바로 돌아눕고는, 침을 꿀꺽 삼키고 눈을 감았다. 주위를 에워싼 정적과 어둠 속에서 저 멀리 교회의 조용한 종소리가 가늘고 희미하면서도 분명하게 들려왔다. 종소리가 낮게, 그러더니 크게, 그

러다 더욱 크게, 너무 크게 울려서 그는 그것이 어디 있는지 궁금
해졌다. 갑자기 그 소리가 바로 머리 위에서 울려 올려다보니 거기
에는 없는데 그러나 계속 울렸고 한순간 한순간 지날 때마다 그 종
소리는 경고이기라도 한 듯 달아나 숨어야겠다는 절박한 욕구를
자아냈고 그는 난방로에서 흘러나오는 것처럼 붉고 눈부신 빛에
싸여 어느 길모퉁이에 서 있는데 손에는 너무 축축하고 미끄러우
며 무거워서 들기도 힘에 겨운 커다란 꾸러미를 들었고 꾸러미 속
에 무엇이 들었는지 궁금해서 골목길 모퉁이 근처에서 발을 멈추
고 펴보자 종이가 떨어져나가며 보이는데, 바로 자기 머리였으니,
자기 머리가 검은 얼굴에 반쯤 감긴 눈과 벌어져 하얀 이를 드러낸
입술과 피에 젖은 머리칼을 하고 놓인 것이 보이고 붉은 불빛은 더
운 여름밤에 붉은 달과 붉은 별들로부터 쏟아져내리는 빛처럼 점
점 더 밝아지고 그는 달음박질치느라 땀이 나고 숨이 찼고 종소리
가 너무 크게 울려 쇠 추가 왔다 갔다 흔들릴 때마다 쇠 종 양쪽에
부딪히는 소리를 들을 수 있었고 그리고 그는 검은 석탄이 깔린 거
리를 달리고 있는데 구두에 작은 조각들이 채어 양철 깡통에 맞아
시끄러운 소리가 나고 즉시 숨을 곳을 찾아야 한다는 것을 알지만
그럴 만한 곳이 아무 데도 없고 그리고 신문지가 벗겨져나가 맨손
에 들고 있자니 피에 젖어 자꾸 미끄러지는 그 머리가 뭐냐고 물으
면서 앞에서 백인들이 다가오고 그는 단념한 채 불그레한 어둠 속
에서 거리 한가운데 서서 울리는 종소리와 백인들을 저주했고 자
기한테 무슨 일이 일어나건 아무 상관 없다는 느낌이 들었고 그리
고 사람들이 좁혀들자 그는 피에 젖은 머리를 정통으로 그들의 얼
굴을 향해 던졌는데 땡땡땡……

　그는 눈을 뜨고 벨이 울리는 소리를 들으며 어두워진 방 안을 둘

러보았다. 그는 일어나 앉았다. 벨이 다시 울렸다. 언제부터 울리기 시작했을까? 그는 잠기운과 그 끔찍한 꿈을 떨어버리려 애쓰며 벌떡 일어났는데, 몸이 굳어 있는 바람에 휘청했다.

"네, 부인." 그는 중얼거렸다.

종이 다시 끈질기게 울렸다. 그는 어둠 속을 더듬거리며 전등 줄을 찾아 잡아당겼다. 흥분이 고조되며 가슴이 뛰었다. 무슨 일이 생겼나? 경찰인가?

"비거!" 부르는 소리가 희미하게 들렸다.

"네, 선생님."

그는 무슨 일이 생기든 맞설 각오를 단단히 하며 문으로 다가갔다. 문을 여는데 누군가 서둘러 들어오려고 마음먹은 듯 문을 미는 것이 느껴졌다. 비거는 눈을 깜박이며 뒤로 물러났다.

"우리하고 얘기 좀 하자." 브리튼이 말했다.

"네, 선생님."

그다음에 브리튼이 뭐라고 말했는지 그는 듣지 못했다. 브리튼 바로 뒤에 있는 얼굴을 본 순간 그는 숨이 멎는 것 같았다. 그가 느낀 것은 두려움이 아니라 긴장감으로, 막판에 대비해 혼신의 힘을 짜내는 느낌이었다.

"어서 들어가게, 얼론 군." 돌턴 씨가 말했다.

비거는 잰이 그를 뚫어지게 바라보는 것을 보았다. 잰이 방으로 들어오고 돌턴 씨가 따라들어왔다. 비거는 입을 약간 벌리고 손을 옆구리에 축 늘어뜨린 채, 주의 깊으면서도 모호한 눈빛으로 서 있었다.

"앉아, 얼론." 브리튼이 말했다.

"괜찮습니다. 서 있겠습니다." 잰이 말했다.

비거는 브리튼이 외투 주머니에서 소책자 뭉치를 꺼내 잰의 눈앞에 들이미는 것을 보았다. 잰의 입술이 희미한 미소로 비틀렸다.

"그래서요?" 잰이 말했다.

"자네도 그 못된 빨갱이지, 응?" 브리튼이 물었다.

"이봐요. 본론으로 들어갑시다." 잰이 말했다. "바라는 게 뭡니까?"

"서두르지 말게." 브리튼이 말했다. "시간은 넉넉하니까. 난 너희 족속을 잘 알아. 일을 급하게 서둘러 자기 멋대로 몰고 가려고 들지."

비거가 보니 돌턴 씨는 한편에 서서 근심스러운 눈으로 브리튼과 잰을 번갈아 보았다. 몇번 돌턴 씨는 뭔가 입을 떼려 하다가 자신이 없는 듯 그만두었다.

"비거," 브리튼이 물었다. "어젯밤 돌턴 양이 이 집에 데리고 온 사람이 이 사람이냐?"

잰의 입이 벌어졌다. 그는 브리튼을 쳐다보다가 비거에게로 시선을 돌렸다.

"네, 선생님." 비거는 작게 말했다. 그는 자기 기분을 억누르려고 무진 애쓰면서, 자기가 잰을 해치는 것을 아는 만큼 더더욱 잰이 증오스러웠고, 믿을 수 없다는 듯 휘둥그레진 잰의 눈길에서 속속들이 뜨거운 죄책감이 느껴졌기 때문에 아무거나 집어들어 잰을 치고 싶은 기분이 들었다.

"내가 언제 같이 왔어요, 비거!" 잰이 말했다. "왜 그런 말을 하죠?"

비거는 대답하지 않았다. 그는 오직 브리튼과 돌턴 씨에게만 말하기로 작정했다. 침묵이 흘렀다. 잰은 비거를 쳐다보고 브리튼과 돌턴 씨는 잰을 쳐다보았다. 잰이 비거한테 다가가려 했지만, 브리튼이 팔로 가로막았다.

“아니, 이거 도대체 무슨 수작입니까!” 그는 따졌다. “왜 이 청년에게 거짓말을 시키는 거죠?”

“어젯밤 취한 적이 없다고 말할 참이겠지, 응?” 브리튼이 물었다.

“그게 당신하고 무슨 상관입니까?” 잰이 쏘아붙였다.

“돌턴 양은 어디 있나?” 브리튼이 물었다.

잰은 어안이 벙벙하여 사람들을 둘러보았다.

“디트로이트에 갔잖습니까?” 그는 말했다.

“다 외워두었군, 안 그래?” 브리튼이 말했다.

“이봐요, 비거, 저 사람들이 당신한테 무슨 짓을 했소? 겁내지 말고 말해봐요!” 잰이 말했다.

비거는 대답하지 않았다. 그는 돌처럼 굳은 눈으로 바닥을 내려다보았다.

“돌턴 양이 어디에 간다고 했지?” 브리튼이 물었다.

“디트로이트에 갈 거라고 했소.”

“어젯밤 돌턴 양을 만났나?”

잰은 망설였다.

“아니요.”

“어젯밤 이 책자들을 이놈한테 안 줬단 말야?”

잰은 어깨를 으쓱하고 미소 지으며 말했다.

“좋아요. 만났어요. 그래서요? 내가 왜 처음부터 그렇게 말하지 않았는지는 당신들이 잘 알 텐데……”

“아니, 우린 **모르겠는데**.” 브리튼이 말했다.

“여기 돌턴 씨는 소위 당신들이 말하는 빨갱이들을 좋아하지 않지요, 그래서 난 돌턴 양을 곤란하게 만들고 싶지 않았던 거요.”

“그렇다면, 어젯밤 돌턴 양을 만난 게 사실이지?”

“그래요.”

“돌턴 양은 어디 있나?”

“디트로이트에 없다면 나도 어디 있는지 모릅니다.”

“이 책자들을 이놈한테 주었지?”

“줬소.”

“자네와 돌턴 양은 어젯밤 술에 취해서……”

“아니, 이것 봐요! 취한 건 아니에요. 약간 마신 것뿐이지……”

“2시쯤에 돌턴 양을 집으로 데려다주었지?”

비거는 딱딱하게 굳어서 기다렸다.

“네.”

“이놈한테 돌턴 양 트렁크를 지하실로 내려가라고 했고?”

잰은 입을 벌렸지만 아무 말도 하지 못했다. 그는 비거를 쳐다보
더니 다시 브리튼을 보았다.

“아니, 이게 무슨 소리요?”

“내 딸은 어디 있나, 얼론 군?” 돌턴 씨가 물었다.

“모른다고 하잖습니까?”

“자, 우리 솔직해지세, 얼론 군.” 돌턴 씨가 말했다. “어젯밤 자네
가 우리 딸을 집에 데리고 왔을 때 그애가 취한 상태였다는 건 우
리도 안다네. 혼자서는 여길 나갈 수 없을 만큼 취했었지. 그애가
어디 있는지 아나?”

“저—저는 어젯밤 여기 오지 않았습니다.” 잰은 말을 더듬었다.

비거는 알 수 있었다. 잰이 어젯밤 메리와 같이 집에 왔다고 말
한 것은, 돌턴 씨에게 자기가 그의 딸을 혼자 낯선 운전사와 함께

차에 남겨두고 갈 사람이 아니라는 인상을 주고 싶어서였다. 그리
고 잰 입장에서는 술을 마셨다는 사실을 인정한 마당에야 그 여자
를 집까지 데려다주었다고 말할 수밖에 없는 노릇이었다. 메리를
보호하려는 잰의 마음이 뜻하지 않게 비거를 도와준 셈이었다. 잰
이 집에 오지 않았다고 부인한다 해도 이제는 다들 믿지 않을 것이
었다. 오히려 돌턴 씨와 브리튼으로서는 그가 뭔가 훨씬 더 중대한
사실을 감추려 한다는 느낌만 받을 것이다.

"메리하고 집에 같이 오지 않았다고?" 돌턴 씨가 물었다.

"네!"

"이 아이한테 트렁크를 내려가라고 하지 않았단 말인가?"

"천만에요! 누가 그러던가요? 나는 차에서 내려 전차를 타고 돌
아갔습니다." 잰은 돌아서서 비거를 마주 보았다. "비거, 이분들한
테 뭐라고 한 거예요?"

비거는 대답하지 않았다.

"자네가 어젯밤 한 일을 말해주었지." 브리튼이 말했다.

"메리는…… 돌턴 양은 어디 있습니까?" 잰이 물었다.

"자네가 말해주기를 기다리고 있잖아." 브리튼이 말했다.

"그―그―그럼 메리가 디트로이트에 안 갔단 말입니까?"

"그렇네." 돌턴 씨가 말했다.

"오늘 아침 이리로 전화했더니 페기 말이 갔다던데요."

"식구들이 돌턴 양을 찾는지 보려고 전화해놓고 뭔 소리야?" 브
리튼이 물었다.

잰이 비거에게 다가왔다.

"걔는 가만 놔둬!" 브리튼이 말했다.

"비거," 잰이 말했다. "뭣 때문에 이분들한테 내가 여기 왔었다

고 말한 거요?"

"어젯밤 내내 정말 여기 온 적이 한번도 없단 말인가?" 돌턴 씨가 다시 물었다.

"절대 안 왔습니다. 비거, 내가 언제 차에서 내렸는지 이분들한 테 말해요."

비거는 아무 말도 하지 않았다.

"이봐, 얼론, 지금 무슨 꿍꿍이속인지는 모르겠지만, 이 방에 들어오면서부터 계속 거짓말만 하고 있잖아. 어젯밤 여기 안 왔다고 했다가 다시 왔었다고 하고. 어젯밤 술 마신 적 없다고 했다가 다시 마셨다고 하고, 어젯밤 돌턴 양을 만난 적 없다고 했다가 다시 만났다고 하고. 그러지 말고 이제 털어놓지. 돌턴 양이 어디 있는지 어서 말해. 부모님이 걱정하시잖아."

비거는 잰의 당혹한 눈을 보았다.

"이봐요, 내가 아는 것은 모두 말했어요." 잰은 모자를 도로 쓰며 말했다. "이게 무슨 농담인지 털어놓지 않는다면, 난 집으로 돌아가겠소……"

"잠깐만." 돌턴 씨가 말했다.

돌턴 씨는 한 걸음 앞으로 나와 잰과 마주 섰다.

"자네하고 난 생각이 다르지. 그건 잊어버리세. 난 내 딸이 어디 있는지 알고 싶을 뿐이네……"

"이게 도대체 무슨 장난입니까?" 잰이 물었다.

"아니, 그러지 말게……" 돌턴 씨가 말했다. "알고 싶어서 그래. 걱정이 돼서……"

"말했잖습니까, 모른다구요!"

"이보게, 얼론 군, 메리는 우리한테 하나밖에 없는 딸일세. 난 그애가 경솔한 짓을 저지르지 않았으면 좋겠네. 메리에게 돌아오라고 하게, 아니면 자네가 데리고 오든가.”

“돌턴 씨, 전 지금 사실대로 말씀드리고 있는 겁니다……”

“이보게.” 돌턴 씨가 말했다. “자네한테 좋도록 해주겠네……”

잰의 얼굴이 붉어졌다.

“무슨 말씀이죠?” 그는 물었다.

“그만큼 보답을 하겠네……”

“이 개 같은……” 잰은 말을 그만두었다. 그는 문으로 걸어갔다.

“가라고 놔두세요.” 브리튼이 말했다. “도망치진 못할 겁니다. 전화해서 체포하라고 하겠어요. 저 자식 분명히 더 알면서 입 다무는 거예요……”

잰은 문간에 멈춰 서서 세 사람 모두를 바라보더니 나가버렸다. 비거는 침대 끄트머리에 앉아 계단을 뛰어내려가는 잰의 발소리를 들었다. 문이 쾅 닫혔다. 그러곤 정적이었다. 비거는 돌턴 씨가 자기를 이상한 눈으로 바라보는 것을 보았다. 그는 그 표정이 맘에 걸렸다. 그러나 브리튼은 늘어진 전구의 노란 불빛에 비친 창백하고 딱딱한 얼굴로 종이철 위에 뭔가 적었다.

“자네 말이 전부 사실이겠지, 비거?” 돌턴 씨가 물었다.

“네, 선생님.”

“그놈은 믿어도 됩니다.” 브리튼이 말했다. “자, 전화 걸러 갑시다. 저 자식을 체포해서 심문받게 해야겠어요. 그것밖에 방책이 없습니다. 그리고 몇 사람 시켜서 돌턴 양 방을 조사해보도록 하겠습니다. 무슨 일이 일어났는지 반드시 알아낼 겁니다. 저 빌어먹을 빨갱이 새끼 뭔가 꿍꿍이속이 있는 게 분명해요. 내 오른팔을 걸어도 좋습니다!”

여전히 침대 끄트머리에 앉아 있는 비거를 남겨두고 브리튼이 나가고 돌턴 씨도 뒤따라나갔다. 문이 닫히는 소리가 들리자 그는 일어나 모자를 움켜쥐고 조용히 계단을 내려가 지하실로 갔다. 그는 잠시 낮은 소리를 내며 타오르는 불을 틈새로 바라보며 서 있었다. 불은 이제 눈이 부실 정도로 새빨갛게 타오르고 있었다. 그다음 그는 집 안 진입로로 나가 퍼붓는 눈 속을 뚫고 거리로 나갔다. 즉시 베시를 만나야 했다. 협박장을 당장 보내야 했다. 우물쭈물할 시간이 없었다. 돌턴 씨나 브리튼이나 페기가 그가 없는 것을 알고 어디 갔었느냐고 묻는다면, 담배 한 갑 사러 갔다 왔다고 말할 작정이었다. 그렇지만 경황이 없는 상태니 아마 아무도 그의 생각은 하지 않을 것이다. 그리고 그들은 지금 잰을 뒤쫓고 있으니 그는 안전했다.

"비거!"

그는 셔츠 안쪽의 총을 손으로 잡으며 발을 멈추고 휙 돌아섰다. 한 가게 문간에 서 있는 잰이 보였다. 잰이 다가오자 비거는 뒷걸음쳤다. 잰이 발을 멈췄다.

"제발! 겁내지 마요. 당신을 해치려는 게 아니니."

가로등의 창백한 노란 불빛 속에서 그들은 마주 섰다. 축축하고 큼직한 눈송이들이 떠돌다 천천히 내려앉으며 그들 사이에 섬세한 장막을 쳤다. 비거의 손은 셔츠 속 총을 잡고 있었다. 잰은 입을 벌린 채 뚫어지게 쳐다보며 서 있었다.

"아니 도대체 무슨 영문이오, 비거? 난 당신한테 못된 짓 한 거 없잖아요, 그렇지 않아요? 메리는 어디 있소?"

비거는 죄책감이 들었다. 잰의 존재는 그를 단죄했다. 그러나 그는 자신이 저지른 죄를 보상할 아무런 방법도 알지 못했다. 그는 여태껏 행동해온 대로 행동해야 한다고 느꼈다.

"선생님과 얘기하고 싶지 않습니다." 그는 중얼거렸다.

"그렇지만 내가 당신한테 도대체 어쨌단 말이오?" 잰이 절망적으로 물었다.

잰은 그에게 아무 짓도 하지 않았다. 그리고 그의 마음속에 분노를 불러일으킨 것은 바로 잰의 결백함이었다. 그는 총을 쥔 손가락에 힘을 주었다.

"선생님과 얘기하고 싶지 않습니다." 그는 다시 말했다.

그는 잰이 계속 거기 서서 그에게 이 끔찍한 죄책감을 느끼게 만든다면, 자기도 모르게 그를 쏴버릴 것만 같았다. 그는 온몸을 떨기 시작했다. 입술이 벌어지며 눈이 커졌다.

"가세요." 비거는 말했다.

"이봐요, 비거, 이 사람들이 당신을 못살게 군다면 나한테 말해요. 겁내지 말고. 난 이런 일에는 익숙하니까. 자, 이봐요. 어디 가서 커피나 마시면서 얘기해봅시다."

잰이 다시 앞으로 다가오자 비거는 총을 꺼냈다. 잰은 하얗게 질리며 멈춰 섰다.

"맙소사! 무슨 짓을 하는 거요? 쏘지 마요…… 난 당신한테 못되게 굴지도 않았는데…… 그만둬요……"

"날 내버려둬요." 비거는 딱딱하고 신경질적인 목소리로 말했다. "날 내버려둬요! 내버려둬요!"

잰은 그에게서 뒷걸음쳤다.

"날 내버려둬요!" 비거의 목소리는 비명에 가깝게 높아졌다.

잰은 좀더 멀리 뒷걸음질하더니 돌아서서 어깨 너머로 뒤돌아보며 빠른 걸음으로 걸어갔고, 모퉁이에 다다르자 눈 속으로 뛰어

사라져버렸다. 비거는 총을 손에 든 채 꼼짝도 하지 않고 서 있었다. 그는 자기가 어디에 있는지 완전히 잊어버렸다. 두 눈은 도망치는 잰의 모습을 마지막으로 본 지점을 못 박힌 듯 응시하고 있었다. 내부의 긴장이 누그러지자, 그는 손에 든 총을 옆으로 축 늘어뜨렸다. 제정신이 돌아왔다. 지난 3분 동안은 마치 이상한 주문에 걸렸거나 미워하면서도 복종할 수밖에 없는 어떤 힘에 사로잡혔던 것 같았다. 눈 속에 다가오는 작은 발걸음 소리를 듣고 깜짝 놀라 쳐다보니 백인 여자가 보였다. 그 여자는 그를 보고 발을 멈췄다. 그녀는 갑자기 돌아서서 거리를 건너 뛰어갔다. 비거는 총을 주머니에 찔러넣고 모퉁이로 달려갔다. 그는 뒤를 돌아보았다. 그 여자는 눈 속을 뚫고 반대 방향으로 사라지고 있었다.

걸으면서 그의 마음속에는 차갑고 강력한 의지가 생겨났다. 헤쳐나가야 한다. 빨리빨리 해치워야겠다. 잰은 예상했던 것보다 훨씬 굳은 결의를 보였다. 협박장을 보내려면 잰이 무죄를 완전히 입증하기 전에 보내야 한다. 이 순간 그는 잡힌다 해도 상관없었다. 잰과 브리튼이 경외심에 질리게만, 그와 그의 검은 피부와 그의 겸손한 태도에 두려움을 느끼게만 할 수 있다면!

그는 길모퉁이에 이르러 한 가게로 들어갔다. 백인 점원이 다가왔다.

"봉투 한장하고 종이 몇장, 그리고 연필 좀 주세요."

그는 말했다.

그는 돈을 내고 꾸러미를 주머니에 넣은 후 밖으로 나와 길모퉁이로 가서 전차를 기다렸다. 한대가 왔다. 그는 전차에 올라타 편지를 어떻게 쓸지 생각하며 동쪽으로 갔다. 그는 벨을 울려 차를 세우고는 전차에서 내려, 조용한 흑인 거리를 걸어갔다. 이따금 그는 밤 속에 고요히 희끄무레하게 서 있는 텅 빈 건물을 지나쳤다. 그는 베시에게 이런 건물 속에 숨어서 돌턴 씨 차가 오나 지켜보게 할 작정이었다. 그렇지만 그가 지나친 건물들은 너무 낡았다. 사람이 안에 들어가면 무너져내릴지도 몰랐다. 그는 계속 걸었다. 베시가 창가에 서서 차에서 던지는 돈 꾸러미를 볼 수 있는 그런 건물을 찾아내야 했다. 그는 랭글리 로路까지 와서 서쪽 워배시 로를 향해 걸었다. 장님의 눈처럼 보이는 까만 창문들이 달린 빈 건물들이 겨울바람 속에서 뼈 위로 눈을 뒤집어쓰고 서 있는 해골처럼 늘어서 있었다. 그러나 모퉁이에는 하나도 없었다. 마침내 미시간 로 동부 36번가에서 그는 자기가 원하는 것을 찾아냈다. 그것은 불빛이 잘 비치는 모퉁이에 높고, 하얗고, 조용하게 서 있었다. 베시가 정면 창문 어디서 봐도 사방이 모두 보일 것이었다. 아! 회중전등이 있어야지! 그는 가게으로 가 1달러를 내고 한개 샀다. 그리고 장갑이 있나 외투 안주머니를 만져보았다. 이제 준비가 다 됐다. 그는 거리를 건너가 전차를 기다렸다. 발이 시려 그는 눈 속에서 발을 굴렀다. 주위에는 그와 마찬가지로 전차를 기다리는 사람들이 있었지만, 그는 그들을 보지 않았다. 그들은 다만 눈먼 사람들, 그의 어머니, 남동생, 누이동생, 페기, 브리튼, 잰, 돌턴 씨, 앞을 못 보는 돌턴 부인, 그리고 멍하니 응시하는 까만 창을 가진 조용한 빈집들처럼 눈먼 사람들에 불과했다.

거리를 둘러보다가 한 건물에 이런 표지가 붙어 있는 게 눈에 띄었다. 이 건물은 싸우스사이드 부동산회사에서 관리함.

싸우스사이드 부동산회사가 돌턴 씨 소유라는 말을 들은 적이 있었고, 그가 사는 집도 싸우스사이드 부동산회사 소유였다. 그는 쥐가 들끓는 단칸방에 주당 8달러를 지불했다. 돌턴 씨 집에 일하러 오기 전까지 비거는 돌턴 씨를 한번도 본 적이 없었다. 집세는 항상 그의 어머니가 부동산 사무실에 갖다 냈다. 돌턴 씨는 신神처럼 어딘가 높고 멀리 떨어진 곳에 있었다. 그는 흑인 빈민가 도처에 부동산을 갖고 있었고, 또한 백인이 사는 곳에도 부동산이 있었다. 그렇지만 비거는 '경계선' 너머의 건물에서는 살 수 없었다. 흑인 교육을 위해 수백만 달러를 기부하면서도, 돌턴 씨는 흑인에게는 오직 이 정해진 지역, 썩어서 붕괴되어가는 도시 한구석에 있는 집만을 세놓았다. 이런 것을 생각하니 비거는 기분이 씁쓸해졌다. 그래, 협박장을 보내야겠다. 기절초풍하게 만들어주겠다.

전차가 오자 그는 남쪽으로 가서 51번가에 내려 베시네 집으로 걸어갔다. 초인종이 다섯번 울려서야 응답하는 버저 소리가 났다. 빌어먹을, 취했구나! 하는 생각이 들었다. 계단을 올라가자, 잠과 술기운에 붉게 충혈된 눈으로 그를 문틈으로 내다보는 그녀가 보였다. 그녀가 의심스러워지자 두렵고 화가 났다.

"비거?" 그녀가 물었다.

"방으로 도로 들어가." 그가 말했다.

"무슨 일이야?" 그녀가 멍하니 입을 벌린 채 물러서며 물었다.

"들어가게 문이나 열어!"

그녀는 거의 고꾸라질 뻔하면서 문을 벌컥 열었다.

"불 켜!"

"무슨 일이야, 비거?"

"불 켜라는 소리를 몇번이나 해야 되겠어?"

그녀가 불을 켰다.

"블라인드 내려."

그녀가 창문의 블라인드를 내렸다. 그는 서서 그녀를 지켜봤다.

저 여자 때문에 곤경을 치르긴 싫다. 그는 화장대로 가서 그녀의 화장품 병이며 빗, 브러시 따위를 옆으로 확 밀치고 주머니에서 꾸러미를 꺼내 빈 자리에다 놓았다.

"비거?"

그는 그녀를 돌아보았다.

"왜?"

"정말 하려는 건 아니지, 응?"

"도대체 무슨 생각을 하는 거야?"

"비거, 안돼!"

그는 두려움과 증오에 사로잡혀 그녀의 팔을 꽉 잡아눌렀다.

"이제 와서 나한테 등을 돌리진 못해! 지금은 안돼, 이 빌어먹을 것아!"

그녀는 아무 말도 하지 않았다. 그는 모자와 외투를 벗어 침대 위에 팽개쳤다.

"옷이 다 젖었잖아, 비거!"

"그래서 뭐?"

"나, 이 일 안할래." 그녀가 말했다.

"안한다고, 웃기고 있네!"

"억지로 시키긴 못할걸!"

"내가 너 일하는 집 물건 훔치는 것 도와준 것만으로도 넌 이미 감옥에 들어가고도 남을 텐데."

그녀는 대답이 없었다. 그는 그녀에게서 몸을 돌리고 의자를 하나 잡아 화장대 앞으로 끌고 갔다. 그리고 꾸러미를 풀고는 종이를 둥글게 뭉쳐 방구석으로 던졌다. 베시는 본능적으로 그것을 주우려고 몸을 굽혔다. 비거가 웃자 그녀는 갑자기 몸을 폈다. 그렇다.

베시는 장님이다. 그가 협박장을 쓰려는 마당에 그녀는 방이 깨끗한지에나 신경 쓰고 있었다.

"왜 그래?" 그녀가 물었다.

"아냐."

그는 냉혹한 미소를 지었다. 그는 연필을 꺼냈다. 깎여 있지 않았다.

"칼 좀 줘."

"자기도 있잖아?"

"빌어먹을, 없어! 칼 내놔!"

"자기 건 어쨌어?"

그는 자기가 칼을 가지고 있었다는 사실을 그녀도 안다는 것을 상기하며 그녀를 노려보았다. 금속 칼날 위에 묻은 피가 난방로 불빛에 번뜩이는 영상이 눈앞에 떠오르며 두려움이 뜨겁게 치밀었다.

"맞아야 알겠어?"

그녀는 커튼 뒤로 갔다. 그는 앉아서 종이와 연필을 바라보았다. 그녀가 식칼을 가지고 돌아왔다.

"비거, 제발…… 나 하고 싶지 않아."

"술 있어?"

"응……"

"한모금 하고 저기 침대에 죽치고 앉아 있어."

그녀는 마음을 정하지 못하고 서 있다가 베개 밑에서 병을 꺼내 마셨다. 그녀는 침대에 배를 깔고 누워서 그를 볼 수 있게 고개를 돌렸다. 그는 화장대 거울로 그녀를 지켜봤다. 그는 연필을 깎고 종이 한장을 폈다. 막 쓰려는데, 장갑을 끼지 않았다는 것이 생각났다. 빌어먹을!

“내 장갑 좀 줘.”

“응?”

“내 외투 주머니에서 장갑을 꺼내오라고.”

그녀는 비틀거리며 일어나, 장갑을 꺼내 맥없이 손에 들고 그의 의자 뒤에 와서 섰다.

“여기 봐.”

“비거……”

“장갑 주고 저 침대로 돌아가, 알겠어?”

그는 장갑을 잡아채고 그녀를 한번 밀친 다음, 다시 화장대 쪽으로 몸을 돌렸다.

“비거……”

“입 다물란 소리도 이게 마지막이다!” 그는 쓰기 편하게 칼을 옆으로 치우며 말했다.

그는 장갑을 끼고 떨리는 손으로 연필을 집어들고는 종이 위로 자세를 취했다. 필적을 바꾸어야 했다. 그는 연필을 오른손에서 왼손으로 옮겨 잡았다. 그는 필기체가 아니라 인쇄체로 써야겠다고 마음먹었다. 그는 목이 타서 침을 삼켰다. 자, 어떻게 쓰는 게 가장 좋을까? 나는 당신이 만 달러를…… 하고 생각해보았다. 아니다. 그렇게 하면 안된다. ‘나’라고 하면 안된다. ‘우리’라고 하는 게 나을 것이다. 우리가 당신 딸을 데리고 있다 하고 그는 크고 둥근 인쇄체로 천천히 썼다. 그게 나았다. 돌턴 씨로 하여금 메리가 아직 살아 있다고 생각하게 해야 한다. 그는 그녀는 무사하다라고 썼다. 자, 이제, 경찰에 알리지 말라는 말을 하자. 아니지! 우선 메리 이야기를 좀 써놓자! 그는 고개를 숙이고 썼다. 그녀는 집에 가고 싶어한다…… 이제 경찰에 알리지 말라고 하자. 딸이 무사히 돌아오기를 바란다면 경찰에 알리지 마라. 아니지. 이건 좋지 않다. 그는 흥분으로 머릿가죽이 욱신거렸다. 머리칼 한 올 한 올이 느껴지는 것 같았다. 그는 그 문장을 다시 읽어보고 나서 '무사히'를 지워버리고 '살아서'라고 써넣었다. 한순간 그는 꼿꼿하게 얼어버렸다. 내장 속에 우주를 일주하는 유성遊星들이라도 담긴 듯, 뱃속에서 느리고 차갑고 거대한 움직임이 일었다. 어지러웠다. 그는 정신을 다잡으며, 다시 쓰는 데 주의를 집중했다. 이제 돈 얘기를 꺼내야지. 얼마나? 그래, 만 달러로 하자. 5달러와 10달러짜리 지폐로 만 달러를 준비하여 구두상자에 넣어라…… 괜찮은데. 어디선가 읽어본 것이었다…… 그리고 내일 밤 차로 미시간 로를 35번가에서 45번가까지 왔다 갔다 하라. 이렇게 하면 베시가 어디 숨었는지 정확히 집어내기 힘들 것이다. 그는 썼다. 헤드라이트를 몇번 깜빡여라. 창문에서 불빛이 세번 깜빡이는 게 보이면 상자를 눈 속에 던지고 떠나라. 이 편지에서 시키는 대로 하라. 자, 서명을 해야지. 그런데 뭐라고 하지? 헛짚게 만들어야 하는데. 아, 그렇지! '공산당원'이라고 쓰자. 그는 공산당원이라고 인쇄체로 썼다. 그래도 어쩐지 뭔가 부족한 느낌이었다. 아, 그렇지. 그는 공산주의 소책자에서 본 것과 같은 표시를 해야겠다고 마음먹었다. 그는 그것이 어떻게 생겼나 생각해보았다. 망치와 휘어진 칼이 있었다. 그는 망치를, 그리고 둥글게 휜 칼을 그렸다. 그렇지만 그럴싸해 보이지 않았다. 꼼꼼히 들여다보니 칼 손잡이가 빠져 있었다. 그는 그것을 그려넣었다. 자, 이제 완성되었다. 그는 그것을 다시 읽어보았다. 아! 빠뜨린 게 있구나, 돈을 갖고 올 시간을 적어넣어야 한다. 그는 고개를 숙이고 다시 인쇄체로 썼다. 추신. 돈은 자정에 가져오라. 한숨을 몰아쉬며 눈을 들어보니 베시가 뒤에 서 있었다. 그는 몸을 돌려 그녀를 바라보았다.

"비거, 정말로 할 생각은 아니지?" 그녀는 공포에 질려 속삭였다.

“하고말고.”

“그 여잔 도대체 어디 있는 거야?”

“몰라.”

“알잖아. 모른다면 이런 일은 안할 거야.”

“아, 어쨌든 무슨 상관이야?”

그녀는 그의 눈을 똑바로 들여다보며 속삭였다.

“비거, 당신 그 여자 죽였어?”

그는 턱을 악물며 일어섰다. 그녀는 돌아서서 침대에 몸을 던지고 흐느꼈다. 그는 한기를 느꼈다. 그는 몸이 땀투성이라는 걸 깨달았다. 부스럭거리는 작은 소리가 나서 손을 내려다보니, 손가락이 떨리는 바람에 협박장이 흔들리고 있었다. 하지만 난 겁나지 않아, 그는 스스로 다짐했다. 그는 편지를 접어 봉투에 넣고 봉투 가장자리를 혀로 핥아 붙인 후 주머니에 쑤셔넣었다. 그는 침대 위 베시 곁에 앉아 그녀를 품에 안았다. 그녀에게 말을 걸려 했지만 목이 너무 잠겨 아무 말도 나오지 않았다.

“이봐, 우리 꼬맹이.” 그는 드디어 속삭였다.

“비거, 자기 무슨 일이 생긴 거야?”

“아무것도 아냐. 넌 할 일도 별로 없어.”

“난 하기 싫어.”

“겁내지 마.”

“나한테 아무도 안 죽이겠다고 했잖아.”

“아무도 안 죽였어.”

“죽였어! 자기 눈 속에 나타나 있어. 자기 온몸에서 보여.”

“날 못 믿어, 자기?”

“그 여잔 어디 있어, 비거?”

"나도 몰라."

"그 여자가 안 나타날 거라는 건 어떻게 알지?"

"그냥."

"자기가 죽인 거야."

"에이, 그 여잔 잊어버려."

그녀가 일어섰다.

"자기 그 여잘 죽였다면 나도 죽일 거야." 그녀는 말했다. "난 이 일에서 빠지겠어."

"바보같이 굴지 마. 난 널 사랑해."

"절대로 죽이지 않겠다고 했잖아."

"그렇담 좋아. 그놈들은 백인이야. 그놈들은 우리를 수없이 죽였잖아."

"그렇다고 해서 죽여도 되는 건 아냐."

그는 그녀가 의심스러워지기 시작했다. 전에 들어보지 못한 말투였다. 그는 눈물에 젖은 그녀의 눈이 두려움에 질린 빛으로 그를 바라보는 것을 보며, 자기가 방에서 나오는 것을 본 사람이 없다는 사실을 생각했다. 이제 너무 많이 아는 베시를 끝내버리기란 쉬운 일일 것이다. 식칼을 집어 목을 베기만 하면 된다. 돌턴 씨 집으로 돌아가기 전에, 이쪽이건 저쪽이건 그녀의 마음을 분명히 해두어야 한다. 그는 재빨리 주먹을 그러쥐며 그녀를 굽어보았다. 희끄무레한 형체가 다가오는 가운데 메리의 침대 옆에 서 있을 때와 같은 느낌이었다. 두려움이 한치라도 더해지면 그는 또다시 살인을 저지르고 말 것이었다.

"지금 장난 따윈 하지 마."

"나 무서워, 비거." 그녀가 울먹거렸다.

그녀는 몸을 일으키려 했다. 그녀가 그의 눈에서 격분한 빛을 보았음을 그는 알았다. 두려움이 불길처럼 그를 에워쌌다. 말이 갈라지고 속삭이는 소리가 되어 나왔다.

"자, 이제 가만히 있어. 나 장난 아냐. 머지않아 그놈들이 날 잡으려 들겠지, 아마. 하지만 잡도록 내버려두진 않겠어, 알아? 그렇게 놔두진 않겠다고! 그놈들 날 찾아내려고 제일 먼저 너한테 오겠지. 나와 너에 관해서 꼬치꼬치 캐물을 거고, 그럼, 이 멍청이 주정뱅이야, 넌 불겠지! 너도 가담하지 않는 한, 불고 말 거야. 네 목숨도 걸린 일이 아닌 한, 넌 불고 말 거라고."

"아냐, 비거!" 그녀는 격하게 속삭였다. 그 순간 그녀는 너무 겁나서 울지도 못했다.

"내가 시키는 대로 할 테야?"

그녀는 몸을 비틀어 빼 침대 위로 몸을 굴려 반대편에 내려섰다. 그가 침대를 돌아 그녀를 따라가자 그녀는 구석으로 뒷걸음쳤다. 그의 목소리가 목구멍에 걸려 식식거렸다.

"날 찌르라고 널 남겨두고 가진 않겠어!"

"나 절대 말하지 않을게! 맹세해."

그는 그녀의 얼굴에 바싹 얼굴을 들이댔다. 그녀를 자기에게 묶어두어야 했다.

"그래, 내가 그 여잘 죽였다." 그는 말했다. "이제 너도 알았지. 그러니 협조해야 해. 너도 나만큼 깊이 빠져든 거야! 벌써 그 돈에서 얼마를 썼잖아……"

그녀는 다시 침대로 무너져내리면서 숨을 헉헉거리며 흐느꼈다. 그는 그녀를 내려다보고 서서, 조용해지기를 기다렸다. 그녀가 어느정도 진정되자, 그는 그녀를 일으켜 내려서게 했다. 그러곤 베개 밑에 손을 넣어 병을 꺼내 마개를 빼고는, 그녀의 몸에 팔을 두르며 그녀의 머리를 기울였다.

"자, 한모금 해."

"싫어."

"마셔……"

그는 병을 그녀의 입에 갖다댔다. 그녀는 아주 조금 한모금 삼켰다. 그가 병을 치우려 하자 그녀는 그것을 뺏었다.

"그만하면 됐어. 취해서 곯아떨어지면 곤란해."

그가 그녀를 풀어주자 그녀는 다시 침대 위에 축 늘어져 흐느꼈다. 그는 그녀 위로 몸을 굽혔다.

"이봐, 베시."

"비거, 제발! 나한테 이런 짓 하지 마! 제발! 나는 언제나 일만, 개처럼 일만 하는데! 아침부터 밤까지. 나한텐 아무런 행복도 없어. 한번도 행복했던 적이 없어. 아무것도 가진 게 없는 나한테 자기가 이럴 수 있어? 내가 자기한테 그렇게 잘해줬는데. 지금 자기는 내 인생을 송두리째 망가뜨리는 거야. 난 자기를 위해서라면 무슨 일이든 다 했는데, 자기가 나한테 이런 짓을 하다니. 제발, 비거……" 그녀는 고개를 돌리고 바닥을 응시했다. "주님, 저한테 이런 일이 일어나지 않게 해주세요! 이런 일을 당할 짓은 하나도 한 게 없습니다. 매일 일만 했지요! 저한텐 행복도, 아무것도 없어요. 그냥 일만 할 뿐입니다. 한낱 검둥이인 전 일만 하고 아무도 괴롭히지 않아요……"

"계속해." 비거는 수긍하듯 고개를 끄덕이며 말했다. 굳이 그녀가 말하지 않아도 그녀의 말에 담긴 진실을 그는 알고 있었다. "계속해봐, 그럼 뭔가 나오는 게 있겠지."

"하지만 난 그 일 하고 싶지 않단 말야, 비거. 우리 붙잡힐 거야. 너무나 뻔하잖아."

"날 밀고하게 그냥 놔두고 가진 않겠어."

"말하지 않을게. 정말이야. 가슴에 손을 얹고 맹세해, 말 안할 거야. 당신은 도망가면 되잖아……"

"돈이 없어."

"아니, 돈 있잖아. 나한테 준 돈에서 집세를 치르고 술을 조금 샀어. 그렇지만 나머지는 그대로 있어."

"그걸론 모자라. 진짜 돈이 필요해."

그녀는 다시 울음을 터뜨렸다. 그는 칼을 들고 그녀를 내려다보았다.

"당장 다 끝내버릴 수도 있어." 그는 말했다.

그녀는 놀라 몸을 일으키며 비명을 지를 듯 입을 벌렸다.

"소리 지르면 널 죽일 수밖에 없어. 정말이야!"

"안돼, 안돼! 비거, 그러지 마! 그러지 마!"

천천히 그의 팔에서 힘이 풀리며 옆으로 축 늘어졌다. 그녀는 다시 엎드려 흐느꼈다. 그는 일이 다 끝나기도 전에 그녀를 죽여야 될까봐 걱정되었다. 그녀를 데리고 갈 수도 남겨두고 갈 수도 없었다.

"알았어." 그는 말했다. "하지만 똑똑히 구는 게 좋을 거야."

그는 칼을 화장대 위에 놓고 외투 주머니에서 회중전등을 꺼낸 후, 편지와 회중전등을 손에 들고 그녀 곁에 섰다.

"일어나. 외투 걸쳐." 그는 말했다.

"오늘 밤은 안돼, 비거! 오늘 밤은……"

"오늘 밤엔 안해. 그렇지만 너한테 할 일을 가르쳐줘야지."

"하지만 추운데. 눈도 오고……"

"그래. 그러니 아무도 우릴 보지 못할 거야. 어서!"

그녀는 몸을 일으켰다. 그는 그녀가 외투를 걸치는 것을 지켜봤다. 이따금 그녀는 동작을 멈추고 눈물을 억누르려 눈을 깜빡이며 그를 쳐다보았다. 그녀가 옷을 다 입자, 그는 외투를 입고 모자를 쓰고 그녀를 거리로 데리고 나왔다. 눈발이 점점 굵어졌다. 바람이 거세게 몰아쳤다. 눈보라였다. 희미한 누런 얼룩처럼 가로등들이 서 있었다. 그들은 모퉁이로 걸어가 전차를 기다렸다.

"이 일만 아니면 뭐든지 할게." 그녀가 말했다.

"이제 그만둬. 이미 일은 시작된 거야."

"비거, 나 자기하고 같이 달아날게. 자기를 위해서 일할게. 응? 우리 이럴 필요가 어디 있어? 내가 자기 사랑하는 거 못 믿어?"

"이제 와서 그런 수작 해봤자 소용없어."

전차가 왔다. 그는 그녀가 올라타도록 도와주고 그녀 옆자리에 앉아, 그녀의 얼굴 저편 창밖에서 멋대로 하얗게 흩날리며 조용히 내리는 눈발을 바라보았다. 그는 눈을 훨씬 더 크게 뜨며 그녀를 보았다. 그녀는 마치 어디로 가는지 가르쳐주는 말이 떨어지길 기다리고 있는 눈먼 여인처럼, 초점 없는 눈으로 멍하니 바라보았다. 그녀는 한번 울었으나 그가 어깨를 너무 세게 움켜잡는 바람에 울음을 멈췄다. 자신의 운명보다는 강철 같은 손가락의 고통스러운 압박이 더 절실했던 것이다. 그들은 36번가에서 내려 미시간 로로 걸어갔다.

모퉁이에 도착하자, 비거는 발을 멈추고 다시 그녀의 팔을 움켜쥐어 멈추게 했다. 까만 창문들이 달린 높고 하얀 텅 빈 건물 앞이었다.

"우리 어디로 가는 거야?"

"바로 여기."

"비거." 그녀가 울먹였다.

"그만둬. 또 시작이야!"

"하지만 난 정말 하기 싫단 말야."

"해야 돼."

그는 눈 내리는 밤을 배경으로 죽 늘어서서 희미하게 가물거리는 노란 원뿔 모양의 빛을 길게 비추고 있는 유령 같은 가로등들 너머로 거리를 위아래로 훑어보았다. 그는 칠흑 같은 정적의 거대한 늪으로 통하는 정면 입구 쪽으로 그녀를 끌고 갔다. 그는 회중전등을 꺼내, 더욱 새까만 암흑으로 통하는 흔들거리는 층계에 둥근 불빛을 비추었다. 그녀를 데리고 올라가자 계단이 삐걱거렸다. 이따금 구두가 부드럽고 푹신한 물체에 빠지는 것이 느껴졌다. 거미줄이 그의 얼굴을 스쳤다. 온통 나무 썩는 습한 냄새가 났다. 그는 갑자기 우뚝 섰다. 뭔가가 건조하고 작은 발소리를 내며 앞을 가로질러갔고 다급하게 도망치던 데서 일단 벗어나자 두려움에 찬 가늘고 새된 쓸쓸한 울음소리를 냈다.

"아아아아악!"

비거는 휙 돌아서서 빛줄기를 베시 얼굴에 쏟았다. 그녀의 입술은 말려올라가고 입이 벌어졌으며, 손은 흰자위가 드러난 눈께로 반쯤 올라가 있었다.

"무슨 짓이야?" 그는 물었다. "우리가 여기 있다고 온 세상에 알리려고 그래?"

"아, 비거!"

"어서 와!"

몇발짝 올라간 후 그는 멈춰 서서 불빛으로 주위를 한바퀴 비추어보았다. 먼지 낀 벽들, 돌턴 씨 집 벽과 거의 같은 벽들이 보였다. 방문들은 그가 여태껏 살아본 집의 어떤 방문보다도 널찍했다. 전에는 부자들이 살았던 모양이군, 그는 생각했다. 싸우스사이드에 있는 대부분의 집이 이랬다. 화려하고 낡고 냄새나고. 한때는 부유한 백인들 집이었지만 지금은 흑인들이 살거나 아니면 시커먼 창문들이 하품하듯 입을 쩍 벌린 캄캄하고 텅 빈 집이 되어버린 것이다. 그는 흑인들이 처음 싸우스사이드로 이사 왔을 때, 백인들이 이런 집에다 폭탄을 던졌던 일이 떠올랐다. 그는 노란 원반형의 불빛을 거칠게 잡아채고는 조심스럽게 복도를 내려가 집 정면에 자리 잡은 방으로 들어갔다. 방에는 바깥 가로등 불빛이 희미하게 새어 들었다. 그는 회중전등을 끄고 둘러보았다. 커다란 창문이 여섯개나 있었다. 어느 창문에나 바짝 붙어서면 사방의 거리가 환히 눈에 들어왔다.

"봐, 베시……"

그녀를 향해 몸을 돌려보니 그녀가 거기 없었다. 그는 격한 목소리로 불렀다.

"베시!"

대답이 없었다. 그는 방문으로 달려가 회중전등을 켰다. 그녀는 벽에 기대 흐느끼고 있었다. 그는 그녀에게 다가가 팔을 잡고 다시 방으로 밀어넣었다.

"그쳐! 좀더 똑똑하게 굴어."

"차라리 날 당장 죽여." 그녀는 흐느꼈다.

"그런 소리 두번 다시 마!"

그녀는 아무 말도 하지 않았다. 그의 펼쳐진 검은 손바닥이 재빨리 좁은 원을 그리며 위로 치켜올라가더니 그녀의 얼굴을 세게 내리쳤다.

"정신 차리게 해줘?"

그녀는 고개를 푹 숙이며 무릎에 파묻었다. 그는 다시 그녀의 팔을 잡고 창으로 끌고 갔다. 그러곤 달리기를 해서 숨이 찬 사람처럼 말했다.

"자, 잘 봐! 넌 내일 밤 이리로 오기만 하면 되는 거야, 알겠어? 곤란한 일은 절대 없을 거야. 내가 다 잘 처리해놓을 테니까. 조금도 걱정 마. 그저 내가 시키는 대로 하면 돼. 여기 와서 지켜보기만 해. 12시쯤에 차가 한대 다가올 거야. 전조등을 깜박거리면서 말야, 응? 차가 다가오면 이 회중전등을 들고 세번 깜박거려, 응? 이렇게. 잘 기억해둬. 그다음엔 차를 지켜봐. 꾸러미를 던질 거야. 그 속에 돈이 들었으니까 꾸러미를 잘 봐야 해. 눈 속에 떨어질 테니 주위에 누가 없나 주의해서 살펴보고, 아무도 없으면 나가서 꾸러미를 주워들고 집으로 가. 하지만 집으로 곧장 가면 안돼. 지켜보는 사람이 없나, 미행하는 사람이 없나 확인해야 해, 알겠지? 전차를 서너번 갈아타되 빨리 바꿔타야 해. 집에서 다섯 구역 떨어진 곳에서 내리고, 걸어갈 땐 뒤를 돌아봐, 알았어? 자, 봐. 미시간 로하고 36번가가 전부 보이지? 누가 숨어서 지켜본다면 네 눈에 보일 거야. 난 내일 하루 종일 그 백인들 집에 있을 거야. 그놈들이 감시인을 붙인다면 너한테 가지 말라고 알려줄게."

"비거……"

"자, 가자."

"집에 데려다줘."

"하겠어?"

그녀에게선 대답이 없었다.

“너도 이젠 한패야.” 그는 말했다. “그 돈에서 얼마를 썼잖아.”

“어쨌건 이젠 상관없어.” 그녀는 한숨지었다.

“아주 쉬울 거야.”

“그렇지 않을 거야. 난 붙잡히고 말겠지. 하지만 아무 상관 없어. 어차피 난 망한 몸인걸. 자기하고 사귀기 시작했을 때 이미 다 망한 거야. 이미 망한 몸이니 이제 상관없어……”

“가자.”

그는 그녀를 데리고 다시 전차 정류장으로 갔다. 휘몰아치는 눈보라 속에서 기다리고 선 동안 그는 침묵을 지켰다. 전차 오는 소리가 들리자, 그는 그녀의 가방을 잡아채서 열고 회중전등을 집어넣었다. 전차가 멈췄다. 그는 그녀를 태우고 그녀의 떨리는 손에 7쌘트를 쥐여주고는, 전차가 천천히 밤을 뚫고 움직이기 시작하자, 눈속에 서서 하얗게 성에 낀 창 저편 그녀의 검은 얼굴을 지켜봤다.

그는 눈발을 헤치며 돌턴가를 향해 걸었다. 오른손은 외투 주머니 속에서 협박장을 쥐고 있었다. 집 안 진입로에 이르자 그는 주의 깊게 거리를 둘러보았다. 아무도 없었다. 그는 집을 바라보았다. 희고 거대하고 조용했다. 그는 층계를 올라 문 앞에 섰다. 무슨 일이라도 일어날 것만 같아 그는 잠시 그대로 서 있었다. 위험한 금기를 범하고 있다는 생각이 너무도 깊었기 때문에, 그는 바로 저 대기大氣인지 하늘인지가 갑자기 입을 열어 멈추라고 명령할 것만 같았다. 숨이 막힐 정도로 세찬 차가운 바람을 정면으로 맞으며 빠르게 나아가는 느낌이었지만, 기분은 괜찮았다. 주위에는 정적과 밤과 내리는 눈, 마치 태초부터 내리기 시작해서 세상이 끝날 때까지 내릴 듯이 쏟아지는 눈이 있었다. 그는 주머니에서 편지를 꺼내 문 밑에 살그머니 밀어넣었다. 그러고는 돌아서서 층계를 뛰어내려가 집 뒤로 달려갔다. 했다! 내가 방금 해냈다! 오늘 밤이나 내일 아침이면 편지가 발견될 것이다…… 그는 지하실로 가서 문을 열고 들여다보았다. 아무도 없었다. 한마리 격노한 짐승처럼 난방로는 모든 것을 붉은 불빛으로 뒤덮으며 뜨겁게 고동치고 있었다. 그는 틈새 앞에 서서 끊임없이 움직이는 불씨를 지켜봤다. 메리가 완전히 탔을까? 그는 석탄을 쑤셔 헤쳐보고 싶었지만 엄두가 나지 않았다. 생각만 해도 움찔해졌다. 그는 손잡이를 잡아당겨 석탄을 더 넣고는 자기 방으로 갔다.

어둠 속에서 침대 위에 몸을 쭉 뻗고서야 그는 온몸이 떨리고 있음을 깨달았다. 춥고 배가 고팠다. 그렇게 떨면서 누워 있는데, 피보다도 뜨거운, 뜨거운 공포의 물결이 밀려오는 바람에 그는 벌떡 일어났다. 그는 장갑과 연필, 종이를 눈앞에 생생히 떠올리며 그대로 방 한가운데 서 있었다. 아니, 어떻게 그것들을 잊어버릴 수가 있었단 말인가? 태워버려야 한다. 지금 당장 그렇게 해야겠다. 그는 불을 켜고 외투에서 장갑과 연필, 종이를 꺼내 셔츠 속으로 집어넣었다. 그리고 문으로 가서 잠시 귀를 기울이고는 복도로 나가 계단 아래 난방로로 갔다. 그는 잠시 빛나는 틈새 앞에 서 있다가 황급히 문을 열고 장갑과 연필, 종이를 던져넣고, 그것들이 연기를 내다가 확 타오르는 것을 지켜봤다. 그는 문을 닫고 무섭게 소용돌이치는 공기 속에서 그것들이 타들어가는 소리를 들었다.

이상한 감각이 그를 감쌌다. 무언가 배와 머릿가죽에서 따끔거렸다. 무릎이 흔들거리며 꺾여들어갔다. 그는 비틀비틀 벽으로 가 힘없이 기댔다. 무감각 상태가 물결처럼 배에서 온몸으로 부채꼴로 퍼져나가 머리와 눈까지 삼켜버렸고, 입이 벌어졌다. 몸에서 맥이 빠졌다. 그는 무너지듯 무릎을 꿇고 고꾸라지지 않으려고 손으

로 바닥을 힘껏 받쳤다. 본능적인 공포감이 그를 사로잡았다. 이가
덜덜 떨리고, 겨드랑이와 등을 타고 땀이 흘러내리는 게 느껴졌다.
그는 몸을 가능한 한 움직이지 않은 채 신음했다. 시야가 흐려졌다
가 점차 맑아졌다. 다시 난방로가 보였다. 그때 그는 자기가 기절
직전 상태였다는 것을 깨달았다. 곧 불의 빛과 소리가 눈과 귀에
들어왔다. 그는 입을 다물고 이를 악물었다. 마비되는 듯한 묘한 무
감각 상태가 사라지고 있었다.

　기대지 않고 설 만큼 기운이 되살아나자, 그는 몸을 일으키고 소
매로 이마를 닦았다. 너무 오랫동안 잠과 음식이 부족했기에 몸에
무리가 온데다가 흥분 때문에 힘이 소모된 것이었다. 부엌으로 가
서 저녁을 달라고 해야 했다. 분명, 이처럼 굶어서는 안되었다. 그
는 계단을 올라 문으로 가서 머뭇거리며 노크했다. 아무 대답도 없
었다. 손잡이를 돌려 문을 여니 빛이 넘쳐흐르는 부엌이 보였다. 식
탁 위에는 하얀 냅킨이 몇장 펼쳐져 있고, 그 밑에는 접시처럼 보
이는 것이 놓여 있었다. 그는 멍하니 바라보며 서 있다가 식탁으로
다가가 냅킨 가장자리를 하나씩 들쳐보았다. 자른 빵과 스테이크
와 감자튀김과 고깃국물 소스와 강낭콩과 시금치와 커다란 초콜릿
케이크 조각이 있었다. 입에 군침이 돌았다. 내 건가? 페기가 어디
근처에 있나 하는 생각이 들었다. 어디 있나 찾아보아야 하나? 그
러나 그는 그녀를 찾는다는 생각이 싫었다. 그러면 그에게 주의가
쏠릴 터인데 그것은 정말 싫었다. 그는 먹어야 하지 않을까 생각하
며, 그러나 겁나서 그렇게 하지는 못한 채 부엌에 서 있었다. 그는
하얀 식탁 모서리에 검은 손을 얹었다. 벌어진 입에서 소리없는 웃
음이 터져나왔다. 아주 짧은 순간, 소름 끼칠 만큼 객관적인 눈으로
자신을 볼 수 있었던 것이다. 부잣집 백인 처녀를 죽이고 그 여자

머리를 잘라낸 후 시체를 태우고 다른 사람에게 죄를 뒤집어씌우기 위해 거짓말하고 만 달러를 요구하는 협박장까지 써놓고는, 식탁에 차려진 음식, 자기 몫이 분명한 음식도 손대기를 겁내며 이렇게 서 있는 것이었다.

"비거?"

"네?" 부른 사람이 누구인지 깨닫기도 전에 대답부터 나왔다.

"어디 갔었니? 5시부터 저녁을 차려놓고 기다렸는데. 저기 의자에 앉아서 어서 먹어……"

실컷 먹어도…… 그는 더이상 듣지 않았다. 페기 손에 협박장이 들려 있었다. 커피 데워줄게 어서 먹어 펴봤을까? 그 속에 뭐가 들었는지 알고 있을까? 아니다. 봉투는 봉한 채였다. 그녀는 식탁으로 다가와 냅킨들을 걷어냈다. 그는 흥분으로 무릎이 떨리고 이마에 땀이 솟았다. 살갗이 마치 열기에 쭈글쭈글해지는 느낌이었다. 스테이크 데워줄까 이 질문은 머나먼 곳에서 들려왔고 그는 제대로 알아듣지도 못한 채 고개를 저었다. 몸이 안 좋으니

"이거면 됐습니다." 그는 중얼거렸다.

"그렇게 굶으면 안돼."

"배고프지 않았어요."

"생각보다는 배가 고플 거다." 그녀가 말했다.

그녀는 그의 접시에 잔과 받침접시를 갖다놓고는 편지를 식탁 가장자리에 놓았다. 마치 그것이 자석이고 그의 눈은 쇠라도 되는 듯 주의가 그것에 쏠렸다. 그녀는 커피 주전자를 들어 잔에 가득 부었다. 방금 문 밑에서 편지를 주워서 미처 돌턴 씨에게 가져다줄 틈이 없었던 게 분명했다. 그녀는 그의 접시에 작은 크림 단지를 놓고 다시 편지를 집어들었다.

"이걸 돌턴 씨께 갖다드려야 해." 그녀는 말했다. "금방 돌아올 게."

"네, 부인." 그는 작은 소리로 대답했다.

그녀가 나가자 그는 씹는 것을 멈추고 멍하니 앞을 바라보았다. 입안이 깔깔했다. 하지만 먹어야 했다. 지금 먹지 않는다면 의심을 살 것이었다. 그는 음식을 억지로 입에 쑤셔넣고, 한입 먹을 때마다 잠깐 씹었다가 뜨거운 커피를 삼켜 아래로 씻어내렸다. 커피가 다 떨어지자 찬물을 사용했다. 그는 어떤 소리도 놓치지 않으려고 귀를 곤두세웠다. 그러나 아무 소리도 들려오지 않았다. 그때 문이 조용히 열리며 페기가 돌아왔다. 그는 그녀의 둥글고 붉은 얼굴에서 아무것도 알아낼 수 없었다. 그는 그녀가 화덕으로 다가가 냄비와 프라이팬 따위를 가지고 꾸무럭거리는 모습을 곁눈질로 훔쳐보았다.

"커피 더 마실래?"

"됐습니다."

"우리 집에 지금 시끄러운 일이 생겼다고 해서 너 겁먹은 건 아니지, 응?"

"아, 아닙니다." 그는 자기 태도에 그녀로 하여금 그렇게 묻게 만드는 구석이 있나 생각하며 말했다.

"불쌍한 아가씨!" 페기가 한숨을 쉬었다. "그렇게 철딱서니 없는 짓을 하다니. 딸내미라고 부모한테 늘 걱정만 끼치니, 원. 하지만 요즘은 그런 자식도 흔해빠졌지."

그는 말없이 서둘러 먹었다. 부엌에서 나가고 싶었다. 이제 사태가 공개되었다. 전부는 아니지만 일부가. 아직 메리에 대해서 아무도 몰랐다. 메리가 납치되었다는 것을 알고 상심하며 겁에 질릴 돌턴 식구들 모습이 마음에 선했다. 이제 그들의 생각은 그에게서 어느정도 멀어질 것이다. 그들은 백인들 짓이라고 생각할 것이다. 시커먼 겁쟁이 검둥이가 그런 짓을 하리라곤 생각도 못할 것이다. 그들은 잰을 추적할 것이다. 그가 편지에 '공산당원'이라는 서명과 망치와 휘어진 칼을 그려놓았으니 공산주의자들을 찾아다닐 것이다.

"다 먹었니?"

"네, 부인."

"오전에 난방로 재를 치우는 게 좋겠구나."

"네, 부인."

"그리고 8시에는 돌턴 씨를 모실 채비를 해놓고."

"네, 부인."

"네 방 맘에 들디?"

"네, 부인."

문이 거칠게 열렸다. 비거는 놀라 소스라쳤다. 돌턴 씨가 잿빛이 된 얼굴로 부엌으로 들어왔다. 그는 페기를 쳐다보고 페기는 접시 닦는 행주를 손에 든 채 그를 쳐다보았다. 돌턴 씨 손에는 개봉된 편지가 들려 있었다.

"무슨 일이세요, 돌턴 씨?"

"누가…… 어디서…… 누가 이걸 주었소?"

"뭐 말씀이세요?"

"이 편지 말이오."

"아, 누구한테 받은 게 아니라 문에서 주운 건데요."

"언제?"

"몇분 전에요. 뭐가 잘못됐나요?"

돌턴 씨는 부엌을 빙 둘러보았다. 특별히 무엇을 보는 게 아니라, 그저 네 벽에 둘러싸인 공간 전부를 휘둥그레 멍한 눈으로 둘러보았다. 그러더니 다시 페기를 바라보았다. 마치 그녀의 자비로움에 매달리기라도 하는 듯이, 그녀가 공포를 가시게 할 어떤 말을 해주기를 기다리는 듯이.

"무—무슨 일이세요, 돌턴 씨?" 페기가 거듭 물었다.

미처 돌턴 씨가 대답하기도 전에, 돌턴 부인이 하얀 손을 높이 들고 더듬더듬 부엌으로 들어왔다. 비거는 그녀의 손가락이 돌턴 씨 어깨에 닿기까지 공중에서 가늘게 떨리는 것을 지켜봤다. 그녀의 손가락은 남편의 외투를 벗겨질 만큼 세게 움켜쥐었다. 비거는 눈꺼풀도 까딱하지 않고 있었지만 살갗이 뜨겁게 달아오르고 근육이 딱딱해지는 것이 느껴졌다.

"헨리! 헨리!" 돌턴 부인이 외쳤다. "무슨 일이에요?"

돌턴 씨에겐 그녀의 말이 들리지 않았다. 그는 여전히 페기를 바라보고 있었다.

"이 편지를 두고 간 사람 봤소?"

"아뇨, 돌턴 씨."

"비거, 자넨?"

"못 봤습니다." 그는 팍팍한 음식을 입에 가득 문 채 조그맣게 말했다.

"헨리, 말해줘요! 제발! 제발요!"

돌턴 씨는 돌턴 부인 허리에 팔을 두르고 꼭 끌어당겼다.

"저—저 메리 이야긴데 저…… 메리가……"

"무슨 일이에요? 메리 어디 있어요?"

"놈들이…… 놈들이 데리고 있소! 납치당했어요!"

"헨리! 안돼요!" 돌턴 부인이 비명을 질렀다.

“아니, 이럴 수가!” 페기가 돌턴 씨에게 달려가며 울먹였다.

“우리 아가.” 돌턴 부인이 흐느꼈다.

“납치당했어요.” 돌턴 씨는 마치 다시 한번 되풀이해야 스스로도 믿을 수 있다는 듯 이렇게 말했다.

비거는 눈을 크게 뜨고 휙 눈을 굴리며 세 사람을 한눈에 담았다. 돌턴 부인은 계속 흐느끼고, 페기는 의자에 주저앉아 손으로 얼굴을 가리더니 벌떡 일어나 부엌을 뛰쳐나가며 소리를 질렀다.

“주님, 아가씰 죽이지 못하게 해주세요!”

돌턴 부인이 휘청거렸다. 돌턴 씨가 그녀를 부축하고 비틀거리며 문으로 데리고 나가려 했다. 돌턴 씨를 지켜보는 비거의 마음속에 지난밤 메리의 몸을 팔로 부축하던 자신의 모습이 빠르게 스쳐지나갔다. 비거는 일어나 돌턴 씨가 나갈 수 있게 문을 열어주고, 돌턴 부인을 팔에 안고 침침한 복도를 불안한 걸음걸이로 걸어가는 돌턴 씨를 지켜봤다.

이제 부엌에는 그 혼자 남았다. 여기서 걸어나가 이 모든 것에서 벗어날 기회가 왔다는 생각이 다시 일었으나 그는 또 그 생각을 치워버렸다. 남아서 어떻게 끝나는지 꼭 보고 싶었다. 비록 그 끝이 그를 암흑 속에 삼켜버린다 해도. 그는 상쾌한 바람이 휘몰아치는 높은 산꼭대기에서 사는 느낌이었다. 귓가에 희미한 흐느낌이 들려왔다. 그러다 갑자기 조용해졌다. 무슨 일일까? 지금 돌턴 씨가 경찰에 전화하려는 건가? 열심히 귀를 기울였지만, 아무 소리도 들리지 않았다. 그는 문으로 가서 복도로 몇발짝 내디뎠다. 여전히 아무 소리도 없었다. 그는 주위를 둘러보며 보는 사람이 없나 확인한 후 까치발로 가만가만 복도를 걸어갔다. 목소리가 들려왔다. 돌턴 씨가 누구한테 뭐라고 말하고 있었다. 그는 좀더 다가갔다. 그래, 들린다…… 브리튼과 통화할 수 있을까요 돌턴 씨가 전화하고 있구나. 당장 좀 와주시오 그렇소 지금 당장요 끔찍한 일이 생겼소 전화로는 얘기하고 싶지 않소 브리튼이 오면 다시 심문을 당하겠지. 네 곧장 오시오 기다리겠소

그는 방으로 돌아가야 했다. 그는 까치걸음으로 복도를 지나 부엌을 통과해 계단을 내려가 지하실로 들어갔다. 뜨거운 난방로 틈새들이 진홍빛 어둠 속에서 번뜩였고 공기를 집어삼키는 통풍장치의 목쉰 배음이 들렸다. 그 여자는 다 탔을까? 하지만 그렇지 않다 한들 그 여자를 난방로 속에서 찾아볼 생각을 할 사람이 어디 있겠는가? 그는 방으로 와서 벽장에 들어가 문을 닫고 귀를 기울였다. 정적. 그는 벽장에서 나오면서 문을 열어두었고 급하게 벽장으로 가도 소리가 나지 않도록 신발을 벗었다. 그는 다시 침대에 누웠다. 수많은 충동에서 태어난 영상들이 마음속에서 소용돌이쳤다. 달아날 수도, 남아 있을 수도 있었다. 심지어는 내려가서 무슨 짓을 저질렀는지 고백할 수도 있었다. 이처럼 여러가지 선택지가 열려 있다는 생각만으로도 그는 자유로운 기분이고 자신의 삶이 자기 것이며 미래는 자기 손에 달려 있는 느낌이었다. 그렇지만 저들은 그가 한 짓이라고는 절대 생각하지 않을 것이었다. 비거처럼 온순한 흑인 청년이 말이다.

사람들 목소리가 들리는 것 같아 그는 침대에서 뛰어내려 귀를 기울였다. 자기 생각에 너무 골몰했기 때문에 정말 들었는지 상상일 뿐인지 종잡을 수가 없었다. 맞다. 밑에서 어렴풋이 발소리가 들려왔다. 그는 급히 벽장으로 갔다. 발소리가 멈췄다. 흐느끼는 소리가 나지막이 들려왔다. 페기였다. 흐느끼는 소리가 잦아들다가 다시 높아졌다. 그는 페기가 흐느끼는 소리와 캄캄한 바깥에서 몰아치는 바람의 긴 신음 소리를 들으며 한참을 서 있었다. 흐느낌이

멈추고 다시 페기의 발소리가 났다. 현관에서 초인종 소리가 나서 간 건가? 다시 발소리가 들렸다. 페기는 무슨 일인가로 현관 쪽으로 갔다가 돌아온 것이었다. 묵직한 남자 목소리가 들렸다. 처음에는 누구 목소리인지 구분이 안 갔으나 곧 브리튼 목소리임을 알 수 있었다.

"……그리고 편지를 발견했단 말이지요?"

"네."

"얼마나 되었나요?"

"한시간쯤 됐어요."

"누가 놓고 가는지 못 본 거 확실해요?"

"문 밑에 디밀어놓은걸요."

"잘 생각해봐요. 집이나 진입로 근처에서 누구 본 사람 없어요?"

"예. 그애하고 저하고, 이 근처에 있던 사람은 우리뿐이에요."

"그럼 그애는 지금 어디 있소?"

"2층 자기 방에 있을 거예요."

"이런 필적 전에 본 적 있습니까?"

"아뇨, 브리튼 씨."

"짐작이든 판단이든 상상이든 좋습니다. 이런 편지를 보낼 만한 사람이 누굴까요?"

"네. 아무리 생각해봐도 전혀 모르겠어요, 브리튼 씨."

브리튼의 말소리가 멎었다. 다른 사람의 무거운 발소리가 들렸다. 의자가 바닥에 끌리는 소리가 났다. 부엌에 사람들이 더 있었다. 누굴까? 움직이는 소리로 봐선 남자들인 것 같았다. 그때 다시 브리튼이 말하는 소리가 들렸다.

"이봐요, 페기. 말해봐요, 그 아이 행동거지가 실제로는 어때요?"

“무슨 말이세요, 브리튼 씨?”

“똑똑해 보이나요? 행동을 꾸며대는 것 같지 않던가요?”

“모르겠는데요, 브리튼 씨. 그냥 다른 흑인 애들하고 똑같은데요.”

“‘네, 부인’ ‘아뇨, 부인’이라고 꼭 붙이나요?”

“네, 브리튼 씨. 공손해요.”

“그렇지만, 실제보다 더 무식하게 보이려고 애쓰는 것 같지는 않던가요?”

“잘 모르겠습니다, 브리튼 씨.”

“그애가 오고 나서 집에서 뭐 없어진 건 없나요?”

“네. 없었어요.”

“아주머니한테 모욕을 준다든가 그런 일은요?”

“어머, 없었어요! 전혀 없었어요!”

“도대체 어떤 아이입니까?”

“그냥 얌전한 흑인 아이죠, 뭐. 저로선 그렇게밖에……”

“뭐 읽는 모습을 본 적 있나요?”

“아뇨, 브리튼 씨.”

“다른 때보다 더 영리하게 얘기할 때는요?”

“아뇨. 말투가 한결같았어요, 저한텐 말예요.”

“이 편지에 대해 뭔가 알고 있다고 여겨질 만한 행동을 한 적은 있나요?”

“아뇨, 브리튼 씨.”

“아주머니가 말을 걸면, 뭐라고 할지 생각해보는 것처럼 좀 망설이다가 대답하나요?”

“아뇨, 브리튼 씨. 말이나 행동이 자연스러워요.”

“말할 때 유대인과 많이 어울려본 것처럼 손을 많이 휘젓나요?”

“눈여겨본 적이 없는데요, 브리튼 씨.”

“누구에게 동지라고 부르는 소리를 들은 적은요?”

“없습니다, 브리튼 씨.”

“집에 들어올 때는 모자를 벗나요?”

“눈여겨본 적은 없지만, 그런 것 같습니다.”

“백인과 함께 있는 데 익숙한 것처럼, 권하지도 않았는데 아주머니 앞에서 앉은 적은 없나요?”

“아니요, 브리튼 씨. 제가 앉으라고 할 때만 앉았어요.”

“자기가 먼저 말을 꺼내나요, 아니면 말을 걸 때까지 기다리나요?”

“글쎄요. 항상 우리가 먼저 말을 걸어야 말했던 것 같은데요.”

“자, 보세요, 페기. 유대인 말투처럼, 말할 때 목소리가 올라가는지 잘 생각해봐요. 무슨 뜻인지 알죠? 저, 페기, 공산주의자들과 어울려다녔는지 알아보려는 거요……”

“아녜요, 브리튼 씨. 제가 보기엔 다른 흑인들 말투랑 똑같던데요.”

“지금 어디 있다고 했지요?”

“2층 자기 방에요.”

브리튼의 말소리가 그쳤을 때 비거는 미소를 지었다. 그렇다. 브리튼은 그에게 올가미를 씌우려고, 그에게 불리한 상황을 꾸며내려고 하였다. 하지만 그럴 만한 꼬투리를 잡아내진 못했다. 지금 브리튼이 얘기하러 이리로 오는 중일까? 다른 사람들 목소리가 들려왔다.

“십중팔구 죽었을 거야.”

"그래. 보통 없애버리니까. 막상 납치하고 나면 상대가 겁나거든. 나중에 자기네를 알아볼까봐 말야."

"노인은 돈을 치르겠다고 하지?"

"그럼. 딸을 돌려받아야 하니까."

"그래봤자 내 생각엔 만 달러만 그냥 날리는 건데."

"하지만 딸이 걸린 문제니 어쩌겠나."

"틀림없이 빨갱이 놈들이 자금을 마련하려고 벌인 짓일 거야."

"그럼!"

"놈들은 이런 식으로 돈을 구하나봐. 왜 그 린드버그 아이를 유괴한 브루노 하웁트만이란 놈도 나치를 위해 그랬다고들 하잖아.[20] 그놈들 돈이 필요했거든."

"빨갱이든 아니든, 그 빌어먹을 개새끼들 하나도 남김없이 쏴 죽였으면 속이 다 시원하겠다."

문 열리는 소리와 함께 더 많은 발걸음 소리가 들렸다.

"노인하곤 잘됐나요?"

"아직은 별로야." 브리튼 목소리였다.

"상심이 크지요, 예?"

"그럼. 누군들 안 그러겠나?"

"경찰은 안 부른답니까?"

"응, 완전히 겁먹었어."

"가족한텐 심한 건지 모르겠지만, 겁줘서 돈을 긁어내는 게 안 통한다는 걸 납치범들한테 보여준다면 그놈들도 그만둘 텐데 말입

---

20 최초로 대서양 횡단에 성공한 미국 비행사 찰스 린드버그(Charles Lindbergh)의 아들이 1932년 유괴, 살해당한 사건을 말하는데 범인으로 지목된 하웁트만은 독일계 이민자였다.

니다.”

“브릿,[21] 다시 한번 설득해봐요.”

“그래요. 이젠 경찰을 부르는 수밖에 없다고 해봐요.”

“아, 나도 모르겠어. 그분을 괴롭히고 싶지가 않아.”

“뭐, 어쨌든 자기 딸이니까. 알아서 하라고 해야지요.”

“하지만, 브릿. 경찰이 이 얼론이란 작자를 잡아가면 그자가 경찰한테 말할 거고 결국 신문에도 날 거 아닙니까. 그러니 지금 경찰을 불러요. 경찰이 일찍 착수할수록 좋잖아요.”

“아니, 노인이 신호를 보낼 때까지 기다려보겠어.”

비거는 돌턴 씨가 경찰에 알리지 않으려 한다는 것을 알았다. 그것만큼은 확실했다. 그러나 돌턴 씨가 얼마나 버틸 수 있을까? 잰이 붙잡혀가는 즉시 경찰에서 모든 것을 알게 될 것이다. 잰이 털어놓는 이야기만으로도 경찰과 신문에서 조사에 나설 만한 충분한 거리가 될 것이다. 그렇지만 잰이 메리 납치 혐의를 받는다면 어떻게 될까? 잰이 알리바이를 입증할 수 있을까? 만일 입증해낸다면, 경찰은 다른 사람을 찾기 시작할 것이다. 저들은 다시 그를 심문하기 시작할 것이다. 왜 잰이 집까지 왔었다고 거짓말했는지 알아내려 할 것이다. 그렇지만 협박장에 ‘공산당원’이라고 서명해놓았으니, 여전히 잰이나 그 동지들 짓이라고 헛짚지 않을까? 비거가 메리를 납치했다고 생각할 까닭이 어디 있는가? 비거는 벽장에서 나와 소매로 이마의 땀을 훔쳤다. 너무 한참을 무릎을 꿇고 있었더니 피가 거의 멈춰버려 발바닥에서부터 종아리로 바늘로 찌르는 듯한 아픔이 밀려 올라왔다. 그는 창가로 가서 휘몰아치는 눈을 내다보

---

21 브리튼의 애칭.

왔다. 바람 소리가 거세지고 있었다. 굉장한 눈보라였다. 눈은 아무 정해진 방향 없이 움직이면서도, 거대한 흰 폭풍우로 몰아치며 온 세상을 흩날리는 가루로 가득 채웠다. 회오리바람의 축소판처럼 비틀려 나선형으로 말려올라가는 눈발에서 날카롭게 몰아치는 바람이 보였다.

창문에서는 뒷골목이 내려다보이고 그 오른쪽은 45번가였다. 그는 창문이 열리나 한번 시험해보았다. 몇 인치 올려봤다가 다시 끝까지 올리자 크고 날카로운 소리가 났다. 누가 들었을까? 기다려보았지만, 아무 일도 없었다. 됐다! 최악의 사태가 되면, 즉시 이 창문으로 뛰어내려 도망가면 된다. 바닥에서 두 층 높이밖에 안되고 바로 밑에는 부드러운 눈이 두텁게 쌓여 있었다. 그는 창문을 내리고 다시 침대에 누워 기다렸다. 탄탄한 발걸음 소리가 계단에서 들려왔다. 그래, 누가 올라오고 있구나! 몸이 딱딱하게 굳었다. 노크 소리가 났다.

"네, 선생님!"

"문 열어!"

불을 켜고 문을 여니 한 백인 얼굴이 보였다.

"아래층에서 보자고들 하는데."

"네, 선생님!"

그 남자가 한쪽으로 비켜서고, 비거는 그를 지나쳐 복도를 걸어 계단 아래 지하실로 들어갔다. 그러는 내내 백인의 시선이 등에 느껴졌고, 난방로에 가까워지자 불길이 희미하게 헐떡이는 소리가 들렸고, 피에 젖어 번뜩이는 새까맣고 구불구불한 머리카락의 피 묻은 메리의 머리가 구겨진 신문지 위에 놓여 있는 모습이 바로 눈앞에 어른거렸다. 세명의 백인과 함께 난방로 근처에 서 있는 브리튼이 보였다.

"잘 있었냐, 비거."

"네, 선생님."

"무슨 일이 생겼는지 들었지?"

"네, 선생님."

"잘 들어, 여긴 나하고 내 부하들밖에 없으니까 안심하고 말해도 돼. 그래, 네 생각에 잰이 이 일에 관련이 있을 것 같냐?"

비거는 시선을 떨구었다. 그는 급하게 대답하기도 대놓고 잰을 지목하기도 싫었다. 그랬다간 너무 자세하게 물어올 터였다. 그는 넌지시 잰을 걸고 들어가자고 마음먹었다.

"잘 모르겠습니다, 선생님." 그는 말했다.

"그냥 네 생각을 말해봐."

"모르겠습니다, 선생님." 비거는 되풀이했다.

"어젯밤 정말로 여기서 그 사람을 봤냐, 응?"

"아, 예, 선생님."

"그 사람이 트렁크를 밑으로 내려다놓고 차를 눈 내리는 한데에 놔두라고 했다고 너 맹세할 수 있지?"

"사—사실이니 맹세할 수 있습니다, 선생님." 비거가 말했다.

"그자가 뭔가 꿍꿍이가 있는 것처럼 굴었냐?"

"잘 모르겠습니다, 선생님."

"너는 여기서 몇시에 떠났다고 했지?"

"2시 조금 전이었습니다, 선생님."

브리튼은 다른 남자들을 돌아보았는데, 그중 한 남자는 난방로 가까이 등을 대고 서서 손을 뒤로 돌려 불을 쬐고 있었다. 다리를 활짝 벌리고 입가에서 담뱃불이 번뜩였다.

“분명히 그 빨갱이들 짓이야.” 브리튼이 그에게 말했다.

“맞아요.” 난방로 곁의 남자가 말했다. “무엇 때문에 트렁크를 내려다놓고 차를 밖에 놔두라고 했겠어요? 우리를 헷갈리게 만들려는 짓거리지.”

“이봐, 비거.” 브리튼이 말했다. “그자가 조금이라도 이상하게 군 건 없냐? 그러니까 좀 불안해한다든가 말야, 응? 도대체 무슨 이야기를 하더냐?”

“공산주의자 이야기를⋯⋯”

“너한테도 가입하라고 했냐?”

“저한테 그 책들을 주면서 읽어보라고 했습니다.”

“어서. 그자가 뭐라고 했는지 한번 말해봐.”

비거는 흑인들이 요구하면 백인들이 싫어할 만한 것들이 뭔지 잘 알았다. 그리고 빨갱이들이 늘 요구하는 것이 바로 그런 것들이라는 것도 알았다. 그리고 백인들은 흑인들을 위해 싸우는 백인들 입에서라도 그런 것들을 요구하는 소리가 나오는 걸 좋아하지 않는다는 것도 알았다.

“글쎄요,” 하고 비거는 내키지 않는다는 듯이 말했다. “언젠가는 부자도 백인도 없어질 거라고⋯⋯”

“그리고?”

“흑인도 기회를 가질 거라고⋯⋯”

“계속해봐.”

“그리고 린치 같은 것도 사라질 거라고⋯⋯”

“그러니까 아가씬 뭐라고 하시더냐?”

“아가씨도 그 말에 동의했습니다.”

“그래, 넌 그분들이 어땠냐?”

“잘 모르겠습니다, 선생님.”

“내 말은, 그분들이 좋더냐?”

이런 얘기를 좋다고 하면 보통 백인들은 싫어한다는 것을 그는 알았다.

“제 일인걸요. 그분들이 시키는 대로 한 것뿐입니다.” 그는 웅얼 댔다.

“아가씨가 조금이라도 겁먹은 것 같지는 않았냐?”

그는 그들이 잰을 무슨 혐의로 몰아가려고 하는지 알아차렸고, 어젯밤 그가 식당에 함께 들어가 식사하기를 거절하자 메리가 울 던 일이 생각났다.

“글쎄요, 잘 모르겠습니다, 선생님. 아가씨께서 한번 울긴 하셨 습니다만……”

“울어?”

남자들이 몰려들었다.

“네, 선생님.”

“그 남자가 때렸나?”

“그건 못 봤습니다.”

“그럼 무슨 짓을 했지?”

“저, 그분이 아가씨에게 팔을 두르자 아가씨가 울음을 그치셨어 요.”

비거는 벽을 등지고 있었다. 진홍색 불빛이 백인들 얼굴에 번뜩 였다. 난방로를 통과하며 위로 빨려올라가는 공기 소리가 바깥 어 둠 속에서 흐느끼듯 부는 희미한 바람 소리와 어우러져 귓전에 울 렸다. 피곤했다. 그는 긴 1초 동안 눈을 감았다가, 목숨을 구하려면 정신을 똑똑히 차리고 질문에 답해야 한다는 걸 명심하며 다시 눈을 떴다.

"백인 여자들에 대해 이 잰이란 자가 무슨 말 한 거 없냐?"

비거는 깜짝 놀라 긴장했다.

"네?"

"빨갱이에 가담하면 백인 여자들을 만나게 해준다고 하더냐?"

그는 흑백 간의 성관계가 대부분의 백인 남자에게 혐오감을 일으킨다는 것을 알고 있었다.

"아닙니다, 선생님." 그는 당황한 척하며 말했다.

"잰이 아가씨와 잤나?"

"모르겠습니다, 선생님."

"방이나 호텔 같은 데 안 갔어?"

"네, 선생님. 공원에만 갔습니다."

"두 사람은 뒷좌석에 앉았고?"

"네, 선생님."

"얼마 동안이나 공원에 있었냐?"

"글쎄요, 한두시간쯤일 겁니다, 선생님."

"그러지 말고. 그 남자가 아가씨하고 잤나?"

"저도 모르겠습니다, 선생님. 뒷좌석에서 키스하고 뭐 그랬습니다."

"아가씨는 누워 있었냐?"

"저, 네, 선생님. 그랬어요." 비거는 그러는 게 나을 것 같아 눈을 내리깔며 말했다. 그는 백인들이 흑인이라면 누구나 백인 여자를 원한다고 생각한다는 걸 알기 때문에, 자기 앞에서 백인 여자 이름이 거론될 때 두렵고 공손한 태도를 보여주고 싶었다.

"그 사람들 취했지, 응?"

"네, 선생님. 많이 마셨으니까요."

진입로로 자동차 여러대가 들어오는 소리가 들렸다. 경찰일까?

"누구지?" 브리튼이 물었다.

"글쎄요." 남자들 중 하나가 말했다.

"알아봐야겠네." 브리튼이 말했다.

브리튼이 문을 열자, 차 네대가 전조등을 번쩍이며 눈 속에 서 있는 것이 보였다.

"거기 누구요?" 브리튼이 소리쳤다.

"기잡니다!"

"여긴 뭐하러 왔소!" 브리튼이 불쾌해하며 소리쳤다.

"괜히 시간 끌지 마요!" 외치는 목소리가 들려왔다. "이미 신문에 일부가 났어요. 나머지도 말해주는 게 좋을 겁니다."

"신문에 뭐라고 났소?" 사람들이 지하실로 들어오자 브리튼이 물었다.

얼굴이 붉은 키 큰 남자 하나가 주머니에 손을 넣더니 신문 한장을 꺼내 브리튼에게 건넸다.

"공산주의자들은 당신네들이 자기들에게 노인의 딸을 납치했다고 뒤집어씌운다는 거요."

비거는 선 자리에서 신문을 흘낏 훔쳐봤다.

여자 실종, 공산주의자 체포.

"빌어먹을!" 브리튼이 말했다.

"휴!" 얼굴이 붉은 키 큰 남자가 말했다. "굉장한 밤이네! 공산주의자 체포! 눈보라. 거기다 여긴 마치 누가 살해라도 당한 것 같네."

"아니, 이봐요." 브리튼이 말했다. "지금 돌턴 씨 댁에 있다는 걸 명심하시오.”

“아, 미안합니다.”

“노인은 어디 있습니까?”

“2층에요. 혼자 있겠다 하시오.”

“정말로 딸이 없어진 거요, 아니면 그냥 한번 그래보는 거요?”

“난 아무 말도 할 수 없소.” 브리튼이 말했다.

“여기 이 애는 누굽니까?”

“말하지 마, 비거.” 브리튼이 말했다.

“얼론이 자기한테 죄를 뒤집어씌웠다던 그앱니까?”

비거는 벽에 기대서서 흐릿한 눈초리로 주위를 둘러보았다.

“우리한테 묵비권을 행사할 작정이오?” 그중 한 남자가 물었다.

브리튼이 말했다. “자, 여러분, 가만히 좀 있으세요. 당신들을 만나실지 가서 알아보겠소.”

“그러는 게 좋을 겁니다. 기다리죠. 이것 때문에 온통 전화통에 불이 났어요.”

브리튼은 비거를 그 많은 사람들 속에 남겨두고 계단을 올라갔다.

“네 이름이 비거 토머스지?” 얼굴이 붉은 남자가 물었다.

“말하지 마, 비거.” 브리튼 부하 하나가 말했다.

비거는 아무 말도 하지 않았다.

“아니, 왜 그럽니까? 말하고 싶으면 말하게 놔두지.”

“이거 큰 사건 냄새가 나는데.” 한 사람이 말했다.

비거는 이런 사람들은 처음이었다. 이들을 어떻게 대해야 할지, 또 이들이 어떻게 나올지도 알 수 없었다. 그들은 돌턴 씨처럼 부자도 머나먼 존재도 아니고 브리튼보다 더 딱딱한데, 그 딱딱함은 좀더 비개인적이어서 브리튼의 태도보다 더 위험해 보였다. 그들은 난방로 불빛 속에서, 모자를 쓰고 여송연이나 궐련을 입에 물고는 지하실을 이리저리 돌아다녔다. 비거는 그들에게서 누구도 개의치 않는 차가움을 느꼈다. 그들은 흥미진진한 운동시합을 구경하러 온 사람들 같았다. 잰이 체포되어 심문받게 되었으니 그들은 여기 오래 머물 것이었다. 그가 잰에 대해 한 말을 어떻게들 생각할까? 그들에게 아무 말 말라고 브리튼이 막아준 게 잘된 일일까? 비거의 눈은 한 백인 남자의 장갑 낀 손에 들린 둘둘 말린 신문에 가 있었다. 저 신문을 읽을 수만 있다면! 사람들은 말없이 브리튼이 돌아오길 기다렸다. 그때 한 남자가 곁으로 다가와 벽에 기대섰다. 비거는 곁눈질로 훔쳐보며 아무 말도 하지 않았다. 그 남자가 담배에 불을 붙이는 것이 보였다.

"피울래?"

"아닙니다, 선생님." 그는 중얼거렸다.

손바닥 한가운데 무언가 와닿는 것이 느껴졌다. 그가 보려고 하자 속삭이는 소리가 저지했다.

"움직이지 마. 그거 너 가져. 그 대신 나한테 정보 좀 줘."

얄팍한 종이 뭉치가 손에 잡혔다. 그는 그것이 돈이며 돌려줘야 한다는 것을 즉각 깨달았다. 그는 돈을 들고 기회를 보았다. 일이 너무 빨리 일어나고 있어서 제대로 대처하기 힘들다고 느껴졌다. 피곤했다. 아, 자러 갈 수만 있다면! 좀 쉽게 몇시간만 모두 연기될 수 있다면! 그러면 돌아가는 일에 제대로 대처할 수 있을 것 같았다. 이어지는 일들은 마치 괴로운 꿈속에 등장하는 여러 항목들처럼, 원인도 없이 불쑥불쑥 벌어지는 듯했다. 방금 어떤 일이 일어났으며 앞으로 어떤 일이 일어날 거라고 예상했는지조차 기억나지 않는 것 같은 때도 있었다. 계단 꼭대기에서 문이 열리고 브리튼이 보였다. 다른 사람들이 딴 곳을 바라보는 사이에, 비거는 그 남자 손에 돈을 쥐여주었다. 그 남자는 그를 바라보고 고개를 젓더니 담배를 끄고 한가운데로 걸어갔다.

"미안합니다, 여러분." 브리튼이 말했다. "하지만 노인께선 화요일까지는 당신들을 만날 수 없다고 하십니다."

비거는 재빨리 머리를 굴렸다. 그렇다면 돌턴 씨는 돈을 치르고 경찰을 부르지 않을 작정인 모양이었다.

"화요일요?"

"아니, 그러지 마쇼!"

"딸은 어디 있습니까?"

"미안합니다." 브리튼이 말했다.

"당신들이 그렇게 나오면, 우리는 이 사건에 대한 정보가 들어오는 대로 뭐든 실을 수밖에 없습니다." 한 남자가 말했다.

브리튼이 설명했다. "여러분 모두 돌턴 씨를 잘 알잖소. 그러니 그렇게 하지는 않겠지요. 제발 그분에게 기회를 드리세요. 지금 이유를 설명할 수는 없지만 중대한 일이오. 그러면 언젠가 여러분에게 그만한 보답을 해주실 거요."

"딸이 실종된 거요?"

"나도 몰라요."

"여기 이 집 안에 있습니까?"

브리튼은 망설였다.

"아니요. 그런 것 같진 않소."

"언제 나갔는데요?"

"모릅니다."

"언제 돌아올 예정입니까?"

“말할 수 없소.”

“그 얼론이란 사람 말이 사실입니까?” 한 남자가 물었다. “그 사람은 돌턴 씨가 자기를 체포하게 만든 게 공산당을 모략하기 위해서라고 하는데요. 그리고 자기와 돌턴 양의 관계를 끊어놓으려는 시도라구요.”

“난 모릅니다.” 브리튼이 말했다.

“얼론은 체포되어 경찰 본부로 끌려가 심문을 받았습니다.” 그 남자가 계속 말했다. “그 사람은 자기가 어젯밤 이 집에 왔었다는 이 아이 말이 거짓말이라고 주장하는데요. 그게 사실입니까?”

“그 점에 대해선 정말 아무 말도 할 게 없소.” 브리튼이 말했다.

“돌턴 씨가 얼론이 돌턴 양을 만나지 못하게 했습니까?”

“모릅니다.” 브리튼은 손수건을 확 꺼내 이마를 닦으며 말했다. “다시 말하지만 여러분, 난 여러분한테 아무것도 말할 수 없습니다. 그분을 직접 만나보셔야 할 겁니다.”

시선이 일제히 위로 쏠렸다. 계단 꼭대기 문가에 돌턴 씨가 새하얗게 질린 얼굴로 손에 종이를 들고 서 있었다. 비거는 그것이 협박장임을 곧장 알아차렸다. 이제 무슨 일이 벌어질까? 사람들은 질문을 퍼붓고 사진을 찍게 해달라고 청하는 등 한꺼번에 떠들어댔다.

“돌턴 양은 어디 있습니까?”

“공식 진술을 하고 얼론의 체포영장 발부를 요청하신 겁니까?”

“두 사람은 약혼한 사이인가요?”

“따님한테 얼론을 만나지 말라고 하셨습니까?”

“얼론의 정치적 입장에 반대하십니까?”

“한 말씀 하시지 않겠습니까, 돌턴 씨?”

비거는 돌턴 씨가 조용히 하라고 손을 든 다음, 천천히 계단을 내려와 사람들보다 약간 높은 곳에 멈춰 서는 것을 지켜봤다. 사람들이 사진기를 치켜들며 가까이 모여들었다.

"이 댁 운전사에 대해 얼론이 한 이야기에 관해 한 말씀 하시겠습니까?"

"뭐라고 했습니까?" 돌턴 씨가 물었다.

"운전사가 돈을 받고 거짓말을 했다는 겁니다."

"사실이 아니오." 돌턴 씨가 단호히 말했다.

눈에 섬광이 스치는 바람에 비거는 눈을 깜박였다. 사람들이 플래시를 내리는 것이 보였다.

"여러분." 돌턴 씨가 말했다. "잠깐만요! 잠깐만 조용히 해주시오. 공표할 이야기가 있습니다." 돌턴 씨가 말을 멈췄다. 입술이 떨리고 있었다. 비거는 그가 몹시 불안한 상태임을 눈치챘다. "여러분." 돌턴 씨가 다시 말을 이었다. "공표할 이야기가 있으니 조심스럽게 다뤄주기 바랍니다. 여러분이 어떻게 취급하느냐에 한 사람의, 우리 가족과 나한테 소중한 한 사람의 생사가 달려 있습니다. 한 사람의……" 돌턴 씨 목소리가 잦아들었다. 지하실은 궁금해하며 중얼거리는 소리로 가득했다. 비거는 돌턴 씨 손에 들린 협박장이 바스락대는 작은 소리를 내는 것을 들었다. 돌턴 씨 얼굴은 시체처럼 창백하고, 퀭하니 쑥 들어간 충혈된 눈은 밑으로 어둡게 그늘이 져 있었다. 난방로 불길이 낮아, 통풍 소리는 속삭임에 지나지 않았다. 비거는 어슴푸레한 불빛에 돌턴 씨의 백발이 녹은 은처럼 반짝이는 것을 보았다.

그때 갑자기, 사람들이 흠칫 놀랄 만큼 갑자기, 돌턴 씨 뒤쪽 문간 가득히 풍성하게 늘어진 하얀 형체가 나타났다. 돌처럼 무표정한 하얀 눈을 크게 뜨고 길고 하얀 손가락을 활짝 벌린 채 신경질적으로 양손을 입술까지 들어올린 돌턴 부인이었다. 십여개의 플래시가 하얀 섬광을 터뜨리는 바람에 지하실이 환해졌다.

돌턴 부인은 유령처럼 소리없이 계단을 내려와 돌턴 씨 옆에 섰는데, 커다란 흰 고양이가 그 뒤를 따랐다. 그녀는 한 손을 가볍게 난간에 대고 다른 손은 허공에 쳐들고 섰다. 돌턴 씨는 움직이지도 돌아보지도 않은 채, 한 손을 난간에 놓인 다른 손 위에 얹으며 사람들을 바라보았다. 그러는 사이, 그 커다란 흰 고양이가 계단을 뛰어내려 단번에 비거의 어깨 위로 뛰어올라 도사리고 앉았다. 비거는 꼼짝도 하지 않고 고양이가 자기를 고발하는구나, 메리의 살인범으로 지목하는구나 하고 생각했다. 그는 고양이를 내려놓으려 했지만, 놈의 발톱이 외투를 움켜잡았다. 은빛 섬광이 눈에 번쩍했고 그는 사람들이 고양이가 그의 어깨에 앉아 있는 사진을 찍었음을 알았다. 그는 다시 한번 고양이를 힘껏 잡아당겨 간신히 내려놓았다. 고양이는 긴 울음소리를 내며 바닥에 내려서더니 비거의 다리에 몸을 비벼대기 시작했다. 우라질! 이놈의 고양이 왜 날 가만 내버려두지 않는 거야? 돌턴 씨가 말하는 소리가 들렸다.

"여러분, 사진을 찍어도 좋지만 잠깐만 기다려주십시오. 방금 경찰에 전화를 걸어 즉각 얼론 씨를 석방할 것을 요구했습니다. 나는 내가 그 사람을 고발할 생각이 없다는 것을 알리고 싶습니다. 이 점을 밝혀두는 것이 중요합니다. 그러니 신문에 이 이야기를 실어주시기 바랍니다."

비거는 이제 혐의가 잰이 아닌 다른 데로 쏠리고 있나 생각했다. 내가 이 집에서 나가려 한다면 어떤 일이 벌어질까, 저들이 나를 감시하는 걸까 하는 의문도 스쳐갔다.

“또한,” 하고 돌턴 씨가 말을 이었다. “나는 그 사람이 체포되어 불편을 겪은 데 대해 사과한다는 사실을 공표하고자 합니다.” 돌턴 씨는 말을 멈추고 혀로 입술을 축이고는, 끼리끼리 뭉쳐 서서 흰 종이 위에 그의 말을 받아적느라 바삐 손을 놀리는 사람들을 내려다보았다. “그리고 여러분, 나는 우리 딸, 돌턴 양이…… 돌턴 양이……” 돌턴 씨 목소리가 흔들렸다. 약간 옆으로 뒤에 서 있던 돌턴 부인이 흰 손을 그의 팔에 얹었다. 사람들이 플래시를 치켜들었고, 다시 지하실의 불그레한 어둠 속에 섬광이 번쩍였다. “나—나는 다음과 같은 사실을 발표하고자 합니다.” 돌턴 씨가 나지막한 목소리로 말했다. 긴장된 속삭임이었지만 온 지하실에 울려퍼졌다. “돌턴 양은 납치당했습니다……”

“납치요?”

“아!”

“언제요?”

“우리 생각엔 어젯밤인 것 같소.” 돌턴 씨가 말했다.

“요구하는 게 뭡니까?”

“만 달러요.”

“누구인지 짐작이 가십니까?”

“우린 아는 바가 없습니다.”

“따님한테서 전갈이라도 있었습니까, 돌턴 씨?”

“아니요. 직접은 없었습니다. 하지만 납치범들이 보낸 편지를 받았습니다……”

“그겁니까?”

“그렇소. 이게 그 편지요.”

“언제 받았습니까?”

“오늘 밤에요.”

“우편으로요?”

“아니요. 누가 우리 집 현관문 밑에 놓고 갔습니다.”

“몸값을 지불하실 작정입니까?”

“그렇소.” 돌턴 씨가 말했다. “지불할 겁니다. 자, 여러분, 내가 지시한 대로 지불하겠다는 이야기를 기사에 써준다면, 나도 도와주고, 어쩌면 내 딸의 생명도 구할 수 있을 겁니다. 또, 가장 중요한 점입니다만, 경찰을 불러들이지 않겠다는 말을 여러분이 신문을 통해 납치범들에게 전해주십시오. 그들의 요구대로 뭐든지 하겠다고 전해주십시오. 우리 딸을 돌려달라고 전해주세요. 그들에게 제발 죽이지 말라고, 원하는 것을 주겠다고 말해주세요……”

“누군지, 돌턴 씨, 짐작이 가십니까?”

“아니요.”

“편지를 봐도 되겠습니까?”

“미안하지만 안됩니다. 돈을 어떻게 가져갈지 지시가 쓰여 있고 사람들에게 알리지 말라는 경고도 받았습니다. 그렇지만 지시대로 따를 것이라고 신문에 써주십시오.”

“돌턴 양을 마지막 본 건 언젭니까?”

“일요일 새벽, 2시쯤에요.”

“본 사람은요?”

“운전사와 내 아내요.”

비거는 시선을 움직이지 않고 똑바로 앞을 응시했다.

“부디 그애에겐 아무 질문도 하지 마시오.” 돌턴 씨가 말했다. “나는 가족 전체를 대표해서 말하는 겁니다. 황당한 이야기들이 돌아다니는 것은 바라지 않습니다. 우리는 딸이 돌아오기를 바랍니다. 지금 중요한 건 그것뿐입니다. 우리는 딸을 돌려받기 위해 뭐든지 할 것이며 모든 것을 다 용서한다고 신문에 써서 우리 딸한테 전해주세요. 우리 딸한테 전해주십시오, 우리는……" 다시 목소리가 떨렸고 그는 말을 잇지 못했다.

"부탁입니다, 돌턴 씨." 한 남자가 청했다. "그 편지를 한번만 찍게 해주십시오……"

"아니, 안됩니다…… 그럴 수 없어요."

"서명은 뭐라고 되어 있습니까?"

돌턴 씨는 똑바로 앞을 응시했다. 비거는 그가 대답할지 궁금했다. 뭔가 골똘히 따져보느라 돌턴 씨의 입술이 소리없이 움직이는 것이 보였다.

"좋소. 서명을 말해주겠소." 노인은 말했다. 손이 떨리고 있었다. 돌턴 부인은 얼굴을 조금 남편 쪽으로 돌리며 손으로 그의 윗옷을 움켜잡았다. 비거는 돌턴 부인이 남편에게 편지의 서명을 신문에 내지 않는 게 좋지 않겠냐고 무언의 질문을 던지는 있음을 눈치챘다. 또한 돌턴 씨 역시 알리려는 나름의 이유가 있다는 것도 알 수 있었다. 아마도 편지를 받았다는 사실을 공산당원들에게 알리려는 모양이었다.

"말하지요." 돌턴 씨가 입을 열었다. "서명이 '공산당원'이라고 되어 있습니다. 그것뿐이오."

"공산당원요?"

"그렇소."

"누군지 아십니까?"

"아니요."

"혐의가 가는 곳은 없습니까?"

"서명 아래 공산당 상징인 망치와 낫을 그려놓았소."

사람들이 조용해졌다. 비거는 그들의 얼굴에서 경악을 읽었다. 몇몇은 더 들으려고도 않고, 전화로 기사를 보내기 위해 지하실 밖으로 달려나갔다.

"공산당원들 짓이라고 생각하십니까?"

"모르겠소. 나는 누구도 단정 지어 비난할 마음은 없습니다. 내가 이 정보를 밝히는 것은 다만 사람들과 납치범들에게 이 편지를 받았다는 사실을 알리기 위해서입니다. 내 딸을 돌려주기만 한다면 누구한테도 책임을 묻지 않을 것입니다."

"따님이 그 사람들하고 관계가 있었습니까, 돌턴 씨?"

"그 점은 아는 바 없습니다."

"따님이 이 얼론이란 사람과 어울려다니는 것을 막지 않았습니까?"

"이번 일이 그 일과 아무 관계가 없기를 바랍니다."

"얼론이 이번 일에 가담했다고 생각하십니까?"

"모르겠소."

"왜 그 사람을 석방하게 했습니까?"

"체포를 요구한 건 이 편지를 받기 전이었습니다."

"그 사람이 나오면 딸을 돌려줄지도 모른다고 보십니까?"

"모릅니다. 그 사람이 우리 딸을 데려갔는지 아닌지 모릅니다. 내가 아는 것은 단지 우리 부부는 딸이 돌아오기만을 기다린다는 것입니다."

"그렇다면 왜 얼론을 석방시켰죠?"

"그 사람을 고발할 일이 없기 때문이오." 돌턴 씨는 완강하게 말했다.

"돌턴 씨, 편지를 들고 손을 내미세요. 호소하는 자세로요. 좋습니다! 자, 부인도 손을 내미세요. 그렇게요. 됐습니다, **그대로 계세요!**"

비거는 다시 여기저기서 플래시가 터지는 것을 지켜봤다. 돌턴 부부는 계단에 서 있었다. 돌턴 부인은 흰옷을 입었고 돌턴 씨는 손에 편지를 들고 시선은 곧장 지하실 안쪽 벽을 향해 있었다. 비거의 귀에 난방로 불길의 낮은 속삭임이 들려왔고 그는 사람들이 사진기를 조정하는 것을 보았다. 다른 사람들은 빙 둘러서서 아직도 종이 위에 뭔가 급히 갈겨쓰고 있었다. 플래시들이 다시 터졌다. 비거는 그것들이 자기 쪽을 향하자 깜짝 놀랐다. 머리를 휙 숙이든가 손으로 얼굴을 가리고 싶었지만 너무 늦어버렸다. 이제는 군중 속에서도 알아볼 수 있을 만큼 많은 사진이 저들 손에 들어간 셈이었다. 몇 사람이 더 나갔고 돌턴 부부도 돌아서서 천천히 계단을 올라 부엌문으로 사라졌고 커다란 흰 고양이도 그들 뒤를 바싹 따랐다. 비거는 그대로 벽을 등지고 서서 주시했다. 그러면서 되어가는 일들 하나하나가 자신의 처지와 돈을 얻을 기회에 어떤 의미를 갖는지 따져보았다.

"이 댁 전화 좀 써도 될까요?" 한 남자가 브리튼에게 물었다.

"물론입니다."

브리튼은 사람들을 계단 위 부엌으로 안내하였다. 브리튼과 같이 온 세 남자는 층계에 주저앉아 침울하게 바닥을 내려다보았다. 전화로 기사를 보내려고 나갔던 사람들이 곧 돌아왔다. 비거는 그들이 자기와 이야기하고 싶어한다는 것을 알 수 있었다. 브리튼도 돌아와서 층계에 걸터앉았다.

"이보세요, 정보를 좀더 줄 수 없습니까?" 기자 한명이 브리튼에게 물었다.

"돌턴 씨가 말씀하신 게 전부요." 브리튼이 말했다.

"이건 대단한 기삿거리요." 한 사람이 말했다. "저기, 소식을 들은 돌턴 부인 반응은 어땠습니까?"

"졸도하셨지요." 브리튼이 말했다.

잠시 아무도 입을 열지 않았다. 그러다가 비거는 사람들이 하나씩 하나씩 자기를 돌아보며 뚫어지게 응시하는 것을 보았다. 그들이 자기에게 질문하고 싶어 안달이 날 지경이라는 것을 느끼며, 그렇게 되지 않기를 바라는 마음으로 눈을 내리깔았다. 지하실을 헤매던 그의 시선에 구석에 버려진 구겨진 신문이 들어왔다. 읽고 싶은 마음이 간절했다. 기회가 나는 대로 즉시 신문을 집어들고 잰이 뭐라고 했는지 봐야겠다고 마음먹었다. 얼마 지나지 않아 사람들은 무작정 지하실을 돌아다니며 구석을 들여다보고 삽과 쓰레기통, 트렁크 따위를 살펴보기 시작했다. 비거는 그중 하나가 난방로 앞에 서는 것을 지켜봤다. 그 남자는 손을 내밀어 문을 열었다. 그가 몸을 굽혀 연기 나는 석탄 더미를 들여다보자 약한 붉은 빛이 그의 얼굴을 비췄다. 저 남자가 깊이 쑤셔본다면? 메리의 뼈가 보인다면? 비거는 숨을 죽였다. 그러나 불 속을 쑤셔보진 않을 것이다. 아무도 그를 의심하지 않으니까. 그는 어릿광대 검둥이에 불과한 것이다. 그는 그 남자가 문을 닫자 비로소 다시 숨을 쉬었다. 얼굴 근육이 격렬하게 떨리며 비거는 문득 웃고 싶은 충동이 일었다. 그는 고개를 옆으로 돌리고 자제하려고 안간힘을 썼다. 그는 심한 히스테리 상태였다.

"저, 그 여자 방을 둘러봐도 됩니까?" 한 사람이 물었다.

"그럼요. 물론이죠." 브리튼이 말했다.

사람들이 모두 브리튼을 따라 계단을 올라갔고 비거는 혼자 남았다. 즉시 눈이 신문으로 향했다. 줍고 싶었지만 두려웠다. 그는 뒷문으로 가 문이 잠겼나 확인한 후 다시 계단 끝까지 올라가 얼른 부엌을 들여다보았다. 아무도 보이지 않았다. 그는 계단을 뛰어내려가 신문을 낚아챘다. 신문을 펼치자 1면 맨 위에 굵은 까만 활자들이 보였다. 토요일에 집에서 사라진 하이드파크 상속녀 추적 중. 공산주의자들과 함께 자취를 감춘 것으로 추정. 경찰은 이 지역 공산당 지도자 체포, 메리 돌턴과의 관계를 심문 중. 당국의 조치는 여자의 아버지가 제공한 정보에 따른 것임.

그리고 1면 중앙에 잰의 사진이 실려 있었다. 정말 잰이었다. 똑같았다. 그는 기사를 읽기 시작했다.

수백만 달러에 달하는 부친의 부동산을 하층민들에게 분배함으로써 인간의 불행과 빈곤이라는 문제를 해결해보겠다는 어리석은 꿈을 꾸던 메리 돌턴. 그녀는 부모인 헨리 G. 돌턴 부부의 드렉셀 대로 4605번지의 대궐 같은 하이드파크 저택을 떠나 공산주의운동을 하는 장발족 친구들과 함께 가명으로 살아가기로 결심할 수밖에 없었던 것일까?

경찰이 오늘 밤 늦게, 메리 돌턴이 부친의 의사를 거역하고 가입한 것으로 전해지는 공산당 조직인 '전선'前線의 노동자상담소 사무국장 잰 얼론을 심문하면서 해답을 찾아내려 한 물음은 바로 이것이었다.

계속해서 기사에는 잰이 18번가 경찰서에서 조사받고 있으며 메리가 토요일 밤 8시경에 집에서 사라졌다는 이야기가 실려 있었다. 또한 메리가 '일요일 이른 새벽까지 흑인 빈민가 싸우스사이

드의 한 악명 높은 까페에서 얼론과 함께' 있었다는 이야기도 실려
있었다.

  이게 전부였다. 더 많은 기사가 실릴 줄 알았는데. 그는 더 훑어
보았다. 아니다. 여기 또 있군. 그것은 메리의 사진으로 아주 생생
해서 메리를 처음 만났을 때 모습이 선하게 떠올랐다. 그는 눈을
깜박였다. 피가 가장자리로 번져나가는 끈적끈적한 신문지 위에
놓여 있던 그녀의 머리가 다시 눈앞에 어른거려 두려운 나머지 진
땀이 났다. 사진 위에 이런 설명이 붙어 있었다. 네덜란드에서 아버
지와. 비거는 눈을 들어 난방로를 바라보았다. 있을 수 없는 일만
같았다. 그녀가 그 속에서 불타고 있다는 것은…… 신문기사에는
예상했던 만큼 놀라운 이야기는 실리지 않았다. 그렇지만 메리가
납치당했다는 이야기가 전해지는 순간 어떤 일이 벌어지겠는가?
발소리를 듣고 그는 신문을 도로 구석에 던져놓고는 전과 똑같이,
멍하니 졸린 눈으로 벽에 등을 기대고 섰다. 문이 열리며 사람들이
흥분한 작은 소리로 이야기를 나누며 계단을 내려왔다. 다시 비거
는 그들이 자신을 주시하고 있음을 눈치챘다. 브리튼도 돌아왔다.

  "아니, 왜 애하고 얘기하면 안된다는 겁니까?" 한명이 따지고 들
었다.

  "그애가 해줄 얘기도 없소." 브리튼이 말했다.

  "그렇지만 자기가 본 대로 말해줄 수는 있지 않습니까? 어쨌건
어젯밤 차를 본 건 애잖아요."

  "그럼 좋아요." 브리튼이 말했다. "하지만 돌턴 씨께서 이미 전
부 말씀하셨으니 별것 없을 겁니다."

  한명이 비거에게 다가왔다.

  "이봐, 마이크, 이 얼론이란 자가 한 짓이라고 생각하나?"

"제 이름은 마이크가 아닙니다." 비거는 화내며 말했다.

"아, 나쁜 뜻은 없어." 그가 말했다. "그렇지만 그 사람 짓이라고 생각하지?"

"대답해드려, 비거." 브리튼이 말했다.

비거는 화를 낸 게 후회스러웠다. 지금 화낼 여유는 없다. 게다가 화낼 필요도 없다. 이런 멍청이들한테 화낼 필요가 어디 있는가? 이들이 찾고 있는 여자가 10피트도 채 안 떨어진 곳에서 타고 있다. 그가 그 여자를 죽였지만 이들은 까맣게 모른다. '마이크'라고 부를 테면 부르라지.

"모르겠습니다, 선생님." 그가 말했다.

"그러지 말고 무슨 일이 있었는지 얘기해봐."

"전 이 댁 고용인일 뿐입니다, 선생님." 비거가 말했다.

"겁내지 마. 널 해칠 사람은 아무도 없으니까."

"브리튼 씨께 물어보세요." 비거가 말했다.

사람들은 고개를 저으며 다른 데로 가버렸다.

"이거 곤란해요, 브리튼!" 한명이 말했다. "이번 납치 사건에서 우리가 아는 거라곤, 편지 한장이 발견되었고, 얼론은 석방될 것이며, 편지에는 '공산당원'이라는 서명이 있고 망치와 낫 표시가 그려져 있다는 것뿐이잖소. 그걸론 이야기가 안되죠. 좀더 상세한 걸 알려줘요."

"여보세요들." 브리튼이 말했다. "노인께 기회를 드립시다. 따님이 살아 돌아오도록 애쓰고 계신데. 이미 여러분한테 큰 기삿거리를 주신 것이니, 이젠 좀 기다려봐요."

"지금 분명하게 말해봐요. 그 여자를 마지막으로 본 게 언젭니까?"

비거는 브리튼의 말 하나하나에, 그리고 사람들이 질문하는 어조에 주의해가며, 브리튼이 다시 한번 이야기를 되풀이하는 것에 귀 기울였다. 자기를 의심하는 사람이 있나 알려는 것이었다. 그러나 그런 사람은 없었다. 그들의 질문은 모두 잰을 겨냥하고 있었다.

"하지만 브리튼, 노인이 얼론을 석방시키려는 이유가 뭡니까?"

"스스로 짐작해보세요." 브리튼이 말했다.

"그렇다면 딸의 납치 사건에 얼론이 관계있다고 보기 때문에 딸을 돌려달라고 얼론을 풀어주었다는 겁니까?" 한명이 물었다.

"난 모르겠소." 브리튼이 말했다.

"에이, 그러지 맙시다, 브리튼."

"상상력을 발휘해봐요." 브리튼이 말했다.

다시 두 남자가 외투 단추를 채우고 모자를 눈 위까지 깊숙이 눌러쓰고 나갔다. 새로 얻은 정보를 전화로 신문사에 보내려는 것을 알 수 있었다. 그들은 잰이 비거를 공산주의로 전향시키려 했던 일, 잰이 그에게 준 공산당 소책자들, 럼주, 역으로 운반된 반만 꾸린 트렁크, 그리고 마지막으로 협박장과 만 달러를 요구한 사실 등을 전할 것이다. 사람들은 회중전등을 들고 지하실을 둘러보았다. 비거는 여전히 벽에 등을 기댄 채였다. 브리튼이 층계에 앉았다. 난방로 불길 소리가 아주 작았다. 비거는 곧 재를 치워야 한다는 것을 깨달았다. 불길이 제대로 타오르지 않았다. 그는 흥분이 웬만큼 가라앉아 모두들 가버리면 즉시 그렇게 하자고 마음먹었다.

"참 안됐지?" 브리튼이 물었다.

"네, 선생님."

"잰이 꾸며낸 짓이 아니라면 내 손에 장을 지진다."

비거는 아무 말도 하지 않았다. 몸에 기운이 하나도 없었다. 벽에 기대 서 있는 것도 제힘으로가 아니라 다른 힘 덕분이었다. 여러시간 전부터 이미 그는 전력투구를 포기한 상태였다. 더이상은 도저히 기력을 낼 수가 없었다. 그저 넋 놓고 되는대로 흘러가는 지경이었다.

좀 써늘해지고 있었다. 불길도 사그라졌다. 통풍 소리도 거의 들리지 않았다. 그때 갑자기 지하실 문이 활짝 열리며, 전화하러 나갔던 사람 하나가 입을 벌린 채 눈에 젖어 붉게 상기된 얼굴로 들어왔다.

"놀라운 소식이 있어요!" 그가 외쳤다.

"뭐요?"

"왜 그래요?"

"우리 신문사 사회부장이 그러는데, 그 얼론이라는 자가 유치장에서 안 나오겠다고 한다네요."

이 이상한 소식에 그들은 잠시 아무 말도 못한 채 멍하니 바라보기만 했다. 비거는 정신을 차려 도대체 무슨 얘기인지 머리를 굴렸다. 그때 누군가가 그가 묻고 싶은 질문을 던졌다.

"나오지 않겠다니? 무슨 소리야?"

"글쎄, 돌턴 씨가 석방을 요구했다는 애길 듣고는 이 얼론이란 자가 나오기를 거부했다는 거예요. 납치 소문을 듣고는 안 나가겠다고 한 모양이에요."

"그거야말로 그놈한테 죄가 있다는 얘기죠!" 브리튼이 말했다. "자기를 미행해서 그 여자가 있는 곳을 알아내리라는 것을 잘 알기 때문에 유치장에서 안 나가려는 거 아니요? 겁난 거지."

"다른 얘기는요?"

"글쎄, 얼론이란 자 말로는 자기가 어젯밤 이 집에 오지 않았다는 걸 입증해줄 사람이 한 다스는 된다네요."

비거는 굳어지는 몸을 앞으로 약간 기울였다.

"거짓말이오! 여기 얘가 그자를 본걸요." 브리튼이 말했다.

"정말이냐?"

비거는 망설였다. 함정이 아닐까 하는 의심이 솟구쳤다. 그러나 잰한테 정말 알리바이가 있다면, 자기도 입을 열어야 했다. 자신에게서 다른 데로 관심을 돌려놓아야 했다.

"네, 선생님."

"글쎄, 누군가 거짓말하는 거네. 그 얼론이란 자는 증명할 수 있다는데."

"증명 같은 소리 하고 있네!" 브리튼이 말했다. "빨갱이 친구들 중에 거짓말해줄 놈들이 생긴 모양이지. 그것뿐이오."

"그렇지만 유치장에서 안 나오겠다니 도대체 무슨 속셈일까요?" 한 사람이 물었다.

"그자 말로는 자기가 유치장에 있는 한 자기가 이 납치 사건에 연루되었다는 이야기는 못할 거라는 거지요. 얘가 거짓말하고 있다고 하는데요. 자기 이름과 평판을 더럽히기 위해 이 댁에서 얘한테 그렇게 말하라고 시켰다는 주장이에요. 식구들은 그 여자가 어디 있는지 알고, 이 사건은 공산주의자에 대한 반감을 자아내려고 꾸민 연극이라고 단언한대요."

사람들이 비거 주위로 모여들었다.

"야, 이제 솔직히 털어봐. 그 남자가 정말로 어젯밤 여기 왔었냐?"

"네, 선생님. 정말 여기 오셨습니다."

"직접 **봤어?**"

"네, 선생님."

"어디서?"

"그분과 돌턴 양을 제가 차로 집까지 모시고 왔습니다. 트렁크를 가지러 셋이 함께 2층으로 올라갔구요."

"그리고 이 집에서 그 남자와 헤어졌고?"

"네, 선생님."

비거는 가슴이 쿵쿵 뛰었지만, 애써 표정과 목소리를 가다듬었다. 이 새로이 전개된 사태에 지나치게 흥분하는 것처럼 비치고 싶지 않았다. 잰이 어젯밤 여기에 오지 않았다는 사실을 정말 증명할 수 있을지 궁금했다. 속으로 이 문제를 생각하는데, 누가 묻는 소리가 들렸다.

"어젯밤 이곳에 없었다는 걸 증명해줄 사람들이 누구라고 합디까?"

"어젯밤 전차에 탔을 때 친구를 만났다는 거예요. 그리고 2시 반에 돌턴 양과 헤어진 다음 어떤 모임에 갔었다는 거죠."

"모임 장소는요?"

"노스사이드 어디라는데요."

"어, 그게 사실이면 이 집이 좀 수상쩍네."

"아니요." 브리튼이 말했다. "분명히 그자는 자기 패거리를 찾아갔을 거요. 이번 일을 전부 함께 계획한 놈들 말이오. 그럼요, 그놈들이라면 당연히 알리바이를 입증해주지 않겠소?"

"그럼 당신은 정말로 그 사람 짓이라고 생각하네요?"

"당연하지!" 브리튼이 말했다. "이 빨갱이들은 못하는 짓이 없는데다 똘똘 뭉쳐 다니지요. 그럼요, 알리바이가 있겠죠. 왜 없겠소? 자기 밑에서 일하는 놈들이 째고 쌨는데. 유치장에 있겠다는 건 속임수일 뿐이오. 하지만 별로 똑똑한 놈도 아니네요. 거짓말이 먹혀 혐의를 벗을 거라 생각하는 모양인데 그렇겐 안될 거요.”

계단 꼭대기에서 문이 열리는 바람에 이야기가 돌연 멈췄다. 페기가 고개를 디밀었다.

“커피들 드릴까요?” 그녀가 물었다.

“좋죠!”

“아줌마 멋쟁이!”

“금방 가지고 내려올게요.” 그녀가 문을 닫으며 말했다.

“누구예요?”

“돌턴 부인의 요리사 겸 가정부입니다.” 브리튼이 말했다.

“이번 사건에 대해 좀 아는 게 없을까요?”

“없소.”

사람들은 다시 비거 쪽으로 몸을 돌렸다. 그는 이번에는 좀더 이야기해줘야 한다고 느꼈다. 잰이 그를 보고 거짓말한다고 하니 그들의 마음에서 의혹을 해소해주어야 했다. 입을 다물고 있으면 그들은 그가 더 알면서 말하지 않는다고 생각할 것이다. 어쨌건 여태까지 그를 대하는 태도로 볼 때 그가 납치 사건에 관련되었다는 생각은 하지 않는 것 같았다. 그들에게 그는 또 하나의 무식한 시커먼 흑인에 불과했다. 중요한 것은 그들의 마음이 계속 다른 방향, 잰이나 잰 친구들 쪽으로 쏠리게 만드는 일이었다.

“이봐.” 한 남자가 그에게 다가와 트렁크에 발을 올려놓으며 물었다. “이 얼론이란 자가 너한테 공산주의 이야기를 꺼내더냐?”

“네, 선생님.”

“참!” 브리튼이 외쳤다.

“왜요?”

302

"깜빡했네! 그자가 이 애한테 읽으라고 준 물건들을 보여드리죠."

브리튼은 열의에 달아오른 얼굴로 일어섰다. 그는 급히 주머니에 손을 넣어 잰이 비거에게 주었던 소책자 묶음을 꺼내 모두 볼 수 있도록 치켜들었다. 사람들은 다시 플래시를 치켜들고 섬광을 터뜨리며 소책자를 찍었다. 거친 숨소리가 비거에게까지 들려와 그는 그들이 흥분한 것을 알 수 있었다. 다 찍고 나서 그들은 다시 비거 쪽으로 시선을 돌렸다.

"야, 그 사람 취했었냐?"

"네, 선생님."

"여자도?"

"네, 선생님."

"집에 도착한 후 그 남자가 여자를 2층으로 데리고 갔냐?"

"네, 선생님."

"야, 넌 공유제를 어떻게 생각하냐? 정부가 사람들이 살 집을 지어주어야 한다고 생각하냐?"

비거는 눈을 껌벅였다.

"네?"

"그럼, 사유재산은 어떻게 생각하냐?"

"전 재산이 없는데요. 없습니다, 선생님." 비거가 말했다.

"에이, 멍청한 놈이잖아. 아무것도 몰라." 한명이 비거에게 들릴 만한 소리로 속삭였다.

침묵이 흘렀다. 비거는 당분간이나마 그들이 이것으로 만족하기를 바라며 벽에 몸을 기댔다. 이제 난방로에서는 통풍 소리가 전혀 나지 않았다. 다시 문이 열리며 한 손에는 커피주전자를, 다른 손에는 카드놀이용 접는 탁자를 든 페기가 나타났다. 남자 하나가 계단을 올라가 그녀한테 탁자를 받아 바닥에 펴서 놓았다. 그 위에 그녀가 주전자를 올려놓았다. 비거는 가느다란 김이 주전자에서 피어오르는 것을 보았다. 향긋한 커피 냄새가 났다. 그도 커피를 마시고 싶었지만, 백인들이 마시려고 기다리는데 청해서는 안된다는 것을 알았다.

"감사합니다, 선생님들." 페기는 낯선 얼굴들을 공손히 둘러보며 말했다. "설탕과 크림하고 잔을 가져올게요."

"야." 브리튼이 말했다. "이분들한테 잰이 너한테 함께 식사하게 만든 얘기를 해봐."

"그래. 말해봐라."

"정말이냐?"

"네, 선생님."

"넌 함께 식사할 마음이 없는데 말이지?"

"네, 선생님."

"전에 백인들과 식사해본 적 있냐?"

"아뇨, 선생님."

"이 얼론이란 자가 너한테 백인 여자 이야기는 안했냐?"

"아, 아니요, 선생님."

"기분이 어떻더냐, 그 남자와 돌턴 양하고 함께 식사하니까?"

"모르겠습니다, 선생님. 제가 맡은 일이니까요."

"뭔가 찜찜했구나, 응?"

"글쎄요, 선생님. 두분이 먹으라고 하셔서 먹은 겁니다. 제가 맡은 일이니까요."

"달리 말해서, 그러지 않았다간 일자리에서 쫓겨날 것 같았단 말이지?"

“네, 선생님.” 비거는 이러면 틀림없이 자기가 무력하고 당황한 모습으로 비칠 거라고 느끼며 말했다.

“세상에!” 하나가 말했다. “굉장한 기사감이네! 모르겠어요? 이 흑인들은 자기네끼리 내버려두길 바라는데 이 공산주의자들이 같이 살자고 강요하는 거잖아요, 예? 이거 전국의 전화통에 불나겠네!”

“러브와 리어폴드 사건보다 나은데.” 다른 하나가 말했다.

“맞아, 백인문명에 시달리고 싶지 않은 원시적인 흑인 쪽으로 써 봐야겠네.”

“멋진 생각이네!”

“얼론이란 자 시민권은 있나?”

“각도가 되네.”

“외국인 냄새가 나는 이름을 슬쩍 언급하면서 말야.”

“유대인인가?”

“모르지.”

“이것으로도 충분해. 원하는 걸 다 얻을 수야 있나.”

“최고 기사감이네!”

“틀림없는 특종이야!”

그러자 비거가 채 알아차리기 전에 사람들이 그를 겨냥하여 다시 플래시를 들었다. 그는 천천히, 피하려는 것을 눈치채지 못하게 천천히 고개를 숙였다.

“고개 좀 들어!”

“똑바로 서봐!”

“이쪽을 봐. 그래, 그거야!”

그래, 경찰 손에 내 사진이 넘치게 생겼구나. 그는 씁쓸한 기분으로 그런 생각을 하며 입가나 눈가는 그대로인 그런 미소를 지었다.

폐기가 잔과 받침접시, 스푼, 크림 단지, 설탕 그릇 따위를 한아름 안고 돌아왔다.

"자, 여기 있어요, 선생님들. 어서들 드세요."

그녀는 비거 쪽을 쳐다봤다.

"위층이 좀 썰렁한 것 같더라. 재를 쓸어내고 불을 더 세게 피워 봐."

"네, 부인."

재를 청소하라고! 맙소사! 지금은 안된다, 사람들이 둘러서 있는데. 그는 벽가에 꼼짝 않고 선 채, 폐기가 다시 계단을 올라 문을 닫고 사라지는 것을 지켜봤다. 글쎄, 뭔가 하기는 해야 할 텐데. 폐기가 이들이 있는 데서 얘기했으니 시키는 대로 하지 않는다면 이상하게들 여길 것이다. 설령 이들이 아무 소리도 않는다 해도, 곧 폐기가 돌아와 불이 어떻게 되었느냐고 물을 것이다. 그렇다, 뭔가 해야 한다. 그는 난방로로 다가가 문을 열었다. 낮게 깔린 불더미가 시뻘겋게 타오르긴 하지만 얼굴에 와닿는 열기가 약한 것으로 보아, 충분히 뜨겁지 않다는 것을, 메리를 밀어넣었을 때만큼 뜨겁지는 않다는 것을 알 수 있었다. 그는 지친 두뇌를 빨리 회전시켜보려고 애썼다. 재를 건드리지 않고 처리하는 방법은 없을까? 그는 몸을 숙이고 아래쪽 문을 열었다. 희거나 회색인 재가 아래쪽 쇠살대에 닿을 만큼 가득 쌓여 있었다. 공기가 통할 리 없었다. 재를 좀더 밑으로 흔들어 보내면, 사람들이 갈 때까지 버틸 수 있을까? 한번 해보자. 그는 손잡이를 잡고 앞뒤로 흔들었다. 하얀 재와 시뻘건 불씨가 난방로 바닥으로 떨어졌다. 뒤에서는 사람들이 이야기하는 소리며 스푼이 잔에 부딪히는 소리가 들렸다. 자, 됐다. 재를 일부 난로 밑으로 내려보내긴 했지만, 밑에 있는 재받이통이 재로 꽉 막히는 바람에 공기는 여전히 통하지 않았다. 석탄을 더 넣어보자. 그가 난방로 문들을 닫고 석탄 손잡이를 잡아당기자, 언제나처럼 투하장치의 양철 안벽에 석탄이 부딪히며 시끄러운 소리를 냈다. 난방로 속은 석탄이 들어가자 시커메졌다. 그러나 통풍로에 공기가 빨려올라가는 울부짖는 소리도 나지 않고 석탄도 타오르지 않았다. 빌어먹을! 그는 허리를 펴고 어쩔 줄 몰라하며 난방로를 들여다보았다. 지금 당장이라도 슬쩍 빠져나가 이 모든 바보짓을 집어치우는 게 나을까? 아니다! 겁먹을 필요 없다. 돈을 손에쥘 기회도 있는데. 석탄을 더 넣어보자. 조금만 있으면 타오를 것이다. 그는 석탄을 더 넣기 위해 손잡이를 잡아당겼다. 난방로 속에서석탄이 연기를 내기 시작하는 게 보였다. 처음에는 하얀 연기가 희미하게 갈래갈래 피어오르더니 점점 검게 변하며 뭉텅이로 솟구쳐올랐다. 눈이 쓰리고 눈물이 났다. 비거는 기침을 했다.

연기는 이제 소용돌이치는 무거운 회색 구름으로 난방로에서밀려나와 지하실을 가득 채웠다. 연기를 가득 들이마신 비거는 뒷걸음치며 허리를 굽히고 기침을 했다. 사람들의 기침 소리가 들렸다. 저 재를 어떻게 해야 하는데, 그것도 빨리. 그는 두 손을 앞으로내밀고 삽을 찾아 구석을 더듬고, 삽을 찾자, 아래쪽 난방로 문을열었다. 맵고 짙은 연기가 쏟아져나왔다. 빌어먹을!

"야, 그 재 좀 어떻게 해봐!" 한 남자가 소리쳤다.

"불에 공기가 안 통하잖아, 비거!" 브리튼 목소리였다.

"예, 선생님." 비거가 웅얼거렸다.

앞이 거의 보이지 않았다. 그는 꼼짝도 않고 서 있었는데, 쓰린 눈은 감겼고, 연기를 토해내려고 폐가 부풀어올랐다. 그는 움직이고 싶어, 뭐라도 하고 싶어 삽을 움켜잡았지만, 무엇을 해야 하는지 알 수 없었다.

"야, 너! 그 재 좀 긁어내라!"

"어쩌자는 거야, 숨 막혀 죽으라고 그래?"

"치우겠습니다." 비거는 그 자리에 못 박힌 듯 서서 중얼거렸다.

콘크리트 바닥에 잔을 내동댕이치는 소리가 들리더니 하나가 욕설을 내뱉었다.

"앞이 안 보여! 눈에 연기가 들어갔어!"

누군가 비거 곁으로 다가오는 소리가 들리더니 그의 손에서 삽을 잡아당겼다. 그는 삽을 놓치면 자기의 비밀, 자기의 목숨을 내주는 것만 같아서 삽을 놓치지 않으려고 필사적으로 붙들고 늘어졌다.

"내놔! 삽 이리 내! 내가 도─도─도─와줄게……" 한 남자가 기침을 했다.

"아닙니다, 선생님. 제─제─제가 하─하겠습니다." 비거가 말했다.

"어─어서. 놔─놔봐!"

삽을 잡은 그의 손가락이 벌어졌다.

"네, 선생님." 그는 달리 뭐라고 해야 할지 몰라 이렇게 말했다.

연기 구름 사이로 그는 그 남자가 삽으로 재받이통을 휘젓는 소리를 들었다. 눈에 불똥이 튄 것처럼 타는 듯이 아파서, 그는 기침을 하며 뒷걸음질을 했다. 뒤에서 다른 사람들도 기침을 했다. 그는 어떻게 되어가는지 보려고 눈을 뜨고 찡그렸다. 아주 무거운 물체가 바로 머리 위에 달려 있어 금방이라도 떨어져서 그를 부숴버릴 것만 같았다. 연기와 타는 듯이 아픈 눈과 가쁜 가슴에도 불구하고 몸이 팽팽하게 긴장했다. 그 남자한테 달려들어 삽을 빼앗아 머리를 갈겨버리고 지하실에서 뛰쳐나가고 싶었지만, 그는 웅성거리는 소리와 삽이 쇠에 부딪히는 시끄러운 소리를 들으며 못 박힌 듯 서 있었다. 그 남자는 미친 듯이 재받이통에 쌓인 재를 퍼냈다. 최대한 많이 퍼내서 쇠 살대와 파이프와 굴뚝을 통해 공기가 바깥 밤공기 속으로 빠져나갈 수 있도록 하려는 것이었다. 그 남자의 고함 소리가 들렸다.

"그 문 좀 열어요! 숨 막혀 죽겠소!"

어지러운 발소리가 들렸다. 비거는 얼음 같은 밤바람이 몸을 스치는 것을 느끼며 자기가 땀에 흠뻑 젖었다는 사실을 깨달았다. 어찌 되었건 뭔가 일이 벌어졌고, 이제 사태는 그의 손에서 벗어난 셈이었다. 그는 새로운 사태의 결말을 기다리며 불안하게 숨을 죽였다. 연기는 그를 지나 열린 문 쪽으로 흘러갔다. 지하실 공기가 점점 맑아지고 연기도 회색 장막쯤으로 엷어졌다. 그 남자가 투덜대며 몸을 숙여 재받이통에서 재를 퍼내는 모습이 보였다. 그는 그에게 다가가 삽을 달라고 말하고 싶었다. 이제 자기가 할 수 있다고 말하고 싶었다. 그러나 그는 움직이지 않았다. 이제 상황이 손가락 새로 다 흘러나가 다시는 붙들 수 없게 된 기분이었다. 그때 통풍 소리가 들렸는데 이번에는 길고 낮게 공기를 빨아들이는 소리를 내더니 점차 윙윙대다가 울부짖기 시작했다. 통기관이 뚫린 것이었다.

"저 안에 재가 지독하게 쌓였잖아." 그 남자가 헐떡이며 말했다. "그럴 때까지 놔두면 어떡해."

"알겠습니다, 선생님." 비거는 조그맣게 말했다.

"야, 이놈아! 문 좀 닫아! 춥잖아!" 남자 하나가 소리쳤다.

그는 문으로 가서 곧장 밖으로 나가 문을 뒤로 닫아버리고 싶었다. 그러나 그는 꼼짝도 하지 않았다. 남자 하나가 문을 닫았고 비거는 축축한 몸에서 찬 바람 기운이 사라지는 것을 느꼈다. 주위를 둘러보니 사람들은 여전히 탁자에 둘러서서 충혈된 눈으로 커피를 조금씩 마시고 있었다.

"너 왜 그러냐?" 그중 하나가 물었다.

"아무것도 아닙니다." 비거가 말했다.

삽을 든 남자가 난방로 앞에 서서 바닥에 흐트러진 재를 들여다보았다. 무엇을 하는 걸까? 비거는 궁금했다. 그 남자가 허리를 굽히고 삽으로 재를 쑤시는 것이 보였다. 뭘 보는 거야? 비거의 근육들이 씰룩댔다. 곁으로 달려가 뭘 보고 있는지 알아보고 싶었다. 타지 않은 채 피에 젖은 상태로 메리의 머리가 그 남자 눈앞에 놓여 있는 모습이 떠올랐다. 갑자기 그 남자는 몸을 펴더니 다시 수그렸다. 마치 자기 눈을 믿을 수 없다는 듯이. 비거는 천천히 발을 앞으로 떼어놓았다. 그의 허파는 공기를 빨아들이지도 내보내지도 않았다. 이제 그 자신이 공기가 통하지 않는 하나의 거대한 난방로이고, 뱃속으로 밀어닥치며 그를 가득 채우고 숨 막히게 만드는 두려움은 재받이통에서 토해내는 매운 연기 같았다.

"여기……" 남자가 의심스럽고 자신없는 목소리로 불렀다.

"왜요?" 탁자 앞에 있던 한 남자가 대답했다.

"이리 와봐요!" 남자의 목소리는 낮았고 흥분과 긴장이 어려 있었다. 소리는 작았지만 숨 막힌 말투에 긴박감이 전달되고도 남았다. 입에서 말이 저절로 쏟아져나오는 듯했다.

사람들은 잔을 내려놓고 급히 잿더미 쪽으로 갔다. 사람들이 곁을 스쳐갈 때 비거는 의구심과 불안감에 발을 멈췄다.

"뭡니까?"

"무슨 일이오?"

비거는 뒤꿈치를 들고 살금살금 다가가 사람들 어깨 너머로 들여다보았다. 가서 들여다볼 기운이 어디서 났는지 모를 일이었다. 다만 걷고 있는 자신을, 그러고는 서서 사람들 어깨 너머로 기웃거리는 자신을 깨달았을 뿐이다. 흐트러진 잿더미가 보일 뿐 다른 것은 없었다. 하지만 틀림없이 뭔가 있는 모양이었다. 그렇지 않다면 사람들이 왜 내려다보고 있겠는가?

"뭐예요?"

"보여요? 이거!"

"뭐요?"

"봐요! 이건……"

목소리가 잦아들며 남자는 다시 허리를 굽혀 삽을 더 깊숙이 밀어넣었다. 비거는 서너개의 작고 하얀 뼛조각이 재 위에 고스란히 모습을 드러내는 것을 보았다. 그 순간 온몸이 공포에 휩싸였다.

"뼈잖아……"

"에이." 하나가 말했다. "이 집에서 쓰레기 태운 거잖아……"

"아니! 잠깐만. 어디 좀 봅시다!"

"투어먼, 이리 와봐요. 당신은 의학을 공부한 적이 있으니……"

투어먼이라고 불린 사람이 발을 내밀어 길쭉한 뼈를 재 밖으로 차내자 뼈가 콘크리트 바닥 위로 몇 인치 미끄러졌다.

"아니 세상에! 이거 사람 뼈잖아……"

"그리고 좀 봐요! 여기 뭐가 있는데……"

한 남자가 허리를 굽혀 둥그런 금속 조각을 집어들고 눈 가까이 가져갔다.

"귀걸이네……"

순간 침묵이 흘렀다. 비거는 아무 생각도 형상도 떠오르지 않는 텅 빈 마음으로 멍하니 쳐다봤다. 그저 그 해묵은 느낌, 살면서 언제나 느껴온 그 느낌이 들 뿐이었다. 흑인인 그가 잘못을 저질렀고, 즉각 그의 짓인 게 들통날 물건을 백인들이 보고 있다. 손에 뭐든 잡아쥐고 아무 얼굴에나 던져버리고 싶은 해묵은 그 느낌이 지금 다시 거세게 꾸준히 일었다. 그는 알았다. 저들은 메리 시체에서 나온 뼈를 보고 있다. 비록 마음속에 분명한 모습으로 떠오르진 않았지만, 어쩌다 이렇게 되었는지는 이해가 갔다. 타지 않은 뼈 몇 조각이 그가 손잡이를 잡아당겨 재를 털어낼 때 아래 재받이통으로 떨어진 것이다. 백인이 막힌 통풍구를 치우려고 삽을 쑤셔넣었을 때 저것들을 긁어냈다. 그래서 지금 저 가늘고 기다란 하얀 뼛조각들이 회색 재 위에 놓여 있는 것이다. 이제 그는 여기에 있으면 안된다. 당장이라도 저들이 그를 의심하기 시작할 것이다. 저들은 그를 붙들어둘 것이다. 그의 짓인지 아닌지 확신하지 못하더라도 그를 놓아주지는 않을 것이다. 그리고 잰은 아직 유치장에서 알리바이를 주장하고 있다. 저들은 메리가 죽었다는 사실을 깨달을 것이다. 우연히 그녀 시신에서 나온 하얀 뼈를 찾아낸 것이다. 저들은 살인자를 찾아내려 할 것이다. 사람들은 말없이 몸을 숙이고 회색 잿더미를 뒤적였다. 비거는 손도끼날이 모습을 드러내는 것을 보았다. 하느님! 온 세상이 무너져내리고 있었다. 재빨리 눈을 굴려 비거는 사람들의 굽은 등을 바라보았다. 그를 쳐다보는 사람은 없었다. 시뻘건 불길이 그들의 얼굴을 비추고 난방로 통풍 소리가 윙윙거렸다. 그래. 가야 한다, 당장! 그는 난방로 뒤쪽으로 살금살금 걸어가다가 걸음을 멈추고 귀를 기울였다. 사람들이 공포에 얼어붙은 목소리로 속삭였다.

"그 여자야!"

"맙소사!"

"누가 이랬을까?"

비거는 삐걱거리는 발걸음 소리가 울부짖는 난방로 소리와 사람들 말소리와 삽으로 긁어대는 소리에 묻히기를 바라며, 발꿈치를 들고 하나씩 하나씩 계단을 올랐다. 계단 끝에 이르자 그는 숨을 깊게 내쉬었다. 너무 오래 숨을 참은 바람에 폐가 쑤셨다. 그는 살그머니 자기 방으로 다가가 문을 열고 들어가 불을 켰다. 그리고 창문으로 가서 위 창틀 밑에 손을 집어넣고 들어올렸다. 눈발 섞인 차가운 공기가 밀려들어오는 것이 느껴졌다. 아래층에서 고함 소리가 희미하게 들려오고 뱃속이 하얗게 타들었다. 그는 달려가 방문을 잠그고 불을 껐다. 그리고 더듬더듬 창으로 가 기어올랐다. 다시 눈발 섞인 싸늘한 바람기가 느껴졌다. 아래 창틀 위에 발을 얹고 다리를 굽힌 채 땀에 젖은 몸으로 바람에 떨며 바닥을 보려고 눈발 속을 내려다보았지만, 바닥은 안 보였다. 그리고 그는 곧바로 뛰어내렸다. 차가운 공기를 가르며 뛰어내릴 때 몸이 비틀리는 것이 느껴졌다. 눈발 속을 날며 몸이 회전할 때 그는 눈을 꽉 감고 주먹을 꽉 쥐었다. 그는 잠시 공중에 떠 있다가 바닥에 부딪혔다. 처음에는 부드럽게 떨어진 듯싶었지만 충격이 등을 타고 머리까지 온몸을 꿰뚫었고 그는 차가운 눈 더미에 묻힌 채 멍하니 누워 있었다. 눈이 입과 눈과 귀로 들어왔다. 눈이 등으로 스며들었다. 손이 젖어 시렸다. 그때 몸의 모든 근육이 발작적인 반사작용을 일으키며 격렬히 수축하고, 동시에 따뜻한 물이 사타구니로 흘러내리는 것이 느껴졌다. 오줌이었다. 젖은 눈의 냉기가 온 살갗에 엄습할 때 달아오른 몸의 근육이 말을 듣지 않은 것이다. 그는 눈을 깜박이며 고개를 들어 위를 올려다보았다. 재채기가 났다. 이제 정신이 들었다. 그는 허우적거리며 눈을 밀어냈다. 그리고 한 발 한 발 몸을 일으키며 눈 더미에서 빠져나왔다. 그는 걸었고 그러다 뛰려고 했지만 너무 기운이 없었다. 이 백인 주택가를 벗어나야 한다는 생각뿐 딱히 어디로 가는지도 모른 채 그는 드렉설 대로를 걸어갔다. 전찻길을 피해 어두운 거리로 접어들어 좀더 걸음을 재촉하며 앞을 주시하며 걸었다. 이따금씩 뒤를 돌아보면서.

그렇다, 베시에게 그 집에 가지 말라고 해야 했다. 모두 끝났다. 목숨을 건져야 했다. 그러나 이것은, 이렇게 도망치는 것은 익숙했다. 그는 늘 조만간 이런 일이 닥칠 것을 알고 있었다. 그리고 지금 드디어 일이 터진 것이다. 그는 항상 이 백인 세계 밖으로 밀려난 기분이었는데 이제 그것이 사실이 되었다. 그러자 모든 것이 간단해졌다. 그는 셔츠 속을 더듬었다. 그래. 총이 그대로 있구나. 이것을 쓰게 될지도 모른다. 저들에게 붙잡히느니 총을 쏘자. 이러나저러나 죽긴 마찬가지지만, 있는 총알은 다 쏘고 죽자.

코티지그로브 로에 다다르자 그는 남쪽으로 접어들었다. 베시 집에 가서 돈을 손에 넣기 전까지는 아무 계획도 세울 수 없었다. 그는 붙잡힐까봐 두려운 마음을 털어내려 애쓰며, 휘몰아치는 눈발에 고개를 푹 숙이고 주먹을 꼭 쥐고 얼음이 언 거리를 터벅터벅 걸었다. 손이 거의 얼어붙을 지경이었지만 주머니에 넣고 싶지 않았다. 그러다간 갑자기 경찰이 불러도 방어태세를 취하기 어려울 것 같았다. 그는 얼어붙은 커다란 달들처럼 머리 위에서 빛나는, 두껍게 눈이 덮인 가로등 밑을 지나갔다. 영하의 추위로 얼굴이 얼얼

314

했고 바람은 심장까지 아프게 쑤셔대는 날카로운 긴 칼처럼 젖은 몸을 파고들었다.

이제 47번가가 보였다. 망사 같은 눈의 장막 속으로 차일 밑에 서서 신문을 파는 한 사내아이가 보였다. 그는 모자챙을 더 눌러쓰고 전차를 기다리기 위해 한 건물 입구로 슬그머니 들어갔다. 신문팔이 아이 뒤로 판매대에 신문이 높이 쌓여 있었다. 그는 굵고 검은 활자의 표제表題를 보고 싶었지만 휘몰아치는 눈 때문에 보이지가 않았다. 지금쯤 신문마다 그의 기사로 도배했을 것이다. 그것도 이상하게 여겨지지 않았으니, 여태 그는 늘 자신에게 신문에 나야 마땅한 일들이 일어나고 있다고 느껴왔던 것이다. 그렇지만 오래 전부터 느꼈던 감정을 행동으로 옮긴 이제야 비로소 신문은 그 이야기를, 그의 이야기를 실을 것이다. 비거는 그 이야기가 자기 가슴 속에 파묻힌 채 타오를 때에는 아무도 기사로 쓸 생각을 하지 않았다고 느껴졌다. 그렇지만 그것을 밖으로 꺼내 내팽개치자, 그의 삶을 제멋대로 주물러온 사람들 앞에 내팽개치자, 비로소 신문에 기사로 써대는 것이었다. 그는 주머니를 뒤져 2쎈트를 꺼내서는 고개를 돌린 채 아이에게 다가갔다.

"『트리뷴』."

그는 신문을 가지고 한 건물 입구로 들어갔다. 그는 신문 너머로 거리를 훑어보고 나서, 굵고 검은 활자들을 읽었다. 백만장자 상속녀 납치. 납치범들 협박장을 보내 만 달러 요구. 돌턴가家는 용의자인 공산주의자 석방을 요청. 그래. 이제 실렸구나. 곧 그녀의 사망 소식, 기자들이 난방로에서 그녀의 뼈를 발견한 소식, 그녀의 머리가 잘려나갔다는 소식, 흥분을 틈타 그가 도망친 소식 등이 실릴 것이었다. 그는 전차가 다가오는 소리에 고개를 들었다. 시야에 들어오는 전차를 살펴보니 승객이 거의 없었다. 잘됐다! 그는 거리로 뛰어나가 막 마지막 사람이 올라탈 때에 맞춰 계단에 뛰어올랐다. 그리고 차장이 자기를 유심히 보지 않나 살피며 차비를 내고는 안으로 들어갔다. 자기 쪽을 쳐다보는 얼굴이 없는지 경계하면서 그는 운전사 뒤쪽에 있는 앞문 승강구에 섰다. 무슨 일이 생기면 즉시 이리로 내려버리면 된다. 전차가 출발하자 그는 다시 신문을 펴고 읽어내려갔다.

실종된 시카고의 상속녀인 메리 돌턴을 돌려주는 댓가로 만 달러를 요구하는, 연필로 조잡하게 쓴 협박장이 고용인에 의해 어제저녁 일찍 발견되고, 돌턴 양의 실종과 관련하여 구류된 공산당 지도자 잰 얼론의 석방을 돌턴가에서 갑자기 요구하고 나왔다. 이 놀라운 사태 전개는, 그렇지 않아도 이 사건으로 혼란에 빠져 있는 지역 및 주 경찰을 더욱 혼란스럽게 만들었다.

'공산당원'이라는 서명과 그 유명한 망치와 낫의 공산당 상징이 적힌 이 편지는 헨리 돌턴 씨의 하이드파크 저택의 요리사이자 가정부인 페기 오플래거티에 의해 현관문 밑에서 발견되었다.

비거는 "흑인 운전기사 심문" "반만 꾸린 트렁크" "공산당 소책자들" "술김의 섹스 파티" "넋이 나간 부모" "급진주의자의 모순된 진술" 등 길게 이어진 활자를 읽어내려갔다. 비거는 눈으로 단어들을 훑었다. "비밀회합으로 납치 기회 생겨" "개입하지 말 것을 경찰에 요구" "근심에 찬 가족, 납치범들과 연락 시도". 다음 기사는 이러했다.

얼론이 돌턴 양의 소재를 안다는 정보를 가족이 입수한 것으로 추측되며, 일부 경찰 관계자들은 이것이 가족들이 이 급진주의자의 석방을 요청한 숨은 동기라고 보고 있다.

얼론은 경찰이 자기에게 죄를 뒤집어씌운 것은 시카고에서 공산주의자를 몰아내려는 움직임의 일환이라는 주장을 되풀이하며, 애당초 자신을 구류한 혐의가 무엇인지 공개할 것을 요구했다. 그는 흡족한 답변을 얻지 못하자 유치장에서 나가기를 거절했고, 경찰은 치안방해 혐의로 그를 유치장에 재구류했다.

비거는 눈을 들고 주위를 둘러보았다. 그를 쳐다보는 사람은 아무도 없었다. 흥분해서 손이 떨렸다. 전차가 덜거덕거리며 눈 속을 헤쳐나갔고 50번가가 가까워졌다. 그는 문으로 가서 말했다.

"내려요."

전차가 멈추자 그는 몰아치는 눈발 속으로 뛰어내렸다. 이제 거의 베시 집 앞이었다. 베시 방 창문을 올려다보니 어두웠다. 집에 있지 않고 밖에 나가 친구들과 술을 마시고 있을지도 모른다는 생각이 들자 화가 치밀었다. 그는 입구로 들어갔다. 희미한 등이 켜져 있고, 미약한 온기나마 반갑기 그지없었다. 이제 신문을 마저 읽을 수 있었다. 그는 신문을 폈다. 그리고 처음으로 자기 사진을 보았다. 사진은 2면 왼쪽 하단에 실렸는데 위에는 이렇게 쓰여 있었다. 공산주의자들이 그를 꾀어들이려 함. 작은 사진이었는데 밑에는 그의 이름이 적혀 있었다. 그는 심각한 표정의 검은 얼굴로 정면을 응시하고 있고 오른쪽 어깨 위에는 흰 고양이가 크고 검은 두 눈을 한 쌍의 은밀한 죄의 우물처럼 둥그렇게 뜬 채 도사리고 앉아 있었다. 그리고 아! 지하실 계단에 서 있는 돌턴 부부 사진도 있었다. 바로 두시간 전에 본 돌턴 부부 모습을 이렇게 금방 다시 보게 되자, 그는 이렇게 신속하게 일을 처리하는 이 미지의 백인 세계란 대적할 수 없는 상대로, 곧 그를 찾아내 끝장내버릴 것이라는 생각을 멈출 수 없었다. 백발의 노부부가 애원하듯 손을 내밀고 계단에 서 있는 모습은 무력한 수난의 강력한 상징으로, 흑인이 메리를 죽였다는 사실이 밝혀질 때 그를 향해 커다란 증오를 불러일으킬 것이었다.

비거는 입술을 굳게 다물었다. 이제 돈을 받을 가능성은 사라졌다. 메리를 발견했으니 저들은 그녀를 죽인 자를 잡기 위해 물불을 가리지 않을 것이다. 싸우스사이드에 수천명의 백인 경관이 깔려 그나 혹은 그와 비슷하게 생긴 아무 흑인 남자나 잡아가려 들 것이다.

그는 초인종을 누르고 버저가 울리기를 기다렸다. 집에 있을까? 다시 초인종을 눌렀다. 문에서 버저 소리가 날 때까지 손가락에 힘을 주어 계속 눌러댔다. 그는 무릎을 올릴 때마다 급히 숨을 들이마시며 계단을 뛰어올랐다. 두번째 층계참에 이르렀을 때는 숨이 너무 가빠서 잠깐 멈춰 서서 눈을 감고 가슴이 진정될 때까지 가만히 서 있었다. 힐끗 올려다보니 베시가 반쯤 열린 문틈으로 졸린 눈으로 그를 바라보고 있었다. 그는 들어가 잠시 어둠 속에 서 있었다.

"불 켜." 그가 말했다.

"비거! 무슨 일이야?"

"불 켜!"

그녀는 말없이 가만히 있었다. 그는 전등 줄을 잡으려고 손바닥을 펴고 허공을 더듬었다. 전등 줄을 찾자 잡아당겨 불을 켰다. 그러고는 누군가 구석에 숨어 있을 것만 같아 휙 몸을 돌려 두리번거렸다.

"무슨 일이야?" 그녀가 다가와 그의 옷에 손을 댔다. "젖었네."

"다 끝났어." 그가 말했다.

"그럼 나 그거 안해도 돼?" 그녀가 간곡히 물었다.

그렇다, 지금 그녀는 제 생각뿐이었다. 그는 혼자였다.

"비거, 무슨 일인지 말해줘, 응?"

"놈들이 다 알았어. 곧 나를 잡으러 다닐 거야."

공포에 가득한 눈으로 그녀는 울지도 못했다. 그는 정신없이 왔다 갔다 했고 걸음마다 나무 바닥 위로 둥근 구정물 자국이 생겼다.

"말해줘, 비거! 제발!"

그녀는 이 악몽에서 벗어날 말을 듣고 싶은 것이었다. 그러나 그는 그런 말을 해줄 생각이 없었다. 천만에. 베시를 붙잡아두어야 한다. 누구라도 지금 옆에 두어야 한다. 그녀가 그의 외투 자락을 잡자, 그녀 몸의 떨림이 전해졌다.

"나도 잡으러 올까, 비거? 난 하기 싫었는데!"

그렇다. 알려주자, 전부 다 알려주자. 그렇지만 잠시나마 베시를 그에게 묶어두는 방향으로 알려줘야 했다. 그는 지금 혼자가 되고 싶지 않았다.

"그 여자가 발견됐어." 그는 말했다.

"우리 이제 어떡해, 비거! 당신 나한테 무슨 짓을 한 거야……"

그녀가 울기 시작했다.

"에이, 그러지 마, 응."

"당신 **정말로 죽인 거야?**"

"그 여잔 죽었어." 그가 말했다. "놈들이 찾아냈어."

그녀는 침대로 달려가 쓰러져 흐느꼈다. 온통 일그러진 입과 젖은 눈으로 그녀는 헐떡이며 물었다.

"다―다―당신 펴―편지 보내진 아―않았지?"

"보냈어."

"비거." 그녀가 울먹였다.

"이젠 돌이킬 수 없어."

"오, 하느님! 사람들이 날 잡으러 올 거야. 당신 짓인지 금방 알 거야. 그래서 당신 집에 가서 당신 어머니와 동생한테, 그리고 사람마다 붙들고 물어보겠지. 틀림없이 금방 날 잡으러 올 거야."

맞는 말이었다. 그녀는 그와 함께 가는 수밖에 없었다. 여기 남아 있다가 저들이 찾아오면 그저 침대에 누워 눈물이나 짜며 전부 불어버릴 것이다. 그녀로서도 다른 수가 없을 것이다. 그리고 그의 습관이라든가 생활 등 그를 추격하는 데 도움이 될 이야기를 해줄 것이다.

"그 돈 갖고 있지?"

"옷 주머니에 넣어두었어."

"얼마나 돼?"

"90달러."

"그래, 넌 어떻게 할래?" 그가 물었다.

"죽어버렸으면 좋겠어."

"그런 말 해봤자 소용없어."

"그거 말고 무슨 말을 해."

요행수를 바란 모험이지만 그는 해보기로 했다.

"너 자꾸 이러면 나 간다."

"안돼. 안돼…… 비거!" 그녀는 일어나 그에게 달려오며 소리쳤다.

"그럼, 이제 그만 좀 해." 그는 의자로 뒷걸음치며 말했다. 의자에 앉자 피곤이 물밀듯이 몰려왔다. 어디서 난 힘인지 몰라도 도망도 치고 여기 서서 그녀와 이야기도 했다. 그러나 지금은 경찰이 별안간 쳐들어온다 해도 달아날 힘도 없을 것 같았다.

"어―어디 아파?" 그녀가 그의 어깨를 잡으며 말했다.

그는 의자에 앉은 채 몸을 숙이고 손에 얼굴을 묻었다.

"비거, 왜 그래?"

"피곤하고 졸려 죽겠어." 그는 한숨지었다.

"먹을 거 만들어줄게."

"술 좀 마셔야겠어."

"아니, 위스키는 안돼. 뜨거운 우유를 마셔야 해."

그는 그녀가 돌아다니는 소리를 들으며 기다렸다. 몸이 차갑고 무겁고 축축하고 쑤시는 납덩어리로 변한 것 같았다. 베시는 전기 화로에 스위치를 넣고 냄비에 우유 한 병을 부어 빨갛게 달궈진 원 위에 올려놓았다. 그리고 그에게 돌아와 그의 어깨에 손을 얹었다. 새로 솟구친 눈물로 그녀의 눈이 젖어 있었다.

"나 겁나, 비거."

"지금 겁먹으면 안돼."

"그 여잔 뭐하러 죽였어."

"죽일 생각은 없었어. 어쩔 수 없었어. 정말이야!"

"어떻게 된 건데? 아직 말 안했잖아."

"에이 씨. 내가 그 여자 방에 있는데……"

"그 여자 방에?"

"응. 그 여자가 취했거든. 곯아떨어졌지. 그…… 그래서 방까지 데려다준 거야.”

“그 여자가 어쨌는데?”

“아니…… 아니야. 그 여자가 어쩐 건 아냐. 그 여자 엄마가 들어
왔어. 장님이야……”

“그 여자?”

“아니. 엄마가. 난 내가 방에 있는 걸 알리고 싶지 않았어. 그런데
그 여자가 뭐라고 말하려고 해서 난 겁났어. 그래서 그냥 베개 모
서리로 입을 막기만 했는데…… 죽이려던 건 아니었어. 베개로 얼
굴을 덮기만 했는데 죽어버린 거야. 그 여자 엄마가 방에 들어왔는
데 그 여자는 뭐라고 말하려 하고 그 여자 엄마는 손을 내밀고 있
었어. 이렇게 말야, 알겠어? 그 손이 내 몸에 닿을까봐 겁났어. 소리
지르지 못하게 하려고 얼굴에 베개를 좀 세게 눌렀을 뿐인데. 그
엄마 손이 내 몸에 닿지는 않았어. 내가 몸을 피했거든. 그렇지만
그 엄마가 나간 다음 침대로 가보니 그 여자가…… 그 여자가 죽어
있었어…… 그렇게 된 거야. 그 여자가 죽었어…… 죽일 생각은 없
었는데……”

“계획적으로 죽인 건 아니란 말이지?”

“그럼. 맹세코 아니야. 그렇지만 무슨 소용이야? 아무도 안 믿을
텐데.”

“자기, 모르겠어?”

“뭘?”

“사람들은 말할 거야……”

베시가 다시 울음을 터뜨렸다. 그는 손으로 그녀의 얼굴을 감싸
쥐었다. 관심이 일었다. 이번 사건이 이 순간 그녀 눈에는 어떻게
비치는지 보고 싶었다.

“뭐라고?”

“사람들은…… 사람들은 당신이 그 여자를 강간했다고 할 거야.”

비거는 눈이 둥그레졌다. 그는 메리를 데리고 계단을 올라가던 순간을 완전히 잊어버렸다. 그는 그것을 마음속 깊이 꽁꽁 묻어버렸기 때문에, 이제야 비로소 그 진정한 의미가 되살아났다. 그들은 그가 그녀를 범했다고 말할 텐데, 그러지 않았다는 걸 증명할 길이 없었다. 이제껏 그 사실은 그의 눈에 중요하게 비치지 않았다. 그는 턱을 꽉 다물며 벌떡 일어섰다. 그 여자를 강간했던가? 그렇다, 강간했다. 그날 밤과 같은 기분을 느낄 때마다 매번 그는 강간한 것이다. 그러나 강간은 여자를 상대로 저지르는 짓이 아니었다. 강간이란 쫓아오는 무리에게 궁지에 몰려 죽지 않기 위해서 싫든 좋든 닥치는 대로 갈겨댈 수밖에 없을 때 느끼는 감정이었다. 그는 백인의 얼굴을 들여다볼 때마다 강간을 범했던 것이다. 그는 수천개의 하얀 손이 달려들어 끊어질 때까지 잡아당기는 길고 질긴 고무 조각이었고, 마침내 그가 끊어져나갈 때 그것이 곧 강간이었다. 그러나 매일매일 힘겹게 살아가는 가운데 가슴속 깊이 증오의 비명을 질렀을 때, 그것도 강간이었다. 그것 또한 강간이었다.

“사람들이 찾아냈어?” 베시가 물었다.

“어?”

“사람들이 그 여잘 찾아냈냐고?”

“응. 뼈가……”

“뼈?”

“아, 베시, 난 어쩔 줄 몰랐어. 그 여잘 난방로에 집어넣어버렸어.”

그녀는 그의 젖은 외투에 얼굴을 던지며 격렬하게 울음을 터뜨렸다.

"비거!"

"응?"

"우리 어떻게 해?"

"나도 몰라."

"우릴 찾아다닐 거야."

"내 사진도 갖고 있어."

"도대체 어디 숨어?"

"얼마 동안은 그 낡은 집들에 숨어 있으면 돼."

"그렇지만 금방 찾아낼 거야."

"그런 집은 굉장히 많아. 밀림 속에 숨는 거나 마찬가질 거야."

화로 위로 우유가 끓어넘쳤다. 흐느낌으로 여전히 입술이 일그러진 베시가 일어나 전기 스위치를 끄고 잔에 우유를 따라 그에게 가져다주었다. 그는 천천히 그것을 마시고 나서 잔을 옆으로 치우고 다시 몸을 앞으로 굽혔다. 그들은 침묵에 빠졌다. 베시가 그에게 한 잔 더 주자 그는 다 마시고, 그리고 또 한 잔을 마셨다. 그는 일어섰다. 다리와 온몸이 나른했다.

"옷 입어, 베시. 그리고 저 담요하고 이불들도 가져가자. 여기서 벗어나야 해."

그녀는 침대로 가서 커버를 벗겨 베개까지 함께 둘둘 말았다. 그녀가 이렇게 하는 동안 비거는 그녀에게 다가가 어깨에 손을 올려놓았다.

"술병은 어디 있지?"

그녀는 핸드백에서 술병을 꺼내 건네주었다. 그가 길게 한모금 마시자 그녀는 술병을 다시 백에 넣었다.

"서둘러." 그가 말했다.

그녀는 작게 흐느끼며 이따금 눈물을 닦으려고 멈춰가면서 짐을 챙겼다. 비거는 방 한가운데 서서 생각했다. 아마 지금쯤 저들은 집을 뒤지고 있을 것이다. 아마 엄마와 버디, 베라에게 말하고 있을 것이다. 그는 방을 가로질러 커튼을 휙 젖히고 밖을 내다보았다. 하얀 거리에는 사람이 없었다. 돌아보니 베시는 꼼짝도 하지 않고 침구 꾸러미를 내려다보고 있었다.

"자, 가자. 여기서 나가야 돼."

"이제 어찌 되든 난 상관없어."

"어서. 그러지 마."

이 여자를 어떻게 해야 되나? 그녀는 위험스러운 짐이 될 것이다. 계속 이렇게 군다면 데려갈 수가 없지만 그렇다고 여기에 두고 갈 수도 없었다. 냉정한 마음으로 그는 그녀를 데려가야 하며 앞으로 언젠가 그녀를 처리해야 함을, 그에게 아무 위험도 없도록 처리해야 함을 깨달았다. 그는 차분한 마음으로 그런 생각을 했다. 마치 그런 결정을 자기가 내리는 것이 아니고, 자기로선 어찌할 수 없는, 당연히 복종해야 하는 어떤 논리가 자기에게 쥐여준 것처럼.

"나 그냥 혼자 갈까?"

"아냐. 아냐…… 비거!"

"자, 어서. 모자하고 외투 걸쳐."

그녀는 그를 바라보다 무릎을 꿇었다.

"오, 하느님." 그녀는 비탄했다. "도망친들 무슨 소용이 있어? 어디 가든 잡히고 말 텐데. 이렇게 될 줄 알았어야 했는데." 그녀는 손을 앞으로 꼭 부여잡고 눈물을 철철 쏟으며 눈을 꼭 감은 채 몸을 앞뒤로 흔들었다. "나한텐 항상 지독히 어려운 일만 따라다녔어.

배가 고프지 않으면 몸이 아프고. 아프지 않으면 곤란한 일이 생기고. 난 아무도 괴롭히지 않았는데. 난 매일 열심히 일한 기억밖에 없어, 지쳐 쓰러질 때까지. 그러곤 잊어버리기 위해 술을 마셔야 했지. 술에 취해야 잠잘 수 있었으니까. 내가 이런 일 말고 뭘 했다고? 그런데 이제 이 지경이야. 이제는 쫓겨다니는 신세에다, 잡히면 날 죽이겠지." 그녀는 머리를 바닥으로 떨구었다. "내가 왜 자기가 날 이렇게 취급하게 내버려두었는지 정말 모르겠어. 자기를 만나지 않았더라면 얼마나 좋았을까. 우리 둘 중 하나가 태어나지 말고 죽어버렸으면 좋았을걸. 그럼! 자기가 나한테 안겨준 건 고통뿐이었어, 그저 캄캄한 고통뿐이었어. 우리가 사귄 후로 자기는 내 몸을 가지려고 나를 취하게 만드는 것밖에 한 게 없어. 그것뿐이었어! 이제 다 보여. 지금 난 취하지 않았어. 자기가 나한테 한 짓이 모두 보여. 전에는 차마 보고 싶지 않았지. 자기하고 함께 있으면 기분이 얼마나 좋은지 그 생각에 정신이 없었던 거야. 난 행복하다고 생각했지만, 마음 한구석에선 그렇지 않다는 걸 알았어. 그런데 자기가 날 이 살인 사건에 끌어들였고, 이제 모든 것이 보이네. 난 바보였어, 눈멀고 멍청한 술 취한 검둥이 바보일 뿐이었어. 난 이제 도망치는 신세가 되었지만 자기는 속으론 사실 아무 걱정도 안하잖아."

그녀는 숨이 막혀 말을 멈췄다. 그는 그녀의 말에 귀를 기울이지는 않았다. 귓전을 스치는 그녀의 말에 자기도 알고는 있었지만 그녀가 살아온 인생의 오만가지 세세한 사실들이 새삼 뇌리를 스치며, 그는 그녀가 데리고 갈 수도 남겨두고 갈 수도 없는 상태임을 깨달았다. 이런 생각과 함께 든 기분은 분노나 후회라기보다는, 자기 목숨을 구하려면 어떻게 해야 하는지 깨닫고 그렇게 하겠다고 결심하는 사람 같은 기분이었다.

"어서, 베시. 이렇게 여기 더 있을 순 없어."

그는 몸을 숙여 한 손으로 그녀의 팔을 잡고 다른 손으로 침구 꾸러미를 들어올렸다. 그는 그녀를 끌고 문지방을 넘어 문을 뒤로 닫고 계단을 내려갔다. 그녀는 훌쩍이며 뒤에서 비틀비틀 따라왔다. 출입구에 이르자 그는 셔츠 안쪽에서 총을 꺼내 외투 주머니에 넣었다. 언제 사용하게 될지 모르는 일이었다. 저 문에서 걸어나온 순간부터 목숨이 경각에 달려 있다. 이제 어찌 되느냐는 그에게 달려 있다. 그리고 이런 느낌이 들자 공포가 좀 덜해졌다. 다시 사태가 간단해졌다. 문을 열자 한 줄기 얼음 같은 바람이 얼굴을 때렸다. 그는 뒤로 물러서며 베시를 돌아봤다.

"술병 어디 있어?"

그녀는 핸드백을 내밀었다. 그는 병을 꺼내 크게 한모금 마셨다.

"자." 그는 말했다. "자기도 한모금 마셔."

그녀는 마시고 술병을 다시 핸드백에 넣었다. 그들은 눈 속으로 나아가 휘몰아치는 바람을 헤치며 얼어붙은 거리를 걸었다. 한번은 그녀가 걸음을 멈추고 울음을 터뜨렸다. 그는 그녀의 팔을 움켜잡았다.

"닥쳐, 응! 어서!"

그들은 창문이 즐비하니 해골의 텅 빈 눈구멍처럼 시꺼멓게 입을 벌린, 눈 덮인 높은 건물 앞에서 멈췄다. 그는 그녀에게서 핸드백을 받아 회중전등을 꺼냈다. 그리고 그녀의 팔을 단단히 쥐고 정문으로 통하는 계단 위로 끌고 올라갔다. 문이 반쯤 열려 있었다. 그는 어깨로 문을 힘껏 밀었다. 문은 마지못한 듯 힘겹게 열렸다. 안은 캄캄해서 회중전등의 희미한 불빛으론 별 소용이 없었다. 썩는 냄새가 진동하고, 나무 바닥 위를 황급히 달리는 재빠르고 건조한 발소리가 들렸다. 베시는 막 비명을 터뜨릴 태세로 숨을 깊이 들이마셨지만, 비거가 팔을 꽉 움켜쥐는 바람에 허리를 휘청 꺾으며 신음 소리를 냈다. 계단을 올라갈 때 바람에 휘어지는 나무 소리처럼, 삐걱거리는 작은 소리가 비거의 귀에 자주 들려왔다. 그는 팔 밑에 침구 꾸러미를 끼고 손으로 그녀의 팔목을 잡았다. 다른 손으로는 눈과 입에 자꾸 들러붙는 끈끈한 거미줄을 쳐냈다. 그는 3층으로 올라가 좁은 통풍구 쪽으로 창문 하나가 난 방으로 들어갔다. 묵은 나무 냄새가 났다. 그는 회중전등을 휘둘러 비춰보았다. 바닥은 검은 먼지로 덮여 있고 구석에 벽돌 두장이 보였다. 그는 베시를 쳐다보았다. 그녀는 손으로 얼굴을 가렸고 검은 손가락에는 눈물기가 묻어 있었다. 그는 침구 꾸러미를 내려놓았다.

"펴서 깔아."

그녀는 시키는 대로 했다. 그는 누우면 창문이 바로 머리 위에 오도록 베개 두개를 창문 가까이에 놓았다. 너무 추워서 이가 덜덜 떨렸다. 베시는 벽에 기대서서 울고 있다.

"진정해." 그가 말했다.

그는 창문을 들어올리고 통풍구를 올려다보았다. 지붕 위로 눈발이 날렸다. 아래를 내려다보니 캄캄한 어둠밖에는 보이는 것이 없었고, 가끔씩 눈송이 몇점이 하늘을 떠돌며 내려와 희미한 회중전등 불빛 속에서 어둠 속으로 천천히 떨어져갔다. 그는 창문을 내리고 베시에게로 돌아섰다. 그녀는 그 자리에 그대로 서 있었다. 그는 방을 가로질러 그녀의 핸드백을 낚아채 반쯤 든 술병을 꺼내 쭉 들이켰다. 좋았다. 뱃속에 술기운이 타오르며 추위라든가 밖에서 부는 바람 소리 같은 것을 잊을 수 있었다. 그는 요 한쪽 끝에 앉아 담배에 불을 붙였다. 오랜만에 처음으로 피우는 것이었다. 그는 뜨

거운 연기를 허파 깊숙이 들이마셨다가 천천히 내뱉었다. 위스키
기운이 온몸을 따뜻하게 감돌며 머리가 빙빙 돌았다. 베시가 나지
막하고 가련하게 울었다.

"어서 누워." 그가 말했다.

그는 외투 주머니에서 총을 꺼내 손 닿는 데 두었다.

"어서. 거기 그렇게 서 있다간 얼어 죽어."

그는 일어나 외투를 벗어 담요 위에 펼쳐 덧이불로 삼았다. 그리
고 회중전등을 껐다. 위스키가 그를 달래주고 감각을 마비시켰다.
추위를 뚫고 베시의 낮은 울음소리가 들려왔다. 그는 마지막으로
담배를 길게 한모금 들이마시고 비벼 껐다. 바닥에서 베시의 구두
소리가 삐걱거렸다. 그는 따뜻한 알코올 기운이 온몸에 퍼지는 것
을 느끼며 가만히 누웠다. 몸이 딱딱하게 굳어 있었다. 마치 한참을
거북한 자세로 있어야 했기에 막상 쉴 기회가 생겨도 그럴 수 없
는 것과 같았다. 욕망이 팽팽하게 끓어올랐지만, 그는 베시가 방에
서 있다는 것을 알기 때문에 욕망을 마음에서 지워버렸다. 베시는
근심에 싸여 있으니 지금 그런 생각을 품어선 안될 일이었다. 그러
자 항상 주변의 기대에 적어도 외견상으로나마 부응할 수 있게 해
준 그의 한 측면이 이번에도 힘을 발휘해 육체적 욕구를 완전히 의
식 밖으로 내몰아주었다. 어둠 속에서 부스럭거리는 베시의 옷자
락 소리를 듣고 그녀가 외투를 벗고 있음을 알았다. 곧 그녀가 곁
에 와 누울 것이다. 그는 그녀를 기다렸다. 잠시 후 얼굴에 그녀의
손가락이 가볍게 스치는 것이 느껴졌다. 이부자리를 찾고 있었다.
더듬더듬 손을 뻗어보니 그녀의 팔이 잡혔다.

"이리 와 누워."

그가 이불을 들어주자, 그녀는 그의 곁으로 미끄러져 들어와 몸

을 쭉 폈다. 그녀가 곁에 있자, 위스키 기운으로 몸이 빙빙 돌던 것이 더 빨라지고 몸의 긴장이 더욱 심해졌다. 바람이 한바탕 휘몰아쳐 창문이 덜컹거리고 낡은 건물이 삐걱댔다. 위험하다는 것을 알면서도 그는 안락하고 따사로운 기분이었다. 자는 사이 건물이 무너져내릴지도 모르지만, 어디 있든 경찰에 붙잡힐 위험은 마찬가지였다. 그는 베시 어깨에 손을 얹었다. 천천히 그녀의 몸에서 딱딱한 기운이 빠져나가는 것이 느껴졌고 그것이 다 사라지자 비거 자신의 몸은 긴장이 더 심해지며 피가 끓어올랐다.

“춥지?” 그는 부드럽게 속삭였다.

“응.” 그녀는 숨을 몰아쉬었다.

“이리 가까이 와.”

“내가 이렇게 될 줄이야.”

“항상 이렇지는 않을 거야.”

“차라리 당장 죽었으면 좋겠어.”

“그런 말 하지 마.”

“추워 죽겠어. 다시는 따뜻해지지 않을 것 같아.”

그는 그녀의 숨결이 자기 얼굴을 완전히 감쌀 때까지 그녀를 끌어당겼다. 바람이 흐느끼며 창문과 건물을 휩쓸고 지나가더니 점차 고요해졌다. 그는 몸을 뒤척여 옆에 누운 그녀와 얼굴을 마주 보고 누웠다. 그는 키스했다. 그녀의 입술은 차가웠다. 그는 그녀의 입술이 따뜻하고 부드러워질 때까지 계속 키스했다. 속에서 거대하고 따뜻한 욕망의 덩어리가 집요하고 강력하게 치솟았고 그는 그녀의 어깨에서 가슴으로 손을 미끄러뜨려 한쪽 가슴을, 그리고 다른 쪽 가슴을 만졌다. 다른 팔은 그녀 머리 밑에 괴고 나서 다시 길고 깊은 키스를 했다.

“제발, 비거……”

그녀는 몸을 돌리려 했지만 그가 팔로 꽉 안고 놓아주지 않자 울먹이며 가만히 누워 있었다. 그는 그녀의 한숨 소리를 들었다. 이미 수없이 들어 익히 알고 있는 한숨 소리였다. 그러나 이번에는 그 소리에서 그가 알던 것보다 더 깊은 곳에서 나오는 한숨을, 체념의 한숨, 포기, 자신의 육체 이상의 것을 내어주는 한숨을 들었다. 그녀의 머리는 그의 팔 우묵한 부위에 힘없이 얹혀 있고, 그는 손으로 더듬어 치맛단을 잡아 천천히 걷어올렸다. 차가운 손가락이 그녀의 따스한 살갗에 닿고 더 따스하고 더 부드러운 살갗을 찾았다. 베시는 저항도 반응도 하지 않고 가만히 누워 있었다. 얼음 같은 그의 손가락이 그녀 안으로 파고들자 그녀는 즉시 입을 열었는데, 나온 것은 말이 아니라 끔찍한 일을 받아들인다는 표현의 소리였다. 길고 나지막하게 헐떡이며 숨을 내뱉었고 이내 그 헐떡임은 애원의 속삭임으로 변했다.

“비거…… 그러지 마!”

그녀의 목소리는 이제 멀고 깊은 정적 속에서 들려오는 듯했고, 그는 그녀를 개의치 않았다. 그 자신의 긴장된 육체의 요구가 요란한 함성이 되어 그녀의 목소리를 묻어버렸다. 춥고 캄캄한 방 안에서 그는 빙글빙글 도는 거대한 바퀴에 올라탄 기분이었고 더 빨리, 더 빨리 돌고 싶어졌다. 더 빨리 돌면 따뜻해지고 잠이 와 이 긴장된 피곤에서 벗어날 수 있을 것 같았다. 지금 그가 의식하는 것은 그녀와 자신이 원하는 것뿐이었다. 그는 추운 것도 아랑곳없이 자기도 모르게 이불을 걷어찼다. 베시는 항의하듯 손가락을 벌려 그의 가슴에 손을 대고 밀쳐냈다. 숨을 들이쉬고 내쉴 때조차 그치지 않는 듯한 그녀의 낮은 탄식을 그는 멍하니 무심한 마음으로 멀리

서 들리는 소리처럼 들렸다. 이제 해야 했다. 그래. 베시. 그의 손에 그의 욕망이 적나라하고 뜨겁게 타오르고 그의 손가락이 그녀를 더듬었다. 그래. 베시. 지금이야. 그는 지금 해야 했다. 그러지 마 비거 그러지 마 그녀한테는 미안하지만 해야만 했다. 그는. 그는 어쩔 수가 없었다. 어쩔 수가. 미안해. 어쩔 수가. 미안해. 어쩔 수가. 미안해. 이제 어쩔 수가. 그녀도 해야 해. 봐! 그녀도 봐야 봐야 봐야 했다. 봐, 내가 어떤지. 내가. 내가. 그녀가 어떤 기분일지 안됐긴 했지만 그는 이제 어쩔 수가 없었다. 기분이. 베시 지금이야. 몽땅. 그는 그녀의 거친 숨소리를 들었고 자신의 숨소리가 거칠게 들고 나는 것을 들었다. 비거 지금이야. 몽땅. 몽땅. 지금이야. 몽땅. 비거⋯⋯

그는 그 굶주림과 긴장감을 떨쳐버린 기분으로 자기와 그녀의 숨소리 너머로 구슬픈 밤바람 소리를 들으며 가만히 누워 있었다. 그는 그녀에게서 몸을 돌려 다리를 활짝 벌리고 다시 똑바로 누웠다. 몸에서 긴장이 서서히 빠져나가는 것이 느껴졌다. 거칠고 급한 숨소리가 점차 가라앉으며 마침내 더이상 들리지 않았고, 다음에는 너무 느리고 차분해져서 숨을 쉰다는 의식조차 완전히 사라졌다. 그는 전혀 졸리지 않았고, 옆에 베시가 누워 있다는 것을 느끼며 그대로 누워 있었다. 그러다가 어둠 속에서 그녀를 향해 고개를 돌렸다. 그녀의 느린 숨소리가 들려왔다. 자나 싶었다. 마음 깊은 한구석에서 그는 자신이 그녀가 잠들기를 기다리며 누워 있음을 알았다. 그의 미래에는 베시가 끼어들 데가 없었다. 방에 들어올 때 바닥에서 벽돌 두장을 본 기억이 났다. 정확히 어디서 봤는지 기억해내려 했지만 생각나지 않았다. 그렇지만 어디엔가 있다는 것은 확실했다. 찾아내야 했다. 하나라도. 베시에게 살인 이야기를 해주지 않는 편이 훨씬 나았을 것이다. 하지만 그것은 그녀 탓이었다.

그녀가 너무 졸라대는 바람에 말해줄 수밖에 없었던 것이다. 그리고 난방로에서 메리의 뼈가 그렇게 빨리 발견될 줄이야 어찌 알았겠는가? 연기를 쏟아내는 난방로와 하얀 뼛조각의 모습이 되살아났지만 그는 후회 따위는 느끼지 않았다. 거의 1분 가깝게 그 뼈를 뻔히 바라보면서도 그는 그것이 메리 시체에서 나온 뼈라는 사실을 깨닫지 못했다. 저들이 뭔가 다른 방식으로 알아내 갑자기 증거를 들이댈 거라고 생각했지, 자기가 증거를 보고 서 있으면서도 알아보지 못할 줄은 꿈에도 생각하지 못했다.

생각이 방으로 돌아왔다. 베시를 어쩌지? 그는 그녀의 숨소리에 귀를 기울였다. 함께 데리고 갈 수도, 놔두고 갈 수도 없었다. 그래. 자는군. 그는 처음 들어왔을 때 회중전등의 불빛에 비치던 방의 세부를 마음속으로 재구성해보았다. 창문은 바로 뒤, 머리 위에 있다. 회중전등은 옆에 있고 총은 회중전등 옆에 놓여 있다. 재빨리 잡아쏠 자세를 취할 수 있도록 손잡이를 이쪽으로 해두었다. 그렇지만 총을 쓸 수는 없다. 소리가 너무 클 것이다. 벽돌을 사용해야 한다. 창문을 들어올렸던 일이 생각났다. 어렵지 않았었다. 그렇다. 그렇게 처리하면 된다, 창밖으로 좁은 통풍구 밑으로 던져버리면 된다. 냄새가 날 때까지는 아마 아무도 발견하지 못할 것이다.

그녀를 여기 두고 갈 수도, 같이 데리고 갈 수도 없었다. 데리고 간다면 그녀는 내내 질질 짜기나 하면서 이렇게 된 것에 불평만 늘어놓을 것이다. 다 잊어버리고 싶어 위스키를 찾을 텐데, 구해주지 못할 때도 있을 것이다. 방은 칠흑처럼 어둡고 조용했다. 도시는 존재하지 않았다. 그는 숨을 죽이고 귀를 기울이며 천천히 일어나 앉았다. 베시의 숨결은 고르고 깊었다. 데리고 갈 수도, 남겨둘 수도 없다. 그는 손을 뻗어 회중전등을 집었다. 그는 다시 귀를 기울였다. 숨소리로 볼 때 피곤해 곯아떨어진 모양이었다. 일어나 앉자 그녀 몸에서 이불이 벗겨졌다. 그는 그녀가 추워서 깨어날까봐 이불을 도로 덮어주었다. 그녀는 그대로 잤다. 손가락으로 회중전등에 달린 단추를 누르자, 희미한 노란 불빛이 맞은편 벽에서 벌떡 살아났다. 그녀가 깰까봐 겁이 난 그는 불빛을 재빨리 바닥으로 낮췄다. 그러던 중에 처음 방에 들어올 때 얼핏 본 벽돌 한장이 순간 눈앞을 스쳤다.

그는 몸이 굳어졌다. 베시가 불안하게 몸을 뒤척였다. 깊고 고른 숨소리가 멈췄다. 귀를 기울였지만 숨소리가 들리지 않았다. 마치 그녀의 숨결은 시커멓고 광활한 심연 위에 길게 늘어진 한 가닥 하얀 실이고, 그는 거기 매달린 채 이미 풀리기 시작한 실타래가 계속 풀어져 자기가 결국 까마득한 저 아래 바위로 언제쯤 떨어지고 말지 지켜보는 듯한 느낌이었다. 그때 다시 그녀의 숨소리가 들려왔다. 들이쉬고 내쉬고, 들이쉬고 내쉬고. 그도 다시 숨을 쉬었다. 목에서 너무 거친 소리가 났다. 그녀를 깨울까봐 이번에는 숨결을 가다듬으려고 안간힘을 썼다. 그녀가 뒤척인다고 그렇게 공포에 사로잡히다니, 재빨리 그리고 확실하게 그것을 해내야겠다는 생각이 들었다. 가만가만 그는 담요에서 다리를 빼내고 기다렸다. 베시의 숨결은 느리고 길고 고르고 무거웠다. 그가 팔을 들자 담요가 떨어졌다. 그는 느린 동작으로 조심조심 몸을 일으켰다. 춥고 어두운 바깥에서는 얼음처럼 차갑고 캄캄한 구덩이에 빠진 백치처럼 바람이 흐느끼다 스러졌다. 돌아서며 그는 둥그런 불빛을 베시의 얼굴이 있을 만한 지점에 비추어봤다. 그렇다. 그녀는 잠들었다. 눈물로 얼룩진 검은 얼굴이 평온했다. 그는 회중전등을 끄고 벽 쪽으로 다가가 벽돌을 찾아 손으로 차가운 바닥을 더듬었다. 벽돌을 찾아 손에 움켜쥐고 다시 요가 있는 쪽으로 살금살금 다가갔다. 어둠 속에서 그녀의 숨소리가 안내하는 역할을 했다. 그는 그녀의 머리가 있을 만한 부근에서 멈춰 섰다. 데리고 갈 수도, 두고 갈 수도 없었다. 그러니 죽여야 했다. 그의 목숨이냐, 그녀의 목숨이냐였다. 내리칠 부위를 확인하려고 그는 그녀가 깰까 겁내며 재빨리 회중전등을 켰다가 다시 껐다. 깊이 잠든 그녀의 평온한 검은 얼굴 모습이 눈에 선하게 남았다.

그는 몸을 펴고 벽돌을 치켜들었지만, 바로 그 순간 현실감이 깡그리 사라졌다. 심장이 가슴에서 터져나올 듯 거칠게 뛰었다. 안된다! 이러면 안된다! 그는 의지로 자신의 육체를 제어하려 애쓰며, 숨을 폐 깊이 들이마시고 근육에 힘을 주었다. 이렇게 굴어선 안된다. 그러자 공포는 찾아올 때와 마찬가지로 갑자기 사라져버렸다. 그렇지만 그 영상이, 그 동기動機가, 법에서 벗어나려는 그 몰아치는 욕망이 되살아날 때까지 이렇게 서 있어야 했다. 그래. 이제 됐다. 가까이 다가오는 희끄무레한 형체, 타오르는 메리, 브리튼, 그를 함정에 빠뜨리려는 법 등이 의식 속에 되살아났다. 이제 다시 그는 준비가 되었다. 벽돌은 그의 손에 있었다. 마음속으로 그는 손을 휘둘러 차가운 밤공기를 뚫고 재빨리 보이지 않는 반원을 그려보았다. 상상 속에서, 손을 높이 치켜올려 멈춘 후 그녀의 머리가 있을 만한 지점에 획 내리쳤다. 그는 굳어진 채 꼼짝도 않았다. 그래. 이런 식으로 하는 거다. 그러고 나서 그는 숨을 깊이 들이쉬고는, 손으로 벽돌을 움켜쥐고 획 쳐들어 잠깐 멈췄다가, 가슴에서 새어나오는 깊고 짤막한 신음 소리에 맞추어 어둠을 뚫고 쿵 소리를 내며 획 내리쳤다. 됐다! 놀라 헐떡이는 희미한 소리, 그리고 신음 소리가 들렸다. 아니, 저건 안되지! 그는 다시, 그리고 다시, 계속 벽돌을

치켜올렸다. 매번 무르면서도 완강하게 되받는 흐물흐물한 덩어리
에 닿을 때까지 내리치면서. 곧, 젖은 솜뭉치, 생명이라곤 벽돌에
맞을 때 나는 소리밖에 남지 않은 듯한 축축한 덩어리를 치는 느
낌이 들었다. 그는 멈추고, 가슴을 들락거리는 자신의 숨소리를 들
었다. 온몸이 땀투성이였고 추웠다. 몇번이나 벽돌을 들어올려 내
리쳤는지 알지 못했다. 그가 아는 것은 방이 고요하고 춥다는 것과
일이 끝났다는 것뿐이었다.

그는 왼손에 여전히 회중전등을 필사적으로 움켜잡고 있었다.
스위치를 올려 정말로 해냈는지 확인하고 싶었지만 엄두가 나지
않았다. 그의 무릎은 경주 자세를 취한 달리기 선수처럼 가볍게 굽
혀져 있었다. 다시 공포가 솟아났다. 그는 귀를 곤두세웠다. 그녀의
숨소리가 들린 것 같은데? 그는 몸을 숙이며 귀를 기울였다. 그가
들은 것은 자신의 숨소리였다. 자신의 숨소리가 너무 커서 베시가
아직도 숨을 쉬는지 아닌지 알 수 없었던 것이다.

벽돌을 쥔 손가락이 저리기 시작했다. 몇분 동안 사력을 다해 움
켜쥐고 있었던 것이다. 손에 뜨뜻하고 끈적끈적한 것이 느껴졌고
그 감각이 그의 온몸을 휩쌌다. 그것은 그의 살갗을 감싸며 따뜻한
빛을 발했다. 벽돌을 던져버리고 싶었다. 매 순간 더욱 강력해지며
스멀거리는 이 뜨뜻한 피에서 벗어나고 싶었다. 그때 끔찍한 생각
이 떠오르는 바람에 그는 꼼짝도 할 수 없었다. 만일 베시가 벽돌
을 내리칠 때 난 소리로 짐작했던 그 상태가 아니라면? 만일 회중
전등을 켰을 때 그녀가 저기 누워 그 둥글고 큰 검은 눈으로 그를
바라본다면, 경악과 놀라움과 고통과 비난을 담은 채 피에 젖은 입
을 벌리고 있다면? 밤공기보다도 더 찬 한기가 얼음으로 짠 숄처럼
그의 어깨를 둘러쌌다. 한기가 참을 수 없이 심해지며 속에서 무언

가가 소리없는 고통의 비명을 질렀다. 그는 몸을 굽혀 벽돌이 바닥에 닿자 벽돌을 놓고 손을 배까지 올려 외투에 문질러 닦았다. 점차 숨이 진정되어 더이상 들리지 않았고 그러자 베시가 숨을 쉬지 않는 것을 확실히 알 수 있었다. 방 안은 정적과 추위와 죽음과 피와 밤바람의 애절한 흐느낌으로 가득 찼다.

그러나 직접 봐야 했다. 그는 그녀의 머리가 있을 만한 지점에 회중전등을 치켜들고 단추를 눌렀다. 노란 불빛이 희미하고 넓게 퍼지며 텅 빈 바닥을 비추었다. 그는 구겨진 이부자리 근처로 불빛을 옮겼다. 저기 있다! 피와 입술과 머리카락과 모로 누운 얼굴과 천천히 흐르는 피. 그녀는 축 늘어진 것 같았다. 이제 행동하면 된다. 그는 불을 껐다. 여기다 두고 가도 될까? 아니다. 누구한테 발견될 것이다.

그녀를 피해 그는 이부자리 반대쪽으로 가 어둠 속에서 돌아섰다. 그리고 창문이 있을 법한 지점에 불빛을 비춰보고는 창문으로 걸어가 멈춰 섰다. 누군가 그에게 그런 짓을 할 권리가 있느냐고 호통을 칠 것만 같았다. 아무 일도 없었다. 창문을 잡고 천천히 들어올리자 바람이 얼굴을 때렸다. 그는 다시 베시에게로 가서 피로 얼룩지고 죽음이 깃든 얼굴 위에 전등빛을 비췄다. 그는 회중전등을 주머니에 넣고 어둠 속에서 조심조심 그녀 곁으로 다가갔다. 팔로 안아 올려야 했다. 그의 팔은 축 늘어진 채 움직이지 않았다. 그는 그냥 서 있기만 했다. 그러나 그녀를 옮겨야 했다. 창문으로 옮겨야 했다. 그는 허리를 굽히고 그녀의 몸 밑으로 손을 밀어넣었다. 피가 만져질 것을 각오했지만 그렇진 않았다. 그리고 그는 그녀를 들어올렸다. 바람이 그에게 항의하는 비명을 지르는 것 같았다. 그는 창문으로 걸어가 그녀를 창으로 들어올렸다. 일단 시작하자 일이 빨라졌다. 그는 그녀를 팔에 안아 가능한 한 멀리 내밀고 손을 놓았다. 시체는 좁은 통풍구 벽에 쿵쿵 부딪치며 암흑 속으로 떨어져갔다. 바닥에 부딪히는 소리가 들렸다.

그는 그녀가 아직 그대로 있을 것만 같은 마음으로 이부자리에 불빛을 비췄다. 그러나 따뜻한 피가 고여 있고 그 위에 아련한 증기만이 베일처럼 떠돌고 있을 뿐이었다. 베개들에도 피가 묻어 있었다. 그는 베개들을 집어들어 창문 밖 통풍구 아래로 던져버렸다. 다 끝났다.

그는 살그머니 창문을 내렸다. 이부자리를 다른 방으로 가지고 갈 작정이었다. 여기 그냥 놔두고 가고 싶은 마음이 굴뚝같았지만, 추워서 이부자리가 필요했다. 그는 이불과 담요를 둘둘 말아들고는 복도로 나가다 문득 발을 멈췄다. 입이 절로 벌어졌다. 맙소사! 빌어먹을, 그게 베시 옷 주머니에 있잖아! 이제 망했구나. 베시를 통풍구 아래로 던져버렸는데, 돈은 그녀의 주머니에 들어 있었다! 어떻게 하나? 내려가서 가져와? 그는 번민에 사로잡혔다. 못해! 다시는 그녀를 보고 싶지 않았다. 그녀의 얼굴을 다시 보면 참을 수 없는 깊은 죄의식에 휩싸일 것 같았다. 그렇게 멍청한 짓을 하다니, 그는 생각했다. 돈을 모두 그 주머니에 넣어둔 채 던져버리다니. 그는 한숨을 쉬며 복도를 지나 다른 방으로 들어갔다. 그래, 돈 없이 지내는 수밖에, 그뿐이다. 그는 바닥에 이불을 펴고 몸을 이불 속에 집어넣었다. 굶주림, 법, 앞에 놓인 기나긴 날들과 비거 사이에는 7쎈트밖에 없었다.

그는 오지 않는 잠을 청하며 눈을 감았다. 지난 이틀 밤낮이 너무 정신없이 힘들게 지나간 까닭에, 그 모든 일을 마음속에 생생히 간직해두기가 힘들었다. 위험과 죽음이 너무 가까이 다가왔었기 때문에 자기가 그 모든 일을 겪은 당사자라는 게 실감나지 않았다. 그럼에도 그 모든 일 와중에도, 어떤 일이 벌어졌든 힘이 생겨난 듯한 묘한 느낌이 딱히 손에 잡히지 않으면서도 여전히 생생하게 남아 있었다. 다름 아닌 그가 이 일을 해낸 것이었다. 그가 이 모든 일이 벌어지게 만들었다. 여태껏 살면서 이 두건의 살인만큼 의미심장한 일은 없었다. 눈먼 눈으로 그를 바라보는 다른 사람들은 어떻게 생각하든, 그는 이제야 비로소 삶다운 진한 삶을 살고 있었다. 여태껏 그에게는 자기 행동의 결과대로 살아갈 기회가 한번도 없었다. 이 두려움과 살인, 도주로 점철된 밤과 낮처럼 자유롭게 의지를 행사한 적이 없었다.

그는 두명을 죽였지만, 참된 의미에서 살인은 이번이 처음이 아니었다. 그는 전에도 수없이 죽였지만, 지난 이틀 동안에야 비로소 이 충동이 실제 살인의 형태로 나타났다. 맹목적 분노가 자주 생겨났고 그러면 그는 커튼이나 벽 뒤로 숨거나 아니면 말다툼이나 싸움을 했었다. 그러나 도망치건 싸우건, 그는 이 모든 것에 정면으로 도전하는 그 산뜻한 만족감을 맛보고 싶은 욕구를 품어왔다. 그를 도시 한구석에서 썩다 죽어가게 몰아넣고는 그날 밤 그를 바라보며 메리가 차 안에서 그랬던 것처럼 '너희들이 어떻게 살아가는지 알고 싶다'고 말할 수 있을 만큼 그를 끝없이 증오하는 저들에 맞서서, 바람과 햇볕 속에서 끝까지 싸워내는 산뜻한 만족감을 맛보고 싶었다.

그렇지만 그가 추구하는 것이 무엇인가? 무엇을 원하는가? 무엇을 사랑하고 무엇을 증오하는가? 그는 알지 못했다. 그가 아는 것도 있고 느낀 것도 있었다. 세상이 그에게 준 것도 있고 그 스스로 얻어낸 것도 있었다. 그의 앞에 펼쳐진 것도 있고 뒤에 펼쳐진 것도 있었다. 그런데 여태껏 이 검은 피부를 가지고 살아오면서 생각과 감정, 의지와 정신, 열망과 만족의 두 세계가 이처럼 한데 어우러진 적은 한번도 없었다. 한번도 그는 온전하다는 느낌을 갖지 못했었다. 어떨 때는 방에 있건 거리에 있건, 길이 곧게 뻗어 있고 벽이 반듯한 사각형인 경우에도, 세상이 이상한 미로처럼 느껴지곤 했다. 마음속 무언가를 동원해 이해하고 분별하고 그러모아야만 하는 카오스처럼 느껴지곤 했다. 그러나 이런 갈등은 오직 증오의 압력 아래서만 해소되었다. 숨 막히는 환경에 길든 나머지 그는 심한 말이나 발길질을 당해야만 똑바로 서서 행동에 나설 수 있었지만, 세상을 감당하기엔 역부족이어서 행동은 무위에 그쳤다. 바로 그럴 때 그는 눈을 감고 대상이 무엇이건 누구건 알려고도 신경 쓰려고도 하지 않고 닥치는 대로 모조리 후려치는 것이었다.

그러면서도 그는 문제가 해결된 척하거나, 행복하지 않은데 그런 척하고 싶지 않았고, 이것이 그를 곤경에 몰아넣었다. 그는 어머니가 베시처럼 처신하기 때문에 어머니를 미워했다. 어머니가 가진 것은 베시의 위스키고 베시의 위스키는 어머니의 신앙이었다. 그는 교회 의자에 앉아 노래를 부르는 것도 구석에 누워 자는 것도 싫었다. 신문이나 잡지를 읽을 때, 영화를 보러 갈 때, 패를 지어 거리를 싸돌아다닐 때, 이럴 때에야 비로소 자기가 바라는 것을 얻는 느낌이었다. 그는 다른 사람들과 함께 어우러져 이 세계에 소속감을 갖고, 그 속에서 자기 자신을 잊어버림으로써 자신을 되찾을 수 있기를, 비록 흑인이라도 남들처럼 살 수 있기를 원했던 것이다.

그는 딱딱한 이부자리 위에서 이리저리 뒤척이며 신음했다. 온갖 생각과 느낌의 회오리에 휘말리다 눈을 떠보니 바로 머리 위 먼지 낀 창문 밖에서 햇살이 비치고 있었다. 그는 벌떡 일어나 바깥을 내다보았다. 눈은 이미 그치고, 하얗고 고요한 도시가 길게 이어진 지붕들과 하늘에 펼쳐져 있었다. 그가 여기 어둠 속에서 몇시간씩 생각하던 도시는 지금 온통 하얗고 고요한 모습으로 서 있었다. 그러나 그가 도시에 대해 생각했을 때 도시는 지금 햇빛 속에서는 없는 다른 현실감으로 생생하게 살아났었다. 어둠 속에 누워 생각하던 도시는 정작 바라보면 사라져버리는 그 무엇을 갖고 있었다. 이 차갑고 하얀 세계가 아름다운 꿈으로 솟아오를 수는 없을까? 그가 마음 놓고 편안히 걸어다니고 뭘 해야 하고 말아야 할지 쉽게 구별할 수 있는 그런 아름다운 꿈으로 솟아오를 수는 없을까? 그에 앞서 누군가 살거나 고통받거나 죽었다면, 그래서 이 도시를 이해할 수 있는 것으로 만들어주었다면! 도시는 황량하기만 할 뿐, 거듭난, 따뜻한 생명의 피인 현실감으로 생생하게 살아난 도시가 아니었다. 그는 뭔가를 놓친, 만약 찾아내기만 했다면 확실하고 차분한 앎으로 인도해주었을 어떤 길이라도 놓친 기분이었다. 그렇지만 이제 와서 그런 생각을 해봤자 무엇하나? 그런 기회는 영원히 사라졌는데. 그는 두번의 살인을 통해 스스로 새로운 세계를 창조해낸 것이었다.

*

그는 방에서 나와 1층 창가로 내려가 바깥을 내다보았다. 거리는 고요하고 지나가는 차도 전혀 없었다. 전찻길이 눈에 파묻혔다. 눈보라로 도시 전체의 교통이 마비된 모양이었다.

조그만 여자아이 하나가 눈을 헤치며 걸어가 길모퉁이 신문판매대 앞에 멈춰 서는 게 보였다. 한 남자가 가게에서 급히 나와 아이에게 신문 한부를 팔았다. 저 남자가 안에 있는 사이 하나 낚아 챌 수 있을까? 눈이 너무 부드럽고 깊게 쌓였기 때문에 달아나다가 잡힐지도 몰랐다. 신문을 낚아챈 다음 숨을 만한 빈 건물이 없나? 그래. 그렇게 하는 거다. 그는 조심스럽게 거리를 위아래로 살펴보았다. 아무도 보이지 않았다. 문을 나서자 바람이 낙인 찍는 쇠 도장처럼 얼굴에 몰아쳤다. 갑자기 햇살이 너무 세게 얼굴을 비추는 바람에 그는 날아드는 주먹을 피하듯 몸을 움찔했다. 햇살이 수백만개의 반짝이는 입자로 부서지며 눈을 쏘았다. 신문판매대에 이르자 굵고 검은 표제가 보였다. 여자의 죽음에 흑인 추적. 그래, 기사가 났구나. 그는 걸음을 계속하며, 신문을 낚아챈 다음 숨을 장소를 물색했다. 한 골목길 모퉁이에 1층 창문이 열린 빈 건물이 있었다. 그래, 저기면 되겠다. 그는 신중하게 계획을 짰다. 그 모든 일을 저지르고 나서 3쎈트짜리 신문을 훔치다가 잡혔다는 소리는 듣고 싶지 않았다.

 가게로 다가가 안을 들여다보니 그 남자는 벽에 기대 담배를 피우고 있었다. 이렇게 하면 되겠다! 그는 손을 뻗어 신문을 움켜쥐는 동시에 돌아서서 그 남자를 바라보고 있었다. 그 남자는 검은 턱에 하얀 담배를 삐딱하게 꼬나물고는 그를 쳐다보았다. 그는 발을 채 떼어놓기도 전에 달음박질을 시작했다. 다리가 삐끗하며 눈에 미끄러지는 것이 느껴졌다. 빌어먹을! 새하얀 세상이 급하게 기울어지며 얼음 같은 바람이 얼굴을 때리고 지나갔다. 그는 벌러덩 넘어졌고 손가락에 눈 조각이 차갑게 박혔다. 그는 무릎을 하나하나 일으키고는, 일어서자 가게 쪽을 돌아보았다. 그는 여전히 신문을 꼭 쥐었고 이처럼 서투르게 군 자신이 어이없고 화났다. 가게 문이 열렸다. 그는 뛰었다.

"야!"

골목으로 몸을 숨기면서 그는 그 남자가 눈 속에 서서 자기를 바라보는 것을 보고 따라오지 않을 것임을 알았다.

"야, 인마!"

그는 창문에 기어올라 먼저 신문을 던져넣고는 창틀을 붙들고 몸을 끌어올려 안으로 집어넣었다. 그는 펄쩍 뛰어내려 서서 창으로 골목길을 훔쳐봤다. 온통 하얗고 고요했다. 그는 신문을 주워들고는, 텅 빈 건물에 희미하게 울려퍼지는 자신의 발걸음 소리를 들으면서 회중전등 불빛에 의지하여 복도를 지나 계단을 통해 3층까지 올라갔다. 그러다 깜짝 놀라 입을 딱 벌리고 멈춰 서며 주머니를 그러쥐었다. 아, 여기 있구나. 눈에서 넘어졌을 때 총을 떨어뜨린 줄 알았는데 총은 그대로 있었다. 그는 계단 맨 위 칸에 앉아 신문을 펼쳤지만 꽤 시간이 흐르도록 읽지 않은 채, 도시를 휩쓰는 바람에 건물이 삐걱거리는 소리를 들었다. 그렇다. 그는 혼자였다. 그는 신문을 내려다보았다. 기자들, 돌턴 양의 뼛조각을 난방로에서 발견. 흑인 운전기사 사라지다. 오천명의 경찰력이 흑인 빈민가 포위. 당국은 성범죄 시사. 공산당 지도자의 알리바이 입증됨. 여자 어머니 실신. 그는 눈을 멈춰 당국은 성범죄 시사라는 줄을 다시 읽었다. 이것은 그를 세상에서 완전히 내쫓는 말이었다. 성범죄를 저질렀음을 시사하는 것만으로도 사형 선고를 내리는 것이나 진배없었다. 그것은 체포하기도 전에 그의 생명을 지워버리는 것이나 마찬가지였다. 그것은 죽음이 닥쳐오기 전에 이미 죽었음을 뜻했다. 백인들은 이 말을 읽는 즉시 마음속에서 그를 죽여버릴 것이기 때문이었다.

오늘 오후 일단의 지역신문 기자들이 돌턴가의 난방로에서 우연히 몇 조각의 뼈를 발견하고 이어 그것이 실종된 상속녀 것임이 확인되면서 메리 돌턴 납치 사건은 극적인 실마리를 찾았다……

*

싸우스사이드 중심부에 위치한 인디애나 로 3721번지에 있는 이 흑인의 집을 수색하였으나 그의 소재는 밝혀지지 않았다. 경찰은 돌턴 양이 성범죄 와중에 이 흑인 손에 죽었을 것이며 이 백인 처녀의 시체를 태운 것은 증거 인멸을 위해서였을 것으로 추정된다고 밝혔다.

비거는 고개를 들었다. 오른손이 근질근질했다. 손에 총을 쥐고 싶었다. 그는 주머니에서 총을 꺼내 들고 다시 읽었다.

즉시 오천명의 경찰력이 흑인 빈민가에 비상망을 치고 삼천여명의 지원자가 가세했다. 오늘 아침 경찰서장 글렌먼은 유례없는 강설로 시카고를 지나는 모든 도로가 막혔기 때문에 이 흑인이 아직 이 도시 안에 있을 것으로 본다고 말했다.

흑인이 실종된 상속녀를 강간 살인했다는 뉴스가 도시에 퍼지면서 어젯밤 분노의 불길이 하얗게 타올랐다.

경찰은 흑인 구역에서 많은 창문이 부서졌다고 발표했다.

싸우스사이드에서 나가는 모든 전차와 버스, 고가철도 기차, 자동차를 정지 검문 중이다. 소총과 최루가스로 무장하고 살인범의 사진을 소지한 경찰과 자경단이 시장이 발부한 백지영장을 소지하고 오늘 아침 18번가에서부터 시작해 모든 흑인 집을 수색하고 있다. 그들은 버려진 건물을 샅샅이 수색하고 있는데, 이 건물들은 흑인 범죄자들의 은신처로 알려져 있다.

자녀의 생명에 불안을 느낀다고 주장하며 백인 학부형 대표단이 시市 교육감 호러스 민턴을 방문하여, 이 흑인 강간 살인범이 체포될 때까지 모든 학교에 휴교 조치를 내릴 것을 간곡히 요청했다.

노스사이드 및 웨스트사이드 주택가 곳곳에서 흑인 남성들이 구타당했다는 소식도 있었다.

하이드파크와 엥글우드 구역에서는 남자들이 자경단을 조직하고 경찰서장 글렌먼에게 원조를 제공하겠다는 의사를 전했다.

오늘 아침 글렌먼은 이런 단체들의 도움을 받아들이겠다고 말했다. 그는 경찰력이 매우 부족한데다가 흑인 범죄가 되풀이되기 때문에 이런 조치가 필요하다고 말했다.

비거 토머스를 닮은 수백명의 흑인이 싸우스사이드 '유흥가'에서 검거되어 조사받고 있다.

어젯밤 디츠 시장은 라디오 방송을 통해 폭동 가능성을 경고하고 시민들에게 질서를 유지할 것을 촉구했다. 그는 "이 살인마를 체포하기 위해 모든 노력을 기울이고 있다"고 말했다.

도시 전역에서 수백명의 흑인 피고용자들이 일자리에서 해고되었다는 소식이 들어왔다. 한 저명한 은행가의 부인은 본 신문사에 전화를 걸어 "아이들을 독살할까봐 겁나서" 흑인 요리사를 해고했다고 말했다.

비거는 눈이 휘둥그레지고 입이 벌어졌다. 그는 급히 기사를 훑어내려갔다. "분주한 필적감정사들" "돌턴가에서 얼론의 지문은 발견되지 않음" "급진주의자는 여전히 수감 중". 그때 한 문장이 주먹처럼 비거를 후려쳤다.

경찰은 얼론이 제시한 해명에 아직 만족하지 않고 있으며, 그가 이 흑인과 공범 관계일 것이라고 확신하고 있다. 살인 납치 계획이 흑인의 머리에서 나왔다고 보기에는 너무 정교하다는 것이다.

그 순간 그는 거리로 걸어 나가 경관에게 대고 "아니다! 잰이 도와준 게 아니다! 그 남잔 아무런 관련도 없다! 내가—내가 한 일이다!"라고 말하고 싶었다. 그의 비틀린 입술에 반은 비웃고, 반은 대드는 미소가 감돌았다.

굳어진 손으로 신문을 들고 그는 몇 구절을 읽었다. "재를 치우라는 지시를 받은 흑인…… 응하기를 꺼렸는데…… 발각날까 겁나…… 연기가 자욱한 지하실…… 공산주의와 인종 간 뒤섞임이 빚어낸 비극…… 협박장은 공산주의자 소행일 가능성도……"

비거는 고개를 들었다. 건물 안은 조용하고 바람에 계속 삐걱거리는 소리밖에 들리지 않았다. 여기 있을 수는 없었다. 언제 그들이 이 근처에 들이닥칠지 알 수 없는 노릇이었다. 시카고를 떠날 수도 없었다. 도로는 모두 막히고 기차와 버스, 자동차를 정지 검문하고 있다. 즉시 이 도시를 떠나는 편이 훨씬 좋았을걸. 어디 다른 데로, 이를테면 게리나 인디애나나 에번스턴 같은 곳으로 가버리는 건데. 신문을 보니 싸우스사이드의 흑백 지도를 싣고, 경계면을 1인치 폭으로 짙게 칠해놓았다. 지도 밑에는 작은 활자로 이렇게 쓰여 있었다.

색칠한 부분은 흑인 강간 살인범을 쫓는 경찰과 자경단원이 이미 조사한 지역을 의미한다. 흰 부분은 앞으로 수색할 지역이다.

그는 함정에 빠진 셈이었다. 이 건물에서 나가야 했다. 그러나 어디로 간단 말인가? 빈 건물을 이용하는 것도 그가 지도의 흰 부분 안에 머물 때나 가능한데, 흰 부분이 급속히 줄어들고 있었다. 그는 이 신문이 어젯밤 인쇄된 것임을 상기했다. 그렇다면 지금 흰 부분은 여기 나타난 것보다 훨씬 작을 것이다. 그는 눈을 감고 계산해보았다. 그가 있는 곳은 53번가인데 수색은 어젯밤 18번가에서 시작되었다. 어젯밤에 저들이 18번가에서 28번가까지 왔다면, 지금은 28번가에서 38번가까지 왔을 것이다. 그리고 오늘 밤 자정까지는 48번가나 바로 여기까지 도달할 것이다.

그는 빈 아파트는 어떨까 생각해보았다. 신문에 그 이야기는 없었다. 만일 많은 사람들이 살고 있는 건물에서 조그만 한 칸짜리 빈 아파트를 찾아낸다면? 그편이 훨씬 더 안전할 것이다.

그는 복도 끝까지 가서 더러운 천장에 전등을 비추었다. 옥상으로 통하는 나무 계단이 보였다. 그는 계단을 올라 좁은 통로로 몸을 끌어올렸다. 통로 끝에 문이 나 있었다. 문을 여러번 걷어차자 찰 때마다 조금씩 열리다 마침내 눈과 햇빛, 장방형으로 조각난 하늘이 보였다. 바람이 에듯 얼굴을 파고들자 그는 자신이 얼마나 춥고 기운이 없는지 다시금 깨달았다. 이런 식으로 얼마나 버틸 수 있을까? 그는 문을 비집고 나와 옥상 위에 쌓인 눈 위에 섰다. 앞에는 햇살을 담뿍 받은 하얀 옥상들이 미로처럼 펼쳐져 있었다.

그는 굴뚝 뒤에 웅크리고 거리를 내려다보았다. 신문을 훔쳤던 신문판매대가 길모퉁이에 보이고 그에게 소리치던 남자가 그 옆에 서 있었다. 두 흑인 남자가 신문판매대에 멈춰서 신문 한부를 사들고 한 건물 입구로 들어가 섰다. 그중 한 남자가 다른 남자의 어깨 너머로 열심히 들여다봤다. 그들의 입술 움직임이 보였고 그들은 검은 손가락으로 신문을 가리키고 고개를 저어가며 이야기를 나눴다. 두 사람이 더 모여들고 곧 입구에는 사람들이 작게 무리 지어 신문을 손가락질하며 떠들어댔다. 그들은 갑자기 흩어져 가버렸다. 그렇다. 그들은 그의 이야기를 하고 있었다. 오늘 아침에는 아마 모든 흑인이 그에 대해 이야기하고 있을 것이다. 아마 자신들에게 화살이 쏟아지게 만든 그를 미워할 것이다.

눈 속에 너무 오래 웅크리고 있었기 때문에 그가 몸을 움직이려고 해보니 다리에 전혀 감각이 없었다. 몸이 얼어붙는 건 아닌지 덜컥 겁이 났다. 그는 피가 순환되도록 다리를 몇번 흔들어보고는, 옥상 반대편으로 기어갔다. 바로 밑 한 층 아래 커튼 없는 창으로 구겨진 더러운 시트가 덮인 작은 철제 침대가 두대 놓인 방이 보였다. 침대 하나엔 발가벗은 흑인 아이 셋이 앉아서 두 남녀가 햇빛 속에 벌거벗은 검은 몸을 드러내고 있는 방 저편 다른 침대를 바라보고 있었다. 남녀가 누워 있는 침대에서 경련처럼 급한 움직임이 일었고 세 아이들은 지켜보았다. 낯익은 광경이었다. 어린 시절 단칸방에서 다섯명이 잘 때 그도 저런 광경을 봤다. 여러번 아침에 깨어나 아버지와 어머니를 지켜봤었다. 그는 몸을 돌리며 생각했다. 저들은 다섯이 단칸방에서 자는데 여기 이 굉장히 큰 텅 빈 건물엔 나 혼자밖에 없구나. 그는 다시 굴뚝 쪽으로 기어갔는데, 다섯 식구가 모두 강한 햇볕에 벌거벗은 검은 몸을 드러내고 있던, 물기 어린 유리창 안으로 보이던 방의 정경, 서로 꽉 부둥켜안고 경련하듯 꿈틀대는 부모를 세 아이가 지켜보고 있던 그 방이 눈앞에 생생했다.

허기가 배에 몰려왔다. 얼음 같은 손이 목구멍 속으로 들어와 창
자를 움켜쥐고는 아프도록 차갑고 단단한 매듭으로 묶어버렸다.
어젯밤 베시가 데워준 우유 한 병의 기억이 너무 강하게 되살아나
거의 맛이 느껴질 지경이었다. 지금 그 우유가 있다면 신문지로 불
을 지펴 그 위에 병을 들고 따뜻해질 때까지 데울 텐데. 그는 하얀
병의 마개를 따다가 따뜻한 우유가 조금 그의 검은 손가락 위로 흐
르는 모습, 그리고 병을 입으로 가져가 고개를 뒤로 젖히고 마시는
자신의 모습을 그려보았다. 배가 천천히 꿈틀대더니 으르렁거리는
소리가 들렸다. 그는 그 공복감에서 일종의 깊은 의무감, 숨을 쉬려
는 충동만큼 강렬하고 심장박동만큼 익숙한 의무감을 느꼈다. 무
릎을 꿇고 하늘로 얼굴을 쳐들고 외치고 싶었다. "배고파!" 옷을 벗
어버리고 뭔가 영양분 있는 것이 살갗 구멍을 통해 몸으로 스며들
어올 때까지 눈 속을 구르고 싶었다. 뭐라도 손에 잡아 쥐어짜 먹
을 것으로 변하게 만들고 싶었다. 그러나 곧 공복감이 사라졌다. 공
복감을 조금은 더 편하게 받아들일 수 있게 되었던 것이다. 곧 그
의 마음은 육체의 절망적인 부름에서 떠나 주위에 숨어 있는 위험
을 생각했다. 입가에 딱딱한 것이 느껴져 손가락으로 만져보니 얼
어붙은 침이었다.

그는 다시 문을 통해 좁은 통로로 기어나와 야트막한 층계를 내
려와 복도로 나왔다. 그리고 1층으로 가서 처음 타고 넘어왔던 창
가에 섰다. 어떤 건물에서든 빈 아파트를 하나 찾아 몸을 녹여야
했다. 어서 몸을 녹이지 않으면 그냥 드러누워 눈을 감아버릴 것만
같았다. 그때 한가지 생각이 떠올랐는데 이제껏 생각해내지 못한
것이 이상스러웠다. 그는 성냥을 켜 신문에 불을 붙였다. 불길이 올
라오자 그는 양손을 번갈아가며 잠깐씩 불을 쬐었다. 멀리서부터

열기가 살갗에 전해졌다. 종이가 너무 바싹 타들어 더이상 잡고 있을 수 없자, 그는 종이를 바닥에 던지고 구두로 밟아 껐다. 이제는 손에 감각이 돌아왔다. 손이 쑤시는 것으로 보아 적어도 그게 자기 손이라는 것은 알 수 있었다.

그는 창을 기어넘어 거리로 나아가 행인들 틈에 섞여 북쪽으로 걸어갔다. 그를 알아보는 사람은 없었다. 그는 '세놓음' 표시가 붙은 건물이 있나 보았다. 두 구역을 걸었지만 하나도 눈에 띄지 않았다. 흑인 빈민가에는 빈 아파트가 드물다는 사실은 그도 잘 알았다. 이사를 가려면 그의 어머니는 몇개월 전부터 신청해야 했다. 한번은 어머니가 시키는 바람에 살 곳을 찾아 두달씩 거리를 헤매고 다닌 적도 있었다. 임대소개소 사람들은 흑인이 살 집이 부족하며, 시 당국에서는 흑인들이 사는 집이 너무 낡고 너무 위험해서 거주 불가 처분을 내리고 있다는 얘기를 해주었다. 그리고 경찰이 와서 그와 어머니와 동생들을 아파트에서 몰아내던 기억도 있었다. 그 아파트가 있던 건물은 그들이 이사한 지 이틀 후에 무너져내렸다. 그리고 또 흑인들은 좋은 일자리를 구할 수 없는데도, 똑같은 종류의 아파트에 백인보다 집세를 두 배나 더 낸다는 이야기도 들었다. 다섯 구역을 더 걸었지만 '세놓음' 표시는 보이지 않았다. 빌어먹을! 몸을 녹일 장소를 찾다가 얼어 죽고 마는 건가? 온 도시를 돌아다닐 수만 있다면 숨을 곳을 쉽게 찾아낼 텐데! 놈들은 우리가 마치 야수라도 되는 것처럼 이곳에 가두어놓는군, 그는 생각했다. 그는 흑인들이 흑인 구역 밖에서는 아파트를 구할 수 없다는 것을 알았다. 흑인들은 '경계선' 이쪽에서 살아야 했다. 흑인이 살아도 된다고 정해진 구역이 아니면 어떤 백인 부동산업자도 흑인에게 아파트를 세놓으려 하지 않았다.

그는 주먹을 움켜쥐었다. 달아난들 무슨 소용이 있겠는가? 바로 여기 보도 한가운데 멈춰 서서 이런 사정을 소리쳐 알려야 한다. 너무 잘못된 일이니까, 주위에 모여든 흑인들이 틀림없이 모두 무슨 조치든 할 것이다. 너무 잘못된 일이니까 백인들도 모두 발을 멈추고 귀 기울일 것이다. 그렇지만 그는 그들이 그를 붙잡고 미쳤다고 하리라는 것을 알았다. 그는 충혈된 눈으로 숨을 곳을 찾아 비틀비틀 거리를 걸어갔다. 모퉁이에서 눈 위를 달려가는 크고 검은 쥐를 보고 그는 발을 멈췄다. 쥐는 총알같이 그를 지나쳐 한 건물 입구에 난 구멍으로 사라졌다. 그는 쥐가 안전한 곳으로 달음질쳐 간 그 뻥 뚫린 시커먼 구멍을 부러운 눈으로 바라보았다.

제과점을 지나면서 그는 들어가서 남은 7쎈트로 롤빵을 샀으면 싶었다. 그러나 제과점에 손님이 없어서 백인 주인이 그를 알아볼까 겁났다. 흑인 점포가 나올 때까지 기다리기로 마음먹었지만, 흑인 점포는 많지 않다는 사실을 그도 알았다. 흑인 빈민가의 사업은 거의 모두 유대인, 이딸리아인, 그리스인 소유였다. 흑인이 하는 사업은 대부분 장의사였는데, 백인 장의사들이 죽은 흑인 몸에 손대기 싫어하기 때문이었다. 체인 식품점이 나왔다. 여기서는 빵이 한 덩이에 5쎈트지만 '경계선' 너머 백인들이 사는 곳에서는 4쎈트였다. 그리고 그는 그 어느 때보다 지금은 더 '경계선'을 넘을 수가 없었다. 그는 서서 유리창을 통해 안에 있는 사람들을 들여다봤다. 들어가야 할까? 그래야 했다. 굶어 죽을 지경이었다. 저들은 우리가 한번 숨 쉴 때마다 우리를 속여넘기지! 하는 생각이 들었다. 우리 눈알까지 뽑아가는 놈들이야! 그는 문을 열고 진열대로 다가갔다. 따뜻한 공기 속으로 들어오자 어지러워서 그는 앞에 있는 진열대를 붙들고 속을 가라앉혔다. 눈앞이 흐릿해지며 높다란 선반 위

에 죽 늘어선 빨강, 파랑, 노랑, 녹색 깡통들의 거대한 행렬이 앞에
어른거렸다. 사방에서 나지막한 사람들 목소리가 들려왔다.

"무엇을 드릴까요, 손님?"

"빵 한 덩이 주세요." 그는 속삭이듯 말했다.

"다른 것은요?"

"아뇨."

남자 얼굴이 사라지더니 다시 나타났고 부스럭거리는 종이 소
리가 들렸다.

"밖이 춥지요?"

"예? 아, 네."

그는 5쎈트짜리 동전을 계산대에 놓았다. 자기에게 빵을 건네는
것이 어렴풋이 보였다.

"감사합니다. 또 오세요."

그는 겨드랑이에 빵을 끼고 불안한 걸음으로 문으로 갔다. 아,
하느님! 거리로 나갈 수만 있다면! 문간에서 들어오는 사람들과 마
주친 그는 그들이 지나가도록 한쪽으로 비켜선 후, 빈 아파트를 찾
아 차가운 바람 속으로 나아갔다. 금방이라도 누가 그의 이름을 크
게 외칠 것만 같았다. 팔을 움켜잡을 것만 같았다. 다섯 구역을 더
걸어서야 창문 하나에 '세놓음' 표시가 붙은 2층짜리 아파트 건물
이 나타났다. 굴뚝에서 연기가 나오는 것으로 보아 안이 따뜻하다
는 것을 알 수 있었다. 정문으로 가서 유리창에 붙은 작은 빈집 공
고를 읽어보니 빈 아파트는 뒤쪽에 있었다. 그는 골목길을 따라 뒤
쪽 계단으로 가서 2층으로 올라갔다. 창문 하나를 들어올리자 쉽게
올라갔다. 운이 좋았다. 그는 창문을 타넘어 따뜻한 실내로, 부엌
쪽에 내려섰다. 그러다 갑자기 긴장하며 귀를 곤두세웠다. 말소리

가 들렸는데 앞쪽 방에서 나는 것 같았다. 잘못 들어온 것일까? 아니다. 부엌에는 가구가 없었다. 사람이 살지 않는 것 같았다. 까치걸음으로 다음 방으로 가보니 거기도 비어 있었다. 그러나 말소리는 이제 한층 분명하게 들려왔다. 그는 저 앞쪽으로 방이 또 하나 있는 것을 보고 가만가만 다가가 들여다보았다. 그 방도 비어 있었지만, 말소리가 아주 크게 들려와 무슨 말인지 알아들을 수 있었다. 앞 아파트에서 말다툼이 벌어지고 있었다. 그는 빵을 손에 든 채 다리를 쩍 벌리고 서서 귀를 기울였다.

"잭, 거기 서서 한단 말이, 그래, 그 검둥이를 백인 놈들한테 넘겨주겠다는 거야?"

"물론이지!"

"하지만 잭, 걔가 무죄라면?"

"그럼 뭣 때문에 도망쳐?"

"놈들이 저한테 살인죄를 뒤집어씌울까봐 그랬겠지!"

"이봐, 짐. 만일 죄가 없다면 도망치지 말고 버텼어야지. 그 검둥이 어디 있는지만 알면, 얼른 넘겨주고 이 백인 놈들을 나한테서 떼어낼 거야."

"하지만 잭, 흑인 중 하나라도 범죄를 저지르면 백인 놈들은 모든 흑인을 범인으로 보잖아."

"그렇지. 우리 중에 비거 토머스 같은 짓을 하는 놈들이 많으니까. 그렇잖아? 비거 토머스 같은 짓을 하면 시끄러워지게 마련이야."

"그렇지만, 잭, 지금 시끄럽게 만드는 게 누구지? 온 도시에서 백인들이 우릴 때려잡고 있다고 신문에도 났더라. 잡힌 흑인이 누구든 놈들은 상관 안해. 놈들 눈엔 우리 모두가 개야! 놈들과 맞서 싸위야지.”

“그러다 죽기나 하라고? 천만의 말씀! 나한텐 식구들이 있어. 마누라와 자식새끼가 있단 말야. 바보같이 싸우는 건 안해. 살인자를 보호하면서 무슨 정의를 얻어내나……”

“놈들한텐 우리 모두 살인자야!”

“이봐, 짐. 난 열심히 일하는 사람이야. 날마다 곡괭이와 삽을 들고 거리를 고치고 다니지, 일감만 있으면 말야. 그런데 사장 말이 백인들 사이에 이렇게 폭동의 분위기가 있으니 나보고 거리에 나오지 말라는 거야…… 살해당할지도 모른다고. 그래서 날 해고했어. 이봐, 이 빌어먹을 비거 토머스라는 검둥이 새끼 때문에 내 일자리가 날아갔다고……그놈 때문에 백인들은 우리가 죄다 그놈 같은 줄 알잖아!”

“그렇지만 잭, 내 말은 백인들이 이미 그렇게 생각한다는 거야. 자넨 착실하게 살지만 그렇다고 놈들이 자네 집은 피해 갈까, 응? 우린 모두 흑인이니까 흑인답게 행동해야지, 모르겠어?”

“에이, 짐, 아무리 화나도 상황은 제대로 봐야지. 그놈 때문에 난 일자리에서 쫓겨났어. 불공평하잖아! 난 이제 어떻게 먹고살지? 그 검둥이 새끼가 있는 곳만 안다면, 경찰을 불러 잡아가라고 할 거야!”

“그래? 난 아냐! 차라리 죽지!”

“아니, 자네 미쳤나! 마누라와 자식이 있는 가정을 갖고 싶지 않아? 싸워봤자 좋을 거 뭐 있어? 놈들이 우리보다 많잖아. 우릴 죄다 죽여버릴 수도 있잖아. 자네는 참고 잘 지내는 법을 배워야겠네.”

“놈들이 날 미워하는 마당에, 참고 잘 지내라고!”

“그렇지만 먹고살아야지! 살아야 하잖아!”

"상관없어! 차라리 죽겠어!"

"세상에! 돌았군!"

"뭐라 해도 상관없어. 놈들이 겁나서 개를 꼰지르느니 차라리 죽고 말지. 진짜야, 차라리 죽는다고!"

그는 까치걸음으로 부엌으로 돌아와 총을 꺼냈다. 여기 머물 작정인데, 만일 같은 흑인이 성가시게 군다면 총을 쏠 생각이었다. 수도꼭지를 틀고 물줄기에 입을 대자 뱃속에서 물이 폭발했다. 그는 털썩 무릎을 꿇고 고통스러워하며 뒹굴었다. 곧 고통이 멎었고 그는 다시 물을 마셨다. 그리고 바스락거리는 소리가 나지 않게 천천히 종이를 벗겨 빵을 한 조각 씹었다. 케이크처럼 맛이 좋고, 달콤하고 감칠맛 있는 향기가 났는데, 이럴 줄은 꿈에도 몰랐던 맛이었다. 먹기 시작하자 공복감이 와락 몰려와, 그는 바닥에 주저앉아 두 손에 빵을 한움큼씩 들고 볼이 미어지게 잔뜩 쑤셔넣고 턱을 움직이며 먹었다. 한번 삼킬 때마다 목울대가 위아래로 움직였다. 쉬지 않고 먹자 마침내 입안이 너무 말라서 빵이 혀 위에 둥글게 뭉쳐졌다. 그는 맛을 즐기며 뭉쳐진 빵을 그대로 혀 위에 굴렸다.

그는 바닥에 몸을 쭉 뻗고 한숨을 쉬었다. 졸음이 왔지만, 금세 잠들었다가도 흠칫하며 몽롱한 상태로 깨곤 했다. 그러다 마침내 잠들었다가 다시 무의식적인 두려움에 쫓겨 반쯤 깬 상태로 일어나 앉았다. 그는 신음 소리를 내며 보이지 않는 위험을 쫓아버리려고 손으로 허공을 휘저었다. 한번은 완전히 일어서서 손을 내밀고 몇발짝 걷다가 원래 자던 자리에서 거의 10피트나 떨어진 곳에 누워버렸다. 두명의 비거가 있었다. 한쪽은 어떤 댓가를 치르더라도 얼른 잠들 작정이었고, 다른 쪽은 공포스럽기 짝이 없는 영상 때문에 겁에 질려 있었다. 그리고 오랜 시간이 흐르도록 그는 꼼짝하지도 않았다. 그는 가슴 위에 손을 모으고 눈과 입을 벌린 채, 반듯이 누워 있었다. 부풀었다 가라앉는 가슴의 움직임이 너무 느리고 조용해서, 사이사이 움직이지 않을 때에는 다시는 숨 쉬지 못할 것 같았다. 희미한 햇살이 얼굴에 비치며 검은 피부가 탁한 금속처럼 빛났다. 햇살이 사라지자 고요한 방은 짙은 그늘로 가득 찼다.

그렇게 자는데 리드미컬한 주기적인 고동 소리가 의식으로 스며들어오며 훼방을 놓았다. 그는 깨어나지 않기 위해 소리를 떨쳐버리려고 애썼다. 그의 마음은 자신을 보호하며, 그 고동 소리를 해롭지 않은 영상들로 이루어진 무늬로 짜냈다. 빠리 그릴에서 자동 축음기가 돌아가는 소리가 들리는 거라고 생각해보았으나 그것으론 만족스럽지가 않았다. 이번에는 집에서 침대에 누워 있는데 어머니가 그가 일어나기를 기다리며 노래를 부르면서 요를 터는 거라고, 마음속으로 스스로에게 말했다. 그러나 이 영상 역시 그를 진정시키지는 못했다. 고동 소리는 계속 끈질기게 맥박 쳤고 수백명의 흑인 남녀가 손가락으로 북을 두드리는 것이 보였다. 그러나 그것도 의문에 대한 답은 못되었다. 그는 바닥에서 끊임없이 뒤척이다가 벌떡 일어섰다. 노래하고 고함치는 소리가 귓전에 가득하고 가슴이 쿵쿵 뛰었다.

창으로 다가가 내다보니, 창문 바깥으로 앞쪽 몇 피트 아래 희미하게 불이 켜진 교회가 보였다. 거기에서 많은 흑인 남녀가 길게 늘어선 나무 의자 사이에 서서 노래하고 손뼉 치며 고개를 흔들어댔다. 아, 저 사람들은 평일에도 매일 교회에 나가나보다, 그는 생각했다. 그는 입술을 빨고 물을 한모금 더 마셨다. 경찰은 얼마나 가까이 왔을까? 몇시지? 시계를 보니 멎어 있었다. 태엽 감는 것을 잊은 것이었다. 교회에서 들려오는 노랫소리가 온몸을 울리는 바람에 그는 서글프고 감상적인 기분에 젖어들었다. 듣지 않으려고 애썼지만 노랫소리는 그의 감정에 스며들어 또다른 생사의 길을 속삭였다. 드러누워 잠든 채 저들이 와서 잡아가게 놔두라고 부추기며, 인생은 감수해야 할 슬픔에 불과하다는 것을 믿으라고 강요했다. 그는 음악 소리를 떨쳐버리려고 애쓰며 머리를 흔들었다. 얼마나 잔 걸까? 지금 신문엔 뭐라고 났을까? 아직 2쎈트가 남았으니 『타임스』는 살 수 있었다. 그는 남은 빵 덩어리를 집어들었고, 음악은 굴복과 체념을 노래했다. 나아가세, 나아가세, 예수께로 나아가세……그는 빵을 주머니에 집어넣었다. 나중에 먹을 작정이었다. 그는 음악 소리를 들으며 총이 그대로 있는지 확인했다. 나아가세, 본향으로 나아가세, 나는 여기 오래 머물지 않으리……²² 여기 머무는 것도 위험했지만 나가는 것 또한 위험했다. 노랫소리가 귀에 가득 찼다. 완전하고 자족적인 그 소리는 그의 두려움과 외로움, 온전한 존재이고 싶은 그의 깊은 갈망을 조롱했다. 그것의 충만함과 그의 굶주림, 그것의 풍요함과 그의 공허함이 너무 날카로운 대조를 이루어서, 그는 그것에 화답하면서도 한편으로는 움츠러들었다. 이 음악에서 노래하는 저 세계에서 살아가는 편이 더 낫지 않았을까? 그 속에서 살기는 쉬웠을 것이다. 그것은 자기를 낮추고 뉘우치며 믿음에 매달리는, 그의 어머니의 세계였던 것이다. 거기에는 그가 갈구하는 하나의 중심이랄까, 핵核, 축軸, 알맹이 같은 것이 들어 있지만, 그가 자기비하의 베개를 베고, 세상 속에서 살겠다는 희망을 포기하지 않는 한 얻을 수 없는 것이었다. 그리고 그는 결코 그렇게는 하지 않을 작정이었다.

---

22 흑인영가인 「예수께로 나아가세」(Steal away to Jesus)의 일부.

거리를 지나가는 전차 소리가 들렸다. 다시 전차가 운행하고 있었다. 엉뚱한 생각이 솟았다. 혹시 경찰이 이미 이 근처를 수색하면서 그를 못 보고 지나친 건 아닐까? 그러나 냉정히 판단해보니 그럴 리가 없었다. 그는 주머니를 더듬어 총이 있는지 확인한 후 창을 넘었다. 차가운 바람이 얼굴을 때렸다. 영하로 떨어졌군, 그는 생각했다. 골목길 양끝에선 가로등이 음울한 대기 속에 굴절되어 마치 빛으로 뭉쳐놓은 거대한 공들처럼 보였다. 하늘은 검푸르게 높이 펼쳐져 있었다. 그는 골목 끝까지 가서 인도로 접어들어 행인들의 물결에 섞여들었다. 누군가 그에게 감히 어디라고 나다니느냐고 호통칠 것만 같았지만 그러는 사람은 없었다.

거리 끝에 이르자 사람들이 모여 있는 것이 보였고, 순간 공포가 위장을 세게 쥐어짰다. 무엇을 하는 걸까? 걸음을 늦추며 보니, 그들은 신문판매대 주위에 모여 있는 것이었다. 그들은 흑인들이었고 백인들이 그를 어떻게 궁지로 몰아대고 있는지 궁금해하며 신문을 사고 있었다. 그는 고개를 숙이고 앞으로 나아가 그들 속에 끼어들었다. 사람들은 흥분해서 떠들어댔다. 그는 조심스럽게 차가운 손에 2쎈트를 들고 내밀었다. 가까이 다가가자 1면이 보였다. 그의 사진이 한가운데 실려 있었다. 그는 저 사진에 실린 인물이 그라는 사실을 알아차릴 만큼 그를 유심히 바라보는 사람이 없기를 바라며 고개를 더 숙였다.

"『타임스』." 그는 말했다.

그는 신문을 어깨 밑에 끼고 조심스럽게 천천히 사람들을 벗어나 빈 아파트를 찾아 남쪽으로 걸었다. 다음 모퉁이에 이르니 한 건물에 '세놓음' 표시가 붙은 것이 보였다. 공간을 나누어 작은 단칸방 아파트들로 꾸며놓은 건물이었다. 바로 그가 찾던 곳이었다.

그는 문으로 다가가 게시문을 읽었다. 4층에 빈 아파트가 있었다. 그는 골목으로 들어가 바깥으로 난 뒷계단을 올라가기 시작했다. 눈이 밟혀 저벅저벅 작은 발소리가 났다. 문이 열리는 소리가 들렸다. 그는 발을 멈춰 총을 잡고는 눈 속에 무릎을 꿇고 기다렸다.

"누구세요?"

여자 목소리였다. 이어서 남자 목소리가 들렸다.

"무슨 일이야, 엘렌?"

"현관에서 인기척이 난 것 같은데."

"에이, 신경과민이야. 신문기사를 읽더니 무서운가보네."

"그렇지만 틀림없이 인기척이 났다고."

"에이, 얼른 쓰레기 버리고 문이나 닫아. 춥잖아."

비거는 몸을 건물에 바싹 붙이며 그림자 속에 숨었다. 한 여자가 문에서 나와 발을 멈추고 주위를 둘러보는 게 보였다. 그러더니 현관 저쪽 끝으로 가서 쓰레기통에 뭔가 쏟아붓고 다시 안으로 들어갔다. 저 여자가 날 보았다면 둘 다 죽일 수밖에 없었겠지, 그는 생각했다. 까치걸음으로 4층으로 올라가니, 창문이 둘 있는데 둘 다 캄캄했다. 그중 하나의 방충망을 들어내려 했지만 얼어붙어 움직이지 않았다. 그는 방충망이 헐거워질 때까지 살살 앞뒤로 흔들어 들어내 현관에 쌓인 눈 위에 내려놓았다. 조금씩 조금씩 그는 창문을 들어올렸다. 숨소리가 너무 거칠어서 틀림없이 거리까지 들릴 것만 같았다. 그는 창을 타고 넘어 캄캄한 방으로 들어가 성냥을 켰다. 전등은 반대편에 있었다. 그는 그리로 다가가 전등 줄을 잡아당기고, 빛이 밖으로 새어나가지 않게 전구 위에 모자를 씌우고 신문을 펼쳤다. 그랬다. 거기 그의 사진이 커다랗게 실려 있었다. 사진 위에는 굵고 검은 활자로 이렇게 쓰여 있었다. 24시간 수색을 했지만 강간범 체포에 실패. 다른 단에는 이런 문구가 보였다. 흑인 주택 1000호 수색. 47번가 폭동 초기 진압, 저지. 싸우스사이드 지도가 또 하나 실려 있었다. 이번에는 짙은 부분이 남쪽과 북쪽에서부터 좁혀 들어와 기다란 흑인 빈민가 한가운데 작은 사각형만 하얗게 남아 있었다. 그는 마치 총열 속을 내려다보듯 서서 그 작은 하얀 사각형을 바라보았다. 그는 그들이 오기를 기다리며 거기 지도 위에, 그 하얀 지점 속 어느 방에 서 있는 것이다. 결의에 찬 눈으로 그는 신문 너머를 쏘아보았다. 쏴서 해치우는 수밖에 없었다. 그는 다시 지도를 살펴보았다. 경찰은 북에서 남으로 40번가까지 내려오고 남에서 북으로는 50번가까지 올라왔다. 그가 그 중간에 있고 경찰이 몇분 안되는 거리까지 다가왔다는 이야기였다. 그는 읽었다.

지난 토요일 밤 난방로에서 유해가 발견된 메리 돌턴을 강간 살해한 20세 흑인 비거 토머스를 잡기 위해, 어젯밤부터 오늘까지 무장한 팔천명이 흑인 빈민가의 지하실과 낡은 건물 및 1000호가 넘는 흑인 주택을 샅샅이 수색했으나 무위에 그쳤다.

비거는 제일 중요하다고 생각되는 것만 읽으며 그 면을 훑어내려갔다. "살인범이 체포되었다는 소문이 퍼졌으나 즉각 부인되었다" "밤이 되기 전에 경찰과 자경단원이 흑인 빈민가 전역에서 검색을 완료할 것이다" "시市 곳곳에서 수많은 공산당 본부 급습" "수백명의 공산주의자를 체포했지만 실마리를 찾아내지 못했다" "시장은 시민에게 '내부 와해공작'에 주의하라 경고……" 그리고 이런 기사가 실려 있었다.

흑인 살인범이 살던 아파트 건물이 돌턴 부동산회사의 지사에서 소유·관리하는 건물이라는 흥미로운 사실이 오늘 밝혀졌다.

그는 신문을 내려놓았다. 더이상 읽을 수가 없었다. 기억해야 할 것은 단 한가지, 총과 최루탄을 소지한 팔천명의 백인이 저기 캄캄한 바깥에서 그를 찾아다니고 있다는 사실뿐이었다. 이 기사에 따르면 저들은 바로 두세 구역 밖에 와 있었다. 이 건물 옥상으로 올라갈 수 있을까? 올라갈 수 있다면, 놈들이 지나갈 때까지 거기 엎드려 있으면 될지도 모른다. 그는 옥상에 쌓인 눈 속 깊이 몸을 파묻는 방법도 생각해보았지만 불가능하다는 것을 알고 있었다. 그는 다시 전등 줄을 잡아당겨 방을 어둡게 했다. 그리고 회중전등 불빛에 의지해 문으로 가서 열고 복도를 내다보았다. 복도는 텅 빈 채 저쪽 끝에서 희미한 불빛이 빛났다. 그는 회중전등을 끄고 까치걸음하며 지붕으로 통하는 들창이 있나 천장을 살펴보았다. 마침내 위로 통하는 나무 발판 두개를 발견했다. 갑자기 온몸이 철사로 꿰뚫려 경련하듯, 힘줄이 팽팽해졌다. 비명 같은 싸이렌 소리가 복도로 들어왔다. 곧이어 낮고 긴장된 흥분한 목소리들이 들렸다. 어딘가 아래에서 한 남자가 소리를 질렀다.

"온다!"

이제는 올라가는 수밖에 없었다. 그는 누가 복도로 들어오기 전에 몸을 감출 수 있기를 바라며, 위에 있는 나무 발판을 붙잡고 몸을 끌어올렸다. 들창이 나왔고 머리로 밀어올리자 열렸다. 그는 머리 위 어둠 속에 있는 뭔가 단단한 물체를 움켜잡고, 그것이 그대로 붙어 있어 복도 바닥으로 나동그라지는 일이 없기만을 바라며,

몸을 끌어올렸다. 그는 가슴을 헐떡이며 무릎을 꿇었다. 그리고 문을 소리나지 않게 닫으며 살그머니 내다보자 그 순간 복도 문이 열렸다. 하마터면 큰일날 뻔했다! 또 싸이렌이 울렸다. 바깥 거리에서 나는 소리였다. 마치 아무도 그 소리에서 숨을 수 없다고, 탈출하려 해봤자 헛수고라고, 싸이렌 소리가 뚫고 들어가는 곳이면 어디든 총과 최루탄을 든 사람들이 곧 뚫고 들어갈 거라고 경고하는 것 같았다.

귀를 기울이니 자동차 엔진 소리가 들렸다. 거리에서 고함 소리가 올라오고, 여자들 비명과 남자들의 욕지거리가 들렸다. 계단에서 발걸음 소리가 났다. 싸이렌이 멎었다가, 이번에는 높고 날카로운 음으로 다시 울리기 시작했다. 그 소리에 그는 목이라도 쥐어뜯고 싶어졌다. 저 소리가 울리는 한 숨이 쉬어지지 않을 것 같았다. 옥상으로 올라가야 한다! 그는 회중전등을 켜고, 위로 통하는 들창문이 나타날 때까지 좁은 더그매 속을 기었다. 그리고 들창문에 어깨를 대고 힘을 주어 밀어올렸다. 그러다 문이 너무 갑자기 쉽게 열리는 바람에 그는 겁에 질려 물러났다. 누가 위에서 들어올려 연것만 같았고, 출구가 열리는 순간 캄캄한 얼룩 같은 밤과 길게 펼쳐진 빛나는 하늘을 배경으로 환하고 넓은 하얀 눈밭이 보였다. 요란한 소리들이 뒤섞여 들려왔는데, 그렇게 크게 소리가 날 수 있는지 몰랐을 정도였다. 경적, 싸이렌, 비명. 지붕과 굴뚝 위로 요란하게 울려퍼지는 이 소리에는 굶주림이 배어 있었다. 그러나 그 밑으로, 겁에 질린 목소리가 작지만 분명하게 들려왔다. 남자들이 욕하는 소리와 아이들이 우는 소리.

그렇다. 그들은 그를 찾아 건물마다, 층마다, 방마다 뒤지고 있었다. 그들은 그를 원했다. 날카롭고 거대한 노란 빛줄기가 하늘을 찌르는 바람에 그는 눈을 휙 치켜떴다. 빛줄기가 또 하나 칼처럼 하늘을 가르며 뻗어왔다. 그리고 또 하나가. 곧 하늘은 빛줄기로 가득 찼다. 빛줄기들은 천천히 원을 그리며 그를 에워싸, 다른 세상과 그 사이에 벽을, 하나의 감옥을 만들어냈다. 그가 감히 들어갈 수 없는 움직이는 빛의 벽을 엮어냈다. 그는 이제 그 한가운데 있었다. 돌턴 부인이 방에 들어오는 바람에 겁에 질린 나머지 무쇠 같은 손가락으로 베개를 움켜잡아 메리의 허파에 공기가 통하지 못하게 만들었던 그날 밤 이후 줄곧 그가 도망쳐왔던 것이 바로 이것이었다.

멀리서 울려오는 천둥소리처럼, 쿵쿵 요란하고 무겁게 울려대는 소리가 아래에서 들려왔다. 옥상으로 올라가야 한다. 간신히 위로 올라가자 건너편 옥상 위에 백인이 보였다. 그는 순간 부드럽고 깊은 눈 속에 납작 엎드렸다. 비거는 그 남자가 회중전등 불빛을 빙빙 돌리는 것을 지켜봤다. 이쪽을 바라볼까? 저기서 회중전등 불빛으로 내가 보일까? 그는 그 남자가 잠시 주위를 어슬렁거리다 사라지는 것을 지켜봤다.

그는 재빨리 일어나 들창을 닫았다. 열어놓았다간 의심을 살 것이었다. 그리고 다시 납작 엎드려 귀를 기울였다. 아래에서 뛰어다니는 수많은 발걸음 소리가 났다. 마치 어마어마한 군대가 천둥소리를 내며 계단을 올라오는 것 같았다. 이제 도망칠 데가 없었다. 놈들에게 잡히든가 아니든가 둘 중 하나였다. 천둥소리가 점점 커지는 것으로 보아, 사람들이 꼭대기층으로 접근하고 있음을 알 수 있었다. 그는 눈을 들고 양옆 옥상들을 주시하며 사방을 둘러보았다. 뒤에서 기어오는 놈한테 기습당하기는 싫었다. 오른쪽 옥상은 그가 누워 있는 옥상과 이어지지 않았다. 그렇다면 그쪽에서는 아무도 몰래 덮칠 수가 없었다. 왼쪽 옥상은 그가 있는 건물 옥상과 이어져 일종의 얼음 덮인 긴 활주로가 되었다. 고개를 들고 쳐다보니, 다른 옥상들과도 이어져 있었다. 저 옥상들 위로, 눈 위로, 그리고 굴뚝들을 돌아서 달려갈 수도 있겠지. 더는 이어지지 않은 건물에 다다를 때까지. 그러곤 끝장일 것이다. 뛰어내려 자살해버릴 것인가? 그것은 알 수가 없었다. 만약 궁지에 몰리게 된다면 마음속 무언가가 올바른 길로, 부끄럽지 않게 죽게 해줄 올바른 길로 이끌어주리라는 신비스럽기까지 한 느낌이 들었다.

근처에서 소리가 들려 고개를 돌리는데 바로 그때 하얀 얼굴이, 머리가, 그리고 어깨가 오른쪽 옥상 위로 나타났다. 한 남자가 빙빙 돌아가는 노란 빛들을 배경으로 뚜렷이 모습을 드러내며 우뚝 섰다. 그는 남자가 눈 위로 가는 빛줄기를 둥글게 비추는 것을 지켜봤다. 비거는 총을 들어 남자를 겨냥하고 기다렸다. 만일 빛이 자신에게 닿으면 쏠 작정이었다. 그다음에 어떻게 할지는 알지 못했다. 그러나 노란 점은 한번도 그에게 닿지 못했다. 그는 남자가 다리, 어깨, 머리 순으로 밑으로 사라지는 것을 지켜봤다. 남자는 가버렸다.

좀 긴장이 풀렸다. 이제 적어도 오른쪽 옥상은 안전했다. 그는 누가 들창으로 올라오는 소리가 들리나 기다렸다. 밑에서 나는 시끄러운 소리는 매 순간 점점 커졌지만, 사람들이 다가오는 건지 멀어지는 건지 분간하기 어려웠다. 그는 총을 들고 기다렸다. 머리 위에 타원형으로 펼쳐진 차갑고 검푸른 하늘은 비단으로 덮인 무쇠 손바닥처럼 도시를 감싸고 있었다. 바람은 그치지 않고 차갑고 세게 불어댔다. 그는 벌써 얼어붙은 느낌이었다. 얼음 덩어리를 부수듯 몸이 조각조각 깨질 수도 있을 것 같았다. 아직 손에 총을 들려 있는지 확인하기 위해 그는 내려다보아야 했다. 이제 손에 아무 감각이 없었다.

그때 그는 공포로 몸이 굳어졌다. 바로 밑에서 쿵쿵 발걸음 소리가 났다. 그들은 이제 맨 위층까지 올라왔다. 왼쪽 옥상으로 도망치는 게 맞을까? 그렇지만 아직 그 옥상을 수색하는 사람을 보지 못했으니, 그리로 뛰어갔다간 그쪽 들창으로 올라오는 사람과 정면으로 마주칠지도 모르는 일이었다. 기어서 다가오는 사람이 있나 싶어 주위를 둘러보았지만 아무도 없었다. 발소리가 점점 커졌다. 그는 얼음에 귀를 대고 들었다. 그래. 복도를 돌아다니는구나. 바로 아래, 들창 근처에 대여섯 명이 있었다. 그는 다시 왼쪽 옥상을 바라보았다. 그리로 달려가 숨고 싶었지만 겁이 났다. 놈들이 올라올까? 귀를 기울였지만 여러 목소리가 뒤섞여서 알아들을 수가 없었다. 기습당하기는 싫었다. 나중에야 어찌 되든, 내려가서 그를 죽일 자들의 얼굴을 똑바로 보고 싶었다. 마침내 공포스러운 노래 같은 싸이렌 소리와 함께 분명히 알아들을 정도로 가까이서 말소리가 들렸다.

"아이고, 피곤해!"

"추워 죽겠네!"

"이래봤자 시간 낭비일 뿐인데."

"좋아. 내가 가보지."

"그 검둥이 놈 지금쯤은 뉴욕까지도 갔겠구만."

"맞아. 그래도 살펴보는 게 좋겠어."

"이봐, 저기 있던 그 갈색 계집 보았나?"

"벌거벗다시피 하고 있던 것 말야?"

"응."

"와, 그년 삼삼하더라, 응?"

"내 말이. 같은 흑인 중에도 그렇게 멋진 계집들이 쌔고 쌨는데 검둥이 놈들 무엇 때문에 백인 여자를 죽이려고 하는 거야……”

“에이, 고것이 나하고 있어준다고만 하면 이 빌어먹을 사냥 따윈 당장 집어치울 텐데.”

“이리 와. 좀 거들어줘. 사다리를 붙들어줘야겠어. 흔들릴 것 같군.”

“알았어.”

“빨리 해. 대장이 온다.”

비거는 딱딱하게 굳었으나, 곧 몸의 긴장을 풀고 들창에서 한발짝 떨어진 굴뚝에 매달렸다. 납작 엎드려야 하나, 일어나야 하나? 그는 일어나서 굴뚝과 한 몸이 되려는 듯 굴뚝에 바싹 붙어섰다. 그는 총을 들고 기다렸다. 저놈이 올라올까? 왼쪽 옥상을 바라보니, 거기는 아직 비어 있었다. 그렇지만 그리 뛰어갔다간 누군가와 마주칠지도 모른다. 더그매 통로에서 발걸음 소리가 들렸다. 그렇다. 놈이 오고 있었다. 그는 들창이 열리길 기다렸다. 그는 총을 꽉 잡았는데, 너무 꽉 잡고 있는 게 아닌가, 너무 꽉 잡아서 쏘려고 하기도 전에 발사되는 건 아닌가 싶었다. 손가락이 하도 곱아서, 방아쇠를 얼마나 세게 쥐었는지도 가늠이 안되었다. 그러다 문득, 손이 너무 빳빳하게 얼어붙어 방아쇠를 당기지 못하는 것은 아닌가 하는 끔찍한 생각이, 칠흑 같은 하늘을 가로지르는 유성처럼 획 스쳤다. 재빨리 왼손으로 오른손을 만져보았지만, 그래봤자 아무것도 알 수 없었다. 오른손이 너무 차가웠기 때문에, 하나의 차가운 살조각이 다른 살조각을 건드리는 감각밖에 느껴지지 않았다. 두고 보는 수밖에 없었다. 믿음을 가져야 했다. 자신을 믿는 수밖에 없었다.

들창이 처음에는 살짝 열리더니 곧 활짝 열렸다. 그는 멍하니 입을 벌리고 차가운 바람에 고인 눈물로 흐릿해진 시야를 주시했다.

문이 다 열리며 잠시 앞을 가리더니, 눈 위에 가만히 젖혀졌다. 한 백인 남자의 벗어진 머리가, 뒤통수가 보였다. 끊임없이 움직이는 수많은 빛줄기의 노란 불빛을 배경으로 머리는 좁은 구멍의 테 한복판에 등사된 것 같았다. 다음 순간, 머리가 약간 옆으로 돌아가서 비거에게도 하얀 옆얼굴이 보였다. 그는 남자가 구멍에서 나와 회중전등을 손에 들고 그를 등지고 서는 것을 지켜봤는데, 마치 사람을 근접 고속촬영하여 화면에 비춘 것 같았다. 순간, 이런 생각이 떠올랐다. 치자! 치자! 머리를. 그런다고 소용있을지 없을지 몰랐으나 그건 상관없었다. 남자가 노란 점을 그에게 비추고 소리 질러 사람들을 부르기 전에 때려야 했다. 그 남자 머리를 본 눈 깜빡할 순간에 한시간이, 아픔과 의혹과 번민과 불안으로 가득 찬, 바늘 끝에 선 생명의 가쁜 고동으로 가득 찬 한시간이 흐른 것 같았다. 그는 왼손을 올려 오른손에 든 총을 잡아 손가락으로 감싸 잡고 빙 돌려서는 다시 오른손으로 총열을 그러쥐었다. 그는 이 모든 것을 신속하고 조용하게 한 동작으로, 눈 하나 깜짝하지 않고 똑바로 응시하며 단숨에 해치웠다. 치자! 그는 총신을 쥐고 높이 들어올렸다. 그래. 치자! 저주와 기도, 신음이 뒤섞인 짤막한 탄성을 내뱉으며 총으로 내려칠 때 그의 입술은 이 단어를 말하는 모양을 만들어냈다.

　내리치는 충격이 팔 전체를 관통하며 피부가 약간 떨렸다. 손이 허공에, 총의 금속 부분이 두개골과 부딪힌 지점에 딱 멈췄다. 그러고는 다시 쳐들어 내려치려는 듯한 자세로 꼿꼿이 얼어붙은 채 멈췄다. 타격이 가해진 것과 거의 동시에 백인은 낮게 기침하듯 소리를 냈고 회중전등이 눈 속에 떨어지면서 불빛이 잠깐 번뜩이다 꺼졌다. 남자는 깊은 꿈속에서 소리없이 떨어지는 사람처럼, 비거에게서 멀어지며 푹신푹신한 눈에 얼굴을 파묻고 대자로 나가떨어졌다. 비거는 금속이 두개골에 철컥 부딪히는 소리를 의식했고, 갑자기 빛이 사라지고 사방이 캄캄해질 때 눈앞에 계속 어른거리는 밝고 선명한 점들처럼, 그 소리가 작지만 분명하게 귓전에 울렸다. 그렇게 남자의 머리에 총 손잡이가 철컥 부딪히는 소리가 귓전에서 울렸다. 그는 오른손을 여전히 쭉 뻗어 공중에 쳐든 채 한발짝도 떼지 않았다. 그러다 그 남자를 지켜보며 손을 내렸는데, 뼈에 금속이 부딪히는 소리가 죽어가는 이의 속삭임처럼 귓전에서 스러져갔다.

언제인지 모르게 그쳤던 싸이렌 소리가 다시 시작되었는데, 마치 보초를 서다가 적이 근처에 있는데 끔찍하게도 한순간 잠들어버린 것처럼, 그 소리를 듣지 못한 사이 뭔가 위험한 일이 은밀히 벌어진 것만 같았다. 빙빙 돌아가는 빛살을 뚫고 쳐다보니 왼쪽 옥상에서 들창이 열리는 게 보였다. 그는 선 채로 굳어 총을 들고 노려보며 기다렸다. 제발 저놈이 올라왔을 때 들키지 않기를! 머리가 보였다. 한 백인 남자가 들창으로 올라와 눈 위에 우뚝 섰다.

그는 몸을 흠칫 떨었다. 밑의 더그매에서 누가 서성이고 있었다. 결국 포위되는 건가? 쳐서 쓰러뜨린 남자가 올라왔던 그 열린 구멍에서 약간 겁에 질린 목소리가 불렀다.

"제리!"

싸이렌 소리와 소방차들의 경적에도 불구하고 그 소리는 선명하게 들렸다.

"제리!"

목소리가 좀더 커졌다. 그 남자와 같이 있던 사람이었다. 비거는 왼쪽 옥상을 돌아보았다. 그자는 여전히 거기 서서 빛을 둥글게 비춰보고 있었다. 제발 가줬으면! 여기 이 들창에서 벗어나야 했다. 저 남자는 동료한테 무슨 일이 있나 올라왔다가 눈 속에 쓰러진 친

구를 발견할 것이고 미처 비거가 치기도 전에 고함부터 지를 것이
었다. 그는 굴뚝에 바짝 붙어 숨죽이고 왼쪽 옥상의 남자를 쳐다보
았다. 그 남자는 돌아서서 들창으로 가서 밑으로 내려가버렸다. 문
이 닫히는 소리가 나기를 기다렸고 소리가 들렸다. 이제 저 옥상엔
아무도 없다! 그는 소리없이 기도문을 외웠다.

"제에에에에리!"

비거는 총을 손에 들고 옥상을 기어갔다. 작은 벽돌 더미가 나
왔는데, 그곳에서 이 건물의 평평한 옥상 가장자리가 위로 솟으면
서 다른 건물 가장자리와 이어졌다. 그는 동작을 멈추고 뒤돌아보
았다. 구멍에는 아직 사람이 없었다. 타넘는 순간 저놈이 구멍에서
나오는 바람에 들키면 어떡하지? 운에 맡기는 수밖에 없었다. 그는
옥상 난간을 붙잡고 몸을 위로 끌어올려 잠시 얼음 위에 납작 엎드
렸다가 반대쪽으로 미끄러지며 굴렀다. 얼굴이며 눈에 차가운 눈
이 느껴졌다. 가슴이 벌떡였다. 그는 굴뚝으로 기어가 기다렸다. 너
무 추운 나머지, 얼음장 같은 굴뚝 벽돌과 하나가 되어 모두 끝내
버리고 싶은 충동이 거칠게 일었다. 다시 목소리가 들렸는데 이번
에는 크고 집요했다.

"제리!"

굴뚝 뒤에서 내다보니, 구멍은 여전히 비어 있었다. 그러나 또다
시 목소리가 들려왔을 때는 그 남자가 나오고 있다는 걸 알 수 있
었다. 떨리는 목소리가 마치 바로 옆에서 나는 것 같았다.

"제리!"

그 남자가 얼굴을 내미는 것이 보였다. 얼굴이 구멍 뚜껑 위로
하얀 판지처럼 보였고, 다시 목소리가 들렸을 때 비거는 그가 눈
속에 있는 동료를 발견했음을 알았다.

“제리! 이봐!”

비거는 총을 치켜들고 기다렸다.

“제리……”

남자는 구멍에서 나와 동료를 굽어보다가 다시 기어내려가며 소리를 질렀다.

“여기! 여기다!”

그렇다. 저놈이 모두에게 말할 것이다. 뛰어야 하나? 다른 옥상 들창으로 내려가나? 아니다! 복도에 서 있는 사람들이 그를 보는 순간 겁에 질려 비명을 지를 것이고, 그는 붙잡힐 것이다. 사람들은 얼른 그를 넘겨주고 이 공포스러운 상황을 끝내려 할 것이다. 뛰어서 옥상들 저쪽으로 도망치는 편이 낫겠다. 그는 일어섰다. 그때, 막 뛰려는 참에, 구멍에서 머리 하나가 솟아오르는 것이 보였다. 한 명이 더 올라와 제리를 굽어보았다. 그는 키 큰 남자로 제리의 몸 위에 허리를 굽히고 손으로 얼굴을 만져보는 모양이었다. 그러자 또 하나가 올라왔다. 한 남자는 회중전등으로 제리의 몸을 비추고 다른 남자는 허리를 굽혀 몸을 뒤집었다. 불빛이 제리의 얼굴을 비췄다. 그중 하나가 옥상 가장자리로 달려가 거리를 내려다보며 손을 입으로 가져갔고, 비거는 날카롭고 가는 휘파람 소리를 들었다. 거리의 울부짖음이 잠잠해지고 싸이렌이 그쳤다. 그렇지만 노란빛의 기둥들은 계속 원을 그리며 빙빙 돌았다. 갑자기 다가온 평화롭고 고요한 정적을 뚫고 그 남자가 소리를 질렀다.

“이 구역을 포위해!”

비거는 응답하는 고함을 들었다.

“흔적을 찾았나?”

“여기 어디 숨은 것 같아!”

거친 고함 소리가 솟구쳤다. 그래. 놈들은 이제 내가 있는 근처까지 왔다고 생각하는구나. 다시 그 남자의 날카로운 휘파람 소리가 들렸다. 조용해졌지만 아까만큼은 아니었다. 기쁨에 미쳐 날뛰는 환호성이 솟구쳐 올라왔다.

"들것하고 선발대 올려보내!"

"알았다!"

그 남자는 돌아서서 다시 눈 속에 누워 있는 제리에게 갔다. 대화가 토막토막 비거에게도 들려왔다.

"……어떻게 된 거야?"

"세게 맞았나본데……"

"그럼, 놈이 여기 어디 있는 거 아냐……"

"빨리! 옥상을 좀 살펴봐!"

하나가 일어나서 불빛을 비추는 것이 보였다. 원을 그리는 불빛에 옥상이 대낮처럼 밝아지고 그는 한 남자가 총을 든 모습을 볼 수 있었다. 저놈이나 다른 놈들이 덮치기 전에 다른 옥상으로 건너가야 했다. 놈들이 의심을 품었으니 이 옥상을 샅샅이 뒤질 터였다. 그는 다음 난간까지 네 발로 엉금엉금 기어가서는 몸을 돌려 돌아다보았다. 그 남자는 여전히 서서 노란 점을 눈 위에 비추고 있었다. 비거는 얼어붙은 난간을 움켜잡고 그 위로 몸을 찰싹 끌어올린 후 미끄러지며 타넘었다. 그는 이제 기어오르고 달리자면 얼마나 힘이 필요할지 생각하지 않았다. 붙잡힌다는 공포에 추위도 기진한 것도 다 잊었다. 놈들한테서 벗어나야 한다는 일념으로 그의 안 어딘가에서, 살과 피와 뼈의 심연으로부터, 뛰고 숨을 힘을 불러일으켰다. 반대편 난간을 향해 눈 위를 엉금엉금 기는데 그 남자의 고함 소리가 들렸다.

"저기 있다!"

이 두 마디에 그는 멈추었다. 밤 내내 이 소리가 들릴까 간을 졸였는데, 막상 그러고 나니 하늘이 머리 위에서 소리없이 무너져내리는 듯했다. 도망쳐봤자 무슨 소용이 있나? 그만두고 벌떡 일어나 손을 머리 위로 높이 치켜들고 항복하는 게 낫지 않을까? 천만에, 그럴 순 없다! 그는 계속 기었다.

"야! 거기 서!"

총알 한발이 핑 하고 머리 옆을 스쳐가며 총소리가 울려퍼졌다. 그는 일어나 난간으로 달려가 뛰어넘고 또 다음 난간으로 달려가 뛰어넘었다. 표적이 될 만큼 길게 몸을 노출시키지 않으려고 굴뚝 사이로 달렸다. 앞을 보니 어둠 속에 어렴풋이 솟은 희고 둥근 거대한 물체가 눈에 띄었다. 옥상에 쌓인 눈에서 깎아지른 듯 솟아올라 어둠 속에 부풀어오르며, 칼날 같은 탐조등 불빛에 번뜩이는 거대한 물체. 이제 갈 데도 얼마 안 남았을 것이다. 옥상이 끝나고 아래 거리로 뚝 떨어져내리는 지점에 이를 것이다. 그는 눈 위에 발을 헛딛고 미끄러져가며 굴뚝 사이를 꿰고 달리면서 얼핏 앞에 보이던 어렴풋한 흰 물체에 대해 속으로 생각했다. 뭔가 도움될 만한 것일까? 그 위에 올라가거나 그 뒤에 숨어서 놈들을 막아낼 수 있을까? 그는 총소리가 더 날 거라고 생각하며 달리면서 귀를 기울였지만 들리지 않았다.

한 난간에 이르러 뒤돌아보니, 번뜩이는 빛줄기들이 창날처럼 허공을 가르는 가운데 한 남자가 눈 위로 엎어지는 게 보였다. 멈춰 서서 쏴버릴까? 아니다. 금방 더 몰려올 텐데 시간만 낭비할 뿐이다. 숨을 곳을, 매복해서 싸울 만한 장소를 찾아내야 한다. 그는 이제 바로 머리 위로 우뚝 솟아오른 희끄무레한 물체를 지나 반대편 난간으로 달려가다가 눈을 껌벅이며 멈췄다. 저기 한참 아래 하 얀 얼굴들이 바다처럼 펼쳐져 있고, 증오로 들끓는 저 대양 속으로 빙글빙글 돌며 곧장 떨어져가는 자신의 모습이 선연했다. 조금만 더 빨리 달렸다면 곧장 옥상에서 4층 아래로 곤두박질쳤을 거라는 생각을 하며, 그는 얼어붙은 난간을 손으로 움켜잡았다.

그는 현기증이 나 뒤로 물러섰다. 이것으로 끝이었다. 더는 뛰어 가 몸을 피할 옥상이 없었다. 쳐다보니 그 남자는 여전히 다가오고 있었다. 비거는 몸을 곧추세웠다. 싸이렌 소리가 더 커지고 고함과 비명이 더 거세졌다. 그렇다. 저 거리의 인파는 경찰과 자경단원이 옥상 위에서 그를 꼼짝없이 궁지로 몰아넣은 것을 알고 있다. 그는 얼핏 본 희끄무레한 큰 물체를 떠올리며 올려다보았다. 바로 위로 꼭대기가 둥글고 평평한 높다란 물탱크가 하얗게 눈에 덮인 채 서 있었다. 철제 사다리가 하나 있고, 그 미끄러운 발판이 얼음에 덮여 원을 그리는 노란 칼날 속에 네온처럼 빛을 발했다. 그는 사다리를 붙잡고 올라갔다. 어디로 간다는 생각은 없었다. 그저 숨어야겠다 는 생각뿐이었다.

물탱크 꼭대기에 이르자 세발의 탄환이 머리를 스쳤다. 그는 눈 속에 배를 깔고 납작 엎드렸다. 옥상과 굴뚝 들보다 훨씬 높은 데 로 올라가니 시야가 넓어졌다. 가까운 난간을 한명이 넘고 있고 그 너머로 몇 사람의 무리가 보였다. 흔들리는 가는 불빛들에 얼굴들 이 하얗고 뚜렷하게 빛났다. 한참 저 앞에서는 사람들이 들창에서 나와 굴뚝 뒤에 몸을 숨겨가며 그를 향해 다가오고 있었다. 그는 총을 들어올려 수평을 맞춰 조준하고 쏘았다. 사람들이 멈췄지만 쓰러지는 자는 없었다. 빗나간 것이다. 그는 다시 쏘았다. 아무도 쓰러지지 않았다. 그 작은 무리는 흩어져서 난간이나 굴뚝 뒤로 숨었다. 거리의 소음이 이상스러운 환희의 물결을 이루며 높아졌다. 권총 소리가 나니까 필시 그가 총에 맞거나 체포되거나 죽었다고 생각한 모양이었다.

한 남자가 몸을 드러내고 물탱크 쪽으로 달려오는 것이 보였고 그는 다시 쏘았다. 남자는 굴뚝 뒤로 몸을 피했다. 또 빗나갔다. 손이 너무 곱아서 똑바로 쏠 수가 없나? 놈들이 더 가까이 올 때까지 기다려야 할까? 고개를 돌리자 마침 한 남자가 거리 쪽에서 옥상 난간을 타넘는 것이 보였다. 그 남자는 땅에서 그 건물 벽에 걸쳐 놓은 사다리를 타고 올라오는 중이었다. 그는 총을 쏘려고 조준했지만 남자는 이미 넘어와서 물탱크 아래로 몸을 감춰 시야에서 벗어났다.

왜 신속하고 정확하게 제대로 쏠 수가 없는 거지? 앞을 보니 두 남자가 물탱크 밑으로 뛰어오고 있었다. 이제 물탱크 밑에 있는 사람이 셋으로 늘었다. 놈들이 그를 둘러싸긴 했지만, 몸을 드러내지 않고는 접근하지 못할 것이다.

새까만 작은 물체가 바람에 날리는 깃털처럼 하얀 증기를 식식거리며 내뿜으면서 머리 옆을 지나 눈 속에 떨어졌는데, 증기가 바람에 실려 다른 데로 날아갔다. 최루탄이구나! 그는 최루탄을 손으로 탁 쳐서 물탱크 아래로 떨어트렸다. 또 하나가 날아왔고 그는 그것을 떨쳐냈다. 두개가 더 날아왔고 그는 그것들도 밀어 떨어트렸다. 호수에서 거세게 불어오는 바람 덕분에 가스가 그의 눈과 코에 닿지 않았다. 누가 고함치는 소리가 들렸다.

"그만둬! 바람 때문에 가스가 다른 데로 가잖아! 저 새끼가 도로 던진다구!"

아수라장 같은 거리의 소음이 더 높아졌다. 들창마다 사람들이 옥상으로 올라왔다. 쏴버리고 싶었지만, 그는 탄환이 이제 세발뿐임을 떠올렸다. 놈들이 더 가까이 오면 쏘고, 한발은 자기를 위해 남겨둘 작정이었다. 결코 산 채로 잡아가진 못하게 하겠다.

"야, 어서 내려와!"

그는 손에 총을 들고 누워서 꼼짝 않고 기다렸다. 그때 바로 그의 눈 밑에서 하얀 손가락 네개가 얼어붙은 물탱크 가장자리를 붙잡았다. 그는 이를 악물고 개머리판으로 하얀 손가락을 갈겼다. 손가락이 사라지며 사람이 눈 덮인 옥상 위로 쿵 떨어지는 소리가 들렸다. 그는 또 누가 올라올까 마음 졸이고 지켜보며 누워 있었지만 아무도 오지 않았다.

"저항해봐야 소용없다! 이미 잡힌 거야! 어서 내려와!"

그는 저들이 겁먹었다는 것을 알았지만, 이렇게든 저렇게든 곧 끝장나리라는 것도 알았다. 저들은 그를 체포하거나 죽일 것이다. 두려워하지 않는 자신이 스스로도 놀라웠다. 어느새 그의 마음 한 켠은 옆으로 비켜서기 시작하고 있었다. 그는 그의 커튼, 그의 벽 뒤로 들어가 시무룩하고 경멸 어린 시선으로 내다보았다. 그는 이제 자신의 바깥에서 구경하고 있었다. 그는 높이 치솟으며 빙빙 돌아가는 불빛으로 환해진 겨울 하늘 아래, 목마른 외침과 굶주린 고함을 들으며 누워 있었다. 그는 두려움 없는 당당한 자세로 총을 움켜잡았다.

"빨리 호스 갖고 오라고 해! 저 검둥이 새끼, 무기를 갖고 있어!"

저건 또 무슨 소리인가? 그는 움직이는 것이 있으면 쏘려고 눈을 굴리며 기다렸으나, 아무도 나타나지 않았다. 그는 이제 자신의 몸을 잊었다. 몸에 감각이 전혀 없었다. 그가 아는 것은 오로지 자기를 죽이려는 사람들에 둘러싸인 채 손에 총을 들고 이렇게 누워 있다는 것뿐이었다. 그때 가까이에서 쿵쿵 치는 소리가 나서 보니, 굴뚝 모서리 뒤편에서 들창이 열리고 있었다.

"좋다!" 쉰 목소리가 외쳤다. "이게 마지막 기회다. 내려와!"

그는 숨을 죽이고 누웠다. 무슨 일을 꾸미는 건가? 쏘지 않으리란 것은 알았다. 저들 쪽에선 그가 보이지 않으니까. 그렇다면 뭔가? 의아해하던 그는 알게 되었다. 밝은 빛 속에 물줄기가 은처럼 반짝이며 무시무시한 힘으로 그의 머리 위로 뻗어와, 높이 허공을 가르며 그의 뒤쪽 옥상에 털썩 소리를 끌며 떨어졌다. 호스에 물을 튼 것이다. 소방대원들 짓이었다. 그가 나오게 내몰 속셈이었다. 물줄기는 들창이 열렸던 굴뚝 뒤에서 나왔다. 그러나 아직 그에게까지 닿지는 않았다. 그의 머리 위에서 물줄기가 이쪽저쪽으로 휙휙 방향을 바꾸며 치솟았다. 그를 맞추려는 것이었다. 그러다 물이 옆구리를 때렸다. 말뚝 박는 기계로 얻어맞는 것 같았다. 숨이 멎으며 옆구리에 둔탁한 통증이 느껴지더니 퍼져나가며 그를 집어삼켰다. 물은 그를 탱크에서 밀어 떨어트리려 했다. 그는 힘이 빠지는 것을 느끼며 모서리를 꽉 움켜잡았다. 숨이 가빴고, 이렇게 물에 온통 두들겨맞다간 오래 붙들고 있을 수 없다는 것을 온몸에 고동치는 아픔으로 알 수 있었다. 얼어붙는 듯 추웠다. 피가 얼음으로 변해버린 느낌이었다. 그는 입을 벌리고 헐떡였다. 그러자 총을 쥔 손가락에서 맥이 풀렸다. 다시 그러쥐려 해보았지만 그럴 수 없음을 깨달았다. 물줄기가 몸에서 떠나갔다. 그는 기진맥진한 채 헐떡이며 누워 있었다.

"총을 아래로 던져!"

그는 이를 악물었다. 얼음 같은 물이 거인의 손아귀처럼 다시 그의 몸을 움켜쥐고, 차가운 냉기가 둘둘 똬리를 튼 괴물 같은 보아

뱀처럼 그를 쥐어짰다. 팔이 저렸다. 그는 영하의 바람 속에 물에 얻어맞아 얼어붙어가는 자신을 커튼 뒤에 서서 내려다보았다. 그때 물줄기가 그의 몸에서 방향을 틀었다.

"야, 총을 아래로 던져!"

그는 온몸을 떨기 시작하며 총을 완전히 놓아버리고 말았다. 그래, 이제 끝장이다. 왜 잡으러 오지 않을까? 그는 눈과 얼음 속에 손가락을 박으며 다시 탱크 모서리를 잡았다. 힘이 빠졌다. 그는 포기했다. 그는 반듯이 돌아누워, 저 높이 움직이는 격자처럼 얽힌 빛줄기 사이로 하늘을 맥없이 쳐다보았다. 이제 끝났다. 이제 날 총으로 쏴 죽이면 된다. 왜 쏘지 않지? 왜 잡으러 오지 않지?

"야, 총을 아래로 던져!"

그들은 총을 원했다. 그는 총을 들고 있지도 않은데. 그는 이제 두렵지 않았다.

"총을 아래로 던져!"

그래. 총을 들어 놈들을 쏘자. 한발도 남김없이 쏴버리자. 그는 천천히 손을 뻗어 총을 집어들려 했으나, 손가락이 너무 뻣뻣했다. 속에서 무언가가 차갑고 격렬하게 웃어댔다. 스스로를 향한 웃음이었다. 왜 잡으러 오지 않나? 겁먹었구나. 그는 간절한 눈길로 총을 쳐다봤다. 그렇게 쳐다보는 사이, 식식거리는 은빛 줄기가 총을 쳐서 탱크 아래로 휙 떨어뜨렸다. 보이지 않는 곳으로……

"떨어졌다!"

"야, 내려와! 다 끝났어."

"올라가지 마! 총이 또 있을지 몰라!"

"야, 내려와!"

이제 그는 이 모든 일에서 손을 뗐다. 너무 기운이 없고 추워서 더이상 탱크 모서리를 붙들고 있을 수도 없었다. 그는 그저 탱크 꼭대기에 누워 입과 눈을 멍하니 벌리고, 머리 위로 날아가는 물줄기 소리를 들었다. 그때 물이 또 옆구리를 쳤다. 반질반질한 얼음과 눈 위로 미끄러지는 몸이 느껴졌다. 매달리고 싶었지만 그럴 수가 없었다. 몸이 끄트머리에 매달려 위아래로 흔들리고 발이 공중에 건들댔다. 다음 순간, 그는 떨어지고 있었다. 그는 멍한 상태로 지붕 위 눈 속에 얼굴을 묻고 떨어졌다.

눈을 뜨자 빙 둘러선 흰 얼굴들이 보였지만, 그는 그들 바깥에, 그의 커튼 뒤에, 그의 벽 뒤에 서서 구경했다. 멀리서 사람들이 떠드는 소리가 들려왔다.

"그 새끼다, 맞아!"

"거리로 끌고 내려가!"

"물줄기 덕분이야!"

"반쯤 얼어붙은 모양인데!"

"자, 어서 거리로 끌고 내려가!"

그는 자신의 몸이 눈 쌓인 옥상 위로 질질 끌려가는 것을 느꼈다. 그런 다음 그는 들어올려져 다리부터 들창으로 넣어졌다.

"잡았어?"

"그래! 자, 받아!"

"알았어!"

캄캄한 더그매 속에서 거친 손들이 그를 받았다. 그들은 그의 발을 잡아 질질 끌고 갔다. 그는 눈을 감았고, 그의 머리는 거친 나무 판자 위로 미끄러져갔다. 그들은 애먹으며 그를 마지막 들창으로 집어넣었고, 그는 얼굴에 와닿는 따뜻한 공기로 건물 안으로 들어왔음을 알았다. 그들은 다시 그의 발을 잡고 부드러운 양탄자가 깔

378

린 복도 위로 끌고 갔다.

그러더니 그들은 잠시 멈췄다가 그를 끌고 계단을 내려가기 시작했다. 머리가 계단에 쾅쾅 부딪혔다. 그는 몸을 보호하려고 젖은 팔로 머리를 감싸안았지만, 팔꿈치와 팔이 계단에 너무 세게 부딪히는 바람에 금방 기운이 사라졌다. 그는 머리가 계단에 쾅쾅 아프게 부딪히는 것을 느끼며 몸에서 힘을 뺐다. 눈을 감고 의식을 놓아버리려고 했다. 그러나 머릿속을 망치로 두드리는 듯한 고통은 여전했다. 그러다 고통이 멎었다. 거리에 가까워져 있었다. 포효하는 폭포처럼 고함 소리, 비명 소리가 밀어닥쳤다. 그는 이제 거리로 끌려나와 눈 위로 질질 끌려갔다. 힘센 손들이 그의 발을 꽉 잡아 공중으로 쳐들었다.

"죽여라!"

"린치를 가하자!"

"이 개 같은 검둥이 새끼!"

그들이 그의 발을 놓자 그는 눈 속에 등을 대고 벌렁 자빠졌다. 주위에서 시끄러운 소리가 물밀듯 밀려왔다. 눈을 슬쩍 떠보니 줄지어 치솟은 하얀 얼굴들이 어렴풋이 보였다.

"이 원숭이 같은 검둥이 새끼 죽여버리자!"

두 남자가 십자가에 못 박듯 그의 양팔을 옆으로 확 잡아당겼다. 그리고 발로 팔목을 밟아 눈 속 깊이 찍어눌렀다. 천천히 눈이 감기며 그는 암흑으로 빨려들어갔다.

3 부
운명

이제 그에게는 낮도 밤도 없고, 그저 길게 이어진 시간이, 길게 이어져 있지만 아주 짧은 시간이 있을 뿐이었다. 그리고—종말이. 두려워해봤자 아무 소용 없다는 것을 알기에, 이제 그는 아무도 두려워하지 않았다. 그리고 증오도 도움되지 않는다는 것을 알기에, 이제 아무도 증오하지 않았다.

그들은 그를 이 경찰서에서 저 경찰서로 끌고 다니며 위협하고 설득하고 으름장을 놓고 고함을 질렀지만, 그는 시종일관 입을 다물었다. 대개 그는 고개를 숙이고 바닥을 내려다보며 앉았거나, 팔에 얼굴을 파묻고 길게 엎드려 있었다. 11번가 경찰서의 차가운 쇠창살 사이로 비스듬히 떨어지는 5월 하늘의 창백한 햇살을 몸에 받으며 간이침대 위에 누워 있는 지금처럼.

음식이 쟁반에 담겨 들어왔지만, 한시간 후 손대지 않은 채 물려졌다. 담배도 여러 갑 주었지만 뜯지 않은 채 바닥에 놓여 있었다.

그는 심지어 물조차 마시려 하지 않았다. 그냥 눕거나 앉아서 아무 말도 하지 않고 그의 감방에 누가 들어오든 나가든 아랑곳도 하지 않았다. 다른 곳으로 옮겨야 할 때면 그들은 그의 팔목을 잡아끌고 갔고, 그는 저항하지 않고 고개를 숙인 채 늘 발을 질질 끌며 따라갔다. 멱살을 잡아채도 그는 맥없이 몸을 맡긴 채, 희망이나 분노의 기색도 없이 무기력한 얼굴에 두개의 고요한 검은 잉크의 못沼 같은 눈으로 바라볼 뿐이었다. 근무자들 외에는 아무도 그를 만나지 않았고, 그도 누구를 보겠다고 청하지 않았다. 체포되고 사흘이 지나도록 그는 단 한번도 자기가 저지른 일들을 떠올려보지 않았다. 그는 그 모두를 마음 뒷전으로 제쳐버렸고, 그것은 거기에 소름 끼치는 끔찍한 모습으로 놓여 있었다. 그는 망연자실하다기보다는, 어떤 것에도 반응하지 않겠다는 뿌리 깊은 생리적인 결단에 사로잡힌 상태였다.

우발적 살인을 계기로 새로운 상황에 놓이면서 비로소 자신이 주위 사람들과 질서 있고 의미 있는 관계를 맺을 수도 있다는 것을 감지했던 그, 난생처음으로 자유로운 느낌을 안겨준 그 살인에 대해 도덕적 죄의식과 책임감을 기꺼이 떠안았던 그, 사람들 사이에 안착하고 싶은 욕구를 어렴풋이나마 가슴속에 느끼고 그렇게 하는 데 필요한 몸값을 요구했던 그—이 모든 것을 하고도 실패해버린 그는 더이상 애쓰며 허우적대지 않기로 결심했다. 그의 존재의 정수에서 길어낸 단호한 의지로 그는 자신의 인생이나 거기서 비롯된 일련의 수많은 비참한 결과들을 외면하고, 어떤 영靈이 숨을 불어넣어 그를 창조해낸 태곳적 바다의 어두운 수면, 처음으로 그가 어렴풋한 욕구와 충동을 가진 한 인간의 형상으로 만들어져 나온 그 바다의 어두운 수면을 동경하는 눈으로 응시했다. 다시 그 바닷

속에 가라앉아 영원한 휴식을 취하고 싶은 마음으로.

그렇지만 마음속 모든 믿음을 뭉개버리고자 하는 그의 욕망 자체가 하나의 믿음에 입각한 것이었다. 만일 주위 사람들과 합일하는 게 불가능하다면, 그가 살고 있는 자연계의 어떤 다른 부분과의 합일은 분명 가능하리라는 추론이 육체적 감각에서 우러난 것이었다. 체념에 빠진 나머지 살인 의지가 다시 속에서 솟구쳤다. 그러나 이번에는 바깥으로, 타인들에게로가 아니라, 안으로, 자신에게로 향했다. 그를 이런 결말까지 몰고 온 마음속의 그 완고한 동경을 죽여 없애야 마땅하지 않겠는가? 밖으로 손을 뻗쳐 죽여보았지만 해결된 건 하나도 없었다. 그러니 안으로 향하여 자신을 속인 그것을 죽여야 하지 않겠는가? 씨앗 껍질이 썩어서 씨앗이 다시 자라날 토양을 형성하듯이, 이런 느낌이 저절로, 유기적으로, 자동적으로 싹텄다.

그리고 이 모든 것 너머 밑바닥에는 죽음에 대한 두려움이 깔려 있었다. 죽음 앞에서 그는 속수무책의 맨몸뚱이였다. 그도 지구 상의 모든 생물처럼 나아가 종말을 맞아야 했다. 그런데 죽음에 대한 그의 태도를 결정짓는 것은 그가 검고 불평등하고 경멸당한다는 사실이었다. 그는 수동적이나마 다시 살 수 있게 해줄 다른 길을, 두 축 사이의 뭔가 다른 궤도를, 미움과 사랑의 갈등에 휘말리게 만들어줄 새로운 생활양식을 간절히 갈망했다. 마력과 권능으로 그를 들어올려 대등할 수 없는 흑인이라는 두려움을 떨쳐버릴 수 있을 만큼, 죽음조차도 문제가 안될 만큼, 죽음이 승리일 수 있을 만큼 진한 삶을 살 수 있게 만들어줄 이미지와 상징의 거대한 별 무리가, 하늘을 가득 채운 별들처럼, 저 위에 떠 있어야 할 것이다. 그러한 일이 일어난 연후에야 그는 다시 저들과 정면으로 마주할 수 있을 것이다. 그의 마음속에 새로운 자긍심과 새로운 겸손이 생겨나야 하는데, 이 겸손은 그가 사는 세계의 한 부분과 새로이 동일시하는 데서 솟아날 것이고, 이런 동일시가 이루어질 때 마음속에 자긍심과 존엄을 가져다줄 새로운 희망의 기반도 닦일 것이다.

그러나 그런 일은 결코 일어나지 않을지도 모른다. 그에게는 그런 일이 생길 수 없을지도 모른다. 그냥 이 상태로, 멍하니 쫓겨다니며 눈에 공허의 그림자가 드리워진 이 상태로 종말을 맞아야 할지도 모른다. 이것으로 끝날지도 모른다. 혼란스러운 자극들, 흥분, 동요, 의기양양, 이 모두가 어디로도 인도해주지 않는 거짓 등불일지도 모른다. 검은 피부는 사악하며 원숭이 같은 짐승의 가죽이라는 저들의 말이 옳을지도 모른다. 그는 그저 불운한 인간, 어두운 운명을 타고난 인간일 뿐일지도, 비단결 같은 차가운 하늘이 내려다보는 속에서 엄청나게 요란한 싸이렌의 비명과 흰 얼굴들과 원을 그리는 빛줄기들 한가운데서 벌어진 추잡한 웃음거리였을 뿐일지도 모른다. 그렇지만 이런 느낌은 오래가지 못했다. 그의 감정이 이런 결론에 도달하는 순간 어딘가 출구가 있으리라는 확신이 거세고 강하게 되살아났다. 그 같은 확신은 또한 현재 그의 상황에서는 비난으로 다가와 그를 마비시켰다.

어느날 아침, 사람들이 몰려와 그의 두 손목을 붙들고 쿡 카운티 시체공시소의 넓은 방으로 데려갔다. 거기에는 사람들이 많았다. 그는 빛에 눈이 부셔 눈을 깜박였다. 흥분하여 시끄럽게 떠드는 소리가 들렸다. 흰 얼굴들이 빽빽하게 늘어서 있는데다 끊임없이 플래시를 터뜨리며 사진을 찍어대는 통에 그는 놀라 멍하니 쳐다봤고, 놀라움은 점점 더해갔다. 무관심이라는 방어책으로는 더이상 자신을 보호할 수 없었다. 처음에 그는 재판이 시작된 것이라고 생각하고 모든 것이 무無라는 꿈에 다시 빠져들 태세를 갖췄다. 그러나 그곳은 법정이 아니었다. 법정이라기에는 너무 격식이 없었다. 모자를 쓴 기자들이 맨 처음 돌턴 씨 집 지하실에 들어와 여송연이나 궐련을 피워대며 질문을 퍼붓던 때와 똑같은 느낌이 마음을 스쳤다. 다만 이번에는 훨씬 강한 느낌이었다. 무언의 조롱이 감돌았고, 그것이 그를 자극했다. 그가 느낀 것은 사람들의 증오심이 아니었다. 그보다 더 깊은 것이었다. 자신을 대하는 그들의 태도에서 그는 그들이 증오 따위는 넘어섰음을 감지했다. 그는 그들의 목소리에서 끈기 있는 자신감을 들었다. 그를 바라보는 그들의 눈에서 냉정한 확신을 보았다. 말로 표현할 수는 없겠지만, 그는 그들이 그를 죽이기로 작심했을 뿐 아니라 그의 죽음에 단순한 처벌 이상의 의미를 부여하기로 작정했다는 느낌이 들었다. 그들은 검은 세계라는 허구를 만들어놓고는 무서움에 떨며 통제하려 애쓰는데 그가 바로 이 세계의 산물이라고 보는 것이었다. 그의 죽음을 피비린내나는 공포의 상징으로 삼아 검은 세계의 눈앞에 휘두를 작정이라는 것을 모여든 사람들의 분위기에서 알 수 있었다. 그러자 속에서 반항심이 끓어올랐다. 그는 죽은 거나 마찬가지였지만, 저들이 다시금 그의 삶을 위협하며 어두운 길을 내려갈 때마저 타인들의 무력한 장난감 신세로 만들어버리려 한다고 느껴지자, 그는 생기와 투쟁심과 능동적 행동의 세계로 되살아났다.

손을 움직여보려 했지만, 두 손은 차가운 쇠로 만든 단단한 고리로 양쪽에 앉은 경관들의 흰 팔목에 결박되어 있었다. 그는 주위를 둘러보았다. 경관 한명이 그의 앞에 서 있고, 또 한명이 뒤에 서 있었다. 찰칵하는 날카로운 금속성 소리가 나더니 손이 자유로워졌다. 웅성대는 소리가 점점 높아졌고, 그는 자기가 움직였기 때문임을 깨달았다. 그러다 위로 살짝 기운, 한 흰 얼굴에 그의 눈이 못 박혔다. 초조해서 마음 줄이는 기색이 피부에 역력했고 갸름한 흰 얼굴을 더 흰 머리카락이 감싸고 있었다. 그것은 납처럼 창백한, 가냘픈 손을 무릎에 포개고 조용히 앉아 있는 돌턴 부인이었다. 그녀를 보자, 몸서리치는 공포의 순간, 메리가 웅얼대지 못하게 얼굴을 베개로 덮어 누르며 가슴이 갈비뼈에 닿도록 쿵쿵 뛰는 것을 들으면서 어둡고 푸른 방 침대 옆에 서 있던 그 순간이 떠올랐다.

돌턴 부인 곁에는 돌턴 씨가 크게 뜬 눈을 꼼짝도 하지 않고 정면을 응시하며 앉아 있었다. 돌턴 씨가 천천히 몸을 돌려 비거를 쳐다봤고 비거는 시선을 떨구었다.

잰이 보였다. 금발머리, 푸른 눈, 그의 얼굴을 똑바로 들여다보는 강건하고 친절한 얼굴. 차 안에서 있었던 일이 되살아나면서 비거는 뜨거운 수치심에 휩싸였다. 꽉 잡아오던 잰의 손가락의 악력이 손에 다시 느껴졌다. 그러다가 잰이 눈 내리는 인도에서 그를 불러 세우던 일이 떠오르며, 수치심은 죄책감 섞인 분노로 바뀌었다.

그는 피곤해졌다. 정신이 돌아올수록 피로감이 점점 더 스며들었다. 입은 옷을 내려다보니 축축하고 꾸깃꾸깃했으며 상의 소매가 반쯤 걷어붙여져 있었다. 셔츠가 열려 있어 가슴의 검은 피부가 드러났다. 갑자기 오른손 손가락들이 쿡쿡 쑤시는 것이 느껴졌다. 손톱 두개가 떨어져나가고 없었다. 어떻게 된 건지 기억나지 않았다. 혀를 움직이려 하니 혀도 부은 상태였다. 입술은 말라 갈라졌고 목이 말랐다. 현기증이 났다. 전등과 얼굴 들이 회전목마처럼 천천히 맴돌았다. 그는 공간을 가르며 빠르게 떨어져갔다……

눈을 떠보니 그는 간이침대 위에 눕혀져 있었다. 위에서 하얀 얼굴이 어른거렸다. 몸을 일으키려 해보았으나 도로 밀쳐 눕혀졌다.

"가만있어. 자, 이거 마셔봐."

잔이 입술에 와닿았다. 마셔야 하나? 그렇지만 무슨 차이가 있나? 뭔가 따뜻한 것이 목으로 넘어갔다. 우유였다. 잔이 비자 그는 반듯이 누워 하얀 천장을 응시했다. 베시와 그녀가 데워주던 우유의 기억이 강하게 되살아났다. 그러자 그녀의 죽은 모습이 떠올라 그는 눈을 감고 그 모습을 떨쳐버리려 애썼다. 배에서 천둥소리가 났다. 기분이 좀 나아지고 있었다. 나지막하게 웅성거리는 소리가 들렸다. 그는 간이침대 가장자리를 움켜잡고 일어나 앉았다.

"어이! 이제 좀 어떠냐?"

"예?" 그는 외마디 대답을 했다. 잡힌 이후 입을 연 것은 이번이 처음이었다.

"좀 어떠냐고?"

그는 저들은 백인이고 자기는 흑인이라는 것을, 저들은 잡은 자이고 자기는 잡힌 자라는 것을 절감하며, 눈을 감고 고개를 돌려 외면했다.

"이제 정신이 드나보네."

"그래. 사람이 많아 놀란 모양이야."

"야! 뭐 먹을 것 좀 주랴?"

그는 대답하지 않았다.

"뭐 좀 갖다줘. 배가 고픈지 어떤지도 모를 거야."

"좀 누워 있는 게 좋겠다. 이따가 오후에 다시 검시에 참석해야 할 테니."

그들의 손이 그를 다시 간이침대로 밀어 눕히는 것이 느껴졌다. 문이 닫혔다. 주위를 둘러보았다. 혼자였다. 방은 조용했다. 그는 다시 세상으로 나온 것이었다. 그러려고 해서가 아니라 그냥 그렇게 되었을 뿐이었다. 그는 알 수 없는 낯선 힘들에 이리저리 밀려다니고 있었다. 그가 나온 것은 목숨을 구하기 위해서가 아니었다. 저들이 그에게 어떤 처분을 내리건 관심 없었다. 지금 당장 전기의자에 앉힌대도 상관없었다. 그가 나온 것은 자존심을 지키기 위해서였다. 저들의 노리개가 되긴 싫었다. 만약 저들이 계단으로 질질 끌고 내려오던 그날 밤 그를 죽였다면, 그야 저들이 그보다 강하니까 그럴 수도 있는 일이었다. 그러나 그렇게 앉아서 구경하며 그를 마음대로 이용해먹을 권리까지는 저들에게 없다고 느껴졌다.

문이 열리고 경관이 쟁반을 가지고 들어와 그의 옆에 있는 의자에 놓고 나갔다. 스테이크와 감자튀김, 커피였다. 그는 조심스럽게 스테이크를 한 조각 잘라 입으로 가져갔다. 하도 맛있어서 그는 씹지도 않고 삼켰다. 그는 간이침대 가장자리에 앉아 음식에 손이 닿게끔 의자를 앞으로 끌어왔다. 너무 급하게 먹다보니 턱이 아파서 그는 씹다가 멈추고 음식을 입안에 담고 가만히 있었다. 침이 음식 주변에 고이는 것이 느껴졌다. 다 먹고 나서 그는 담배에 불을 붙이고 침대 위에 몸을 쭉 뻗고 누워 눈을 감았다. 그리고 깜빡 졸다가 선잠이 들었다.

그러다 그는 갑자기 벌떡 일어나 앉았다. 신문을 한참 보지 못했다. 지금은 뭐라고들 할까? 그는 일어섰다. 휘청하는 바람에 방이 급히 옆으로 기울어졌다. 아직 기운도 없고 어지러웠다. 그는 벽에 몸을 기댔다가 천천히 문으로 다가가 조심스럽게 손잡이를 돌렸다. 문이 안으로 열리며 정면에 한 경관 얼굴이 나타났다.

"왜?"

경관의 엉덩이께에 묵직한 권총이 늘어져 있는 것이 보였다. 경관은 그의 팔목을 잡아 도로 침대로 데리고 갔다.

"자, 편히 쉬어."

"신문 좀 주십시오." 그는 말했다.

"응? 신문?"

"신문을 좀 보고 싶습니다."

"잠깐만 기다려. 갖다줄게."

경관은 나갔다가 곧 신문을 한아름 안고 돌아왔다.

"옜다. 여기 전부 네 이야기가 났어."

그는 그 남자가 방에서 나간 다음에야 신문을 쳐다보았다. 『트리뷴』을 펼치자 흑인 강간범 검시 중 기절이라는 글자가 보였다. 그는 이제 깨달았다. 그는 검시에 갔다가 기절하는 바람에 이리로 옮겨진 것이었다. 그는 기사를 읽었다.

고소인들을 보고 질린 흑인 강간 살해범 비거 토머스는 오늘 오전 시카고 백만장자의 상속녀인 메리 돌턴의 검시 도중 극적으로 기절했다.

지난 월요일 밤 체포된 이래 처음으로 혼수상태에서 깨어난 이 흑인 살인범은 수백명이 그를 보려고 몰려들자 두렵고 겁먹은 모습으로 앉아 있었다.

"꼭 원숭이같이 생겼네!" 기절한 후 들것에 실려가는 흑인 살인범을 지켜보던 공포에 질린 한 젊은 백인 여자가 외친 말이다. 흑인 살인범은 꽉 짜인 체구는 아니지만 비범한 체력을 가졌다는 인상이었다. 그는 약 5피트 9인치의 키에 피부는 대단히 검다. 아래턱은 불쾌할 정도로 튀어나와 밀림의 짐승을 연상시킨다. 팔은 길며 건들건들 무릎까지 늘어졌다. 어떻게 이 남자가 두뇌를 마비시키는 성욕에 사로잡혀 메리 돌턴을 완력으로 누르고 강간 살해한 후 머리를 자르고, 증거를 인멸하기 위해 불타는 난방로에 사체를 던졌는지 쉽게 상상할 수 있다.

그의 어깨는 넓고 억세며 금방이라도 달려들 것처럼 웅크린 자세이다. 그는 어떤 동정의 시도도 거부하듯, 낯설고 침울하며 뿌리 깊이 못 박힌 듯한 시선으로 세상을 응시한다.

모든 면에서 그는 현대문명의 유화柔化 세례를 전혀 받지 못한 짐승처럼 보인다. 그의 말과 행동에는, 미국인이 사랑해 마지않는 악의 없고 상냥하며 싱글거리는 보통 남부 흑인의 매력이 결여되어 있다.

살인범이 검시에 모습을 나타낸 순간, "린치를 가하라! 죽여라!" 하는 함성이 일었다.

그러나 이 야만스러운 흑인은 검시도, 재판도, 심지어는 확실히 다가올 전기의자도 전혀 무섭지 않은 듯, 자신의 운명에 무관심해 보였다. 그는 인류에서 인간과 유인원 사이에 위치한 공백기의 종種처럼 행동했다. 그는 백인문명에 부적합한 존재로 보였다.

한 아일랜드계 경찰서장은 매우 확신 어린 어조로 '그런 자를 치유할 방법은 사형밖에 없다고 믿는다'고 말했다.

사흘 동안 이 흑인은 식사를 일절 거절해왔다. 경찰은 그가 굶어 죽음으로써 전기의자에 앉는 걸 피하거나 동정을 사려는 것이라고 보고 있다.

어제 미시시피 주 잭슨에서 『잭슨 데일리 스타』의 편집인 에드워드 로버트슨이 그 도시에서 자라난 비거 토머스의 소년 시절에 대한 기사를 보내왔다. 전문電文의 내용은 다음과 같다.

"토머스는 이리저리 떠돌아다니는 부도덕한 유형의 가난한 검둥이 가족 출신이다. 그는 이곳에서 자랐는데 지역민들에게는 구제 불가능한 좀도둑이자 거짓말쟁이로 알려져 있다. 우리가 그를 감옥에 보내지 못한 것은 그가 너무 어렸기 때문이다.

이곳 남부에서 이 타락한 유형의 흑인들을 경험한 바로는 공적이고 극적인 방법으로 집행되는 린치만이 그들의 독특한 정신구조에 영향을 줄 수 있다고 본다. 그 검둥이 토머스가 미시시피에서 그런 범죄를 저질렀다면, 분노한 시민들 손에 죽임을 당하는 것을 어떤 힘으로도 막을 수 없었을 것이다.

새까만 피부색에도 불구하고 토머스의 핏속에 약간의 백인 피가 섞였다고 보는 소식통이 많다는 사실을 여러분께 알려주어야 마땅하겠다. 그런 결합은 일반적으로 다루기 힘든 범죄적 성향을 빚어낸다.

이곳 남부에서 우리는 흑인이 분수를 지키게끔 단호히 조치하며, 좋은 뜻으로건 나쁜 뜻으로건 백인 여자 몸에 손이라도 닿을 시엔 살아남지 못한다는 것을 알게 만든다.

흑인들이 억울한 일을 당했다고 상상하고 불만을 품을 때 정신을 차리게 만드는 가장 빠른 길은 시민들이 직접 법을 대신해 말썽을 부리는 검둥이 한명을 본보기로 삼는 것이다.

비거 토머스의 살인과 같은 범죄는 공원, 놀이터, 식당, 극장, 전차 등에서 모든 흑인을 격리함으로써 줄일 수 있다. 거주분리 정책은 필수불가결하다. 이러한 조처는 그들이 백인 여성과 접촉하는 것을 최소한으로 줄임으로써 여성에 대한 공격을 감소시킬 수 있다.

우리 남부인이 보기에 북부는 흑인들에게 그들이 생래적으로 받아들일 수 있는 것 이상의 교육을 받도록 권장함으로써, 북부 흑인들이 남부 흑인들보다 일반적으로 더 불만을 느끼고 더 불온해지는 결과를 낳는 것 같다. 학교에서 인종적 격리를 고수하였다면, 시나 카운티, 주의 입법부를 통해 자금 이용을 통제하여 흑인의 교육을 매우 쉽게 제

한할 수 있었을 것이다.

　백인과 만나면 반드시 경의를 표하도록 흑인들을 훈련시킴으로써 또 하나의 심리적 억제책을 얻어낼 수 있다. 이것은 그들의 말과 행동을 통제함으로써 이루어진다. 우리는 끊임없는 두려움이라는 요소를 주입하는 것이 이 문제를 다루는 데 커다란 도움이 된다는 사실을 발견했다."

그는 더이상 읽을 수가 없어 신문을 내려놓았다. 그렇다, 물론 저들은 그를 죽일 것이다. 그런데 그러기에 앞서 이렇게 그를 가지고 희롱하고 있었다. 그는 꼿꼿이 앉아서 결정을 내리려 했다. 생각이 아니라 느낌으로. 다시 벽 뒤로 숨어야 하나? 지금 돌아갈 수 있을까? 그럴 수 없으리라는 느낌이 들었다. 그렇지만 어떻게 해보든 결국 결과는 전이나 마찬가지가 아닐까? 왜 앞으로 나아가 더 많은 증오를 맞닥뜨려야 하는가? 그는 침대 위에 누웠다. 빙빙 돌며 흔들리는 빛줄기 밑에서 얼어붙은 물탱크 가장자리를 손으로 부여잡고 있던 그날 밤, 아래에서는 사람들이 총과 최루탄을 들고 웅크리고 수만개의 목구멍에서 목마르게 터져나오는 고함과 싸이렌의 비명이 들려오던 그날 밤과 같은 기분을 느끼며……

그는 졸음에 못 이겨 눈을 감았다가 문득 확 떴다. 문이 안으로 열리며 검은 얼굴이 보였다. 누구지? 키가 크고 잘 차려입은 흑인이 다가와 멈춰 섰다. 비거는 몸을 일으켜 팔꿈치로 기대앉았다. 남자는 간이침대에 다가오더니 거무스름한 손바닥을 내밀어 비거의 손을 만졌다.

"에구, 딱한 사람! 자애로운 주님의 자비를 비네."

그는 그 사람의 검은 양복을 바라보며 누구인지 기억해냈다. 해먼드 목사님, 어머니가 다니는 교회의 목사였다. 즉각 그는 그 사람에게 경계태세를 취했다. 그는 가슴을 닫고 일체의 감정을 억누르려고 했다. 이 목사로 말미암아 후회의 염念을 갖게 될까 두려웠다. 가라고 하고 싶었지만, 그에게는 이 남자가 어머니나 어머니의 믿음과 아주 밀접히 연결되어 있었기 때문에, 차마 입을 열 수가 없었다. 그가 느끼기엔 이 사람이나 신문에서 읽은 기사나 자기에게 불러일으키는 감정에선 별 차이가 없는 것 같았다. 이제는 동족의 사랑이나 타 인종의 증오나 똑같이 죄책감을 느끼게 만들 뿐이었다.

"기분은 어떤가?" 그 사람이 물었다. 그가 대답하지 않자 그 사람은 서둘러 말을 이었다. "자네 어머니가 자넬 좀 만나달라고 하셨네. 본인도 오고 싶어하시고."

목사는 콘크리트 바닥에 무릎을 꿇고 눈을 감았다. 비거는 이를 악물고 몸에 힘을 주었다. 어떤 일이 벌어질지 짐작이 갔다.

"주 예수님, 눈을 돌리사 이 가엾은 죄인의 가슴속을 들여다보소서! 당신께선 자비는 항상 당신의 것이며 우리가 무릎 꿇고 간절히 청하오면 우리 가슴속에 자비를 부어넣어 우리의 잔이 철철 넘치게 하리라 말씀하셨나이다! 우리는 지금 당신의 자비를 부어넣어주시길 애원하나이다, 주님! 간절히 필요로 하는 이 가엾은 죄지은 아들에게 자비를 부어넣어주소서! 그의 죄가 핏빛처럼 붉다 해도, 주님, 그것을 눈처럼 희게 씻어주시옵소서! 그가 저지른 죄를 모두 사하여주소서, 주님! 당신의 사랑의 불빛으로 이 캄캄한 나날을 헤쳐나갈 수 있게 그를 인도해주소서! 그리고 그를 도우려는 사람들을 도와주소서, 주님! 그들의 가슴에 임하사 그들의 영혼에 동정심을 불어넣어주소서! 십자가에서 돌아가사 우리에게 사랑의 자비를 베풀어주신 주님의 아들 예수 그리스도의 이름으로 간절히 바라옵나이다! 아멘……"

비거는 눈 하나 까딱 않고 앞의 흰 벽만 뚫어지게 바라보았다. 목사의 말이 저절로 그의 의식에 파고들었다. 굳이 듣지 않아도 무슨 말인지 알 수 있었다. 그것은 고난을, 희망을, 내세의 사랑을 이야기하는 어머니의 그 낯익은 목소리였다. 그리고 그를 미워하는 자들의 목소리처럼, 그것 역시 그에게 저주받고 죄지은 느낌을 주었기 때문에, 그는 그것이 역겨웠다.

"형제여……"

비거는 목사를 흘끗 쳐다보곤 시선을 돌렸다.

"모든 것을 잊어버리고 자네의 영혼만을 생각하게. 모든 것을 떨쳐버리고 영생만을 생각하게. 신문에서 하는 소리도, 자네가 검다는 것도 잊어버리게. 하느님은 자네의 피부색이 아니라 자네의 영혼을 들여다보시네, 형제. 하느님은 자네한테서 그분의 몫만을 보시네. 하느님은 자넬 원하시며 자넬 사랑하시네. 그분께 자네를 바치게, 형제. 들어보게나, 자네가 이렇게 된 까닭을 내 말해줄 테니. 내 자네 마음을 기쁘게 할 이야기를 해주겠네……"

비거는 듣다 말다 하며 꼼짝도 하지 않고 앉아 있었다. 만일 나중에 누가 목사의 말을 다시 해보라고 한다면 하지 못했을 것이다. 그러나 말뜻은 느끼고 감지할 수 있었다. 목사가 말하는 동안 그의 눈앞에는 캄캄하고 고요하고 거대한 공허가 나타났고 목사가 이야기하는 영상들은 그 공허 속을 헤엄치며 점점 크고 강력해졌다. 어린 시절 어머니가 그를 무릎에 앉히고 들려주던 낯익은 영상들이었다. 이 영상들은 그가 자신의 삶에서 제쳐놓으려 애써 억압해온, 오랫동안 잠자고 있던 충동들을 일깨웠다. 그것들은 한때 그에게 살아갈 이유를 제시하고 세상을 설명해주던 영상들이었다. 지금 그것들이 눈앞에 펼쳐지며 경외와 놀라움으로 마음을 뒤흔들었다.

……암흑으로 덮여 낮게 속삭이며 끝없이 펼쳐진 깊은 물, 그리고 아무 형태도 아무 형상도 해도 별도 땅도 없더니 암흑 속에서 하나의 목소리가 나오자 물은 이에 복종하여 움직였고 서서히 빙글빙글 회전하는 거대한 구체가 나타났고 목소리가 빛이 생겨라 하시매 빛이 생겨났고 그 빛이 보시기에 좋았으며 목소리가 창공이 있으라 하시매 물이 나뉘고 물 위에 거대한 공간이 나타나 수면 위에 펼쳐진 구름들을 만들었으며 메아리처럼 멀리서 목소리가 들려와 마른 땅이 드러나라 하시매 물이 뇌우와 같이 철썩이며 빠져나가고 산봉우리들이 우뚝 모습을 드러내고 골짜기와 강이 있었으며 목소리가 마른 땅을 뭍이라 칭하시고 물을 바다라 칭하시니 땅은 풀과 나무와, 땅에 떨어져 다시 자라날 씨앗을 맺는 꽃을 내었고 땅에 수백만 개의 별빛이 비췄으며 낮에는 해가 있고 밤에는 달이 있고 날日과 주週와 달月과 해年가 있으며 목소리가 박명薄明으로부터 부르시자 바다들로부터 움직이는 생물들이 나왔으니 고래와 온갖 종류의 살아 기어다니는 것들이며 땅에는 집짐승과 들짐승이 있었으며 목소리가 우리 모습을 닮은 사람을 만들자 하시매 흙으로 덮인 땅으로부터 사람이 일어나 낮과 태양을 등지고 떠오르고 그를 쫓아 여인이 일어나 밤과 달을 등지고 떠올랐으며 그들은 한 몸으로 살았고 거기에는 '고통'도 '갈망'도 '시간'도 '죽음'도 없었으며 '삶'은 대지의 동산에 그들을 둘러싸고 피어난 꽃과 같았고 구름으로부터 한 목소리가 나와 가라사대 동산 가운데 있는 나무 열매는 먹지도 만지지도 마라, 너희가 죽을까 함이니라……

목사의 말이 꼬리를 끌며 잦아들었다. 비거는 곁눈질로 그를 훔쳐보았다. 목사의 얼굴은 검고 슬프고 진지하여 메리를 죽였다는 사실에서 느꼈던 것보다 더 깊은 죄책감을 불러일으켰다. 메리를 죽이기 전에 이미 그는 목사를 사로잡은 삶의 형상을 자기 마음속에서 죽여버렸던 것이다. 그것이 그의 첫번째 살인이었다. 그런데 지금 목사는 그것이 밤에 나타나는 유령처럼 그의 눈앞에 걸어다니게 만들었고, 그의 마음속에는 얼음 덩어리처럼 차가운, 추방당한 느낌이 생겨났다. 그가 두려움과 증오의 베개로 그것의 얼굴을 눌러 질식시켜 죽여버리고 난 지금 왜 그것이 다시 일어나 그를 괴롭히는가? 그를 죽이고자 하는 사람들에게 그는 인간이 아니고 그 '창조'의 그림에 포함되지 않았다. 그래서 그는 그것을 죽여버렸다. 살기 위해 그는 스스로 새로운 세계를 창조해냈으며 그로 인해 죽임을 당하게 된 것이다.

다시 목사의 말이 그의 느낌 속으로 스며들어왔다.

"형제여, 그 나무가 무엇이었는지 아나? 선악과였네. 사람은 하느님과 닮은 것만으로는 충분하지 않았네. 그는 이유를 알려 들었다네. 그런데 하느님께서 그에게 바라신 것은 들에 핀 꽃처럼 피어나는 것, 어린아이처럼 사는 것뿐이었네. 사람은 이유를 알려 들었고 그리하여 광명에서 암흑으로, 사랑에서 천벌로, 은총에서 수치로 전락해버렸네. 그리고 하느님은 그들을 동산에서 내쫓으며, 남자에게 이르시되 이마에 땀을 흘려 빵을 얻어야 하리라 하시고 여자에게 이르시되 고통과 슬픔 속에서 자식을 낳으리라 하셨네. 세상은 그들에게 등을 돌렸으며 그들은 살아나가기 위해 세상과 싸워야 했네……"

……남자와 여자는 손으로 벌거벗은 몸을 가리고 두려운 마음으로 나무 사이를 걸어갔고 뒤에서는 황혼 속에 높이 구름을 등지

고 한 천사가 불타는 검을 휘두르며 그들을 동산에서 차가운 바람과 눈물과 고통과 죽음이 있는 거친 밤으로 쫓아냈으며 남자와 여자는 먹을 것을 가져와 태워 용서를 구하며 하늘로 연기를 올려보냈고……

"형제, 수천년 동안 우리는 저주를 거두어달라고 하느님께 기도했네. 하느님은 우리의 기도를 들으시고 우리에게 그분께로 돌아가는 길을 보여주겠다고 말씀하셨네. 우리에게 길을 보이려고 외아들 예수께서 땅으로 내려와 인간의 몸을 취해 살다가 돌아가셨네. 예수님은 사람들이 당신을 십자가에 매달게 내버려두셨지만 그분의 죽음은 승리였던 것일세. 그분은 우리에게 이 세상에서 사는 것은 세상에 의해 십자가에 못 박힘과 같다는 것을 보여주셨네. 이 세상은 우리의 집이 아니네. 나날의 삶이란 십자가에 못 박히는 괴로운 시련이네. 여기서 벗어나는 길은 하나밖에 없으니, 형제, 그것은 예수님의 길, 사랑과 용서의 길이네. 예수님을 닮으려 노력하게. 저항하지 말고. 자네가 하느님 앞에 나올 수 있도록 이런 길을 택하신 것에 하느님께 감사드리게. 자네를 구원할 수 있는 것도 사랑이네, 형제. 하느님께서 예수님의 사랑을 통해 영생을 주심을 믿어야 하네. 형제, 나를 보게……"

비거는 검은 얼굴을 손으로 괸 채 미동도 않았다.

"하느님의 사랑이 가슴속에 들어올 수 있도록 이제부터 미워하는 마음을 버리겠다고 약속해주게."

비거는 아무 말도 하지 않았다.

"약속해주지 않겠나?"

비거는 손으로 눈을 가렸다.

"그렇게 노력해보겠다고만 하면 되네."

비거는 목사가 계속 요구하면, 그에게 달려들어 칠 수밖에 없을 것 같았다. 어떻게 자신이 죽여버린 것을 믿으란 말인가? 그는 죄 지은 자였다. 목사는 일어나서 한숨을 쉬고는, 줄이 달린 작은 나무 십자가를 주머니에서 꺼냈다.

"자, 형제. 내가 손에 들고 있는 것은 한그루 나무에서 잘라낸 나무 십자가일세. 나무는 세계이네. 그리고 고난받는 사람은 이 나무에 못 박히는 것이지. 그것이 인생이네, 형제. 고난. 내가 자네 삶에 의미를 줄 수 있는 단 하나의 것을 이렇게 눈앞에 보여주는데, 어찌 자네가 하느님의 말씀을 믿지 않겠다 하는가? 자, 내 이것을 목에 걸어줄 테니, 혼자 있을 때면 이 십자가를 보게, 형제, 그리고 믿음을 가지게……"

그들은 침묵했다. 나무 십자가가 비거의 가슴에 걸려 살갗에 닿았다. 그는 목사의 말을, 삶이란 세상에 못 박힌 육신이라는 것을, 흙의 나날에 갇혀 갈구하는 영혼이라는 것을 절감하고 있었다.

그는 손잡이가 돌아가는 소리에 고개를 들었다. 문이 열리고 잰이 머뭇거리며 한가운데 서 있었다. 비거는 공포에 몰려 벌떡 일어섰다. 목사도 일어나 한발짝 뒤로 물러서며 허리 굽혀 인사를 하면서 말했다.

"안녕하십니까, 선생님."

비거는 잰이 도대체 지금 자기한테 무엇을 바라는지 의아했다. 자신은 이미 붙잡혀 재판을 기다리는 몸이 아닌가? 복수라면 실컷 이루어질 게 아닌가? 잰이 방 한가운데로 걸어와 마주 서자 비거는 딱딱하게 굳었다. 그때 문득, 서 있을 필요가 없다는, 여기 유치장에서는 잰이 신체적인 위해를 가할까봐 겁낼 필요가 없다는 생각이 떠올랐다. 그는 앉아서 고개를 숙였다. 조용했다. 비거에게 목사와 잰의 숨소리가 들릴 만큼 조용했다. 그가 죄를 뒤집어씌우려 한 백인이 앞에 서 있고 그는 앉아서 분노에 찬 말이 들려오기를 기다렸다. 아니, 왜 아무 말도 하지 않나? 눈을 들어보니 잰이 자기를 똑바로 응시하고 있었고 그는 시선을 피했다. 그러나 잰의 얼굴은 화난 표정이 아니었다. 화난 게 아니라면, 도대체 무엇을 원하는 것인가? 다시 쳐다보자 잰의 입술이 움직거리며 뭐라 말하려는 게 보였지만 아무 말도 나오지 않았다. 그러다 잰은 드디어 입을 열고 중간에 여러번 한참씩 멈춰가며 나지막한 소리로 말했다. 비거는 스스로에게 이야기하는 사람의 말을 듣는 기분이었다.

"비거, 하고 싶은 얘길 제대로 표현할 수 있을지 모르겠지만, 노력해보겠소…… 이번 일은 나에게는 폭탄을 맞은 듯한 타격이었소. 나—나 자신을 수습하는 데만도 꼬박 일주일이 걸렸지요. 유치장에 갇히긴 했는데 아무리 해도 어떻게 돌아가는 심산인지 알 수가 없었거든요…… 다—당신을 괴롭힐 생각은 없어요, 비거. 당신이 곤경에 빠진 것 잘 알아요. 하지만 꼭 말해둘 게 있어서…… 마음이 내키지 않으면 나한테 아무 말 하지 않아도 돼요. 난 당신의 지금 기분을 어느정도 알 것 같소. 나도 바보는 아니니까, 비거. 난 이해할 수 있소. 그날 밤 내가 이해하지 못하는 것처럼 보였겠지만……" 잰은 말을 멈추고 침을 삼키더니 담배에 불을 붙였. "저, 당신 때문에 당황해서 그런 거요…… 이젠 알겠소. 나는 장님이나 마찬가지였소. 나—난 그저 당신을 만나서 내가 화난 게 아니라는 말을 하고 싶었소…… 난 화난 게 아니오. 그리고 당신을 돕도록 허락해주었으면 좋겠소. 이번 일을 나한테 뒤집어씌우려 했다고 당신을 미워하진 않아요…… 그럴 만한 이유가 있었겠지요…… 잘 모르겠소…… 그리고 어쩌면, 어떤 의미에서는, 정말로 죄를 진 것은 나인지도 모르겠소……” 잰은 다시 말을 멈추고 담배를 세게 한참 빨아들여 천천히 연기를 내뿜고는 초조한 듯 입술을 깨물었다. “비거, 이제껏 내가 당신이나 당신네들한테 나쁜 짓을 한 적은 없어요. 그렇지만 당신이 만난 모든 백인이 당신을 미워하는 판국에, 백인인 내가 당신에게 날 미워하지 말라고 한다면 지나친 요구겠지요. 내—내 얼굴이 당신에게는 저들과 똑같아 보이겠지요. 내 감정은 저들과 같지 않다 해도 말이오. 그렇지만 우리가 그렇게 멀리 떨어져 있는 줄은 그날 밤에야 알았소…… 내가 당신과 얘기하려고 그 집 밖에서 기다렸을 때 당신이 왜 나한테 총을 들이댔는지 이제 이해가 가요. 당신은 그렇게 할 수밖에 없었겠지요. 하지만 난 내 하얀 얼굴이 당신한테 죄의식을 불러일으킬 줄은, 당신을 비난하는 것일 줄은 몰랐소……” 잰의 입술은 벌어져 있었지만 아무 말도 나오지 않았다. 그의 눈은 구석을 더듬고 있었다.

비거는 제멋대로 휘몰아치는 바람에 돌아가는 거대한 눈먼 바퀴 위에 올라탄 듯한 당혹스런 기분으로 묵묵히 앉아 있었다. 목사가 앞으로 다가섰다.

“얼론 씨신가요?”

“네.” 잰이 돌아보며 말했다.

“정말 훌륭한 말씀입니다. 도움이 필요한 사람이 있다면 바로 이 가엾은 청년일 겝니다. 전 해먼드 목사라고 합니다.”

비거는 잰과 목사가 악수를 나누는 것을 보았다.

“괴로운 일이긴 하지만, 배운 것도 있소.” 잰은 앉아서 비거를 향해 말했다. “이번 일로 나는 사람을 좀더 깊이 들여다보게 되었소. 뻔히 알면서도 잊고 있었던 것들을 보게 되었소. 난—난 잃은 것도 있지만 얻은 것도 있소……” 잰은 넥타이를 잡아당겼고, 감방 안에는 그가 말하기를 기다리는 침묵이 흘렀다. "이번 일로 난 당신한테 날 미워할 권리가 있다는 것을 배우게 되었소, 비거. 이제 나는 당신이 그렇게 할 수밖에 없었다는 것을 알아요. 당신이 가진 것은 그것뿐이었으니까요. 그런데, 비거, 당신한테 날 미워할 권리가 있다고 한다면, 사태가 좀 달라져야 하는 것 아닐까요? 유치장에서 나온 후로 내내 이번 일을 생각해봤는데, 살인죄로 감옥에 들어가야 하는 것은 당신이 아니라 나라는 생각이 들더군요. 그렇지만 그렇게는 될 수 없어요, 비거. 일억의 인간이 저지른 죄를 내가 뒤집어쓸 수는 없겠지요." 잰은 몸을 앞으로 숙이고 바닥을 응시했다. "그렇다고 당신에게 보상하겠다는 건 아녜요, 비거. 당신을 동정해서 여기 온 건 아녜요. 이 세상에 얽혀 있는 우리도 당신보다 별반 나은 처지는 못될 테니까요. 내가 여기 온 것은 내 나름대로 이번 일에 제대로 대처하기 위해서예요. 그런데 그건 쉬운 일이 아니에요, 비거. 난—난 당신이 죽인 그 여자를 사랑했어요. 사—사랑했어요……" 그의 목소리가 갈라졌고 비거는 그의 입술이 떨리는 것을 보았다. "유치장에서 난 메리 생각에 매우 힘들었어요. 그러다가 죽임을 당한 숱한 흑인들, 노예제도, 당시나 그후 가족을 빼앗기고 괴로워해야 했던 흑인들 생각을 했어요. 그들도 견뎌낸 일이라면, 나도 그래야 한다는 생각이 들었어요." 잰은 구두로 담배를 비벼 껐다. "처음에는 돌턴 씨가 나한테 올가미를 씌우려는 거라는 생각에 노인을 죽이고 싶었지요. 그러다 당신이 그랬다는 소리를 듣고는 당신을 죽이고 싶었구요. 그러다가 생각해보았지요. 내가 죽인다면, 이런 일이 끝없이 계속될 뿐 그치지 않으리라는 걸 깨달았지요. 난 '그 친구가 허락만 한다면 도와야겠다'고 말했어요."

"하늘에 계신 하느님의 축복이 당신과 함께하시길……" 목사가 말했다.

잰은 담배에 불을 붙이고 비거에게도 권했다. 그러나 비거는 그대로 손을 모아 쥔 채 딱딱한 시선으로 바닥만 처다봄으로써 거절했다. 잰의 말은 낯설었다. 그런 말은 한번도 들어본 적이 없었다. 잰이 한 말의 의미는 너무 새로운 것이어서 아무런 반응도 할 수가 없었다. 그는 그저 의아스럽고 잰을 보는 것조차 두려운 심정으로 앞만 뚫어지게 바라보며 앉아 있을 뿐이었다.

"내가 당신 편에 서게 해줘요, 비거." 잰이 말했다. "당신이 시작했듯이 나도 이번 일에 당신과 함께 싸워나갈 수 있어요. 저 모든 백인들로부터 떨어져나와 당신 곁에 설 수 있어요. 저, 나한테 친구가 하나 있는데, 변호사이고 이름은 맥스라고 해요. 그분은 이번 일을 잘 이해하고 있고 당신을 돕고 싶어하는데, 그분과 얘기해보지 않을래요?"

비거는 잰이 그가 그런 짓을 했다고 죄인으로 보지는 않는다는 것을 깨달았다. 이것도 함정일까? 그는 잰을 보았다. 하얀 얼굴, 그러나 정직한 얼굴이었다. 이 백인은 그를 믿었다. 그리고 그 믿음을 느끼는 순간 그는 다시금 죄의식을 느꼈다. 그러나 이제는 다른 의미에서의 죄의식이었다. 갑자기 이 백인이 그에게 나타나, 커튼을 활짝 젖히고 그의 인생 속으로 걸어들어왔다. 잰은 우정을 선언했다. 그렇게 했다간 다른 백인들한테 미움받을 텐데도. 하얀 증오의 그 거대한 산에서 한 조각 하얀 바위가 스스로 떨어져나와 비탈을 굴러내려 그의 발치에 가만히 멈추었다. 말言이 육체로 구현되었다. 난생처음 한 백인이 그에게 인간으로 되살아났다. 그리고 생생히 느껴지는 잰의 인간성은 가슴을 찌르는 회오로 다가왔다. 그는 이 사람이 사랑하는 사람을 죽여 그를 해쳤다. 누군가 그의 눈에 수술이라도 한 것처럼, 아니면 누군가 잰의 얼굴에서 비틀어진 가면을 휙 벗겨버린 것처럼, 그는 잰을 새로 보았다.

비거는 움찔했다. 목사가 어깨에 손을 얹었다.

"제 일도 아닌데 끼어들고 싶지는 않습니다만, 선생님." 목사는 도전적이면서도 경의를 표하는 말투로 말했다. "이 사건에 공산주의를 끌어들여 좋을 게 없잖습니까? 선생님이 느끼는 감정은 대단히 존경스럽습니다. 그렇지만 선생님이 하시려는 일은 더 많은 증오를 불러올 것입니다. 이 불쌍한 청년한테 필요한 것은 이해입니다……"

"그렇지만 그것을 위해 이 사람은 싸워야지요." 잰이 말했다.

"사람들 마음을 바꿔야 한다는 데는 저도 같은 생각입니다." 목사가 말했다. "그렇지만 더 많은 증오를 불러일으키려 하시는 것에는 찬성할 수 없군요……"

비거는 어리둥절하여 두 사람을 번갈아 쳐다보며 앉아 있었다.

"신문에서 매일 사람들에게 증오를 불어넣는 판국에 도대체 어떻게 사람들 마음을 바꾸겠다는 겁니까?" 잰이 물었다.

"하느님께선 바꾸어놓으실 수 있지요!" 목사가 열을 내며 말했다. 잰은 비거를 향해 몸을 돌렸다.

"내 친구가 당신을 돕도록 해주지 않겠소, 비거?"

비거는 도망갈 방도라도 찾는 듯 감방을 빙 둘러보았다. 그가 무슨 말을 할 수 있겠는가? 그는 죄인이었다.

"절 잊으세요." 그는 나지막이 말했다.

"그럴 수 없소." 잰이 말했다.

"저는 이제 끝장입니다." 비거가 말했다.

"자기 자신을 믿지 않는 거요?"

"그래요." 비거는 격하게 속삭였다.

"당신은 살인을 저지를 만큼 믿었어요. 당신은 뭔가 해결하는 거라고 생각했어요. 그러지 않았더라면 살인을 하지는 않았겠지요." 잰이 말했다.

비거는 응시할 뿐 대답하지 않았다. 이 사람이 날 이 정도까지 믿나?

"맥스하고 얘기하는 게 좋겠소." 잰이 말했다.

잰은 문으로 다가갔다. 경관이 밖에서 문을 열었다. 비거는 입을 벌린 채 앉아서 이게 자기한테 어떤 의미가 있을지 감지해내려고 노력했다. 한 남자의 머리가, 묘하게 생긴 하얀 머리가, 머리칼이 하얀, 한번도 본 적이 없는 홀쭉한 흰 얼굴이 문으로 들어오는 것이 보였다.

"들어오세요." 잰이 말했다.

"고맙네."

조용하고 단호하면서도 친절한 목소리였다. 그 사람의 얇은 입가에는 항상 짓고 다닐 듯한 엷은 미소가 감돌았다. 그 사람이 안으로 들어왔다. 키가 컸다.

"잘 있었어요, 비거?"

비거는 대답하지 않았다. 그는 다시 의심이 들었다. 이것도 일종의 함정이 아닐까?

"이분은 해먼드 목사님이세요, 맥스." 잰이 말했다.

맥스는 목사와 악수하고는 비거를 바라보았다.

"자네와 이야기하고 싶네." 맥스가 말했다. "난 노동자상담소에서 일하네. 자네를 돕고 싶네."

"전 돈이 없습니다." 비거가 말했다.

"알아. 자, 비거, 날 두려워하지 말게. 그리고 잰도 두려워할 것 없네. 우리는 자네를 미워하지 않아. 내가 법정에서 자네를 변호할까 하는데, 이미 다른 변호사한테 맡긴 건 아니지?"

비거는 다시 한번 잰과 맥스를 쳐다보았다. 믿을 만한 사람들 같았다. 그렇지만 그들이 도대체 어떻게 그를 도울 수 있단 말인가? 그는 도움이 필요했지만 누가 지금 자기를 위해 발 벗고 나서리라곤 생각도 못한 일이었다.

"네, 선생님." 그는 속삭였다.

"경찰이 자네를 어떻게 다루던가? 때리던가?"

"몸이 아팠습니다." 비거는 자기가 왜 사흘 동안 말하지도 먹지도 않았는지 해명할 필요가 있다는 것을 알기에 이렇게 말했다. "아팠기 때문에 잘 모릅니다."

"우리가 자네 사건을 맡아도 되겠나?"

"전 돈이 없습니다."

"그건 신경 쓰지 말게. 잘 듣게, 이따가 오후에 다시 검시 심리에 출석해야 할 걸세. 그렇지만 질문에 대답할 필요는 없네, 알겠나? 그냥 아무 말도 하지 말고 앉아 있게. 나도 함께 있을 테니 겁낼 필요는 없네. 심리가 끝나면 자네를 쿡 카운티 구치소로 데려갈 거야. 나도 그리 갈 테니 함께 얘기해보세."

"네, 선생님."

"자, 담배 받게."

"감사합니다, 선생님."

문이 열리며 회색 눈에 키가 크고 얼굴이 큰 남자가 서둘러 들어왔다. 맥스와 잰, 목사가 한쪽으로 비켜섰다. 비거는 그 남자 얼굴을 물끄러미 쳐다봤다. 어디서 본 듯한데 영 생각이 나지 않았다. 그러다 기억이 났다. 며칠 전 아침에 일꾼들이 게시판에 풀로 붙이 던 그 포스터에서 본 얼굴, 버클리였다. 비거는 그들이 주고받는 이 야기를 들었다. 말투에 상대에 대한 깊은 적의가 배어 있었다.

"그래, 맥스, 또 끼어드시겠다?"

"이 젊은인 내 의뢰인이며 자백진술서에 서명은 하지 않을 것이 오." 맥스가 말했다.

"자백 따윌 받을 필요가 뭐 있소?" 버클리가 물었다. "열두번도 더 전기의자에 앉힐 만한 증거가 있는데."

"이 젊은이의 권리를 침해하지 못하게 내가 만들 거요."

"아이고 참! 그래봤자 아무 소용 없어요."

맥스는 비거를 돌아보았다.

"이 사람들 때문에 겁먹을 필요 없네, 비거."

비거는 들었지만 대답하지 않았다.

"도대체 저런 검둥이 일에 끼어들어 당신네 공산주의자들한테 무슨 이득이 있다는 건지 도무지 모르겠네." 버클리가 손으로 두 눈을 비비며 말했다.

"우리가 이 사건을 맡으면 4월 선거 전에 이 청년을 죽이지 못할 것 같아 걱정이지요, 예, 버클리?" 잰이 물었다.

버클리가 휙 돌아섰다.

"가끔은 좀 괜찮은 사람을 변호하지 그러시나? 고마운 줄 알 만 한 사람으로 말야. 당신네 공산주의자들은 어째서 이런 쓰레기 같 은 놈만 골라서 야단인가?"

"우리가 이 젊은이를 변호하게 된 것은 바로 당신과 당신 전략 덕분이지." 맥스가 말했다.

“무슨 소리요?” 버클리가 물었다.

“당신이 이 살인 사건에 공산당 이름을 끌어들이지 않았다면, 나도 지금 여기 있지 않겠지.” 맥스가 말했다.

“아니, 이 자식이 협박편지에 서명으로 공산당 이름을 썼잖아……”

“그럴 수밖에.” 맥스가 말했다. “그런 생각도 신문을 보고 했을 테니. 나는 당신 같은 사람들이 이 청년을 이렇게 만든 거라고 확신하기 때문에 이 청년을 변호하려는 거요. 자기가 지은 죄를 공산당에게 덮어씌우려 한 것도 당연한 반응이지. 당신 같은 사람들이 공산당에 대해 늘어놓는 거짓말을 귀에 못이 박이게 들었으니 그대로 믿어버린 거지. 이 청년이 왜 그런 짓을 했는지 국민들에게 납득시킬 수 있다면, 이 청년을 변호하는 것 이상의 일이 될 거요.”

버클리는 웃으며 새 여송연 끄트머리를 씹어 뱉고는 불을 붙이고 뻑뻑 빨아댔다. 그는 방 한가운데로 나아가 고개를 한쪽으로 꼬며 여송연을 입에서 빼더니 눈을 가늘게 뜨고 비거를 쳐다봤다.

“야, 네가 이렇게 중요 인사가 될 줄은 몰랐지?”

비거는 잰과 맥스의 우정을 받아들일 참이었는데 지금 이 남자가 앞에 버티고 서 있었다. 수백만명의 버클리 같은 사람들 앞에서 잰과 맥스의 자그마한 우정이 무슨 의미가 있겠는가?

“나는 주州검사다.” 방 안을 끝에서 끝까지 가로지르며 버클리가 말했다. 그는 모자를 뒤로 젖혀 쓰고, 검은 양복 가슴께의 주머니에는 하얀 비단 손수건이 삐죽 나와 있었다. 그는 간이침대 곁에서 발을 멈추고 비거를 찍어누르듯 우뚝 섰다. 언제쯤 저들이 자기를 죽일까 하는 생각이 들었다. 잰과 맥스가 부드럽게 불어넣은 따뜻한 희망의 숨결은 버클리의 차가운 시선 밑에서 서리로 변해버렸다.

"너, 내가 좋은 충고 하나 해주지. 그래, 솔직히 말해주지. 네가 내 앞에서 입을 다물겠다면 그래도 되고, 네가 나한테 한 말이 법정에서 너한테 불리하게 사용될 수 있어, 응. 그렇지만 넌 이제 꼼짝없이 걸려든 거야! 네가 제일 먼저 명심할 것은 바로 이 점이야. 우린 네가 무슨 짓을 했는지 다 알아. 증거도 갖고 있고. 그러니 입을 여는 게 나을 거다."

"그것은 나와 상의해서 결정할 거요." 맥스가 말했다.

버클리와 맥스는 서로 노려보았다.

"명심하시오, 맥스. 이래봤자 시간 낭비일 뿐이요. 백만년이 지나도 결코 이놈을 빼내진 못할 거요. 돌턴가 같은 가문에 죄를 저지르고 무사히 넘어갈 수 있는 자는 아무도 없소. 그 가엾은 늙은 부모가 법정에 나와 이놈이 전기의자에 앉는 꼴을 보고야 말 거요. 이놈이 단 하나뿐인 자식을 죽였으니까. 체면을 살리려면 지금 당신 동료 데리고 나가요. 그러면 당신이 여기 온 사실을 언론에서 알지 못할 거요……"

"변호할지 말지 결정할 권리는 나한테 있는데." 맥스가 말했다.

"이보쇼, 맥스. 내가 지금 꼼수를 쓰는 것 같소?" 버클리가 돌아서서 문 쪽으로 가며 물었다. "그렇담 뭘 좀 보여주지요."

경관이 문을 열었고 버클리가 말했다.

"들어들 오시라고 해."

"알았습니다."

감방에 정적이 깔렸다. 비거는 침대에 앉아서 바닥을 내려다보았다. 그는 이런 상황이 싫었다. 자신을 위해 할 수 있는 일이 있다면 남이 아닌 자신이 하고 싶었다. 남들이 애쓰는 모습을 볼수록 자신이 더 텅 빈 느낌이었다. 경관이 문을 활짝 여는 게 보였다. 돌턴 부부가 천천히 걸어들어와 섰다. 돌턴 씨가 창백한 얼굴로 그를 바라보았다. 비거는 겁에 질려 엉거주춤 일어나다가 다시 앉았다. 눈을 뜨고 있었지만 보지는 않았다. 그는 침대에 푹 주저앉았다.

재빨리 버클리가 실내를 가로질러 돌턴 씨와 악수하고는 돌턴 부인을 향하며 말했다.

"어떻게 위로를 드려야 할지요, 부인."

비거는 돌턴 씨가 자기를 바라보다 버클리를 쳐다보는 것을 보았다.

"공범이 누군지 말했나요?" 돌턴 씨가 물었다.

"방금 깨어나서요." 버클리가 말했다. "게다가 지금은 변호사까지 있구요."

"제가 변호를 맡았습니다." 맥스가 말했다.

비거는 돌턴 씨가 잰을 흘낏 쳐다보는 것을 보았다.

"비거, 공범이 누군지 말하지 않는 건 바보나 하는 짓이야." 돌턴 씨가 말했다.

비거는 몸이 굳어지며 대답하지 않았다. 맥스가 비거에게 다가와 어깨에 손을 얹었다.

"제가 한번 이야기해보겠습니다, 돌턴 씨." 맥스가 말했다.

"난 윽박지르려고 온 게 아니오." 돌턴 씨가 말했다. "그렇지만 아는 대로 모두 털어놓는 게 자신에게도 나을 거요."

침묵이 흘렀다. 목사가 모자를 손에 들고 천천히 앞으로 나와 돌턴 씨 앞에 섰다.

"저는 복음을 전하는 설교자입니다, 회장님." 그가 말했다. "따님께서 그런 일을 당하다니 정말로 유감입니다. 회장님께서 훌륭한 일을 해오신 것 잘 압니다. 그런 회장님께서 이런 일을 겪으셨으니.”

돌턴 씨가 한숨을 쉬며 지친 듯 말했다.

“고맙소.”

“당신이 할 수 있는 최선은 우리를 돕는 것이오.” 버클리가 맥스를 향해 말했다. “내가 아는 그 누구보다도 흑인을 돕는 일에 열심인 이 두분께서 치명적인 해를 입으신 것 아니오?”

“저 역시 가슴이 아픕니다, 돌턴 씨.” 맥스가 말했다. “그렇지만 이 청년을 죽인들 당신이나 우리 누구한테 무슨 도움이 되겠습니까?”

“나는 이 애를 도와주려는 거였소.” 돌턴 씨가 말했다.

“우린 학교에 보내주려고 했지요.” 돌턴 부인이 가냘프게 말했다.

“압니다.” 맥스가 말했다. “그렇지만 그런 것들은 이번 일과 관련된 근본적 문제에는 아무 해결책이 못됩니다. 이 청년은 억압당한 민족의 일원입니다. 이 청년이 잘못을 저질렀다 해도, 우리는 바로 이 점을 고려해야만 합니다.”

“나한테 원한 따위는 없다는 걸 알아줬으면 좋겠소.” 돌턴 씨가 말했다. “이 애가 한 짓 때문에 나와 흑인들의 관계가 달라지지는 않을 것이오. 아니, 오늘만 해도 나는 싸우스사이드 청소년 클럽에 탁구대 열두대를 보내주었소……”

“돌턴 씨!” 맥스가 불쑥 앞으로 나서며 소리쳤다. “세상에, 이보십쇼! 탁구로 살인이 막아집니까? 그렇게도 안 보이십니까? 따님까지 잃고도 여전히 **똑같은** 방향으로만 가려고 하십니까? 다른 사람들도 당신만큼 삶의 욕구가 있다는 것을 인정하지 못하시겠습니까? 탁구를 할 수 있다면 수백만 달러 버는 일을 그만두실 건가요?

이 젊은이나 이 젊은이 같은 수백만의 사람들은 의미 있는 삶을 원합니다, 탁구가 아니라……”

“그래서 내가 어쨌으면 좋겠소?” 돌턴 씨가 차갑게 물었다. “내가 만들어낸 것도 아닌 고통에 죽음으로 보상하길 바라시오? 이 세상이 어찌 되었든 나는 책임이 없소. 나는 한 인간으로서 할 수 있는 최선을 다하고 있소. 당신은 내가 아무것도 가진 게 없는 그 수백만에게 내 돈을 다 내주기를 바라겠지요?”

“아니요, 아니요, 아니요…… 그게 아닙니다.” 맥스가 말했다. “그 수백만한테도 당신과는 다르지만 당신만큼 절실한 인생이 있다는 것을 실감했다면, 당신도 자신이 하는 일이 아무 도움도 안된다는 것을 깨달았을 겁니다. 훨씬 근본적인 해결책이……”

“하, 또 공산주의 타령!” 버클리가 입꼬리를 내려뜨리며 으르렁거렸다. “신사 여러분, 어린애처럼 굴지 맙시다! 이놈은 재판에서 사형에 처해질 것입니다. 나의 소임은 이 주州의 법률을 집행하는 것이며……”

문이 열리며 경관이 안으로 고개를 들이미는 바람에 버클리가 말을 멈췄다.

“뭐야?” 버클리가 물었다.

“식구들이 왔는데요.”

비거는 움츠러들었다. 안된다! 지금 여기서는! 이 사람들이 에워싸고 있는 지금 여기에 어머니가 들어오는 것은 싫었다. 그는 애원하듯 흐트러진 표정으로 주위를 둘러보았다. 버클리는 그를 지켜보다가 다시 경관에게로 몸을 돌렸다.

“그래, 식구들한테도 만날 권리가 있지.” 버클리가 말했다. “들여보내.”

앉아 있는데도 비거는 다리가 떨리는 것을 느꼈다. 몸과 마음이 너무 긴장된 나머지 문이 열리자 그는 튕겨나오듯 일어나 방 한가운데에 우뚝 섰다. 어머니 얼굴이 보였다. 당장 달려가 문밖으로 밀어내고 싶었다. 그녀는 손잡이에 손을 올려놓은 채 가만히 서 있었다. 다른 손에는 닳아빠진 지갑을 꼭 쥐고 있었는데, 그녀는 지갑을 떨어뜨리며 그에게 달려와 두 팔로 그러안으며 울먹였다.

"얘야……"

비거는 두려움과 망설임에 몸이 굳어졌다. 어머니한테 꼭 끌어안긴 채 어머니 어깨 너머로 보니, 베라와 버디가 겁먹은 눈으로 두리번거리며 천천히 안으로 들어와 섰다. 그 뒤로 두렵고 겁에 질려 입이 벌어진 거스와 G.H., 잭이 보였다. 베라의 입술은 떨렸고 버디는 주먹을 굳게 쥐고 있었다. 버클리, 목사, 잰, 맥스, 돌턴 부부가 그의 뒤편으로 벽에 죽 늘어서서 조용히 지켜보고 있었다. 비거는 휙 돌아서서 그들을 눈앞에서 없애버리고 싶었다. 잰과 맥스의 친절한 말은 이제 잊혔다. 감방 안의 모든 백인이 그의 나약함을 한치도 빼지 않고 주시하고 있는 느낌이었다. 그는 식구들과 한 몸이 되어 백인들 눈앞에 발가벗겨진 듯한 그들의 수치심을 함께 느꼈다. 동생들을 바라보며 어머니의 껴안은 팔을 의식하고, 잭과 G.H., 거스가 믿을 수 없다는 듯이 어색하게 문간에 서서 멍하니 자기를 바라보고 있다는 것도 알았으며—이 모든 것을 의식하는 한편으로 비거는 무모하고 이상스러운 확신이 속에서 끓어오르는 것을 느꼈다. 다들 기뻐해야 할 일이 아닌가! 그것은 그의 삶의 심연에서 솟아난 이상하고도 강렬한 감정이었다. 흑인으로 태어난 죄를 그가 한 몸에 다 떠안지 않았는가? 그네들이 무엇보다도 두려워하는 일을 그가 해내지 않았는가? 그렇다면 그네들은 여기 서서 그를 동정하고 눈물을 흘릴 게 아니라, 그를 바라보고 자신들의 수치가 씻겼음을 느끼며 만족한 마음으로 집으로 돌아가야 한다.

"아, 비거, 내 새끼야!" 어머니가 울부짖었다. "우리가 얼마나 걱정한 줄 아니…… 하룻밤도 제대로 잔 적이 없단다! 언제나 경찰이 지키고 있지…… 경찰이 문밖에 서서…… 우리를 감시하고 가는 데마다 따라다니고! 아이고, 내 새끼……"

비거는 어머니의 흐느낌을 들었다. 그렇지만 그가 어쩌겠는가? 어머니는 여기 오지 말았어야 했다. 버디가 모자를 만지작거리며 그에게 다가왔다.

"저, 비거 형, 형이 한 거 아니라면, 말만 해. 그럼 내가 처치해버릴게. 총을 구해서 너덧명 죽여버리겠어……"

방 안에 있는 사람들이 숨을 훅 들이마셨다. 비거가 고개를 획 돌려 보니, 벽을 따라 죽 늘어선 흰 얼굴들이 충격과 놀람에 휩싸여 있었다.

"그런 말 마라, 버디……" 어머니가 흐느꼈다. "이 에미가 당장 죽어버렸으면 좋겠니? 이제 더는 못 견디겠다. 그런 소리 지껄이면 안돼…… 우리 식군 지금 당하는 고통만으로도 충분해……"

"사람들이 형한테 못되게 굴면 가만있지 마, 형……" 버디가 굳세게 말했다.

비거는 백인들 앞에서 그들을 위로해주고 싶었지만 어떻게 해야 할지를 몰랐다. 필사적으로 그는 할 말을 궁리했다. 등 뒤에 있는 사람들에 대한 증오와 수치심이 가슴에서 끓어올랐다. 그는 그들을 아무것도 아니게 만들 말, 그들이 뭐라 해도 자기에게는 자기 나름의 세계와 삶이 있다는 것을 똑똑히 전해줄 말을 생각해내려고 애썼다. 그리고 동시에 어머니와 누이동생의 눈물을 멈추고 남동생의 분노를 가라앉히고 달래줄 그런 말을 하고 싶었다. 눈물을 흘리고 분노해봤자 쓸데없음을, 자신과 가족의 운명이 뒤에 죽 늘어선 사람들 손아귀에 들어 있음을 알기에, 그 눈물과 분노를 멈추고 싶었다.

"아, 어머니. 다들 걱정할 필요 없어요." 그 스스로도 자기 말에 놀랐다. 그는 야릇하고 강력한 신경질적인 힘에 사로잡혔다. "난 금방 벗어나게 될 거예요."

어머니는 못 믿겠다는 듯 그를 쳐다봤다. 비거는 다시 고개를 돌려 벽에 늘어선 흰 얼굴들을 도전적이고 열띤 눈으로 바라보았다. 그들은 놀란 표정으로 그를 응시하고 있었다. 버클리는 입술을 일그러뜨리며 희미한 미소를 지었다. 잰과 맥스는 당황한 표정이었다. 돌턴 부인은 뒤의 벽처럼 하얀 얼굴로, 입을 벌린 채 귀를 기울였다. 목사와 돌턴 씨는 슬픈 듯이 고개를 저었다. 비거는 버디를 빼고는 이 방 안에 자기 말을 믿는 사람이 하나도 없다는 것을 알았다. 어머니가 고개를 돌리며 울고 베라는 바닥에 무릎을 꿇고 손으로 얼굴을 가렸다.

"비거." 어머니 목소리가 낮고 조용하게 들려왔다. 그녀는 떨리는 두 손으로 그의 얼굴을 감싸쥐었다. "비거." 그녀가 말했다. "말해봐. 우리가 뭐, 뭐 해줄 건 없니?"

그는 어머니가 이렇게 묻는 것은 자기가 이 모든 것에서 벗어나게 될 거라고 말했기 때문임을 알았다. 식구들한테 아무것도 없다는 것은 그도 잘 알았다. 그의 가족은 너무 가난해서 정부 구호금에 의존해 근근이 입에 풀칠하는 형편이었다. 그는 자기가 한 짓이 부끄러워졌다. 가족 앞에선 정직했어야 하는 건데. 그들에게 꿋꿋하고 죄 없는 사람처럼 보이려고 하다니 정말 무모하고 어리석은 충동이었다. 어쩌면 저들이 그를 죽인 다음에 가족이 기억하는 것은 이 어리석은 말뿐일지도 모른다. 어머니는 슬프고 의구심이 섞였지만 다정하고 참을성 있게 그의 답을 기다리는 시선을 보냈다. 그렇다. 거짓말을 지워버려야 한다. 식구들이 진실을 알아야 할 필요도 있고, 등 뒤에 죽 늘어서 있는 저 흰 얼굴들의 눈에 비친 자신을 구원하기 위해서도 그래야 했다. 그는 이미 틀렸다. 그러나 비굴하게 움츠리진 않을 것이다. 거짓말하진 않을 것이다. 등 뒤에 우뚝 솟아 있는 저 흰 산이 보는 앞에서 그런 일은 안할 것이다.

"아무것도 필요 없어요, 어머니. 하지만 난 괜찮아요." 그는 중얼거렸다.

침묵이 흘렀다. 버디가 시선을 내리깔았다. 베라가 더 크게 흐느꼈다. 그녀는 너무 조그맣고 무력해 보였다. 그녀는 여기 오지 말았어야 했다. 그녀의 슬픔은 그에게 단죄와도 같았다. 집으로 돌려보낼 수만 있다면. 그가 식구들에게 항상 난폭하고 거칠게 군 것도 바로 이 증오와 수치와 절망을 느끼지 않기 위해서였는데, 지금 그는 무방비 상태였다. 그의 시선이 방 안을 헤매다가 거스와 G.H., 잭으로 향했다. 그들은 그가 쳐다보자 앞으로 나섰다.

"안됐다, 비거." 잭이 바닥으로 시선을 떨군 채 말했다.

"우리도 잡혀갔었어." 이런 사실로 비거를 위로하기라도 하려는 듯 G.H.가 말했다. "그렇지만 얼론 씨와 맥스 씨가 빼내주셨어. 경찰에서 우리한테 하지도 않은 일을 이것저것 불라고 했지만, 우린 입 다물었다."

"우리가 뭐 해줄 건 없냐, 비거?" 거스가 물었다.

"난 괜찮아." 비거는 말했다. "저기, 너희 갈 때 어머니 좀 집에 모셔다드릴래?"

“그래, 그렇게.” 그들이 말했다.

또다시 침묵이 흘렀고 침묵을 메워야 할 것 같은 마음에 비거의 신경이 팽팽하게 곤두섰다.

“YWCA의 보—봉재 수업은 잘되어가니, 베라?” 그는 물었다.

베라는 얼굴을 손에 더 파묻었다.

“비거.” 어머니가 눈물을 억누르려고 애쓰며 반쯤 흐느끼며 말했다. “얘야, 베라는 이제 학교에 안 나가겠다는구나. 애들이 쳐다봐서 창피하다고……”

그는 자기가 혼자라는 가정하에 살고 행동해왔다. 그런데 지금 그렇지 않다는 것을 알게 되었다. 그가 저지른 짓 때문에 다른 사람들이 고통을 겪고 있었다. 그들이 자기를 잊어버리기를 그가 아무리 간절히 바란다 해도 그들로선 그럴 수 없을 터였다. 그의 가족은 핏줄만 아니라 영혼에서도 그의 일부였다. 그가 침대에 앉자 어머니가 그의 발치에 무릎을 꿇었다. 그리고 얼굴을 들고 그를 올려다보았다. 텅 빈 눈으로, 이 세상에서 마지막 희망마저 사라진 후 하늘을 우러러보는 눈으로.

“너를 위해 기도한단다, 얘야. 지금 에미가 할 수 있는 건 그것밖에 없구나.” 그녀가 말했다. “정말 이 에민 너와 네 동생들을 위해 할 수 있는 건 뭐든지 다 했다. 이 늙은 몸을 이끌고 쎄가 빠지게 날이면 날마다 아침부터 밤까지 닦고 빨고 다리고 했다. 내가 할 줄 아는 것은 다 했어. 만일 안한 게 있다면, 몰라서 못한 거야. 이 불쌍한 늙은 에미가 몰라서 그런 거야, 얘야. 무슨 일이 있었는지 들었을 때, 난 무릎을 꿇고 눈을 들어 하느님께 내가 널 잘못 키운 거냐고 물어보았다. 내가 너한테 잘못했다면, 내가 네 짐을 대신 지게 해주시라고 기도드렸다. 아, 얘야, 이 불쌍한 늙은 에미는 지금 아무엇도 할 수가 없구나. 이 늙은이가 감당하기엔 너무 벅차. 어떻게 손써볼 도리가 없구나. 아, 얘야, 이 불쌍한 늙은 에미의 청이니, 한 가지만 약속해다오…… 주위에 아무도 없을 때, 너 혼자 있을 때, 무릎을 꿇고 하느님께 모든 것을 말씀드리고 그분께 널 인도해달라고 기도해라. 네가 지금 할 수 있는 일은 그것뿐이야. 얘야, 그분께 돌아오겠다고 나한테 약속해다오.”

“아, 아멘!” 목사가 열렬히 읊조렸다.

“나 같은 건 잊어버려요, 어머니.” 비거가 말했다.

“내가 널 어찌 잊는단 말이냐. 넌 내 아들이야. 내가 널 이 세상에 낳았는데.”

“나 같은 건 잊어버려요, 어머니.”

“아이고 이놈아, 너 때문에 걱정돼 죽겠다. 그러지 않을 수가 없구나. 넌 영혼을 구해야 돼. 네가 하느님께 도움을 청하지 않은 채 우리 곁에서 떠났다고 생각하는 한 이 에민 이 세상에 살아 있는 동안 잠시도 마음이 편치 못할 게다. 비거, 우린 이 세상에서 어렵게 살았지만 무슨 일이든 함께 견뎌냈어, 그렇잖니?”

“그래요, 어머니.” 그는 속삭이듯 말했다.

“얘야, 머나먼 미래에 우리가 다시 함께 모여살 수 있는 그런 곳이 있단다. 하느님께서 그렇게 마련해주신 게다. 그분께서 우리가 만날 곳을, 우리가 두려움 없이 살 수 있는 곳을 만들어놓으셨어. 이승에서 우리에게 어떤 일이 생기든, 하느님의 하늘나라에서는 함께 있을 수 있어. 비거, 이 늙은 에미가 이렇게 빈다, 기도하겠다고 약속해다오.”

“지당한 말씀이네, 형제.” 목사가 말했다.

“나 같은 건 잊어버리라구요, 어머니.” 비거가 말했다.

"이 늙은 에미를 다시 보고 싶지 않단 말이냐, 아들아?"

그는 천천히 일어나서 손을 올리고 어머니의 얼굴을 더듬으며 보고 싶다고 말하려 했다. 그런데 그렇게 하려는 순간, 마음속 한구석에서 무언가가 그것은 거짓말이라고, 죽임을 당한 후 어머니를 만나는 일은 결코 없으리라고 외쳤다. 그렇지만 어머니는 믿고 있었다. 그것은 어머니의 마지막 희망이자 오랜 세월 어머니를 지탱해준 것이었다. 그리고 그가 그녀에게 안겨준 근심으로 인해 이제 그녀는 더욱더 굳게 그것을 믿고 있었다. 마침내 그녀의 얼굴을 손으로 어루만지며 그는 한숨을 쉬면서 말했다. (결코 그렇게는 되지 않으리라는 것을 알면서, 자기가 마음으론 믿지 않음을 알면서, 죽으면 모든 게 영원히 끝이라는 것을 알면서.)

"기도할게요, 어머니."

베라가 그에게 달려들어 껴안았다. 버디도 고마운 표정이었다. 어머니는 너무 기뻐서 울기만 했다. 잭과 G.H., 거스가 미소를 지었다. 그러다 어머니가 일어나 그를 품에 안았다.

"이리 오너라, 베라." 그녀가 울먹이며 말했다.

베라가 다가왔다.

"이리 오너라, 버디."

버디가 다가왔다.

"자, 네 오라비, 네 형을 안아줘라." 그녀는 말했다.

그들은 방 한가운데에 서서 비거의 몸을 얼싸안고 울었다. 비거는 벽을 따라 늘어서서 지켜보는 백인들의 시선을 느끼며, 자신과 가족을 증오하며, 얼굴을 꼿꼿이 들고 있었다. 어머니가 중얼거리며 기도했고, 목사가 간간이 끼어들어 읊조렸다.

"주님, 여기 이렇게 우리가 모였나이다. 아마도 마지막이 되겠지요. 당신께서 저에게 이 아이들을 주셨으며, 주님, 기르라 명하셨습니다. 결국 제대로 해내지는 못했더라도, 주님, 힘닿는 한 최선을 다했습니다. (아멘!) 이 불쌍한 아이들은 오랫동안 저와 함께 있었으며 제 전부입니다. 주님, 이 세상의 슬픔과 고난이 끝난 후 부디 제가 이 아이들과 다시 만나게 해주옵소서! (이 여인의 말을 들어주소서, 주님!) 주님, 부디 평화 속에 이 아이들을 사랑할 수 있는 곳에서 이들과 다시 만나게 해주옵소서. 죽은 후 저세상에서 이들과 다시 만나게 해주옵소서! (자비를 베푸소서, 예수님!) 당신께선 기도에 귀 기울이겠노라 말씀하셨나이다, 주님. 주님의 아들의 이름으로 바라옵나이다.”

“아멘, 하느님의 축복이 있기를, 토머스 자매.” 목사가 말했다.

그들은 조용히 그리고 천천히 비거를 감싼 팔을 풀고는, 자신들보다 더 센 힘들 앞에서 자신들의 약함이 부끄러운 듯 얼굴을 돌렸다.

“우리는 이제 너를 하느님께 맡기겠다, 비거.” 어머니가 말했다. “기도하는 것 잊지 마라, 아들아.”

그들은 그에게 입을 맞췄다.

버클리가 앞으로 나섰다.

“이제 그만 가보시오, 토머스 부인.” 그가 말했다. 그는 돌턴 부부를 향해 몸을 돌렸다. “죄송스럽습니다, 돌턴 부인. 이렇게 오래서 계시게 할 생각은 아니었습니다만, 보시다시피 일이 이렇게 되어서……”

비거는 어머니가 갑자기 몸을 곧게 펴며 눈먼 백인 여자를 바라보는 것을 보았다.

“사모님께서 돌턴 부인이신가요?” 그녀가 물었다.

돌턴 부인은 불안한 몸짓으로 흠칫하며 가냘프고 흰 손을 쳐들고 고개를 갸우뚱했다. 그녀의 입이 벌어졌고, 돌턴 씨가 그녀의 몸을 팔로 감쌌다.

"그래요." 돌턴 부인은 속삭이듯 말했다.

"아, 돌턴 부인, 이리 오세요." 급히 버클리가 말했다.

"아녜요, 괜찮아요." 돌턴 부인이 말했다. "무슨 일인데요, 토머스 부인?"

비거의 어머니는 달려가 돌턴 부인 발밑에 무릎을 꿇었다.

"제발, 사모님!" 그녀는 울부짖었다. "제발, 제 아이를 죽이지 못하게 해주세요! 에미 마음이 어떤 건지 사모님도 잘 아시잖아요! 제발요, 사모님…… 우리 식군 사모님네 집에서 사는데…… 사람들이 우리보고 나가라고…… 가진 거라곤 한푼도 없는데……"

비거는 부끄러움에 몸이 마비되었다. 능욕당한 기분이었다.

"어머니!" 그는 화가 났다기보다는 부끄러워서 소리쳤다.

맥스와 잰이 흑인 여인에게 달려가 일으키려 했다.

"됐습니다, 토머스 부인." 맥스가 말했다. "저와 함께 가시죠."

"잠깐만요." 돌턴 부인이 말했다.

"제발, 사모님! 제 자식을 죽이지 못하게 해주세요! 이놈한텐 기회라곤 없었어요! 그저 불쌍한 아이일 뿐입니다. 죽이지 못하게 해주세요. 죽을 때까지 사모님 밑에서 일할게요! 뭐든 시키시는 대로 할게요, 사모님!" 어머니는 흐느꼈다.

돌턴 부인은 떨리는 손을 내밀며 천천히 몸을 숙였다. 그녀는 어머니의 머리를 만졌다.

"지금 나로선 아무것도 할 수 없어요." 돌턴 부인은 침착하게 말했다. "내 손을 떠난 일이에요. 내가 당신 아들에게 인생의 기회를 주려고 한 것, 그것이 내가 할 수 있는 최선이었어요. 이번 일이 당신 탓은 아니에요. 용기를 내야 해요. 어쩌면 차라리……”

“사모님이 말해주시면 그 사람들도 들을 거예요, 사모님.” 어머니는 흐느꼈다. “제 아이에게 자비를 베풀라고 말씀해주세요……”

“토머스 부인, 이제 내가 어떻게 하기에는 너무 늦었어요.” 돌턴 부인이 말했다. “이런 감정에 휘말리면 안돼요. 다른 자식들도 생각해야지요……”

“저희를 미워하시는 건 알아요, 사모님! 따님을 잃으셨으니……”

“아니, 아녜요…… 난 당신들을 미워하지 않아요.” 돌턴 부인이 말했다.

어머니는 무릎걸음으로 돌턴 부인에게서 돌턴 씨에게로 다가갔다.

“회장님은 돈도 힘도 있으시잖아요.” 그녀는 흐느꼈다. “제 아이 좀 구해주세요……”

맥스는 씨름하다시피 해서 흑인 여인을 간신히 일으켜 세웠다. 어머니에 대한 비거의 수치심이 증오로 끓어올랐다. 그는 이글거리는 눈으로 주먹을 그러쥐고 서 있었다. 금방이라도 그녀에게 달려들 것만 같았다.

“됐습니다, 토머스 부인.” 맥스가 말했다.

돌턴 씨가 앞으로 나섰다.

“토머스 부인, 우리도 어쩔 도리가 없소.” 그는 말했다. “이번 일은 우리가 관여할 일이 아니오. 어느정도는 부인을 도와줄 수 있겠지만 그 이상은…… 사람은 스스로 보호해야 하는 거요. 그렇지만 집에서 나갈 필요는 없을 거요. 그러지 말라고 일러두겠소.”

흑인 여자는 흐느꼈다. 그러다 마침내 말을 할 수 있을 만큼 진정되었다.

"고맙습니다, 회장님. 정말이지 고맙습니다……"

그녀는 다시 비거를 향했지만 맥스가 그녀를 방에서 데리고 나갔다. 잰은 베라의 팔을 잡고 데리고 나가다가, 문간에서 멈춰 서며 잭과 G.H., 거스를 바라보았다.

"싸우스사이드로 갈 건가요?"

"네, 선생님." 그들이 말했다.

"그럼 따라와요. 밑에 차가 있소. 태워줄게요."

"네, 선생님."

버디가 미적거리며 애타는 눈으로 비거를 바라보았다.

"잘 있어, 형." 그가 말했다.

"잘 가라, 버디." 비거가 중얼거렸다.

목사가 비거 옆을 지나며 팔을 힘주어 잡았다.

"주님의 축복을 비네."

모두 가고 버클리만 남았다. 비거는 지치고 맥이 풀려 다시 침대에 앉았다. 버클리가 서서 그를 내려다보았다.

"자, 비거. 너 때문에 다들 얼마나 힘들어하는지 잘 봤지? 난 이 사건을 최대한 빨리 끝내버리고 싶다. 네가 구치소에 오래 있을수록, 네 편에서든 반대편에서든 시끄러운 일만 늘어날 거다. 그리고 그래봤자 너한테도 아무 도움이 안돼. 다른 소릴 하는 사람이 있을지 몰라도 말야. 너한텐 이제 한가지 길밖에 없어. 깨끗이 털어놓는 거야. 그 빨갱이 맥스하고 얼론이 너를 위해 어떻게 해보겠다는 둥 여러 소리를 늘어놓았다는 건 나도 안다. 그렇지만 믿지 마. 선전효과를 노리느라 그러는 것뿐이니. 너를 희생해서 자기네 명성을 쌓으려는 거야, 알겠냐? 그자들이 너한테 절대 아무것도 못해줄 거다!
네 문제엔 이제 법이 걸려 있으니까! 그런데도 네가 저 빨갱이들이
네 머릿속에 어리석은 생각을 주입하도록 놔둔다면, 제 목숨을 가
지고 도박하는 꼴이 될 거다.”

버클리는 말을 멈추고 다시 여송연에 불을 붙이고는 고개를 한
쪽으로 꼬며 귀를 기울였다.

“저 소리 들리냐?” 그가 부드럽게 물었다.

비거는 무슨 소리인가 싶어 그를 쳐다보았다. 귀를 기울이니 희
미한 소음이 들렸다.

“이리 와봐, 보여줄 게 있으니.” 그는 일어나 비거의 팔을 잡으며
말했다.

비거는 그를 따라가고 싶은 마음이 없었다.

“어서. 널 해칠 사람은 없어.”

비거는 그를 따라 감방 밖으로 나왔다. 복도에는 너덧명의 경관
이 보초를 서고 있었다. 버클리에게 이끌려 창가로 가자 사방에서
몰려드는 군중으로 북새통인 거리가 내려다보였다.

“자, 보이냐? 너에게 린치를 가하겠다고 몰려든 사람들이야. 그
러니까 나를 믿고 다 털어놓으라는 거다. 우리가 이번 일을 빨리
끝낼수록 너한테도 좋아. 우리는 저들이 너를 건드리지 못하게 노
력할 거다. 그렇지만 저들이 여기 오래 있으면 있을수록 점점 더
다루기 힘들어지지 않겠냐?”

버클리는 비거의 팔을 놓고 창문을 들어올렸다. 차가운 바람이
밀려들며 함성이 들려왔다. 비거는 저도 모르게 뒷걸음질을 했다.
저들이 구치소 안까지 쳐들어올까? 버클리는 창문을 닫고 그를 다
시 감방으로 데리고 갔다. 그가 간이침대에 앉자 버클리가 정면에

버티고 섰다.

"넌 똑똑한 놈 같구나. 그러니 네가 어떤 처지인지 잘 알겠지. 나한테 죄다 털어봐. 그 빨갱이들 말에 넘어가 무죄를 주장하는 어리석은 짓 하지 말고. 내 아들한테 말하는 솔직한 심정으로 하는 말이다. 자백서에 서명하고 다 끝내버려."

비거는 입을 다문 채 앉아 바닥을 내려다보았다.

"잰도 이 사건에 관계가 있냐?"

군중의 흥분한 함성이 콘크리트 건물 벽을 뚫고 비거에게 희미하게 들려왔다.

"그자는 알리바이를 입증하고 풀려났어. 말해봐, 그자가 너한테 뒤집어씌우고 빠져나간 거냐?"

비거는 멀리서 전차가 지나가는 소리를 들었다.

"그자가 시켜서 한 짓이면, 그자에 대한 고소장에 서명해라."

비거는 그 남자의 반짝거리는 까만 구두코, 줄무늬 바지의 가는 주름들, 높고 긴 코에 걸쳐져 차갑게 번뜩이는 안경을 보았다.

"야." 버클리의 말소리가 너무 커서 비거는 움찔했다. "베시는 어디 있지?"

비거의 눈이 휘둥그레졌다. 그는 체포된 후 딱 한번을 제외하곤 베시 생각을 한 적이 없었다. 메리의 죽음에 견주면 그녀의 죽음은 아무것도 아니었다. 그는 저들이 자기를 죽인다면 그것은 베시가 아니라 메리를 죽인 댓가라는 것을 잘 알았다.

"우리가 찾아냈다. 네가 벽돌로 쳤지만 곧장 죽지는 않았어……"

비거는 근육에 경련을 일으키며 벌떡 일어섰다. 베시가 살아 있었다니. 그러나 말소리가 계속 이어졌고 그는 다시 앉았다.

"그 여잔 통풍구에서 빠져나오려 했지만 그러지 못하고 얼어 죽었어. 우리는 네가 그 여자를 내려친 벽돌을 갖고 있어. 네가 그 여자 방에서 들고 간 담요와 이불, 베개도 갖고 있고. 너한테 써놓고 부치지 않은 편지도 그 여자 가방에서 나왔는데, 몸값 받아오는 일을 하고 싶지 않다는 내용이더군. 자, 보다시피 빠져나갈 구멍이 없어. 그러니 어서 전부 털어놔."

비거는 아무 말도 하지 않고 얼굴을 손에 묻었다.

"넌 그 여잘 강간했어, 그렇지? 그래, 베시 얘기가 싫다면, 작년 가을 유니버시티 대로에서 강간하고 목 졸라 죽인 그 여자 얘기를 해볼래?"

지금 겁주려는 수작인가, 아니면 정말로 다른 살인 사건들도 그의 짓이라고 생각하는 건가?

"나한테 다 털어놓는 게 좋을 거다. 네가 무슨 짓을 했는지 다 아니까. 그럼 작년 여름 잭슨 공원에서 먹어치운 여자애는 어때? 인마, 잘 들어, 네놈이 유치장에서 입 다물고 잠만 잘 때, 여자들을 불러와 다 확인했어. 두 여자가 너한테 불리한 증언을 했는데, 하나는 네가 작년 가을에 살해한 여자의 언니인 클린턴 부인이야. 또 하나, 애슈턴 양은 네가 작년 여름에 침실 창문을 넘어와 자기를 공격했다고 했고."

"작년 여름이건 가을이건 여자를 건드린 일은 없습니다." 비거가 말했다.

"애슈턴 양이 네놈이라고 확인했는데. 네놈이 맞다고 선서하고 진술했는데."

"전 전혀 아는 바 없습니다."

"그렇지만 네놈이 작년 가을에 살해한 여자의 언니인 클린턴 부인도 감방으로 와서 너를 지목해냈단 말야. 네가 아니라고 해봤자 누가 널 믿겠냐? 이틀 사이에 여자를 둘이나 살해하고 강간한 놈이 다른 사람들은 강간, 살인하지 않았다고 해봤자 누가 믿겠느냐고? 이제 버텨봤자 소용없어, 이 자식아."

"다른 여자들 일은 정말 모릅니다." 비거는 완강하게 되풀이했다.

비거는 이 남자가 정말로 얼마나 알고 하는 얘긴지 의아스러웠다. 메리와 베시에 관해 털어놓게 만들려고 거짓으로 다른 여자들 얘기를 꾸며대는 건가? 아니면 정말로 다른 범죄까지 그에게 덮어씌우려는 수작인가?

"이놈아, 우리가 알고 있는 것들을 신문에서 눈치라도 채면, 넌 끝장이야. 이것도 내가 나서서 알아낸 게 아냐. 경찰에서 뒷조사를 해서 나한테 알려줬지. 왜 털어놓지 않는 거냐? 다른 여자들도 네가 죽였냐? 아니면 누구 시킨 놈이 있냐? 잰도 이 사건에 가담했냐? 빨갱이들과 함께한 짓이냐? 잰도 관계가 있는데 말하지 않는다면 정말 바보 같은 짓이지."

비거는 발의 위치를 바꾸며 전차가 또 한대 지나가는 희미한 소리에 귀를 기울였다. 남자는 몸을 굽혀 비거의 팔을 잡아 흔들며 말했다.

"이렇게 버티면 손해를 보는 것은 다른 사람이 아닌 바로 네놈이야, 이 자식아! 말해, 메리, 베시, 클린턴 부인 동생, 애슈턴 양 말고 또 강간 살인한 여자는 없냐?"

비거에게서 말이 절로 터져나왔다.

"클린턴 양이나 애슈턴 양이라니, 처음 듣는 이름입니다!"

"작년 여름 잭슨 공원에서 여자애를 공격했잖아?"

"아닙니다!"

"작년 가을 유니버시티 대로에서 여자를 강간하고 교살했잖아?"

"아닙니다!"

"지난여름 엥글우드에서 창문으로 기어들어가 여자를 강간하지 않았냐?"

"아닙니다, 아녜요! 아니라니까요!"

"거짓말하지 마, 인마. 거짓말해봤자 아무 소용 없어."

"진짜예요!"

"협박편지는 누가 생각해낸 거지? 잰이냐?"

"그분은 아무 관계도 없습니다." 비거는 말했다. 자기가 잰을 끌고 들어가길 바라는 남자의 강렬한 욕망이 느껴졌다.

"뭣 때문에 버티는 거냐? 널 위해서라도 일을 쉽게 만들어야지."

말하고 끝내버릴까? 저들은 그가 유죄라는 사실을 알고 있었다. 증명할 수도 있을 것이다. 그가 입을 다물고 있으면 저들은 생각나는 온갖 범죄를 그에게 뒤집어씌울 것이다.

"너희 패거리가 지난 토요일 계획대로 블럼네 가게를 털지 않은 이유는 뭐냐?"

비거는 놀라운 마음으로 쳐다보았다. 그것까지 알아냈구나!

"내가 알고 있을 줄은 몰랐겠지, 응? 훨씬 더 많은 걸 알고 있어, 인마. 네가 네 친구 잭하고 리걸 극장에서 어떤 더러운 짓거리를 했는지도 다 알고 있어. 어떻게 아는지 궁금하냐? 수사 중에 지배인이 말해줬지. 나는 너 같은 놈들이 어떤 짓을 하는지 잘 알아, 비거. 자, 말해봐. 그 협박편지 네가 썼지, 안 그래?"

"네." 그는 한숨을 내쉬었다. "제가 썼습니다."

"도와준 자는?"

"없습니다."

“몸값을 받아오는 걸 도와주기로 한 자는?”

“베시입니다.”

“그러지 마. 잰이지?”

“아닙니다.”

“베시라고?”

“네.”

“그렇다면 그 여잔 왜 죽인 거야?”

비거는 신경질적으로 담뱃갑을 더듬어 한 개비 꺼냈다. 남자가 성냥을 켜서 내밀었지만, 그는 빌려주는 불을 무시하고 자기 성냥을 켰다.

“돈을 받지 못하게 되었다는 걸 깨달은 후, 입을 다물게 만들려고 죽였습니다.” 그는 말했다.

“그리고 메리도 죽였지?”

“죽이려던 건 아니었습니다. 하지만 이젠 상관없는 일입니다.” 그가 말했다.

“그 여자를 범했나?”

“아뇨.”

“베시를 죽이기 전에도 범했잖아. 의사들이 그러던데. 그런데 이제 와서 메리를 범하지 않았다고 말한다고 내가 믿을 성싶으냐?”

“정말 안했습니다!”

“잰이 그랬냐?”

“아뇨.”

“잰이 먼저 범하고 그다음에 네가 한 거 아냐……?”

“아닙니다, 아녜요……”

“그렇지만 협박편지를 쓴 건 잰이야, 그렇지?”

“그날 밤 이전엔 본 적도 없는데요.”

“그렇지만 편지는 그자가 쓴 거 아냐?”

“아닙니다. 그분이 쓴 게 아니라니까요.”

“네가 썼단 말이야?”

“네.”

“잰이 쓰라고 시킨 거 아냐?”

“아뇨.”

“메리는 왜 죽였냐?”

그는 대답하지 않았다.

“이놈아, 도무지 말이 안되잖아. 넌 토요일 밤 이전에는 돌턴 씨 댁에 가본 적도 없다. 그런데도 하룻밤 사이에 한 여자가 강간, 살해당한 채 불에 타고 다음 날 밤에는 협박편지가 날아왔단 말야. 자, 어서 어떻게 된 건지 그리고 널 도와준 자가 누군지 다 털어놔.”

“정말 저 혼자 한 일입니다. 저야 어찌 되든 상관없지만, 애매한 사람을 끌고 들어가게 만들지는 못하실 겁니다.”

“그렇지만 잰이 이번 일에 연루되었다고 돌턴 씨한테 말한 건 바로 네놈이잖아, 인마.”

“뒤집어씌우려고 그런 겁니다.”

“자, 그러지 말고. 어떻게 된 건지 전부 털어놔.”

비거는 일어나 창문으로 다가가 손으로 차가운 쇠창살을 그러쥐었다. 그렇게 서서 그는 자기가 왜 죽였는지 결코 말할 수 없다는 것을 깨달았다. 말할 마음이 내키지 않아서가 아니었다. 그 이유를 말하려면 자신의 삶 전부를 설명할 필요가 있었다. 그가 가장 신경 쓰는 것은 메리와 베시를 죽인 행위 자체가 아니었다. 그보다는 그로 하여금 그렇게 할 수밖에 없게 만든 게 무엇인지 결코 누구도 이해시킬 수 없다는 바로 그 생각과 느낌이었다. 그의 범죄는 밝혀졌지만, 그것을 저지르기 전에 그가 느꼈던 느낌은 결코 밝혀지지 않을 것이다. 죄를 인정함으로써, 그의 삶이었던 그 깊고 숨막히는 증오를, 원치 않아도 품을 수밖에 없던 증오의 느낌을 전달할 수만 있다면, 기꺼이 죄를 인정했을 것이다. 어떻게 하면 전달할 수 있을까? 죽이고 싶은 충동이 간절했던 만큼 말해보고 싶은 충동도 간절했다.

손이 어깨에 와닿는 것이 느껴졌으나 그는 돌아보지 않았다. 아래를 내려다보니 남자의 반짝거리는 까만 구두가 보였다.

"인마, 나도 네놈 기분 알아. 네놈은 흑인이니, 여태껏 공정한 대우를 못 받았다고 느끼겠지, 응?" 남자의 목소리가 낮고 부드럽게 들려왔다. 그의 말을 들으면서 비거는 사실을 말하는 그에게 증오가 일었다. 그는 지친 머리를 쇠창살에 기대고, 이 사람은 나에 대해 그렇게 많이 알면서도 어쩌면 이렇게 적대적일 수 있을까 하고 생각했다. "아마 넌 이 피부색 때문에 오래전부터 불만을 품어왔을 거야, 그렇지?" 남자의 말이 부드럽고 나지막하게 이어졌다. "아마 나는 모를 거라고 생각하겠지? 그렇지만 나도 알아. 남들과 똑같은 옷을 입고 똑같은 말을 쓰고 똑같이 거리를 걸어다니는데도, 검다는 이유 하나만으로 배척당하는 게 어떤 기분인지 잘 알아. 너희 흑인들을 잘 알거든, 알고말고. 선거 때마다 싸우스사이드에선 나한테 표를 주지. 여자를 강간, 살인한 검둥이 놈하고 얘기해본 적도 있어. 네가 클린턴 부인 동생을 강간, 살인한 것처럼 말야……"

"제가 한 거 아니라구요!" 비거는 비명을 질렀다.

"뭐하러 계속 그런 소리만 하는 거냐? 털어놓는다면, 아마 판사가 도와줄 거다. 모두 자백하고 끝내버려. 기분이 나아질 테니. 네가 나한테 모두 털어놓기만 하면, 널 병원으로 보내서 검사받게 해 줄게, 알겠냐? 병원에서 네가 책임능력이 없다고 말해주면, 아마 사형은 면할 수 있을 테고……”

비거는 화가 치밀었다. 그는 미치지도 않았고 미쳤다는 소리를 듣고 싶지도 않았다.

“병원에는 가고 싶지 않습니다.”

“그래야 빠져나가지, 인마.”

“빠져나가고 싶지 않습니다.”

“그래, 처음부터 시작해보자. 네가 맨 처음 죽인 여자가 누구냐?”

그는 아무 말도 하지 않았다. 말하고 싶었지만, 그 남자의 목소리에 담긴 지독한 열의가 거슬렸다. 뒤에서 문이 열리는 소리가 났다. 고개를 돌리자, 또다른 백인 남자가 뭔가 물어보듯 들여다보는 게 보였다.

“절 찾으시지 않았나요?” 그 남자가 말했다.

“그래, 들어와.” 버클리가 말했다.

그 남자는 들어와서 연필과 종이를 무릎에 놓고 의자에 앉았다.

“이리 와, 비거.” 버클리가 비거의 팔을 잡으며 말했다. “여기 앉아서 다 털어놔라. 그리고 다 끝내버리는 게 나을 거다.”

비거는 말하고 싶었다. 잰이 손을 잡았을 때 기분이 어땠는지, 메리가 흑인들은 어떻게 사느냐고 물어보았을 때 어떤 기분이 들었는지, 돌턴 씨 집에서 보낸 그 낮이며 밤에 그가 얼마나 엄청난 흥분에 사로잡혔는지. 그러나 그가 할 수 있는 말은 하나도 없었다.

“그 토요일 5시 30분에 돌턴 씨 댁으로 갔지?”

“네, 선생님.” 그는 중얼거렸다.

힘없이 그는 진술했다. 그는 자신의 행동을 하나하나 더듬어보았다. 버클리가 질문을 던질 때마다 뜸을 두며, 드러난 자신의 행동들과 자신이 느꼈던 것을 어떻게 연결 지을 수 있을까 생각했다. 그러나 막상 입밖에 나온 말은 단조롭고 진부했다. 백인들이 그가 말하길 기다리며 주시하자, 몸의 모든 감각이 사라져버렸다. 잰과 메리 사이에 낀 채 차 안에 앉아 있었던 때처럼. 말을 마치자, 파멸과 끝장이라는 느낌이 붙잡혔을 때보다도 더욱 강렬하게 일었다. 버클리가 일어섰고, 다른 백인도 몸을 일으키며 서명하라고 그에게 종이를 내밀었다. 그는 펜을 들었다. 그래, 서명을 안할 이유가 어디 있는가? 그는 유죄다. 그는 파멸했다. 저들이 그를 죽일 것이다. 아무도 그를 도와줄 수 없다. 그들은 앞에 버티고 서서 그를 내려다보며 기다렸다. 그의 손이 떨렸다. 그는 서명했다.

버클리가 천천히 종이를 접어 주머니에 넣었다. 비거는 어리둥절하고 무력한 표정으로 두 남자를 올려다보았다. 버클리가 다른 백인 남자를 쳐다보며 미소를 지었다.

"생각보다 쉽게 풀렸네." 버클리가 말했다.

"시계처럼 정확하게 술술 불던데요." 다른 남자가 말했다.

버클리는 비거를 내려다보며 내뱉었다.

"미시시피 출신의 겁쟁이 검둥이일 뿐이야."

잠깐 침묵이 흘렀다. 비거는 자기가 이미 그들의 안중에 없다는 느낌이 들었다. 그때 그들의 말소리가 들렸다.

"뭐 또 시키실 일 없습니까, 검사님?"

"없어. 클럽에 가 있을 거야. 검시 결과나 알려주게."

"알았습니다, 검사님."

"가지."

"나중에 뵙겠습니다, 검사님."

비거는 텅 비고 진이 빠진 기분으로 맥없이 바닥으로 미끄러졌다. 멀어져가는 발걸음 소리가 나지막하게 들려왔다. 문이 열렸다가 닫혔다. 그는 이제 철저히, 어쩔 도리 없이, 혼자였다. 자신이 도대체 뭐에 사로잡혔던 것이며 왜 여기 있게 되었는지 알 수 없는 마음에 그는 바닥을 뒹굴며 흐느꼈다.

*

흐느끼며 차가운 바닥에 누워 있었으나, 사실 그는 회한에 찬 채 꿋꿋이 서서 자신의 삶을 손바닥에 올려놓고 의문에 가득 찬 물음들을 던지며 응시하고 있었다. 흐느끼며 차가운 바닥에 누워 있었으나, 사실 그는 대적하기엔 너무 크고 너무 강한 세상에 사력을 다해 부딪쳐 나아가고 있었다. 흐느끼며 차가운 바닥에 누워 있었으나, 사실 그는 열성을 다해 혼란스러운 상황의 물결을 더듬더듬 헤쳐 나아가고 있었다. 그러노라면 어느 틈새에선가 가슴과 머리의 갈증을 가라앉혀줄 자비의 물을 찾아낼 수 있을 것만 같았다.

그가 우는 것은, 다시 한번 자신의 느낌을 믿었다가 그것에 배반당했기 때문이었다. 도대체 어쩌자고 자신의 느낌을 알리려는 욕구 따위를 품었던 것인가? 그의 느낌이 다른 사람들의 가슴속에 울려퍼지는 메아리가 들려오지 않은 건 또 어째서인가? 실제로 메아리가 들려온 때도 있었다. 그러나 늘 그 메아리들은 특정 음조音調에 담겨 있었으니, 흑인으로 살아가는 그로서는 처음으로 사내다움의 찬가를 떠올리게 해줬던 그 세계 앞에서 체면을 구기지 않고는 응답할 수도 받아들일 수도 없는 음조들이었다. 그는 목사가 두렵고 미웠다. 목사는 그에게 고개를 숙이고 자비를 구하라고 말했기 때문이다. 자비가 필요하다는 것은 그도 알았다. 그러나 그의 자존심으로는 도저히 그럴 수가 없었다. 무덤 이편에 있는 한, 태양이 빛나는 한. 그리고 잰은? 또 맥스는? 그들은 그에게 스스로를 믿으라고 하고 있었다. 전에 한번 그는 그의 삶이 그에게 안겨준 느낌을 완전히, 살인을 할 정도까지, 믿은 적이 있었다. 그는 삶이 그에게 채워준 그릇을 다 비워버렸고 그렇게 비워봤자 무의미함을 깨달았었다. 그러나 그 그릇은 다시 채워지고, 쏟아붓어지기를 기다렸다. 그렇지만 안된다! 이번에는 맹목적으로 그렇게 하진 않겠다! 그는 자기 감정의 밑바닥에서 과감히 벗어나지 못하면 다시는 꼼짝도 할 수 없을 거라고 느꼈다. 지금 행동하기 위해서는 빛이 있어야 한다고 느꼈다.

영혼의 평화를 찾았다기보다는 기운이 떨어진 나머지, 흐느낌이 서서히 가라앉았고 그는 천장을 쳐다보며 누워 있었다. 자백을 한 지금, 죽음은 공공연한 미래로 확실히 다가와 있었다. 흑인으로 살면서 그가 갖게 된 느낌을 백인들 면전에 내던졌다고 해서, 하얀 얼굴들이 그를 에워싸고 구경하며 그를 치유할 수 있는 건 죽음뿐이라고 떠들어대는 판에, 어떻게 죽음에 임할 수 있단 말인가? 이런 판국에 죽음이 어떻게 승리가 될 수 있겠는가?

그는 한숨을 내쉬며 바닥에서 몸을 일으켜, 반은 깨고 반은 잠든 상태로 침대에 누워 있었다. 문이 열리고 네명의 경관이 들어와 그를 내려다보았다. 그중 하나가 그의 어깨를 건드렸다.

“이봐, 일어나.”

그는 일어나서 묻는 눈초리로 그들을 쳐다보았다.

“다시 검시에 가야 해.”

그들은 그의 팔목에 수갑을 철컥 채우고 복도로 나가 대기하고 있던 승강기로 데리고 갔다. 문이 닫히고 그는 묵묵히 서 있는 푸른 제복을 입은 키 큰 네 사람 사이에 서서 허공을 뚫고 밑으로 떨어져갔다. 승강기가 멎었다. 문이 열리며, 들끓는 군중의 모습이 보였고 웅성거리는 소리가 들렸다. 그들은 좁은 통로를 따라 그를 데려갔다.

"저 개 같은 새끼!"

"와, 어쩜 저렇게 새까맣냐!"

"죽여버려!"

관자놀이를 세게 얻어맞고 그는 바닥으로 폭 쓰러졌다. 얼굴들과 말소리들이 사라졌다. 머리가 욱신욱신 쑤시고 오른편 얼굴이 얼얼했다. 그는 방어하기 위해 팔꿈치를 쳐들었다. 그들은 그를 확 잡아채 다시 일으켜 세웠다. 시야가 맑아지자 경관들이 호리호리한 백인 남자와 실랑이를 벌이는 것이 보였다. 고함 소리가 엄청나게 커졌다. 앞쪽에서 한 백인 남자가 망치처럼 생긴 나무 막대로 단상을 두드렸다.

"조용히 하시오! 그러지 않으면 증인만 남기고 모두 퇴장시키겠소!"

아우성이 멎었다. 경관들은 비거를 의자 하나에 밀어 앉혔다. 실내의 사방 벽 끝까지 흰 얼굴들이 빽빽하게 펼쳐져 있었다. 손에 곤봉을 들고 가슴에 은빛 배지를 단 경관들이 즐비했는데, 그들은 상기되고 근엄한 표정으로 잿빛 눈과 푸른 눈으로 경계하며 어깨에 힘을 주고 서 있었다. 단상에 앉은 남자의 오른편에는 세명씩 두 줄로 여섯명의 남자가 모자와 외투를 무릎에 놓고 꼿꼿이 그리고 묵묵히 앉아 있었다. 비거가 주위를 둘러보니, 한 탁자 위에 하안 뼈가 무더기로 놓여 있는 게 보였다. 그 옆에는 잉크병으로 눌러놓은 협박편지가 놓여 있었다. 탁자 중앙에는 금속 걸쇠로 묶은 하얀 종이들이 있었다. 그가 서명한 자백서였다. 그리고 흰 얼굴과 흰머리의 돌턴 씨가 있고 그 옆에는 언제나처럼 얼굴을 비스듬히 치켜든, 신뢰감이 묻어나는 자세로 꼿꼿이 앉아 있는 돌턴 부인이 있었다. 그리고 메리의 사체를 집어넣었던 트렁크, 계단 아래로 끌고 내려와 역으로 싣고 갔던 그 트렁크가 보였다. 그리고, 그렇다, 검게 그슬린 손도끼날과 작고 둥근 금속 조각도 있었다. 누가 어깨를 가볍게 쳐서 돌아보니 맥스가 그에게 미소를 보내고 있었다.

"안심하게, 비거. 여기서는 아무 말도 하지 않아도 돼. 오래 걸리지 않을 거야."

정면 단상에 앉은 남자가 다시 단상을 쳤다.

"고인의 가족사항을 말해줄 수 있는 고인의 가족분이 여기 계십니까?"

웅성웅성하는 소리가 장내를 휩쓸었다. 한 여자가 서둘러 일어나 앞을 못 보는 돌턴 부인에게로 가서 부인의 팔을 붙들고 앞으로 나와, 단상에 앉은 남자의 오른편 끝이자 두 줄로 앉은 여섯 사람과 마주보는 자리로 데리고 갔다. 패터슨 부인이구나, 비거는 생각했다. 페기가 돌턴 부인의 하녀라고 하던 여자가 떠올랐다.

"오른손을 드시겠습니까?"

밀랍처럼 창백하고 가냘픈 돌턴 부인의 손이 조심스럽게 올라갔다. 증인은 오직 진실만을 말할 것을 하느님 앞에 엄숙히 맹세하느냐고 그 남자가 물었고 돌턴 부인이 대답했다.

"네, 맹세합니다."

비거는 방청객들에게 두려워하는 낌새를 조금이라도 보이지 않으려고 무감하게 앉아 있었다. 그 늙은 여인의 말에 귀를 곤두세우고 있자니 신경이 고통스러울 정도로 팽팽해졌다. 그 남자의 질문에 돌턴 부인은 자기 나이는 쉰셋이고, 거주지는 드렉설 대로 4605번지이며, 은퇴한 학교 교사로서, 메리 돌턴의 어머니이자 헨리 돌턴의 아내라고 말했다. 그 남자가 메리에 관한 질문을 시작하자, 의자에 앉은 방청객들의 몸이 앞으로 쏠렸다. 돌턴 부인은 메리가 스물세살로 미혼이며, 삼만 달러 상당의 보험에 들었고 대략 이십오만 달러에 달하는 부동산을 소유했으며, 죽는 날까지도 활동적인 아이였다고 말했다. 돌턴 부인은 작고 긴장된 목소리로 말했으며, 비거는 자기가 얼마나 더 견딜 수 있을까 생각했다. 빙빙 도는 빛줄기의 칼날을 온몸에 받으며 벌떡 일어나 놈들의 총에 쓰러지는 편이 훨씬 낫지 않았을까? 그랬다면 저들에게서 이 쇼, 이 사냥, 이 흥미진진한 스포츠를 뺏어버릴 수 있었을 것이다.

"돌턴 부인." 남자가 말했다. "본인은 부副검시관으로서, 부인께 이런 질문을 하게 된 것을 진심으로 유감스럽게 생각합니다. 그렇지만 고인의 신원을 확인하기 위해 부인께 괴로움을 끼칠 수밖에 없겠습니다……"

"괜찮습니다." 돌턴 부인이 속삭였다.

검시관은 옆의 탁자에서 새까맣게 그슬린 작은 금속 조각을 조심스럽게 집어들고, 몸을 돌려 돌턴 부인을 마주 보며 잠깐 가만히 있었다. 장내가 너무 조용해서 비거는 돌턴 부인이 앉아 있는 의자로 걸어가는 검시관의 발걸음 소리가 나무 바닥에서 울리는 것을 들을 수 있었다. 그는 부드럽게 그녀의 손을 잡고 말했다.

"자택 지하실 난방로 재에서 경찰이 회수한 금속 조각을 손에 놓아드리겠습니다. 돌턴 부인, 이 금속을 주의 깊게 만져보고 전에 만져본 기억이 있는지 말씀해주십시오.”

비거는 외면하고 싶었지만 그럴 수가 없었다. 그는 돌턴 부인의 얼굴을 지켜봤고, 새까만 금속 조각을 든 그녀의 손이 떨리는 것을 보았다. 비거는 고개를 휙 돌렸다. 여자 하나가 거침없이 흐느끼기 시작했다. 웅성거리는 소리의 물결이 장내를 휩쓸었다. 검시관이 재빨리 단상으로 돌아가 주먹 쥔 손마디로 단상을 두드렸다. 장내는 즉시 조용해지고 여자가 흐느끼는 소리밖에 들리지 않았다. 비거는 다시 돌턴 부인을 쳐다보았다. 그녀는 이제 양손으로 불안하게 금속 조각을 더듬고 있었다. 그러다 그녀의 어깨가 흔들렸다. 그녀는 울고 있었다.

“아는 물건입니까?”

“그—그—그래요……”

“무엇입니까?”

“귀—귀—귀걸이……”

“이 물건을 처음 본 것이 언제입니까?”

돌턴 부인은 표정을 가다듬고 뺨이 눈물로 얼룩진 채 대답했다.

“오래전, 내가 어렸을 때……”

“정확히 언제였는지 기억하십니까?”

“35년 전이었습니다.”

“전에는 부인 소유였나요?”

“네, 두 짝 가운데 하나입니다.”

“그렇습니다, 돌턴 부인. 나머지 한 짝은 불에 타 없어진 게 분명합니다. 이것은 받침대를 통해 난방로 밑의 재받이통으로 떨어져 있던 것입니다. 그런데, 돌턴 부인, 부인께선 얼마 동안이나 이 귀걸이를 지니고 계셨습니까?”

“33년요.”

“어떻게 지니게 되셨습니까?”

“저, 제가 성년이 되었을 때 어머니한테서 받은 거예요. 어머니가 성년이 되었을 때 외할머니께서 어머니한테 주셨고, 나는 또 내 딸이 성년이 되었을 때 그애한테 주었지요……”

“성년이란 몇살을 말씀하시는 거지요?”

“열여덟살입니다.”

“그러면 따님에게 주신 건 언제였죠?”

“5년쯤 전에요.”

“따님은 항상 그것을 차고 다녔나요?”

“네.”

“이것이 그 귀걸이라는 것을 확신하십니까?”

“네. 착각의 여지가 없습니다. 이것은 우리 집에서 대대로 내려오는 물건이거든요. 이것과 똑같이 생긴 것은 없습니다. 할머니께서 직접 디자인해 주문하신 거니까요.”

“돌턴 부인, 마지막으로 고인과 함께 계신 것은 언제였습니까?”

“지난 토요일 밤, 아니, 일요일 이른 새벽이라고 해야겠네요.”

“몇시에요?”

“2시쯤 되었다고 생각합니다.”

“따님은 어디 있었습니까?”

“자기 방, 침대에 있었어요.”

“원래 보러 가는 습관이 있었습니까? 제 말은, 원래 그런 시간에 따님을 만나러 가는 습관이 있었느냐는 말입니다.”

“아닙니다. 나는 그애가 일요일 아침에 디트로이트에 갈 예정이라는 것을 알고 있었죠. 그애가 들어오는 소리가 나서 왜 그렇게 늦게까지 밖에 있었는지 알아보러……”

“따님과 얘기를 해보셨습니까?”

“아니요. 몇번 불러보았지만 대답이 없었어요.”

“따님을 직접 만져보셨나요?”

“네, 살짝요.”

“그런데도 따님은 아무 말도 없었던 거네요?”

“글쎄요, 뭐라고 웅얼거리는 소리는 들었는데……”

“누구의 소리였는지 아십니까?”

“아니요.”

“돌턴 부인, 부인 판단에는 어떻습니까, 만에 하나 따님이 그때 이미 죽었는데 부인이 몰랐거나 생각을 못했을 가능성은 없을까요?”

“모르겠습니다.”

“부인이 말을 걸었을 때 따님이 살아 있었다고 생각하십니까?”

“모르겠어요. 당연히 그렇다고 생각했었지요.”

“당시 방 안에 다른 사람이 있었나요?”

“모르겠습니다. 하지만 느낌이 이상했습니다.”

“이상하다구요? 이상하다니 무슨 뜻인가요?”

“잘—잘 모르겠어요. 왠지 꺼림칙한 느낌이 들었어요. 마치 뭔가 내가 해야 할 일이나 해야 할 말이 있는 것만 같았어요. 그렇지만 나는 계속 스스로 이렇게 타일렀죠. ‘이 애는 자고 있다. 그뿐이야.’”

“그렇게 꺼림칙한 느낌이 들었다면, 어째서 따님을 깨우지 않고 방에서 나왔나요?”

돌턴 부인은 대답하기 전에 잠깐 침묵했다. 그녀의 얇은 입술이 크게 벌어지고 얼굴이 한쪽으로 많이 기울어졌다.

"방 안에서 술 냄새가 났습니다." 그녀는 작은 소리로 말했다.

"그래서요?"

"메리가 취한 줄 알았지요."

"전에도 따님의 취한 모습을 보신 적이 있습니까?"

"네. 그래서 그때도 취한 거라고 생각했지요. 냄새가 같았거든요."

"돌턴 부인, 따님이 침대에 누워 있는 동안 누군가 따님을 성적으로 소유했었다면, 부인은 그것을 알 수 있었을까요?"

사람들이 웅성거렸다. 검시관은 단상을 두드려 정숙하라고 명했다.

"잘 모르겠습니다." 그녀가 작게 말했다.

"몇 가지만 더 묻겠습니다, 돌턴 부인. 따님에게 무슨 일이 생겼다는 의심을 품게 된 이유는 무엇입니까?"

"다음 날 아침 딸 방에 가서 침대를 더듬어보고 거기서 자지 않았다는 것을 알았습니다. 그다음에 딸의 옷걸이를 더듬어보니 새로 산 옷들을 가져가지 않았더군요."

"돌턴 부인, 부인과 부군께서는 흑인 교육기관에 많은 금액의 돈을 희사해오셨습니다, 그렇지요?"

"네."

"대략 얼마나 되는지 말해주실 수 있습니까?"

"오백만 달러가 넘을 겁니다."

"부인은 흑인에게 아무런 적의도 없으시죠?"

"네, 전혀 없습니다."

"돌턴 부인, 부인께서 그 일요일 새벽에 따님 침대 곁에 서 있었을 때 마지막으로 무엇을 하셨는지 말씀해주시겠습니까?”

“나—나는……” 그녀는 말을 멈추고 고개를 숙여 눈물을 찍어 냈다. “침대 곁에 무릎을 꿇고 기도했습니다……” 그녀는 절망에 사무친 어조로 말했다.

“됐습니다. 감사합니다, 돌턴 부인.”

사람들이 한숨을 몰아쉬었다. 비거는 그 남자가 돌턴 부인을 다시 자리로 데리고 가는 것을 보았다. 장내의 수많은 눈길이 이제 비거에게 쏠아졌다. 차가운 잿빛과 푸른빛의 눈들, 고함이나 저주보다도 지독하고 격렬한 증오를 담은 눈들. 그 집중된 시선을 피하기 위해, 그는 눈은 그대로 뜨고 있었지만 더이상 보는 것을 그만두었다.

검시관이 오른쪽에 줄지어 앉은 사람들을 향해 말했다.

“배심원 여러분, 여러분 가운데 고인과 면식이 있거나 친지 관계인 분이 있습니까?”

그들 중 하나가 일어나 말했다.

“없습니다.”

“여러분이 공평무사한 판결을 내리지 못할 어떤 이유가 있습니까?”

“없습니다.”

“이분들이 이 사건에 배심원이 되는 데 이의가 있습니까?” 검시관이 방에 모인 모든 사람에게 물었다.

아무 대답도 없었다.

“검시관의 이름으로 본인은 배심원들이 일어나 이 탁자로 와서 고인인 메리 돌턴의 유해를 살펴볼 것을 요구합니다.”

조용히 여섯 사람이 일어나 줄지어 탁자를 지나가며 차례로 하얀 뼈 무더기를 바라보았다. 그들이 다시 착석하자, 검시관이 말했다.

"이제 잰 얼론 씨의 증언을 듣겠습니다!"

잰이 일어나서 활달한 걸음으로 앞으로 나아갔고, 진실을, 오로지 진실만을 말할 것을 하느님 앞에 맹세했다. 비거는 이제 잰도 등을 돌릴까 궁금했다. 도대체 어느 백인을 진실로 믿을 수 있을까 하는 생각이 들었다. 그에게 다가와 우정을 제의한 이 백인이라도 마찬가지였다. 그는 앞으로 몸을 숙이고 귀를 기울였다. 잰은 외국인이냐는 질문을 여러 차례 받고 아니라고 대답했다. 검시관은 잰의 의자 가까이 다가가 상체를 앞으로 기울이며 큰 소리로 물었다.

"당신은 흑인한테 사회적 평등을 주어야 한다고 믿습니까?"

장내가 동요했다.

"나는 모든 인종이 평등하다고 믿습니다……" 잰이 말을 시작했다.

"네, 아니요로 대답하시오, 얼론 씨! 여긴 연단이 아닙니다. 당신은 흑인한테 사회적 평등을 주어야 한다고 믿습니까?"

"네."

"당신은 공산당원입니까?"

"네."

"지난 일요일 새벽 돌턴 양과 헤어질 때 돌턴 양은 어떤 상태였나요?"

"무슨 뜻입니까?"

"취했나요?"

"취했다고는 보지 않습니다. 몇 잔 마신 것뿐입니다."

"몇시에 헤어졌지요?"

"1시 반쯤이었던 것 같습니다."

“돌턴 양은 차 앞좌석에 앉았나요?”

“네, 앞좌석에 앉았습니다.”

“내내 앞좌석에 앉았나요?”

“아니요.”

“식당에서 나왔을 때는 앞좌석에 있었나요?”

“아니요.”

“차에서 내리면서 앞좌석에 앉힌 건가요?”

“아니요. 자기가 앞에 앉고 싶다고 말했습니다.”

“당신이 그러라고 시킨 거 아닌가요?”

“아닙니다.”

“헤어질 때, 돌턴 양은 혼자서 차에서 내릴 수 있는 상태였나요?”

“그렇다고 생각합니다.”

“뒷좌석에 있을 때 당신은 돌턴 양이, 말하자면, 정신이 혼미하고 혼자 내릴 수 없을 정도로 지칠 만한 그런 행위를 돌턴 양과 한 적이 있나요?”

“아닙니다!”

“돌턴 양은 몸을 가눌 수 있는 상태가 아니었기 때문에 당신이 안아서 앞좌석에 앉힌 것이 사실이 아닙니까, 얼론 씨?”

“아닙니다! 안아서 앞좌석으로 옮긴 일 없습니다!”

잰의 목소리가 실내에 울려퍼졌다. 잠깐 웅성웅성 소곤대는 소리가 일었다.

“왜 당신은 무방비 상태의 백인 처녀를 술 취한 흑인이 탄 차에 혼자 두고 떠난 겁니까?”

“비거가 취한 줄 몰랐고, 메리가 무방비 상태라고도 생각하지 않았습니다."

"전에도 돌턴 양을 흑인들 사이에 혼자 내버려두고 간 적이 있습니까?"

"없습니다."

"돌턴 양을 미끼로 사용해본 적이 한번도 없었단 말이지요?"

비거는 뒤에서 소리가 나는 바람에 깜짝 놀라 고개를 돌렸다. 맥스가 일어서 있었다.

"검시관님, 이것이 재판이 아니라는 것은 인정합니다. 그러나 지금 한 질문들은 고인의 사망 원인이나 경위와는 아무 관계도 없습니다."

"맥스 씨, 여기서 우리는 상당한 융통성을 허용하고 있소. 여기서 행해진 증언이 유관한지 무관한지는 대배심[23]에서 결정할 일이오."

"그렇지만 이런 종류의 질문은 사람들의 마음에 불을 질러……"

"잘 들으시오, 맥스 씨. 이 방에서 어떤 질문이 행해진다 해도, 메리 돌턴의 죽음만큼 사람들 마음에 불을 지르진 못할 거요. 그것은 변호인도 아는 바가 아닌가요? 변호인은 어느 증인에게나 질문할 권리가 있소. 그러나 그런 식의 선동 행위는 용인하지 않겠소!"

"그렇지만 지금은 얼론 씨가 재판을 받고 있는 게 아닙니다, 검시관님!"

"그러나 이 살인 사건에 연루되었다는 혐의를 받고 있소! 그리고 우리는 이 처녀를 죽인 범인과 그 이유를 추적하고 있소! 이 질문들이 잘못 제기된 거라고 생각한다면, 우리가 끝마친 후에 증인

---

[23] 정식 기소 여부를 결정하기 때문에 기소배심이라고도 불리며, 16~23명의 배심원으로 구성된다.

에게 신문할 수 있소. 그러나 여기서 어떤 질문을 할지를 변호인이 정하지는 못하오!”

맥스가 앉았다. 실내는 조용했다. 검시관은 다시 말을 시작하기 전에 잠시 이리저리 서성댔다. 그는 얼굴이 붉게 상기되고 입술은 굳게 다물고 있었다.

“얼론 씨, 그 흑인에게 공산당과 관련된 문건을 주지 않았나요?”

“줬습니다.”

“그 문건은 어떤 것이었죠?”

“흑인 문제에 관한 소책자 몇권이었습니다.”

“흑백 평등을 주창하는 문건이었지요?”

“그 문건에서 설명하는 것은……”

“그 문건에는 ‘흑백 단결’을 호소하는 글이 실렸나요?”

“네, 그런데요.”

“당신은 그 취한 흑인을 선동하는 가운데, 백인 여자와 성적 관계를 가져도 괜찮다고 말했나요?”

“아닙니다!”

“돌턴 양에게 그와 성적 관계를 가지라고 충고했나요?”

“아닙니다!”

“그 흑인과 악수했지요?”

“네.”

“당신이 그에게 악수하자고 제안했나요?”

“네. 양식 있는 사람이라면……”

“묻는 말에 답만 하시오, 얼론 씨. 여기서 당신의 공산주의 논설을 듣자는 게 아니오. 자, 그 흑인과 함께 식사했나요?”

“네, 그랬습니다.”

“당신이 식사하자고 권했나요?”

“네.”

“그에게 앉으라고 권할 때 돌턴 양도 그 자리에 있었나요?”

“네.”

“흑인과 함께 식사한 적이 몇번이나 됩니까?”

“모르겠습니다. 많습니다.”

“흑인을 좋아합니까?”

“나는 구별을 두지 않……”

“흑인을 좋아합니까, 얼론 씨?”

“이의 있습니다!” 맥스가 소리쳤다. “그것이 이 사건과 도대체 무슨 관련이 있습니까!”

“변호인이 질문을 정할 순 없소!” 검시관이 소리쳤다. “이미 그렇게 말했잖소! 한 여성이 부당하게 살해당했소. 이 증인은 고인이 살아 있는 것을 마지막으로 본 자와 고인을 만나게 해주었소. 우리는 그 여성과 흑인에 대해 증인이 어떤 태도를 가지고 있는지 확인할 권리가 있소!” 검시관은 다시 잰을 향했다. “자, 얼론 씨, 당신은 그 흑인에게 차 앞좌석에, 당신과 돌턴 양 사이에 앉으라고 말하지 않았나요?”

“아니요. 그 사람은 이미 앞좌석에 앉아 있었습니다.”

“그렇지만 뒷좌석으로 가라고 요구하지는 않았지요?”

“네.”

“왜 요구하지 않은 거죠?”

“여보십쇼! 그 사람은 인간입니다! 그렇다면 차라리 이렇게 물어보시지요……”

“질문은 내가 하고 당신은 대답을 하는 거요. 자, 말해보시오, 얼론 씨. 당신은 그 흑인에게 당신과 함께 자자고 권할 수도 있었을 까요?”

“그런 질문에는 대답하지 않겠습니다!”

“그렇지만 당신은 그 취한 흑인에게 그 여자와 잘 권리를 부인하지는 않았지요, 아닌가요?”

“그 사람이 돌턴 양이든 누구든 사귈 권리가 있냐 없냐는 문제가 되지 않았습니다……”

“당신은 그 흑인을 돌턴 양에게서 떼어놓으려고 했나요?”

“저는……”

“네, 아니요로 대답하시오!”

“아니요!”

“누이가 있습니까?”

“네, 있는데요.”

“어디 살지요?”

“뉴욕에 삽니다.”

“결혼했나요?”

“아니요.”

“누이가 흑인과 결혼하겠다면 동의하겠습니까?”

“누이가 누구와 결혼하건 내가 간섭할 일이 아닙니다.”

“당신은 그 취한 흑인에게 당신을 얼론 씨라고 부르지 말고 잰이라고 부르라고 하지 않았나요?”

“그랬습니다. 그렇지만……”

“질문에 대답만 하시오!”

“그렇지만, 검시관님. 그런 질문엔 은연중……”

“나는 그 무고한 여인이 살해당한 동기를 추적하려는 것이오!”

“아니요, 그게 아닙니다! 검시관께선 한 인종과 한 정당을 고발하려 하고 있습니다!”

“지금 연설을 듣자는 게 아니오! 말해보시오, 당신이 취한 흑인과 함께 차에 놔두고 갈 때 돌턴 양은 당신에게 작별인사를 할 수 있는 상태였나요?”

“네, 작별인사를 했습니다.”

“그날 밤 당신은 돌턴 양에게 술을 얼마나 먹였지요?”

“잘 모르겠습니다.”

“술의 종류는 뭐였나요?”

“럼주였습니다.”

“왜 럼주를 택했습니까?”

“모르겠습니다. 그냥 럼주를 산 겁니다.”

“육체를 극도로 자극하기 위해서였나요?”

“아닙니다.”

“얼마나 샀지요?”

“5분의 1갤런이오.”

“돈은 누가 냈지요?”

“내가 냈습니다.”

“그 돈은 공산당 기금에서 나온 거지요?”

“아닙니다!”

“당에서 당신에게 포섭 경비를 제공해주지 않나요?”

“아닙니다!”

“5분의 1갤런의 럼주를 사기 전에는 얼마나 마셨죠?”

“맥주를 좀 마셨습니다.”

“몇 잔이나요?”

“모르겠습니다.”

“그날 밤 있었던 일이 잘 기억나지 않는 모양이군요, 그런가요?”

“기억나는 건 모두 말하고 있습니다.”

“기억나는 건 모두요?”

“네.”

“어떤 일은 기억하지 못할 가능성도 있습니까?”

“기억나는 건 모두 말하고 있다구요.”

“너무 취했기 때문에 있었던 일을 모두 기억할 수 없는 게 아닌가요?”

“아닙니다.”

“사리분별이 가능했나요?”

“네.”

“그러면 고의로 그런 상태의 처녀를 그대로 두고 가버렸단 말이군요?”

“상태, 상태, 하시는데 아무렇지도 않았습니다!”

“맥주와 럼주를 마시고 나서 그 처녀는 정확히 얼마나 취했나요?”

“사리분별이 흐려질 정도는 아닌 것 같았습니다.”

“돌턴 양이 자신을 지킬 수 있을지 조금이라도 걱정이 되었나요?”

“아니요.”

“신경은 썼나요?”

“물론입니다.”

“무슨 일이 일어나도 괜찮다고 생각했나요?”

“나는 돌턴 양이 괜찮다고 생각했습니다.”

“이것만 말해보시오, 얼론 씨, 돌턴 양은 얼마나 취했죠?”

“글쎄요, 약간 얼큰한 정도였습니다. 무슨 뜻인지 아실지 모르겠습니다만."

"기분 좋은 정도 말입니까?"

"네. 그렇게 말할 수 있겠죠."

"순응적이구요?"

"무슨 뜻인지 모르겠습니다."

"돌턴 양과 헤어질 때 당신은 만족스러운 기분이었나요?"

"무슨 뜻입니까?"

"돌턴 양과 같이 있는 게 즐거웠나요?"

"네, 그런데요."

"그렇게 여자와 즐기고 나면 기분이 뚝 가라앉지 않나요?"

"무슨 말인지 모르겠습니다."

"시간이 늦지 않았었나요, 얼론 씨? 집에 가고 싶었지요?"

"네."

"그녀와 이제는 헤어지고 싶었지요?"

"네. 피곤했습니다."

"그래서 그녀를 그 흑인에게 맡겨두고 떠났나요?"

"헤어질 때 그녀는 차 안에 있었습니다. 누구에게 맡겨두고 간
게 아닙니다."

"그렇지만 그 흑인도 차 안에 있었지요?"

"네."

"그리고 그녀는 그와 함께 앞좌석에 탔지요?"

"네."

"그리고 당신은 말리려 하지 않았구요?"

"네."

"그리고 당신 셋은 그전에 모두 술을 마셨지요?"

“네.”

“그런데도 취한 흑인과 함께 그렇게 남겨두고 가도 마음이 편했습니까?”

“무슨 말입니까?”

“여자 친구 걱정은 전혀 안되던가요?”

“네.”

“그 여자가 취했으니까, 당신하고 그런 것처럼 다른 누구한테도 만족할 것 같았단 말이지요?”

“아니요, 아닙니다……그게 아닙니다. 이건 유도신문……”

“묻는 말에 대답만 하시오. 당신이 알기에, 돌턴 양이 전에 흑인과 성관계를 가진 일이 있나요?”

“없습니다.”

“그럼 당신은 이제 그녀가 배울 시기가 됐다고 생각한 건가요?”

“아니요, 아닙니다……”

“그 흑인이 고마운 나머지 공산당에 가입하겠다고 하나 보려고 그에게 연락하겠다고 약속하지 않았나요?”

“연락하겠다는 얘기는 하지 않았습니다.”

“이삼일 내에 연락하겠다고 말하지 않았습니까?”

“안했습니다.”

“얼론 씨, 그렇게 말하지 않은 게 확실한가요?”

“아, 그랬습니다! 그렇지만 검시관께서 해석하신 그런 뜻으로 그런 건 아닙니다……”

“얼론 씨, 돌턴 양이 죽었다는 얘기를 듣고 놀랐습니까?”

“네, 처음엔 너무 놀라서 믿기지가 않았습니다. 분명히 뭔가 잘못된 거라고 생각했습니다.”

“그 취한 흑인이 그렇게까지 하리라곤 예상하지 못한 거군요.”

“예상 같은 건 한 바 없습니다.”

“그렇지만 그 흑인에게 공산당 책자를 읽으라고 하지 않았습니까?”

“준 일은 있습니다.”

“읽어보라고 했지요?”

“네.”

“그렇지만 그 여자를 강간하고 살인까지 할 줄은 예상 못한 거군요?”

“그런 방향으로는 전혀 예상하지 않았습니다.”

“됐습니다, 얼론 씨.”

비거는 잰이 돌아가는 것을 지켜봤다. 그는 잰의 기분을 알 수 있었다. 그는 그 남자가 질문을 통해 무엇을 노렸는지 알 수 있었다. 그가 여기서 유일한 증오의 대상은 아니었다. 공산당에서 원하는 게 뭐기에, 검시관이 저토록 잰을 증오하는 것일까?

“헨리 돌턴 씨, 앞으로 나와주시겠습니까?” 검시관이 물었다.

비거는 돌턴 씨가 돌턴 가족은 항상 흑인 청소년들, 특히 가난하거나 교육이 부족하거나 불운이나 신체적 결함 등의 장애를 지닌 흑인 청소년들을 운전사로 고용해왔다고 말하는 것을 들었다. 돌턴 씨는 그들에게 가족을 부양하고 학교에 다닐 수 있는 기회를 주려는 취지에서 그렇게 했다고 말했다. 그는 비거가 어떻게 자기 집에 왔으며, 그의 행동거지가 얼마나 겁에 질리고 소심했는지, 그리고 식구들이 그에게 얼마나 감동과 관심을 느꼈는지 이야기했다. 자기로서는 비거가 메리의 실종과 관련이 있으리라고는 생각도 못했으며 브리튼이 그를 신문하지 못하게 막은 적도 있다고 말했다.

그러고 나서 협박편지를 받은 이야기, 그리고 비거가 자기 집에서
도망치고 범인임이 확실해졌다는 소리를 들었을 때 얼마나 충격을
받았는지 이야기했다.
　검시관의 질문이 끝나고 비거는 맥스가 묻는 소리를 들었다.
　"몇가지 질문해도 되겠습니까?"
　"물론이오. 어서 하시지요." 검시관이 말했다.
　맥스는 앞으로 나아가 돌턴 씨 앞에 섰다.
　"당신은 돌턴 부동산회사의 회장이시죠?"
　"예."
　"토머스 가족이 3년 전부터 살고 있는 건물은 당신 회사 소유지
요?"
　"아, 아니요. 우리 회사는 그 집을 소유한 회사의 주식을 소유하
고 있습니다."
　"알겠습니다. 그럼 그 회사의 이름은 무엇입니까?"
　"싸우스사이드 부동산회사요."
　"자, 돌턴 씨, 토머스 가족은 당신에게 집세로……"
　"나한테 낸 게 아닙니다. 집세는 싸우스사이드 부동산회사에 내
는 거요."
　"당신은 돌턴 부동산회사를 지배할 수 있을 만큼의 주식을 소유
하고 있습니다, 그렇지요?"
　"예, 그렇소."
　"그리고 또 그 회사는 싸우스사이드 부동산회사를 지배하는 주
식을 소유하고 있구요, 맞습니까?"
　"예, 그렇소."
　"토머스 가족이 당신에게 집세를 낸다고 해도 무방할 것 같은데

요?”

“간접적으로는, 그렇습니다.”

“이 두 회사의 정책은 누가 만듭니까?”

“내가 하오.”

“당신은 똑같은 집에도 토머스 가족 같은 흑인들한테는 백인들보다 높은 집세를 매기는데, 그건 어째서 그렇습니까?”

“집세를 정하는 건 내가 아닙니다.” 돌턴 씨가 말했다.

“그럼 누가 합니까?”

“아, 수요공급법칙에 따라 주택 가격이 조정되는 겁니다.”

“자, 돌턴 씨, 당신이 흑인 교육에 수백만 달러를 기부한다는 이야기가 나왔습니다. 그렇다면 어째서 당신은 토머스 가족에게 네 명이 먹고 자는, 환기도 되지 않고 쥐가 들끓는 단칸방에 주당 8달러라는 터무니없는 집세를 받아내는 겁니까?”

검시관이 자리를 박차고 일어났다.

“변호인이 증인을 윽박지르는 것은 용인할 수 없소! 예의도 없습니까? 이분은 이 도시에서 가장 존경받는 분 가운데 한분이오! 게다가 변호인의 질문은 아무런 관련도 없……”

“관련이 있습니다!” 맥스가 소리쳤다. “검시관께서도 여기서는 질문에 상당한 융통성이 허용된다고 하지 않으셨습니까! 나 역시 죄지은 사람을 찾아내려는 겁니다! 비거 토머스에게 영향을 미친 것은 잰 얼론만이 아닙니다! 그 이전에 많은 다른 사람들이 있었습니다. 나도 검시관께서 잰 얼론에 대해 그러셨던 것처럼 이런 사람들의 태도가 그의 행동에 어떤 영향을 주었는지 확정할 권리가 있습니다!”

“그래서 사태가 명확해진다면 변호인의 질문에 기꺼이 대답하겠소." 돌턴 씨가 조용히 말했다.

"감사합니다, 돌턴 씨. 그럼 말해주십시오, 어째서 토머스 가족에게 한 칸짜리 아파트에 주당 8달러나 부과하는 겁니까?"

"그건, 주택이 부족하기 때문이오."

"시카고 전역에 말입니까?"

"아니요. 싸우스사이드만 그렇지요."

"이 도시 다른 지역들에도 주택을 소유하고 계시지요?"

"그렇소."

"그렇다면 그 주택들을 흑인에게 세놓으면 되지 않습니까?"

"그건…… 어…… 흑—흑인들이 다른 데서는 살고 싶어하지 않는 것 같소."

"누가 그렇다고 말해주었나요?"

"그런 사람은 없소."

"당신 스스로 그런 결론에 도달하신 겁니까?"

"아, 그렇소."

"당신이 다른 지역의 집들은 흑인에게 세를 주지 않는 게 사실 아닌가요?"

"아, 그렇소."

"왜죠?"

"글쎄요, 그건 오랜 관습이오."

"그 관습이 옳다고 생각하시나요?"

"내가 만들어낸 관습이 아니오." 돌턴 씨가 말했다.

"그 관습이 옳다고 생각하십니까?" 맥스가 되풀이해서 물었다.

"글쎄요, 흑인들은 자기네들끼리 모여살 때 더 행복하다고 생각하오."

“그건 또 누가 말해주던가요?”

“아, 그런 건 아니오.”

“그들끼리 모여살아야 이윤이 높아지기 때문은 아닌가요?”

“무슨 말인지 모르겠소.”

“돌턴 씨, 당신 회사의 이런 정책은 흑인들을 싸우스사이드에 묶어두는 결과를 낳지 않나요?”

“그렇기는 하지요. 하지만 내가 만들어낸 것도 아니고……”

“돌턴 씨, 당신은 흑인을 돕는 데 수백만 달러를 기부합니다. 화재가 났다 하면 빠져나갈 구멍도 없는 그런 건물들의 집세를 낮추고 그 차액을 자선사업 예산에서 충당하지 않는 이유를 여쭤봐도 될까요?”

“글쎄요, 집세를 낮춘다면 비윤리적인 행위가 될 것이오.”

“비윤리적이라!”

“그렇소. 경쟁자들보다 싼 가격을 책정하는 셈이니까요.”

“부동산업자 사이에 흑인들한테 집세를 얼마 받아야 한다는 약정이라도 있나요?”

“그렇진 않소. 하지만 사업에는 윤리 규범이 있는 거요.”

“그래서, 토머스 가족의 집세에서 벌어들인 이윤을, 그들의 사기당한 삶의 고통을 덜어주고 스스로 양심의 가책을 면하려고 도로 그들에게 내주는 겁니까?”

“그건 사실을 왜곡한 것이오, 선생!”

“돌턴 씨, 왜 흑인 교육에 돈을 기부하십니까?”

“기회를 주고 싶어섭니다.”

“당신이 교육받게 도와준 흑인을 고용하신 적이 있습니까?”

“없소.”

"돌턴 씨, 토머스 가족이 당신 소유의 집에 살면서 견뎌야 했던 그 끔찍한 여건과 따님의 죽음이 어떤 면에서 관련이 있다고 보십니까?"

"무슨 말인지 모르겠소."

"이것으로 신문을 마치겠습니다." 맥스가 말했다.

돌턴 씨가 증언대에서 내려간 후, 페기가 나왔고, 브리튼, 일군의 의사, 기자들, 그리고 여러명의 경관이 나왔다.

"이제 비거 토머스의 증언을 듣겠습니다!" 검시관이 외쳤다.

흥분한 목소리의 물결이 장내를 휩쓸었다. 비기의 손가락이 의자 팔걸이에 세게 파고들었다. 맥스의 손이 그의 어깨에 와닿았고, 비거가 고개를 돌리자 맥스는 속삭였다.

"가만히 앉아 있게."

맥스가 일어섰다.

"검시관님?"

"말씀하시오."

"비거 토머스의 변호인 권한으로, 본인은 그가 여기서 증언할 생각이 없다는 진술을 하고자 합니다."

"그의 증언은 고인의 사인을 밝히는 데 도움이 될 텐데요." 검시관이 말했다.

"내 의뢰인은 이미 경찰서에 수감된 상태이므로 거절할 권리가 있습니다……"

"좋소." 검시관이 말했다.

맥스가 앉았다.

"그대로 앉아 있게. 됐네." 맥스가 비거에게 속삭였다.

비거는 몸의 긴장이 풀리면서 가슴이 뛰는 것을 느꼈다. 무슨 일이든 일어나 하얀 얼굴들이 자기를 그만 주목했으면 하는 마음이 간절했다. 마침내 얼굴들이 다른 곳을 향했다. 검시관이 탁자로 걸어가 느릿느릿 뜸을 들이며 숙고하듯 조심스런 동작으로 협박편지를 집어들었다.

"여러분." 그는 의자에 줄지어 앉은 여섯명의 남자들을 바라보며 말했다. "여러분은 증인들의 증언을 들었습니다. 그렇지만 나는 여러분에게 경찰이 수집한 증거를 검토할 기회를 드려야 한다고 생각합니다."

검시관이 협박편지를 배심원 한 사람에게 주자 그는 그것을 읽고 다른 사람들에게 넘겨주었다. 모든 배심원이 핸드백과 피 묻은 칼, 검게 그슬린 손도끼날, 소책자들, 럼주병, 트렁크, 서명된 자백서 등을 살펴보았다.

"이 범죄의 특이한 성격에 비추어볼 때, 그리고 고인의 사체가 거의 멸실되었다는 사실에 비추어볼 때, 본인은 여러분이 반드시 또 하나의 증거물을 검토해볼 필요가 있다고 생각합니다. 그것은 실제로 고인의 사망 경위를 밝히는 데 도움이 될 것입니다." 검시관이 말했다.

그는 돌아서서 뒷문가에 서 있는 흰 상의를 입은 두명의 조수에게 고갯짓을 했다. 장내가 조용해졌다. 비거는 언제까지 이 일이 계속될까 하는 생각을 했다. 이제 얼마 견디지 못할 것 같았다. 이따금 실내가 흐릿해지며 가벼운 어지럼증이 엄습해왔지만 근육이 긴장되면서 어지러움이 사라지곤 했다. 웅성대는 소리가 갑자기 커지고 검시관이 단상을 두드려 정숙을 명했다. 그때 소란이 일었고 비거는 남자 목소리를 들었다.

"제발 좀 비켜서요!"

바라보니, 흰 상의를 입은 조수 두명이 사람들을 헤치며 시트가 덮인 장방형 탁자를 통로로 밀고 오는 것이 보였다. 이건 또 뭐지? 맥스의 손이 어깨에 와닿는 것이 느껴졌다.

"긴장하지 말게. 곧 끝날 거야."

"뭘 하는 거죠?" 비거가 긴박하게 속삭였다.

맥스는 한참 대답이 없다가 자신없이 말했다.

"나도 모르네."

장방형 탁자가 방 전면으로 밀려왔다. 검시관이 감정을 듬뿍 담아 낮고 느리게 말했다.

"부검시관으로서 본인은 정의를 위하여, 베시 미어스의 강간당하고 훼손된 사체 및 그녀의 사망 원인과 경위에 관한 경찰과 의사들의 증언을 증거로 제시하기로 결정했……"

검시관의 목소리는 묻혀버렸다. 일대 소란이 일어났다. 장내를 진정시키기 위해 경찰은 2분 동안 곤봉으로 벽을 두드려야 했다. 맥스가 비거를 지나 뛰쳐나가 시트가 덮인 탁자에서 몇발짝 떨어진 곳에 멈춰 섰다. 비거는 돌처럼 굳은 채 앉아 있었다.

"검시관님!" 맥스가 말했다. "이것은 언어도단입니다. 이 여자의 시신을 이처럼 무례하게 전시하는 것은 군중에게 폭력을 유발하려는 처사에 지나지 않습니다……"

"이것은 베시 미어스를 살해한 자에 의해 살해된 메리 돌턴의 정확한 사망 경위를 배심원들에게 확인시켜주려는 것이오!" 검시관은 분노와 원한이 뒤섞인 고함을 질렀다.

"배심원들에게 필요한 모든 증거가 비거 토머스의 자백서에 들어 있습니다!" 맥스가 말했다. "검시관께선 군중의 감정에 호소하는 범죄행위를 저지르고 계……"

"그건 대배심에서 결정할 일이오!" 검시관이 말했다. "그러니 더 이상 절차 진행을 방해하지 마시오! 변호인이 계속 이런 태도를 고집한다면 퇴장시키겠소! 본인은 어떤 증거가 필요한지 결정할 법적 권리를 갖고 있소……"

입술을 꽉 다물고 창백한 얼굴을 숙인 채, 맥스는 천천히 돌아서서 자리로 돌아왔다.

절망과 무력감이 비거를 엄습했다. 입술이 크게 벌어졌고, 온몸이 얼어붙어 멍해지는 느낌이었다. 메리의 검시 심리가 진행되는 동안, 베시는 까맣게 잊고 있었다. 그는 무슨 수작인지 알고도 남았다. 그가 메리를 살해했다는 증거로 베시의 시체를 제시하여 그를 괴물처럼 보이게 만들려는 것이었다. 그에 대해 더 커다란 증오를 불러일으키려는 것이었다. 심리가 진행되는 동안 베시의 죽음이 언급된 적이 없었으므로 장내의 흰 얼굴들은 모두 경악에 찬 표정이었다. 그가 베시를 잊고 있었던 것은 그녀 생각을 그만큼 덜 했기 때문이 아니라, 그에게 가장 큰 공포심을 불러일으킨 것이 메리의 죽음이었고, 그것도 그녀의 죽음 자체보다는 그것이 흑인인 그에게 뜻하는 바 때문이었다. 저들이 지금 베시의 시체를 끌어들인 의도는, 그의 생명을 신속히 제거해버리는 것만이 이 도시를 다시 안전하게 만드는 길이라는 것을 모든 백인 남녀가 실감하게끔 하기 위해서였다. 저들은 메리를 죽인 댓가로 그를 죽이기 위하여, 어떤 행동을 취해서든 없애버려야 마땅한 존재임을 보여주기 위하여, 그가 베시를 죽인 사실을 이용하려는 것이었다. 흑인 여자와 백인 여자를 죽였지만, 처벌은 백인 여자의 죽음에 대한 댓가였다. 흑인 여자는 '증거'에 불과했다. 그리고 백인들은 베시가 살해된 것에는 별 관심이 없다는 것도 알았다. 백인들은 같은 흑인을 죽인 흑인은 결코 수색하는 법이 없었다. 심지어는 한 흑인이 다른 흑인을 죽이면 백인들은 잘됐다고 여긴다는 이야기도 들은 적이 있었다. 싸워야 할 대상인 흑인이 하나 줄어들었다는 것이었다. 흑인에게 범죄란 오로지 백인을 해치거나 백인의 목숨을 빼앗거나 백인의 재산을 침해하는 경우만을 뜻했다. 시간이 지나면서 그는 장내에서 진행되는 일을 보고 듣지 않을 수 없었다. 그의 생각에 잠긴 듯한 시선은 하얀 시트에 싸여 꼼짝도 하지 않고 탁자 위에 누워 있는 기다란 형체에 못 박힌 듯했고, 그는 베시에 대해 그녀가 살아 있던 그 어느 때보다도 깊이 동정심이 들었다. 비록 베시는 죽었지만, 비록 그에게 죽임을 당했지만, 베시도 자신의 시신이 이렇게 이용되는 것을 싫어할 것임을 그는 알았다. 속에서 분노가 치밀었다. 베시가 백인의 부엌에서 한참을 뼈 빠지게 일하고 돌아올 때면 자주 그에게 토로하던 바로 그 기분, 계속 남들의 명령만 받다 보니 스스로 생각하고 느낄 수 없게 된 것만 같다던 그 기분이 들었다. 그는 저들이 살라고 하는 곳에서 살아왔을 뿐 아니라, 저들이 하라고 하는 것을 해왔고, 저들과 결별하기 위해 살인을 저지르기 전까지 이런 일을 해왔고, 시키는 대로 한 다음에도, 살인한 다음에도, 여전히 저들에게 지배당하고 있었다. 그의 가슴과 영혼, 육신과 피, 모두 저들의 소유물이고, 잘 때나 걸어다닐 때나 저들의 처사가 그의 모든 것을 속속들이 장악했다. 그것은 삶의 빛깔을 결정하고 죽음의 조건을 지시했다.

검시관은 단상을 두드려 정숙을 명하고는, 일어나 탁자로 걸어가 베시의 사체에서 시트를 단번에 확 벗겨냈다. 피에 검게 얼룩진 그 모습에 비거는 자신도 모르게 손으로 눈을 가렸고, 순간 눈부시게 환한 플래시 불빛들이 공중에서 터지는 것을 보았다. 또다시 베시를 본다면 의자에서 일어나 팔을 휘저어 이 방과 방 안에 있는 사람들을 다 쓸어없애려 들 것만 같아, 그는 애써 시선을 방 뒤쪽에 두었다. 그는 온몸의 모든 신경을 총동원하여 눈을 떴으되 보지 않고, 소리 가운데 앉아 있되 듣지 않으려고 안간힘을 썼다.

두 눈 바로 위 이마에 통증이 느껴졌다. 몇분이 느릿느릿 질질 끌며 흘러가고 몸이 식은땀에 젖어들었다. 맥박 뛰는 소리가 귀에서 울리고, 입술이 바싹 타들어갔다. 혀로 입술을 적시고 싶었지만 그럴 수 없었다. 베시의 그 끔찍한 모습과 웅성거리는 목소리를 의식에서 몰아내려 안간힘을 쓰다보니 근육이 하나도 움직여지지가 않았다. 그는 보이지 않는 콘크리트 벽에 둘러싸여 굳은 채 앉아 있었다. 그러다 더이상 버틸 수가 없어졌다. 그는 몸을 앞으로 숙이고 얼굴을 손에 묻었다. 아주 높은 데서 말하는 듯 목소리가 멀리서 들려왔고……

"배심원들은 옆방으로 퇴장해주십시오!"

고개를 들어보니 여섯 남자가 일어나 줄지어 뒷문으로 나가는 것이 보였다. 베시의 시체는 시트로 덮여 보이지 않았다. 장내에서 말소리가 점점 커지자 검시관은 단상을 두드려 정숙을 명했다. 여섯 남자가 줄지어 천천히 자리로 돌아왔다. 그중 하나가 검시관에게 종이쪽지를 건넸다. 검시관은 일어나서 손을 들어 정숙을 명하고는 길게 이어진 말들을 읽어내려갔는데 비거는 알아듣지 못할 말들이었다. 그러나 몇 구절은 알아들었다.

"……피해자인 메리 돌턴은 드렉설 대로 4605번지에 위치한 피해자의 자택 침실에서, 외부에서 가해진 폭행에 의한 질식과 교살로 인해 사망했으며, 가해자, 즉 비거 토머스가 강간을 저지르던 도중 피해자의 목을 조르는 과정에서 폭행이 가해진 것으로 추정된다……

　……배심원 일동은 위 사건을 살인으로 보며, 피고인 비거 토머스가 정당한 법 집행 절차에 따라 석방될 때까지 살인 혐의로 대배심에 회부될 것을 권하는 바이다……”

　말소리가 계속 이어졌지만 비거는 듣지 않았다. 그렇다면 이제 그는 재판받고 처형될 때까지 구치소에 들어가 있어야 한다는 이야기였다. 마침내 검시관의 말이 끝났다. 장내가 소음으로 가득 찼다. 비거는 사람들이 스쳐지나가는 소리를 들었다. 그는 깊은 잠에서 깨어나는 사람처럼 주위를 둘러보았다. 맥스가 그의 팔을 잡았다.

　“비거?”

　그는 고개를 조금 돌렸다.

　“오늘 밤 자네를 보러 가겠네. 자네는 쿡 카운티 구치소로 가게 될 걸세. 나도 그리 갈 테니 함께 상의해보세. 어떤 조치를 취해야 옳은지 생각해보자고. 그동안은 좀 쉬게. 될 수 있는 대로 얼른 누워서 한숨 자게, 알겠나?”

　맥스가 그를 떠났다. 그는 두 경관이 베시의 시체를 다시 문밖으로 밀고 나가는 것을 보았다. 양쪽에 앉았던 두 경관이 그의 팔을 잡고 수갑을 채워 자신들의 팔목에 연결했다. 그리고 두명의 경관이 그의 앞에 서고 다른 두명이 뒤에 섰다.

　“자, 가자.”

　두 경관이 앞서 걸으며 빽빽한 사람들을 뚫고 그가 지나갈 수 있도록 길을 냈다. 그가 지나가는 동안 백인들은 침묵했지만, 그가 몇 발짝 멀어지자 곧장 언성을 높이는 것이 들렸다. 그들은 그를 앞문으로 해서 복도로 데리고 나왔다. 다시 2층으로 데려가나보다 싶어

승강기 쪽으로 몸을 돌리려 하자 그들은 그를 거칠게 돌려세웠다.

"이쪽이야!"

그들은 건물 정문을 지나 그를 거리로 데리고 나왔다. 노란 햇살
이 보도와 건물에 부서지고 있었다. 보도는 엄청난 인파로 가득했
다. 바람이 거세게 불었다. 날카롭게 솟구치는 고함과 비명의 와중
에서도 몇 마디를 알아들을 수 있었다.

"……저놈을 내놔라……"

"……그 여자에게 한 짓을 그대로 해주자……"

"……우리가 처치하자……"

"……저 검둥이 원숭이 새끼를 태워 죽이자……"

보도에서 기다리고 있는 차까지 그가 지나갈 수 있게 좁은 통
로가 만들어졌다. 보이는 곳마다 빛나는 은빛 별을 가슴에 단 푸
른 제복을 입은 백인들이 있었다. 그들은 그를 수갑으로 손목을 함
께 붙들어맨 두 경관 사이에 꽉 긴 채 차 뒷자리에 앉게 했다. 엔진
이 떨렸다. 앞에서 차 한대가 도로의 갓돌을 벗어나 비명처럼 싸이
렌을 울리며 햇빛을 뚫고 거리 아래로 미끄러지는 것이 보였다. 또
한대가 그 뒤를 따랐다. 그리고 네대가 더. 마침내 그가 탄 차도 뒤
를 이어 줄에 끼어들었다. 갓돌에 대놓았던 다른 차들이 엔진을 켜
고 날카로운 싸이렌 소리를 내며 출발하는 소리가 뒤에서 들려왔
다. 그는 옆창으로 스쳐가는 건물들을 바라보았지만, 낯익은 건물
은 하나도 없었다. 길 양쪽으로 백인들이 입을 벌리고 들여다보고
있었다. 이내 그는 남쪽으로 향하고 있음을 알았다. 싸이렌의 비
명 소리가 너무 커서 마치 소리의 물결을 타고 가는 듯했다. 차들
은 스테이트 가(街)로 접어들었다. 35번가에 오자 주위가 낯에 익었
다. 37번가에 왔을 때 그는 왼쪽으로 두 구역만 가면 자기 집임을

알았다. 어머니와 동생들은 지금 무엇을 하고 있을까? 그리고 잭과 G.H.와 거스는 어디에 있을까? 타이어가 평평한 아스팔트 위를 지나며 소리를 냈다. 모퉁이마다 경관이 한명씩 서서 팔을 흔들며 차를 통과시켰다. 어디로 데려가는 것일까? 싸우스사이드에 있는 구치소에 가두려는 걸까? 하이드파크 경찰서로 데리고 가는 걸까? 그들은 47번가에 이르자 동쪽으로 차를 돌려 코티지그로브 로로 향했다. 그리고 드렉설 대로에 이르러 다시 북쪽으로 방향을 틀었다. 그는 긴장하며 몸을 앞으로 기울였다. 이 거리에는 돌턴 씨 집이 있었다. 도대체 날 어쩌려는 건가? 차들은 속력을 늦추며 돌턴 저택 정문 바로 앞에서 정지했다. 무엇 때문에 이리로 데려온 건가? 그는 햇볕을 듬뿍 받으며 꼼짝 않고 조용히 서 있는 그 커다란 벽돌집을 바라보았다. 양옆에 앉은 두 경관의 얼굴을 쳐다보니 그들은 묵묵히 앞만 응시하고 있었다. 앞뒤로 보도 위에는 총을 뽑아든 경관들이 길게 여러 겹 늘어서 있었다. 사방의 아파트 창문마다 흰 얼굴들이 가득했다. 문마다 사람들이 쏟아져나오며 돌턴 저택 쪽으로 달려왔다. 가슴에 금빛 별을 단 경관 하나가 다가와 차문을 열고 그를 힐끗 보더니, 운전사에게로 몸을 돌렸다.

"됐다. 끌어내."

그들은 그를 갓돌에 끌어내렸다. 이미 인도와 차도와 잔디밭, 그리고 경찰의 대열 뒤에까지 발 디딜 틈도 없이 빽빽이 군중이 들어차 있었다. 그는 백인 사내아이가 고함치는 소리를 들었다.

"저기 메리 양을 죽인 검둥이가 왔어요!"

그들은 그를 데리고 정문으로 들어가 길을 따라내려가 계단을 올라갔다. 그는 잠시 돌턴 저택 현관문 앞에 서 있었는데, 전에 모자를 손에 들고 공손하기 짝이 없는 태도로 서 있었던 바로 그 문이었다. 그날로부터 일주일도 채 안되었다. 문이 열리고, 그는 복도를 지나 계단으로 해서 2층 메리의 방 문앞까지 끌려갔다. 숨을 쉴 수 없는 느낌이었다. 무엇 때문에 이리로 데려온 건가? 그의 몸은 다시 땀에 젖어들었다. 또 기절하지 않고 얼마나 견딜 수 있을까? 그들은 그를 방 안으로 데리고 들어갔다. 방 안은 무장한 경관들과 플래시를 들고 자세를 취한 기자들로 북적였다. 그는 주위를 두리번거렸다. 방은 그날 밤 봤던 그대로였다. 그가 누워 있는 메리의 목을 조른 침대가 있고, 형광 시계가 작은 화장대 위에 놓여 있었다. 창문에는 그때 그 커튼이 걸려 있었고 블라인드도 그대로 꼭대기까지 올려져 있었다. 풍성하게 늘어진 흰옷을 입고 두 손을 앞으로 내밀고 검푸른 빛이 감도는 방 안으로 더듬더듬 천천히 들어오는 돌턴 부인을 지켜보며 블라인드 곁에 서 있던 그날 밤 그랬던 그대로 꼭대기까지 올려져 있었다. 사람들의 시선이 느껴지자 그는 수치심와 분노에 몸이 뜨겁게 달아오르며 굳어졌다. 가슴에 금빛 별을 단 남자가 다가와 낮고 부드러운 목소리로 말했다.

"자, 비거, 착하게 굴어야 해. 긴장 풀고 편안하게 있어. 그날 밤 어떤 일이 있었는지 보여주기만 하면 돼, 서두르지 말고. 알겠냐? 그리고 저 친구들이 사진 찍는 건 신경 쓰지 마. 그냥 그날 밤 했던 대로 그대로 하기만 하면 돼……"

비거의 눈이 이글거렸다. 온몸이 팽팽해지며 몸이 1피트쯤 커지는 것 같았다.

"어서." 그 남자가 말했다. "너를 해칠 사람은 아무도 없으니까 겁내지 말고."

비거의 마음속에 분노가 불길처럼 타올랐다.

"자, 어서. 어떻게 했는지 보여줘봐."

그는 꼼짝 않고 서 있었다. 그 남자가 그의 팔을 잡더니 침대로 끌고 가려 했다. 그는 근육에 팽팽하게 힘을 주며 거칠게 몸을 홱 잡아뺐다. 뜨거운 불길이 목구멍에서 치솟았다. 이를 너무 악문 나머지 말을 하려고 해도 할 수 없을 지경이었다. 그는 적의에 가득 찬 눈을 내리깔고, 벽에 기대섰다.

“야, 왜 그래?”

비거의 입술이 하얀 이를 드러내며 말려올라갔다. 그러다 그는 눈을 깜박였다. 섬광이 스치고 지나갔고, 그는 그들이 플래시를 터뜨린 순간, 그가 벽에 등을 대고 으르렁거리며 이를 드러낸 모습을 찍었다는 것을 알았다.

“겁나냐? 그 여자와 그날 밤 이 방에 있을 땐 겁먹지 않았잖아, 응?”

비거는 가슴 깊숙이 공기를 들이마시고, 아니다! 겁났었다! 하고 소리치고 싶었다. 그러나 누가 믿어주겠는가? 이런 자들한테 그날 밤 느꼈던 감정을 말하려 애쓸 것 없이 그대로 죽음을 맞이해야 할 것이다. 그 남자는 다시 입을 열었는데, 어조가 달라져 있었다.

“자식아, 어서. 여태까진 우리가 너한테 괜찮게 대해줬지만, 필요하다면 거칠게 나갈 수도 있어, 알겠냐? 그건 네놈 하기에 달렸어! 저 침대 옆으로 가서 어떻게 그 여자를 강간하고 살해했는지 그대로 해봐!”

“강간한 적 없습니다.” 비거는 굳은 입술 사이로 내뱉었다.

“에이, 그런 소리 마. 이제 잃을 것도 없잖아? 어떻게 했는지 해봐.”

“하고 싶지 않습니다.”

“해야 돼!”

“내가 왜 해야 됩니까!”

“그렇다면, 하도록 만들어주지!”

“날 죽일 수는 있어도 다른 건 안될걸요!”

그리고 이렇게 말하면서, 그는 그들에게서 영원히 벗어날 수 있게 차라리 자기를 총으로 쏴주기를 바랐다. 가슴에 금빛 별을 단 다른 백인 남자가 다가왔다.

“집어치워. 증거도 다 확보했으니.”

“그래도 될까?”

“물론이지. 해서 뭐하겠나?”

“알았어. 어이, 다시 차로 끌고 가.”

그들은 그의 팔목에 철제 수갑을 철컥 채우고 복도로 데리고 나갔다. 현관문이 열리기도 전에 희미한 함성이 들려왔다. 유리창 밖으로 거리에는 보이는 곳마다 백인들이 차가운 바람과 햇빛 속에 빽빽하게 서 있었다. 그들이 그를 문밖으로 데리고 나가자 함성은 더욱 커졌다. 그가 모습을 드러내는 즉시 함성은 귀가 먹먹할 정도로 고조되어 순간순간 점점 높아졌다. 그는 경찰에 둘러싸인 채 사람들로 만들어진 좁은 길을 따라 반은 질질 끌리고 반은 들린 상태로 정문을 지나 대기하고 있던 차로 끌려갔다.

“이 시커먼 원숭이 새끼야!”

“저 개 같은 새끼 쏴 죽여버려!”

얼굴에 뜨거운 침이 튀는 것이 느껴졌다. 누군가 그에게 달려들려 했지만 경찰이 붙잡아 저지했다. 비틀거리며 나아가던 그는 저 높이 뭔가 밝은 물체가 시선을 끌어 올려다보았다. 사람들 머리 위로 건너편 건물 꼭대기에서 불타는 십자가가 굽어보고 있었다. 즉각 그는 자신과 관계가 있는 물건임을 알아챘다. 그렇지만 왜 십자가를 태우는 것일까? 그것을 보자 그날 오전 유치장에 찾아와 열렬하고 경건하게 예수님에 대해, 그를 위한, 모든 사람을 위한 십자가가 있음에 대해, 그리고 겸허하신 예수님께서 어떻게 돌아가시고 어떻게 영원한 삶을 살고 사랑할 것인지 보이시며 십자가를 지고 길을 걸으셨는지에 대해 이야기하던 흑인 목사의 땀에 젖은 얼굴이 떠올랐다. 그러나 옥상 위의 저 십자가처럼 불타는 십자가는 처음 보는 것이었다. 백인들도 그가 예수를 사랑하길 바라는 걸까? 바람에 불길이 휘날리는 소리가 들렸다. 아니다. 그건 아니다. 그렇다면 십자가를 태우지는 않았을 것이다. 그는 경악으로 휘둥그레진 눈으로 충동마저 마비된 상태로 뭔가 기억해내려 애쓰며, 차 앞에 서서 그들이 자기를 안으로 밀어넣기를 기다렸다.

"십자가를 쳐다보는데!"

"봤다!"

주위의 시선과 얼굴 들은 예수님과 그의 사랑에 대해, 십자가 위에서 돌아가신 일에 대해 기도하던 흑인 목사와는 전혀 딴판이었다. 목사가 말한 십자가는 피 묻은 것이지 불타는 것이 아니었고, 온순한 것이지 호전적인 것이 아니었다. 공포와 두려움이 아니라 외경과 경탄을 느끼게 했었다. 그것은 무릎 꿇고 울고 싶게 만들었지만, 이 십자가는 저주하고 죽이고 싶게 만들었다. 그러자 목사가 목에 걸어준 십자가가 의식되었다. 십자가가 가슴 살갗에 늘어져 있는 것이 느껴졌다. 옥상 꼭대기에서 차가운 푸른 하늘을 배경으로 얼음 같은 바람에 분노로 식식대며 혓바닥처럼 불길을 날름거리며 눈앞에서 타오르고 있는 저 십자가와 똑같은 모습의 십자가가.

"태워 죽여!"

"죽여버리자!"

그는 깨달았다. 저 십자가는 그리스도의 십자가가 아니라 큐클럭스클랜[24]의 십자가였다. 그의 목에는 구원의 십자가가 걸려 있는데, 저들은 십자가를 태워 그에 대한 증오를 표시하고 있었다! 아니다! 이런 걸 바란 게 아니었다! 목사가 날 함정에 빠뜨린 건가! 그는 배신당한 기분이었다. 목에서 십자가를 잡아채 내팽개치고 싶었다. 그들은 대기 중인 차에 그를 태웠고, 그는 두 경관 사이에 앉아 여전히 두려운 눈으로 불타는 십자가를 쳐다봤다. 차들이 비명처럼 싸이렌을 울리며 사람들로 빽빽한 거리를 뚫고 천천히 미끄러져갈 때, 가슴에 늘어진 십자가가 그에겐 심장을 겨냥하는 칼처럼 느껴졌다. 그것을 떼내고 싶어서 손이 근질거렸다. 이제 그것은 분명 그에게 죽음을 가져올 사악하고 불길한 부적이었다. 차들은 비명을 지르며 스테이트 가를 따라올라가다가 26번가에서 한대씩 차례로 서쪽으로 접어들었다. 지나가던 사람들이 발걸음을 멈추고 바라보았다. 10분 후 그들은 커다란 하얀 건물 앞에 멈춰 섰다. 그는 계단을 올라 복도로 끌려가 한 감방문 앞에 세워졌다. 그는 떠밀려 안으로 들어갔다. 수갑이 풀리고 문이 쾅 닫혔다. 사람들은 가지 않고 미적대며 호기심에 찬 눈으로 그를 바라보았다.

그는 숨을 멈추고 누가 보건 아랑곳하지 않고 셔츠를 거칠게 풀어헤쳤다. 그리고 십자가를 움켜쥐고 목에서 잡아챘다. 그는 비명에 가까운 저주를 내뱉으며, 그것을 집어던졌다.

"이따윈 싫어!"

사람들이 놀라 숨을 들이쉬며 그를 쳐다봤다.

---

24 KKK. 폭력에 의한 백인 지배를 주장하는 비밀결사조직으로, 흰옷과 불타는 십자가가 이들의 상징이었다.

"버리지 마. 네 십자가잖아!"

"난 십자가 없이 죽을 수 있어요!"

"이제 널 도와줄 수 있는 건 하느님뿐이야. 영혼만은 온전히 지녀야지!"

"나한텐 영혼 같은 건 없어요!"

한 남자가 십자가를 주워 도로 가지고 왔다.

"자, 지니고 있어. 이건 하느님의 십자가야!"

"상관없습니다!"

"에이, 내버려둬!" 한 남자가 말했다.

그들은 십자가를 감방문 바로 앞에 떨궈놓고 가버렸다. 그는 그것을 주워 다시 내던졌다. 그러고는 지쳐서 힘없이 창살에 기댔다. 도대체 날 어쩌려는 것일까? 그는 발걸음 소리를 듣고 고개를 들었다. 어떤 백인 남자가 다가오고 있었고 그 뒤로 흑인 남자가 보였다. 그는 몸을 바로 하고 뻣뻣이 있었다. 그날 오전 그를 위해 기도했던 그 늙은 목사였다. 백인이 열쇠로 문을 열기 시작했다.

"당신 필요 없어!" 비거가 고함을 질렀다.

"형제!" 목사가 꾸짖었다.

"필요없다고!"

"왜 그러나, 형제?"

"당신의 예수를 데리고 꺼져버려!"

"하지만, 형제! 자넨 자네가 무슨 말을 하는지 모르네! 내가 자네를 위해 기도해주겠네!"

"당신을 위해서나 기도하시지!"

백인 간수는 목사의 팔을 잡고 바닥에 떨어진 십자가를 가리키며 말했다.

"보세요, 목사님, 저놈이 자기 십자가를 내던졌어요."

목사는 흘낏 쳐다보더니 말했다.

"형제, 하느님 얼굴에 침 뱉지 말게나!"

"날 가만 내버려두지 않으면 당신 얼굴에 침을 뱉어주겠어!" 비거가 말했다.

"빨갱이들하고 얘기하더니 저래요." 간수는 이렇게 말하며, 이마와 가슴과 왼쪽 어깨 그리고 오른쪽 어깨에 손가락을 대어 성호를 그었다.

"그건 새빨간 거짓말이야!" 비거가 소리쳤다. 신경질적으로 말이 들끓어 솟구쳐나오며, 그의 몸이 하나의 불타는 십자가 같았다. "필요 없다고 했잖아! 들어오면 죽여버리겠어! 건드리지 마!"

늙은 흑인 목사는 조용히 몸을 굽혀 십자가를 주워들었다. 간수가 자물쇠에 열쇠를 찌르자 문이 안으로 열렸다. 비거는 그리로 달려가 손으로 쇠창살을 움켜쥐고 문을 앞으로 확 밀어 쾅 닫아버렸다. 문이 늙은 흑인 목사 얼굴에 정통으로 부딪혔고 목사는 비틀거리며 콘크리트 위로 자빠졌다. 쇠와 쇠가 부딪히는 소리가 조용한 긴 복도를 뚫고 물결치며 울려퍼져 어딘가 먼 곳으로 사라져갔다.

"지금은 내버려두는 게 좋겠어요. 미쳐 날뛰네요." 간수가 말했다. 목사는 천천히 일어나 바닥에서 모자와 성경, 십자가를 주워들었다. 그는 얼얼한 얼굴을 손으로 어루만지며 잠시 서 있었다.

"그래, 형제. 자네를 하느님께 맡기겠네." 그는 십자가를 다시 감방 안으로 떨구며 한숨 섞인 소리로 말했다.

목사가 멀어져갔다. 간수도 뒤따라갔다. 비거는 혼자가 되었다. 감정이 너무 격한 나머지 정말로 아무것도 보이지도 들리지도 않았다. 마침내 뜨겁고 팽팽하던 몸의 긴장이 풀렸다. 그는 십자가를 보고 휙 집어들어 무쇠 같은 손에 한참을 들고 있다가 다시 감방 창살 밖으로 던졌다. 그것은 고독한 소리를 내며 맞은편 벽에 부딪쳤다.

*

　그는 다시는 희망 따위는 품고 싶지 않았다. 잘못된 건 바로 그것이었다. 목사가 떠드는 걸 내버려뒀더니, 마침내 뭔가 일어날 수 있을지도 모른다는 느낌이 마음 한구석에 생겨나기 시작했던 것이다. 그래, 뭔가 일어나긴 했었다. 목사가 목에 걸어준 십자가가 바로 눈앞에서 불타올랐다.

　히스테리 상태가 지나가자 그는 바닥에서 일어났다. 침침한 눈에, 여러 감방의 창살 틈으로 그를 주시하는 사람들이 보였다. 낮게 중얼거리는 소리가 들렸고, 그 순간 여기 쿡 카운티 구치소에서조차 흑인과 백인이 다른 감방에 격리되어 있음을, 원망스러운 느낌도 없이, 일하러 가려고 나섰다가 태양이 빛나는 것을 본 사람처럼, 그는 그 사실을 깨달았다. 그는 눈을 감고 간이침대에 누웠다. 어둠에 마음이 좀 가라앉았다. 이따금 거센 격정의 회오리가 휩쓸고 지나갈 때마다 근육이 움씰거렸다. 마음속에 작고 단단한 응어리가 생겨나며 다시는 아무도, 아무것도 믿지 않겠다는 결심이 굳어졌다. 잰이나 맥스조차도. 그들은 믿을 만한지도 모른다. 그러나 지금부터 그가 생각하고 행동하는 것은 뭐든지 그에게서, 오직 그 자신에게서 나와야 한다. 그렇지 않다면 아무것도 하지 말자. 가슴에 달려 있다가 어느새 불로 변할 수 있는 십자가 따위는 이제 질색이다.

뜨겁게 타오르던 감각이 천천히 식어갔다. 눈을 떴다. 옆벽에서 작게 두드리는 소리가 들려왔다. 이어서 날카로운 속삭임이 들렸다.

"어이, 신참!"

그는 뭣 때문에 그러나 생각하며 일어나 앉았다.

"그 돌턴 사건으로 잡혀온 거 맞지?"

그는 주먹을 그러쥐고 도로 누웠다. 그들과 말을 섞고 싶지 않았다. 그들은 그와 같은 부류가 아니었다. 그들은 그와 같은 범죄로 여기 있는 게 아닐 거라 느꼈다. 백인들과는 백인이기 때문에 말을 섞고 싶지 않고, 흑인들과는 자신이 부끄러워 말을 섞고 싶지 않았다. 동족은 그에게 지나친 호기심을 가질 것이다. 그는 공허한 마음으로 한참을 누워 있었는데, 그러다 철문이 열리는 소리가 들렸다. 쳐다보니 쟁반을 든 백인이 보였다. 그가 일어나 앉자 그 남자가 쟁반을 침대로 들고 와 옆에다 놓았다.

"자, 네 변호사가 보낸 거다. 정말 좋은 변호사를 구했구나." 그 남자가 말했다.

"저, 신문 좀 볼 수 있을까요?" 비거가 물었다.

"글쎄." 그 남자는 머리를 긁적였다. "에이, 젠장, 그러지 뭐. 자, 내 신문 봐. 난 다 봤으니까. 그리고 네 변호사가 옷가지를 갖고 올 거다. 너한테 그렇게 말해달라더라."

비거는 그의 말을 듣지 않고 쟁반도 무시한 채 신문을 펼치려다 멈추고 문이 닫히는 소리가 날 때까지 기다렸다. 문이 닫히자 신문을 읽으려고 몸을 숙이다가 다시 멈칫하며, 방금 나간 남자가 얼마나 친절하게 굴던지 놀랍다고 생각했다. 그 남자가 감방에 와 있던 짧은 순간, 그는 구석에 몰린 기분이 들거나 마음이 무겁지 않았다. 그 남자는 솔직하고 담백하게 행동했다. 그로서는 이해가 가지 않는 일이었다. 그는 신문을 가까이 치켜들고 읽었다. 흑인 살인범, 두 명을 살해했다는 자백서에 서명. 검시 중 피살된 여자 시신을 외면. 인정신문[25]은 내일로 예정. 공산당원이 살인범의 변호를 맡음. 무죄답변을 할 듯. 그는 자신의 운명에 대한 단서를 찾아 눈으로 신문을 훑었다.

……살인범은 범행의 댓가로 최고형을 치르게 될 것이 분명하다…… 그가 유죄라는 점에는 의심의 여지가 없다…… 의문은 그가 저지른 범죄가 얼마나 더 있느냐 하는 점이다…… 살인범은 검시 도중 공격을 받았다……

그리고,

강간 살인범인 흑인을 공산주의자가 변호하기로 한 데 대해, 주검사 데이비드 A. 버클리 씨는 이런 의견을 표명했다. "그런 무리한테 어떤 다른 것을 기대할 수 있겠는가? 나는 그들을 깡그리 몰아내자는 입장이다. 이 나라의 공산당 활동을 깊이 파헤쳐보면, 많은 미결사건의 뿌리가 밝혀질 거라고 확신한다."

그가 재선을 위해 출마한 다가오는 4월 선거에 토머스 공판이 어떤 영향을 미칠 것 같냐는 질문이 나오자, 버클리 씨는 웃으며 모닝코트 옷깃에서 분홍 카네이션을 떼어내 기자들에게 흔들었다.

비명 소리가 길게 울려퍼졌다. 비거는 신문을 떨어뜨리고 벌떡

---

25 피고인을 소환하여 기소에 대해 유죄 또는 무죄의 답변을 요구하는 절차.

일어나 창살 달린 문으로 달려가 무슨 일인가 내다보았다. 복도 저쪽에서 여섯명의 백인이 갈색 피부의 흑인과 실랑이하는 것이 보였다. 그들은 그의 발을 붙잡아 바닥으로 질질 끌고 오더니 바로 비거의 감방 문 앞에서 멈추었다. 문이 열리고, 비거는 놀라 입을 벌린 채 간이침대 쪽으로 물러났다. 그 남자는 백인들 손에서 벗어나려고 필사적으로 몸을 뒤틀었다.

"놔! 놔!" 남자는 거듭거듭 비명을 질렀다.

남자들은 그를 들어올려 안으로 집어던진 후 문을 잠그고 가버렸다. 그 남자는 잠시 바닥에 누워 있다가, 기어 일어나 문으로 달려갔다.

"내 서류 내놔!" 그는 비명을 질렀다.

비거는 그의 눈이 붉게 충혈된 것을 보았다. 입가에는 흰 거품이 일고, 갈색 이마에는 땀이 번득였다. 너무나 격분해서 창살을 움켜쥐었고 고함을 칠 때마다 온몸이 진동했다. 그 모습이 너무 고통스러워 보여, 비거는 사람들이 왜 그에게 그의 물건을 돌려주지 않을까 싶었다. 감정적으로 비거는 그 남자 편이었다.

"그러고도 무사할 줄 알아!" 남자가 고함을 질렀다.

비거는 그에게 다가가 손을 얹었다. "이봐요, 뭘 가져갔는데 그래요?" 그는 물었다.

남자는 그를 묵살한 채 소리쳤다. "너희들 프레지던트한테 보고하겠어, 내 말 안 들려? 서류를 돌려주든가 날 여기서 내보내, 이 백인 놈들아! 네놈들 내가 가진 증거를 모두 없애려는 거지! 네놈들의 범죄를 덮어버릴 순 없을 거다! 내가 온 세상에 죄다 알릴 테니까! 네놈들이 날 왜 감옥에 처넣었는지 다 알고 있어! 교수가 시킨 거지! 그놈이 그러고 무사할 줄 알아……"

비거는 매혹과 두려움에 싸여 그를 지켜봤다. 남자가 빼앗긴 게 무엇이든, 격분이 지나친 것 아닌가 하는 느낌도 들었다. 그렇지만 그 감정 자체는 진실해 보였다. 그것은 감동을 불러일으키고 동정을 자아냈다.

"이리 돌아와!" 남자가 비명을 질렀다. "내 서류 돌려달라고. 그러지 않으면 프레지던트한테 말해서 다 해고시켜버린다……"

도대체 무슨 서류를 가져간 것인지 비거는 궁금해졌다. 프레지던트[26]를 외쳐대는데 누구를 말하는 것인가? 그리고 또 교수는 누군가? 남자의 비명 너머로 다른 간방에서 부르는 소리가 들려왔다.

"어이, 신참!"

비거는 날뛰는 남자를 피해가며 문 쪽으로 다가갔다.

"그거 돈 놈이야!" 한 백인 남자가 말했다. "네 감방에서 데려가라고 해. 널 죽일 거야. 대학에서 너무 공부만 하다가 돌아버렸다나. 흑인이 어떻게 살아가는지 책으로 쓰고 있는데, 누가 자기가 발견한 사실을 모두 훔쳐갔다는 거야. 흑인이 그릇된 대우를 받는 이유를 자기가 죄다 파헤쳐냈고, 대통령에게 가르쳐줘서 사태를 바꿔놓을 작정이었다고 말야. 미친 새끼지! 자기 대학 교수가 자기를 가둔 거라고 난리야. 오늘 아침에 속옷 바람으로 경찰에 체포됐다나. 대통령한테 일러바치려고 우체국 휴게실에서 기다리고 있다가……"

비거는 문에서 떨어져 간이침대로 달려갔다. 이 미친 남자가 갑자기 덤벼들지도 모른다는 두려움에 죽음의 공포와 증오, 수치심이 깡그리 사라졌다. 남자는 여전히 창살을 움켜잡고 비명을 질러

---

26 대통령 외에도 기관이나 모임의 장을 가리킨다.

됐다. 체구는 비거만 했다. 비거는 극도의 피로가 머리카락처럼 가늘게 늘어져 있고 감정이 그 위에 위태롭게 자리 잡은 것만 같은, 그리고 금방이라도 이 남자의 미친 듯한 격분의 뜨거운 소용돌이 속으로 빨려들 것만 같은 묘한 느낌이 들었다. 그는 이름 모를 불안에 잠긴 채, 남자의 비명에서 벗어나고 싶으면서도 여전히 귀를 기울인 채, 팔로 머리를 감싸고 침대에 누웠다.

"너희들 내가 무섭지?" 그 남자가 소리쳤다. "그래서 날 여기 집어넣은 거잖아! 하지만 어떻게 해서든지 프레지던트한테 일러바치고 말 거야! 네놈들이 우리를 사람으로 미어터지는 싸우스사이드에 몰아넣은 바람에 열 중 하나는 미치고 말았다고 다 일러바친다고! 네놈들이 썩은 음식은 죄다 흑인 빈민가에다 처분하면서 다른 곳보다 훨씬 비싼 가격을 받는다고! 우리한테 세금만 걷어가고 병원은 짓지 않는다고! 학교마다 너무 학생이 많아 비뚤어진 인간을 배출하게 된다고! 우리를 고용할 땐 맨 마지막에 하면서 해고는 제일 먼저 한다고! 내가 프레지던트와 국제연맹[27]에 다 일러바칠 거야⋯⋯."

다른 감방에서 소리를 지르기 시작했다.

"입 다물어, 이 또라이야!"

"저 새끼 데려가!"

"쫓아내라고!"

"우라질 놈 같으니!"

"내가 네놈들을 겁낼 줄 알아!" 남자가 고함쳤다. "네놈들이 누군지 다 알아! 날 감시하라고 보낸 거잖아!"

---

27 국제연합의 전신인 국제기구.

남자는 아우성을 쳤다. 그러나 곧 흰옷을 입은 사람들이 들것을 가지고 달려왔다. 그들은 문을 열쇠로 열고 고함치는 남자를 붙잡아 구속복으로 졸라매고 거칠게 들것에 눕힌 후 실어갔다. 비거는 일어나 앉아 절망적인 심정으로 앞을 바라보았다. 감방에서 감방으로 외쳐대는 소리가 들렸다.

"이봐, 도대체 뭘 가져갔다는 거야?"

"가져가긴 뭘 가져가! 그냥 또라이야!"

마침내 조용해졌다. 붙잡힌 이후 처음으로 비거는 누가 곁에 있었으면, 뭔가 매달릴 물리적 존재가 있었으면 하는 마음이 들었다. 문에서 찰칵하고 자물쇠를 여는 소리가 들리자 반가웠다. 그는 일어나 앉았다. 간수가 우뚝 서 있었다.

"가자. 변호사가 왔다."

그는 수갑이 채워져 복도 끝 작은 방으로 인도되었다. 방 안에 맥스가 서 있었다. 팔목의 쇠고랑이 풀리고 그는 안으로 떠밀려 들어갔다. 뒤에서 문 닫는 소리가 들렸다.

"앉게, 비거. 그래, 몸은 좀 괜찮은가?"

비거는 말없이 의자 끝에 걸터앉았다. 방은 작았다. 단 하나뿐인 노란 전구알이 천장에 달려 있고 창살을 친 창문이 하나 있었다. 주위는 온통 깊은 정적에 싸여 있었다. 맥스가 비거 맞은편에 앉았고 비거는 그와 눈이 마주치자 시선을 떨구었다. 자기가 제 목숨을 어찌할 바 모르고 손에 들고 앉아서 맥스 입에서 처분이 떨어지기만 기다린다는 느낌이 들자, 비거는 자신이 증오스러웠다. 더이상 존재하고 싶지 않은, 삶을 멈추어버리고 싶은 뿌리 깊은 욕구에 사로잡혔다. 그가 너무 약하거나 세상이 너무 강하거나인데, 그중 어느 쪽인지는 그도 알지 못했다. 살아갈 세계를 창조하려 거듭 시도

해보았지만, 그때마다 거듭 실패만 한 셈이었다. 그런데 지금 또다시 누가 뭐라고 해주기를 기다리고 있는 꼴이었다. 또다시 행동과 믿음으로 돌진하기 직전인 것이다. 이러다 더 많은 증오와 두려움에 빠져드는 것은 아닐지? 이 판국에 맥스인들 무엇을 해줄 수 있겠는가? 맥스가 아무리 진심으로 열심히 애쓴다 해도 가로막고 나설 수천의 흰 손이 있지 않은가? 돌아가라고 하는 게 옳지 않을까? 그의 입술이 떨리며 맥스에게 가라고 말하려고 했다. 그러나 말이 나오지 않았다. 그런 말을 하는 것도 자신의 무력감을 드러내는 짓이며 따라서 자신의 영혼을 더 커다란 수치 앞에 발가벗기는 짓이라고 느껴졌다.

"옷을 좀 사왔네." 맥스가 말했다. "아침에 주거든 갈아입게. 인정신문에 나갈 때는 되도록 좋은 모습을 보여야 하니까."

비거는 침묵을 지켰다. 그는 다시 맥스를 흘낏 쳐다보고는 눈을 돌렸다.

"무슨 생각을 하나, 비거?"

"아닙니다." 그는 중얼거렸다.

"자, 비거. 나한테 자네에 대해 모든 걸 말해주게……"

"맥스 씨, 아무리 애쓰셔도 소용없습니다!" 비거가 불쑥 말했다.

맥스가 날카로운 눈으로 그를 보았다.

"정말 그렇게 생각하나, 비거?"

"그렇게 생각할 수밖에 없잖아요."

"나도 솔직하게 말하고 싶네, 비거. 내가 보기에 빠져나가는 길은 유죄를 인정하는 것밖에 없어. 무기징역으로 감형을 요청할 수 있네……"

"차라리 죽는 게 나아요!"

"말도 안되는 소리. 자네도 살고 싶잖아."

"뭣 때문에요?"

"이번 사건에서 제대로 싸워보고 싶지 않나?"

"제가 뭘 할 수 있나요? 이미 걸려들었는데요."

"자네도 그렇게 죽기는 싫잖나, 비거."

"어떻게 죽건 상관없습니다." 그는 말했다. 그러나 목이 메었다.

"이보게, 비거, 지금 자네한테 노도처럼 몰아닥치는 증오의 물결은 자네가 여태 견뎌낸 것과 조금도 다를 것이 없네. 바로 그러니까, 싸워야지. 저들이 자네를 없앨 수 있다면 다른 사람들한테도 그런 짓을 할 수 있네."

"그렇겠지요." 비거는 손을 무릎에 얹고 시커먼 바닥을 내려다보며 중얼거렸다. "그렇지만 제가 이길 수 있나요?"

"우선 비거, 나를 믿나?"

비거는 화나기 시작했다.

"선생님도 절 도와주진 못할 겁니다." 그는 맥스의 눈을 똑바로 들여다보며 말했다.

"어쨌건 날 믿나, 비거?" 맥스가 다시 물었다.

비거는 시선을 피했다. 맥스가 이렇게 나오면, 가라고 하기가 아주 어려워진다는 생각이 들었다.

"저도 모르겠어요."

"비거, 내 얼굴이 하얗다는 건 아네." 맥스가 말했다. "또 여태껏 자네가 본 하얀 얼굴들이 거의 하나같이 자네를 못살게 굴었다는 것도 잘 아네. 본인은 의식조차 못한 경우라도 말일세. 백인들은 너나없이 흑인이 멀찌감치 제자리를 지키도록 만드는 게 자기 의무라고 생각하네. 대개는 이유도 모르면서 그렇게 행동하지. 그게 현

실이야, 비거. 그렇지만 나는 믿어도 된다는 것을 자네가 알았으면
좋겠네.”

“소용없는 일입니다, 맥스 씨.”

“내가 자네 사건을 맡기를 바라나?”

“도와주실 수 없어요. 이미 전 걸려든걸요.”

비거는 맥스가 비거가 세상을 보는 눈을 받아들이고 있음을 전
하려고 하는 것을 알았고, 그러자 그날 밤 잰이 차 안에서 그의 손
을 잡고 악수하던 때처럼 자신을 의식하게 되었다. 다시금 자신의
피부색을 강렬하고 예리하게 의식하면서 그에 수반되는 수치심과
두려움에 사로잡혔고, 그와 동시에 그런 느낌을 갖는 자신이 증오
스러웠다. 맥스는 믿을 만했다. 맥스는 다른 백인들의 미움을 살 일
을 스스로 떠맡으려는 것 아닌가? 그렇지만 그가 죽음을 의연히 맞
이할 수 있는 그런 시야를 열어줄 수 있을지 의심스러웠다. 지금은
하느님이라도 그런 그림은 보여주지 못할 것 같았다. 지금 그의 감
정으로는 체포되던 날 밤 저들이 그를 계단 밑으로 질질 끌고 내려
왔듯 전기의자에도 질질 끌고 가야 할 것이었다. 그는 자신의 감정
에 간섭해들어오는 것은 바라지 않았다. 또다른 함정에 빠져드는
건 아닐까 두려웠다. 맥스를 믿는다고 말한다면, 그리고 그 믿음에
따라 행동한다면, 그것 또한 결국은 다른 모든 믿음의 서약들과 똑
같은 결과가 되지 않을까? 그는 믿고 싶었지만 두려웠다. 맥스와
중간쯤에서 타협할 수도 있을 텐데 하는 생각도 들었다. 그러나 항
상 그렇듯, 백인이 말을 걸어오면 그는 ‘경계지대’에 갇히고 마는
것이었다. 그는 고개를 숙인 채 의자에 웅크리고 앉아 맥스의 눈길
이 자기를 지켜보지 않을 때만 맥스를 쳐다봤다.

“자, 한대 피우게, 비거.” 맥스는 비거에게 불을 붙여준 후 자기

도 한대 불을 붙였다. 두 사람은 한동안 담배를 피웠다. "비거, 나는
자네 변호사야. 솔직한 이야기를 나누고 싶네. 자네가 하는 말은 절
대 비밀로 해두겠네……"

비거는 맥스를 응시했다. 이 백인 남자에게 미안한 마음이 들었
다. 맥스는 그가 끝내 아무 말도 하지 않을까봐 걱정되는 모양이었
다. 맥스를 힘들게 만들 생각은 전혀 없었다. 맥스는 단호하게 앞으
로 몸을 기울였다. 그래, 이야기하자. 말해주자. 어서 끝내고 맥스
를 보내주자.

"아, 이제 전 제가 무슨 말을 하든 무슨 행동을 하든 상관없어
요……"

"아, 아냐, 상관이 있을 거야!" 맥스가 급히 말을 받았다.

순간, 웃음의 충동이 솟구치다 사라졌다. 맥스는 그를 돕고 싶어
하고 그는 죽어야 한다.

"있을지도 모르죠." 비거는 말을 끌었다.

"정말 무슨 말을 하든 무슨 행동을 하든 상관이 없다면, 오늘 돌
턴 씨 집에서 범행 재연을 거부한 이유는 뭔가?"

"저들을 위해선 아무것도 하기 싫었습니다."

"그건 왜지?"

"그 사람들은 흑인을 미워하니까요." 그는 말했다.

"왜 그럴까, 비거?"

"저도 모르겠습니다, 맥스 씨."

"비거, 저들이 미워하는 사람들이 또 있다는 거 모르나?"

"누구를 미워하는데요?"

"노동조합을 미워하지. 조직하려는 사람들을 미워하고, 잰을 미
워하지."

"그렇지만 흑인은 노조보다 더 미워하지요." 비거가 말했다. "노조 사람들한테는 저한테처럼 굴진 않잖아요."

"아, 아닐세, 마찬가지야. 흑인은 피부색 때문에 골라내서 격리하고 착취하기가 쉬우니까 자네도 그렇게 생각하는 거지. 그렇지만 저들은 다른 사람들한테도 그런 짓을 해. 자네를 도우려 한다고 나를 미워하고. 나는 '더러운 유대인 놈'이라고 욕하는 편지도 받는걸."

"제가 아는 건 저들이 절 증오한다는 것뿐입니다." 비거는 단호했다.

"비거, 주검사가 자네의 자백서 사본 한부를 주더군. 그래, 검사한테 한 이야기가 사실인가?"

"네. 털어놓는 수밖에 없었어요."

"말해주게, 비거. 왜 그랬나?"

비거는 한숨을 내쉬며 어깨를 으쓱하고는 연기를 가슴 깊숙이 빨아들였다.

"저도 모릅니다." 그는 말했다. 콧구멍에서 연기가 천천히 말려 나왔다.

"계획하고 한 일인가?"

"아닙니다."

"누구 도와준 사람 있나?"

"아뇨."

"그 비슷한 일을 하겠다는 생각이 오래전부터 있었나?"

"아뇨."

"어떻게 해서 그렇게 되었나?"

"그냥 그렇게 된 겁니다, 맥스 씨."

"후회하나?"

"후회해서 뭐하죠? 아무 도움도 안 되는데요."

"왜 그랬는지 그 이유를 하나도 댈 수가 없단 말인가?"

비거는 크게 뜬 눈을 빛내며 똑바로 앞을 응시하였다. 맥스와 이야기하다보니 이야기하고 싶고 털어놓고 싶고 자신의 느낌을 전하고 싶은 그 충동이 되살아났다. 흥분의 물결이 몰아닥쳤다. 자신의 빈손을 뻗어 살인을 저지른 구체적이고 확실한 이유들을 텅 빈 공간에 아로새길 수 있을 것 같았다. 그 이유들이 그만큼 강렬하게 다가왔다. 그렇게만 할 수 있다면 그는 긴장에서 벗어날 것이고, 저들이 전기의자로 걸어가라고 할 때까지 조용히 앉아 기다리다 의연히 걸어갈 것이었다.

"맥스 씨, 모르겠습니다. 정신이 없었어요. 너무 많은 감정이 한꺼번에 몰아닥쳐서."

"강간했나, 비거?"

"아뇨, 맥스 씨. 안했습니다. 하지만 아무도 믿지 않겠지요."

"돌턴 부인이 방 안에 들어오기 전에는 그럴 계획이었나?"

비거는 고개를 흔들며 신경질적으로 눈을 비볐다. 맥스와 함께 있다는 사실마저 잊었다고 할 만했다. 그는 자신의 감정들의 결을 느끼려고, 그리고 그 의미를 전달하려고 애썼다.

"글쎄요. 약간 그런 기분이 들기도 했어요. 네, 그랬던 것 같습니다. 나도 그 여자도 취했고 그런 기분이 들었어요."

"그렇지만 강간한 것은 아니지?"

"예. 하지만 다들 제가 그랬다고 할 거예요. 무슨 소용이죠? 전 흑인입니다. 흑인 남자는 그런 짓을 한다고들 하잖아요. 그러니 제가 실제로 했든 안했든 중요하지 않아요."

"그 여자를 안 지는 얼마나 됐지?"

"몇시간밖에 안되었어요."

"그 여자가 마음에 들었나?"

"마음에 들어요?"

비거의 목소리가 목에서 너무 갑자기 터져나오는 바람에 맥스는 흠칫했다. 비거는 자리를 박차고 일어섰다. 눈을 크게 뜨고 떨리는 손을 얼굴 쪽으로 반쯤 쳐든 채.

"진정하게! 진정해! 비거……" 맥스가 말했다.

"마음에 들었냐구요? 나는 그 여자가 증오스러웠습니다! 정말이에요. 증오했다구요!" 그는 소리쳤다.

"앉게, 비거!"

"이젠 죽은 사람이지만 지금도 증오합니다! 지금 이 순간에도 증오해요……"

맥스가 그를 붙들어 도로 의자에 눌러 앉혔다.

"흥분하지 말게, 비거. 자, 진정해!"

비거는 조용해졌지만 시선은 방 안을 이리저리 헤맸다. 마침내 그는 고개를 숙이며 양손을 깍지 꼈다. 입이 조금 벌어졌다.

"증오스러웠단 말이지?"

"네. 그리고 죽어서 안됐다는 생각도 없습니다."

"그렇지만 자네한테 무슨 짓을 했는데? 방금 만난 사이라고 하지 않았나?"

"글쎄요. 저한테 어떻게 하진 않았죠." 그는 말을 멈추고 초조하게 손으로 이마를 닦았다. "그 여잔…… 그건…… 에이, 모르겠어요. 나한테 많은 걸 물었죠. 그런데 그 행동하고 말하는 태도가 정말 미웠습니다. 비굴한 개가 된 기분이었어요. 너무 화나 울어버리고 싶었지요⋯⋯” 그의 목소리는 호소하듯 울먹이며 잦아들었다. 그는 입술에 침을 적셨다. 그물처럼 얽힌 흐릿한 기억들이 떠올랐다. 자기가 ‘쳐다봐서’ 수치스럽다고 의자 끝에 앉아 울먹이던 여동생 베라의 모습이 보이고, 여동생이 일어나 자기에게 신발을 던지는 게 보였다. 그는 혼란스러운 머리를 흔들었다. “아, 맥스 씨, 그 여잔 흑인들이 어떻게 사는지 이야기해달라고 했습니다. 제가 앉아 있는 앞좌석에 올라타고⋯⋯”

“그렇지만 비거, 그런 것 때문에 사람을 미워하지는 않지. 그 여자는 친절하게 대해주지 않았나⋯⋯”

“친절요, 하! 친절이 아니었습니다!”

“무슨 소린가? 자네를 같은 인간으로 받아들여주었잖나.”

“맥스 씨, 우리는 완전히 갈라져 있습니다. 선생님이 친절이라고 하는 것은 전혀 친절이 아닙니다. 난 그 여자에 대해서 아는 게 없었습니다. 내가 아는 건 그런 여자들 때문에 우리가 죽임을 당한다는 사실뿐이었습니다. 우리는 따로 살아요. 그런데 그 여자가 나한테 다가와서 그렇게 굴다니요.”

“비거, 자네가 이해하려고 했어야지. 그 여자가 자네한테 그렇게 대한 건 달리 방법을 몰라서 그런 거야.”

비거는 대답을 궁리하며, 이글거리는 눈으로 좁은 실내를 이리저리 훑어보았다. 자신의 행동들이 비논리적으로 비친다는 것을 깨달은 그는 논리적으로 설명하려는 노력을 그만두었다. 그는 자신의 느낌들을 지침 삼아 맥스의 말에 대답했다.

“그렇다면 저 역시 그 여자에게 그렇게 대하는 방법밖에 몰라서 그런 거지요. 그 여자는 부자예요. 세상은 그런 자들 소유구요. 그런 족속들은 흑인은 개나 마찬가지라고 떠들어대고, 자기네가 바라는 것 말고는 아무것도 하지 못하게 만들어요……”

“하지만, 비거, 이 여자만큼은 자네를 도와주려고 한 거야!”

“그렇지만 행동하는 건 그렇지 않던데요.”

“그럼 어떻게 행동해야 옳았겠나?”

“아, 모르겠습니다, 맥스 씨. 백인과 흑인은 서로 이방인입니다. 서로 상대방이 뭘 생각하는지 몰라요. 그래요, 그 여자 편에서는 친절하게 대하려던 건지도 모르지요. 하지만 행동은 그렇지 않았어요. 행동이나 뭐나 저한테는 다른 백인하고 똑같아 보였어요……”

“그렇지만 그건 그 여자 탓이 아닐세, 비거.”

“그 여자 피부색도 다른 백인들과 같잖아요.” 그는 방어적으로 말했다.

“잘 이해가 안되는군, 비거. 그 여자가 증오스러웠다면서, 둘 다 취해서 방 안에 있을 때는 그 여자를 갖고 싶은 기분이 들었다니……”

“예.” 비거는 고개를 설레설레 저으며 손등으로 입을 닦았다. “예, 우습지요.” 그는 담배를 빨았다. “그래요, 그런 마음을 품으면 안된다는 것을 알기 때문이었을 거예요. 저들이 우리 흑인들은 어떻게든 그런 짓을 한다고 떠들기 때문이었을 거예요. 맥스 씨, 백인들이 우리 흑인들보고 무슨 짓을 한다고 떠들어대는지 아세요? 우린 임질에 걸리면 백인 여자를 강간한다는 거예요. 백인 여자를 강간하면 임질이 없어진다고 믿기 때문에 그렇게 한다는 거죠. 어떤 백인들은 그렇게 말해요. 그리고 정말 그렇게 믿는 겁니다. 아, 세상에서 그런 말을 듣는 놈은 태어나기도 전에 채찍에 얻어맞은 꼴이지요. 그러니 무슨 소용입니까? 그래요, 그 여자와 한방에 있을 때 그런 기분이 들었던 것 같습니다. 저들은 우리가 그 짓을 한다고 말하는데, 우릴 죽이려고 그런 소릴 하는 거예요. 저들은 금을 굿고 너희는 그쪽 편에 서 있으라고 말합니다. 이쪽에 빵이 하나도 없다 해도 아랑곳하지 않아요. 사람이 죽는다 해도 아랑곳 않지요. 그래 놓곤 그런 소리나 퍼뜨리고, 누가 금을 넘어가려 하면 죽여버리는 겁니다. 당장 죽여버려야 한다고 느끼는 거예요. 모두들 당장 죽여버리지 못해 안달이지요. 그래요, 그런 기분이 들었던 것 같아요. 그리고 그 이유는 아마 저들이 그렇다고 말하기 때문일 거예요. 아마 그게 이유였을 겁니다."

"저들에게 본때를 보여주고 싶었단 말인가? 얼마든지 그렇게 할 수 있다는 것을, 거리낌 없이 그럴 수 있다는 것을 보여주고 싶었단 말인가?"

"모르겠습니다, 맥스 씨. 하지만 거리낄 게 뭐 있나요? 언젠가는 무슨 일로든 저들에게 걸려들고 만다는 것을 알고 있었는데요. 저는 흑인입니다. 저들이 절 잡자면, 굳이 제가 무슨 짓을 저지를 필요도 없어요. 하얀 손가락이 절 지목하기만 하면, 그걸로 끝장이니까요, 아시겠어요?"

"하지만, 비거. 돌턴 부인이 방에 들어왔을 때 왜 즉시 멈추고 사정을 털어놓지 않았나? 그랬다면 이 지경까지는 되지 않았을 게 아닌가……"

"맥스 씨, 정말이지, 그 부인이 침대 곁으로 다가오는 것을 보았을 때 전 아무것도 할 수 없었습니다. 하늘에 맹세코, 전 제가 무엇을 하는지도 몰랐어요……"

"의식이 없었단 말인가?"

"아뇨, 아닙니다…… 뭘 하는지 알고는 있었어요. 하지만 그러지 않을 수가 없었어요. 제 말은 바로 이겁니다. 마치 다른 사람이 제

몸에 들어와 저 대신 행동하기 시작하는 것 같았어요……"

"비거, 말해보게, 자네한테는 같은 흑인 여자들보다 메리가 더 매력적이던가?"

"아니요, 하지만 그렇다고들 하죠. 틀린 소리예요. 전 그때도 그 여잘 증오했고 지금도 증오합니다."

"그렇다면 베시는 왜 죽인 건가?"

"입을 열지 못하게 만들어야 하니까요. 맥스 씨, 백인 여자를 죽이고 나니까 사람 하나 더 죽이는 건 어렵지 않더군요. 베시를 죽이는 건 별로 고민할 필요도 없었어요. 죽여야 한다는 걸 알았고 그래서 죽였지요. 전 도망쳐야 했으니까요……"

"베시가 미웠나?"

"아뇨."

"사랑했나?"

"아뇨. 그냥 겁이 난 겁니다. 베시를 사랑하진 않았어요. 그냥 제 여자였지요. 누구도 사랑해본 적이 없는 것 같습니다. 전 제 목숨을 구하려고 베시를 죽였습니다. 남자한테는 여자가 있어야 하니까, 그래서 베시를 가졌습니다. 그리고 죽였습니다."

"비거, 언제부터 메리를 증오하기 시작했나?"

"그 여자가 말을 걸어온 순간부터, 그 여자를 본 순간부터요. 어쩌면 만나기 전부터 증오한 거겠죠……"

"아니, 도대체 왜?"

"말했잖아요. 그런 사람들이 우리한테 뭘 하게 놔두나요?"

"비거, 정확하게 무엇을 하고 싶었던 건가?"

비거는 한숨을 쉬더니 담배연기를 빨아들였다.

"글쎄요, 딱히 하고 싶은 건 없었습니다. 없었어요. 그렇지만 남들 하는 대로 하고 싶었겠지요."

"그런데 그게 안되니까, 메리를 증오했단 말인가?"

다시 비거는 자기의 행동들이 비논리적이라고 느껴졌으며, 맥스의 질문에 대답하기 위해 다시 자신의 느낌을 지침으로 삼았다.

"맥스 씨, 뭐는 해도 되고 뭐는 안된다는 소리만 듣다보면 지겨워지는 겁니다. 고작해야 여기서 찔끔 저기서 찔끔 시시한 일거리가 생기는 정도고, 구두닦이든 거리 청소든 닥치는 대로 하지만…… 들어오는 돈이라곤 늘 입에 풀칠하기도 부족하지요. 언제 쫓겨날지도 모르고. 이렇게 살다보면 얼마 안 가 희망 따윈 사라져버려요. 그저 언제나 꾸무럭거리며 남들이 시키는 대로 할 뿐이지요. 이렇게 되면 더이상 사람이라고도 할 수 없어요. 그저 날이면 날마다 뼈 빠지게 일만 하며 세상이 계속 굴러가고 다른 사람들이 살 수 있게 해줄 뿐이지요. 맥스 씨, 제 머릿속에선 백인들 생각이 떠나지 않아요……"

그는 말을 멈추었다. 맥스가 몸을 앞으로 굽히며 그에게 가볍게 손을 댔다.

"계속하게, 비거."

"저기, 모든 게 백인들 소유잖아요. 저들은 우리의 목을 졸라 땅에 발붙이지 못하게 만들어요. 저들은 신처럼……" 그는 침을 삼키고 눈을 감으며 한숨을 몰아쉬었다. "심지어는 우리의 느낌마저도 가만히 내버려두지 않아요. 저들이 너무 지독하게 바싹 쫓아다니는 바람에 우린 저들이 우리한테 어떻게 하는가에만 온 신경을 쏟게 되지요. 저들은 우리가 죽기도 전에 죽여버리는 셈이에요."

"하지만 비거, 저들을 증오할 수밖에 없을 만큼 그렇게 하고 싶은 게 뭐냐고 물었는데?"

"그런 건 없어요. 하고 싶은 건 없는 것 같습니다."

"하지만 메리나 메리 같은 사람들이 자네한테 아무것도 하지 못하게 만든다고 했잖나?"

"무엇하러 뭔가 하고 싶어합니까? 기회도 없는데. 전 아무것도 모릅니다. 전 한낱 검둥이일 뿐이고 법은 저들이 만드는걸요."

"자네 뭐가 되고 싶었나?"

비거는 한참 침묵을 지켰다. 그러다 입술도 움직이지 않은 채 소리없이 웃음을 터뜨렸다. 가슴이 부풀어오르면서 콧구멍까지 치밀어오른 숨이 세번 짧게 폭발한 것이었다.

"한때는 비행사가 되고 싶었지요. 하지만 전 그 기술을 배울 수 있는 학교에 갈 수가 없었습니다. 저들이 들여보내지 않았거든요. 저들은 커다란 학교를 세우고는 주위에 금을 빙 둘러치고 금 안에 사는 사람이 아니면 아무도 그 학교에 다닐 수 없다고 했지요. 흑인 아이들은 하나도 들어가지 못하게 한 겁니다."

"그리고 또 되고 싶었던 것은?"

"글쎄요, 육군에 갔으면 한 적도 있지요."

"왜 입대하지 않았나?"

"에이, 짐 크로우[28] 군대인걸요. 흑인한테는 도랑 파는 일만 시킨대요. 그리고 해군에 가도 접시나 바닥을 닦는 일밖에 못하구요."

"그밖에 또 하고 싶었던 일은 없나?"

"아, 모르겠어요. 이제 그게 무슨 소용입니까? 전 끝장인걸요. 깨

---

28 짐 크로우 법(Jim Crow law)은 1876년부터 1965년까지 공공장소와 공공기관에서 유색인종에 대한 분리와 차별이 가능하도록 명시한 법으로, '분리되었지만 평등하다'는 주장 아래 정당화되었다. 짐 크로우 군대란 그런 규범이 통하는 군대라는 의미이다.

끗이 끝난 겁니다. 이제 붙잡히고 말았으니 곧 죽겠지요.”

“해봤으면 좋았겠다고 생각한 일이 있었으면 얘기해보게.”

“사업을 해보고 싶었습니다. 하지만 흑인한테 어디 사업의 기회가 있습니까? 우리는 돈도 하나도 없지요. 광산도, 철도도, 아무것도 없는데요. 우리가 소유하게 내버려두질 않는걸요. 저들은 우리를 좁아터진 구석에 몰아넣고 거기서 비비적대며 살게 만드는 겁니다……”

“그렇지만 자네는 거기 있기가 싫었단 말이지?”

비거는 눈을 치뜨고 입술을 꽉 다물었다. 충혈된 눈에 열띤 자부심이 어렸다.

“예, 정말 싫었습니다.” 그는 말했다.

맥스가 쳐다보며 한숨을 내리쉬었다.

“이보게, 비거. 지금 자네는 자네가 하지 못한 일을 이것저것 들었네. 하지만 자네는 뭔가 했지. 이번 범행들을 저질렀잖나? 두 여자를 죽였어. 그래서 뭘 얻을 수 있다고 생각한 건가?”

비거는 일어나 호주머니에 손을 찔렀다. 그러곤 공허한 눈빛으로 벽에 기댔다. 다시 그는 맥스가 방 안에 있다는 사실을 잊었다.

“저도 모릅니다. 미친 소리처럼 들리겠지요. 제가 이런 느낌을 가졌다는 것만 알아도 저들은 절 전기의자에 앉혀 태워 죽일 테죠. 그렇지만 전 제가 죽인 여자들한테 미안하진 않습니다. 잠시나마 전 자유를 맛보았어요. 뭔가 하고 있었어요. 나쁜 짓이었지만 괜찮은 기분이었습니다. 하느님이 천벌을 내릴지도 모르지요. 그런데도 하는 수 없지요. 하지만 미안하지는 않아요. 겁이 나고 화났기 때문에 전 그 여자들을 죽였어요. 하지만, 평생 겁만 내고 화만 냈는데, 첫번째 여자를 죽인 후 얼마 동안은 겁나지 않았어요.”

"뭐가 그렇게 두려웠나?"

"전부 다요." 이 말을 내뱉으며 그는 얼굴을 손에 파묻었다.

"뭔가를 희망해본 일 있나, 비거?"

"뭐하러요? 이루어지지 않을 텐데요. 전 흑인인걸요." 그는 중얼거렸다.

"행복하길 바란 적은 있을 것 아닌가?"

"예, 그랬겠죠." 그는 몸을 펴며 말했다.

"어떻게 해야 행복해질 거라고 생각했나?"

"글쎄요. 뭔가 하고 싶었어요. 하지만 하고 싶은 건 하나도 할 수 없었지요. 학교에 다니는 백인 아이들처럼 하고 싶었어요. 걔들은 대학도 가고 군대도 갔죠. 하지만 전 갈 수 없었습니다."

"그래도 행복해지고 싶었겠지?"

"네, 그럼요. 행복해지고 싶은 건 누구나 마찬가지잖아요."

"자네도 언젠가는 행복해질 거라고 생각했나?"

"모르겠습니다. 그냥 밤이면 잠자리에 들고 아침이 오면 일어나고 했으니까요. 그저 하루하루 살았지요. 어쩌면 저에게도 행복이 올 거라고 생각하면서요."

"어떻게 말인가?"

"모르겠습니다." 그는 탄식에 가까운 소리를 냈다.

"어떤 게 행복이라고 생각했나?"

"모릅니다. 이런 건 아니겠죠."

"자신이 바라는 게 뭔지 대강은 알 것 아닌가, 비거."

"글쎄요, 맥스 씨, 만일 행복하다면, 안될 줄 뻔히 아는 일을 하고 싶어 맨날 안달하진 않겠지요."

"왜 맨날 그랬나?"

“어쩔 수 없었어요. 다들 그런 기분 아닐까요. 그리고 저도 그랬죠. 만약 하고 싶은 일을 할 수 있었다면 그런대로 잘 살았을지도 모르죠. 그랬다면 겁도 내지 않았을 테니까요. 화도 아마 안 냈을 거고. 언제나 사람들을 미워하지도 않고. 마음이 편하달까, 그랬겠죠.”

“싸우스사이드 청소년 클럽에 가본 적 있나? 돌턴 씨가 탁구대를 기증한 곳 말일세.”

“네. 하지만 도대체 사내자식보고 탁구를 가지고 뭘 어쩌란 말이죠?”

“그 클럽에 다니니 좀 착실해지는 것 같던가?”

비거는 고개를 갸우뚱했다.

“착실해져요?” 그는 맥스의 말을 되풀이했다. “천만에요. 우리가 일을 꾸민 곳이 대개 거기였는걸요.”

“교회에 다닌 적은 있나, 비거?”

“네. 어렸을 때요. 하지만 오래전 일이에요.”

“식구들은 독실한 신자였는데?”

“네. 맨날 교회에 다녔죠.”

“자넨 왜 그만두었나?”

“마음에 들지 않았어요. 말짱 꽝이잖아요. 아니, 한다는 거라곤 맨날 노래하고 외치고 기도하는 것뿐이에요. 그래봤자 생기는 것도 없구요. 흑인들은 다들 그렇게 하지만, 아무것도 생기는 게 없어요. 모든 게 백인 차지예요.”

“교회에서 행복한 기분이 든 적은 있나?”

“아뇨. 그러고 싶지 않았어요. 교회에서 행복해하는 건 가난뱅이밖에 없잖아요.”

"그렇지만 자네도 가난하잖아, 비거."

다시 비거의 눈이 열정적이고 쓰라린 자부심으로 반짝였다.

"그렇게까지 가난하진 않습니다." 그는 말했다.

"그렇지만 비거, 아까 백인들이 자네를 미워하지 않고 또 자네도 백인들을 미워하지 않는 곳에서라면 행복했을 거라고 말했잖나. 교회에는 자네를 미워하는 사람도 없는데. 거기서도 평안을 찾을 수 없었나?"

"제가 행복해지고 싶은 건 이 세상에서지 저세상에서가 아니에요. 그런 행복은 원치 않습니다. 백인들은 우리가 독실한 신자가 되기를 바라죠. 그러면 우리를 자기네 멋대로 할 수 있으니까요."

"조금 전 자네는 여자들을 죽였으니 하느님이 '천벌'을 내린다고 했지. 그렇다면 하느님을 믿는다는 말인가?"

"잘 모르겠습니다."

"죽은 다음에 어떻게 될지 두렵지 않나?"

"두렵지 않아요. 그렇지만 죽고 싶진 않습니다."

"그 백인 여자를 죽이면 사형당할 줄 몰랐나?"

"알았습니다. 하지만 그 여자가 날 죽이고 있다고 느꼈기 때문에, 상관없었습니다."

"만일 지금이라도 종교에서 행복을 얻을 수 있다면, 그렇게 되고 싶나?"

"아뇨. 얼마 안 가 죽을 건데요, 뭐. 종교를 믿었다면 이미 죽었을 거구요."

"그렇지만 교회는 영생을 약속하지 않나?"

"그건 주눅 든 사람한테나 통하는 소리구요."

"자네한테는 기회가 없었다고 생각한단 말이지?"

"네. 하지만 누가 동정해주길 바라는 건 아닙니다. 아니요. 그런 건 전혀 바라지 않아요. 전 흑인이에요. 흑인한테는 기회를 한번도 안 주니까, 직접 나서서 기회를 잡았다가 놓쳐버린 거지요. 하지만 지금은 상관없습니다. 잡혔으니 다 끝났어요."

"비거, 어디선가 혹은 언젠가 어떻게든, 여기 지상에서 얻지 못한 것을 보상받을 기회가 있을 거라고 생각하나?"

"천만에요! 저들이 절 의자에 묶고 전기를 올리면, 그것으로 전 끝이에요, 영원히."

"비거, 자네 인종 이야기를 좀 묻고 싶네. 그들을 사랑하나?"

"글쎄요, 맥스 씨. 우린 모두 검으니까 백인들한테 똑같은 취급을 당하지요."

"하지만 비거, 자네 인종은 자네를 위해 애쓰고 있네. 앞장서 이끄는 흑인들도 있지 않나?"

"네, 압니다. 들어본 적 있어요. 뭐, 괜찮은 사람들이겠지요."

"아는 사람은 없고?"

"없습니다."

"비거, 자네 같은 흑인 청년이 많나?"

"그럴걸요. 제가 아는 놈들은 모두 빈털터리에 목표도 없지요."

"흑인 지도자를 찾아가 자네 같은 청년들의 심경을 털어놓지 그랬나?"

"에이, 말도 안돼요, 맥스 씨. 제 얘길 들어주기나 할까요? 그 사람들은 부자예요. 백인들한테야 저와 거의 마찬가지 취급을 받겠지만요. 저 같은 사람이 보기엔 거의 백인과 진배없는 사람들이에요. 저 같은 놈들 때문에 자기네가 백인과 잘 지내기 힘들다는 소리나 하고."

"흑인 지도자의 연설을 들어본 적 있나?"

"네, 물론이죠. 선거 때요."

"그래, 어떻던가?"

"아, 모르겠어요. 그 사람들도 마찬가지였어요. 당선되어 자리나 차지하려 들고, 다들 마찬가지지만 돈이나 바라구요. 맥스 씨, 그건 게임이고 그 사람들은 게임을 하는 거예요."

"왜 자네는 하지 않았나?"

"아니, 제가 아는 게 뭐 있나요. 가진 것도 없구요. 누가 저 같은 놈을 쳐다보기나 하겠어요? 빈털터리 흑인에 불과한데요. 학교도 간신히 중학교나 나온 놈 아닙니까? 정치판엔 대학을 나온 거물투성이인데요."

"그 사람들한테 믿음이 가지 않던가?"

"그 사람들도 누가 믿어주길 바라진 않았을 겁니다. 한자리 차고 앉게 당선에나 관심 있지. 뽑아달라고 돈도 주는걸요."

"투표해본 적 있나?"

"예. 두번요. 나이가 모자라서 나이를 올렸죠. 투표하면 5달러를 줬거든요."

"돈 받고 투표하는 게 마음에 걸리지 않던가?"

"아뇨. 뭣 때문에요?"

"정치가 자네한테 뭘 해줄 것 같지 않았단 말인가?"

"투표 날 5달러는 줬지요."

"비거, 백인한테서 노동조합 이야기를 들어본 적 있나?"

"아뇨. 잰과 메리가 처음이었어요. 하지만 메리는 그러지 말았어야죠…… 하지만 제가 그런 짓을 한 건 저도 어쩔 수 없었습니다. 그리고 잰은…… 협박편지에 '공산당원'이라고 서명했으니 제가 해를 끼친 셈이죠."

"지금은 잰이 자네 친구라는 걸 믿나?"

"글쎄요. 적은 아니지요. 오늘 신문을 받을 때도 저한테 등을 돌리지 않았어요. 다른 사람들처럼 절 미워하는 것 같진 않아요. 그렇지만 돌턴 양 일로 상처를 입었겠지요."

"비거, 자네가 이렇게 될 거라고 생각해본 적 있나?"

"글쎄요, 솔직히 말해서, 맥스 씨, 이렇게 전기의자에 앉는 신세가 된 것도 어쩌면 당연한 것 같아요. 지금 생각해보면 이런 일이 일어날 수밖에 없었겠다 싶네요."

그들은 침묵에 빠졌다. 맥스가 일어서며 한숨을 쉬었다. 비거는 맥스를 지켜보며 무슨 생각을 하는지 알아내려 했지만, 맥스의 얼굴은 텅 비고 창백했다.

"자, 비거." 맥스가 말했다. "내일 인정신문에서 우린 무죄답변을 할 걸세. 하지만 공판 때는 유죄답변[29]으로 변경하고 형량 경감을 요청할 걸세. 저들이 공판을 급히 서두르고 있으니, 이삼일 후면 공판이 열릴 거야. 판사한테 자네의 심경과 그 이유를 최선을 다해 전하겠네. 무기징역이 내려지도록 애써보지. 현재 상황에선 달리 방법이 없어 보여. 자네에 대한 저들의 감정이 어떤지 굳이 말할 필요는 없겠지, 비거? 흑인인 자네가 잘 알 테니까. 너무 큰 기대는 말게. 저 바깥에선 자네에 대한 뜨거운 증오가 바다처럼 밀려오고 있네. 난 그중 얼마라도 막아보자는 거고. 저들은 자네 목숨을 원하네. 자기네가 자네를 울타리 밖으로 내쫓아 아무것도 못하게 만들었다는 걸 내심 알고 있었지. 그리고 지금은 자네가 이런 일을 저

─────────────────

29 미국에서는 피의자가 기소된 혐의를 인정하고 유죄답변을 내놓는 댓가로 가벼운 범죄로 기소하거나 형량을 낮춰주는 제도가 활성화되어 있다.

지르도록 만든 게 바로 자신들이라는 생각이 마음 한구석에 있기 때문에, 그래서 화내는 거고. 사람들 느낌이 이럴 때는 설득해봤자 소용없네. 이럴 때는 판사가 어떤 사람인지가 중요해. 이 주州에서 백인 열두명을 어떻게 골라도 다들 이미 자네가 유죄라고 생각하고 있을 거야. 그러니 배심원은 믿을 수 없지. 비거, 내가 최선을 다해볼게."

그들은 침묵을 지켰다. 맥스가 그에게 담배를 다시 한대 건네주고 자기도 한대 물었다. 비거는 맥스의 흰 머리카락으로 덮인 머리, 기다란 얼굴, 진회색의 부드럽고 슬픈 눈동자를 바라보았다. 맥스의 진심이 느껴지며 그는 미안해졌다.

"맥스 씨, 제가 선생님이라면 걱정 같은 건 안할 겁니다. 만약 사람들이 모두 선생님 같다면, 아마 저도 이런 꼴은 안되었겠죠. 그렇지만 선생님도 이젠 어쩔 수 없어요. 절 도와주려 했다간 미움만 살 거예요. 전 끝났어요. 꼼짝없이 걸려든 거죠."

"아, 날 미워하겠지, 맞아." 맥스가 말했다. "하지만 그런 건 견딜 수 있네. 그게 다른 점이야. 저들은 유대인인 날 미워하지만, 왜 그러는지 아니까 싸울 수 있어. 하지만 아무리 싸워도 이길 수 없는 경우도 있어. 시간이 없으면 이길 수가 없는 거지. 그런데 저들은 지금 우릴 마구 재촉해. 하지만 내가 자네를 변호하다가 미움을 살까봐 염려할 필요는 없네. 많은 백인들이 미움을 살까 겁나서 자네나 흑인들을 돕지 못하고 있지. 내가 자네의 투쟁에서 제대로 싸우자면 먼저 그들과 투쟁해야 해." 맥스는 담배를 껐다. "이제 가봐야겠네." 맥스는 말했다. 그리고 돌아서서 비거를 마주 보았다. "기분은 좀 어떤가?"

"모르겠어요. 그냥 이렇게 앉아서, 그 의자로 걸어가라는 말이 떨어지기만 기다리는 거죠, 뭐. 그런데 당당히 걸어갈 수 있을지 어떨지 모르겠어요.”

맥스는 얼굴을 돌리며 문을 열었다. 간수가 와서 비거의 팔목을 잡았다.

“아침에 보세, 비거.” 맥스가 말했다.

감방에 돌아온 비거는 감방 한가운데 서서 꼼짝도 하지 않았다. 이제 어깨가 꾸부정하지도, 근육이 팽팽하지도 않았다. 그는 몸에 감도는 서늘한 평화의 숨결에 의아해하며 조용히 숨을 쉬었다. 마치 자신의 심장박동 소리를 들으려는 듯이. 주위는 온통 캄캄하고 아무 소리도 들리지 않았다. 이처럼 편안한 기분은 처음이었다. 맥스와 이야기를 나누는 동안은 이런 생각도 느낌도 의식하지 못했었다. 맥스가 가버린 지금 그는 여태껏 누구와도, 심지어는 자신과도, 맥스하고처럼 이야기해본 적이 없다는 것을 깨달았다. 그리고 그렇게 털어놓고 나자 어깨에서 무거운 짐이라도 내려놓은 기분이었다. 그러다 갑자기 화가 벌컥 치밀었다. 맥스한테 속아넘어갔구나! 아니다, 그렇지 않다. 맥스 때문에 억지로 이야기한 게 아니었다. 흥분한데다 스스로 자신의 느낌이 궁금해져, 자발적으로 이야기한 것이다. 맥스는 단지 앉아서 들으며 질문한 것뿐이었다. 분노가 사라지고 대신 두려움이 일었다. 그 시간이 됐을 때도 이렇게 혼란스러운 상태라면, 정말로 의자에 질질 끌려가고야 말 것이다. 결정을 내려야 했다. 의자로 꿋꿋이 걸어가기 위해서는, 희망이든 증오든 하나를 선택해 자신의 모든 감정을 한데 엮어 단단한 방패로 삼을 수 있어야 했다. 이도 저도 아닌 어정쩡한 상태로는 두려움의 안개 속에 살다 죽게 될 것이다.

그는 지금 실오라기처럼 가는 줄 위에 선 셈이었다. 그러나 앞으

로든 뒤로든 그를 밀어줄, 자기한테도 무슨 가치나 값어치가 있다
고 느끼게 해줄 사람은 하나도 없었다, 자기 자신밖에는. 그는 몸속
에 이는 감각들의 실타래가 풀리기를 바라며, 손으로 눈을 비볐다.
그의 전존재가 얇고 단단한 의식의 중핵에 집중되었다. 시간이 미
끄러져 지나가는 것이 느껴지고 주위의 어둠이 살아 숨 쉬었다. 그
리고 그는 그 한가운데에 있었다. 맥스와 대화한 후 느꼈던 그 짧
은 휴식을 다시 한번 맛보기를 바라며. 그는 침대에 걸터앉았다. 잘
생각해보아야 했다.

맥스는 왜 그런 질문들을 한 걸까? 맥스가 판사에게 말할 사실들
을 찾는다는 것은 알 수 있었다. 그러나 맥스한테서 그런 질문들을
받으면서 그는 난생처음 누가 자신의 삶을, 자신의 느낌을, 자신의
사람됨을 인정해준다는 느낌을 받았다. 이게 뭘까? 잘못했나? 또
다시 배반당할 일에 그대로 말려든 건가? 그는 마치 무방비 상태로
있다 걸려든 기분이었다. 하지만 이, 이—신뢰감은? 그에게 자부
심을 지닐 권리는 없었다. 그런데도 그는 맥스에게 뭔가 있는 사람
처럼 얘기했다. 그는 맥스에게 종교는 필요 없다고, 제자리에 머무
르진 않았노라고 말했다. 그에게는 그렇게 느낄 권리가, 자기가 죽
을 몸이고 흑인 살인자라는 사실을 잊어버릴 권리가 없었다. 단 1초
라도 잊어버릴 권리가 없었다. 그런데도 그는 잊었다.

그는 생각했다. 이 세상 모든 사람이 결국 같은 기분일 수도 있
을까? 그를 미워하는 사람들 마음속에도 맥스가 그에게서 본 것,
맥스로 하여금 그런 질문들을 던지게 만든 것과 똑같은 것이 들어
있을까? 맥스가 도우려는 동기는 또 무엇일까? 맥스는 왜 그를 돕
기 위해 백인들의 노도와 같은 증오마저 무릅쓰는 것인가? 난생처
음 그는 감정의 정점에 올라섰고 그러자 전혀 꿈도 꾸지 못했던 관

계들이 어렴풋이 눈에 들어왔다. 만일 그 우뚝 치솟은 하얀 증오의 산이 애당초 산이 아니라, 사람들, 자신이나 잰과 다름없는 사람들이라면. 그러자 감히 상상도 못했던 높은 희망과, 그 밑바닥까지 내려갔다간 도저히 견뎌내지 못할 깊은 절망이 밀려왔다. 그러다 속에서 반발심이 강하게 솟구치며, 이 처음 보고 느낀 비전 따위는 개의치 말라고, 그를 또다른 막다른 골목으로, 더 깊은 증오와 수치심으로 몰고 갈 뿐이라고 경고하고 다그쳤다.

그러나 그가 보고 느낀 삶은 단 하나뿐이고 그 한번뿐인 삶은 잠이나 꿈 이상의 것이었다. 살아 있음이 삶의 전부였다. 죽은 다음 얼마 있다 깨어나 자기가 얼마나 단순하고 어리석은 꿈에 빠졌었나 한숨짓는 일은 없으리라는 것을 그는 알았다. 그가 바라보는 삶은 짧았고, 이런 의식이 그를 몰아붙였다. 그는 불안한 열기에 사로잡혔다. 그는 감방 한가운데 일어서서, 다른 사람들과의 관계 속에서 자신의 모습을 직시하려 했다. 이는 그가 늘 두려워해온 일이었다. 그에 대한 사람들의 증오가 그의 마음에 속속들이 배어든 때문이었다. 맥스와 대화를 나누면서 생겨난 자신의 가치에 대한 이 새로운 느낌, 이 잘 잡히지 않는 희미한 느낌을 되새기며, 그는 자신이 저지른 그 거칠고 잔인한 행동들 밑바닥에, 두려움과 증오와 살인과 도주와 절망의 행동들 밑바닥에 자리한 자기 안의 인간을 맥스가 볼 수 있었다면, 맥스도 저들 입장이라면 맥스 역시 증오에 사로잡혔을 거라고, 지금 비거가 저들을 증오하고 저들이 비거를 증오하는 것처럼 증오에 사로잡혔을 것이라고. 난생처음 그는 땅을 디디고 선 느낌을 맛보았고 그 땅이 거기 그대로 머물렀으면 했다.

그는 지치고 졸리고 열이 났다. 그러나 속에서 이처럼 격렬한 전쟁이 벌어지는 판에 누워 있기는 싫었다. 맹목적인 충동들이 몸속에서 솟구쳤고 그의 지성은 그것들을 설명해줄 이미지들을 찾아내 스스로 이해해보려고 애썼다. 이 모든 증오와 두려움은 무슨 까닭인가? 감방에서 떨며 서 있노라니, 어둡고 거대하고 유체와 같은 이미지가 눈앞에 나타나 떠돌았다. 사람들이 사는 시커먼 작은 감방으로 가득 찬 시커먼 감옥이 어지럽게 뻗어 있는 게 보였다. 감방에는 돌로 만든 물병과 빵 한 조각이 있으며, 아무도 다른 감방에 갈 수 없고, 비명과 저주와 고통에 찬 고함 소리가 가득하지만 벽이 두껍고 온통 암흑천지여서 아무도 듣지 못했다. 세상에는 왜 저렇게 감방이 많을까? 하지만 이게 진실일까? 믿고 싶지만 두려웠다. 이렇게 주제넘게 굴어도 괜찮을까? 아무리 공상이라지만, 자신을 남들과 동등하게 여기다니, 벼락 맞아 죽을 짓 아닌가?

그는 너무 기운이 없어 더 서 있기가 힘들었다. 그는 다시 침대 가장자리에 걸터앉았다. 자신의 이런 느낌이 옳은지, 남들도 그렇게 느끼는지 어떻게 알아낼 수 있을까? 죽음을 앞둔 몸으로서 어떻게 삶의 진실을 알아낼 수 있을까? 어둠 속에서 그는 천천히 손을 쳐들어 손가락을 힘없이 펼친 채 그대로 공중에서 멈췄다. 만일 그가 손을 뻗는다면, 그리고 손은 전깃줄이고 심장은 그 손에 생명과 불을 불어넣는 축전지라면, 그리고 손을 내밀어 다른 사람들에 닿는다면, 이 돌벽을 뚫고 손을 내밀어 다른 심장들과 연결된 다른 손들에 닿는다면—만일 그렇게 해보면, 응답이, 충격이 있을까? 그 심장들에서 온기를 전해 받길 바라는 것은 아니었다. 그렇게 많은 것은 바라지 않았다. 단지 심장들이 거기 따뜻하게 뛴다는 것을 아는 것! 단지 그것뿐, 그 이상은 바라지 않았다. 그리고 그것만으로 충분했을 것, 아니 충분하고도 남았을 것이다. 그리고 그 접촉, 그 알았다는 반응 속에서 단합감이, 동질감이 생겨났을 것이다. 여

태껏 맛본 적 없는, 모두가 하나요, 전체라는 든든한 느낌을 얻게
되었을 것이다.

필사적인 욕구로부터 또 하나의 충동이 솟구쳐오르고 그는 마
음속으로 그 충동에다 형상의 옷을 입혔다. 뜨거운 햇살을 내리쏟
는 눈부시게 강렬한 태양의 모습이 떠오르며, 그는 백인 흑인 할
것 없이 죄다 모여든 엄청난 인파 한가운데 서 있는데, 햇살은 무
수한 차이니 피부색이니 옷차림 따위를 다 녹여버리고 모두가 지
닌 좋은 점만을 태양 쪽으로 빨아올리고……

그는 침대에 길게 누워 신음했다. 이런 느낌을 갖다니 바보 같은
짓일까? 죽음이 눈앞에 다가오자 두렵고 나약해진 나머지 이런 갈
망이 생겨난 것일까? 격한 감정의 회오리에 온통 휘말리게 만드는
이 절절한 생각이 어째서 그릇된 것일까? 날것의 적나라한 느낌을
이렇게 믿어도 될까? 그렇지만 지금까지도 그래왔다. 지금까지도
날것의 감각에 입각해서 증오를 품어왔다. 이 느낌을 받아들이지
못할 이유가 뭔가? 메리와 베시를 살해해 어머니와 동생들에게 슬
픔만 안겨주고 전기의자에 끌려갈 신세가 된 것도 다 이 느낌을 찾
아내기 위해서였나? 여태껏 내내 눈먼 장님 신세였나? 그러나 이
젠 알 길이 없었다. 너무 늦었다……

이런 느낌의 의미가 무엇이며, 살아 있는 다른 모든 사람들과 그
리고 그가 발을 디디고 있는 이 세계와 자신이 어떤 관계인지 알아
낼 수만 있다면, 이제 죽어도 상관없었다. 뭔가 투쟁이 벌어지고 저
마다 참여하고 싸우고 있는데 자기만 몰랐던 건가? 그리고 만일 그
렇다면, 그것은 백인들 책임이 아닐까? 지금도 저들은 증오해야 할
존재가 아닐까? 아마 그럴지도 모른다. 그러나 이제 저들을 증오하
는 일 따위에는 관심이 없었다. 그는 곧 죽어야 했다. 그에겐 이 새

로운 떨림, 이 새로운 고양감, 이 새로운 흥분의 의미를 알아내는
것이 더 중요했다.

이제 살고 싶다는, 죄의 댓가를 면하려는 게 아니라, 이런 느낌
이 옳은지 알아내고 한층 깊게 느끼기 위해서, 그리고 죽어야 한다
면 이런 느낌 속에 죽기 위해서 살고 싶다는 생각이 들었다. 이런
느낌을 속속들이 맛보고 확실히 알지 못한 채 죽어야 한다면 모든
걸 잃을 것만 같았다. 그렇지만 이제는 도무지 길이 없었다. 너무
늦었다……

그는 손을 들어 떨리는 입술을 더듬었다. 안돼…… 안돼…… 그
는 문으로 달려가 뜨거운 손으로 차가운 쇠창살을 힘껏 움켜쥐며
꼿꼿이 섰다. 얼굴을 창살에 기대고 있는데, 뺨을 타고 흘러내리
는 눈물이 느껴졌다. 젖은 입술에서 짠맛이 났다. 그는 무너져내리
듯 무릎을 꿇으며 흐느꼈다. "죽고 싶지 않아…… 난 죽고 싶지 않
아……"

*

대배심에 회부되어 기소되고, 인정신문에서 살인 혐의에 무죄답
변을 하고, 공판 결정이 내려지고 — 일주일도 안되는 사이에 이런
일들이 일사천리로 진행된 후, 해가 나오지 않은 어느 흐린 아침,
비거는 침대에 누워 쿡 카운티 구치소의 시커먼 쇠창살을 멍하니
쳐다보고 있었다.

한시간 내에 그는 살지 죽을지, 그리고 언제 죽을지 판가름할 법
정으로 끌려갈 예정이었다. 그리고 재판 시작까지 몇분밖에 안 남
았을 때도, 맥스로 말미암아 어렴풋이 생겨난 느낌을 온전히 소유

하고 싶은 종작없는 갈망은 여전했다. 지금이야말로 그런 느낌이 필요했다. 의지할 만한 것도 하나 없이 어떻게 백인들로 구성된 법정에 설 수 있겠는가? 맥스의 이야기를 통해 얻은 불가사의한 힘을 느끼며 홀로 감방에 서 있던 그날 밤 이래로, 그는 뜨겁게 몰아치는 증오의 폭풍우 앞에 그 언제보다도 맨몸의 무방비 상태였다.

어떤 때는 차라리 그런 가능성들을 느끼지 않았더라면 하는 쓰라린 소망도 생겼고 다시 커튼 뒤로 숨을 수 있으면 좋겠다고 생각하기도 했다. 그러나 불가능했다. 그는 미끼에 넘어가 밖으로 나가 함정에, 그것도 두번씩이나 함정에 빠졌다. 살인죄로 감옥에 갇힌 것이 그 첫째였고, 죽음을 의연히 맞이할 수 있는 감정적 자산을 빼앗긴 것이 그 둘째였다.

그는 그 고양된 순간을 다시 맛보고 싶은 마음에 맥스와 대화를 시도해보았지만, 맥스는 다른 일로 바빴다. 그의 목숨을 구하기 위해 재판정에서 할 변론을 준비하느라 정신이 없었다. 그렇지만 비거가 원한 것은 자신의 진정한 삶을 구해내는 것이었다. 그러나 막상 느낌을 말로 표현하려면 혀가 움직이지 않으리라는 것도 알았다. 여러번, 맥스가 가고 혼자 남았을 때 그는 자기가 다른 사람들과 공유할 말이 없을까, 마음속에서 이글거리는 이 불길을 다른 사람들한테 느끼게 해줄 그런 말이 없을까 안타까운 마음으로 생각했다.

그는 두가지 전망으로 세상과 주위 사람들을 바라다보았다. 그 하나는 죽음의 전망, 자기 혼자 전기의자에 묶여 뜨거운 전류가 몸을 관통하기만을 기다리며 앉아 있는 모습이었다. 그리고 또 하나는 삶의 전망, 두려움을 떨치고 다시 다른 모습을 보여줄 수 있기를 바라며 사람들의 삶의 소용돌이에 섞여들어 수많은 사람 사이에 서 있는 자신의 모습이었다. 그러나 현재로서는 확실한 것은 죽음뿐이고, 보이는 것은 하얀 얼굴들의 줄어들 줄 모르는 증오뿐이고, 있는 것은 변함 없는 어두운 감방과 외로운 긴 시간들과 차가운 창살뿐이었다.

새로운 세계상을 믿으려는 의지에 떠밀려 지각 없이 공포에 공포만 덧쌓는 바보짓을 하고 있는 것일까? 이 고통스럽기 짝이 없는 반신반의 상태보다는 예전의 증오가 더 나은 방어책이 아닐까? 이루어질 수 없는 희망에 속아 이런 결말로 치닫고 있는 것은 아닐까? 사람이 한번에 해낼 수 있는 싸움이 몇가지나 될까? 바깥의 싸움처럼 내면의 싸움도 잘해낼 수 있을까? 아무튼 격투가 벌어지고 있는 내면의 싸움에서 먼저 이기지 않고는 목숨을 구하려는 싸움도 못할 것 같은 심정이었다.

어머니와 버디, 베라가 면회 왔을 때 그는 기도를 드리고 있으며 세상과 사람들과 화해했노라고 또다시 거짓말을 했다. 그러나 그런 거짓말로는 자신에 대한 수치심과 식구들에 대한 미움만 더해질 뿐이었다. 어머니가 말이나 기도에서 늘 강조하는 그 확신은 그도 간절히 바라는 바이지만 그가 옳다고 생각하는 방식으로는 얻을 수 없을 것이어서 그는 괴로웠다. 식구들이 돌아가고 나서 그는 맥스에게 식구들이 다시 오지 못하게 해달라고 했다.

공판이 시작되기 몇분 전에 간수가 그의 감방으로 와서 신문 한 부를 두고 갔다.

"변호사가 보낸 거다." 그는 이렇게 말하고 갔다.

『트리뷴』을 펼치자 머릿기사 제목이 눈에 들어왔다. 흑인 살인범 공판에 군 병력 동원. 군 병력? 그는 몸을 숙이고 읽었다. 폭력 사태에서 강간범 보호. 그는 그 기사를 훑어내려갔다.

폭력 사태 발발을 우려한 H.M. 오도시 주지사가 강간 살인범인 흑
인 비거 토머스의 공판이 열리는 동안 공공의 평화를 유지하기 위해 일
리노이 주방위군 2개 연대를 파견했다는 소식을 오늘 오전 주도^{州都}
스프링필드에서 발표했다.

그는 눈에 띄는 구절들을 읽었다. "살인범에 대한 반감이 여전히
고조되고 있음" "여론은 사형을 요구" "흑인가는 공포의 도가니"
"긴박한 도시의 분위기" 등등.

비거는 한숨을 내쉬며 허공을 응시했다. 입술을 벌린 채 그는 천
천히 고개를 흔들었다. 목숨을 구하느니 어쩌니 하는 맥스의 말에
귀를 기울인 것부터가 애당초 어리석기 짝이 없지 않은가? 가물가
물 사라지는 희망만 좇다가 더 끔찍한 결말을 맞게 되지는 않을까?
이 증오의 목소리는 그가 태어나기 훨씬 전부터 울렸고 그가 죽은
한참 후에도 여전히 울릴 것 아닌가?

그는 여기저기 띄엄띄엄 다시 읽어내려갔다. "흑인 살인범은 자
기가 전기의자에 앉을 위험에 처해 있다는 것을 잘 알고 있다" "대
개 자신의 범행을 다룬 신문기사를 읽거나 공산당원 친구들이 사
입한 호화로운 식사를 하며 시간을 보낸다" "사교성이 없고 입이
무거운 살인범" "시장이 경찰의 용맹을 치하" "살인범에게 불리한
증거가 산더미같이 쌓임".

그리고,

이 흑인의 정신상태에 대해 경찰국 소속 정신과 의사 캘빈 H. 로빈
슨 씨는 이렇게 진술했다. "토머스라는 자가 정신적인 면에서 예상 외

로 빈틈없고 주도면밀하다는 점에는 의심의 여지가 없다. 살인 행위
와 협박편지를 쓴 일을 공산당원들에게 전가하려 한 것이나 그 백인
여성을 강간하지 않았다고 철저히 부인하는 것으로 미루어볼 때, 그
가 수많은 다른 범죄를 숨기고 있을 가능성이 크다."

오늘 오전 시카고 대학 심리학과 교수들은 흑인 남성들이 백인 여
성에게 특별한 매혹을 느낀다고 지적했다. 이 사건과 관련해서 자신
의 이름을 거론하지 말아달라고 요청한 한 교수는 이렇게 말했다. "흑
인 남성들은 같은 흑인 여성보다 백인 여성이 더 매력적이라고 생각
한다. 그들 자신도 어쩔 수 없는 일이다."

일설에 따르면, 이 흑인의 변호를 맡은 공산주의자 보리스 A. 맥스
는 무죄답변을 할 예정이며 배심재판을 질질 끌어 의뢰인을 풀려나게
만들려는 계산이라고 한다.

비거는 신문을 내려놓고 침대에 몸을 뻗고 눈을 감았다. 똑같은
이야기투성이였다. 읽어봤자 무슨 소용인가?

"비거!"

맥스가 감방 바깥에 서 있었다. 간수가 문을 따주자 맥스가 들어
왔다.

"그래, 좀 어떤가?"

"뭐, 괜찮습니다." 그는 말을 흐렸다.

"이제 법정에 나갈 시간이네."

비거는 일어나 멍하니 감방을 둘러보았다.

"준비됐나?"

"네." 비거는 한숨을 쉬었다. "그런 것 같습니다."

"이보게, 불안해할 것 없네. 마음을 편히 갖게."

“선생님이 곁에 앉으시나요?”

“그럼. 바로 같은 탁자에 앉는걸. 공판 내내 곁에 있을 테니, 겁내지 말게.”

간수가 그를 밖으로 데리고 나왔다. 복도에는 경관들이 줄지어 서 있었다. 고요했다. 그들은 그를 두 경관 사이에 세우고 수갑을 채워 양쪽 경관의 팔목에 붙들어맸다. 쇠창살 뒤에서 흑인과 백인의 얼굴들이 그를 흘낏거렸다. 그는 두 경관 사이에 긴 채 딱딱하게 굳은 발걸음을 떼어놓았다. 앞에 여섯명이 있고 뒤에도 여러명이 따라오는 소리가 들렸다. 그들은 그를 데리고 승강기를 타고 지하 통로로 나왔다. 그들은 길게 뻗은 좁은 지하 통로를 걸었다. 발걸음 소리가 고요 속에 크게 울려퍼졌다. 그들은 다시 승강기를 타고 올라가 흥분한 사람들과 경관들로 북적거리는 복도를 걸었다. 창가를 지날 때, 카키색 옷을 입고 밀집 대형을 취한 군인들 뒤편으로 엄청난 군중이 비거의 눈에 얼핏 들어왔다. 그래, 신문에서 말하던 군대와 폭도구나.

그는 어느 방으로 끌려갔다. 맥스가 앞장서 한 탁자로 인도했다. 수갑이 풀리고 비거는 앉았는데 양옆에 경관이 배석했다. 맥스가 오른손을 비거의 무릎에 부드럽게 올려놓았다.

“이제 몇분 있으면 시작이네.” 맥스가 말했다.

“네.” 비거가 중얼거렸다. 눈이 반쯤 감겨 있었다. 그는 머리를 한쪽으로 약간 기울이고 눈길은 맥스 너머 한 지점을 향하고 있었다.

“자, 넥타이를 똑바로 고쳐맬까.” 맥스가 말했다.

비거는 멍하니 매듭을 잡아당겼다.

“저기, 아마 한번쯤은 자네가 말을 해야 할 건데……”

“법정에서 말입니까?”

"그래. 하지만 내가……"

비거의 눈이 두려움으로 휘둥그레졌다.

"안됩니다!"

"자, 내 말 좀 들어보게……"

"그렇지만 아무 말도 하고 싶지 않습니다."

"자네 목숨을 구하려는 것이네……"

비거는 냉정을 잃고 신경질적으로 말했다.

"어차피 죽일 거잖아요! 어차피 죽일 거라는 거 잘 아시잖아요……"

"그래도 한번은 어쩔 수 없네, 비거. 어떻게 말하느냐면……"

"제가 아무 말도 하지 않게 해주실 순 없나요?"

"한두 마디만 하면 돼. 재판장이 자네한테 죄상을 인정하는지 여부를 묻거든, 유죄를 인정한다고 답하게."

"일어서서요?"

"그렇네."

"싫습니다."

"다 자넬 살려보자고 이러는 것 아닌가? 이것만큼은 날 좀 도와주게……"

"상관없습니다. 선생님도 절 살려내진 못할 겁니다."

"그런 생각 하면 안돼……"

"어쩔 수 없는걸요."

"또 하나 일러둘 게 있네. 법정은 사람들로 만원일 테지만, 괘념 말고 그냥 들어가서 자리에 앉게. 바로 내 옆자리일 거야. 그리고 재판장한테 자네가 재판 과정을 열심히 지켜본다는 인상을 줘야 하네."

“어머니는 안 왔으면 좋겠어요.”

“내가 오시라고 했네. 재판장이 어머니를 보는 게 좋을 것 같아서.” 맥스가 말했다.

“마음 아프실 텐데요.”

“모두 자네를 위해서네, 비거.”

“저 같은 놈한테 그럴 필요 있나요.”

“이건 단순히 자네만의 일이 아니라 훨씬 큰 문제일세. 어찌 보면 오늘 그곳에서 모든 미국 흑인이 재판을 받는 거나 마찬가지지.”

“어쨌든 저들은 절 죽일 거예요.”

“우리가 싸우는 한 그렇겐 안돼. 내가 저들에게 자네가 여태까지 어떻게 살아야 했는지 말한다면 말일세.”

경관이 맥스에게 다가와 가볍게 어깨를 건드리며 말했다.

“판사께서 기다리고 계십니다.”

“알았소.” 맥스가 말했다. “자, 비거. 가세. 고개 똑바로 들고.”

두 사람이 일어서자 경관들이 에워쌌다. 비거는 맥스와 나란히 복도를 지나 어떤 문으로 들어갔다. 커다란 방에 사람들이 빽빽이 모여 있었다. 그때 그는 방 한켠 난간 뒤에 검은 얼굴들이 작게 무리 지어 있는 것을 보았다. 굵고 낮게 웅성대는 소리가 들려왔다. 두 경관이 사람들을 한쪽으로 밀어내며 맥스와 비거가 지나가게 길을 터주었다. 비거는 소매를 잡는 맥스의 손길을 느끼며 천천히 앞으로 나아갔다. 그들은 실내 앞쪽으로 왔다.

“앉게.” 맥스가 속삭였다.

앉을 때 플래시의 섬광이 비거의 눈에서 번쩍했다. 그의 사진을 찍어대고 있었다. 몸과 마음이 너무 긴장된 나머지 입술이 떨렸다.

그는 손을 어떻게 해야 할지 곤혹스러웠다. 외투 주머니에 넣고 싶었지만 너무 힘들 뿐만 아니라 이목을 끌 위험이 있었다. 그는 손을 뒤집은 채 무릎 위에 올려놓았다. 그리고 길고 고통스러운 기다림이 있었다. 뒤에서는 여전히 웅성거리는 소리가 들려왔다. 창백한 노란 햇살이 높다란 창문들을 뚫고 떨어지며 허공을 갈랐다.

그는 주위를 둘러보았다. 그렇다, 어머니와 동생들이 와서 그를 쳐다보고 있었다. 옛날 학교 친구들도 많이 와 있었다. 그를 가르친 선생님 두 사람도 자리하고 있었다. G.H.와 잭, 거스, 그리고 닥도 보였다. 그는 눈길을 떨구었다. 한때 이들한테 그는 큰소리를 치고 거칠게 굴고 대들기도 했다. 이제 그들은 여기 앉아 있는 그를 지켜보고 있었다. 그들은 자신들이 옳고 그가 틀렸다고 느낄 터였다. 뱃속과 목구멍에 예의 그 숨 막히는 듯한 뜨거운 느낌이 되살아났다. 그냥 총을 쏴서 끝내버리면 안되나? 어차피 죽일 거면서 이런 일까지 겪게 만드는 이유가 뭔가? 낮게 울리는 굵직한 목소리와 나무 탁자를 탕 치는 소리에 그는 깜짝 놀랐다.

"모두 자리에서 일어나주시기 바랍니다……"

모두 일어섰다. 맥스가 손으로 팔을 건드리는 걸 느낀 비거는 맥스와 함께 일어섰다. 검은 긴 법복을 입고 낯빛이 칙칙하니 허여멀건 남자가 뒷문으로 들어와 설교단처럼 생긴 높은 단상 뒤에 앉았다. 비거는 다시 자리에 앉으며, 저 사람이 재판장이구나 생각했다.

"다들 경청하시오……" 비거는 다시 그 낮은 목소리가 울려퍼지는 것을 들었다. 말이 토막토막 귀에 들어왔다. "……본 형사법원 쿡 카운티 지부는…… 지금부터 재판을 시작하겠습니다…… 휴회를 거쳐…… 앨빈 C. 핸리 재판장 주재하에……"

비거는 판사가 버클리 쪽을 바라보고는 그와 맥스 쪽을 바라보는 것을 보았다. 버클리가 일어나 단상의 발치께로 갔다. 맥스도 일어나 앞으로 나갔다. 두 사람은 잠시 낮은 소리로 판사와 이야기를 나누고 각자 자리로 돌아갔다. 판사 바로 아래 앉은 남자가 일어나 긴 문서를 읽기 시작했는데 목소리가 너무 굵고 낮아 비거는 일부만 알아들었다.

"……사건번호 666 고합 983호…… 일리노이 주 대對 비거 토머스…… 쿡 카운티를 대표하여 선출되어 그 이름으로 선서한 대배심단은 기소판결을 내린바 비거 토머스가 강간을 자행하고 사체를 성적으로 훼손하고…… 손을 사용한 교살…… 질식시켜 죽음에 이르게 하고 사체를 난방로에 넣어 태우고…… 칼과 손도끼로 두부를 동체에서 잘라냈다…… 위의 행위들은 메리 돌턴이라는 여성에게 가해진 것으로서 이러한 경우에 적용하도록 제정, 마련된 법규를 위반하고 일리노이 주민의 안녕과 위엄을 해치고……"

그 남자는 비거의 이름을 끝없이 되풀이 불러댔으므로, 비거는 어떤 방해에도 불구하고 바퀴가 끊임없이 돌아가는 거대하면서도 섬세한 기계 속에 꼼짝없이 갇혀버린 느낌이었다. 거듭거듭 그 남자는 그가 메리와 베시를 살해하고, 메리의 두부를 절단하고, 벽돌로 베시를 난타하고, 메리와 베시를 모두 강간하고, 메리를 난방로에 밀어넣고, 베시를 통풍구 아래로 집어던져 얼어 죽게 버려두고, 그리고 메리의 사체가 불에 타는 동안에도 계속 돌턴가에 머물며 협박편지를 보냈다고 말했다. 그 남자가 말을 마치자, 법정에는 경악의 탄성이 퍼져나갔고, 비거는 고개를 돌려 자기 쪽을 쳐다보는 수많은 얼굴을 보았다. 판사는 법봉을 두드려 정숙을 명하고 물었다.

"피고 측은 이 기소에 대하여 진술할 준비가 되었습니까?"

맥스가 일어섰다.

"네, 재판장님. 피고 비거 토머스는 유죄를 인정합니다."

즉시 비거의 귀에 커다란 소동이 들려왔다. 고개를 돌려보니 너덧명의 남자가 사람들을 헤치고 문 쪽으로 가는 것이 보였다. 신문기자란 걸 알 수 있었다. 판사가 다시 정숙을 명했다. 맥스가 진술을 계속하려 했으나, 판사가 말을 막았다.

"잠깐만요, 변호인. 여러분, 질서를 지켜주십시오!"

법정 안이 조용해졌다.

"재판장님." 맥스가 말했다. "오랜 시간에 걸친 신중한 숙고 끝에 본인은 이 법정에서 무죄답변을 철회하고 유죄답변에 들어가는 재정신청을 하기로 결정했습니다.

이 주의 법률은 형량 경감을 위한 증거 제시를 허용하므로, 본인은 재판장께서 정한 적절한 시점에 본인이 이 청년의 정신적, 정서적 태도에 관한 증빙자료를 제시함으로써 이번 범행들에 대한 그의 책임 정도를 밝힐 기회를 주실 것을 요청합니다. 또한 본인은 피고인의 연령이 매우 어리다는 점을 들고자 합니다. 그리고 나아가 본인은 유죄답변을 피고인의 형량 경감 근거로 간주해주실 것을 이 법정에 호소하고자 합니다……"

"재판장님!" 버클리가 고함을 질렀다.

"변호인 진술을 마칠 때까지 기다리시지요." 맥스가 말했다.

버클리가 벌겋게 달아오른 얼굴로 앞으로 나왔다.

"피고인은 유죄 주장과 정신이상 주장을 동시에 할 수는 없습니다." 버클리가 말했다. "만약 비거 토머스가 정신이상이라고 주장한다면, 본 검사는 배심재판을 요구할 것이며……"

"재판장님." 맥스가 말했다. "본인은 피고인이 법적으로 정신이상이라고 주장하자는 게 아닙니다. 본인은 증거를 논함으로써 피고인의 정신적, 정서적 태도와 이번 범행들에 대한 그의 책임 정도를 밝히고자 노력할 것입니다……"

"그게 정신이상을 주장하는 것 아니오!" 버클리가 고함을 질렀다.

"그런 주장은 한 바 없소." 맥스가 말했다.

"정상이든가 정신이상이든가 둘 중 하나지 무슨 소리요." 버클리가 말했다.

"정신이상에도 여러 단계가 있습니다." 맥스가 말했다. "이 주의 법률은 책임 정도를 확정하기 위한 증거 청취 기회를 인정하고 있습니다. 그리고 또한 형량 경감을 목적으로 하는 증거 제시도 인정하고 있습니다."

"검사 측에서도 피고인이 법적으로 정상임을 입증할 증인과 증거 들을 제시하겠습니다." 버클리가 말했다.

비거로서는 요령부득일 뿐인 언쟁이 길게 이어졌다. 판사가 두 사람 모두를 법대 앞으로 불러냈고 한시간 넘게 논란이 거듭되었다. 마침내 두 사람이 자리로 돌아오고 판사가 비거를 향해 말했다.

"비거 토머스, 자리에서 일어나세요."

그의 몸이 뜨겁게 달아올랐다. 희끄무레한 형체가 자기를 향해 둥실둥실 다가오는 가운데 침대 곁에 서 있을 때처럼, 차에서 잰과 메리 사이에 앉아 있을 때처럼, 닥의 당구장 문을 들어서서 거스를 보았을 때처럼—그는 지금 그때와 똑같은 기분이었다. 엄습하는 강한 두려움에 사로잡혀 온몸이 꼿꼿하게 굳고 졸아드는 느낌이었다. 이 순간에는 그 어떤 동작을 해도 일어서는 것보다는 나을 것 같았다. 그는 의자를 박차고 일어나 아무거나 묵직한 무기라도 휘둘러 이 불공평한 싸움을 끝내버리고 싶었다. 맥스가 그의 팔을 붙들었다.

"일어나게, 비거."

그는 책상 모서리를 붙잡고 일어섰다. 무릎이 하도 떨려서 이러다 저절로 주저앉는 게 아닌가 하는 생각이 들었다. 판사는 입을 열기 전에 한참 동안 그를 바라보았다. 뒤에서 사람들이 웅성거리는 소리가 들렸다. 판사가 정숙을 명했다.

"학교는 어디까지 마쳤나요?" 판사가 물었다.

"8학년까지 마쳤습니다." 비거는 뜻밖의 질문에 놀라며 기어들어가는 목소리로 대답했다.

"피고인이 유죄인정의 답변을 하고, 그 답변이 본건에 정식으로 제출될 시에는," 여기까지 말한 판사는 잠시 뜸을 들이다가 "본 법정은 피고인에게 사형을 선고하거나," 하고 말하고는 다시 얼마간 사이를 뒀다가 "피고인을 종신형에 처할 것을 선고하거나," 하고는 또다시 뜸을 들이다 말했다. "피고인에게 14년 이상의 징역을 선고할 수 있습니다. 무슨 말인지 알아들었나요?"

비거가 맥스를 바라보자 맥스가 그에게 고개를 끄덕였다.

"대답하세요." 판사가 말했다. "만약 이해가 되지 않는다면, 그렇다고 말하세요."

"아—아—알아들었습니다, 재판장님." 그는 기어들어가는 목소리로 대답했다.

"그렇다면 피고인은 답변의 결과를 숙지하면서도, 여전히 유죄를 인정하나요?"

"그—그—그렇습니다." 그는 다시 속삭였다. 모든 게 어떻게든 곧 끝나버릴 정신없고 격렬한 한바탕 꿈인 것만 같았다.

"됐습니다. 자리에 앉으세요." 판사가 말했다.

그는 앉았다.

“검사는 증거와 증인을 제시할 준비가 되었나요?” 판사가 물었다.

“그렇습니다, 재판장님.” 버클리가 일어나 판사와 방청석을 향해 모로 서서 말했다.

“재판장님, 본건에 있어 본인의 진술은 매우 간략할 것입니다. 이 법정에서 이 비열한 범행들의 끔찍한 내용을 소상히 그려 보일 필요는 없을 것입니다. 하느님과 인간에 대한 이 사악한 범죄의 비정상적 면모는 본인의 어떤 말보다도 수많은 검사 측 증인들, 피고인 자신이 작성하고 서명한 자백서, 그리고 구체적 증거들이 더 웅변적으로 보여줄 것입니다. 여러 면에서 볼 때 다행스러운 점이기도 합니다. 이 사악한 범행에서 몇가지 사실은 너무나 엄청나고 믿기 어려운 것이어서, 너무나 짐승스럽고 우리가 인간에 대해 가진 생각과 동떨어진 것이어서, 이 법정에 전달하기가 불가능하다고 느껴지기 때문입니다.

오랜 기간 공복의 자리에 있으면서, 본인은 본인의 책무에 대해 이처럼 흔들림 없는 확신을 가져본 적이 없었습니다. 본건에는 법을 회피하거나 이론적으로 풀거나 기발하게 해석할 여지가 전혀 없습니다.” 버클리는 말을 멈추고 법정을 둘러보더니 한 탁자로 다가가 비거가 메리의 머리를 자른 칼을 집어들었다. “본건은 이 살인범의 칼처럼, 죄 없는 처녀의 몸을 토막내는 데 사용한 이 칼처럼 분명한 것입니다!” 버클리는 소리를 질렀다. 그리고 다시 말을 멈추고 그 버려진 건물에서 비거가 베시를 내리쳤던 벽돌을 탁자에서 집어들었다. “재판장님, 본건은 이 벽돌처럼, 한 불쌍한 여자의 머리를 내리쳐 살해하는 데 사용한 이 벽돌처럼 확실한 것입니다!” 버클리는 다시 법정에 모인 사람들을 바라보며 말을 계속했다. "시민의 대표자로서 자기를 선출해준 많은 시민들이 문자 그대로 등 뒤에 서서 법을 집행하기를 기다리는 이러한 상황에 처하는 것은 그다지 자주 있는 경우가 아닙니다……" 법정은 무덤처럼 고요했다. 버클리는 뚜벅뚜벅 창가로 걸어가 손으로 창문을 단번에 들어올렸다. 엄청나게 모여든 군중이 와글거리는 소리가 밀려들어 왔다. 법정에 동요가 일었다.

"당장 죽여라!"

"린치를 가하라!"

판사가 단상을 두드려 정숙을 명했다.

"조용히 하지 않으면, 모두 퇴장시키겠습니다!" 판사가 말했다.

맥스가 벌떡 일어섰다.

"이의 있습니다!" 맥스가 말했다. "이것은 지극히 불법적인 처사입니다. 사실상 이 법정을 압박하려는 시도입니다."

"이의를 수락합니다." 판사가 말했다. "검사의 직책과 본 법정의 위엄에 좀더 합당한 태도로 진행해주기 바랍니다, 주검사."

"대단히 죄송합니다, 재판장님." 버클리는 법대 쪽으로 나가며 그리고 손수건으로 얼굴을 닦으며 말했다. "감정이 지나치게 격해진 모양입니다. 다만 본인은 상황이 얼마나 절박한지 재판장님께 말씀드리고자 한 것입니다……"

"본 법정은 검사 측 진술을 기다리고 있습니다." 판사가 말했다.

"네, 물론입니다. 재판장님." 버클리가 말했다. "자, 지금 쟁점이 무엇입니까? 기소장에는 피고인 스스로 유죄를 인정한 범행이 상세히 기술되어 있습니다. 피고 측 변호인은 본 기소에 대한 유죄인정 자체를 형량 경감의 증거로 채택해야 한다고 주장하며 이 법정을 설득하려 하고 있습니다.

슬픔에 빠진 메리 돌턴과 베시 미어스의 가족들을 대표하여, 그리고 저 창문 밖에 수천씩 집결하여 법적 조처를 고대하는 일리노이 주민을 대표하여, 본인은 그런 강변이나 책략으로 이 법정을 왜곡하거나 법을 속이지는 못한다는 점을 천명하는 바입니다!

한 인간이 미국 문명의 역사상 가장 끔찍한 살인을 두번씩이나 자행합니다. 그리고 자백합니다. 그리고 그의 변호인은, 그가 교묘하게 법을 피하고 법을 집행하는 공무원들을 살해하려고까지 한 연후에 유죄를 인정한다고 해서 우리가 유죄답변을 형량 경감의 증거로 간주해야 한다고 믿게 만들려고 하고 있습니다!

본인은 천명합니다. 재판장님, 이것은 법정과 이 주의 양식 있는 주민들에 대한 모욕입니다! 만일 그런 범행들에 대해 그런 변호가 용납된다면, 만일 이 살인마의 목숨이 그런 변호로 인해 부지된다면, 본인은 제 직을 사퇴하고, 저기 거리에 모인 저 사람들에게 저로서는 더이상 당신들의 생명과 재산을 보호해줄 수 없다고 말할 수밖에 없을 것입니다! 우리의 법정이 지독한 감상주의에 빠져들어 더이상 공공의 평화를 보호할 적절한 도구가 되지 못한다고 말할 수밖에 없을 것입니다! 우리가 문명을 지키기 위한 싸움을 포기해버렸다고 말할 수밖에 없을 것입니다!

이렇게 유죄인정을 해놓고 나서 피고 측 변호인은 이번에는 피고인이 이 비겁한 강간과 살인 행위에 전적인 책임을 질 수 없는 정신적, 정서적 삶을 살아왔다는 점을 이 법정에서 진술하겠다고 합니다. 변호인은 인간의 생각과 감정에 허황된 '경계지대'를 상정할 것을 이 법정에 요구합니다. 변호인은 한 인간이 범행을 저지를 정도로 정상이지만 그 댓가로 심판을 받을 정도로 정상은 아니라는 이야기를 하는 것입니다! 법률에 대한 이렇게 지독한 냉소란,

법을 미혹시켜 교묘히 빠져나가려는 이렇게 냉정하게 계산된 시도란, 정말 금시초문의 일입니다! 절대 허용되어서는 안됩니다!

피고 측에서 피고인의 정신이상 주장을 계속한다면, 본 검사 측은 피고인을 배심재판에 회부할 것을 요구하겠습니다. 피고인의 답변이 단순한 유죄인정이라면, 본 검사 측은 이 사악한 두건의 범행에 사형이라는 처벌을 내려줄 것을 요청합니다.

재판관께서 지정하는 시점에 본인은 증거를 제시하고 증인들을 증언대에 세워 이 피고인이 정상이며 이 잔인한 범행에 책임이 있음을 입증할 것입니다……"

"재판장님!" 맥스가 외쳤다.

"변호인한테도 의뢰인을 위해 항변할 시간이 주어질 것이오!" 버클리가 고함을 질렀다. "본인의 발언이 끝날 때까지 기다려주시오!"

"이의가 있습니까?" 판사가 맥스를 향해 물었다.

"그렇습니다!" 맥스가 말했다. "주검사의 진술을 방해하고 싶지는 않습니다만, 주검사의 말에는 본인이 이 청년의 정신이상을 주장한다는 인상을 주려는 의도가 숨어 있습니다. 그것은 사실이 아닙니다. 재판장님, 이 가엾은 청년 비거가 유죄를 인정한다는 점을 다시 한번 진술할 기회를 주십시오……"

"이의 있습니다!" 버클리가 소리쳤다. "피고 측 변호인이 이 법정에서 피고인에 대해 기소장에 기록된 것과 다른 호칭을 사용하는 것에 이의를 제기합니다. '비거'라든가 '이 가엾은 청년' 같은 호칭은 동정을 유발하려는 것입니다……"

"인정합니다." 판사가 말했다. "앞으로 피고인을 지칭할 때는 기소장에 기록된 호칭을 사용해주십시오. 맥스 씨, 본인은 변호인이 주검사의 진술 속행을 수락해야 한다고 생각하는데요.”

“더이상 진술할 것은 없습니다. 재판장님.” 버클리가 말했다. “재판장께서 허락해주신다면, 검사 측 증인을 소환하도록 하겠습니다.”

“증인이 몇명이나 됩니까?” 맥스가 물었다.

“육십명이오.” 버클리가 말했다.

“재판장님.” 맥스가 말했다. “비거 토머스는 이미 유죄를 인정했습니다. 육십명이나 되는 증인이 필요하다고는 생각되지 않습니다.”

“피고인이 정상이며, 이 소름 끼치는 범행들에 책임능력이 있었고 현재도 있다는 점을 입증하려는 것입니다.” 버클리가 말했다.

“증인의 증언을 듣기로 하겠습니다.” 판사가 말했다.

“재판장님.” 맥스가 말했다. “본인에게 석명의 기회를 주십시오. 아시다시피, 비거 토머스의 변론을 준비하는 데 본인에게 허용된 시간은 지극히, 전례가 없을 만큼 짧았습니다. 대중의 분노가 뜨겁게 타오르는 동안에 이 청년의 재판을 진행하려고 공판 날짜를 최대한 빨리 잡은 것입니다.

이제 재판 장소의 변경도 아무 소용이 없습니다. 이 주 전역에 똑같은 히스테리 상태가 퍼져 있기 때문입니다. 이러한 상황으로 말미암아 본 변호인은 최선이 아니라 고육지책을 택해야만 하는 처지에 놓였습니다. 만일 살인 혐의를 받는 사람이 흑인 청년만 아니었다면, 주검사도 공판을 서두르고 사형을 요구하지는 않았을 것입니다.

검사 측에서는 본인이 이 청년의 정신이상을 주장하려 한다는 인상을 심으려 하고 있습니다. 사실이 아닙니다. 본인은 증언대에 증인을 세우지 않을 것입니다. 본인이 **직접** 비거 토머스를 위해 증언할 것입니다. 본인은 피고인의 지극히 어린 나이와 정신적, 정서적 생활, 그리고 피고인이 유죄를 인정한 이유 등을 감안할 때 피고인의 형량을 경감하는 게 당연하며 마땅하다는 주장을 펼 것입니다.

주검사는 본 변호인이 본인의 의뢰인에게 유죄를 인정하게 함으로써 이 법정의 허를 파고들려 한다는 식의 생각을 조장하고 있습니다. 이 청년의 형량 경감의 근거로 제시하는 행위에 모종의 법적 계략이 숨어 있다는 생각 또한 조장하고 있습니다. 그러나 일리노이 법정에 이러한 사례는 수없이 많습니다. 러브와 리어폴드 재판이 한 예입니다. 이것은 우리 주의 계몽적이고 진보적인 법률에서 인정하는 정상적인 절차입니다.[30] 이 청년이 가난한 흑인이라고 해서, 다른 사람들에게는 그처럼 흔쾌히 부여해주는 그 보호조치를, 발언하고 이해받을 그 기회를 이 청년에게서 박탈하는 게 옳겠습니까?

재판장님, 본 변호인은 겁이 없는 편입니다. 하지만 그런 저로서도 저 창문 너머에서 저렇게 군중들이 울부짖고 있는 이 마당에 이 청년을 석방하여 새로운 삶의 기회를 주실 것을 요구하지는 못하겠습니다. 따라서 본인은 **고육지책**을 택하여, 군중들의 강렬한 외침소리에도 불구하고 사형을 면해주실 것을 요청하는 바입니다!

법정에서 살인을 인정하는 유죄답변을 하는 경우에 대해 일리노이 법률은 다음과 같이 정해놓았습니다. '법정은 사형을 선고

---

[30] 일리노이 법에서는 무죄주장의 경우는 배심재판에, 유죄인정의 경우는 판사 단독심에 붙이도록 되어 있다. 러브와 리어폴드 재판에서 변호인은 책임을 나누어지는 배심원단이 사형 선고를 내릴 가능성이 더 높다고 판단하여 유죄인정을 택했다.

하거나 피고를 무기징역 내지는 14년 이상의 징역형에 처할 수 있다.' 또한 이 법률에 따르면, 법정은 죄의 가중이나 경감을 판단하기 위해 증거를 청취할 수 있습니다. 이 법률의 목적은 한 인간이 살인을 저지른 이유를 찾고자 노력할 것을 법정에 환기함과 아울러, 또한 그 이유가 형량 경감의 척도가 될 수 있음을 인정하는 데 있습니다.

본 변호인이 보기에 주검사는 비거 토머스가 두 여성을 살해한 이유에 관심이 없습니다. 주검사는 군중이 기다린다, 그러니 우리가 죽이자 하고 말합니다. 논거라고는 우리가 죽이지 않으면 군중이 죽인다는 것뿐입니다.

검사 측에서는 비거 토머스의 범행 동기를 언급하지 않았는데, 검사로서는 그럴 수가 없었기 때문입니다. 사람들이 생각할 시간을 갖기 전에, 사실의 전모가 알려지기 전에, 신속히 처리하는 것이 검사에게 유리하겠지요. 사실의 전모가 알려지고 나면, 사람들이 곰곰이 생각할 시간을 갖게 되면, 자기가 저 자리에 서서 사형을 부르짖을 수 없음을 검사 자신이 잘 알기 때문입니다!

비거가 그런 범행을 한 동기는 무엇이었을까요? 현행법상 인정되는 동기는 하나도 없었습니다, 재판장님. 이에 대해서는 요약 진술에서 더 상세히 언급하겠습니다. 본인이 이 청년의 정신적, 정서적 생활이 형량 결정에 중요하다고 보는 이유는, 그의 범행이 본능적인 것에 가까운 성격을 띠기 때문입니다. 그러나 검사 측에서 이 법정에 쓸데없이 수많은 증인을 연달아 세움으로써 폭도의 욕망을 부추기고, 이 청년이 저지른 범행들의 끔찍한 면모를 세세히 상기시킴으로써 사람들의 마음에 부채질을 하고 있기에, 본인은 검사 측에서 비거 토머스가 살인을 한 동기를 이 법정에 밝힐 것을 요청하는 바입니다.

피고인은 어립니다. 나이만이 아니라 삶을 대하는 태도에서도 어립니다. 피고인은 어려서 선거권도 없습니다. 흑인 빈민가에서 생활해온 피고인은 그 또래의 대부분의 소년보다 어립니다. 깊고 폭넓은 삶을 접할 기회가 없었기 때문입니다. 피고인에게 감정의 분출구는 일과 성, 단 두가지였습니다. 이것들마저도 피고인은 가장 나쁘고 천한 형태로밖에 알지 못했습니다.

본 변호인은 이 법정에 이 청년의 생명을 구해줄 것을 간청하며, 또한 이 법정을 매우 신뢰하는 만큼 이 법정이 이에 동의하리라고 믿습니다."

맥스가 자리에 앉았다. 법정 안이 온통 웅성거리는 소리로 가득 찼다.

"한시간 휴정한 후 1시에 개정하겠습니다." 판사가 말했다.

비거는 경관 사이에 끼여, 사람들로 빽빽한 복도로 다시 끌려나 갔다. 다시 창가를 지날 때 저 밑으로 즐비한 군중의 모습이 보였 다. 군대가 저지하고 있었다. 그는 사람들에게 이끌려 탁자에 쟁반 이 놓여 있는 방으로 갔다. 맥스가 거기서 그를 기다리고 있었다.

"자, 어서 앉게, 비거. 좀 들지."

"생각 없습니다."

"어서. 계속 버티려면 먹어둬야 해."

"배고프지 않습니다."

"그럼, 담배나 한대 피우게."

"됐습니다."

"물 좀 마시겠나?"

"아뇨."

비거는 의자에 앉아 몸을 앞으로 기울이며 탁자에 두 팔을 올려놓고 팔꿈치에 얼굴을 묻었다. 피곤했다. 사람들이 그의 생명을 놓고 논란을 벌이는 동안 자신이 지독히 긴장했었음을 법정 밖으로 나온 지금에야 실감했다. 제대로 살다가 죽을 방도를 찾아보자는 그 모든 어렴풋한 생각과 흥분 따위는 이제 안중에도 없었다. 그가 그 법정에서 가진 느낌은 오로지 두려움과 불안뿐이었다. 시간이 되었고 그는 다시 법정으로 이끌려갔다. 판사가 들어올 때 그도 다른 사람들과 함께 일어섰다가 다시 앉았다.

"검사는 증인신문을 시작하세요." 판사가 말했다.

"예, 재판장님." 버클리가 말했다.

첫번째 증인은 비거가 만나본 적이 없는 한 노파였다. 신문이 진행되면서 그는 버클리가 노파를 롤슨 부인이라고 부르는 것을 들었다. 노파는 자기는 돌턴 부인의 어머니라고 말했다. 비거는 버클리가 노파에게 검시 때 본 귀걸이를 건네는 것을 보았고, 노파는 그 귀걸이가 오랜 세월 동안 어머니에게서 딸에게로 전해내려온 경위를 이야기했다. 롤슨 부인의 신문이 끝나자 맥스는 그녀를 포함해서 어떤 검사 측 증인도 신문할 의사가 없다고 말했다. 돌턴 부인이 증언대로 인도되고 그녀는 검시에서와 똑같은 얘기를 했다. 돌턴 씨는 비거를 고용한 이유를 되풀이해서 말하며, 그를 가리키며 '우리 집에 일하러 온 흑인 아이'라고 말했다. 페기도 흐느끼며 그를 지적했다. "네, 저 애가 맞아요." 그들은 모두 그의 행동거지가 매우 얌전하고 정상적으로 보였다고 말했다.

브리튼은 메리의 실종에 대해 비거가 뭔가 알지 않나 의심한 적이 있다면서 "저 흑인 아이는 저만큼 정상입니다"라고 말했다. 한 신문기자는 난방로에서 나는 연기 때문에 메리의 유해를 발견하게

된 이야기를 했다. 비거는 그 신문기자의 신문이 끝났을 때 맥스가
일어서는 소리를 들었다.

"재판장님." 맥스가 말했다. "신문기자가 몇명이나 더 증언할 예
정인지 알고 싶은데요?"

"정확하게 열네명 남았소." 버클리가 말했다.

"재판장님." 맥스가 말했다. "이건 전혀 불필요한 일입니다. 이
미 유죄를 인정하였는데……"

"저 살인범이 정상임을 입증하려는 것이오!" 버클리가 고함을
질렀다.

"증언을 듣기로 하겠습니다." 판사가 말했다. "계속하세요, 버클
리 씨."

열네명의 신문기자가 더 나와 연기와 뼛조각 이야기를 했고, 비
거가 다른 모든 흑인 청년들과 다름없이 행동했다고 말했다. 5시에
휴정이 되고, 작은 방에서 여섯명의 경관이 보초를 선 가운데 비거
앞에 쟁반이 놓였다. 위가 너무 긴장된 탓에 목으로 넘길 수 있는
건 커피뿐이었다. 6시가 되고 그는 다시 법정으로 들어왔다. 실내
가 어두워지고 전등불이 들어왔다. 이어지는 증인의 행렬은 이제
비거에게 아무런 현실감이 없었다. 다섯명의 백인 남자가 증언대
에 나와 협박편지의 필적이 그의 필적이라고, 즉 '그가 다닌 학교
자료철에서 입수한 그의 과제물'에 나타난 것과 동일한 필적이라
고 말했다. 또다른 백인은 비거 토머스의 지문이 '돌턴 양의 방 문
에서 발견되었다'고 말했다. 그다음엔 여섯명의 의사가 베시가 강
간당한 상태였다고 말했다. 어니네 실비집에서 일하는 네명의 흑
인 급사는 그가 '그날 밤 그 백인 남자와 백인 여자와 같은 테이블
에 앉았던 유색인 청년'이라고 지적했다. 그리고 그들은 그가 '얌

전하고 정상적으로' 행동했다고 말했다. 그다음에는 두명의 백인 여성 교사가 나와, 비거는 '머리는 나빴지만 완전히 정상'이었다고 말했다. 한 증인이 다른 증인과 뒤섞였다. 비거는 더이상 관심을 두지 않았다. 그는 맥없이 멍한 시선으로 응시했다. 이따금 바깥에서 몰아치는 겨울바람 소리가 희미하게 들려왔다. 그는 너무 지친 나머지 폐정이 되어도 반갑지 않았다. 다시 감방으로 호송되기 전에, 그는 맥스에게 물었다.

"재판이 얼마나 걸릴까요?"

"나도 몰라, 비거. 자네, 꿋꿋하게 버텨야 하네."

"끝나버렸으면 좋겠어요."

"자네 목숨이 걸린 일이야, 비거. 싸워야지."

"절 어떻게 하든 상관없어요. 끝나버렸으면 좋겠어요."

다음 날 아침 사람들은 그를 깨워 먹을 것을 준 후 다시 법정으로 끌고 갔다. 잰이 증언대에 나와 검시 심리에서 했던 이야기를 했다. 버클리는 잰을 메리의 살인에 연루시키려는 시도는 하지 않았다. G.H.와 거스, 잭은 그들이 가게와 신문판매대에서 도둑질했던 일과, 블럼네 가게를 털기로 한 날 아침에 싸웠던 일을 이야기했다. 닥은 비거가 자기 당구장에서 당구대 천을 찢던 이야기를 하면서 비거는 '비열하고 못된 놈이지만 정상'이라고 말했다. 열여섯 명의 경관이 그를 '우리가 체포한 자, 비거 토머스'라고 지적했다. 그들은 비거처럼 교묘하게 법을 피할 수 있는 사람은 '정상이며 책임능력이 있다'고 말했다. 비거가 보니 한 남자는 리걸 극장 지배인이었는데, 그는 비거나 비거 같은 아이들이 극장에서 자위를 한다는 이야기, 그리고 잘못 건드렸다가는 싸우겠다고 덤비며 칼을 휘두를까봐 겁나서 뭐라고 하지 못했다는 이야기를 했다. 소년법원에서 온 한 남자는 비거가 자동차 바퀴를 훔친 죄로 소년원에서 석달 복역한 적이 있다고 말했다.

휴정이 있은 후, 오후에는 다섯명의 의사가 비거는 '정상이지만 음침하고 비뚤어진 성격'이라고 생각한다고 말했다. 버클리는 비거가 쓰레기통에 숨긴 칼과 핸드백을 제시하며, 나흘 동안 시내 쓰레기장을 샅샅이 뒤지며 그것들을 찾아다녔다고 판사에게 말했다. 비거가 베시를 내려치는 데 사용한 벽돌도 제시되었다. 그리고 회중전등, 공산당 소책자들, 총, 검게 그슬린 귀걸이, 손도끼날, 서명된 자백서, 협박편지, 피에 젖은 베시의 옷가지, 피 묻은 베개와 이불 들, 트렁크, 보도 갓돌 근처 눈 속에서 발견된 빈 럼주병이 등장했다. 메리의 유골을 들여오자 방청석에서 여자들이 흐느끼기 시작했다. 그리고 열두명의 일꾼이 돌턴가 지하실에서 옮겨온 난방로를 한 조각씩 들고 들어와 나무로 만든 거대한 단 위에 올려놓았다. 사람들이 보려고 일어나자 판사가 착석하라고 명했다.

버클리는 '죄 없는 메리 돌턴의 능욕당한 몸을 난방로에 집어넣어 불태울 수 있으며 사실상 그랬음을 의심의 여지 없이 증명하기 위해서, 그리고 그 가엾은 여성의 머리가 안 들어가는 바람에 가학증이 있는 이 흑인이 머리를 잘라냈음을 보여주기 위해' 체격이 메리만 한 한 백인 처녀한테 난방로에 웅크리고 들어가라고 시켰다. 돌턴가 지하실에서 가져온 쇠 삽을 사용해서 버클리는 뼈가 쓸려 나온 경위를 보여주고, 비거가 '흥분을 틈타 능숙하게 계단을 살그머니 올라가 도망친' 경위를 설명했다. 버클리는 얼굴에서 땀을 훔쳐내며 말했다.

"이것으로 증인신문을 마치겠습니다. 재판장님!"

"변호인." 판사가 말했다. "변호인 측 증인신문을 시작하도록 하세요.”

“피고 측은 지금 제시된 증거에 이의를 제기하지 않을 것입니다.” 맥스가 말했다. “따라서 본 변호인은 증인신문의 권리를 행사하지 않겠습니다. 전에 말한 것처럼, 적절한 시점에 본인이 직접 비거 토머스의 변론을 하겠습니다.”

판사가 버클리에게 요약 진술을 하라고 말했다. 버클리는 한시간에 걸쳐 검사 측 증인들의 증언에 주석을 붙이고 증거를 해석한 끝에 다음과 같은 말로 마무리를 지었다.

“만일 본 검사 측에서 제시한 증거와 증언으로도 본 법정에서 이 여성 유린자인 비거 토머스에게 사형 선고를 내리지 못한다면, 인류의 지적, 도덕적 능력은 무능력 판정을 받아야 마땅할 것입니다!”

“변호인은 내일 변론에 들어갈 수 있겠습니까?” 판사가 물었다.

“그렇게 하겠습니다, 재판장님.”

감방으로 돌아온 비거는 기진맥진한 몸을 침대에 던졌다. 곧 다 끝날 거야, 그는 생각했다. 내일이 마지막 날이 될지도 모른다. 그는 그렇게 되기를 바랐다. 그는 시간 감각을 잃어버렸다. 이제 낮과 밤이 뒤섞여들었다.

다음 날 아침 맥스가 감방에 찾아왔을 때 그는 깨어 있었다. 법정으로 가면서 그는 맥스가 자기에 관해 무슨 말을 할까 궁금했다. 정말 맥스가 자기의 목숨을 구할 수 있을까? 그런 생각이 떠오르는 즉시 그는 그 생각을 떨쳐버렸다. 마음속에서 희망을 지워낸다면 무슨 일이 일어나도 당연하게 받아들일 수 있을 것이다. 복도로 인도되어 창가를 지나면서 그는 변함없이 법원을 둘러싼 군중과 군대를 보았다. 법원 건물이 웅성거리는 사람들로 빽빽한 것도 여전했다. 경관들이 군중 사이로 그가 지나갈 길을 터야 했다.

자기가 제일 먼저 자리에 앉게 되었다는 것을 알았을 때, 한 줄기 두려움이 몸을 관통했다. 맥스는 사람들 속에 섞여 뒤에 처졌다. 그때 그는 맥스가 자기한테 어떤 의미를 갖는지 새삼 절감했다. 그는 지금 무방비 상태였다. 맥스가 여기 없으니, 저들이 저 난간을 넘어와 그를 거리로 끌어내지 못하게 막아줄 것이 어디 있는가? 그는 온통 자신에게 쏟아지는 시선을 의식하며 감히 뒤돌아보지 못하고 자리에 앉았다. 공판 중 맥스의 존재는 그에게 저렇게 집요하고 분노 어린 눈초리로 그를 응시하는 저 군중 속에도 어딘가 그가 잡을 수만 있다면 매달려도 될 무엇인가가 있다는 느낌을 주었었다. 맥스와 처음 나누었던 긴 대화에서 생겨났던 희망은 그의 마음속에 불씨를 남긴 채 이어지고 있었다. 그러나 지금은, 이 공판이 진행되고 버클리의 증오 어린 말들이 난무하는 지금은, 희망의 불꽃을 타오르게 만드는 모험은 하고 싶지 않았다. 그러나 또한 그 불꽃을 꺼버리지도 않았다. 그는 그것을 마지막 도피처로 품고 간직했다.

맥스가 왔을 때 비거는 그의 표정이 창백하고 침울하다는 사실을 눈치챘다. 눈 밑에 둥글게 그늘이 져 있었다. 맥스는 비거의 무릎에 손을 얹고 속삭였다.

"내 최선을 다해봄세."

개정이 되고 판사가 말했다.

"변호인은 변론을 시작해주시겠습니까?"

"네, 재판장님."

맥스는 일어나 흰 머리칼을 손으로 빗어올리고는 앞으로 나갔다. 그는 돌아서서 판사와 버클리를 향해 옆으로 서서, 비거의 머리 너머로 방청석을 바라보았다. 그는 목을 가다듬었다.

"재판장님, 본 변호인이 변론하기 위해 법정에 섰던 수많은 경우 가운데 이처럼 굳은 확신을 마음속에 느꼈던 적은 한번도 없습니다. 오늘 본인이 여기서 말하고자 하는 것은 이 나라 전체의 운명과 관련된 이야기입니다. 본인이 변호하고자 하는 것은 한 사람이나 한 인종을 넘어선 것입니다. 피고인이 우리가 기억하는 가장 암울한 범죄를 저지른 것은, 어떤 면에서는 다행스러운 일일 수도 있습니다. 왜냐하면, 우리가 이 사람의 삶을 이해하고 이 사람에게 무슨 일이 일어났는지 알아낼 수 있다면, 이 사람의 삶과 운명이 얼마나 미묘하고도 굳게 우리의 삶과 운명에 연결되는지 이해할 수 있다면, 우리가 그렇게 할 수만 있다면, 아마 우리는 우리의 미래에 대한 열쇠를 발견하게 될 것이며, 오늘 우리가 갖는 희망과 두려움이 내일의 기쁨과 파멸을 낳는다는 사실을 이 나라 모든 국민이 깨달을 그 드문 유리한 고지를 발견하게 될 것이기 때문입니다.

재판장님, 이 법정에 불경을 범할 생각은 추호도 없습니다만, 본 변호인으로선 솔직하게 말씀드리는 수밖에 없겠습니다. 한 사람의 목숨이 경각에 달려 있습니다. 그런데 이 사람은 범죄자일 뿐 아니라 흑인입니다. 그리고 바로 그러한 까닭에 이 사람은, 법 앞에서는 만인이 평등하다는 우리의 믿음에도 불구하고, 불리한 조건에서 이 법정에 서게 된 것입니다.

이 사람은 다릅니다. 물론 이 사람이 저지른 범죄와 유사한 범죄들 사이에는 정도의 차이만 있을 뿐이지만 말입니다. 여러 사회적 힘들이 복합적으로 작용하여 하나의 상징, 시험적인 상징을 뽑아내어 여기 우리 앞에 갖다놓았습니다. 관찰을 위해 현미경 렌즈 아래 갖다놓는 세균에 착색하듯, 사람들의 편견은 이 상징에 착색을 했습니다. 사람들의 끈질긴 증오 덕분에 우리는 이 작은 사회적 상징을 우리의 병든 사회유기체 전체와 관련지어 바라다볼 심리적 거리를 확보할 수 있게 되었습니다.

재판장님, 본인은 단순히 비거 토머스를 이해하는 행위만으로도, 얼어붙은 충동들을 깨치고 나올 수 있으며, 여기저기 번져나가는 두려움의 형체들을 공포의 밤으로부터 이성의 빛 속으로 이끌어낼 수 있으며, 우리가 몽유병자처럼 아무 생각 없이 꿈꾸듯 참여해온 무의식적인 죽음의 의식儀式에서 가면을 벗겨낼 수 있으리라고 단언하는 바입니다.

그렇지만 과도한 주장은 하지 않겠습니다, 재판장님. 본인은 마술사가 아닙니다. 우리가 이 사람의 문제를 이해하면 우리의 모든 문제가 해결된다든가, 모든 사실을 다 알고 나면 어떻게 행동해야 할지 저절로 알게 된다고 말하지는 않겠습니다. 인생이란 그렇게 간단하지가 않지요. 그렇지만, 본인의 진술이 끝난 다음에도 사형 선고를 내려야겠다고 느낀다면, 그것은 숙고에 따른 자유로운 선택이 되어야 할 것입니다. 본인으로서는 증거를 논의함으로써, 우리가 취할 수 있는 두가지 가능한 조치와 각각에 부득불 수반될 결과들을 이 법정에 환기하고자 합니다. 그런 연후에 우리가 죽이라고 말하겠다면, 진정으로 그렇게 말합시다. 그리고 살려두라고 말하겠다면 그것 또한 진정으로 말합시다. 그러나 어떻게 결정하건 우리는 우리가 어떤 입장을 취하는 것인지, 우리와 우리가 심판하는 사람들에게 어떤 결과가 닥칠 것인지 명심해야 할 것입니다.

재판장님, 본인이 이 청년의 생명을 변호함에 있어 채택한 이러한 방식이, 그리고 범행의 경중 전부를 재판장의 판단에 맡기고자 하는 본인의 결정이, 재판장님의 어깨에 무거운 책임을 지우는 처사임을 본인도 모르는 것은 아님을 믿어주시기 바랍니다. 그러나 이런 상황에서 어떤 다른 방도가 있겠습니까? 밤이면 밤마다 본인은 뜬눈으로 지새우며, 이 청년이 범행을 자백한 살인범으로 이 자리에 앉게 된 원인과 이유 들을 재판장님과 세상에 그려 보일 방안을 생각해내려 했습니다. 그렇지만 이 청년의 운명을 판가름할 결정적 증거를 찾아냈다고 생각할 때마다 본인의 마음의 귀에는 저 창문 너머에서 주방위군이 가로막고 있는 저 군중의 낮고 성난 소리가 들려오곤 했습니다.

저는 자문해보았습니다. 어떻게 하면 이 청년에게 일어난 일들을 차분한 이성의 화폭 위에 분명하고 강하게 그려 보일 수 있을까? 이미 신문과 잡지의 화가들 수천명이 무시무시한 빛깔의 잉크로 덧칠해 수백만장의 공공 지면에 발표한 마당인데. 이 청년의 출신배경과 흑인이라는 사실이 갖는 의미를 익히 아는 본인이, 언론에서 이미 이 청년의 범행에 대해 결론을 내리고 숱한 논설을 통해 처벌 방식까지 시사한 바 있으며 그런 이 나라 언론에 영향을 받아 이미 마음을 굳힌 배심원의 손에 (그것도 이 청년과 같은 흑인들도 아니고 적의에 가득 찬 다른 인종으로 구성되어 있는데 말입니다!) 이 청년의 운명을 맡기는 무모한 짓을 자행할 수 있을까?

아니요! 그럴 수는 없었습니다! 그런 조건에서 집행되는 정의라면 차라리 법원이 없는 편이 나을 것입니다! '재판 시늉'보다는 노골적인 린치가 더 정직할 것입니다! 이미 유죄라고 단정한 사람들 손에 재판을 받느니 차라리 법원을 없애고 각자 무기를 구입해 일신을 보호하거나 혹은 자신의 정당한 몫이라 여겨지는 것을 얻어내려 전쟁을 벌이는 편이 나을 것입니다! 너무나 일반적이면서도 혼란스러울 만큼 너무나 구체적인, 너무나 손에 잡히지 않으면서도 그 끔찍한 결과에서는 너무나 파괴적인—제 의뢰인에게 영향을 미쳤고 제 의뢰인이 오늘 여기서 목숨이 걸린 심판대 앞에 서게 된 경위를 설명해주는 그 결과들을 낳은—증거를 배심원단 처분에 맡겼다면, 그렇게 했다면 저는 저 자신이나 이 청년한테 정직해질 수가 없을 것입니다.

그렇기 때문에 본인은 배심재판을 거부하고 기꺼이 유죄답변을 택해 오늘 이 법정에 서서, 우리 문명의 기반에 영향을 미친다고 믿는 그런 이유에서 이 청년의 생명을 빼앗지 말 것을 이 주의 법률에 근거하여 요구하는 것입니다.

이 법정에서 취할 수 있는 가장 관례적인 처분은 저항을 최소화하는 노선을 택하여 주검사의 의견대로 '사형!'이라고 언도하는 것이겠지요. 그것으로 이 사건은 마무리가 될 것입니다. 그러나 이 범죄가 마무리되지는 않습니다! 바로 그렇기 때문에 이 법정은 다른 결정을 내려야 합니다.

재판장님, 현실 자체에 엄청난 도덕적 문제가 얽혀 있는 까닭에 이미 닦아놓은 편한 길을 따를 수 없는 때가 있습니다. 인생의 목표들이 엉망으로 뒤엉켜 있기 때문에, 앞으로 더 나아가기 전에 멈춰 서서 목표들을 다시 가다듬으라는 이성과 지각의 외침을 듣게 되는 때가 있습니다.

이 공판을 둘러싼 분위기는 어떤 것입니까? 과연 시민들은 차분한 마음으로 오로지 법이 집행되기만, 행한 범죄에 응분의 처벌을 가하고 범죄자를, 오로지 범죄자만을 붙잡아 처벌하기를 기다리는 것일까요?

아닙니다! 생각할 수 있는 온갖 편견을 본건에 끌어들였습니다. 시와 주 당국자들은 고의적으로 주민들의 마음에 불을 질러 계엄

령 없이는 평화를 유지할 수 없는 상황까지 몰고 왔습니다. 자신들의 타락한 양심 말고는 책임질 데가 없는 신문과 경찰 당국은 공산당이 이 두 살인 사건에 모종의 관계가 있다는 우스꽝스러운 주장을 폈습니다. 어제 오전 이 법정에서야 비로소 주검사는 비거 토머스가 다른 범행들도 저질렀다는 입증도 하지 못하는 암시를 그만두었습니다. 그리고 본 변호인이 유대인이면서 감히 이 흑인 청년의 변호를 맡았다는 이유로, 며칠씩 우편함에는 생명을 위협하는 편지가 넘쳐났습니다. 비거 토머스를 체포한 방식이나, 수백 곳의 무고한 흑인 가정에 쳐들어가고 수십명의 흑인들을 거리에서 구타하고 수십명을 일자리에서 쫓아내고 방어할 길이 없는 민족에게 모든 매체를 동원해 거짓말의 십자포화를 쏘아댄 것 — 이 모두가 민주국가들에서는 들어보지 못한 일이었습니다.

비거 토머스의 추적은 모든 흑인 주민을 공포에 몰아넣고 수백 명의 공산당원을 체포하고 노동조합 본부와 노동자조직 들을 습격하는 빌미가 되었습니다. 실로, 언론의 논조와 교회의 침묵, 검찰 당국의 태도, 그리고 대중적 분노를 자극하는 행위는 범죄를 저지른 한 인간에게 복수 이상의 것을 가하려는 의사를 역력히 드러내고 있습니다.

이 모든 격앙된 감정과 흥분의 원인은 과연 무엇입니까? 비거 토머스가 저지른 범죄인가요? 어제는 좋아하던 흑인들을 그가 저지른 짓 때문에 오늘 증오하게 된 것인가요? 노동조합과 노동자회관들이 습격당한 것도 단지 흑인 한 사람이 범죄를 저질렀기 때문인가요? 저 탁자 위에 놓인 저 하얀 뼛조각들이 온 나라에 숨 막히는 공포를 불러일으킨 것인가요? 온 도시에 반유대 감정이 고조된 것도 오로지 유대인 변호사가 흑인 청년을 변호하기 때문인가요?

재판장님, 아시다시피 그렇지가 않습니다! 현재의 격앙된 상황의 모든 요소들은 비거 토머스 사건이 전해지기 전에도 이미 존재해 왔습니다. 흑인, 노동자, 노동조합은 어제도 오늘만큼 증오의 대상이었습니다.

훨씬 더 야만스럽고 끔찍한 범죄들이 이 도시에서 자행되었습니다. 갱들이 살인극을 벌이고도 풀려나 다시 살인을 저지른 적도 있습니다. 그러나 어떤 사건도 지금과 같은 분노를 자아내진 않았습니다.

재판장님, 저 군중은 자발적으로 여기 모여든 게 아닙니다! 선동당한 것이지요! 일주일 전만 해도 저들은 여느 때처럼 조용히 살아가고 있었습니다.

그렇다면 누가 이 잠재적 증오에 부채질을 해 격분으로 바꿔놓았을까요? 생각 없이 오도되고 있는 저 격앙된 군중에게서 이익을 보는 것은 누구입니까? 이 도시의 모든 언론 기관들이 우리 시민들에게 비거 토머스와 그와 같은 사람들에 맞서 가진 것을 보호해야 한다는 거짓말을 갑자기 쏟아내기 시작한 이유가 뭡니까? 이 격앙 상태를 불러일으켜 거기서 이득을 보려 하는 것은 누구입니까?

주검사는 잘 알고 있습니다. 주검사는 루프의 은행가들에게 자기가 재선되면 공공부조 정책을 요구하는 데모[31]를 막아내겠다고 약속했으니까요! 주지사도 알고 있습니다. 파업을 일으키는 노동자를 군대로 저지하겠다고 제조업자협회에 서약했으니까요! 시장도 알고 있습니다. 이 도시 상인들에게, 예산을 삭감할 것이며 빈궁

[31] 1930년대에 미국공산당은 흑인의 자결권과 노동권을 주장하며 실업자위원회, 공공부조 정책을 요구하는 시위를 벌이거나 노동조합을 조직하는 활동을 주도했다.

한 대중의 불만을 가라앉히려고 새로 세금을 부과하는 일은 없을 것이라고 말한 바 있습니다.

이 사람의 생명을 신속히 없애버리라고 요구하는 분노에는 죄의식이 깃들어 있습니다! 저 창문 너머 거리에 모여든 폭도의 행동을 부추기는 증오와 조급함 속에는 두려움이 깃들어 있습니다. 저들은 폭도나 폭도 우두머리나 뒤에서 조종하는 자들이나 겁먹은 자들이나 지도자들이나 그들이 총애하는 심복들이나, 모두가 자신의 삶이 수많은 사람에게 자행된 역사적 불의 위에 서 있다는 것을 알고 느끼고 있습니다! 수많은 사람들의 삶을 희생하여 그 피 묻은 댓가로 여가와 사치를 누리는 것이지요. 저들의 죄의식은 오늘 이 자리에 앉아 재판받는 이 청년의 죄의식만큼이나 깊습니다. 두려움과 증오와 죄의식이 이 한편의 연극 같은 극적 사태의 중심 정조인 것입니다!

재판장님, 본인은 이 청년을 위해서나 본인 자신을 위해서나, 이 법정에 좀더 도덕적으로 격이 높은 논거를 제시할 수 있었으면 하는 마음입니다. 사랑이나 야망, 질투, 모험심 같은 한결 낭만적인 감정이 이 두건의 살인 뒤에 있었노라고 말할 수 있으면 좋겠습니다. 이 숙명적 연극의 불운한 배우가 이런저런 좀더 고상한 감정에 떠밀려 그랬노라고 거리낌 없이 말할 수만 있었다면, 본 변호인의 과제는 한층 쉬워지고 결과를 자신할 수 있었을 것입니다. 승산은 저희 쪽에 있었을 테니까요. 왜냐하면 그럴 경우 본인은 사람들을 결속하는 공동의 이상에 호소하며, 힘겹게 애쓰다가 과오를 저지르고 타락해버린 한 형제를 동정과 이해로 심판해달라고 말할 수 있었을 테니까요. 그러나 이 문제에서 저는 선택권이 없습니다. 이 연극의 막을 찢어버린 것은 제가 아니라 삶 자체니까요.

우리는 여기서 삶의 본래 모습을, 아직 과학과 문명의 노력으로 순화되지 않은 정서와 충동과 태도 들을 다루어야 합니다. 우리는 여기서 첫번째 불의에 관해 생각해보아야 합니다. 우리가 자행한 짓이라 불가피하고 이해할 만한 일로 간주되고 있지만 말입니다. 그런 다음 그 불의에서 비롯되어 길게 이어진 음침한 죄의식을, 이기심과 두려움 때문에 속죄도 못하는 그 죄의식을 생각해봐야 합니다. 그리고 우리는 여기서, 그 첫번째 불의가 다른 사람들 마음속에 불러일으킨 뜨겁게 휘몰아치는 증오와, 수많은 사람들 가슴속 깊이 스며들어 가장 깊고 가장 섬세한 감수성을 형성한 그 증오에서 비롯된 어마어마하고 끔찍한 범죄들을 생각해봐야 하는 것입니다.

여기서 우리는 수백만명의 사람들이 겪어온 파괴된 삶을 다루어야 합니다. 이 파괴는 상상하기도 두려울 정도로 엄청나며, 쳐다보거나 생각하기도 싫을 정도로 비극적인 결과로 점철되어 있습니다. 또한 너무나 오래 지속된 것이어서, 우리는 이것을 차라리 자연질서로 치부해버리려 애쓰며, 꺼림칙한 양심과 거짓된 도덕적 열정을 가지고 이것을 계속 자연질서처럼 만들려고 열심히 노력합니다.

여기서 우리는 좋고 나쁨이 균형을 잃고 비정상적일 만큼 과장되어버린 사람들을 생각해봐야 합니다. 다만 이들은 울타리 양쪽 모두에, 흑인과 백인, 고용주와 노동자 양쪽에 다 존재합니다. 이번과 같은 일이 벌어지면 사람들은 똑같은 인간이 아니라 산이나 거대한 물결이나 바다를 상대하고 있다고 느낍니다. 평온한 마음과 감정으로 영위되는 도시의 일상생활에서는 찾아보기 힘든 긴장을 자아내는 너무나 거대하고 강력한 자연력을 상대하는 듯한 느낌

말입니다. 그렇지만 이런 긴장은 도시 생활에도 존재하며, 그럼으로써 도시 생활을 침해하는 동시에 지탱해주고 있습니다.

재판장님, 본인은 죄를 논하고 관대한 처분을 요구하기에 앞서, 본인이 이 청년을 불의의 희생자라고 주장하는 것도, 이 법정에 동정을 구하는 것도 아니라는 점을 우선 강조해두고 싶습니다. 피고인의 성격과 동기를 개괄하는 목적은 그런 데 있지 않습니다. 흑인들에게 린치나 채찍질을 가하는 일이 이 나라 곳곳에서 빈번하게 일어나고 있기는 합니다만, 오늘 본인이 여기 선 것은 단지 그런 고난에 대해 말하기 위해서가 아닙니다. 제 말을 그런 쪽으로만 받아들인다면, 여러분도 이 청년과 똑같이 맹목적 감정의 수렁에 빠지는 셈이며, 이 사악한 게임은 계속 굴러갈 것입니다. 마치 피에 물든 강이 더욱 심하게 피에 물든 바다로 흘러가듯 말입니다. 이 사람이 불행히도 부정에 희생된 자라는 생각은 이제부터 마음에서 몰아내버립시다. 불의라는 개념은 동등한 요구들을 전제로 하는 것이지만, 오늘 이 자리에 선 이 청년은 아무런 요구도 하지 않습니다. 그가 뭔가 요구한다고 생각하거나 느낀다면, 여러분이 이 청년에게 비난하던 그대로 여러분도 끔찍한 감정에 맹목적으로 휘말려드는 셈입니다. 더욱이 이 청년만큼 정당한 이유도 없이 그리하는 게 됩니다. 폭도의 공포와 폭도의 히스테리를 빚어낸 죄의식은 이 청년의 증오나 별로 다를 바가 없습니다.

그 대신 본인은 여러분한테 간청하는 바입니다. 우리 가운데 자리 잡고 있는 삶의 한 양식, 움츠러들고 뒤틀리긴 했지만 그 나름의 법과 주장을 갖추고 있는 삶의 양식, 일억이 넘는 사람의 집합적이고 맹목적인 의지에 의해 마련된 토양에서 자라나온 한 삶의 양식을 정면으로 직시해주십시오. 우리와는 다른 형태와 외형의 옷을 입고는 있지만 우리 모두의 손으로 갈고 씨 뿌린 흙에서 싹튼 인간의 삶을 인식해야 합니다. 본인은 여러분이 그런 상황에서 비롯된 법과 절차 들을 인식하고 이해하며 바꾸려고 노력해주기를 바랍니다. 우리가 이런 노력은 하나도 하지 않으면서, 좌절당한 삶이 두려움과 공포와 죄의식으로 모습을 드러낼 때 새삼 공포에 질리거나 놀라는 척을 해서는 안될 것입니다.

이것은 삶입니다. 새롭고 이상한 삶. 우리가 두려워하기 때문에 새로우며, 우리가 애써 외면해왔기 때문에 이상한 삶입니다. 이것은 좁디좁은 틀에 갇혀 영위되는 그리고 우리의 선악 개념이 아니라 자체의 완성이라는 관점에서 스스로를 표현하는 삶입니다. 인간은 인간일 따름이며 삶은 삶일 따름입니다. 따라서 우리는 그들을 있는 그대로 보아야 합니다. 그들을 변화시키고 싶다면, 우리는 그들이 존재하며 생존하고 있는 모습 그대로 그들을 대해야 할 것입니다.

재판장님, 일반적인 말씀을 좀더 드려야겠습니다. 이 청년의 배경을, 그의 행동에 강하고 중요한 영향을 미친 배경을 밝힐 필요가 있기 때문입니다. 우리 선조들은 이곳 해안에 와서 거칠고 황량한 땅에 자리를 잡아야 했습니다. 선조들은 짓눌린 꿈을 가슴에 품고 우리가 이 어린 청년의 인간성을 부정했듯 그들의 인간성을 부정한 땅을 떠나 이곳으로 왔습니다. 생계유지 수단을 구하기도 소유하기도 힘든 구舊세계를 떠나온 그들은 식민지 개척자로서, 이 황량한 땅을 정복하느냐 정복당하느냐 하는 어려운 선택에 부딪혔습니다. 선조들이 얼마나 철저히 정복했는지는 저 위풍당당한 거리와 공장과 건물 들만 보아도 알 수 있습니다. 그러나 선조들은 다른 사람들을 사용해서 정복했습니다. 다른 사람들의 생명을 사용했습니다. 광부가 곡괭이를 사용하듯, 혹은 목수가 톱을 사용하듯, 선조들은 다른 사람들의 의지를 자신의 의지대로 굴복시켰습니다. 그들에게 생명이란 적대적인 땅과 기후에 맞서 휘두를 도구와 무기에 지나지 않았습니다.

도덕적으로 비난하자고 이런 말을 하는 것이 아닙니다. 두 세기 반 동안을 노예로 살아야 했던 흑인들에 대한 동정심을 여러분 마음속에 불러일으키자는 것도 아닙니다. 지금 와서 그 일을 불의라는 시각으로 돌아다본다면 어리석은 짓일 겁니다. 고지식하게 굴 필요도 없겠지요. 신의 명령을 받드는 거라고 느낄 때도, 신의 의지를 이행하는 거라고 느낄 때도, 사람은 실은 자기가 해야 하는 것을 할 뿐입니다. 선조들은 생존을 위해 싸웠던 만큼 그 문제에서 선택의 여지는 사실 얼마 없었습니다. 사람이 다른 사람을 노예로 삼은 것은 봉건시대의 제국주의적 꿈 때문이었습니다. 지배하려는 의지에 불타오른 그들이 타인의 인간성에 눈감아버리지 않았더라면, 그처럼 방대한 지역에 국가를 건설하지는 못했을 것입니다. 건설하기 위해서는 타인의 삶을 이용할 필요가 있었으니까요. 그러나 기계의 발명과 이용의 확산으로 더이상 인간을 직접 노예로 삼는 것이 경제적으로 불가능해졌고, 따라서 노예제도가 폐지되었습니다.

재판장님, 불의라는 시각에서 이 청년의 문제를 바라볼 때 생겨나는 위험을 좀더 거론하는 것을 양해해주십시오. 만일 본인이 이 청년을 불의의 희생자라고 말한다면, 은연중에 동정을 구하는 거나 마찬가지일 겁니다. 그리고 이 청년을 동정하는 시각에서 바라보기를 고집하는 사람이 있다면, 조만간 증오와 분간이 안될 만큼 강한 죄의식에 빠져들고 말 것입니다.

사람들이 무엇보다도 싫어하는 것은 자신이 잘못을 저질렀다고 느끼는 것이기에, 만약 죄의식을 느끼게 된다면 사람들은 어떤 변명으로라도 자신의 행동을 정당화하려고 필사적으로 노력할 것입니다. 그렇지만 정당화하지도 못하고 또 자신의 삶과 재산에 지나친 해를 끼치지 않으면서 사태를 바로잡을 즉각적인 해결책도 찾아내지 못할 때, 사람들은 죄책감을 느끼게 만든 바로 그것을 말살하려 할 것입니다.

이것은 흑인이건 백인이건 누구나 마찬가지입니다. 이것은 특이하고 강력하면서도 보편적인 욕구입니다. 재판장님, 예를 들어 보겠습니다. 이 불쌍한 흑인 청년 비거 토머스가 증인으로 어제 이 법정에 나온 공산당원 잰 얼론에게 자기가 지은 죄를 전가하려 했을 때—이 청년이 공산당원들에게 죄를 전가하고 무사히 빠져나올 수 있다고 생각한 것은 신문을 보고 공산당원은 범죄자라는 확신을 갖게 되었기 때문인데—그때 이런 두려움과 죄의식의 한 예가 벌어진 것입니다. 잰 얼론은 길모퉁이에서 비거 토마스와 마주쳤을 때 다 털어놓고 이야기해보려 애쓰며 비거가 자기한테 죄를 뒤집어씌우는 이유를 말하라고 요구했습니다. 잰 얼론은 비거 토머스가 신경질적으로 반응했다고 말했습니다. 저 바깥에 무리 짓고 있는 저 사람들이 이 순간 그러는 것처럼 말입니다. 비거 토머스는 총을 꺼내 들고 잰 얼론에게 자기를 내버려두라고 말했습니다. 비거 토머스는 잰 얼론을 거의 알지 못하고 잰 얼론도 비거 토머스를 거의 알지 못했습니다. 그럼에도 두 사람은 서로를 증오한 것입니다.

오늘 비거 토머스와 저 군중은 서로 알지 못하지만 서로를 증오합니다. 군중은 두렵기 때문에 증오하고, 자신들의 삶의 가장 깊은 감정이 공격받고 상처받는다고 느끼기 때문에 두려워합니다. 그리고 군중은 그 이유를 알지 못합니다. 저들은 맹목적으로 작동하는 사회적 힘에 농락되는 무력한 장기말일 뿐입니다.

이처럼 죄의식과 두려움이 복합된 감정이 이 사건에 대해 검사와 일반 대중이 느끼는 기본 정조입니다. 속으로는 불의가 자행되었다고 느끼고 있으며, 흑인 한명이 자신들에게 범죄를 저지르면 그 불의의 무시무시한 증거를 봤다고 상상하는 것입니다. 그리하여 부와 재산을 지닌 사람들, 공격 대상이 되는 사람들은 자신의 이익을 보호하기에 급급하여 돈을 주고 고용한 하수인들에게 '이 유령을 짓밟아버려!' 하고 명령합니다. 아니면 돌턴 씨처럼 '이 사람이 그런 기분을 느끼지 않게 뭔가 해줍시다' 하고 말합니다. 그러나 그때는 이미 너무 늦은 것이지요.

제가 여러분이 이 청년한테 죄가 없다고 믿게 만들려고 이런 말을 하는 것일까요? 아닙니다. 비거 토머스 자신의 증오심이 다른 사람들의 죄책감을 부추깁니다. 좁은 곳에 갇혀 제한과 구속 속에 살아온 피고인은 자기를 짓밟는다고 생각되는 것을 증오하고 죽여 없애는 것 말고는 다른 행동 방식에 대해 알지도 느끼지도 못합니다.

재판장님, 저는 이 피의 순환을 씻어내려는 것입니다. 이번 사건을 깊이 파고들어, 증오와 두려움과 죄의식과 복수 밑에 어떤 충동들이 얽혀 있는지 보여드리려는 것입니다. 만일 단지 일이십명의 흑인이 노예가 되었다면 불의라고 부를 수도 있겠지만, 흑인 노예는 전국적으로 수십만에 달했습니다. 만일 이런 사태가 이삼년 계속되었다면 부당하다고 말할 수도 있겠지만, 그것은 이백년이 넘게 계속되었습니다. 삼 세기라는 긴 세월 동안 계속되고 수십만 제

곱미터에 걸쳐 수백만의 사람들에게 가해진 불의란 더이상 불의가 아닙니다. 그것은 삶에 하나의 기정사실이 되어버립니다. 인간은 땅에 적응해나갑니다. 인간은 생활 준칙과 선악 개념 들을 만들어냅니다. 생계를 영위하는 수단이 같으면, 삶에 대한 태도도 같아집니다. 언어조차도 사람이 겪는 경험에 따라 규정되고 형성됩니다. 재판장님, 불의는 한가지 형태의 삶을 송두리째 없애버리지만, 그 자리에는 그 나름의 권리와 욕구와 열망을 지닌 다른 형태의 삶이 자라나게 마련입니다. 오늘날 이 나라에서 자행되는 것은 불의가 아니라 억압입니다. 새로운 형태의 삶을 질식시키고 짓밟으려는 시도입니다. 그리고 우리들 한가운데서 자라나 당혹감을 안겨주고, 돌 밑에서 자라난 잡초처럼 우리가 범죄라 부르는 모습으로 스스로를 표현하는 것은, 바로 이 새로운 형태의 삶입니다. 이 문제를 이러한 새로운 현실에 비추어 파악하지 않는 한, 그러한 조건에서 살고 있는 한 인간이 우리가 범죄라 부르는 행위를 할 때, 우리는 우리의 죄의식과 분노의 감정을 또다른 살인으로 달랠 뿐 그 이상 아무것도 할 수 없을 것입니다.

　이 청년은 이 나라 3분의 1에 만연한 문제의 작은 단면을 보여줄 뿐입니다. 이 청년을 죽이십시오! 이 청년의 생명을 태워 없애십시오! 그래봤자 이 섬세하고 무의식적인 흑백관계의 기제가 조금만 어긋나면, 다시 살인이 벌어질 것입니다. 수백만명의 삶을 부정하는 법이 성공적으로 집행되리라고 어떻게 기대할 수 있겠습니까? 우리는 마술이라도 믿는 건가요? 여러분은 십자가를 불태워서 수많은 사람들을 겁주고 그들의 의지와 충동을 마비시킬 수 있다고 믿습니까? 이 청년을 죽인다고 해서 미국 백인 가정의 딸들이 조금이라도 더 안전해질 것 같습니까? 천만에요! 엄숙히 말씀드리지만,

절대 그렇지 않습니다! 그러한 살인이 또 벌어지게 만드는 가장 확실한 방법이 이 어린 청년을 죽이는 것입니다. 분노와 죄의식에 빠진 채, 수천명의 다른 흑인 남녀에게 더욱 탄탄하고 높은 장벽이 세워졌다고 느끼게 만드십시오! 이 청년을 죽여서 갇힌 용암을 부글부글 끓어오르게 만드십시오. 언젠가 터져나오고 말 것입니다. 한번의 어설프고 우발적인 개별적 범행이 아니라 도저히 막을 수 없는 거센 감정의 폭포수로 터져나올 것입니다. 이 청년의 운명을 결정할 때 이 법정이 명심해야 할 가장 중요한 점은, 이 청년의 범행이 우발적으로 행해지긴 했지만 터져나온 감정은 이미 존재해왔다는 사실입니다. 이 청년의 생활 방식이 곧 범죄였다는 점, 이번 범죄는 메리 돌턴을 살해하기 한참 전부터 존재했다는 점, 이번 범죄의 우발적 성격은 이 청년이 베일 뒤에 숨어 살다가 그 베일을 갑자기 확 찢어버리는 식으로, 그리하여 원한과 소외감이 폭발하여 객관적이고 구체적인 형태로 표현되는 식으로 나타났다는 점을 명심해야 합니다.

죄의식에 사로잡힌 우리는 여태껏 시체를 눈앞에서 치워버리려고만 했습니다. 작은 땅뙈기를 하나 찾아내서 거기에 파묻어버렸습니다. 그리고 캄캄한 깊은 밤중에 우리는 그 시체는 죽었으니까 두려워하거나 불안해할 이유가 없다고 말하며 스스로의 영혼을 달랩니다.

그러나 시체는 돌아와 우리의 집에 쳐들어옵니다! 우리는 우리의 딸들이 살해당해 불에 탄 것을 알게 됩니다! 그러면 우리는 말합니다. '죽여라! 죽여라!'

그렇지만, 재판장님, 본 변호인은 말하겠습니다. '잠깐! 우리가 무슨 짓을 하는 건지 생각해봅시다!'라구요. 시체는 죽지 않았으니

까요! 시체는 여전히 살아 있습니다! 시체는 우리의 대도시들이라
는 황량한 숲에, 갈수록 늘어나는 냄새나고 숨 막히는 빈민굴에 자
리를 틉니다! 그것은 우리의 말을 잊어버립니다! 살기 위해 발톱을
날카롭게 갑니다! 냉정하고 무감각집니다! 그것은 우리로선 이해
가 가지 않는 증오와 분노를 한껏 키웁니다! 밤이면 시체는 굴에서
기어나와 살금살금 문명지의 마을들로 기어듭니다! 그리고 친절
한 얼굴을 봐도 벌렁 드러누워 장난스럽게 발을 쳐들고는 간질이
고 쓰다듬어달라고 하지 않습니다. 천만에요. 시체는 죽이겠다고
확 덤벼듭니다!

　그렇습니다, 선의를 지닌 백인 처녀 메리 돌턴은 미소 띤 얼굴로
비거 토머스를 도와주러 다가갔습니다. 사회적 불의가 존재한다
는 어렴풋한 느낌에 돌턴 씨는 식구를 부양하고 동생들을 학교에
보낼 수 있게 이 청년에게 일자리를 주려고 했습니다. 고결한 삶을
모색하고 있는 돌턴 부인은 이 청년이 학교에 가서 기술을 배우기
를 바랐습니다. 그러나 이들이 도움의 손길을 뻗었을 때 죽음이 달
려들었습니다! 오늘 이들은 애도하며 복수를 기다립니다. 피의 수
레바퀴는 계속 돌아갑니다!

　머리가 하얗게 센 저 선한 부모님께는 동정을 금할 수 없을 따
름입니다. 그러나 부동산회사의 경영자인 돌턴 씨한테라면 이렇
게 말하겠습니다. '당신은 흑인 빈민가 말고 다른 구역에서는 흑인
에게 집을 임대해주지 않습니다. 당신이 비거 토머스를 그 숲 속에
묶어둔 것입니다. 당신은 따님을 살해한 사람이 따님한테 이방인
이고 따님 역시 그 사람한테 이방인일 수밖에 없게 만들었습니다.'

　토머스 가족과 돌턴 가족의 관계는 임차인과 집주인, 고객과 상
인, 피고용자와 고용주의 관계였습니다. 토머스 가족은 가난해지

고 돌턴 가족은 부유해졌습니다. 그리고 점잖은 돌턴 씨는 돈을 기부함으로써 자신의 기분을 달래보려 했습니다. 그렇지만, 돌턴 씨, 황금으론 충분치 않았습니다! 시체를 매수할 수는 없으니까요! 돌턴 씨, 자신에게 이렇게 말하십시오, '내 딸을 번제에 바쳤는데도 나를 괴롭히는 이것을 무덤으로 돌려보내지는 못했다'라고.

그리고 돌턴 부인께 드릴 말은 이것입니다. '부인의 박애 정신은 비극적이게도 부인의 보이지 않는 눈만큼이나 눈먼 것이었습니다.'

돌턴 양이 제 말을 들을 수 있다면, 돌턴 양한테는 이렇게 말하고 싶습니다. '내가 오늘 이 자리에 선 것은 당신의 죽음을 의미 있게 만들기 위해서입니다!'

재판장님, 비거 토머스의 삶의 의미를 더 설명하도록 하겠습니다. 비거 토머스나 그들 인종의 마음속에는 수백년 전 우리의 선조들이 처음 이 낯선 기슭에 닿았을 때 느낀 것과 똑같은 느낌이 있습니다. 우리는 운이 좋았습니다. 그들은 그렇지 못합니다. 우리는 우리의 가장 깊고 가장 뛰어난 자질을 요구하는 과업을 지닌 땅을 발견하여 강력하고 누구나 두려워하는 나라를 세웠습니다. 그리고 그 나라에 우리의 영혼을 불어넣었고 지금도 불어넣고 있습니다. 그렇지만 우리는 그들에게 이렇게 말해왔습니다. '이 나라는 백인의 나라다!' 그들은 아직도 그들의 가장 깊고 가장 뛰어난 자질을 요구하는 과업을 지닌 땅을 찾는 것입니다.

이것은 굳이 들어야 아는 이야기가 아닙니다. 우리는 이미 알고 있습니다. 우리 중 일부는 돌턴 씨처럼 우리 도덕의 과거에서 비롯된 죄책감에 시달리다가 장님의 컵에 1페니를 던져넣는 일처럼 순진한 방식으로 죄책감을 해소하려고 합니다! 그렇지만, 재판장님, 삶은 그런 식으로 다룰 수가 없습니다. 그것은 우리의 예민한 감정

같은 것은 비웃으며 운명의 끝까지 돌진합니다. 적어도 이 법정은 유치하지 않은 행동노선을 가리켜 보여주기를 함께 기대해봅시다.

재판장님, 이 청년의 독특한 위치를 생각해보십시오. 이 청년은 기이한 생활조건에서, 우리 문명의 정상궤도 바깥으로 밀려난 조건에서 살아온 민족의 일원입니다. 그렇지만 우리 생활 밖에서 살아가면서도 자기 나름의 온전한 삶조차 갖지 못했습니다. 우리가 그렇게 만든 것입니다. 이 청년을 가까이 두는 편이 편리했으니까요. 더 근사하고 값도 싸니까요. 우리는 이 청년에게 무엇을 할지, 어디서 살지, 어느 정도의 교육을 받을 수 있는지, 어디서 식사할 수 있는지, 어디서, 어떤 종류의 일을 할 수 있는지 정해주었습니다. 우리는 땅에 표시를 해놓고 '거기 꼼짝 말고 있어!'라고 말했습니다. 그렇지만 삶은 정지된 것이 아닙니다.

피고인은 학교에 다니며 모든 백인 아이들이 받는 교육을 받았습니다. 그렇지만 교문을 나와 인생을 시작하는 순간 피고인은 백인 아이는 이쪽으로, 자신은 저쪽으로 가게 되어 있음을 알았습니다. 학교는 피고인의 마음속에 우리 모두가 가진 저 충동들을 자극하고 개발했지만, 그후 피고인은 그 충동들에 따라 행동할 수가 없다는 것을 깨달았습니다. 인간의 정신으로 그렇게 교묘한 덫을 고안해낼 수 있을까요? 이 법정은 이 청년에게 내릴 형을 정하려고 여기 앉아 있으면 안됩니다. 어째서 이 청년과 같은 사람들이 더 없는지에 대해 곰곰이 생각해보려고 앉아 있어야 합니다! 그런데 실은 더 있습니다, 재판장님. 종교와 도박, 성性이라는 역류가 그들의 혈기를 그들에게는 해롭고 우리에게는 이로운 물길로 인도하지 않았다면, 더 많은 사람이 오늘 이 자리에서 재판받고 있을 것입니다. 명심하십시오!

　재판장님, 우리 문명의 물질적 면모를 생각해보십시오. 얼마나 유혹적이며 얼마나 현란한지요! 얼마나 감각을 자극하는지요! 마치 행복이 누구의 손에나 닿을 듯이 가까이서 손짓하는 것처럼 보입니다! 광고, 라디오, 신문, 영화 등의 영향은 또 얼마나 집요하고 압도적입니까! 그러나 이런 것을 생각할 때, 많은 사람에게는 그것이 다만 조롱의 표지일 뿐이라는 점을 기억하십시오. 이 찬란한 색채에 우리는 마음이 잔뜩 부풀지 몰라도, 많은 사람에게는 오히려 매일매일의 고문입니다. 그런 광경 속에서 그 일원으로 걸어다니지만 자신을 위한 것이 아님을 아는 사람을 상상해보십시오!

　메리 돌턴의 살해를 계획한 것은 우리입니다. 그러고는 오늘 법정에 나와 '우리는 아무 상관이 없다!'고 말합니다. 그러나 교사라면 누구나 상관이 있다는 것을 압니다. 교사라면 누구나 흑인 교육이 얼마나 한정되어 있는지 알고 있으니까요. 당국자들도 상관있다는 것을 압니다. 그들은 모든 행동에서 비거 토머스와 그 동족을 엄격한 경계 안에 가둬두려는 의도를 분명히 해왔으니까요. 또한 부동산 소개업자들도 누구나 압니다. 흑인들을 도시의 빈민지역에 묶어두기로 자체 협약을 맺었으니까요. 재판장님, 오늘 이 법정에 나와 앉아 있는 우리가 바로 증인입니다. 우리는 이 증거를 압니다. 그것을 만들어내는 데 조력했으니까요.

　이 엄청난 문제를 해결할 방도를 이야기하는 것은 오늘 이 자리에서 제가 할 일은 아닙니다. 저의 의무는 우리가 정의를 위한 위대한 싸움을 한다는 구실로 이 청년에게 복수를 꾀하는 것이 얼마나 말이 안되는지를 보여주는 것입니다. 그렇게 한다면, 우리는 스스로 최면을 거는 셈입니다. 결국은 자신한테 해를 끼치면서 말이지요.

그렇지만 이런 질문이 나올 수도 있겠습니다. '어느정도 부당한 일을 당한다고 여겼다면, 왜 법정에 나아가 불만사항을 시정해달라고 요청하지 않았는가? 왜 제 손으로 법을 집행하려 들었는가?' 재판장님, 이 청년은 어떤 특정한 개인에게서 부당한 취급을 받았다는 생각은, 살인을 저지르기 전도 그렇고 지금도 전혀 하지 못합니다. 그리고 솔직히 말하면, 여태껏 살아온 삶이 그랬던 만큼, 이 청년은 재판장께서 짐작하시는 것보다 훨씬 더 이 법정에 기대를 걸지 않는 그런 정신구조를 지니게 되었습니다.

그날 밤 피고인에게 접근한 여성이 하필이면 메리 돌턴이었다는 것은 정말 불운한 일입니다. 피고인을 도우려 한 남성이 하필이면 잰 얼론이었던 것 역시 불운한 일입니다. 피고인은 한 사람은 살해하고 다른 사람한테는 그 살인죄를 덮어씌우려 했습니다. 그렇지만 비거 토머스에게 잰과 메리는 인간이 아니었습니다. 사회 관습이 피고인을 두 사람한테서 멀리 밀쳐냈기 때문에 그들은 피고인에게 살아 있는 존재가 아니었습니다.

비거 토머스에게 그렇게 강하게 작용한 뒤틀린 영향력들에서 벗어난 청년이라면 그날 밤 그 술 취한 처녀와 단둘이 있게 되었을 때 어떻게 행동했을까요? 돌턴 씨나 돌턴 부인한테 가서 따님이 취했다고 말했겠지요. 그리고 그것으로 끝났을 겁니다. 살인은 없었을 것입니다. 그렇지만 우리가 이 청년을 대한 방식으로 말미암아 이 청년은 우리가 원하지 않는 바로 그 일을 하고 만 것입니다.

아니면 제가 틀렸나요? 어쩌면 우리는 피고인이 그렇게 하기를 원한 것인지도 모릅니다! 만일 피고인이 건전하고 정상적으로 행동했다면, 우리에게는 수십만명에게 공격을 가할 기회도, 그럴 만한 정당한 이유도 아마 없었을 것입니다! 만일 우리가 피고인을 공정하게 대했다면, 우리는 우리의 공격을 정당화하기 위해 비용을 들여 수많은 이론들을 아마 발명해내야 했을 것입니다!

이 청년의 범죄는 피해자가 가해자라고 여겨지는 사람에게 가한 보복행위가 아니었습니다. 만일 그렇다면 본건은 실로 간단했을 것입니다. 이것은 한 인간이 한 인종 전체를 이 세계의 자연구조의 일부로 오인하고 그에 따라 행동한 사건입니다. 피고인은 우발적으로, 생각 없이, 계획도 의식적 동기도 없이, 메리 돌턴을 살해했습니다. 그러나 살인한 후에는 그 범죄를 받아들였습니다. 바로 이 점이 중요합니다. 그것은 피고인 인생 최초의 온전한 행위였습니다. 피고인에게 일어난 것 중 가장 의미심장하고 흥분되는 고무적인 행위였습니다. 피고인은 그것이 자신을 자유롭게 해주었기 때문에, 선택과 행동의 가능성을 주었기 때문에, 행동을 하고 자기 행동의 무게를 느낄 기회를 주었기 때문에, 그것을 받아들였습니다.

우리가 여기서 다루는 것은 마음속 깊은 곳에서 나오는 충동입니다. 우리가 여기서 다루는 것은, 인간이 인간에게 어떻게 행동하는가 하는 문제가 아니라, 자기가 살고 있는 자연계 전체에 대해 자신을 방어하든가 아니면 적응해야 한다고 느낄 때 인간이 어떻게 행동하는가 하는 문제입니다. 여기서 이해해야 할 핵심적인 사실은, 누가 이 청년에게 잘못을 범했느냐가 아니라, 세계가 피고인의 눈에 어떤 모습으로 비쳤으며, 어디서 그런 시각을 갖게 되었느냐 하는 것입니다. 미리 계획한 것도 아니면서 타인의 생명을 그렇게 신속하고 본능적으로 앗아버리고, 그리하여 우발적인 면이 있었음에도 범행 후 '그렇다, 내가 했다. 해야만 했다'라고 인정하고 나올 정도로 말입니다.

요즘은 피고인이 '나도 내가 무엇을 하는지 몰랐다'고 말하는 게 유행이라는 건 본 변호인도 잘 압니다. 그러나 이 청년은 그런 말을 하지 않고, 오히려 정반대로 말합니다. 자기가 무슨 짓을 하는지 알았지만 그렇게 해야만 한다고 느꼈다고 말합니다. 그리고 그렇게 한 것에 아무런 유감도 없다고 말합니다.

전쟁에서 사람을 죽일 때 후회합니까? 참호 너머로 당신한테 덤벼드는 군인의 인성이 머릿속에 떠오르기나 합니까?

아니지요! 죽임을 당하지 않으려고 죽이는 거니까요! 그리고 전쟁에서 승리한 후 여러분은 자유로운 마을로 돌아옵니다. 마치 이 청년이 메리 돌턴의 피에 손을 적셨을 때 난생처음 자유로운 기분이 들었듯이 말입니다.

재판장님, 본건에서 가장 딱한 대목은 젊은 백인 여성이, 교육을 받았지만 무지하고 사려 깊지 못한 한 대학생이 한 나라가 삼백년이라는 오랜 세월 자행해온 엄청난 잘못을 개인적으로 풀어보려고 하다가 오해받고 그 오해로 말미암아 죽게 된 일입니다. 친절을 베풀려던 여성을 살해한 것이야말로 이 청년의 마음이 비열하고 타락했다는 증거라는 이야기가 나왔습니다. 그런 주장에 맞서 묻겠습니다. 친절을 베풀려 한 여성을 살해한 것만큼 이 청년의 마음이 비열하거나 타락하지 않았음을 잘 보여주는 증거가 있겠습니까? 예, 그렇습니다. 피고인은 그 처녀를 증오했습니다. 왜 아니겠습니까? 자기한테 하는 행동이 어떤 백인도 보통 흑인한테는 하지 않고 오로지 흑인한테서 뭔가 빼앗으려 할 때만 보여주는 행동 방식과 똑같은데요. 피고인은 처녀를 이해하지 못했습니다. 오히려 혼란에 빠지기만 했습니다. 처녀의 행동에 피고인은 온 세상이 머리 위에서 무너져내리는 느낌을 받았습니다. 이 법정 안에 있는 누구든 태양이 갑자기 녹색으로 변한다면 과연 어떻게 할까요?

재판장님, 우리가 메리 돌턴으로 하여금 비거 토머스를 일종의 짐승으로 여기게 만들어왔다는 점을 주의 깊게 유념해주십시오. 또, 우리는 비거 토머스에게는 사형당하고 싶지 않으면 메리 돌턴을 피하라고 명했습니다. 숙명적인 상황으로 두 사람이 만나게 되었습니다. 그중 하나는 죽고 나머지 하나는 생사가 달린 재판을 받게 된 게 과연 놀라운 일일까요?

보십시오, 재판장님. 이 법정조차, 오늘 이 자리조차, 흑인과 백인이 서로 나뉘어 있습니다. 저 난간 뒤에 모여 앉은 저 흑인들이 보이십니까? 저들에게 거기 앉으라고 한 사람은 없습니다. 우리가 자기들과 같은 벤치에 앉기 싫어하는 것을 잘 아니까 저기에 앉은 것입니다.

환경적, 기질적 차이를 감안하고, 또 완전히 교회의 영향권 아래 있는 흑인들을 감안해서, 비거 토머스를 천이백만번 곱해보십시오. 그러면 흑인의 심리를 알게 될 것입니다. 그러나 그들 전체를 바라보는 순간, 개인에서 시선을 돌려 다수의 대중을 생각하는 순간, 새로운 특징이 드러납니다. 집단으로 볼 때 흑인은 단순히 천이백만명의 사람이 아닙니다. 사실상 흑인은 하나의 독립된 국가를, 정치적, 사회적, 경제적 권리와 소유권을 박탈당한 채 이 나라 안에 포로로 잡힌 위축당하고 헐벗은 한 국가를 구성하고 있습니다.

그중 한명을 죽인다고—설령 매일 한명씩 죽인다 해도 말입니다—나머지가 다들 겁먹고 살인을 저지르지 못할 거라고 생각하십니까? 천만에요! 그런 어리석은 정책이 실효를 거둔 적은 이제까지 한번도 없었고 앞으로도 없을 것입니다. 여러분이 죽이면 죽일수록, 거부하고 격리하면 할수록, 저들은 아무리 맹목적이고 무의식적일지라도 더더욱 다른 형태와 방식의 삶을 추구할 것입니다. 그런데 저들이 무엇으로부터 다른 삶을 자아내고 새로운 존재를 빚어내겠습니까? 우리와 유기적으로 같은 마을, 같은 도시, 같은 이웃에 사는 이들인데 말입니다. 본 변호인은 묻습니다, 그것이 과연 무엇이냐고. 바로 우리 자신과 우리가 가진 것이 아니고 무엇이 겠습니까? 우리는 저들에게 아무것도 허용하지 않습니다. 우리는 비거 토머스에게 아무것도 허용하지 않았습니다. 비거 토머스는 또다른 삶을 모색했고 우연히 하나를 찾아냈습니다. 우리가 소중 하게 간직하고 귀하게 여기는 모든 것을 댓가로 해서 말입니다. 사 람들이 한때 우리 선조들을 억압한 나머지 선조들은 다른 사람들 을 한 나라를 건설할 재료로 간주하게 되었습니다. 이번에는 우리 가 다른 사람들을 억압한 나머지 그들은, 아직 암중모색일 뿐이지 만, 우리를 재료로 의미 있는 삶을 구축하려고 합니다. 식인 풍습은 아직 살아 있는 것입니다!

재판장님, 오늘날 미국에는 최초의 열세개 식민주가 자유를 위 해 싸우던 당시 거기 거주하던 주민보다 네 배나 많은 흑인이 살고 있습니다. 우리가 처음 이곳에 왔을 때 유럽의 사고방식에 지배당 하고 있었듯, 이 천이백만 흑인들은 대체로 우리의 사고방식에 지 배당한 채 믿기지 않을 만큼 협소한 한계 속에서 우리가 한때 그처 럼 열심히 추구했던 주인의식을 얻기 위해 투쟁하고 있습니다. 그 런데 과거 우리의 투쟁에 비해 저들은 훨씬 더 어려운 조건에서 악 전고투하고 있습니다. 저들이 추구하는 바를 이해할 수 있는 사람 이 있다면, 그것은 누구보다도 우리여야 맞습니다. 둑에 가로막혀 탁해진 이 거대한 삶의 물줄기는 우리 모두 그처럼 간절히 추구하 면서도 언어로 담아내는 게 불가능한 그 완성을 향해 내달리려 애 쓰고 있으니까요. 인간은 '생명, 자유, 행복의 추구 등 양도할 수 없는 권리를 지닌다'고 말할 때 우리는 잠시 멈추어 '행복'을 정의하지는 않았습니다. 행복이란 우리의 추구 속에 들어 있는 표현되지 않은 특질로 우리는 그것을 굳이 언어로 담아내려 해본 적이 없습니다. 그래서 우리는 '각자의 모양대로 하느님께 봉사하게 하라'고 말하는 것입니다.

그렇지만 우리가 추구하는 행복에는 몇가지 알려진 일반적인 특징이 있습니다. 행복이란 사람들이 완수해야 할 의미 있는 과업이나 의무에 열중하고 몰두할 때 찾아오며, 그럴 때 보잘것없는 노동도 정당하고 값진 것이 된다는 것을 우리는 압니다. 우리는 이것이 다양한 형태로 나타난다는 것을 압니다. 종교에서 이것은 인간의 창조와 타락과 구원의 이야기로 나타나며, 완벽함과 완전함으로 영혼을 사로잡는 우주적 이미지와 상징 들로 표현된 특정한 방식으로 사람들이 자기 삶에 질서를 부여하게끔 이끕니다. 이것은 예술이나 과학, 산업, 정치, 사회 활동에서는 다른 형태로 나타날 것입니다. 그러나 이 천이백만 흑인들은 종교 말고는 이 고도로 정련된 표현 방식에 접할 길이 없습니다. 게다가 종교 또한 많은 경우 가장 원시적인 형태의 종교밖에 알지 못합니다. 우리도 마찬가지지만, 오늘날 긴장에 찬 도심 환경으로 인해 삶의 방식으로서의 종교에 대한 충동이 거의 마비되다시피 했으니까요.

존재하고, 살고, 행동할 힘, 그들의 인종적 특징들에서 나온 엄청난 열의를 다해, 자신의 영혼을 구체적이고 객관적인 형태로 쏟아부을 힘을 느끼면서, 그들은 울부짖는 유령처럼 우리의 복잡한 문명을 뚫고 활주합니다. 그들은 궤도에서 이탈한 불붙은 유성처럼 빙글빙글 맴돌다, 자란 땅에서 뽑아낸 나무처럼 말라 죽는 것입니다.

재판장님, 사람들은 밥이 부족해도 굶주림을 느끼지만 자기실현이 부족해도 굶주림을 느낀다는 사실을 명심하십시오! 그것을 위해서는 살인도 할 수 있습니다! 우리도 우리의 개성을 실현하고 실현된 개성을 보존한다는 꿈을 내걸고 나라를 세우고 전쟁을 벌이고 정복하지 않았습니까!

우리는 인간성의 법칙이 우리가 우리의 길에 발을 내디딘 후로는 작동을 멈추었다고 생각하는 건가요? 우리의 행복권을 위해 너무 열심히 투쟁한 나머지 우리와 다른 사람들이 지금 행복해질 수 있는 조건들을 파괴하다시피 한 것인가요? 이 흑인 청년 비거 토머스는 한때 우리 땅에서 타올랐고 지금도 타오르고 있는 유동적인 생명력이 지닌 거센 불길의 일부입니다. 차가운 벽에 몸을 던져 속절없이 터져버린 뜨거운 생명의 분출입니다.

그렇지만 비거 토머스가 정말로 살인한 걸까요? 이 법정의 감정을 거스를 위험을 무릅쓰고, 본 변호인은 우리가 삶에서 추구하는 이상들에 비추어 이런 질문을 던지는 바입니다! 외부에서 볼 때는 살인이겠지요. 맞습니다. 그러나 비거 토머스에게는 살인이 아니었습니다. 살인이라면 그 동기는 무엇입니까? 검사 측에서는 고함치고 호통치고 위협도 했지만, 비거 토머스가 왜 죽였는지는 말하지 않았습니다! 모르니까 말하지 못한 것입니다! 진실은, 재판장님, 현행 법률의 범위에서 동기라고 볼 수 있는 그런 동기가 없었다는 것입니다. 진실은, 이 청년이 죽이지 않았다는 것입니다! 예, 맞습니다, 메리 돌턴이 죽었습니다. 비거 토머스가 질식사를 시켰지요. 베시 미어스도 죽었습니다. 비거 토머스가 버려진 건물에서 벽돌로 내리쳤습니다. 그러나 비거 토머스가 살인한 걸까요? 죽인 걸까요? 명심하십시오. 비거 토머스가 일요일 새벽 돌턴가에서 저지른 일, 그리고 그 일요일 밤 그 빈 건물에서 저지른 일은 이 청년이 여태까지 내내 해온 일의 한 작은 단면에 불과합니다. 이 청년은 자기가 아는 방식대로, 그리고 우리가 강요한 대로 살아갔을 뿐입니다. 두 여자의 죽음으로 귀결된 행동들은 숨을 쉬거나 눈을 깜박이는 것만큼 본능적이고 필연적이었습니다. 그것은 **창조** 행위였던 것입니다!

좀더 말씀드리지요. 이 공판이 열리기 전에 신문과 검찰에서는 이 청년이 다른 범죄들도 저질렀다고 했습니다. 사실입니다. 피고인은 수많은 범죄를 저질렀습니다. 그렇지만 최후의 심판 날까지 찾아보십시오, 증거의 실마리는 한 오라기도 찾아내지 못할 것입니다. 피고인은 여러 차례 살인했지만 시체는 없습니다. 설명해드리지요. 삶에 대한 이 청년의 태도 전부가 곧 범죄입니다! 우리가 피고인에게 불러일으키며, 우리 문명이 바로 피고인의 의식구조 속에, 피와 골수 속에, 매시간 인성의 작동 속에 짜넣은 증오와 두려움이 피고인의 생존 방식을 정당화하는 근거가 되어버린 것입니다.

우리와 접촉하게 될 때마다 피고인은 매번 살인을 합니다! 이것은 피고인의 존재 속에 각인된 생리적이며 심리적인 반응입니다. 피고인이 하는 생각은 하나같이 잠재적 살인입니다. 우리 사회에서 수용되지 않고 배척당하면서도 우리와 같은 충동들을 충족하기를 갈망하는, 그러나 충동의 사회적 표출을 위해 오랜 세월 진화해온 대상들과 통로들을 박탈당한 피고인은, 매일 해가 뜨고 질 때마다 전복적인 행동을 자행하게 됩니다. 피고인의 동작은 하나하나가 무의식적 항의입니다. 아무리 사사롭고 개인적인 것이라도 모든 갈망, 모든 꿈이 음모 내지 모의인 것입니다. 모든 희망이 반란 음모입니다. 모든 시선이 위협입니다. 피고인의 생존 자체가 반국가 범죄입니다!

그날 밤 한 백인 처녀가 침대에 누워 있고 한 흑인 청년이 두려움에 홀린 마음으로 증오에 휩싸여 굽어보고 있을 때, 한 눈먼 여인이 방으로 들어오는 일이 벌어졌습니다. 그러자 그러고 있는 것을 들켰다간 우리가 사형에 처해야 마땅하다고 할 것임을 익히 아는 그 흑인 청년은 처녀를 죽였습니다. 그러나 이것은 본 사건의 한 측면에 불과합니다! 그 흑인 청년이 살인으로 치달은 데는 두려움도 있었지만 흥분과 환희와 고양감에 대한 갈구도 작용했으니까요! 이것이 그 청년이 살아가는 방식이었습니다!

재판장님, 눈먼 우리가 사람들의 삶을 속박하고 간섭한 결과, 그들 가슴속의 나방들은 잔인하고 이해할 수 없는 불길에 몸을 던질 수밖에 없었던 것입니다!

본 변호인은 베시 미어스와 이 청년의 관계를 설명하지 않았습니다. 이 여성을 잊은 것은 아닙니다. 이 여성이 비거 토머스의 의식에서 대체로 빠져 있기 때문에 지금까지 언급하지 않았을 뿐입니다. 이 가엾은 흑인 처녀와의 관계는 비거 토머스가 세상과 맺고 있는 관계를 잘 보여주기도 합니다. 그러나 비거 토머스는 베시 미어스를 살해한 죄로 이 자리에서 재판받는 게 아니고, 이는 피고인도 잘 알고 있습니다. 이것은 무엇을 의미합니까? 법의 눈에는 흑인 여자의 생명이 백인 여자의 생명만큼 중요하지 않다는 건가요? 추상적으로는 아마 똑같이 중요하겠지요. 그러나 두려움과 도주의 압박에 시달릴 때 비거 토머스의 머릿속엔 베시가 떠오르지 않았습니다. 그럴 수도 없었지요. 같은 흑인과의 가장 내밀한 관계에서마저 피고인은 자신을 대하는 미국의 태도에 좌우되었습니다. 메리 돌턴을 죽인 후 피고인은 자신이 살려면 입을 다물게 만들어야 했기 때문에 베시 미어스를 죽였습니다. 메리 돌턴을 죽이고 나자 백인 여자를 죽였다는 두려움에 다른 것은 안중에 없어졌습니다. 피고인은 베시의 죽음에 아무 반응도 할 수가 없었습니다. 엄습해오는 두려움에 의식마저 사로잡혔으니까요.

그러나 이렇게 물을 수도 있겠죠. 피고인은 베시를 사랑하지 않았나? 베시는 피고인의 여자가 아니었던가? 네, 피고인의 여자였습니다. 여자가 있어야 했기 때문에, 피고인은 베시를 가졌습니다. 그러나 사랑하지는 않았습니다. 본인이 이 법정에 그려 보인 그런 사람의 삶에 사랑이라는 게 가능하겠습니까? 생각해봅시다. 사랑은 성으로만 이루어지는 것이 아닙니다. 그런데 피고인이 베시와 나눈 것은 성뿐이었습니다. 피고인도 그 이상을 바랐지만 피고인의 삶과 그 여자의 삶을 둘러싼 환경에서는 가당찮은 일이었습니다. 그리고 비거와 베시, 두 사람의 기질 때문에도 불가능했습니다. 사랑은 안정된 관계, 경험의 공유, 충실, 헌신, 신뢰에서 자라납니다. 비거나 베시한테는 이런 것이 전혀 없었습니다. 이 두 사람이 무엇을 바랄 수 있었겠습니까? 두 사람의 가슴을 결속시켜주는 공통된 비전도 없었습니다. 같은 길로 나아가게 해주는 공통된 희망도 없었습니다. 함께 아주 가까이 있으면서도 두 사람은 어이없을 만큼 혼자였습니다. 두 사람은 육체적으로 서로 의존하면서도 그런 의존 상태를 싫어했습니다. 두 사람이 함께한 짧은 순간은 성적인 목적에서였습니다. 두 사람은 서로를 사랑하는 만큼 서로를 증오했습니다. 아마 사랑보다는 증오하는 마음이 강했을 것입니다. 성은 삶의 깊은 뿌리를 따사롭게 비춰줍니다. 성은 사랑의 나무가 자라나는 토양입니다. 그러나 두 사람의 나무는 뿌리가 없는 나무, 햇빛만 받고 사는 나무, 돌처럼 말라붙은 땅에 어쩌다 떨어지는 비와 햇빛만 먹고 자라는 나무였습니다. 육신이 없는 영혼이 사랑할 수 있을까요? 두 사람 사이에는 육체적 고양감의 간헐적 분출이 있었습니다. 그것뿐입니다.

도덕적 분개심을 일으키려는 영리한 계산으로 검사 측은 이 법정에 극장 관리인인 사람을 불러들여 비거 토머스와 그런 청년들이 극장에 뻔질나게 드나들며 캄캄한 좌석에서 자위 행위를 했다고 증언하도록 만들었습니다. 숨 막히는 경악이 법정을 휩쓸었습니다. 그렇지만 그게 뭐 그리 이상합니까? 비거 토머스와 여자 친구의 관계부터가 자위의 관계가 아닌가요? 비거 토마스와 온 세상의 관계가 같은 차원이 아닌가요?

피고인의 생존 전체가 충족을 향한 하나의 긴 갈구였습니다. 충족 대상들을 박탈당한 갈구 말입니다. 그리고 피고인이 접하는 세상의 모든 부분은 우리가 규제하고 있었습니다. 두려움이라는 도구를 통해 우리는 그의 의식의 양태와 질을 결정했습니다.

재판장님, 이 청년만이 박탈감과 당혹감에 시달리는 것일까요? 피고인은 예외일까요? 아니면 다른 사람들도 그럴까요? 다른 사람들도 마찬가집니다, 재판장님. 흑백을 떠나 수백만명의 사람들이 그렇습니다. 그리고 바로 그렇기 때문에 우리의 미래가 폭력이 덮쳐오는 모습으로 떠오르는 것입니다. 쓰라린 원한과, 완성과 환희를 희구하는 좌절된 갈망이, 얼마나 강렬하며 얼마만큼 의식적 행동으로 나타나는지에는 차이가 있지만, 하루하루 이 나라에 퍼져나가고 있습니다. 비거 토머스와, 흑백을 막론하고 그와 어느정도 닮은 수백만명의 생각이, 우리가 가해온 무거운 압박으로 인해 저 밑바닥에 흘러내리는 모래 더미처럼 쌓여 우리 문명의 기초를 떠받치고 있습니다. 사회질서와 목마른 갈망의 아슬아슬한 균형이

언제 사소한 충격에 깨어지면서 이 도시들의 마천루들이 무너져내
릴지 누가 알겠습니까? 허황한 공상처럼 들리나요? 그렇지만 단언
컨대, 저 군대와 기다리고 있는 군중보다 더 허황하지는 않습니다!
저들의 존재와 죄책감 어린 분노는 우리로서는 생각도 하기 싫은
것을 예고하는 전조입니다.

　재판장님, 비거 토머스는 자신을 고통과 증오와 두려움의 늪에
서 끌어내주기만 한다면 누구에게든 표를 던지고 따라갈 마음이었
습니다. 저 바깥의 군중이 한 사람한테 겁먹는다면, 수백만이 일어날
때는 어떤 심정이 될까요? 누군가 한 맺힌 수백만의 공감을 불러일
으키는 말, 존재하고 행동하고 살라는 말을 하는 때가 금방이라도
닥칠지 누가 압니까? 이 법정은 비거 토머스가 잡은 기회보다도 위
험 부담이 덜한 기회를 그들이 거머쥐지 않으리라고 볼 만큼 순진
합니까? 비거 토머스의 자백 가운데 자기의 살인이 우발적이었으
며 그 처녀를 강간하지 않았다는 대목은 일단 접어둡시다. 그것은
사실 중요하지 않습니다. 중요한 것은 피고인이 살인을 저지르기
전에 이미 유죄였다는 사실입니다! 바로 그렇기 때문에 이 사건이
일어나자마자 그렇게도 신속하고 자연스럽게 피고인의 삶 전체가
형체를 갖추고 명료해지고 새로운 의미로 충만해진 것입니다. 수
백만이 연루된 또다른 '우발적 사고'가, 우리의 끔찍한 멸망의 날
이 될 '사고'가 언제 일어날지 그 누가 알겠습니까?

　지금 이 순간의 핵심에 자리한 것은 조만간 모습을 드러낼 힘의
문제입니다.

　재판장님, 이 나라에 또다시 내전이 일어나는 것은 불가능한 일
이 아닙니다. 그리고 이 청년의 삶의 의미를 그릇되게 파악하는 것
이 곧 오늘날 부와 재산을 가진 사람들이 수백만의 억눌린 자의 의

식을 얼마나 잘못 읽고 있는가를 보여주는 징표라면, 내전은 일어나고야 말 것입니다.

본 변호인은 이 청년과 이야기를 해보았습니다. 이 청년은 교육받지 못했습니다. 가난합니다. 흑인입니다. 그리고 우리가 이런 것들이 이 나라에서 무엇을 의미하게 만들었는지 재판장님도 잘 아실 겁니다. 피고인은 젊고 아직 인생이 무엇인지 제대로 경험해보지도 못했습니다. 피고인은 아직 미혼이며 여성의 안정된 사랑이 미치는 영향이나 자기한테 어떤 의미를 가질 수 있는지 알지 못합니다. 말씀드린 대로 본인은 피고인과 이야기를 나누었습니다. 거기서 제가 야망을 보았을까요? 예. 그렇지만 그것은 얼룩지고 희미했습니다. 어디서 출구를 찾아낼 수 있을지 전혀 알지 못한 채 말입니다. 피고인은 자기한테 기회가 없음을 알고 있었습니다. 피고인은 그렇다고 믿었습니다. 피고인의 야망은 사슬에 묶여 억제당했습니다. 고여 있는 물이지요. 예. 저는 피고인과 이야기를 해보았습니다. 피고인에게 더 나은 삶의 희망이 있었을까요? 예. 그렇지만 피고인은 그것을 엄격히 통제하며 억눌렀습니다. 피고인은 그것을 단단히 속으로 누른 채 붐비는 우리의 거리를 걸어다니고, 우리의 차를 운전해주고, 우리의 식탁에서 시중들고, 우리의 승강기를 운행했습니다. 모든 마을과 도시에서 여러분은 피고인을 봅니다. 우리가 피고인에게 돈을 지불하고 피고인이 웃기를 기대하기 때문에 웃는 피고인을 봅니다. 우리 시대의 분위기 자체가 우리한테 가르쳐주었듯 피고인에게도 하자 없는 신체와 평균적 지능과 온전한 정신을 갖춘 사람이면 누구나 가져야 한다고 가르쳐준 것을 피고인이 손에 넣으려 든다면, 과연 어떤 일이 벌어질까요? 저 못지않게 여러분도 잘 알고 계십니다. 폭동이지요.

재판장님, 우리 가운데 예측 불가능한 것이 있다면, 바로 그것입니다!

이 모든 문제를 오늘 이 법정에서 해결해야 한다는 말은 아닙니다. 그것은 우리의 소관 사항도 아니며, 우리 능력에 가당한 일도 아니라고 생각합니다. 그렇지만 우리는 이 흑인 청년을 살릴 것이냐 죽일 것이냐 하는 결정을 실제 현실에 적합한 방향으로 내릴 수는 있습니다. 그렇게 되면 적어도 우리가 보고 있고 알고 있다는 것을 보여줄 것입니다! 그리고 우리가 보는 것과 아는 것엔 이 한 사람의 목숨이 기필코 언젠가 천만 배가 되어 우리한테 도전해올 것이라는 인식도 포함될 것입니다.

본인은 재판장께 이 청년을 극형이 아니라 종신형에 처해주실 것을 간청하는 바입니다. 제가 이렇게 청하는 것은 그러고 싶어서가 아니라 그럴 수밖에 없다고 느껴지기 때문입니다. 이렇게 청할 때 저는 만연한 군중심리의 위협을 잘 알고 있으며 그러지 않아도 만연한 증오를 더 부추길 생각은 제게 없습니다.

비거 토머스에게 감옥은 어떤 의미를 가질까요? 감옥에는 피고인이 자유로운 삶에서는 결코 찾을 수 없었던 이점이 있습니다. 피고인을 감옥에 보내는 것은 관대한 처분 이상이 될 것입니다. 재판장께선 처음으로 피고인에게 삶을 부여해주는 게 될 것입니다. 피고인은 처음으로 이 문명의 궤도 안으로 들어오게 될 것입니다. 비록 숫자에 불과하지만 분명한 신원도 갖게 될 것입니다. 처음으로 세상과 공인된 관계를 맺게 될 것입니다. 피고인이 남은 생을 보낼 건물만 해도 과거 그가 살아본 어떤 건물보다도 나을 것입니다. 피고인이 감옥에 간다는 것은 최초로 인간성을 인정받는 거나 마찬가지입니다. 피고인의 마음과 감성에는 캄캄하고 텅 빈 오랜 세월

만이 확실하고 지속적인 유일한 대상으로 남아, 피고인은 그것을 핵으로 삼아 자신의 삶의 의미를 구축하게 될 것입니다. 다른 재소자들은 피고인이 평등에 기초한 관계를 맺을 최초의 사람들일 것입니다. 피고인으로 인해 분개하는 사회와 피고인 사이에 가로놓인 쇠창살은 증오와 두려움으로부터 은신처를 마련해줄 것입니다.

재판장님은 이 사람을 죽일 수도 없습니다, 재판장님. 우리는 이 사람이 살아 있다는 걸 인정하지 않는다는 점을 명백히 해왔으니까요. 따라서 본 변호인은 '이 청년에게 삶을 주시라' 하고 말하겠습니다!

그런다고 이 범죄로 예시된 문제가 해결되지는 않을 것입니다. 그것은 아마도 미래로 미뤄야 할 것입니다. 그렇지만 만일 우리가 피고인을 죽여야만 한다고 말하겠다면, 용기와 정직을 지니고 말합시다. '저들을 전부 죽여버리자. 저들은 인간이 아니다. 저들이 들어올 공간은 없다.' 그리고 그렇게 합시다.

우리가 피고인을 종신형에 처하더라도 다른 사람들을 돕지는 못할 것입니다. 이 법정에 그런 시도를 해보라고 요구할 생각도 없습니다. 그렇지만 우리는 이 청년이 살든 죽든 그가 살아온, 선명하게 구획된 게토들이 고스란히 남아 있음을 기억할 수는 있습니다. 한편에서는 증오의 물결이, 다른 편에서는 죄책감의 물결이, 하나는 두려움과 증오를 낳고 다른 하나는 죄책감과 분노를 낳으며, 고조되고 있으며 이는 계속 불어날 것입니다. 그렇지만 최소한 이 판결은, 제가 열거한 점들을 감안해 이 청년을 징역에 처해주신다면, 여기 연루된 문제에 대해 최초로 인정하는 일이 될 것입니다.

재판장님, 본 변호인은 이 청년에게 삶을 주라고 말합니다. 그리고 이렇게 양보할 때 우리는 이 문명을 이루는 두 근본 개념을, 역

사상 가장 강력한 국가를 건설하는 기반이 된 두 기본 개념인 개인
과 안전, 즉 개인은 불가침한 존재이며 개인을 지탱해주는 것들 또
한 마찬가지라는 신념을 높이 치켜드는 것입니다.

우리의 현대 생활이 보여주는 장엄함이, 철도, 발전소, 원양여객
선, 비행기, 철강공장 같은 것들이 이 두 개념에서 꽃피었음을, 인
간과 인간의 영혼에 안전을 보장하는 난공불락의 기반을 창조하려
는 우리의 꿈에서 자라난 것임을 잊지 맙시다.

재판장님, 이 법정과 저 군대는 진정으로 공공의 평화를 유지하
는 기구는 못됩니다. 그것들이 존재한다는 사실 자체가 우리가 손
가락 사이로 평화를 흘려버리고 있다는 증거지요. 공공의 평화란
서로 신뢰할 때 찾아옵니다. 공공의 평화는 모두가 안전하며 또 앞으
로도 안전하리라는 믿음입니다.

부자들이 힘의 행사와 과시를, 조속한 사형을, 조속한 복수를 촉
구할 때 그것은 수백만의 사람한테서 강탈한 한점의 사사로운 안
정을 보호하려는 행위일 뿐이며, 한 맺힌 수백만의 전투적 가슴속
에는 안정에 대한 꿈과 희망이 여전히 살아 있습니다.

재판장님, 본인은 우리의 존재 전체와 우리가 믿는 모든 것의 이
름으로 이 청년의 생명을 구해주실 것을 간청합니다! 단지 이 흑인
청년을 살리기 위해서만이 아니라 우리 스스로 죽임을 당하지 않
기 위해서, 제 존재의 모든 것을 걸고 간청하는 바입니다!"

비거는 맥스의 마지막 말이 법정에 울려퍼지는 것을 들었다. 자
리에 앉는 맥스의 눈이 쾡하니 피곤해 보였다. 비거는 들이쉬고 내
쉬는 그의 무거운 숨소리를 들을 수 있었다. 그는 이 변론을 이해
하지는 못했지만, 맥스의 어조에서 얼마간 의미를 감지할 수 있었
다. 갑자기 그는 자신의 생명이 맥스가 그처럼 애써 구해내야 할

만큼 소중하진 않다는 느낌이 들었다. 판사가 법봉을 두드리며 휴정을 선언했다. 비거가 일어나자 온 법정이 소란해졌다. 경관들이 그를 작은 방으로 데리고 가 보초를 섰다. 맥스가 들어와 말없이 고개를 숙인 채 그의 곁에 앉았다. 한 경관이 쟁반을 들고 와 탁자에 놓았다.

"들게." 맥스가 말했다.

"시장하지 않습니다."

"최선을 다하긴 했네만." 맥스가 말했다.

"전 괜찮습니다." 비거가 말했다.

그 순간 비거는 맥스의 변론으로 자신이 목숨을 건졌는지 아닌지는 별로 관심이 없었다. 그는 맥스의 그 모든 말이 오로지 자기를 위한, 자기의 목숨을 구해주기 위한 것이라는 뿌듯한 생각에 매달렸다. 그에게 뿌듯함을 안겨준 것은 변론의 내용이 아니라 변론 행위 그 자체였다. 그것만으로도 굉장한 일이었다. 쟁반에 담긴 음식이 식어갔다. 반쯤 열린 창문을 통해 비거는 웅성거리는 군중의 소리를 들었다. 곧 돌아가 버클리의 말을 듣게 될 것이다. 그러면 재판장의 판결만 제외하고는 모든 게 끝난다. 그리고 재판장이 입을 떼면 죽을지 살지 알게 될 것이다. 그는 머리를 두 손으로 고이고 눈을 감았다. 맥스가 일어나 성냥을 켜 담배에 불을 붙이는 소리가 들렸다.

"자, 한대 피우게, 비거."

그가 한 개비를 집어들자 맥스가 불을 댕겨주었다. 연기를 깊이 빨아들인 그는 담배 생각이 없다는 것을 깨달았다. 손가락 사이에 담배를 들고 있자 연기가 충혈된 눈 위로 말려 올라갔다. 문이 열리는 소리에 그는 고개를 휙 돌렸다. 경관 하나가 고개를 디밀었다.

"2분 후에 개정합니다!"

"알았소." 맥스가 말했다.

다시 경관 사이에 끼여 비거는 법정으로 돌아갔다. 판사가 들어오자 일어났다가 도로 앉았다.

"검사는 최종의견을 진술하세요." 판사가 말했다.

고개를 돌리자 버클리가 일어나는 것이 보였다. 검은 양복 차림에 상의 옷깃에는 작은 분홍색 꽃이 꽂혀 있었다. 지극히 단호하고 확신에 찬 그의 모습과 태도를 보고 비거는 이미 틀렸구나 하는 느낌이 들었다. 저런 사람한테 어떻게 이길 수 있겠는가? 버클리는 입술을 핥으며 방청객을 둘러보았다. 그러고는 판사 쪽으로 돌아섰다.

"재판장님, 이 나라는 법이 엄연히 살아 있는 나라입니다. 법은 국민의 의지를 구현합니다. 법의 대행자이자 종복으로서, 국민의 집결된 의지의 대표자로서, 본인은 국민의 의지를 단호하고 지체 없이 집행하기 위해 여기 나왔습니다. 본인은 이 자리에 서서 반드시 그렇게 되도록 조치할 것이며, 만일 그렇게 되지 않는다면, 매우 엄숙하고 강력한 항의를 무릅써야 할 것입니다.

일리노이 주 검찰관으로서 본인은 매우 중요한 이 사건이 법정 최고형이자 살인범이 유일하게 두려워하는 법정형인 사형으로 처리되어야 한다고 주장하기 위해 이 영예로운 법정 앞에 섰습니다.

본인이 이렇게 촉구하는 것은, 이 사회와 우리 가정과 우리가 사랑하는 사람들을 보호하기 위해서입니다. 본인이 이렇게 촉구하는 것은, 법의 정의로운 집행, 안전과 신성한 인간 삶의 유지, 사회질서의 보호 그리고 범죄의 예방과 처벌을 위해 본인의 인간적 능력이 닿는 한 최선을 다하겠다고 서약한 의무를 수행하는 것입니다.

본인은 이 서약한 의무를 수행할 뿐 본건에 어떤 이해관계도 감정도 가진 바 없습니다.

본인은 메리 돌턴과 베시 미어스의 가족들과, 법을 준수하며 열심히 본분을 다하는 일억명의 남녀를 대변하고 있습니다. 본인은 예술과 과학이 자유와 평화 안에서 번성케 함으로써 우리 모두의 삶을 풍요롭게 만들어주는 힘들을 대변하는 것입니다.

본인은 피고 측에서 제시한 어리석고 무관하며 공산주의적이고 위험천만한 발상들에 일일이 답변함으로써 본 법정의 위엄이나 이 공소의 정의로움을 떨어뜨리지는 않겠습니다. 그리고 그런 생각을 저지하는 데 이 가증스러운 살인마 비거 토머스에게 사형을 선고하는 것보다 나은 방법이 있겠습니까!

동정을 구하는 그럴싸한 주장에 흔들림 없이 사형을 선고하여 법을 제대로 집행하라! 이렇게 말하는 본인의 목소리가 모질게 들릴지도 모릅니다. 그러나 본인이야말로 진정한 자비와 동정심을 베푸는 것이니, 이 법에서 정해놓은 최고의 극형을 시행할 때에만 비로소 오늘 밤 성실한 수백만 국민이 평화롭게 잠들고 내일 그들의 가정과 생명에 시커먼 죽음의 그림자가 드리우지 않으리라고 안심할 수 있기 때문입니다.

범죄를 저지른 댓가로 피고인을 최고형에 처하라! 이렇게 말하는 본인의 목소리가 복수심에 찬 것처럼 들릴지도 모릅니다. 그러나 본인이 진실로 말하고자 하는 바는, 법이 제대로 집행되어 수백만의 귀중한 일자리를 보호할 때, 어린이와 노약자와 맹인과 섬약한 사람 들을 자기통제력도 이성적 판단도 법에 대한 존중도 없는 자들의 공격에서 막아줄 때, 법의 온정이 비로소 발휘되는 것이라는 사실입니다.

피고인은 자백한 범죄들의 댓가로 사형당해야 마땅하다! 이렇게 말하는 본인의 목소리가 잔인하게 들릴지도 모르겠습니다. 그러나 본인이 정말로 말하고자 하는 바는, 바로 법이 강력하고 자비로운 덕분에, 오늘 우리 모두가 이 법정에 앉아서 사심 없는 마음으로 이 사건을 다룰 수 있고, 바로 이 순간 어떤 반인반수인 시커먼 유인원이 우리 딸들을 강간하고 살해하고 불에 태우려고 우리 집 창문을 넘어오지나 않을까 하는 두려움에 떨지 않을 수 있다는 사실입니다!

재판장님, 법은 신성하며 우리가 소중히 여기는 모든 가치의 기반임을 다시 천명하는 바입니다. 법은 우리로 하여금 일신의 존엄성을 당연히 여기며 좀더 높고 고상한 목적들에 매진할 수 있도록 해줍니다.

신성한 법률이 총칼을 대신하게 되었음을 느끼고 이제 안전한 가운데 생각하고 느낄 수 있다고 깨닫는 순간, 인간은 동물의 왕국에서 걸어나온 것입니다.

다시 말씀드립니다만, 법은 우리를 인간으로 만들어주는 것이기 때문에 신성한 것입니다! 지상의 삶이 조화롭게 돌아가게 뒷받침해주는 법의 탄탄한 구조를 오도된 동정이나 두려움 때문에 약화시키는 사람들에게는, 그리고 그런 사람들로 이루어진 문명에는 재앙이 다가올 것입니다.

재판장님, 본인은 이 공판에 인종적, 계급적 증오라는 유독한 문제를 끌어들인 피고 측의 처사를 유감스럽게 생각합니다. 맥스 씨가 그처럼 냉소적으로 우리의 신성한 관습을 공격할 때 본인이 그랬듯 가슴에 상처를 입은 모든 사람들에게 공감합니다. 그리고 이 사람의 미혹되고 병든 마음에는 동정을 느낄 따름입니다. 우리 여성의 가장 아름답고 가장 섬세하게 피어난 꽃 한 송이를 능욕하고 짓밟아버린 짐승 같은 괴물을 정의의 손길로 응징하려는데 백인이 막고 나서다니, 오늘은 미국 문명에 있어 실로 슬픈 날입니다.

이 시꺼먼 도마뱀의 곱슬곱슬한 머리통을 발꿈치로 짓밟아 뭉개버려, 더이상 배를 깔고 기어다니며 죽음의 독을 내뿜지 못하게 만들 기회가 주어진다면, 점잖은 미국 백인들은 하나같이 넋이 나갈 듯한 희열을 느낄 것입니다!

재판장님, 이 비열한 범죄를 상술하려니 싫은 마음에 문자 그대로 몸이 움츠러듭니다. 이 범죄를 입에 담는 것만으로도 뭔가 오염되는 듯한 기분을 금할 수 없습니다. 피비린내 나는 범죄란 그런 힘이 있습니다! 그것은 그처럼 역겨운 전염성 병균에 속속들이 물든 것입니다!

40년 넘게 시카고 주민으로 살아온 한 부유하고 친절한 성품의 백인 남성이 구호소에 사람을 보내 자기 집 운전사로 일할 흑인 청년을 구합니다. 인종이나 가난이나 가족에 대한 책임으로 인해 불리한 여건에 처한 청년을 보내달라는 조건을 달아서 말입니다. 구호소에서는 기록을 뒤져 그런 도움을 받을 자격이 있다고 생각되는 흑인 가족을 선정합니다. 그 가족은 지금과 마찬가지로 당시 인디애나 로 3721번지에 거주하던 토머스 가족이었습니다. 사회복지사가 가족을 방문하여 어머니에게 그 가족을 생활보호자 명단에서 빼는 대신 아들을 개인 가정에 고용시켜주겠다고 알립니다. 적절한 시기에 구호소에서는 그 집의 장남 비거 토머스, 오늘 여기 앉아 있는 이 검은 미친개에게 일자리에 나오라는 통지서를 보냅니다.

자신과 어머니, 동생들을 부양할 기회가 생긴 것을 알고, 이 교활한 악당은 어떤 반응을 보였을까요? 고마워했을까요? 수천만의 미국인이 무릎 꿇고 하느님께 감사드릴 그런 일자리가 생겼다고 기뻐했을까요?

천만에요! 피고인은 어머니에게 대들었습니다! 일하기 싫다고 말이지요! 그냥 거리를 쏘다니며 신문판매대에서 물건을 훔치고 가게를 털고 여자들과 어울리고 싸구려 술집이나 돌아다니고 싸구려 영화나 보고 창녀들 뒤꽁무니나 쫓아다니고 싶어서 말입니다! 한번도 본 적이 없는 사람이 이웃 사랑을 베풀어주었을 때, 이 인간 이하의 살인범이 보인 반응은 이런 것이었습니다!

피고인의 어머니는 피고인을 설득하고 간청했습니다. 그러나 힘든 생활에 찌든 어머니의 곤란한 처지도 이 무정한 흑인 놈한테는 아무 효과가 없었습니다. 청소년기의 여학생인 누이동생의 장래도 안중에 없었습니다. 자기가 그 일을 하면 남동생이 다시 학교에 다닐 수 있다는 사실도 비거 토머스한테는 아무 매력이 없었습니다.

그런데 사흘에 걸친 어머니의 설득 끝에, 피고인은 갑자기 승낙합니다. 드디어 어머니의 설득이 먹혀든 것일까요? 자신과 가족에 대한 의무를 깨달은 것일까요? 아닙니다! 이 탐욕스러운 야수가 굴에서 밖으로 나간 것은 이런 배려 때문이 아니었습니다! 피고인은 만일 수락하지 않으면 구호소에서 식량배급을 중단할 것이라는 어머니의 말을 듣고서야 승낙한 것입니다. 일하러 가겠다고 동의는 했지만, 피고인은 어머니가 말도 붙이지 못하게 했습니다. 이마에 땀을 흘려 스스로 벌어먹어야 한다는 게 너무나 화가 났던 것입니다. 여전히 거리나 싸돌아다니며 전처럼 도둑질이나 하고 싶어서, 그러다가 소년원에 한번 들어간 적도 있습니다만, 그래도 그런 짓이나 하고 싶어 심통이 나 부어터진 피고인을 일하러 가도록 만든 것은 배고픔이었습니다.

피고 측 변호인은 공산당 특유의 교활함으로 본인이 이 야수의 범행 동기를 대지 못할 거라 장담했습니다. 재판장님, 변호인에게 실망을 안겨줄 수밖에 없겠습니다. 본인이 이제 그 동기를 밝힐 것이니까요.

비거 토머스는 일자리를 얻으러 돌턴 씨 댁에 가기로 한 날, 영화관에서 뉴스영화 한편을 보았습니다. 이 뉴스영화에는 플로리다 해변에서 수영복 차림을 한 메리 돌턴 모습이 나왔습니다. 비거 토머스의 친구인 잭 하딩은 집요한 심문 끝에 비거 토머스가 그런 여자를 태우고 도시를 돌아다닌다는 생각에 대단히 흥분했었다고 인정했습니다. 얼버무리지 말고 솔직하게 말합시다. 본 법정은 캄캄한 극장에서 이런 사내애들이 역겨운 성적 일탈행위를 한다는 이야기를 이미 들은 바 있습니다. 잭 하딩이 단도직입적으로 인정하지는 않았지만 참고인한테서 얻어낸 정보들만으로도 충분히 알 수 있습니다. 메리 돌턴의 영상이 스크린에 비치는 동안 이 아이들이 그 행위에 몰두했던 것입니다! 바로 그때, 강간 살인을 저지르고 몸값을 받아낸다는 착상이 이 저능아의 머릿속에 떠오른 것입니다! 이게 바로 당신이 요구하는 동기요, 그런 범죄를 구상하게 된 야비한 정황인 것입니다!

영화를 보고 나서 피고인은 돌턴 씨 댁으로 갔습니다. 거기서 피고인은 융숭한 환대를 받았습니다. 방도 하나 받고, 주급에 더해 제 몫의 가욋돈이 나온다는 말을 들었습니다. 차려주는 음식도 먹었습니다. 그리고 학교에 돌아가 기술을 배워보겠느냐는 제의도 받았습니다만 피고인은 거절했습니다. 피고인의 마음과 감정은—이 야수에게 마음이나 감정이란 게 있다면 말입니다만!—그런 목표에는 아무 관심도 없었으니까요.

그 댁에 간 지 채 한시간도 안되었을 때 피고인은 메리 돌턴을 만났고, 돌턴 양은 피고인에게 조합에 가입하겠느냐고 물었습니다. 노동자를 위해 속으로 피눈물을 흘리고 있는 맥스 씨께서는 자신의 의뢰인이 왜 이 질문에 반감을 느꼈는지 우리에게 가르쳐주지 않으셨지요.

신뢰로 가득 찬 그 백인 처녀가 앞에 서 있다는 것을 본 순간, 저 흑인의 교활한 머리에 어떤 음험한 생각들이 스쳐지나갔을까요? 우리는 알 도리가 없습니다. 오늘 이 자리에 앉아 관용을 구하고 있는 이 인간 쓰레기가 우리에게 털어놓지 않는 것도 현명한 짓이겠지요. 그러나 상상을 해볼 수는 있겠습니다. 그후 한 짓을 보면 짐작이 가니까요.

두시간 후 피고인은 돌턴 양을 태우고 루프로 갔습니다. 이 사건에서 첫번째 오해가 생겨나는 것이 바로 이 대목입니다. 돌턴 양이 이 흑인에게 학교 대신 루프로 가자고 한 것은 부모님의 뜻을 어기는 행위였다는 게 일반적인 생각입니다. 그러나 그것은 우리가 판단할 문제가 아닙니다. 그것은 메리 돌턴과 돌턴 양의 하느님이 해결할 문제인 것입니다. 가족들은 돌턴 양이 자신들의 바람에 빗나갔다는 점을 인정했습니다. 그렇지만 메리 돌턴은 성인으로서 자기가 가고 싶은 곳에 갔을 뿐입니다.

이 흑인은 돌턴 양을 태우고 루프로 갔고 돌턴 양은 거기서 친구인 백인 청년과 합류했습니다. 그들은 그곳에서 싸우스사이드의 한 까페로 가서 식사를 하고 술을 마셨습니다. 흑인가에 있는 까페였기 때문에 그들은 이 흑인에게 같이 먹자고 청했습니다. 대화할 때도 함께 끼워주었습니다. 술을 주문할 때도 함께 마시게 충분한 양을 주문했습니다.

그후 피고인은 이 두 사람을 태우고 약 두시간 동안 워싱턴 공원을 돌았습니다. 새벽 2시쯤 돌턴 양의 친구는 차에서 내려 자기 친구들을 만나러 갔습니다. 메리 돌턴은 이 흑인과 단둘이 차에 남게 되었고, 그때까지 돌턴 양은 이 흑인에게 오로지 친절을 베풀었을 따름입니다. 그 시각 이후 실제로 무슨 일이 일어났는지 우리는 정확히 알지 못합니다. 우리가 아는 건 이 검둥이 불량배의 몇 마디 말뿐이며, 이 자가 모든 것을 털어놓지 않았다는 점 또한 확실합니다.

우리는 메리 돌턴이 정확히 언제 살해되었는지 모릅니다. 그러나 이것은 압니다. 그녀의 머리가 몸에서 완전히 절단되었다는 것! 머리와 몸이 모두 난방로에 집어넣어 불태워졌다는 것 말입니다!

아, 세상에, 얼마나 피비린내 나는 장면이 자행되었겠습니까! 그 음탕하고 살인적인 습격이 얼마나 신속하고 느닷없이 행해졌겠습니까! 가엾은 어린 처녀가 이 미친 유인원한테서 벗어나려고 얼마나 몸부림쳤겠습니까! 무릎을 꿇고 눈물을 가득 담은 눈으로 이 유인원의 끔찍한 몸이 지긋지긋하게 와닿는 것을 멈추게 하려고 얼마나 간청했겠습니까! 재판장님, 이 지옥의 괴물은 강간보다도 더 지독한 범행의 증거를 없애려고 시신을 태운 게 아닐까요? 저 짐승 같은 배신자는 여자의 죄 없는 가슴의 하얀 살결 위에 찍힌 자신의 잇자국이 드러나는 날이면, 여기 이 법정에 앉는 높은 영광마저 누릴 수 없으리라는 것을 틀림없이 알았을 겁니다! 오, 수난의 그리스도여, 이처럼 사악하고 끔찍한 행위를 어찌 말로 표현하겠나이까!

그런데 변호인은 우리보고 이것을 창조의 행위로 믿으라 합니다! 하늘에 계신 하느님께서 벽력 같은 소리로 '아니다' 하고 호통치시며 변호인의 거짓된 목소리를 눌러 없애시지 않다니 기이한 일입니다. 이 짐승 같은 비열한 범죄를 '본능적인' 것이라는 이유로 변명해주는 소리를 듣자니 혈관에 흐르는 피가 멎을 지경입니다!

다음 날 아침 비거 토머스는 다 꾸리지도 않은 돌턴 양의 트렁크를 라샐 가 역으로 싣고 가, 아무 일도 없었던 양, 돌턴 양이 아직 살아 있는 양, 트렁크를 부치려고 했습니다. 그리고 그날 저녁 돌턴 양의 시신에서 나온 뼈가 난방로에서 발견되었습니다.

시체를 불태우고 다 꾸리지도 않은 트렁크를 역으로 실어간 행위가 의미하는 것은 단 하나입니다, 재판장님. 강간과 살인이 계획적이었다는 것, 몸값을 받아낼 때까지 범행을 끌고 나가기 위해 증거를 없애려 했다는 것을 보여주는 것입니다. 이 흑인이 처음 '자백'하면서 가소롭게도 주장한 대로 돌턴 양을 우발적으로 살해했다면, 시체는 뭐하러 태웁니까? 돌턴 양이 죽은 걸 뻔히 알면서도 트렁크를 역으로 싣고 간 이유는 뭐겠습니까?

대답은 하나뿐입니다! 피고인은 강간 살인을 자행한 후 돈을 뜯어내기로 계획한 것입니다! 강간의 증거를 없애려고 시체를 태웠습니다. 시신을 태우고 협박편지를 준비할 시간을 벌기 위해 트렁크를 역에 가지고 갔습니다. 돌턴 양을 강간했기 때문에 살해한 것입니다! 재판장님, 본건에서 중심이 되는 범죄는 강간이라는 사실을 명심해야 합니다! 모든 행위가 그 사실을 가리키고 있습니다!

그 댁에서 사설탐정들을 부른 것을 안 이 흑인은 혐의를 딴 데로 돌리려 했습니다. 달리 말해, 피고인은 자기 대신 죄 없는 사람이 죽는 것도 아랑곳하지 않았습니다. 더는 살인이 불가능해지자, 피고인은 차선책을 택했습니다. 거짓말 말입니다! 피고인은 돌턴 양의 친구가 정치적 신념 때문에 혐의를 받게 되리라 생각하고 그에게 죄를 덮어씌우려 했습니다. 피고인은 자기가 그 두 사람, 즉 돌

턴 양과 그 친구와 함께 돌턴 양의 방으로 올라갔다고 터무니없는
거짓말을 늘어놓았습니다. 차를 밤새 내내 눈 내리는 진입로에 놔
두고 집으로 돌아가라는 지시를 받았다고도 했습니다. 거짓말이
드러날 지경에 처하자, 피고인은 또다른 계책을 도모했습니다. 돈
을 뜯어내려고 한 것입니다!

탐정들의 조사가 시작되자 피고인은 도망쳤을까요? 아닙니다!
냉정하게 아무 느낌도 없이, 계속 돌턴 씨 댁에서 먹고 자며 머물
렀습니다. 피고인이 보호받아야 할 불쌍한 소년이라는 생각에 심문
도 면해준 돌턴 씨의 오도된 친절을 만끽하며 말입니다.

이런 자를 보호해주다니, 똬리 튼 방울뱀을 보호해주는 격이 아
닙니까!

가족이 딸을 찾아 온 세상을 뒤지고 다니는 동안, 이 잔인무도한
인간은 돌턴 양의 무사 귀환을 원한다면 만 달러를 내라는 협박편지
를 썼습니다! 그러나 난방로에서 유골이 발견되면서 그 더러운 꿈
은 끝장이 났습니다!

그런데도 변호인은 우리보고 이 인간이 저지른 짓이 두려움 탓
이라고 믿으라 합니다! 유사 이래, 두려움 때문에 그처럼 치밀하게
계산하게 되었다는 이야기를 들어본 적 있습니까?

또다시 우리는 이 보잘것없는 원숭이 같은 자의 몇 마디 말에 의
존할 수밖에 없겠습니다. 피고인은 거기서 달아나, 오랫동안 친밀
한 관계를 맺어온 베시 미어스라는 한 젊은 여자의 집으로 갔습니
다. 그 집에서 오직 교활한 야수나 저지를 법한 일이 벌어졌습니다.
여자는 무서워서 몸값 받아내는 걸 도와줄 수밖에 없었고, 메리 돌
턴의 시신에서 훔쳐낸 돈을 맡아두었습니다. 피고인은 이 가엾은
여자를 죽였습니다. 이러한 살인 계획을 인간의 머리로 할 수 있다

고 생각하면 지금도 마음이 섬뜩합니다. 피고인은 이 여자를, 하느님도 모르는 공산주의자 맥스 씨는 여러분에게 달리 말했습니다만, 자기를 깊이 사랑한 이 여자를 설득했습니다. 피고인은 자기를 깊이 사랑하는 이 여자에게 함께 도망치자고 설득했습니다. 두 사람은 버려진 건물 안에 숨었습니다. 그리고 거기서, 밖에서는 눈보라가 휘몰아치는 가운데 영하의 추위와 어둠 속에서 피고인은 또다시 강간과 살인을 자행합니다. 스물네시간 사이에 두번씩이나 이런 짓을 자행한 겁니다!

재판장님, 거듭 말씀드리지만 본 검사로서는 도무지 이해가 안 됩니다! 오랫동안 검찰 업무에 종사하면서 많은 살인범을 다루었지만 이런 자는 정말 처음입니다. 이 광란한 야만인은 강간하고 살해하는 데 열중한 나머지, 탈출에 도움이 될 유일한 것, 메리 돌턴의 시신에서 훔쳐내 베시 미어스의 주머니 속에 넣어둔 돈마저 잊어버렸습니다. 피고인은 그 가엾은 근로 여성의 능욕당한 몸을 들어올려, 돈이 옷에 든 채로, 통풍구로 4층 아래까지 떨어트렸습니다. 의사들 소견으로는, 그 여자는 통풍구 바닥에 떨어졌을 때 죽지 않은 상태였습니다. 그 여자는 기어오르며 빠져나오려고 애쓰다가 나중에 얼어 죽은 것입니다!

재판장님, 본인은 이 두건의 살인 행위에서 소름 끼치는 상세한 부분까지 말씀드리지는 않겠습니다. 증인들에게 모두 들었으니까요.

하지만 우리 주 주민의 이름으로 본인은 이러한 범죄를 저지른 댓가로 피고인을 사형에 처할 것을 요구하는 바입니다!

본인의 이러한 요구는 또다른 자가 유사한 범죄를 저지르지 못하게 막기 위해서요, 평화롭고 근면하게 일하는 사람들을 안전하게 보호하기 위해서입니다. 재판장님, 수많은 사람이 재판장님의 말이 떨어지기만을 기다리고 있습니다! 이 도시에서는 밀림의 법칙이 통하지 않는다고 말씀해주시길 기다리고 있습니다! 스스로를 보호하기 위해 칼을 갈고 총을 장전할 필요가 없다고 말씀해주시길 기다리고 있습니다. 사람들이, 재판장님, 저 창밖에서 기다리고 있습니다! 저들이 편안한 마음으로 미래를 계획할 수 있도록 저들에게 말씀해주십시오! 오늘 밤 수많은 가슴을 숨죽이게 만들고 문을 잠그는 수많은 손을 떨리게 만드는, 의심의 용龍을 단번에 베어주십시오!

일상의 본분에 충실하던 중에 이렇게 사악하고 피비린내 나는 범죄가 자행되면 사람들은 마비되고 맙니다. 범죄가 끔찍하면 끔찍할수록, 평온하던 도시는 더욱더 놀라움과 충격과 당혹감에 휩싸이는 법입니다. 그리고 시민들은 더욱더 무력감에 빠져들지요.

아직 살아 있는 우리들이 자신감을 되찾을 수 있게, 그리하여 계속 정진하여 인생의 풍요한 수확을 거둘 수 있게 해주십시오. 재판장님, 전능하신 하느님의 이름으로 본 검사는 재판장님께서 우리에게 온정을 베풀어주시길 간청하는 바입니다!"

버클리의 목소리가 비거 귓전에 크게 울려퍼졌고, 그는 최종진술이 끝났을 때 일어난 소란이 무엇을 뜻하는지 알았다. 저 뒤편에서 몇몇 신문기자가 다투어 문으로 몰려가고 있었다. 버클리가 달아오른 얼굴을 닦으며 자리에 앉았다. 판사가 단상을 두드려 질서를 명한 후 선언했다.

"한시간 휴정하겠습니다."

맥스가 벌떡 일어났다.

"재판장님, 이러실 순 없습니다…… 재판장님 의도가 이겁니까…… 더 시간이 필요합니다…… 재판장께서……”

“그후 판결을 선고하겠습니다.” 판사가 말했다.

여기저기서 고함 소리가 났다. 비거는 맥스의 입술이 움직이는 것을 보았지만, 무슨 말인지 판독할 수는 없었다. 서서히 장내가 조용해졌다. 비거는 이제 사람들의 얼굴 표정이 달라졌음을 알 수 있었다. 이미 결판이 났다는 느낌이 들었다. 자기가 죽게 되리라는 것을 알았다.

“재판장님.” 감정이 복받쳐 갈라진 목소리로 맥스가 말했다. “제시된 증거와 논지를 면밀히 검토하기 위해서는 더 많은 시간이……”

“시간이 얼마나 필요한지 결정하는 것은 재판부 권한이에요, 변호인.” 판사가 말했다.

비거는 끝장임을 알았다. 이제는 시간상의, 형식상의 문제일 뿐이었다.

어떻게 그 작은 방으로 되돌아갔는지 그는 알지 못했다. 그러나 방 안에 들어가보니 쟁반이 손대지 않은 채 그대로 놓여 있었다. 그는 자리에 앉아, 옆에 묵묵히 서 있는 여섯명의 경관을 바라보았다. 그들의 엉덩이께에 총이 매달려 있었다. 하나를 낚아채서 자살해버릴까? 그러나 자살할까 하는 생각에 적극적으로 반응할 기력조차 없었다. 무서움에 몸이 마비되었다.

맥스가 들어와 앉아 담배에 불을 붙였다.

“그래, 기다려보세. 한시간 남았어.”

문을 쿵쿵 두드리는 소리가 났다.

“기자는 절대 들여보내지 마요.” 맥스가 경관에게 말했다.

“알겠습니다.”

몇분이 지났다. 비거는 긴장과 불안에 머리가 쑤시기 시작했다. 맥스가 자기에게 해줄 말도 자기가 맥스에게 할 말도 없다는 것을 그는 알았다. 기다리는 수밖에 없었다. 뭐가 다가올지 뻔히 알면서 멍하니 기다리는 것, 그뿐이었다. 목구멍이 조여왔다. 속은 기분이었다. 이렇게 끝낼 작정이면 애당초 공판은 왜 열었는가?

"이제 전 끝장인 것 같네요." 비거는 맥스에게인지 자신에게인지 한숨 섞인 말을 했다.

"글쎄, 두고 봐야지." 맥스가 말했다.

"전 알아요." 비거가 말했다.

"아무튼 기다려보세."

"판사의 결정이 너무 빠르잖아요. 전 죽을 겁니다."

"미안하네, 비거. 자, 좀 들게나."

"배고프지 않습니다."

"아직은 끝난 게 아냐. 주지사에게 청원해서……"

"소용없습니다. 꼼짝없이 걸려든걸요."

"그걸 자네가 어찌 아나."

"전 압니다."

맥스는 아무 말도 하지 않았다. 비거는 탁자에 머리를 기대고 눈을 감았다. 이제 맥스가 자기를 두고 가버렸으면 싶었다. 맥스로서는 최선을 다했으니, 이제 집으로 돌아가 자기를 잊어버리는 게 낫지 싶었다.

문이 열렸다.

"5분 후 개정할 예정입니다!"

맥스가 일어섰다. 비거는 그의 지친 얼굴을 올려다보았다.

"괜찮아. 자, 가세."

경관 사이에 끼여, 비거는 맥스를 따라 다시 법정 안으로 들어갔
다. 미처 앉을 틈도 없이 판사가 들어왔다. 그는 판사가 착석할 때
까지 그대로 서 있다가 의자에 힘없이 주저앉았다. 맥스가 발언을
하려고 일어섰지만 판사는 손을 들어 침묵을 명했다.

"비거 토머스는 일어나 재판관을 향하세요."

장내가 온통 소란해지자 재판장은 단상을 두드려 정숙을 명했
다. 떨리는 다리로 비거는 일어섰다. 악몽에 사로잡힌 기분이었다.

"피고인, 선고에 앞서 마지막으로 하고 싶은 말이 있습니까?"

그는 입을 열어 대답하려고 했지만, 그럴 수가 없었다. 설령 대
답할 기운이 있다 해도, 할 말을 알지 못했다. 그는 눈앞이 침침해
지는 것을 느끼며 고개를 저었다. 법정은 이제 쥐 죽은 듯 고요해
졌다. 판사는 혀로 입술을 적시고는 종이 한장을 집어들었다. 바스
락거리는 종이 소리가 고요 속에 요란하게 울려퍼졌다.

"공공 정신의 유례없는 침해에 비추어볼 때, 본 법정의 의무는
명백하다." 판사는 이렇게 말하고 잠깐 멈추었다.

비거는 손으로 책상 모서리를 더듬어 꽉 붙잡았다.

"사건번호 666 고합 983호, 살인죄 기소건에 대해 본 법정은 피
고 비거 토머스를 주법률에 정해진 대로, 3월 3일 금요일 자정 혹
은 그 이전에 사형에 처할 것을 선고한다.

본 법정은 피고의 연령이 20세임을 밝힌다.

보안관은 죄수를 데리고 퇴정해도 좋습니다."

비거는 한 마디 한 마디 다 알아들었는데, 마치 말이 아니라 판
사의 얼굴에 귀 기울이고 있는 것처럼 보였다. 그는 가만히 서서
판사의 흰 얼굴을 뚫어지게 올려다보았다. 그러다 소매에 손길이
느껴졌다. 맥스가 그를 잡아당겨 의자에 앉히려 하고 있었다. 법정

이 온통 아수라장이었다. 판사가 법봉을 두드렸다. 맥스가 벌떡 일어나면서 뭔가 말하려 했지만 너무 소란해서 비거는 알아듣지 못했다. 다시 손에 수갑을 차고 그는 지하통로를 따라 감방으로 끌려갔다. 침대에 눕자 마음 한구석에서 이런 소리가 들려왔다. 이제 끝났다…… 다 끝났다……

잠시 후 문이 열리며 맥스가 들어와 침대 위 그의 곁에 가만히 앉았다. 비거는 얼굴을 벽으로 돌렸다.

"주지사를 만나보겠네, 비거. 아직 끝난 게 아냐……"

"가보세요." 비거가 속삭였다.

"자네도 힘을……"

"아닙니다. 가보세요……"

팔에 맥스의 손길이 닿았다가 사라졌다. 쾅 하고 철문 닫히는 소리가 들리고 그는 이제 혼자였다. 그는 꼼짝도 하지 않았다. 꼼짝 않고 있으면 느낌도 생각도 몰아낼 수 있을 것 같아서, 그는 꼼짝 않고 누워 있었다. 지금 당장은 느낌도 생각도 지우는 것이 가장 원하는 바였다. 서서히 몸의 긴장이 풀렸다. 고요한 어둠 속에서 그는 몸을 뒤척여 똑바로 누워 가슴 위에 양손을 포갰다. 절망에 찬 울먹임에 입술이 움찔거렸다.

*

일종의 자기방어로 그는 마음에서 밤과 낮을 몰아냈다. 뜨고 지는 해, 달이나 별, 구름이나 비를 생각하다보면, 전기의자로 끌려가기도 전에 수천번 죽음을 겪을 것이었다. 가능한 한 죽음에 익숙해지기 위해 그는 감방 너머 세상 전부를 광활한 잿빛 땅으로 만들어버렸다. 그곳에는 밤도 낮도 없고, 이해할 수는 없지만 죽기 전에 한번 같이 어우러져 살아보고 싶은 낯선 사람들이 살고 있었다.

이제 그는 먹는 게 아니었다. 그저 속을 갉는 굶주림의 고통을 없애고 어지러움을 덜기 위해, 맛은 보지도 않고 먹을 것을 목구멍에 꾸역꾸역 집어넣을 뿐이었다. 그는 자지도 않았다. 몇시건 상관없이 이따금 잠깐 눈을 감았다가 얼마 있다 다시 떠서는 또다시 곰곰이 생각에 빠져들었다. 그는 자신의 종말을 직시할 뿐, 해결된 것도 하나 없고 갈등하는 충동들의 화해도 이루어지지 않은 채 인생이 무의미하게 끝난다는 철저하고 끔찍한 실감을 직시할 뿐, 다른 어떤 것에도 구애받고 싶지 않았다.

어머니와 동생들이 보러 오자 그는 그들에게 다시는 오지 말고 집에 있으라고, 자기를 잊으라고 말했다. 그에게 십자가를 준 흑인 목사가 왔으나 쫓아버렸다. 그리고 기도하라고 설득하러 온 백인 목사의 얼굴에 뜨거운 커피 잔을 집어던졌다. 그 목사는 그후로도 다른 죄수들을 보러 왔지만 그의 감방에 들러 이야기를 나누려고 하지는 않았다. 이것을 보며 비거는 맥스와 오랜 대화를 했던 저번 날 밤과 거의 진배없이 강렬하게, 자신이 가치 있는 존재라는 느낌이 들었다. 멀찌감치 물러나 종교의 위안을 거부하는 자신의 동기를 그 목사가 생각해보게 만들었다는 것만으로도, 그는 그 목사의 의도와는 다른 차원에서 자신의 인간성을 인정받은 느낌이었다.

맥스가 주지사를 만나보겠다고 했지만 아직 아무 소식이 없었다. 비거도 무슨 소득을 기대하지는 않았다. 그는 내심 주지사 건을 자신의 삶 바깥에서 일어나는 일, 어떤 식으로도 자신의 삶의 과정을 바꾸거나 그것에 영향을 미칠 수는 없는 일로 치부하였다.

그러나 다시 맥스와 만나 이야기하고 싶은 마음은 간절했다. 그는 맥스가 법정에서 한 변론을 떠올리며 그 온정과 열정에 찬 말투를 감사하는 마음으로 기억했다. 그러나 말의 내용은 생각나지 않았다. 그는 맥스가 자기 심정을 안다고 믿었으며, 죽기 전에 다시한번 그와 이야기를 나눔으로써 자신의 삶과 죽음의 의미를 가능한 한 강렬하게 느껴보고 싶었다. 지금 그의 희망은 그것뿐이었다. 만약 어떤 분명하고 확고한 깨달음을 얻을 수 있다면, 그것은 자신으로부터 얻어낸 것이어야 했다.

일주일에 세통의 편지를 쓸 수 있다고 했지만, 그는 아무에게도 편지를 쓰지 않았다. 살인을 제외하곤 누구에게건 무엇에게건 진심으로 마음을 준 적이 없기 때문에 아무에게도 할 말이 없었다. 어머니와 동생들에게 무슨 말을 할 수 있겠는가? 옛 패거리 중에서는 잭만이 그의 친구였는데 잭과도 그가 바랐던 만큼 가깝진 못했다. 그리고 베시는 죽었다. 그가 죽였다.

자신의 느낌을 곰곰이 되씹다가 지치면, 그는 잘못된 것은 자신이고 자기는 아무짝에도 쓸모없는 놈이라고 자책하곤 했다. 만일 그것이나마 진실로 믿을 수 있었다면, 그 또한 하나의 해결책이 되었을 것이다. 그러나 그렇다고는 스스로 납득하지 못했다. 그의 감정은 그의 마음이 줄 수 없는 해답을 갈구했다.

여태껏 살아오면서 그가 가장 활기차고 가장 그다웠던 때는 무언가를, 그것을 위해 싸울 수 있을 만큼 강렬하게 느낄 때였다. 그리고 지금 여기 이 감방 안에서 그는 자기가 겪어온 경험의 단단한 중핵을 그 어느 때보다도 절감했다. 한때는 하얀 산이 엄습해왔듯, 지금은 죽음의 검은 벽이 한시간 한시간 흘러갈 때마다 점점 가까이 엄습해왔다. 그러나 이제는 맹목적으로 주먹을 휘두를 순 없었다. 죽음은 성격도 다르고 훨씬 거대한 적이었다.

몸은 침대에 누웠지만 그의 손은 사람들이 사는 도시를 더듬으며 속에서 끓어오르는 감정과 부합하는 것을 찾고 있었다. 그 더듬질은 알고자 하는 갈구였다. 미친 듯 그의 마음은 자신의 감정을 주위 세계와 융합하려 애썼지만, 앎에는 조금도 가까이 다가서지 못했다. 검은 육신이 고뇌의 땀에 젖은 채, 여기 침대 위에 누워 있을 뿐이었다.

내가 아무것도 아니라면, 이게 전부라면, 망설임 없이 죽음을 맞이하지 못할 것도 없지 않은가? 내가 뭐라고 너무 강렬해서 두려워지기까지 하는 경외감에 괴로워하는가? 내 바깥에는 이 충동에 응답하고 설명해줄 아무것도 없는데 어찌하여 속에서 이 이상한 충동이 항상 들끓는 것인가? 누가 혹은 무엇이 내 속에 이 덧없는 그림을 그려놓은 것일까? 어찌하여 이처럼 끝없이 없는 것만을 찾아다니는 것일까? 어찌하여 나와 세상 사이에는 이처럼 시커먼 심연이 가로놓여, 이쪽에는 뜨거운 붉은 피가, 저쪽에는 차가운 푸른 하늘이 있을 뿐, 결코 전체가 되지도 하나가 되지도 서로 만나지도 못하는 것일까?

그것인가? 느끼지만 알지 못하고 찾아다니지만 찾아내지 못하는, 단순한 격정에 불과한 것인가? 이것이 전부이자 의미이자 결말이란 말인가? 이러한 느낌과 의문 속에 시간이 흘렀다. 그는 점점 여위어갔고 몸의 붉은 피가 온통 눈으로 쏠렸다.

최후의 날 전야가 왔다. 그는 어느 때보다도 맥스와 이야기하고 싶었다. 그러나 무슨 말을 할 수 있을까? 그렇다. 그게 웃기는 점이었다. 이런 이야기를 털어놓을 수도 없었다. 도무지 손에 잡히지 않으니까. 그럼에도 그는 살아 있는 매 순간 그것에 입각해서 행동하고 있었다.

다음 날 정오에 간수가 감방으로 다가와 창살 사이로 전보를 넣어주었다. 그는 일어나 앉아 전보를 폈다.

용기를 내길. 주지사 건 실패. 가능한 방책은 다 써봤음. 곧 보세.
　　　　　　　　　　　　　　　　　　　　　　　　—맥스

그는 전보를 단단하게 뭉쳐 구석에 내던졌다.

남은 시간은 지금부터 자정까지였다. 하는 말들을 들어보면 때가 되기 여섯시간 전에 옷가지를 더 주고 이발소로 데려가고 거기서 처형장으로 끌고 간다고 했다. 한 간수는 그에게 걱정하지 말라고, "감방을 나가 눈을 검은 덮개로 가리고 8초만 있으면 죽는 거니까"라고 말했다. 그래, 그건 견딜 수 있었다. 그는 속으로 계획한 게 있었다. 저들이 자신의 몸에 장치를 할 때 근육에 힘을 주고 눈을 감고 숨을 멈추고 절대 아무 생각도 하지 않을 작정이었다. 그리고 전류가 흐르면 모두 끝날 것이었다.

그는 다시 똑바로 침대에 누워, 머리 위 천장에서 빛나는 조그만 연노란색 전구를 응시했다. 그 속에 죽음의 불이 담겨 있었다. 저 유리공 속에 들어 있는 작은 나선형 전선에 흐르는 전기가 지금 몸을 휘감기만 한다면—조는 사이에 누가 전선을 철제 침대에 갖다 대기만 한다면—깊은 잠에 빠져 있을 때 죽여주기만 한다면……

설핏 잠이 들었는데 간수의 목소리가 들렸다.

"토머스! 변호사가 오셨다!"

그는 급히 발을 바닥에 내려놓으며 일어나 앉았다. 맥스가 철창 밖에 서 있었다. 간수가 문을 따자 맥스가 들어왔다. 일어나고 싶은 충동이 일었으나, 비거는 그대로 앉아 있었다. 맥스는 감방 한가운데로 와서 멈춰 섰다. 둘은 잠시 서로 응시했다.

"왔네, 비거."

말없이 비거는 그와 악수를 나누었다. 그의 앞에 맥스가 조용하고, 하얗고, 확실하게, 실제로 서 있었다. 맥스가 이처럼 실제로 등장하자, 비거는 자기가 고심 속에 주변에 짜놓은 모든 어렴풋한 생각과 희망이 거짓으로 판명 나는 기분이었다. 맥스가 와준 게 기쁘면서도 한편으로는 당황스러웠다.

"기분은 어떤가?"

대답 대신 비거는 무겁게 한숨지었다.

"전보 받았나?" 맥스가 침대에 걸터앉으며 물었다.

비거는 고개를 끄덕였다.

"미안하네."

침묵이 흘렀다. 맥스는 그의 편이었다. 희미한 희망을 찾아나서도록 그를 유인한 사람이 여기 있다. 그런데 왜 지금 털어놓지 않는가? 이제 기회가, 마지막 기회가 생겼는데. 그는 조심스럽게 눈을 들어 맥스의 눈을 올려다봤다. 맥스는 그를 쳐다보고 있었다. 비거는 시선을 돌렸다. 그가 하고 싶은 말은 혼자 있을 때라야 더욱 강하게 살아났다. 그리고 포착하고 싶은 그 느낌들이 맥스 덕분이라고 여기면서도, 맥스의 존재를 먼저 잊기 전에는 맥스에게 그 느낌들을 털어놓을 수가 없었다. 그러자, 이 타오르는 격정에 대해서 결국 아무 말도 못할지도 모른다는 두려움에 공황 상태에 빠져들었다. 그는 마음을 다잡으려고 안간힘을 썼다. 이 몰아치는 충동을 놓치고 싶지 않았다. 이것은 그가 가진 전부였다. 그런데 다음 순간, 모두 헛되고 어리석고 부질없는 일이라는 느낌이 들었다. 그는 애쓰는 것을 그만두었다. 그러자 바로 그 순간, 잠긴 목으로 긴장

어린 속삭임을 절로 토해내는 자신의 목소리를 들었다. 그는 자신의 뜻을 말의 내용보다는 어조에 실었다.

"저는 괜찮습니다, 맥스 씨. 이렇게 된 게 선생님 탓은 아니에요…… 최선을 다하신 것 잘 압니다……" 무의미하다는 느낌에 목소리가 잦아들었다. 잠시 침묵을 지키다 그는 불쑥 말했다. "이—이—이렇게 된 건 다 제—제 탓이겠지요……" 그는 말하고 싶은 마음에 벌떡 일어섰다. 입술은 움직이는데, 말이 나오지 않았다.

"내가 해주었으면 하는 건 없나, 비거?" 맥스가 부드럽게 물었다.

비거는 맥스의 잿빛 눈을 바라보았다. 어떻게 해야 이 사람한테 내가 바라는 게 뭔지 전할 수 있을까? 이 사람한테 털어놓을 수만 있다면! 자기도 모르게 그는 문으로 달려가 차가운 쇠창살을 두 손으로 움켜잡았다.

"저—저는……"

"그래, 말해보게."

비거는 천천히 돌아서서 침대로 돌아왔다. 그는 말을 하려는 자세로 오른손을 올리고 다시 맥스 앞에 섰다. 그러다 주저앉아 고개를 떨구었다.

"뭔가, 비거? 내가 밖에서 해줬으면 하는 게 있나? 무슨 전갈이라도 있나?"

"아닙니다." 그는 작은 소리로 말했다.

"무슨 생각을 하는 건가?"

"저도 모르겠습니다."

그는 말을 할 수가 없었다. 맥스가 손을 뻗어 그의 어깨에 얹었다. 비거는 그 감촉으로 맥스가 모른다는 것을, 자기가 바라는 것, 자기가 하고 싶은 말을 짐작조차 못한다는 것을 알 수 있었다. 맥스는 우주 공간 저 멀리 떨어진 다른 혹성에 있었다. 이 고립의 벽을 부술 방법이 없을까? 어수선한 마음으로 그는 감방을 둘러보며, 어디서 도움이 될 말을 들은 게 없나 기억해보려고 했다. 아무것도 떠오르지 않았다. 그는 사람들의 삶 바깥에서 살아왔다. 그들의 의사전달 방식, 그들의 상징과 이미지는 그에게는 허용되지 않았다. 그런데 맥스는 그에게 모든 사람이 근본에서는 그와 똑같이 살아가고 그와 똑같이 느낀다는 믿음을 주었었다. 그리고 그가 만나본 모든 사람 가운데 맥스만은 틀림없이 그가 하려는 말을 알고 있었다. 맥스는 나한테서 이미 떠났나? 내가 죽을 것을 알고, 나를 생각과 감정에서 몰아내 무덤으로 보내버린 것인가? 이미 나를 죽은 자로 치부해버린 것인가? 그의 입술이 떨리며 눈에 물기가 어렸다. 그렇다. 맥스는 떠나버렸다. 맥스는 친구가 아니다. 속에서 분노가 끓어올랐다. 그러나 분노는 부질없다는 것을 그는 알았다.

맥스가 일어나 작은 창문가로 갔다. 창백한 햇살 한줄기가 그의 하얗게 센 머리를 가로질렀다. 그를 바라보면서 비거는 오랜만에 처음으로 햇살을 보았고, 그것을 보자 네개의 좁은 벽으로 에워싸인 감방 전체가 압도적인 현실로 다가왔다. 그는 자신을 흘낏 내려다보았다. 그 노란 햇살이 납으로 만든 막대기만 한 무게로 가슴을 가르고 있었다. 그는 발작적으로 숨을 휙 몰아쉬며 몸을 구부리고 눈을 감았다. 지금 엄습해오는 것은 흰 산이 아니었다. 비거가 블럼네 가게를 털러 갈 수밖에 없게 거스가 닥의 당구장으로 들어오며 휘파람으로 「회전목마는 망가지고」를 부르는 것도 아니고, 희끄무레한 형체가 가까이 다가오는 가운데 메리의 침대 곁에 서 있는 것도 아니었다. 이 새로운 적은 그를 팽팽하게 긴장시키는 대신, 기운을 빼 맥이 풀리게 만들었다. 그는 온 힘을 다해 고개를 들고, 무덤에서 일어나기로 작정하고, 자기 삶의 실체를 맥스에게 기어이 이해시키고야 말겠다고 굳게 마음먹고, 필사적으로 헤엄쳐나갔다.

"떠나기 전에 선생님을 알게 되어 기쁩니다!" 그는 고함을 치다시피 하고는 침묵에 빠져들었다. 그가 하려던 말은 그게 아니었다.

맥스가 몸을 돌려 그를 쳐다봤다. 비거가 그처럼 목마르게 찾고 있는 깊은 이해라곤 찾아볼 수 없는 일상적인 시선이었다.

"나도 자네를 알게 되어 기뻐, 비거. 우리가 이렇게 헤어져야 하다니 유감일세. 그렇지만 난 늙은 몸이야. 나도 곧 갈 걸세……"

"선생님이 저에게 하신 질문들이 전부 생각났었어요……"

"무슨 질문 말인가?" 맥스가 다가와 다시 침대에 걸터앉으며 물었다.

"그날 밤……"

"어느 날 밤?"

맥스는 알지조차 못한다! 비거는 따귀를 맞은 기분이었다. 아, 이처럼 쉽게 허물어지는 모래 위에 희망을 쌓아올리다니, 이런 바보가 어디 있나! 하지만 이 사람만큼은 기필코 알게 만들어야 한다!

"저한테 제 얘기를 전부 해보라고 하신 날 밤요." 그는 절망에 차 울먹였다.

"아."

맥스가 바닥을 내려다보며 찡그리는 것이 보였다. 무슨 소린가 싶은 모양이었다.

"선생님은 저한테 아무도 물어보지 않은 것을 물었습니다. 제가 살인을 두번씩이나 한 걸 알면서도, 절 한 사람으로 대해주셨어요……"

맥스는 재빨리 그를 쳐다보며 침대에서 일어났다. 그는 잠시 비거 앞에 서 있었고, 비거는 맥스가 안다고, 이해한다고 거의 믿을 뻔했다. 그러나 이어지는 맥스의 말에 이 백인이 아직도 죽음을 앞둔 자기를 위로할 생각뿐임을 알았다.

"물론 자넨 인간이야, 비거." 맥스가 지친 듯이 말했다. "곧 죽을 사람한테 이런 얘기를 한다는 게 참 괴롭네만……" 맥스는 말을 멈췄다. 비거는 그가 자기의 마음을 달래줄 말을 찾고 있다는 것을 알았다. 그렇지만 비거가 바라는 것은 그게 아니었다. "비거." 맥스가 말했다. "내가 일하면서 세상을 바라볼 때는 흑인이다 백인이다, 문명인이다 야만인이다 하는 구별은 없네…… 이 지구 상의 인간의 삶을 변화시키려고 노력할 때에는, 그런 작은 것들은 중요하지 않아. 그런 건 눈에 보이지도 않아. 그냥 없어지는 거지. 완전히 잊게 되지. 내가 자네한테 그런 얘기를 한 것은, 비거, 자네를 보면서 삶에 대한 인간의 염원이 얼마나 지극한지 실감했기 때문이야……"

"하지만 어떤 때는, 차라리 선생님이 그런 질문들을 하시지 말았더라면 좋겠다 싶어요." 비거의 말투에는 자신에 대한 자책 못지않게 맥스에 대한 비난이 담겨 있었다.

"무슨 뜻인가, 비거?"

"그 질문들 때문에 생각을 하게 되었는데, 생각을 하다보니 좀 겁이 나요……"

맥스가 비거의 어깨를 꽉 움켜잡았다. 그러더니 손을 놓고 다시 침대에 앉았다. 그러나 그의 시선은 여전히 비거의 얼굴에 못 박혀 있었다. 그래, 이제 맥스도 아는구나. 죽음의 그림자 속에서, 그는 맥스가 삶에 관해 얘기해주기를 바랐다.

"맥스 씨, 제가 어떻게 죽어야 옳을까요!" 비거는 물었다. 말이 입에서 터져나오는 순간 그는 어떻게 사느냐를 아는 것이 곧 어떻게 죽느냐를 아는 것임을 깨달았다.

맥스는 그를 외면하며 중얼거렸다.

"죽을 때는 누구나 혼자야, 비거."

그러나 비거는 그의 말을 듣지 않았다. 또다시 말하고 이야기하고 싶은 욕망이 속에서 거세게 솟구쳤다. 그는 두 손을 공중에 치켜들고, 어조 속에 스스로 듣고 싶은 이야기, 자기한테 필요한 이야기를 담으려고 노력하며 말했다.

"맥스 씨, 그날 밤 이후 전 저 자신을 볼 수 있었다고 할까요. 그리고 다른 사람들도 좀 볼 수 있었습니다." 비거의 목소리가 스러졌다. 그는 마음속에 울려퍼지는 말의 울림에 귀 기울였다. 맥스의 얼굴에 놀라움과 공포의 빛이 어렸다. 맥스는 자기가 이런 식으로 말하지 않기를 바라겠지만 비거는 어쩔 수가 없었다. 이제 죽게 되었으니 말을 해야만 했다. "그래요, 좀 우스워요, 맥스 씨. 곧 닥칠 일을 회피하려는 게 아닙니다." 비거는 점점 신경질적으로 되어갔다. "곧 당할 건 잘 압니다. 곧 죽게 되겠지요. 그래도 이제 괜찮아요. 하지만 사실 누굴 해칠 마음은 한번도 없었습니다. 정말이에요, 맥스 씨. 사람들을 해친 건 그럴 수밖에 없는 것 같았기 때문입니다. 그것뿐이에요. 저들은 저를 너무 바싹 몰아붙였어요. 저한테 아무 여지도 남겨놓지 않았어요. 수없이 저들을 잊어버리려고 노력했지만 되지가 않았어요. 그렇게 하라고 저들이 내버려두지도 않았구요……" 비거는 눈을 크게 뜬 채 아무것도 보지 않았다. 말이 빠르게 이어졌다. "맥스 씨, 그런 짓을 할 생각은 아니었습니다. 제가 하려던 건 다른 거였어요. 하지만 결코 할 수는 없었을 거예요. 전 항상 무엇인가를 원하면서 모두들 가로막고 나선다고 느겼어요. 그래서 맞서 싸운 겁니다. 냉혹한 사람들이라고 생각되어 저도 냉혹하게 굴었습니다." 그는 말을 멈췄다가 울먹이며 고백했다. "하지만 전 냉혹한 인간이 아닙니다, 맥스 씨. 눈곱만큼도 냉혹하지 않아요……" 그는 벌떡 일어섰다. "하지만…… 전—전 저를 그 의자로 끌고 갈 때 울지 않을 겁니다. 하지만 속으론 우는 기— 기분일 거예요…… 그들도 저를 보지 못했고 저도 그들을 보지 못했다는 생각이, 그런 느낌이 들 거예요……" 그는 철문으로 달려가 손으로 창살을 잡고 콘크리트 바닥에서 쇠를 떼어내기라도 할 듯 흔들어댔다. 맥스가 다가와 어깨를 잡았다.

"비거." 맥스는 무력한 목소리로 말했다.

비거는 점차 진정하며 힘없이 문에 몸을 기댔다.

"맥스 씨, 날 죽으라고 이리 보낸 사람들은 날 미워하겠지요, 그건 알아요. 하—하지만 그—그들도 나—나와 같을까요? 나처럼 뭐—뭔가 얻고 싶어 애쓰고, 내가 죽고 나면 그 사람들도 지금 나처럼 누굴 해칠 생각은 아니었다고…… 뭔가를 원하다보니 그렇게 되었다고 말할까요……?"

맥스는 대답이 없었다. 비거는 노인의 눈에 망설임과 놀라움의 표정이 어리는 것을 보았다.

"말해주세요, 맥스 씨. 그럴까요?"

"비거." 맥스가 달랬다.

"말해주세요, 맥스 씨!"

맥스는 고개를 저으며 낮게 중얼거렸다.

"자넨 나보고 하고 싶지 않은 말을 하라고 하는군."

"하지만 전 알고 싶어요!"

"자넨 곧 죽네, 비거……"

맥스의 말이 잦아들었다. 비거는 노인이 그 말을 입에 담고 싶지 않았다는 것을 알았다. 그가 자꾸 몰아대는 바람에, 말할 수밖에 없게 만드는 바람에 한 말이었다. 그렇게 잠시 더 침묵이 흐르다가 비거가 낮게 속삭였다.

"그러니까 알고 싶은 겁니다…… 죽을 걸 아니까 더 알고 싶어지는 것 같아요……"

맥스의 얼굴은 잿빛이 되었다. 비거는 그가 가버릴까봐 겁났다. 침묵의 심연 너머로 그들은 서로를 응시했다. 맥스가 한숨을 쉬었다.

"이리 오게, 비거."

맥스를 따라 창가로 가자 저 멀리 루프에서 햇살을 받은 건물들 꼭대기가 보였다.

"저 건물들 보이나, 비거?" 비거의 어깨에 팔을 두르며 맥스가 물었다. 따뜻하고 말랑말랑하지만 곧 차갑게 식어버릴지도 모르는 물질로 뭔가 빚어내려는 듯, 다급한 어조였다.

"네. 보입니다……"

"자네도 한때 저런 건물에서 살았지, 비거. 저 건물은 쇠와 돌로 만들어졌네. 그렇지만 쇠와 돌 때문에 저 건물이 서 있는 게 아냐. 저 건물들을 지탱해주는 게 뭔지 아나, 비거? 무너지지 않고 제자리에 서 있게 만들어주는 게 뭔지 아나?"

비거는 어리둥절하여 그를 쳐다봤다.

"사람들의 믿음이야. 사람들이 믿기를 그만둔다면, 신념을 갖기를 그만둔다면 저 건물들은 금방 무너져내릴 거야. 저 건물들은 사람들 가슴에서 솟아난 거야, 비거. 자네와 같은 사람들 말야. 사람들은 계속 굶주리고 계속 궁핍하고, 저 건물들은 계속 자라나고 뻗어나갔지. 일전에 자네는 하고 싶은 게 많다고 했지. 그래, 그게 바로 저 건물들을 제자리에 지탱해주는 감정이야……"

"저기…… 그날 밤 제가 하고 싶은 게 많다고 하면서 했던 이야기 말인가요?" 어린애처럼 간절한 궁금증이 어린 비거의 목소리가 잦아들었다.

"그래, 자네의 느낌, 자네의 바람이 저 건물들을 저기 서 있게 만들어주는 거야. 수많은 사람들이 갈구하고 갈망할 때, 저 건물들은 자라나고 뻗어나가지. 하지만 비거, 저 건물들은 이제 더이상 자라지 못하는 상태야. 한 줌의 인간이 저 건물들을 손에 꽉 틀어쥐고 있거든. 그래서 건물들은 뻗어나가지도, 사람들의, 자네 같은 사람들의 꿈을 키워주지도 못하네…… 저 건물들에 사는 사람들은, 바로 자네가 그런 것처럼, 의심하기 시작했네. 그들은 더이상 믿지 않아. 이것이 자신의 세상이라는 느낌이 없는 거야. 그들도 자네처럼 불안해해, 비거. 가진 것도 없고, 맘껏 자라나 뜻을 펼칠 통로가 없거든. 그들은 거리로 나와 저 건물들 밖에 서서 바라보며 의아해하는 거야……"

"하─하─하지만 그렇다면 왜 절 미워하지요?" 비거가 물었다.

"저 건물 소유주들은 겁나는 거지. 저들은 남들이 고통을 당하더라도 어떻게든 자기가 가진 걸 지키려고 드네. 그걸 지키기 위해 저들은 사람들을 짓밟아 진흙 속에 밀어넣고는 너희는 짐승이라고 말하는 거지. 하지만 사람들은, 자네 같은 사람들은 분개해서 저 건물에 다시 들어가려고, 다시 어엿하게 살아보려고 투쟁하지. 비거, 자넨 살인을 했어. 그건 잘못이야. 그런 식으로 될 일이 아니거든. 이제 자네는…… 믿음을 가지고 세상을 다시 살려내려고 애쓰는…… 다─다른 사람들과…… 함께 일하기엔…… 너무 늦었지.

그렇지만…… 자네가 느낀 것을 믿고, 자네가 느낀 것을 이해하는 일은 아직 늦지 않았어……"

비거는 건물들 쪽을 응시하고 있었지만 건물들을 보고 있지는 않았다. 그는 맥스가 그리는 그림에 감응하고, 평생 자신이 느껴왔던 느낌을 그 그림과 비교해보려고 했다.

"전 언제나 뭔가 하고 싶었습니다." 그는 중얼거렸다.

두 사람은 침묵했고 맥스는 비거가 쳐다볼 때까지 다시 입을 열지 않았다. 맥스는 눈을 감았다.

"비거, 자넨 곧 죽네. 그러니 기왕에 죽을 거, 자유롭게 죽게. 자넨 자신을 믿으려고 애쓰고 있어. 그런데 제대로 사는 방법을 찾아내려 할 때마다, 바로 자네 마음이 방해가 되지. 왜 그런지 아나? 그건 다른 사람들이 자네는 나쁘다고 말하면서 자네를 나쁜 여건에서 살게 했기 때문이야. 그런 말을 계속 들은데다 주위를 둘러보고 자신의 삶이 실제로 나쁘다는 걸 알게 되면, 사람은 자기 마음도 의심하게 되는 법이지. 감정은 앞으로 나아가자고 하지만, 자신에 대해 남들이 한 말로 가득 찬 마음이 자꾸 뒤로 잡아끌거든. 사람들로 하여금 투쟁하고 신념을 갖게 만들려면 무엇보다도 그들이 살아가면서 가진 느낌을 믿을 수 있게, 그리고 자신의 느낌이 다른 사람들의 느낌만큼 정당하다고 느낄 수 있게 만들어주어야 해.

비거, 자네를 미워하는 사람들도 느끼는 것은 자네와 마찬가지야. 다만 울타리 저편에 있을 따름이지. 물론 자넨 흑인이지만, 그건 문제의 일부분일 뿐이네. 전에도 말했지만, 자네의 검은 피부 때문에 저들이 자네를 쉽게 갈라낼 수 있을 뿐이야. 저들은 왜 그런 짓을 하는 걸까? 저들도 자네처럼 풍요한 인생을 원하네. 그걸 얻기 위해 수단과 방법을 가리지 않는 거야. 사람들을 고용하고는 충분한 임금을 지불하지 않든가, 남의 것을 빼앗아 권력을 쌓든가. 저들은 삶을 지배하고 통제하네. 자기들 마음대로 그런 짓을 하고는 사람들이 맞서 싸우지 못하게끔 모든 걸 만들어놓았지. 흑인한테 가장 심하게 굴면서, 흑인이 열등해서 그렇다고 이유를 대지. 그렇지만 비거, 저들은 노동하는 사람은 **모두** 열등하다고 말하네. 그리고 부자들은 사태가 달라지는 걸 바라지 않아. 잃을 게 너무 많으니까. 그렇지만 깊은 속마음에서는 저들이 느끼는 것도 자네와 마찬가지네. 비거, 그리고 가진 것을 지키기 위해, 노동자는 온전한 인간이 아니라고 스스로 믿으려 드는 거지. 비거, 자네가 메리한테 미안한 마음이 없다고 고집했을 때처럼 말일세. 그렇지만 울타리 어느 편에 있든 인간은 모두 어엿한 삶을 원하네. 그래서 살기 위해 서로 싸우는 거야. 누가 이기겠나? 삶을 더 절실히 느끼는 편이, 인간성이 더 풍부하고 더 많은 사람이 있는 편이 이기겠지. 그렇기 때문에…… 자—자네도 자신을 미—믿어야 하는 거야, 비거……”

비거가 웃자 맥스는 놀라 고개를 휙 들었다.

“아, 저도 절 믿는 것 같습니다…… 달리 믿을 것도 없고…… 곧 죽을 몸인데요……”

그는 맥스에게 다가갔다. 맥스는 창가에 몸을 기대고 있었다.

“맥스 씨, 돌아가보세요. 전 괜찮습니다…… 우습게 들리겠지만요, 맥스 씨, 선생님 말씀을 생각하다보면 제가 원한 게 뭔지 알 것 같아요. 그러면 제가 그래도 옳았다는 느낌이 듭니다……” 맥스가 뭔가 말하려고 입을 열었지만 비거는 맥스의 목소리를 삼켜버렸다. “전 누굴 용서할 생각도 누구한테 용서를 빌 생각도 없습니다. 전 울지 않을 거예요. 저들이 날 살게 내버려두지 않았기 때문에

저도 죽인 거니까요. 죽인 건 아마 공정하지 않겠죠, 그리고 정말
은 죽일 생각도 없었던 것 같아요. 하지만 그 모든 살인이 왜 일어
났나 생각하면 느껴지기 시작해요. 내가 원한 게 뭐고, 내가 누구인
지……”

비거는 맥스가 입술을 물며 자기에게서 뒷걸음질로 물러나는
것을 보았다. 그러나 지금 자기가 어떤 생각을 하는지 맥스에게 이
해시켜야만 할 것 같았다.

“죽일 생각은 없었어요!” 비거는 외쳤다. “그렇지만 내가 살인까
지 하게 만든 것, 그게 바로 나입니다! 살인까지 하게 만들다니 그것
은 내 안에 깊이 뿌리박혀 있었던 게 분명해요! 살인까지 할 정도
로 그것을 지독히 절실하게 느꼈나봐요……”

맥스는 손을 들어 비거를 잡으려 하다가 그만두었다.

“아냐, 아냐, 아냐…… 비거. 그게 아냐……” 맥스는 절망적으로
외쳤다.

“내가 살인까지 하게 만든 그것은 분명히 좋은 것이었을 거예
요!” 비거의 목소리는 격앙된 고뇌로 가득 찼다. “틀림없이 좋은 것
이었을 거예요! 사람이 살인을 할 땐 무언가를 위해서지요…… 그
것 때문에 살인할 만큼 절실한 느낌이 들기 전까지는, 전 제가 이
세상에 정말 살아 있는지 알 수 없었습니다…… 정말입니다. 맥스
씨, 이제는 말할 수 있어요, 죽을 거니까요. 전 제가 무슨 말을 하는
지 똑똑히 알고 있고, 제 말이 어떻게 들릴지도 압니다. 하지만 전
괜찮습니다. 이런 식으로 보게 되면, 괜찮다는 느낌이 듭니다……”

맥스의 눈은 공포의 빛으로 가득 찼다. 몇번이나 그는 금방이라
도 비거에게 다가갈 듯 초조하게 몸을 움찔거렸지만, 그대로 서 있
었다.

"전 괜찮습니다, 맥스 씨. 어머니한테 제가 편한 모습이었으니까 조금도 걱정하지 마시라고 전해주기만 하세요, 네? 편안한 모습이더라고, 울지도 않았다고 말해주세요……"

맥스의 눈이 젖어들었다. 천천히 그는 손을 내밀었다. 비거는 그 손을 잡고 악수를 나눴다.

"잘 가게, 비거." 그가 조용히 말했다.

"안녕히 가세요, 맥스 씨."

맥스는 눈먼 사람처럼 모자를 더듬어 찾아 머리에 눌러썼다. 그는 얼굴을 돌린 채 문 쪽으로 더듬더듬 나아갔다. 그리고 팔을 내밀어 간수를 부르는 신호를 보냈다. 밖으로 나간 후, 그는 잠시 철문에 등을 대고 서 있었다. 비거는 두 손으로 창살을 부여잡았다.

"맥스 씨……"

"그래, 비거." 그는 돌아서지 않았다.

"전 괜찮습니다, 정말 괜찮아요."

"잘 가게, 비거."

"안녕히 가세요, 맥스 씨."

맥스는 복도를 걸어갔다.

"맥스 씨!"

맥스는 멈춰 섰지만 돌아보지는 않았다.

"전해…… 전해주세요, 잰 씨에게…… 잰에게 잘 있으라고 전해주세요……"

"알았네, 비거."

"안녕히 가세요!"

"잘 가게!"

그는 그대로 창살을 부여잡고 서 있었다. 그러다 일그러진 쓸쓸

한 미소를 희미하게 지었다. 멀리서 문이 쾅 닫히며 쇠가 쇠에 쨍
그렁 부딪히는 소리가 들렸다.

'비거'는 어떻게 태어났는가[1]

지금 내가 나의 소설 『미국의 아들』을 송두리째 다 설명할 수 있다는 주제넘은 생각을 하는 것은 아니다. 다만 내가 할 수 있는 데까지 이 작품에 대해, 그 원천들과 거기에 쓰인 소재, 그리고 이 소재에 대해 오랜 기간 변화해온 나의 태도 등을 설명하고자 한다.

허구적 소설이란 근본적 의미에서 두 극단의 융합을 보여준다. 소설은 한 의식에 의한 극히 사사로운 표현이되 가장 객관적이며

------

1 이 글은 리처드 라이트가 『미국의 아들』 발표 당시 서문으로 붙인 것이다. 1940년 3월 컬럼비아 대학에서 강연 형태로 처음 발표되었고, 『미국의 아들』 초판본을 펴낸 하퍼 앤드 브라더스(Harper and Brothers) 출판사에서 팸플릿 형태로 발간했다가 1942년 이후 판본부터 서문으로 포함시켰다.

다들 아는 사건을 빌린 표현이다. 그 성격과 구조에서 소설은 사적인 동시에 공적이다. 작가가 모든 것을 솔직하게 털어놓으려는 순간 그는 자신의 상상력이 공동의 교환매체와 같다는 생각에 덜미를 잡히게 된다. 자신이 읽고 느끼고 생각하고 보고 기억한 그 모든 것이 닳아빠진 1달러짜리 지폐처럼 비인격적 차원으로 변환되는 것이다.

작품을 쓴 이유를 깊이 생각해볼수록, 작가는 자신의 상상력이란 사실들을 한데 붙이는 자연발생적인 접합제 같은 것이며, 자신의 느낌이란 이 사실들을 고안해내는 어둠 속에 숨겨진 설계자 같은 것임을 깨닫게 된다. 모두 설명할 수 있을 것 같으면서도 혀끝에서 빙빙 돌며 나오지 않는 것이 언제나 있게 마련이다. 보통 작가는 동떨어진 이야기만 늘어놓아, 직선적인 설명을 바라는 사람들에게 회의와 의구심을 사고 만다.

그래도 작가는 설명하고 싶어한다. 그러나 그렇게 하려는 즉시 말문이 막힌다. 설명할 길 없이 뒤얽힌 자신의 감정들에 부딪히기 때문이다. 감정이란 주관적인 것이므로, 그것을 전달하려면 천상 객관적인 옷을 입히는 도리밖에 없다. 그런데 제대로 감정을 포착하여 제대로 된 정장을 입혔노라고 오만하게 자부하는 일이 대체 가능하겠는가? 어떤 감정에 어떤 객관적인 옷을 입힌다 해도 다른 옷이 더 낫지 않을까 하는 불안이 늘 남게 마련이다.

게다가 감정에 정장을 입혀 꾸미는 순간, 그의 마음은 그 '잘 꾸며진' 감정의 수수께끼에 부딪히며, 그는 전달 불가능한 자신의 삶의 어두운 구석들로 되돌아가 당혹스러운 심정으로 열심히 들여다보게 된다. 어쩔 수 없이 그는 자기 책을 설명한다는 것은 곧 자신의 삶을 설명하는 것이라는 결론에 이르는데, 이게 불가능한 작업이라는 것 역시 잘 안다. 그러나 뭔가 묘하고 집요한 동기들이 그에게 답을 찾아내라고 몰아댄다. 살아 있는 존재로서의 자신의 존엄성이 자기 안의 무언가 이해되지 않는 것에 협박당하는 느낌이 들기 때문이다.

그러므로 나는 『미국의 아들』의 어떤 면모들은 굳이 설명하려 애쓰지 않겠다는 것을 처음부터 솔직하게 밝혀두고자 한다. 내 책에는 문자 그대로 종이 위로 흘러나오기 전까지는 나 스스로도 의식하지 못한 의미들도 담겨 있다. 『미국의 아들』에 들어간 소재들을 내가 의식적으로 얻게 된 대강의 경위를 그려보겠지만, 많은 것이 생략될 것이다. 물론 생략하고 싶어서는 아니고 나도 알지 못해서다. 비거 토머스(Bigger Thomas)의 탄생은 내 어린 시절로 거슬러 올라간다. 비거는 하나만이 아니라, 나도 셀 수 없을 만큼, 여러분이 짐작하는 것 이상으로 많았다. 그렇지만 첫번째 비거에서부터 시작해보자. 그를 비거 1호라 부르겠다.

맨머리에 맨발 바람의 꼬마로 미시시피 주 잭슨에서 살던 시절, 나와 내 동무들이 모두 무서워한 사내아이가 하나 있었다. 우리가 놀고 있으면 그애가 어슬렁어슬렁 다가와, 공이나 방망이, 팽이, 공깃돌 따위를 뺏어가곤 했다. 그러면 우리는 죽 둘러서서 입을 삐죽이고 코를 훌쩍이며 눈물을 참으려 애쓰면서 장난감을 돌려달라고 애걸하곤 했다. 그러나 비거는 돌려주려 하지 않았다. 우리도 한번도 내놓으라고 요구하지 못했다. 비거는 못된 아이니까 겁이 난 것이다. 그가 화나서 아이들을 때리는 것도 보았기 때문에 그런 위험을 무릅쓸 생각은 없었다. 한참 추어올려 우월감을 확인시켜주지 않는 한, 장난감은 돌아오지 않았다. 어쩌다 마음이 내켜 돌려줄 때에도 그애는 은혜라도 베풀듯 장난감을 우리 앞에 팽개치고는 그

대신 우리를 하나하나 잽싸게 걷어찼다. 오로지 자기가 우리를 철저히 경멸하고 있음을 느끼게 하기 위해서였다.

이것이 비거 1호가 살아가는 방식이었다. 그의 삶은 다른 사람에게는 끊임없는 위협이었다. 옳건 그르건 언제나 그는 제멋대로 하고 누가 뭐라고 하면 싸움을 걸었다. 그는 누군가를 궁지로 몰아붙여 손아귀에 넣었을 때 가장 행복해했다. 그럴 때면 그의 비참한 삶에서 가장 깊은 의미를 찾을 수 있는 모양이었다.

비거 1호의 운명이 어떻게 되었는지는 모른다. 으쓱거리고 다니던 그 아이는 어린 시절의 잊어버린 기억 어딘가에서 삼켜져버렸다. 그렇지만 종말은 험했을 거라고 짐작된다. 어쨌든 그애는 나한테 뚜렷한 인상을 남겼다. 어쩌면 나도 내심 그애처럼 되고 싶으면서도 겁났기 때문일까. 잘 모르겠다.

만일 내가 비거를 하나밖에 못 봤다면 『미국의 아들』을 쓰지 않았을 것이다. 다음 사람은 비거 2호라 부르자. 그는 열일곱살쯤으로 첫번째 비거보다 더 거칠었다. 그때는 나 역시 나이를 더 먹었기 때문에 그를 무서워하는 마음이 조금은 덜했다. 이 비거 2호의 모진 행동은 나나 다른 흑인들이 아니라, 남부를 지배하는 백인들을 겨냥했다. 그는 옷과 음식을 외상으로 사고 돈을 갚지 않았다. 또 백인이 집주인인 침침하고 초라한 오두막집에 살면서 집세를 내지 않았다. 물론 돈이 없기도 했지만, 그건 우리도 마찬가지였다. 우리는 생활필수품도 없이 배고픔을 견뎌냈지만, 그는 결코 그럴 생각이 없었다. 왜 그런 짓을 하느냐고 물어보면 그는 우리에게 (마치 유치원생 대하듯 하며) 모든 것을 백인이 가졌고 자기는 아무것도 가진 것이 없다고 말했다. 게다가 그는 뻔히 눈뜨고 살아 있으면서 갖고 싶은 것을 움켜쥐지 못하다니 너희야말로 멍청한 놈들이라고 말하기도 했다. 우리는 그의 이야기를 들으며 묵묵히 수긍하곤 했다. 우리도 그처럼 행동하고 믿고 싶었지만 겁이 났다. 우리는 남부의 흑인이고 배도 고프고 살고 싶기도 했다. 그러나 말썽을 부리느니 차라리 허리끈을 졸라매는 편이었다. 반면 비거 2호는 살고자 했고 그렇게 했다. 내가 마지막으로 그의 소식을 들었을 때 그는 감옥에 있었다.

백인들이 '못된 검둥이'라고 부른 비거 3호가 있었다. 그는 문자 그대로 목숨을 손에 들고 다녔다. 한때 나는 흑인 영화관에서 표 받는 일을 했다. (딕시[2]에 있는 영화관은 모두 '짐 크로우'(Jim Crow) 정책이라고 불리던 인종차별주의를 취해서, 백인 영화관과 흑인 영화관이 따로 있었다.) 비거 3호는 여러번 입구에 와서 내 팔을 세게 꼬집고는 극장 안으로 들어가곤 했다. 나는 화가 치밀었지만 아무 말 못한 채 멍든 팔만 어루만졌다. 곧 영화관 주인이 나타나 별일 없냐고 물어본다. 그러면 나는 어두운 극장 안을 가리키며, "비거가 들어갔어요"라고 말한다. "돈은 냈냐?" 하고 주인이 물으면 나는 "아니요, 사장님" 하고 대답한다. 주인은 입가를 일그러뜨리며 잇새로 내뱉듯 말한다. "저놈의 빌어먹을 검둥이 새끼, 언젠가 죽여버리고 말 테다." 그리고 그것으로 끝이었다. 비거 3호는 나중에 금주령이 발동된 시기에 살해당했다. 고객한테 술을 배달하던 중 백인 경관이 쏜 총이 등을 관통했다.

그다음은 비거 4호인데 그에게 법이라곤 죽음밖에 없었다. 그에게는 남부의 인종차별법이 통하지 않았다. 그렇지만 웃고 욕하고 법을 어기는 동안에도 언젠가는 자유의 댓가를 치러야 하리라는

것을 그는 알았다. 그는 반항 정신에 모든 금기를 깨뜨렸는데, 때문에 몹시 의기양양해하다가 금방 축 처지는 등 감정의 극단을 오갔다. 어리석은 관습의 허를 교묘히 찔렀을 때 가장 행복해했으며, 자신이 결코 자유로운 몸이 될 수 없다는 생각을 할 때 가장 우울해했다. 그는 아무 직업도 없었다. 하루에 고작 50쎈트 벌자고 도랑을 파는 것은 노예나 하는 짓이라고 여긴 것이다. 그는 "난 그것 가지곤 못 살아"라고 말하곤 했다. 가끔 난 그가 책을 읽는 것을 보았는데, 그러면 그는 읽던 것을 멈추고 아쉬움과 냉소에 찬 농담 투로 백인들의 기괴한 짓거리를 흉내 내곤 했다. 그런 흉내 끝에는 "백인 놈들 때문에 우린 아무것도 못하잖아"라고 우울하게 내뱉곤 했다. 비거 4호는 정신병자 수용소로 보내졌다.

그리고 비거 5호가 있었다. 그는 언제나 차비도 안 내고 인종분리 정책이 실시되던 전차에서도 아무 데나 앉고 싶은 자리에 앉았다. 어느날 아침 그가 전차에 올라타 백인 좌석에 앉은 일이 생각난다. (딕시의 전차는 모두 좌석이 두 구역으로 나뉘어 있다. 하나는 백인 좌석으로 백인용이라는 표시가 붙어 있고 다른 하나는 흑인 좌석으로 유색인용이라는 표시가 붙어 있다.) 차장이 다가가 말했다. "일어나, 검둥아! 네 자리로 가! 글자도 몰라?" 비거가 대답했다. "예, 모르는뎁쇼." 차장은 불같이 화냈다. "썩 일어나지 못해!" 그러자 비거는 칼을 꺼내 손에 펴 들고는 침착하게 대답했다. "어디 그렇게 만들어보시지." 차장은 얼굴이 벌게져서는 눈을 끔벅이며 주먹을 그러쥐더니, 다른 데로 가며 더듬거렸다. "쓰레기 같은 빌어먹을 놈!" 앞쪽 좌석에서는 백인들끼리 작은 회의가 열렸다. 흑인 전용 좌석에 앉은 흑인들은 다음과 같은 이야기를 들을 수 있었다. "그 비거 토머스라는 검둥이는 건드리지 않는 게 좋을 거요."

흑인들은 일순간 강한 자부심을 맛보았고 전차는 별일 없이 계속 굴러갔다. 비거 5호가 어떻게 되었는지 모르지만, 짐작은 간다.

비거 토머스들은 끊임없이 남부의 인종차별법을 위반하고도, 달콤한 짧은 순간이나마 무사히 넘어간 유일한 흑인들이었다. 종국에는 이들도 이들의 삶을 구속하는 백인들 손에 가혹한 댓가를 치르고야 말았다. 이들은 총에 맞거나, 목매달리거나, 손발을 잘리거나, 린치를 당하거나, 추방을 당하거나 하는 식으로, 대개 결국 죽든가 아니면 기가 꺾이고 말았다.

이러한 행동양식에는 많은 변종이 있었다. 나중에 나는 감옥과 같은 흑인 빈민가(black belt)에 대해 반발하되 이처럼 격렬하고 폭력적으로는 아닌 비거 토머스들도 만나보았다. 하지만 비거 토머스를 발판 삼아, 비교적 온건한 유형을 검토하기에 앞서 그들을 낳은 환경이 어떤 것인지 좀더 정확하게 말해두는 것이 좋겠다. 그러지 않으면 독자들에게 이들이 본질적으로 그리고 선천적으로 못된 인간이라는 인상을 심어놓게 될 것이다.

딕시에는 두 세계가 있다. 백인의 세계와 흑인의 세계로, 둘은 눈에 보이게 분리되어 있다. 백인 학교와 흑인 학교, 백인 교회와 흑인 교회, 백인 가게와 흑인 가게, 백인 묘지와 흑인 묘지, 그리고 모르긴 몰라도 백인의 하느님과 흑인의 하느님 등등……

이런 분리는 남북전쟁 이후 큐클럭스클랜(Ku Klux Klan)이 자행한 테러에 의해 확립되었는데, 이 집단은 갓 해방된 흑인들에 대한 방화, 약탈, 살인 등을 통해 미국의 상하원과 많은 주의회, 그리고 남부의 공적, 사회적, 경제적 생활에서 흑인들을 몰아냈다. 공격의 동기는 단순하고 절박했다. 제국주의 역사의 흐름은 흑인을 고향인 아프리카 땅에서 강제로 떼어내 역설적이게도 남부의 가장 비옥한 대농장지대로 끌고 갔다. 따라서 흑인이 해방되었을 때 이 비옥한 땅에는 대부분 흑인이 백인보다 많았다. 그리하여 흑인에게 투표권을 주지 않으려는 격렬하고 참혹한 투쟁이 벌어지게 된 것이다. 만일 흑인이 투표할 기회를 가진다면, 자동적으로 흑인이 남부의 가장 풍요한 땅을 지배하게 될 것이며, 이와 함께 미공화국 3분의 1에 해당하는 사회적, 정치적, 경제적 운명을 지배하게 될 것이기 때문이다. 남부는 정치적으로는 미국의 일부지만 남부가 당면한 문제는 특수한 것이었고, 남북전쟁 후 일어난 흑백 간의 투쟁은 본질적으로는 권력 투쟁이었다. 그러한 갈등은 13개주에 걸쳐 있었으며 수천만명의 삶이 달린 문제였다.

그러나 흑인을 저지하려면 투표권을 뺏는 것만으로는 부족했다. 선거권 박탈을 보완하는 방책으로 규칙, 금기, 형벌 등을 고안해낼 필요가 있었으며, 그 목적은 평화(완전한 굴종)를 확보할 뿐 아니라 어떠한 실질적인 위협도 절대 일어나지 못하게 보장하는 데 있었다. 만일 흑인이 대다수 백인과 떨어진 곳에서 자기들끼리 모여 살았다면, 이 억압 작전은 그처럼 잔인하고 폭력적인 모습을 띠지는 않았을 것이다. 그러나 이것은 이웃 간에, 즉 집도 붙어 있고 농장의 경계도 같은 이웃 간에 벌어진 전쟁이었다. 따라서 총과 선거권 박탈만으로는 흑인 이웃을 밀쳐두기에 충분하지 않았다. 백인 이웃은 흑인 이웃이 받을 수 있는 교육의 범위를 제한하고, 경찰이나 지역 주방위군에 들어가지 못하게 하고, 사는 곳도 격리시키고, 공공장소에서 인종차별을 하고, 직업과 일자리를 제한하고, 또한 백인지배를 방어하기 위해 흑인에게 가하는 어떠한 폭력행위도 정당화할 수 있도록 인종우월주의라는 방대하면서도 촘촘한 이데올로기를 구축하기로 결정했다. 나아가 흑인들이 쥐꼬리만큼만 기대하고 그거나마 감지덕지 받아들이게끔 길들이기로 결정했다.

그러나 흑인은 자기를 쫓아내려 드는 바로 그 문명에 너무도 가까이 있고, 그 문명의 유인책과 포상책에 어떻게든 반응할 수밖에 없기 때문에, 그리고 이 지배 문명의 분투가 흑인의 의식에 속속들이 스며들어 그 음질과 음색을 만들어냈기 때문에, 억압은 흑인에게 단도직입적이고 맹목적인 반항에서부터 내세지향적인 달콤한 굴종에 이르기까지 무수히 다양한 반응을 불러일으켰다.

대체로 이 아슬아슬한 균형 상태는 남부에서 산업화나 도시화가 진행된 지역을 제외하고는 남북전쟁 이래 크게 달라지지 않았다. 이 관계는 너무도 긴장되고 변화무쌍해서, 흑인이 규칙과 금기에 저항하는 경우에는 린치를 가하고 그 이유로 보통 '강간'을 들먹인다. 강간이라는 구호는 지금도 남부 어디에서나 순식간에 폭도를 불러모을 수 있을 만큼 지독히 고약한 함의를 띠게 된 말이다.

이제 비거 토머스 유형의 변종들을 살펴보자. 이런 조건에서 살아가는 흑인 가운데는, 신앙에 매달리며 예수님이 공허한 삶에서 구해주실 것이고 현세의 삶이 쓰라리면 쓰라릴수록 내세에서는 더 행복할 것이라고 여기는 사람들도 있었다. 또, 어떤 사람들은 남북전쟁 이후 맛본 그 짧은 순간의 자유에 아직도 매달려, 권리를 쟁취하기 위해 수천가지 투쟁 책략과 전략을 동원하기도 했다. 또다른 사람들은 상처와 갈망을 블루스, 재즈, 스윙 등 좀더 순진하고 세속적인 형식들에 투사하여, 지적(知的) 지침도 없는 상태에서 상처를 보상해주는 자양분을 자력으로 만들어내려 했다. 많은 이들은 땡볕 아래서 노역을 하고 끊임없는 고통을 술로 달래곤 했다. 그런 한편 교육을 받으려 애쓰고, 일단 교육을 받게 되면 부르주아 억압자들을 본떠 교육의 경제적 열매를 누리는 사람들도 있었다.

보통 이런 사람들은 백인과 손을 잡고 신음하는 동포들을 억누르는 데 협력하였다. 이렇게 하는 게 가장 안전한 처세술이었던 것이다. 이런 짓을 하는 자들은 스스로 '지도자'라 자처했다. 이 '지도자'들이 억압자한테 얼마나 철저하게 협력했는지는, 내가 태어나 17년을 남부에서 사는 동안 비거 토머스들을 제외하고는 어떤 흑인에게서도 반항의 행동을 보지도 듣지도 못했다는 사실만 보아도 알 수 있을 것이다.

그렇다면 비거는 왜 저항한 것인가? 엄밀한 행동법칙에 입각한 설명을 내놓지는 못하겠다. 그렇지만 비거의 성격에는 언제나 두 가지 요인이 심리적으로 지배적인 역할을 했다. 첫째로 환경의 변화로 인해 자기 집단의 종교와 전통문화에서 소외되었다. 둘째로 신문, 잡지, 라디오, 영화라든가 혹은 그저 주변에서 보고 듣는 미국적 일상생활의 막강한 광경을 통해 접하게 된 지배 문명의 부름에 반응하고 부응하려 애썼다. 그가 하나의 뚜렷한 유형으로 등장하게 된 것은 여러모로 불가피한 일이었다.

나이가 들면서 나는 흑인들의 삶을 어디에서 목도하든 비거 토머스로 되어가는 과정과 그 수많은 변주들에 익숙해졌다. 이미 말했듯이, 그것은 원형만큼 뚜렷하거나 극단적이지는 않았다. 그럼에도 그것은 현상되지 않은 네거티브 필름처럼 엄연히 거기 존재했다.

어떤 때는 미시시피 주와는 아주 먼 지역에서 흑인이 이렇게 말하는 것을 듣곤 했다. "이렇게 살지 않으면 얼마나 좋을까. 확 터뜨려버리고 싶은 기분이다." 그러고 나면 분노는 사라져버리고 그는 다시 일로 돌아가 처자식을 먹여살리기 위하여 몇푼이나마 보태려고 애쓰는 것이었다.

어떤 때는 이렇게 말하는 흑인도 있었다. "제기랄, 진짜 우리 나라와 우리 국기가 있다면 얼마나 좋을까." 그렇지만 이런 기분은 곧 스러지고 그는 매우 착실하게 다시 삶을 이어갔다.

또 어떤 때는 흑인 퇴역군인이 이렇게 말하는 소리를 듣기도 했다. "도대체 뭘 위해 전쟁터에 나가 싸운 거지? 내가 나라를 위해 목숨을 바칠 때조차도 차별당하긴 매일반이었는데." 그러나 그도 다른 사람들처럼 곧 잊어버리고, 먹을 것을 얻으려는 고된 투쟁에 말려들고 말았다.

심지어 분노와 원한이 솟구칠 때면 일본이 중국에서 저지르고 있는 짓을 칭찬하는 흑인들도 있었다. 물론 (자신도 억압의 대상이니) 억압을 찬성해서가 아니었다. 그보다는 일요판 신문의 부록 화보면에서 일본 장군들의 검은 얼굴을 볼 때, 불현듯 자기 삶이 얼마나 공허한지를 깨닫기 때문이었다. 그들은 자신들이 피부색을 잊어버리고 국가의 명운이 달린 일에서 책임 있는 역할을 할 수 있는 그런 나라에서 살게 되는 것을 꿈꾸어보곤 했다.

나는 또한 히틀러와 무솔리니도 괜찮지 않냐, 스딸린도 괜찮지 않냐는 이야기도 들은 적이 있다. 흑인들이 이런 말을 하는 것은 세계를 움직이는 힘들을 머리로 이해했기 때문이 아니라, 그들이 '뭔가 해냈다'고 느껴지기 때문이었는데, 이 표현에는 단순한 말뜻 이상의 의미가 담겨 있다. 이런 말을 할 때 그들의 마음 깊은 곳에는, 소속되고, 동화되고, 자기도 남들처럼 살아 있는 느낌을 갖고, 다른 것은 모두 잊은 채 벌어지는 사태에 온몸을 내맡기고, 그리고 다른 사람과 함께 일하는 그 정결하고 근본적인 깊은 만족감을 맛보고 싶은, 격렬하고 무모한 (억압되었기 때문에 격렬하고 무모해진!) 갈망이 깃들어 있었다.

비거 토머스 이야기를 쓰는 것을 처음으로 진지하게 생각해본 것은 시카고로 옮겨 오고 나서였다. 두가지 경험이 겹쳐지면서, 나는 비거가 깊은 의미를 담은 예언적 상징임을 깨달았다. 첫째로 딕시의 환경에서 오는 매일매일의 압박에서 벗어나면서 나는 나의 감정들을 이해하고 소화할 수 있게 되었다. 둘째로 노동운동 및 그 이념에 접하면서 비거를 명료하게 보고 그의 의미를 느낄 수 있게 되었다.

나는 비거 토머스가 흑인만은 아니라는 사실을 발견했다. 그는 백인일 수도 있으며 이 세상 어디에나 문자 그대로 수백만의 비거가 있었다. 비거라는 인물을 더 넓은 시야로 바라보게 된 것이 내 인생의 전환점이었다. 이를 기점으로 내 삶의 양상은 달라졌다. 처음에는 희미하게 그리고 점차 좀더 분명하고 확실하게, 미국에서 사람들이 살아가는 거대한 진흙탕 같은 삶을 의식하게 되었다. 마치 사람들의 삶을 한결 깊숙이 들여다볼 수 있는, 엑스레이 같은 기능이 있는 안경을 낀 느낌이었다. 이제 신문을 집어들 때면 나는 거기 실린 기사가 비단 백인들만의 이야기가 아니라 (흑인은 범죄를 저지르지 않는 한 신문에 나는 일이 거의 없다!) 이 나라에서 벌어지고 있는 복잡한 생존투쟁, 나도 연루된 투쟁에 관한 이야기라고 느끼게 되었다. 또한 남부의 억압체계란 더 광범위한 그리고 많은 점에서 훨씬 더 비정하고 비인격적인 상품, 이윤 시장의 부속물에 불과하다는 사실도 깨달았다.

노동조합의 투쟁과 쟁점 들이 나에게 의미심장한 것으로 다가오기 시작했다. 나는 사람들의 임금을 끌어올리기도 내리기도 하는, 국가 간 상품유통에 깊은 관심을 갖게 되었다. 외국 정부들의 발표와 그들의 정책, 계획, 동향 들을 내 주변 사람들의 생활에 비추어 가늠하고 평가했다. 러시아 혁명가들의 저술에서 '잠자는 대중의 힘' '역사의 동력' '혁명의 선결조건' 운운하는 구절을 보았을 때, 나는 문자 그대로 압도당했다. 그리고 이 모든 새로운 눈뜸을 비거 토머스와 관련지어, 그의 바람과 두려움, 절망과 관련지어 바라보았다. 또한 미국 흑인이 비슷한 의식을 가진 다른 사람들과 멀지만 친족관계라고 느껴지기 시작하고, 이들 사이의 연대의 가능성을 두렵고 부끄러운 심정으로 감지하기 시작했다.

내 마음은 이처럼 일반적이고 추상적인 방식으로 확장되어 나가는 동시에, 비거 토머스의 삶의 훨씬 더 생생하고 구체적인 실례들에 접하게 되었다. 시카고의 도시 환경은 한층 더 자극적인 생활을 제공하였으므로, 흑인 비거 토머스는 남부에서보다 더 격렬한 반응을 보였다. 나는 이런 극단적인 행동을 자아낸 환경적 요인을 어느 때보다도 잘 간파하고 이해할 수 있었다. 그렇다고 남부보다 시카고에서 흑인의 격리가 더 심했다는 것은 아니다. 시카고는 더 많은 것을 보여주었고, 권력욕과 성취감이 팽배한 시끄럽고 붐비는 시카고의 물리적 외양부터가 뭔가 이룰 수 있다는 감질나는 느낌으로 훨씬 더 마음을 현혹시켰기 때문에, 시카고에서 시행된 격리정책이 비거에게는 남부보다 더 제어하기 힘든 반응을 불러일으킨 것이다.

이처럼 추상적인 연관관계들과 구체적인 그림이 서로를 보완하고 좀더 의미있는 것으로 만들어주면서, 나의 감정도 이들을 이해하고 성공적으로 대응할 수 있게 되었다. 이 과정은 마치 흔들리는 진자와 같아서, 왔다 갔다 할 때마다 조금씩 의미와 중요성이 더해지고, 한번 움직일 때마다 남부에서 내 마음에 새겨졌던 희미한 네거티브 필름을 현상하는 데 도움이 되는 것이 나왔다.

이 시기 동안 비거의 사진을 채워나간 음영과 뉘앙스 들은 흑인의 삶보다는 내가 만나 알게 된 백인들의 삶에서 더 많이 나왔다. 나는 한결 미묘하고 광범위한 좌절에서 자라나긴 하지만, 백인들에게도 그들 나름대로 비거 토머스류의 행동양식이 있다는 점을 알아차리기 시작했다. 재발되는 범죄의 급증, 어이없는 일시적 유행과 열풍, 변화무쌍한 대중의 취향, 히스테리와 공포—이들은 모두 오래전부터 나에게 수수께끼였다. 그렇지만 이제 나는 다시 돌이켜보며 이것들을 낳고 이것들에 독특한 존재 방식을 부여한 환경의 고통과 압력을 느낄 수 있었다. 내가 만난 사람들의 내면적 긴장이 마음으로 느껴지기 시작했다. 그렇다고 환경이 의식을 만들어낸다고 생각한다는 말은 아니다. (만일 신이 있다면 신이 만들어내는 것일 게다.) 그러나 환경이 유기체에 스스로를 표현할 수단을 제공하며, 뒤틀린 환경인가 안정된 환경인가에 따라 행동의 양식과 방법도 막다른 긴장으로 치닫든가 질서정연한 완성과 만족으로 향하든가 한다고 생각했고 지금도 그렇게 생각한다는 말은 해두어야겠다.

비거의 흐릿한 네거티브 상을 현상하는 작업을 내가 어떻게 시작했는지 몇가지 예를 들어보자. 나는 백인 작가들을 만났는데, 그들은 자기들의 반응을, 이 요란스러운 미국의 모습에 대한 백인들의 반응을 이야기해주었다. 그리고 그들의 얘기를 들으면서 나는 그것을 비거의 삶으로 번역하곤 했다. 그러나 이보다도 더 중요한 것은 내가 그들의 소설을 읽었다는 사실이다. 여기서 처음으로 나는 미국 문명이 사람들의 인성에 미치는 영향을 적절히 가늠하는 방법과 기술을 발견하였다. 나는 이러한 기술과 보고 느끼는 방법을 받아들여 비틀고 휘고 뜯어고쳐, 결국 흑인 빈민가의 갇힌 삶을 파악하는 나의 방법으로 만들어냈다. 백인 작가들과의 이 같은 교분은 흑인 삶을 소설로 그려내려는 나의 희망에 구명대와도 같았다. 우리 흑인한테는 아직 그런 문제를 다룬 픽션도, 그처럼 날카롭고 비판적으로 경험을 분석한 경력도, 두려움 없는 굳은 의지로 인생의 어두운 뿌리까지 파내려간 소설도 없었기 때문이다.

다음은 내가 비거와 관련된 정보를 어떻게 독서에서 이끌어냈는지 보여주는 예들이다.

망명 시절 레닌과 고리끼의 우정을 다룬 흥미로운 소책자를 읽은 기억이 있는데, 레닌과 고리끼가 런던 거리를 걷던 이야기가 나왔다. 레닌은 고리끼를 돌아보며 손가락질하면서 말했다. "이게 저들의 빅벤(Big Ben)[3]이군." "저들의 웨스트민스터 사원은 저기 있네." "저들의 도서관도 저기 있고." 그리고 이 대목을 읽는 순간 나는 문득 멈추었다. 아주 다르긴 하지만 의미심장한 내 인생의 경험이 이와 상관되어 있는 것만 같은 느낌, 그것을 기억해내야 한다는 조바심에서였다. 얼마 동안은 아무것도 생각나지 않았지만 언제 어디선가 똑같은 뜻의 말을 들은 적이 있다는 확신은 여전했다. 그리고 문득 나는 내가 살고 있는 세상에 대해 조금이나마 더 알게 되었다는 만족감에 휩싸이며 "비거다. 이건 비거 토머스식 반응이다"라고 말했다.

두 경우는 깊은 소외감이라는 점에서 똑같았다. 고통스럽고 불경스러울 만큼 사물의 모습을 적나라하게 바라보는 느낌이란 국가나 인종의 경계를 초월하는 경험임을 나는 알게 되었다. 이처럼 한편으론 그렇게 많은 것을 알고 느끼지만 또 한편으론 자기가 만

---

3 영국 국회의사당에 있는 큰 시계탑.

들어내지도 소유하지도 못하는 세계의 모습이 지닌 눈부신 구체성과 객관성에 압도당하는 그런 수준의 사회 현실 속에 살고 있다는 참을 수 없는 느낌을 보면서 나는 나 자신의 삶과 주위 사람이나 머나먼 땅에 사는 사람들의 삶에서 혁명적 충동을 간파해낼 수 있었다.

옛 러시아제국을 다룬 책에서 이런 구절을 읽은 기억이 난다. "짜르를 타도하기 위해 우리는 끝없는 희생을 기꺼이 감수해야 한다." 이번에도 나는 중얼거렸다. "언제 어디선가 들은 말인데." 그리고 이번에도 오래전 먼 곳에서 비거 토머스가 자기를 속이려 든 백인에게 "지옥에 떨어져 벌을 받는 한이 있어도 네놈을 죽여버리고야 말겠어"라고 한 말이 떠올랐다. 미국에 살면서 나는 멀리 러시아로부터 들려오는, 존엄한 삶의 권리를 부인하는 세상에서 인간답게 살기 위해서는 얼마나 많은 목숨과 고통의 댓가가 따르는가 하는 비극적 성찰의 한 맺힌 목소리를 들었다. 미국에서 수만 마일 떨어진 곳에 사는 사람들의 행동과 감정이 시카고와 딕시의 거리를 오가는 사람들의 기분과 충동을 이해하는 데 도움이 되었다.

그렇다고 어렸을 때 남부에서 혁명 운운하는 소리를 들어본 적이 있다는 말은 아니다. 그러나 비거 토머스를 만들어낸 조건들이 바뀌지 않는 한, 언젠가는 이런저런 자극을 계기로 공공연한 폭동으로 치달을, 중얼거리고 속삭이고 투덜대는 소리는 분명 들었다.

1932년에 나는 또 하나의 정보원에 극적으로 접하면서 비거라는 인물을 해명하는 데 도움이 되는 놀라운 자료를 보았다. 독일에서 히틀러가 권력을 잡고 유대인들을 억압하기 시작한 시점부터 나는 가급적 사태의 추이를 놓치지 않고 지켜보려고 했다. 그리고 파시스트 편이나 피억압자 편에서 대단히 비거를 연상시키는 반응, 기분, 말, 태도 등을 보고 놀란 적이 수없이 많았다. 이것은 내 마음 깊이 자리 잡은 그 네거티브 상의 어렴풋한 윤곽을 좀더 선명하게 드러내는 데 도움이 되었다.

나는 독일 파시스트 운동에 관하여 구할 수 있는 자료는 모두 읽었는데, 한장 한장 넘길 때마다 낯익은 감정 유형들을 만날 수 있었다. 특히 인상 깊었던 것은, 모든 사람(물론 게르만 민족!)이 하나의 결속된 이상을 가지며, 근본적인 믿음, 생각, 가정(假定) 들이 하나로 연속적으로 순환하는 사회를 세우고자 하는 나치의 집념이었다. 내가 지금 말하는 것은 사람들의 사고에 대한 엄격한 통제라는 흔한 발상이 아니라, 인종과 종족 전체의 행동과 생활의 기반이 되는 함축적이고 거의 무의식적이거나 전의식적인 가정과 이상이다. 나치 이야기가 실린 이런 글들을 읽노라면, 현세를 넘어선 삶, 사람의 피부색이 문제 되지 않는 삶, 이웃이 마음속 깊이 무슨 생각을 하는지 모두가 알 수 있는 삶을 이야기하는 남부의 흑인 목사가 생각났다. 그리고 미국의 길모퉁이에 서서 괴로운 의심과 해묵은 의혹을 내뱉는 비거 토머스의 말이 들려오기도 했다. "난 아무도 안 믿어. 온통 야바위판이고 다들 더 못 가져 난리인걸. 만약에 우리도 진짜 지도자가 있다면 뭔가 할 수 있겠지만." 그리고 난 내가 아직 비거에 대해 배우는 도중이라는 사실을, 아직 사람들의 연대를 위한 현대의 투쟁 와중에 있다는 사실을 깨닫곤 했다.

나치당이 고도로 의식화되고 상징화된 삶의 필요성을 이야기할 때, 내 귀에는 시카고의 싸우스사이드에서 비거 토머스가 하던 말이 들려왔다. "이봐, 우리한테 필요한 건 마커스 가비" 같은 지도자야. 우리나라와 국기와 군대가 있어야 해. 우리 흑인끼리 뭉쳐서 단체들을 조직하고 장군과 대위와 중위 등등을 만들어내야 해. 아프리카를 점령해서 국토로 삼고." 이런 어린애 같은 이야기를 들으면서 나는 백인이라면 비웃고 말리라는 것을 잘 알았다. 그렇지만 나는 웃어넘길 수가 없었다. 나 자신의 삶에 비추어 이 단순한 말의 진실을 알았기 때문이다. 이런 유치한 발상에 들어 있는 지독한 굶주림과 갈망은 비거 마음의 어두운 내면 풍경 전부를 밝혀주는 번갯불의 섬광 같았다. 비거를 낳은 문명은 어떤 정신적 자양분도 지니고 있지 않고 비거가 충성과 믿음을 바칠 만한 어떤 문화도 창조하지 못했다는 사실, 또한 이 문명은 비거를 자극하고 내팽겨쳐, 도시의 거리를 방황하는 부랑아로, 훈련도 제어도 되지 않은 충동의 뜨거운 소용돌이로 전락시켜버렸다는 사실을 나는 이런 말들에서 배워나갔다. 이러한 관찰의 결과 나는 그 어느 때보다 내가 몸담고 있는 문명에서 소외된 느낌을 받았다. 또한 언어를 사용하여, 모든 나라, 모든 인종에 존재하는 수백만 비거 토머스들의 공감과 충성과 열망을 불러일으킬 그런 방향의 이미지와 상징체계를 창조해내겠다는 결심을 더욱 굳히게 되었다.

그렇지만 한 사람의 작가로서 나를 가장 매혹한 것은 미국의 비거, 나치 독일의 비거, 제정러시아의 비거가 보이는 정서적 긴장이 유사하다는 점이었다. 희건 검건 비거 토머스들은 모두 긴장과 두려움과 초조와 히스테리와 불안정으로 가득 차 있었다. 멀리 나치 독일과 제정러시아로부터 알게 된 몇가지 사실을 통해 나는 특정한 현대적 경험들이 인종적, 민족적 경계와 상관없는 특정한 성격 유형들을 만들어내고 있으며, 내가 접해본 가운데 이런 성격들이 보편적인 극적 요소를 가장 많이 지니고 있음을 알게 되었다. 또한

<hr>

4 마커스 가비(Marcus Garvey, 1887~1940)는 자메이카 출신의 흑인 지도자로 아프리카로 돌아가자는 운동을 벌여 도시 빈민층에서 폭넓은 지지를 획득했다.

근본적 가설들이 더이상 당연하게 여겨지지 않는 세계, 인종적, 계층적 갈등으로 점철된 세계, 형이상학적 의미가 사라진 세계, 신이 나날의 중심에서 밀려난 세계, 최종적인 내세의 삶에 대한 믿음을 잃어버린 세계 속에서 사는 사람들에게서 주로 이런 성격이 나타난다는 점도 알게 되었다. 이것은 최고 속도로 질주하고 있는 투쟁과 행동이 본성인 세계, 영역과 시야가 한정되어 사람들을 유기체적 속성을 충족시키는 쪽으로 마구 몰고 가는 세계, 오로지 동물적 감각의 차원에서만 존재하는 세계였다.

이것은 수백만명의 사람들이 술주정꾼처럼 살고 행동하는 세계, 한순간의 떨리는 고양감을 맛보기 위하여, 곧 사라져 실망만을 몰고 올 광희(狂喜)와 성취감의 전율을 맛보기 위하여 고된 삶이라는 독한 술을 들이켜는 세계였다. 무미건조한 진상을 외면하기 위해 사람들은 열심히 또 한 잔을 들이켜고 그리고 이번에는 더 센 술로 또 한 잔을 들이켜고, 그러면 마치 자신의 삶이 의미 있는 것처럼 느껴지는 것이다. 비유적으로 말하면 이들은 만성적인 알코올중독자로서, 매일매일 끊임없는 신경의 흥분을 통해, 극단적 행동과 자극을 통해, 폭력에 의거해 살아간다.

이런 몇가지 사실로부터 나는 비거와 관련해 첫번째 정치적 결론들을 이끌어냈다. 나는 미국의 산물이며 이 땅의 아들인 비거가 공산주의로도 파시즘으로도 향할 수 있는 가능성을 지니고 있다고 봤다. 『미국의 아들』에 나오는 흑인 청년이 공산주의자나 파시스트라는 뜻은 물론 아니다. 그는 어느 쪽도 아니다. 그러나 분명 그는 어긋난 사회의 산물이다. 그는 박탈당하고 뿌리 뽑힌 인간이다. 그는 이 모든 것이며, 지구 상에서 가장 풍요한 가능성 속에 살면서도 탈출구를 더듬어 찾고 있는 인간이다. 그가 마음속 공허를 채워주겠다고 성급히 약속하고 나설 현란하고 신경질적인 지도자를 따를 것인가, 아니면 노동조합이나 혁명가의 지도 아래 수백만 동료 노동자와 상호 교감을 이룩해낼 것인가 하는 문제는 앞으로 미국에서 사태가 어떻게 전개되느냐에 달려 있다. 그렇지만 긴장, 공포, 증오, 초조, 소외감, 폭력을 휘두르고 싶은 욕망, 정서적·문화적 갈증 등등의 정서적 상태를 감안할 때, 이렇게 길들여진 비거 토머스는 열렬히, 아니 미온적으로도, 현상 유지를 옹호하지는 않을 것이다.

비거와 독일판 비거의 긴장이 보여주는 차이는 미국이 흑인 대다수에게 교육을 제한했기 때문에 비거의 긴장은 아직 표현력이 부족한 발생기 상태라는 점이다. 또한 비거의 자기 정체성 확립에 대한 갈망이 러시아인의 자결(自決) 원칙과 다른 점은, 흑인들 사이에 깊은 유대의식이 형성될 수 없도록 만든 미국의 억압의 결과로 말미암아, 비거의 갈망이 아직 개인적인 분노와 증오 상태에 머물고 있다는 사실이다. 내 생각에 이거야말로 극적인 상황이었다! 흑백을 아우르는 이 미국의 비거 토머스들의 불꽃에 누가 제일 먼저, 불을 댕길 것인가?

오랫동안 나는 흑인 비거 토머스가 미국적 삶을 상징하는 인물이자 우리의 미래에 대한 예언을 담은 인물로 부각되는 소설을 써볼까 하고 혼자 생각해보곤 했다. 우리가 언젠가 대규모로 목도할 행동과 감정의 윤곽을, 현존하는 어떤 다른 인간형보다 비거가 뚜렷하게 보여준다는 강한 느낌이 있었기 때문이다. 의학실험실에 들어가면 비정상적으로 크거나 뒤틀린 인체의 일부분을 알코올에 담가놓은 병들을 보게 되듯이, 나는 미국 흑인이 견뎌야 하는 생활 조건 속에는 절박한 상황에 처했을 때 이 나라 국민 대다수가 어떤 식으로 반응할지를 미리 보여주는 정서적 징후가 맹아로 내포되어 있다고 생각하게 된 것이다.

자, 나 자신과 세상에 대하여 이만한 지식을 얻고 깨달았으니 이제 비거가 어찌 될지 하는 문제를 종이 위에 풀어봐도 무방하지 않겠는가? 실험실의 과학자처럼 상상력을 가동하여 시험관 상황을 만들어내고 비거를 거기 집어넣고, 나 자신의 희망과 공포, 지식과 기억의 지침에 따라, 이 문제에 대해 소설 형태로 정서적인 진술과 해결책을 만들어봐도 무방하지 않겠는가?

그러나 몇가지가 일을 시작할 수 없게 방해했다. 비거처럼 나도 흑인이 미국에서 살면서 느끼는 두려움의 소산인바 정신적 검열관이 흰옷을 입고 굽어보며 쓰지 말라고 경고하는 듯한 느낌을 받았다. 이 검열관의 경고는 내 사고 과정에서는 이렇게 바뀌었다. "이런 흑인 청년을 그려낸다면 백인들이 어떻게 생각하겠는가? 곧장 이러지 않겠는가? '거봐, 내 늘 검둥이는 저렇다고 얘기하지 않았는가? 저 봐라. 바로 그들 중 하나가 나서서 그런 모습을 그려 우리에게 보여준다!'라고 말하지 않겠는가?" 내가 비거를 충실하게 그려낸다면, 내 의도와는 다르게 그를 이용할 많은 반동적인 백인이 있을 거라고 예상되었다. 그렇지만, 그리고 이 때문에 일은 더욱 어려워졌는데, 있는 그대로 그려내지 않는 한 비거에 대해 설득력 있는 글을 써내지 못하리라는 것 또한 잘 알았다. 즉 백인에 앙심을 품은, 뚱하고 화가 나 있고, 무식하고, 정서적으로 불안정하고, 울증에 빠졌다가 느닷없이 조증 상태로 치닫고, 미국의 억압으로 인해 내적 조직력이 결여된 까닭에 동족과 결속하지도 못하는 모습 그대로 말이다. 또한 백인들은 비거를 잘못 읽고 신빙성이 의심되는 인물이라며 이렇게 말하지 않겠는가? "이자는 백인 전체에 대한 증오를 설교하고 있다."

생각을 거듭할수록 보고 느낀 대로 비거를 그리지 않는다면, 그를 살아 있는 인물인 동시에 내가 그에게서 보고 느낀 좀더 큰 것들의 상징으로 만들려 힘쓰지 않는다면, 나도 비거처럼 반응하는 꼴이 된다는 확신이 뚜렷해졌다. 다시 말해 내가 백인이 이렇게 말할 거라고 추측하고 그것에 구애되어 손발이 묶인다면, 나도 공포에 입각해 행동하는 셈이었다.

비거와 그의 의미를 곰곰이 생각해보며 나는 스스로에게 이렇게 말했다. "이 소설은 반드시 써야 한다. 남들한테도 읽혀야겠지만, 나 스스로 이런 수치와 두려움에서 벗어나기 위해서라도 써야 한다." 사실상 시간이 지나면서 이 소설은 그것을 기필코 써내야 할 만큼 나한테 중요해졌다. 이 소설을 쓰는 것이 나에게는 삶의 방식이 된 것이다.

또다른 생각이 쓰는 것을 방해했다. 공산당의 백인과 흑인 동지들이 뭐라 할 것인가? 이 생각이야말로 가장 곤혹스러웠다. 정치란 살얼음판의 냉엄한 게임이다. 정책은 수백만의 욕망과 바람의 총화를 대변한다. 목표는 단순하게 설정되고 엄격하며, 대다수 정치가의 마음은 매일매일의 전술적 과업만 생각하다보니 굳어버린다. 그런데 내가 그처럼 복잡하고 광범위한 사고와 감정의 연상 체계를, 그리고 그처럼 미세한 거미줄처럼 꿈과 정치가 얽힌 모습을 그려낸다면 '반동의 밀수입자' '이데올로기의 교란자' '개인주의적 위험분자'로 오인당하기 십상이 아닌가? 집산주의적, 프롤레타리아트적 이상에 마음 깊이 공감하면서도, 나는 정직한 정치적, 상상적 표현에서 정직한 감정은 서로 두려워하거나 의심하거나 다투지 말고 건강한 공동의 기반 위에서 만날 수 있어야 한다고 스스로 다

짐함으로써 이 문제를 해결했다. 나아가 좀더 중요한 점으로, 나는
정치가들이 비거를 용납하건 거부하건 사실상 문제가 되지 않는
다는 결론으로 마음을 다잡았다. 내가 보기에 나의 과제는 이 인상
과 감정 들의 짐에서 벗어나 그것들을 비거라는 이미지 속에 다시
부어넣어 **참된** 그의 모습을 만들어내는 일이었다. 마지막으로 나는
정치적, 인종적 권리보다 더 깊고 절박한 권리, 즉 인간적 권리, 정직
하게 생각하고 느낄 권리가 걸린 문제라는 생각이 들었다. 나는 기
질적으로 타인의 기대보다는 자신이 지닌 이상의 요구에 부응하는
편이므로 이 개인적, 인간적 권리가 특히 절실하게 다가왔다. 내가
애당초 노동운동에 가담한 것도 어렴풋하나마 이런 욕구 때문이었
으며, 이 욕구를 수행함은 결국 나 자신의 성장법칙이라 여겨지는
것을 충족시키는 것일 따름이었다.

또다른 생각이 나를 위축하며 작업을 가로막았다. 그것은 내 인
종과 관련된 것이었다. 나는 "내가 이런 비거의 모습을 그린다면,
흑인 의사, 변호사, 치과의사, 은행가, 교사, 사회사업가, 실업가 들
이 나를 어떻게 생각하겠는가?" 하고 자문했다. 오랜 고통스러운
경험을 통해 나는 전문직이나 중산층 흑인들은 같은 인종이면서도
그 누구보다도 더 비거와 비거가 의미하는 바를 부끄럽게 여긴다
는 것을 알고 있었다. 본인들이 비거 토머스식의 반응 양식을 가까
스로 피해간 까닭에, 실상 이들의 편협하고 소심한 성격 속에 아직
그 흔적이 남아 있는 까닭에, 이들은 자신이 누리는 부르주아 생활
밑에 자리한 비천하고 부끄러운 인생의 심연을 공공연히 내놓고
상기시키는 것을 달가워하지 않았다. 사람들, 특히 백인들이 자기
들의 삶도 비거처럼 어둡고 야만적인 것에 물들어 있다고 여기는
것이 정녕 싫었던 것이다.

628

인생과 예술에 대한 이들의 태도는 한 단락으로 요약할 수 있다. "하지만 라이트 씨, 우리 중에도 비거와 다른 사람이 얼마나 많소? 왜 우리 인종의 가장 좋은 면을 소설에 그려내, 억압에도 불구하고 얼마나 많은 것을 해냈는지 백인들에게 보여주지 않는 겁니까? 분노나 원한을 그리지 마세요. 백인이 다가오면 미소를 지어요. 백인이 당신을 짓밟는 짓을 했다고 미워할 만큼 작은 사람이라는 느낌을 주어서는 절대 안됩니다! 아, 무엇보다도 자존심을 지키세요!"

그렇지만 비거가 이 모든 요구들을 눌러 이겼다. 그가 이긴 것은 나한테 훨씬 더 아슬아슬하고 흥미로운 사냥감을 추적한다는 느낌이 있었기 때문이다. 비거라는 존재의 의미가 결국 나를 사로잡은 것은, 흑백을 막론하고 누가 그에 대해 뭐라고 하고 뭐라고 설명하든 그것보다는 그가 더 중요하다는 것, 어떤 정치적 분석에서 그를 어떻게 설명하거나 부정하든 그것보다도 그가 더 중요하다는 것, 심지어는 나 자신의 두려움, 부끄러움, 망설임보다도 그가 더 중요하다는 것을 온몸으로 느낄 수 있었기 때문이다.

그러나 비거는 아직도 종이에 옮겨지지 않았다. 마음속으로는 오래전부터 그에 관한 글을 써온 셈이었지만, 그를 하나의 이미지로, 이 나라에서 내가 친밀히 알 수 있게 허용된 유일한 생활형태인바 미국 흑인의 빈민가 생활의 옷을 입은 살아 숨 쉬는 상징으로 만드는 일이 남아 있었다. 그러나 내가 주저한 근본적인 이유는 또 하나의 훨씬 더 복잡한 문제가 생겨나 나를 괴롭힌 데 있었다. 내가 보고 느낀 비거는 수많은 현실들이 뒤얽힌 존재였다. 비거 속에는 인생의 수많은 차원이 담겨 있었다.

우선 그의 개인적이며 사적인 삶을 들 수 있다. 다시 말해 소설 속에 사로잡아 못 박아놓기 매우 어려운 그 사사로운 삶, 그 붙잡기 어려운 존재의 핵심, 사람들이 저마다 다른 의식의 개인적인 자료 말이다. 나는 비거의 꿈, 덧없이 사라지는 순간적인 느낌과 갈망, 이상, 깊은 정서적 반응 등을 담아내야 했다.

또 나는 어렴풋이 가물거리며 이중적인 모습으로 나타나는 그의 한 면모에 부딪히게 되었다. 나는 이것이 모든 흑인과 모든 백인에게 있는 면모이기 때문에 우선 나 자신의 삶 속에서 그 의미를 더듬어본 연후에야 종이에 옮길 수 있음을 깨달았다. 비거는 미국의 광경에 매료되기도 하고 반발을 느끼기도 했다. 토박이라는 점에서 그는 미국인이었다. 그러나 미국인으로 살도록 허용되지 않았으므로 그는 대략적인 의미에서 흑인 민족주의자이기도 했다. 이것이 그의 생활 방식이자 나의 생활 방식이었다. 비거나 나나 어느 진영에도 완전히 몸담지 못했던 것이다.

나는 비거의 사회의식이 지닌 이 두 측면 가운데 민족주의적인 면모를 앞에 놓았다. 백인에 대한 비거의 격렬하고 거친 증오에 찬동해서가 아니라, 그 증오를 통해 비거가 사냥개에 쫓긴 들짐승처럼, 가장 상징적이며 설명하기 쉬운 위치에 놓이기 때문이었다. 다시 말해 그의 민족주의 심리야말로 그의 삶의 총체적 의미를 가장 잘 포착할 수 있는 개념이었던 것이다. 나는 의식적이고 교육받은 내 민족주의 감정을 통해 비거의 혼란스럽고 뒤얽힌 민족주의 감정에 접근해보려 했다. 그러나 비거는 자기 인종의 종교나 전통문화의 필요를 느낄 만큼 민족주의적이지는 못했다. 비거의 사회 의식이 매우 복잡해진 것은 그가 두 세계, 즉 막강한 미국과 자신이 처한 위축된 삶의 자리 사이에서 환영받지 못한 채 떠돌았기 때문이다. 그래서 나는 독자가 이 '경계지대'를 느낄 수 있도록 만드는 것을 스스로 내 임무로 삼았다. 비거에 대해 내가 할 수 있는 말은 그가 온전한 삶에 대한 **욕구**를 느꼈으며 그 욕구에 따라 **행동**했다는 것뿐이었다. 그게 전부였다.

이 모든 것을 넘어서 비거에게는 우리 모두의 유산인 미국적 면모, 보고 듣는 것을 통해, 학교를 통해, 친구들의 희망과 꿈을 통해 우리가 갖게 되는 그런 면모, 평범한 미국인들이 거론하지는 않지만 당연한 것으로 받아들이는 그런 면모가 있었다. 일반적으로 인생에 대한 가장 깊은 신념들은 결코 공공연히 논의되지 않는 법이며, 사람들의 바람과 두려움 속에서 간접적이고 암묵적으로 암시되고 함축되며 감지될 뿐이다. 우리는 이상주의에 의거해 살고 있는데, 이 이상주의는 우리로 하여금 다음과 같은 것을 믿으라 한다. 즉 헌법은 통치체제를 규정한 훌륭한 문서라는 것, 권리장전[5]은 공민으로서의 자유를 수호하는 합법적이고 인간적인 훌륭한 원칙이라는 것, 그리고 모든 남녀는 자신을 실현할 기회, 자신의 개인적 운명과 목표, 다른 것으로 대치 불가능한 자신의 고유한 운명을 추구할 기회를 가져야 한다는 것이다. 그렇다고 비거가 이것을 내가 지금 거론하는 식으로 알고 있었다는 말은 아니다. 이런 생각이 그의 머릿속에 떠오른 적도 없었을 것이다. 그럴 정도로 그의 정서적, 지적 생활이 명료한 것은 아니었다. 그러나 그는 감정과 욕망이 발달한 만큼 정서적이고 직관적으로 알고 있었으며, 우리 대다수와 마찬가지로 이 시대의 정신적, 정서적 분위기 속에서 이를 간파해냈다. 이 모든 것이 막히고 묻히고 숨겨진 채 비거 속에 들어 있었기에 나는 그것을 소설의 형태로 풀어내야 했다.

비거의 삶에는 꼭 설명하고 그려내야 한다고 느껴진 또다른 차

---

5 연방정부의 권력을 제한하여 시민의 권리를 보호하자는 취지에서 1791년 발효된 미국 헌법의 수정조항 제1~10조.

원이 있었는데, 이것은 자꾸 빠져나가 달아나서 쓰기도 어려웠지만 논하기도 어렵다. 비거가 아무런 분명한 설명도 해주지 않았기 때문에, 나는 여기서도 내 느낌에서 지침을 구할 수밖에 없었다. 사람마다 정도의 차이는 있지만 우리 모두의 삶 어딘가 어두운 구석에는, 어쩌면 날 때부터 가지고 있는—인성을 보는 눈이 프로이트적이냐 아니냐에 따라 달라지기는 하지만!—대상도 없고 시공에 구애받지 않는 원초적 공포와 두려움이라는 요소, 즉 모호하면서도 모호한 것치고는 지나치게 우리 삶에 압도적인 영향을 미치는 공포와 두려움이 숨어 있는 것 같다. 그리고 이 원초적 공포에는 황홀감과 전적인 굴종과 신뢰를 지향하는—더 적절한 명칭이 생각나지 않으니 그냥 말하자면—반사적 충동이 따른다. 종교의 원천도 여기 있으며, 반란의 원천도 여기 있다. 비거처럼 젊고 교육도 못 받은, 주관적 삶이라곤 미국 '문화'의 자투리 조각뿐인 청소년의 경우에는, 이 원시적인 공포와 황홀감이 어떤 보호망도 없이 적나라하게 드러난다. 즉 사랑과 신뢰를 바칠 만한 궁극적 신조들을 지닌 종교나 통치체제나 사회체제의 보호망도 없이, 기술이나 전문적 직업 혹은 신앙이나 신념의 보호망도 없이, 하루하루 시간 환경의 사소한 변전에 통째로 휘둘리는 것이다.

비거의 삶에는 또다른 차원의 현실이 있었으니, 잠재적인 정치적 차원이다. 러시아와 독일의 대격변에 개재되었다고 보는 충동들이 비거한테도 있다는 사실은 이미 언급한 바 있다. 나는 어떻게 해서든 비거의 일상적인 행동을 통해 독자가 이 정치적 충동들을 실감할 수 있도록 만들어야 했다. 이 주제를 좋아하지 않는 사람들에게 선동꾼으로 낙인 찍힐 위험도 명심하면서 말이다.

또 남북부를 막론하고 미국 백인사회와 비거의 관계가 있었으니, 나는 이것을 파헤쳐서 애석하지만 다시 한번 알려야 했다. 이 관계의 영향은 모든 흑인의 몸과 마음 한구석에 상처처럼 남아 있다.

또한 억압 탓에 비거의 동족과의 관계가 어떻게 굴절되었는지도 보여주어야 했다. 즉 억압이 그를 어떻게 같은 흑인들로부터 떼어놓아 좌절시켰는가, 또 억압의 희생자가 억압자에 효율적으로 투쟁하기 위해서는 반드시 필요한 바로 그 자질들이 억압에 의해 어떤 식으로 방해받고 질식당했는가 하는 것을 보여줘야 했다.

그다음에는 비거가 살고 있는 터무니없는 도시라는 문제가 있었다. 거대하고 으르렁대며 더럽고 시끄럽고 원색적이며 황량하고 야만적인 형언할 수 없는 도시. 타는 듯한 여름과 얼어붙은 겨울, 백인과 흑인, 영어와 이국어, 외국에서 태어난 사람과 이 나라에서 태어난 사람, 옴 같은 가난과 번쩍거리는 사치, 고매한 이상주의와 심한 냉소주의 등, 양극이 존재하는 도시. 너무 젊어서, 그 짧은 역사를 생각하며 시간을 거슬러올라가다 보면 바람이 휘몰아치는 황량하게 펼쳐진 대평원에서 돌연 멈추게 되는 도시! 그러나 길고 곧은 거리의 집들 속에 인간의 오랜 운명들의, 산과 바다만큼이나 해묵은 진실들의, 인간의 영혼만큼이나 영속적인 드라마들의 상징과 이미지를 붙들어 담아놓았을 만큼은 늙은 도시! 이 나라 동서남북의 중심으로 부상한 도시. 그러나 일년에 일곱달은 검은 연기 구름으로 햇빛이 차단되는 도시. 화창하고 향그러운 5월 아침에도 도살장의 임시 가축수용장에서 풍기는 악취를 맡을 수 있는 도시. 강도와 살인, 뇌물에 너무 익숙해졌기 때문에 정부가 점잖은 허울을 쓸 수 있다는 사실을 진정 잊어버린 도시!

이 모든 것을 생각해낸 후에도 비거는 여전히 쓰이지 않았다. 그러나 내 생활에 두가지 사건이 일어나 이 과정에 박차를 가하게 되었다. 나는 거리를 걸으며 마음속으로만 비거를 써보는 일을 그만두고 타자기 앞에 앉아 집필에 돌입했다.

첫번째 사건은 '싸우스사이드 청소년 클럽'에서 근무하게 된 것으로, 이 기관은 흑인 빈민가의 싸구려 술집이나 뒷골목으로부터 수천명의 흑인 비거 토머스를 구해내고자 했다. 나는 여기 근무하면서 비거가 자주 가는 곳이며 기분, 행동 등을 전면적으로 관찰할 기회를 얻었다. 나한테 급료를 지불하는 부자들이 사실은 비거에게 눈곱만큼의 관심도 없고 그들이 베푸는 친절은 근본적으로 이기적인 동기에서 비롯된다는 사실도 이곳에서 처음으로 깨달았다. 그들이 나한테 돈을 준 것은 비거가 거리를 배회하며 흑인 빈민가 근처의 귀중한 백인 재산을 다치지 않도록 탁구와 장기, 수영, 구슬치기, 야구 따위로 관심을 돌리게 만들라는 뜻에서였다. 청소년 클럽이나 탁구 자체를 비난하는 것은 아니다. 그렇지만 이런 빈약한 미봉책들은 미국 문명이 이들 비거 속에 만들어낸, 수백년에 걸친 텅 빈 틈새를 메우기에는 전혀 부적절했다. 나는 일종의 위장경찰 노릇을 하는 느낌이었고 그 일을 증오했다.

이 비거들을 데리고 열심히 일하다가 집에 돌아갈 시간이 되면, 나는 아무도 듣지 못하게 숨죽여 혼잣말을 하곤 했다. "어서, 이 녀석들아! 이런 놀이나 던져주는 그 자식들에게 인생이 탁구보다 세다는 걸 보여줘…… 피 끓는 삶이란 그놈들이 생각하는 것보다 더 단단하고 뜨겁다는 걸 보여줘! 비록 그 삶이 그놈들이 내심 경멸하는 검은 피부에 싸여 있더라도 말이야……."

그들은 그렇게 했다. 시카고 경찰의 사고기록부는 그들이 얼마나 많이 그랬나 하는 증거다. 이것이 내가 하기 싫은 일을 꾹 참고 견뎌내는 유일한 방법이었다. 잠시 대리적 감정이나마 비거식 기분에 잠겼던 것이니, 많이는 아니고 조금, 아주 **조금뿐이었지만**, 그래도 그런 기분에 잠긴 건 사실이다.

비거 이야기를 쓰도록 박차를 가한 두번째 사건은 좀더 개인적이고 미묘한 것이었다. 나는 『톰 아저씨의 후예들』(*Uncle Tom's Children*)이라는 제목으로 출판된 단편집을 쓴 적이 있었다. 이 책의 서평이 나오기 시작하면서 나는 터무니없이 천진한 실수를 저질렀음을 깨달았다. 은행가 따님들도 읽고 한바탕 울고 나서 흐뭇한 기분이 들 만한 그런 책을 썼음을 알게 된 것이다. 나는 자신에게 맹세했다. 다시 책을 쓴다면 아무도 그걸 읽고 울지는 못하게 하겠다고. 눈물의 위안 없이 직시해야 할 만큼 냉엄하고 깊은 책을 쓰겠다고. 지독히 진지한 마음으로 집필에 돌입한 것은 바로 이 때문이었다.

실은 이때까지도 『미국의 아들』의 줄거리에 대해서는 별로 생각해놓은 것이 없었다. 줄거리가 걱정된 적은 한번도 없었기 때문이다. 여러해 동안 나는 비거에 관해서, 무엇이 그를 만들었고 그가 의미하는 바가 무엇인지 배웠다. 그래서 쓸 시간이 되자 **그를 만든 것과 그가 의미하는 것**으로부터 저절로 줄거리가 만들어졌다. 그러나 그에서 삶의 거리가 먼 듯한 면들을 상상적 언어로, 일반 독자가 알 수 있고 받아들일 수 있는 언어, 이야기가 진행되면서 독자 자신의 삶의 가장 뿌리 깊은 생각과 신념을 건드릴 수 있는 그런 언어로 엮어내는 일이 남아 있었다. 이것은 쉽게 풀렸다. 쓰기 시작하자 줄거리가 '쏟아져나왔'던 것이다. 이 과정을 지나치게 단순화하거나 지나치게 신비화할 생각은 없다. 사실, 그때 일어난 일은 설명하기가 매우 쉽다.

북부에 살든 남부에 살든 흑인이라면 누구나 거리에서 붙들려

구치소로 끌려가 '강간'죄로 기소당한 흑인 청년 이야기를 수없이 들어봤을 것이다. 이런 일은 하도 자주 일어나기 때문에 내가 보기에는 미국 내 흑인의 불안한 위치를 나타내는 대표적인 상징이라고 할 수 있었다. 비거를 어떤 유형의 사회현실 내지 극적 상황에 놓을 것이며, 그의 가장 깊은 반응을 이끌어내기 위해 어떤 유형의 시험관적 삶을 설정할 것인지에는 전혀 의문의 여지가 없었다. 실제 삶에서 이런 줄거리가 거듭 반복되었기 때문에 외울 정도였다. 이런 일은 너무나 빈번해서,『미국의 아들』초고를 반쯤 끝냈을 때쯤 시카고 신문들에 비거와 유사한 사건이 터져나왔다. (『미국의 아들』에 나오는 많은 신문기사와 몇몇 부수적 사건들은 로버트 닉슨(Robert Nixon) 사건을 각색하고『시카고 트리뷴』(*Chicago Tribune*)에 실린 기사를 고쳐 쓴 것뿐이다.) 실제로『미국의 아들』이 출간된 직후 대법원 판사 휴고 L. 블랙은 미국 경찰이 흑인 청소년들을 다루는 방식을 국민들에게 상세하고 생생하게 보여준 바 있다.

　이 상투적 상황을 묘사해보자. 범죄의 물결이 도시를 휩쓸고 치안 유지를 요구하는 시민의 소리가 높아진다. 경찰이 순찰차로 흑인 빈민가를 휩쓸며 맨 먼저 눈에 띄는, 집도 연고도 없어 보이는 흑인 청년을 덮친다. 그러고는 기소도 보석 조치도 하지 않은 채 가족 친지를 비롯하여 누구와도 연락이 두절된 상태로 일주일쯤 가둬둔다. 며칠이 지나면 이 청년은 사건기록에 미해결로 남아 있는 어떤 죄든 자백하라는 대로 '자백'한다. 왜 자백하느냐고? 밤낮을 가리지 않는 엄한 심문에다, 엄지손가락을 묶어 매달고, 2층 창문 밖에 거꾸로 매달아놓고, 두들겨패는 (상처가 나지 않는 곳을—경찰은 이렇게 하는 방법을 안다) 꼴을 당하고 나면, 전기의자에 앉히지는 않겠다는 구두 약속만 해주면 앞에 놓인 서류에 서명하게 되는 것이다. 물론 그의 결말은 사형이나 종신형이다. 과장이라고 생각된다면, 흑인 구역에서 근무하는 백인 경관을 사귀어 내막을 물어보면 될 것이다.

일단 흑인 청소년이 이런 식으로 구치소에 끌려가고 나면 그를 위해 어떤 조처를 취한다는 것은 거의 불가능하다. 호의를 가진 흑인 변호사조차 그를 변호하기가 어렵다. 겁에 질린 마음에 이 청년은 이쪽저쪽에서 가해오는 압력과 설득의 정도에 따라, 하루는 유죄를, 다음 날은 무죄를 주장하게 되기 때문이다. 청년의 가족마저도 잔뜩 겁을 집어먹고, 어떤 때는 경찰의 협박이 무서워 이 청년이 자기 핏줄이라는 걸 시인하는 것조차 주저하기도 한다.

미국이 이 청소년들을 이렇게 취급하니, 한 청년이 붙잡혀 경찰서 유치장에서 열명의 백인 경관한테 닦달을 당하면, 겁을 집어먹고 뭐든지 자백할 지경에 이른다. 이런 관행들은 평범한 미국 시민이 일상생활에서 접하는 것과는 너무나 거리가 멀기 때문에, 사실임을 믿으려면 굉장한 상상력을 발동해야 한다. 그렇지만 친절하고 미국인다운 스포츠맨 정신과 선의를 지닌 바로 이 평범한 시민도 자부심 강한 흑인 가족이 흑인 빈민가의 공포와 구속 등에서 벗어날 꿈을 꾸며 자기 아파트로 이사 온다면, 아마 폭도에 가담할 것이다.

그러나 이처럼 온갖 생각을 거치고 나서도, 막상 타자기 앞에 앉자 글이 써지지 않았다. 적절한 첫 장면이 떠오르지 않았다. 첫 장면에서 독자에게 어떤 정서를 불러일으켜야 하는지는 분명했다. 그러나 작품 전체의 모티프를 전달하고, 끝까지 다양한 소리로 울려퍼질 음조를 울리고, 비거가 어떤 존재이며 매시간 그를 억눌러

오는 환경이 어떤 것인지를 독자에게 소개할 수 있는, 그런 구체적인 사건의 모습이 생각나지 않았다. 이삼십번 시도해봤지만 실패했다. 그래서 시작 장면이 안 써지면 그다음 장면에서 시작하자고 마음을 다잡았다. 그리고 그렇게 했다. 이 책을 실제로 쓸 때는 당구장 장면에서 시작했다.

이제 집필 과정이다. 그 모든 비거 토머스들, 그 각양각색의 비거 토머스들을 만나는 동안, 그들에 관한 집필 자료를 의식적으로 모아놓지는 않았다. 그들의 말이나 행동을 공책에 적어두지는 않았다는 말이다. 하루하루 살아나가면서 그들의 행동이 나의 감수성에 강한 인상으로 새겨졌을 뿐이며, 이 인상들이 뭉치고 응집되어 기억, 태도, 기분, 생각의 덩어리들로 바뀌었다. 그리고 다시 이 주관적 상태들은 자동적으로 내 마음 한구석에 저장되었다. 나는 이 과정을 의식조차 하지 못했다. 그렇지만 막상 착수한 작품 생각에 흥분하면서 정서적 압박하에 이것들이 한데 녹아들고 뒤얽힌 채 표면으로 떠올랐는데 참으로 다양하고 강력한 의미와 암시에 나도 놀랐다.

전체 주제를 염두에 두면서 나는 거의 기도하는 자세로 이야기에 자신을 내맡겼다. 비거의 삶 가운데 잘 떠오르지 않는 면이 있으면 그것을 포착하기 위해 최대한 많은 것을 적어보곤 했다. 그리고는 어렴풋이나마 느끼고 있던 현실의 모든 음영을 포착해냈다고 느껴질 때까지 그것을 몇번이고 다시 읽어보며 그때마다 단어나 구, 문장을 하나씩 덧붙였다. 이렇게 다시 읽고 고쳐 쓰면서 빠져나가려는 사실과 국면 들을 붙들어모았던 셈이다. 그것은 집중하는 행위였고, 과학, 정치, 경험, 기억, 상상력 등에 의해 얻어진, 잘 감이 잡히지 않는 온갖 사실들을 관심의 중심에 붙들어두는 행위였다. 또 글을 쓰다가 전율 어린 새로운 관계가 감정의 추동에 이끌려나와, 낯선 사실들을 하나로 합치고 압축시켜 알고 느낄 수 있는 진실로 만들어냈다. 이 작업의 깊은 재미는 바로 이런 데 있었다. 즉 새로운 감정 영역, 낯선 정서의 경계까지 밀고 나아가, 낯선 땅을 밟으며, 새로이 인지된 관계를 조합해내고, 말을 사용하여 — 바로 일순간 전까지도! — 들어보지도 느끼지도 못했던 새로운 효과를 창출해내고 있음이 몸으로 느껴졌다. 이러면 힘이 나고 기운이 솟았다. 내 감각은 바짝 긴장한 채 이런 관계들을 계속 찾아나갔다. 일할 때면 보통 체온이 올라갔다. 내가 생각하는 창작이란 바로 이런 것, 곧 일종의 뜻깊은 삶이었다.

쉬지 않고 쓴 결과, 소설 초고는 넉달 만에 완성되어 약 576면에 달했다. 벌어먹기 위해 아침마다 일어나 도랑을 파듯 나는 매일 썼다. 나는 비거가 행동하는 추상적 원리가 떠오르면 즉시 그것을 전에 보았던 비거가 하는 행동으로, 미국 독자한테 믿어질 만큼 낯익은 행동으로 바꾸곤 했다. 그렇지만 한 장면 한 장면 써나갈 때 지침이 된 기준은 단 하나, 내가 보고 느낀 진실을 말한다는 것이었다. 즉 살면서 얻은 통찰을 행동이나 장면, 대화 등의 형식을 통해 말로 객관화시킨다는 것이었다. 어떤 장면이 있을 수 없는 일처럼 보이면 쓴 것을 찢어버리는 대신 이렇게 자문해보았다. "비현실적이어도 남겨둘 만큼 내 느낌을 잘 드러내는가?" 그렇다고 여겨지면 남겨놓고, 그렇지 않다고 여겨지면 잘라냈다. 내가 쓴 것이 얼마나 옳으냐는 느낀 대로의 삶과 진실을 어느 만큼 타자용지에 옮겨놓았느냐에 달려 있었다. 예를 들어 『미국의 아들』에는 흑인 목사와 잰, 맥스, 주검사, 돌턴 부부, 비거의 어머니와 남동생, 누이동생, 그리고 앨,⁶ 거스, 잭이 비거의 유치장 감방에 모두 모인 장면이 나

온다. 그렇게 많은 사람을 살인범의 감방에 들여보내기는 힘들다
는 점은 이 장면을 쓸 때도 알고 있었다. 그러나 비거한테서 특정
의 중요한 정서적 반응을 이끌어내려면 이들 모두가 그 감방에 와
있어야 했다. 그래서 이 장면은 살아남았다. 이 장면을 통해 독자에
게 전달하려는 내용이 이 장면의 표면적 사실성이나 개연성보다 더 중요하
다고 여겨졌던 것이다.

　글을 쓸 때 나는 언제나 독자인 동시에 작가였고 행동을 구상해
내는 사람인 동시에 그것을 감상하는 사람이었다. 나는 비거의 삶
에서 객관적 측면과 주관적 측면 모두를 글로 포착해내고자 했다.
그리고 언제나 단순히 줄거리를 전하는 데 그치지 않고, 묘사하고 생
생히 그려내려고 노력했다. 어떤 것이 차갑다면 그저 차갑다고 이야
기하지 않고 독자가 차가움을 느낄 수 있게 만들려 했다. 이런 식으
로 써나가는 가운데, 어떨 때는 의식의 흐름 수법을 쓰다가 그다음
엔 내적 독백으로 올라갔다가 꿈의 상태를 직접 그려내는 것으로
내려오고, 다시 비거가 말하고 행하고 느끼는 것을 사실적인 태도
로 묘사하는 방식으로 전환할 필요를 느끼기도 했다. 하고 싶은 말
을 하기 위해서는 내가 개입하여 내 목소리로 이야기할 수밖에 없
다고 생각되는 경우도 있었다. 그렇지만 이럴 때도 언제나 모든 것
을 오직 비거의 삶의 관점에서, 그리고 가능하다면 비거 생각의 리
듬에 맞추어 (비록 말은 내 말이라 해도) 설명해서 이야기의 분위
기를 유지하려 노력하였다. 또 어떤 경우에는 변호인의 변론이나
신문기사 형식을 빌리거나 혹은 비거가 엿듣거나 멀리서 보는 것
을 통해서, 다른 사람들이 그에 대해 하는 이야기와 생각을 전달하

---

6 소설에서는 'G.H.'라는 인물로 나오는데 이름에 잠깐 착오가 있는 듯하다.

기도 했다. 그러나 어쨌든 내가 그려내고자 한 것은 처음부터 끝까지 비거의 이야기, 비거의 두려움, 비거의 도주, 비거의 운명이었다. 모든 진지한 소설의 중심은 거의 전적으로 성격-운명 및 그 성격-운명의 사회적, 정치적, 개인적 세목들에 있다는 신념을 가지고 나는 글을 썼다. (옳은 생각인지 그른 생각인지는 모르겠다. 내가 아는 것은 다만 나한테 이런 식으로 느끼는 기질이 있다는 점이다.)

나는 글을 쓸 때 다른 작가의 소설들을 읽으면서 배운 잘 짜여진 작품을 구축하는 데 필요한 소설의 많은 원칙들을 거의 무의식적으로 따랐다. 이 소설은 대체로 현재시제로, 이것은 독자에게 비거의 이야기가 무대 위에서 공연 중인 연극이나 영사막에 펼쳐지는 영화처럼 지금 일어나는 느낌을 주기 위해서였다. 프로 권투시합에서처럼 행동에 행동이 이어진다. 가능한 경우에는 시간의 흐름의 결이 느껴지도록, 비거의 생활을 근접 고속촬영하듯 그렸다. 이것이 독자의 마음을 새로운 세계 속에 '밀봉'시켜 내가 제시하는 것 이외의 모든 현실을 지워버리는 가장 좋은 방법이라는 생각을 이미 오래전부터 했던 것이다.

그리고 또 가능한 한 이 소설을 비거가 보고 느낀 것에, 그의 감정과 생각의 범위 안으로 국한했다. 독자에게 그 이상을 전달하는 경우에도 말이다. 이런 식의 묘사 방법을 써야 한층 날카로운 효과가 생겨나고 등장인물 및 그의 독특한 존재, 의식 형태가 한층 예리하게 감지된다고 보았다. 전편에 걸쳐 시점은 오직 하나, 비거의 시점만이 있을 뿐이다. 이것 또한 훨씬 풍부한 현실감을 주는 데 도움이 된다고 여겨졌다.

나는 가능한 한 소설에 끼어들지 않았다. 독자에게 자기와 비거 사이에 아무것도 없는 듯한, 이 소설이 자신의 개인 극장에서 공연

되는 특별 시사회인 듯한 느낌을 주고 싶어서다.

나는 각 장면을 길게 만들면서, 최대한 많은 일이 짧은 시간 안에 일어나도록 처리했다. 그렇게 함으로써 한층 밀도 있고 풍부한 효과를 자아낼 수 있다고 여겨졌다.

마찬가지로, 전편을 통해 일관된 배경의 느낌을 주려고 했다. 물론 배경은 변한다. 그러나 비거가 맞서 싸우는 힘과 요인 들이 항상 독자의 눈앞을 떠나지 않도록 애썼다.

그리고 오로지 비거가 보고 느낀 것만 묘사하기로 했기 때문에, 다른 등장인물들에는 비거 자신이 본 것 이상의 다른 현실성은 부여하지 않았다.

이 작품에서 내가 설명할 수 있는 것은 솔직히 이게 전부다. 만약 장면과 인물 들을 설명하려 든다면, 어떤 장면이 왜 그런 식으로 쓰였는지 말하려 든다면, 기분 좋은 명료함을 위해 사실을 왜곡하게 될 것이다. 이 책에 담긴 나머지 모든 것은 소재에 대한 내 느낌들에서 나온 것이며, 성실한 독자라면 나머지에 대해서 나만큼 잘 알 것이다. 물론 내가 한 것처럼, 읽는 동안 소재들이 감정과 상상력에 영향을 미치는 대로 내버려둘 용의가 있는 경우에 말이다. 내가 글을 써나갈 때, 어떤 까닭에선지, 하나의 이미지, 상징, 인물, 장면, 분위기, 감정은 그것과 반대되거나 유사하거나 보족적(補足的)이거나 반어적으로 대조되는 것을 환기시키곤 했다. 왜냐고? 나도 모르겠다. 그저 내 감정과 상상력이 그런 식으로 작업하는 것을 좋아하기 때문이다. 삶이란 딱 그만큼만 설명할 수 있고 그 이상은 불가능한 법이다. 적어도 지금으로서는.

초고를 끝내고 보니, 결말이 맘에 들지 않았다. 초고에서는 비거를 곧장 전기의자로 보냈다. 그러나 소설 한편에 살인 두건이면 족하다는 생각이 들었다. 나는 마지막 장면을 잘라내고 다시 앞으로 돌아가 시작 부분을 고심하기 시작했다. 운이 나빴다. 첫 장면과 끝 장면을 쓰지 못했으니 책은 반만 완성된 셈이었다. 그러던 어느날 밤 나는 자포자기하여—우리 직업의 숨은 비밀을 폭로하는 것은 아니기 바란다!—슬며시 빠져나가 술 한 병을 샀다. 술의 도움을 받아 전에는 떠오르지 않던 많은 기억들이 생각나기 시작했다. 그 중 하나가 시카고에는 쥐가 득시글댄다는 사실이었다. 길에서 쥐를 본 적이 많았다든가, 흑인 아이들이 자다가 쥐한테 물린 이야기를 듣거나 읽은 기억들이 떠올랐다. 처음에 나는 비거가 방에서 쥐와 싸운다는 착상을 내쳤다. 쥐가 이 장면을 독차지하지 않을까 염려스러웠다. 그렇지만 쥐는 떠나려 들지 않았다. 쥐는 갖가지 매력적인 모습으로 밀고 들어왔다. 그래서 쥐 장면에서 **오로지** 비거와 식구들, 그들의 좁아터진 방, 그들의 관계만 드러나도록 유의하면서 쥐를 들어오게 했고, 그놈은 제 몫을 해냈다.

이 책을 고쳐 쓸 때 많은 장면을 잘라냈다. 다시 읽어보는 작업만으로도 초고에서는 암시에 그쳤던 여러 주제를 발전시킬 가능성이 떠올랐다. 이를테면 『미국의 아들』 전편에 흐르는 죄의식의 주제는 초고를 마친 **연후**에 삽입한 것이다.

마침내 어떻게 끝맺을지도 알아냈다. 나는 결말을 도입부와 똑같이 만들었으니, 삶이 만들어낸 자신의 모습을 받아들이면서 죽음의 위협을 무릅쓰며 위험천만하게 살아가는 비거를 그렸다. 소설 끝부분에서 비거의 감방에 맥스 변호사를 데려다놓은 것은 미국 흑인의 삶의 도덕적인—혹은 내 생각에는 도덕적인—참상을 기록하기 위해서였다.

나에게 『미국의 아들』을 쓰는 일은 조마조마하고 매혹적이며 낭만적이기까지 한 경험이었다. 이 책이 결함도 불완전한 구석도 있고 실현되지 못한 잠재적 가능성들도 있지만 이 책을 쓰면서 배운 것에 힘입어, 이번에는 현대 미국사회에서 여성의 지위를 다룬 또 다른 소설에 착수하였다. 이 작품도 비거처럼 내 어린 시절로 거슬러올라간다. 비거의 인상들을 비축하는 동안, 나는 나한테 이런저런 생각과 놀라움을 안겨준 많은 다른 것들의 인상도 비축하였다. 어떤 경험이 내 마음 어딘가에서 피어오르고 있는 새 불씨에 불을 당기게 된다면, 나는 다시 또다른 소설에 착수할 것이다. 이런 일이 일어날 거라고 느껴질 때 산다는 것은 좋은 일이다. 삶은 그 자체로 충분해지며, 삶의 보답은 삶 속에서 찾아진다.

『미국의 아들』이 좋은 작품인지 아닌지는 나도 모르겠다. 내가 지금 쓰고 있는 작품이 좋은 작품이 될지 아닐지도 모르겠다. 사실은 상관도 없다. 소설을 쓴다는 것 자체가 누구의 어떤 칭찬이나 비난보다 훨씬 즐겁고 훨씬 만족스러운 일이 될 것이다.

전세계가 전쟁과 격동으로 고통을 겪는 지금, 살아서 소설을 쓰고 있으니 난 운이 좋은 것 같다. 헨리 제임스(Henry James)와 너새니얼 호손(Nathaniel Hawthorne) 같은 초기 미국 작가들은 황량하고 무미건조한 미국의 모습에 불만이 극심했다. 그렇지만 이들이 지금 살아 있다면 현대 미국에서는 제자리를 만난 기분일 것이다. 물론, 미국에는 위대한 교회가 없다. 우리나라의 전통은 아직 뽐낼 만한 것이 못된다. 또한 용병 수준을 넘어선 군대도 없다. 특정한 인간적 가치들을 내세우며 온 나라를 사로잡을 집단도 없다. 풍요한 상징도, 다채로운 의식도 없다. 단지 돈에 혈안이 된 산업문명이 있을 뿐이다. 그러나 흑인 속에는 제임스 같은 사람의 정신적 굶주림도 달래줄 만큼 비극적인 과거가 구현되어 있다. 그리고 흑인 억압 속에는, 호손 같은 사람의 깊고 음울한 사색도 만족시킬 만큼 짙고 무거운 그림자, 이 나라 삶 전체에 드리워진 그림자가 있다. 그리고 만일 포우(Poe)가 살아 있다면, 공포를 발명해낼 필요가 없을 것이다. 오히려 공포가 그를 발명해낼 것이다.

리처드 라이트
1940년 3월 7일 뉴욕에서

미국의 꿈과 악몽

1940년, 흑인 작가 리처드 라이트(Richard Wright)의 『미국의 아들』(*Native Son*)이 출간되면서 미국 독서계에는 거센 반발과 경탄이 뒤섞인 일대 파문이 일었다. 이 소설을 읽은 대부분의 백인 독자들은 마치 그들의 안온한 삶을 면전에서 후려치는 듯한 느낌을 받았다. 그것은 한 젊은 흑인이 백인 여성을 살해한 사건을 다룬 소설의 소재에서 비롯된 충격만은 아니었다. 이 작품에 당대 미국인의 일상적인 삶의 터전을 뒤흔드는 새롭고도 무서운 시각이 나타나 있었기 때문이었다. 물론 이전에도 흑인의 목소리와 입장을 담은 소설이 없지는 않았다. 그러나 흑인들이 제기하는 '항의'의 목소리에 익숙하거나 얼마간 공감해온 일부 백인 독자들조차 이 소설 앞에서 놀라움을 금치 못했다는 사실은, 라이트가 던진 충격의 새로움과 깊이를 말해준다. 벽으로 가로막힌 듯 단절된 흑백 관계, 흑인에 대한 물리적, 정신적 억압, 흑인 대중 속에 깃든 폭발적 분노와 저항의 잠재력을 라이트는 온갖 금기를 깨고 과감하게 극화해낸 것이다.

이 작품 이전에도 백인 중심의 사회에 '항의'와 '비판'을 가하는 작품이 나오긴 했지만, 어디까지나 이 사회에 어느정도 자리를 잡는 데 성공한 흑인 중산층의 목소리에 불과했다. 백인의 인종적 지배와 구조화된 흑인 억압의 현실을 대폭 유보한 채 '개선'을 요구하는 목소리는 백인 온정주의자들의 기호에는 맞을지는 몰라도 진정한 현실 묘사나 제대로 된 극복의 전망에 미달하는 것이었다. 라이트의 이 작품은 미국 사회의 구조적 모순이 집약된 도시 하층민 흑인들의 삶을 여실하게 그려내면서 미국 흑인의 전형적인 상황을 미국의 사회적 모순의 핵심에 닿아 있는 것으로 그려낸다. 라이트는 흑인문학의 기본 정조를 이루며 면면히 이어져온 '항의'의 전통을 온전한 의미의 '저항'으로 끌어올림으로써 미국 '흑인문학'의 신기원을 이룬 동시에, 미국 사회가 안고 있는 근본적 문제를 깊이 있게 탐구함으로써 '미국 문학'의 한 정점에 서는 성과를 이룩한다. 『미국의 아들』이 당대의 문제작에서 그치지 않고 미국 현대문학에서 고전의 반열에 우뚝 서 있게 된 연유도 여기에 있다.

이 작품이 이룩한 성과는 물론 우연이 아니다. 라이트는 흑인의 삶에 대한 인식의 변환과 새로운 소설의 필요성을 강하게 의식하고 있었다. 1937년에 발표한 「흑인문학의 청사진」이라는 글에서 그는 그때까지의 흑인문학이 '백인의 미국을 향해 정의를 달라고 청하는 교육받은 흑인의 목소리'에 그쳤다고 비판하면서, 흑인 민족의 전통과 문화에 입각하되 맑스주의 등 총체적이고 구조적인 시각으로 흑인의 삶을 담아내는 작품이 나와야 한다고 주장했다. 이러한 문제의식은 같은 해 출간된 단편집『톰 아저씨의 후예들』(*Uncle Tom's Children*)에서도 엿볼 수 있다. 남부의 가난한 흑인 농부나 소작인의 생활을 담은 이 책에 수록된 단편들은 도피나 개인적 싸움에서부터 사회적 차원의 투쟁에 이르기까지 생존의 위협 앞에 선 흑인들의 다양한 대응방식을 그려낸다. 그러나 자신의 이러한 작업이 감상적 반응의 여지를 다 씻어내지는 못했고 억압과 그 결과를 전면적으로 드러내는 데 미흡했다고 느낀 라이트는 이어서 북부 도시에 사는 흑인 빈민의 생활과 내면적 갈등을 소재로 한 장편을 구상한다. 그 작품이 바로『미국의 아들』이다.

작품의 주요 무대인 시카고의 흑인 빈민가는 1890~1920년대에 걸쳐 약 이백만명에 이르는 흑인이 남부의 농장지대에서 북부 산업도시지역으로 옮겨갔던 '대이주'의 소산으로 생겨났다. 흑인 농촌 노동자나 소작인 들은 대이주를 통해 뉴욕, 시카고 등지의 도시 빈민층으로 탈바꿈했는데, 1920년대 막바지에 터져나온다. 1929년의 대공황은 대대적인 실업 사태를 몰고 오면서 흑인들의 삶의 위기를 더욱 가중시켰다. 1927년 시카고로 온 라이트도 바로 이 대이주의 일원인 셈인데, 시카고에서 그는 남부와는 다르지만 그에 못지않은 비인간적인 환경을 경험하게 된다. 북부 도시는 직접적이고 물리적인 인종적 폭력은 덜할지 몰라도 역시 억압적 질서가 공고하게 자리 잡고 있었던데다가 산업화된 도시 특유의 문제까지 지니고 있었다. 라이트 자신이 모든 이들에게 평등하게 입신양명의 기회가 열려 있다는 '미국의 꿈'에 매료된 적이 있고, 자전적 기록인『검둥이 소년』(*Black boy*)의 끝머리에 적었듯, 남부를 떠날 때만 해도 희망에 부풀었지만, '약속의 땅' 북부에 도착한 그는 그 꿈이 환상과 허구에 지나지 않음을 서서히 깨달아간다. 흑인을 옥죄는 차별과 억압의 강고한 벽을 온몸으로 체험했을 뿐 아니라, 화려한 미국의 물질문명에 대해 물음을 던지게 된 것이다.

『미국의 아들』에는 바로 그러한 집단적 체험과 개인적 환멸, 그리고 그것들을 통해 얻은 깨달음이 담겨 있다. 라이트는 미국 흑인들의 삶의 전모를 드러냄에 있어, 세목의 나열보다는 하나의 결정적 사건에 응축하여 담아내고 그 귀결을 집요하게 추적해나가는 전략을 취한다. 작품의 전반부는 살인 사건을 박진감 넘치게 서술하면서 읽는 이를 숨 막히는 긴장 속에 몰아넣는다. 이어서 비거의 도주와 체포, 재판에 이르는 과정에서도 박진감을 유지하면서 비거 개인의 운명을 넘어선 다수 흑인 대중과 미국 사회 전반에 대한 묘사와 성찰로 확대해나간다.

작가는 억압적이고 착취적인 사회적·경제적 조건을 세밀하게 분석하고 묘사하기보다는 그러한 사회구조가 한 사람의 인격에 미치는 파괴력에 초점을 두고 있다. 경제적 어려움에 그치지 않고 한 개인에게서 존재의미를 박탈하는 사회적 조건, 즉 공동체의 일원이라는 소속감을 앗아가버리는 조건 전체를 문제 삼는 것이다. 살인을 저지른 스무살의 '불량한' 흑인 청년 비거의 삶을 바로 그 인물의 관점에서 안에서부터 그려내는 작가의 여실한 필치는 실로 놀라운 바가 있다. 흑인 하층민이 가지는 박탈감과 결핍감이 주인공 자신의 느낌과 행동을 통해 깊은 내면성을 획득한다. 주인공인 비거는 항상 자신이 '경계지대'에 서서 자신의 세상이 아닌 곳을 '울타리' 바깥에서 훔쳐보고 있을 뿐이라는 느낌에 시달린다. 이러한 시선은 두려움과 폭력, 자기증오의 악순환을 불러온다. 비거는 우리 속에서 두 눈을 가리운 채 이리저리 내몰리는 짐승과 같은 존재인 셈이다.

그런 그가 자신을 비롯한 흑인이 처한 상황을 진정으로 깨닫게 된 계기가 '백인 살해'라는 체험 아닌 체험, 자신의 인생을 마감하게 만든 치명적인 체험의 소산이라는 사실은 통렬하다. 자신에게나 타인에게나 파국을 몰고 오는 사건을 저지르고서야 비로소 처음으로 살아 있는 인간이라는 느낌과 자각을 가질 수 있다면, 그렇게 될 수밖에 없도록 몰고 간 이 세상은 얼마나 짙은 어둠 속에 있는 것일까? 작가의 시선은 미국의 꿈이 아니라 미국의 악몽을 만들어내는 구조적 어둠이 흑인과 백인을 가리지 않고 미국 사회에서 살아가는 모든 인간에게 끼친 끔찍스러운 효과를 끝까지 추적한다. 그 끝에 도달하는 라이트의 마지막 성찰은 가히 충격적이다. 자신 속에 들어 있는, 그리고 백인들이 자기에게 보여준 분노와 두려움, 증오를 이해하려고 애쓰던 비거가 고심 끝에, "내가 살인까지 하게 만든 것, 그게 바로 나입니다!"(603면) 하고 외치는 대목에서 의문과 경악을 느끼는 독자도 적지 않을 것이다. 과연 비거의 행위가 일면 불가피했고 그 나름의 정당성을 지녔음을 열렬하게 옹호하던 진보적인 백인 변호사 맥스조차 이 말에는 경악하는 반응밖에 보이지 못한다. 비거의 살인이 하나의 창조였다고 주장할 정도로 기성도덕과 의식을 넘어서 있는 '과격한' 인물인 맥스가 이러한 판에, 도덕적인 당대 독자들 눈에 이 작품이 어떤 충격을 주었는지는 가히 짐작할 만하다.

그러나 바로 이 발언에 이 작품의 진정한 무게가 담겨 있다. 그러므로 이 발언에 담긴 진실이 얼마나 설득력 있게 전달되었느냐에 이 작품의 성과가 상당 부분 달려 있는 것이다. 맥스도 차마 받아들이지 못한 이 발언의 의미를 이해하는 일은 결국 독자들이 저마다 자기 물음을 동반하는 창조적 독서 행위를 어떻게 해내느냐에 달려 있을 것이다. 다만 역자로서 언급해두고 싶은 것은, 작가는 비거의 살인 행위 밑에 깔려 있는 분노와 증오가 어찌 보면 자연스러운 것일 뿐 아니라 삶에 대한 체념이나 순응보다 훨씬 건강한 반응임을 지적하고자 했다는 점이다. 이것이 그가 맥스의 한계를 노정시키면서 의도한 바가 아닌가 한다. 이 작품에 대한 다양한 해석 중에는 맥스의 반응을 지지하는 입장도 있다. 비거가 처음과 다름없이 맹목적인 증오심에 휩싸인 채 패배자로 죽음을 맞이한다고 보는 것이다. 그러나 생사를 건 고심 끝에 다다른 비거의 이 발언은 더이상 맹목적 증오가 아니다. 두려움과 증오를 자아낸 억압적 질서에 대한 가차 없는 적개심과, 비록 살인이라는 형태로 나타나긴 했지만 거기 담긴 저항의 힘, 그리고 살인을 할 수밖에 없을 정도로 간절했던 삶에 대한 욕구를 긍정하는 것이기도 하다.

재판 과정과 맥스의 변론에서 작가의 육성이 지나치게 노골적으로 드러난다는 점이나, 맥스의 사유방식에 대해 작가 자신의 생각을 분명히 정리하지 못했다는 점이 역자로서도 아쉽기는 하지만, 이런 점들이 이 작품의 의의를 크게 훼손하지는 않는다는 생각이다. 이 작품의 진정한 의의는 백인에게 무엇을 요구한다든가 어떤 '대안'을 분명하게 제시한다든가 하는 데 있는 것이 아니라, 문제가 무엇이며 어디까지 와 있는가를 드러냄으로써 더이상 외면할 수 없게 만든 데 있기 때문이다. 그리하여 흑백 문제라는 것이 미국 사회의 근본에까지 닿아 있는 문제이며 혁신적 변화가 있지 않으면 미국의 장래는 암담할 것이라는 강렬한 전언을 담아낸 것이다. 작품의 제목에도 이런 의미가 들어 있다. 원제인 'Native son'

을 원뜻에 가장 가깝게 옮기면 ‘우리 고장의 아들’이라는 뜻인데, 비거 토머스라는 흑인의 문제는 바로 미국 사회의 근본적 구조가 낳은 산물이라는 의미이다. 동시에 미국이 그 땅의 적자(嫡子), ‘미국의 아들’인 흑인들을 서자로, 이방인으로 취급하고 있다는 항변도 담겨 있다.

이렇게 보면, 비거의 마지막 발언을 비롯하여 『미국의 아들』을 실존주의적인 작품으로 이해하는 견해에는 동의하기 힘들다. 실제 이 작품을 그렇게 보는 경향도 만만치 않은 것이 사실이다. 작품의 보편성을 높이 산다고 하면서 ‘대중사회의 소외된 인간’이니 ‘적대적 세계와 개인의 대립’을 들먹이는 비평가도 적지 않다. 특히 라이트가 이후 프랑스로 이주한 뒤 실존주의에 관심을 가지고『국외자』(The Outsider)처럼 실존주의적 색채가 가미된 작품을 발표했던 사실과 관련하여 이런 해석이 더 지지를 얻고 있다. 우연찮게도 비거의 사건과 사형선고 과정은 실존주의의 대가인 까뮈의 『이방인』에 나오는 뫼르소를 연상시키는 면이 없지 않다. 그러나 비거는 까뮈의 뫼르소와는 달리, 자신이 느끼는 소외감이나 무의미한 세상에 던져진 의미 없는 존재라는 ‘실존적’ 인식 자체를 도달점으로 하지 않고 그러한 개인적 조건의 근원에 놓여 있는 사회적 관계를 찾아내려 했기에, 그러한 해석은 작품이 제기하는 문제의식과는 동떨어진 것이라 할 수 있다.

이 작품이 지닌 ‘보편성’은 오히려 미국이라는 특정 사회에서 흑인 하층민이 겪는 문제를 구체적이고 생생하게 드러냄으로써 비거를 피억압집단의 전형으로 끌어올리는 데 성공했다는 점에 있다. 지배집단의 가치의 내면화로 인한 황폐화와 그럼에도 끝내 잠재울 수 없는 삶의 충동과 잠재적 변혁의 의지를 함께 보여줌으로

써 이 시대를 살아가는 다수 대중에게도 여전히 깊은 울림을 주는 한 형상을 주조해낸 것이다. 그렇지만 이러한 일반화도 절대적인 것이 아니라 어디까지나 하나의 '유추'일 뿐이다. 미국의 흑인 집단을 제3세계에 포함되는 것으로 보기도 하고 작가 역시 아시아·아프리카에 관심을 가지고 미국 흑인의 문제가 곧 제3세계의 문제를 예고하는 것이라고 언급한 적도 있지만, 미국 흑인에게는 '미국인'의 측면도 엄연히 존재하기 때문이다. 라이트에게서도 그런 면을 찾을 수 있는데, 이 작품에서는 주로 맥스의 진술을 통해 드러나고 있으니, 그 의미와 한계에도 관심을 기울여볼 만하다.

라이트의 이 작품을 '토박이'라는 제목으로 한길사에서 처음 번역 출간한 것이 1981년이니, 어언 삼십년이 넘는 시간이 흘렀다. 그사이 미국이나 한국이나 많은 변화가 일어났다. 이 작품이 나온 1940년도만 해도 미국 사회에서 난공불락처럼 보였던 흑인에 대한 제도적 차별이 1960년대 민권운동을 거치며 사라져갔고 지금은 흑인 대통령이 첫 임기를 마쳐가는 상황이다. 한국 사회 또한 한길사 번역본을 낸 1980년대 초, '공산주의'나 '공산당'을 '급진주의'라는 표현으로 바꾸고 관련 언급을 더러 생략하기도 해야 했던 때로부터 먼 길을 걸어온 셈이다. 물론, 흑인을 포함한 특정 인종이나 민족에 대한 차별이나 억압의 구조가 근본적으로 불식되었느냐 하는 질문에서는 미국 사회는 물론이고, 다문화사회의 문제가 부상하고 있는 한국 사회도 자유롭지 못하다. 인종이나 성별의 차이를 이용한 명시적 차별이 줄어든 반면, 계급적 간극은 더욱 벌어지고 있으며 이에 대한 자각이 세계 곳곳에서 집단적 대응을 낳고 있다. 그런 가운데 자본주의적 가치, 특히 무조건적인 성장과 경쟁의 가치에 대한 근본적 물음이 힘을 얻고 있다. 늦어도 20세기 중반부터 세계 질서를 주도해온 미국이라는 국가에 대한 라이트의 문제 제기가 새로운 현재성을 띠고 다가오는 것도 이 때문이다.

그사이 이미 출판사를 한길사에서 창비로 옮기면서 기존 번역을 손질한 첫 개정본을 낸 적이 있지만, 이번에 '창비세계문학'의 발간을 계기로 다시 새로운 모습으로 독자와 만나게 되었다. 미국에서 새 판본이 발간되어 이를 원전으로 한 새 번역을 내놓아야겠다고 마음먹고 있던 차여서, 역자로서는 묵은 숙제를 마치는 기분이다.

새로운 판본은 미국 문학의 정본 확정 작업을 진행해온 라이브러리 오브 아메리카(Library of America) 출판사에서 1991년 출간한 판본이다. 원래 『미국의 아들』은 하퍼 앤드 브라더스(Harper and Brothers) 사에서 1940년에 초판이 나왔다. 그런데 이 초판본이 나오기까지의 과정에는 남다른 곡절이 담겨 있다. 1939년 출간을 앞두고, 우편판매망을 통해 고객에게 매달 한권의 책을 전달하는 '이달의 책 클럽'(Book-of-the-Month Club)에서 서평자용 교정쇄를 접하고는 작품을 일부 수정한다는 조건으로 이 책을 선정하겠다는 의사를 출판사에 전해왔는데, 이들의 요구는 크게 두 가지였다. 작품 초반에 나오는 극장 장면을 포함한 노골적인 성적 표현을 수정하고 변호사와 검사의 발언을 줄여달라는 것이었다. 경제적 궁핍을 비롯한 여러 이유가 있었겠지만, 어쨌든 라이트는 이를 수용하여 해당 대목들을 수정한 상태로 출간하기에 이른다. 이번에 원전으로 삼은 라이브러리 오브 아메리카 판본은 이 수정본이 아니라 서평자용 교정쇄를 정본으로 삼아 작업한 것이다.

어떤 연유에서든 작가가 직접 가필하여 최종 출간에 동의한 판본을 정본으로 삼아야 한다는 반론도 없지는 않다. 그러나 위와 같은 특별한 곡절도 곡절이려니와, 요청되고 반영된 수정들이 많은 부분 성적, 인종적 금기와 관련된 것이라는 점에 주목할 필요가 있겠다. 극장 장면에서는 영화가 시작되기 전 비거와 친구 잭이 자위하는 대목이나 메리 돌턴이 뉴스영화에 등장하는 대목 등이 빠지고 대신 본(本)영화에 대한 긴 묘사가 들어갔다. 메리 돌턴에 대한 비거의 성적 반응도 대부분 삭제되었다. 비거가 베시를 살해하기 전 베시와 성관계를 갖는 대목은 박진감 있는 간결한 서사에서 이른바 '문학적'인 비유가 가득한 묘사로 바뀌었다. 가령 그 대목에서 자위하는 장면을 집어넣어야 했는가는 독자마다 생각이 다르겠지만, 비거의 성적 충동들을 그대로 드러내느냐 지우느냐는 이 작품의 핵심 사건인 '흑인 남성의 백인 여성 살해'의 성격과도 직결되는 문제이다. 변호사 맥스의 발언은 원체 길기 때문에 얼마간 편집이 필요했다고는 보이나, 삭제된 부분 중에 직설적이고 자극적인 언사로 미국의 인종 관계를 성토하는 대목들이 꽤 들어 있는 점은 공교롭다.

최종 판정은 독자들의 몫이겠고 이 판본만이 꼭 '정본'이라고 주장할 생각은 없다. 구판본과 새 판본이 각기 '수정본' '복원본'으로 불리며 병존하고 있고, 앞으로도 아마 그럴 것이다. 그러나 영화 이야기나 베시와의 성관계 묘사 등에서 보듯이 순전히 문학적인 기준에서도 수정이 개악으로 이어진 대목이 적지 않다는 게 역자의 생각이다.

어쨌든, 원전 자체가 달라졌다는 점에서 이번 번역본은 두번째 개정본이라기보다는 신판 번역이라고 하는 게 더 맞겠다. 신판을 내는 김에 번역본 제목도 '토박이'에서 '미국의 아들'로 바꾸었다. 이 또한 미진하게 남겨둔 숙제 중 하나였는데, '토박이'라는 말이 원제목 'Native Son'의 외연적 의미에는 방불하나, 토속적인 정감을 불러일으키는 면이 있다든가, 라이트가 'a native'나 'native man'이 아니라 굳이 'native son'으로 부른 원뜻이 약화되는 아쉬움이 있었다. 그래서 이번에는 단순히 미국에서 나고 살았을 뿐 아니라 미국이라는 사회가 만들어낸 산물이라는 의미를 온전히 담아내는 쪽으로, 아예 풀어서 '미국의 아들'로 하기로 했다. 이 작품의 주인공 비거가 단순한 미국의 자식이 아니라 미국의 '아들'임을, 다시 말해 이 작품의 주된 초점이 흑인 남성성의 뒤틀린 구성에 있음을 부각해 보여주는 부수적인 소득도 없지 않겠다. '창비교양문고'로 내면서 이미 대폭 수정한 바 있기에, 이번에는 새 판본에서 바뀐 부분만 고쳐넣자고 마음먹고 작업에 임했다. 그러나, 번역이란 마침표가 성립할 수 없는 작업임을 또 한번 실감하게 되었다. 한두군데 성에 차지 않는 부분에 손대다가 결국은 전체를 다시 보고야 말았으니, 첫 개정본만큼은 아니지만 이번에도 전면적인 손질을 가한 셈이다. 해설에서 길게 작가 소개를 하지 않는 대신 연보를 될 수 있는 대로 소상하게 단 것은 저번과 마찬가지다. 연보는 *Richard Wright's Native Son: A Critical Handbook* (Richard Abcarian, Ed., Wadsworth Pub. 1970)과, *The Art of Richard Wright* (Edward Margolies, Southern Illinois University Press 1969)를 비롯해 기타 여러 참조서적을 토대로 작성했던 것을 이번에 라이브러리 오브 아메리카 판본 끝에 붙은 연보와 대조하며 다시 보완하였다. 새 판본을 낼 기회를 마련해준 창비와 세심한 눈으로 원고를 살펴준 문학편집팀에 감사드린다.

김영희(한국과학기술원 교수)

1908년   9월 4일, 미시시피 주 내처즈 부근의 한 농장에서 해방노예의 아
들로, 무학의 소작농인 너새니얼 라이트(Nathaniel Wright)와 시
골 학교 교사인 엘라 윌슨 라이트(Ella Wilson Wright) 사이에서
태어남.

1910년   남동생 리언 앨런(Leon Alan) 출생.

1911년   생계가 어려워져 내처즈의 외가로 이주함.

1912년   실수로 외가에 불을 냈다가 어머니한테 매를 맞고 몇주 동안 앓
음. 이 기억이 평생 남게 됨.

1913~14년 테네시 주 멤피스로 이사. 아버지는 가정을 버리고 떠나고, 어머
니가 백인 가정의 요리사나 하녀로 생계를 꾸림.

1915~18년 초등 과정인 하워드 학원에 입학. 가난과 어머니의 병환으로 잠시 동생과 고아원에서 생활함. 아칸소 주 이모 집으로 합침. 이모부가 술집을 팔라는 백인의 요구를 거절했다가 살해되고 식구들은 아칸소로 이주. 어머니의 병환이 악화되면서 학교를 그만두고 돈벌이에 나섬.

1919~25년 미시시피 주 잭슨의 외조부모와 살림 합침. 조부 사망. 독서에 탐닉. 중학교 입학. 학업과 돈벌이 병행.

1924년 첫 단편이 잭슨에서 발행되는 한 흑인 신문에 실림.

1925년 스미스 로버트슨 중학교 졸업. 몇주간 고등학교에 다니다 그만둠. 멤피스에서 하숙 생활 시작.

1926년 자리를 잡아 집에 돈을 보내기 시작함. 멤피스 도서관은 흑인에게 책을 대출해주지 않아 백인 동료의 이름을 빌려 책을 봄. 비평가였던 멩켄(Mencken)의 저작에 깊은 감명을 받음.

1927년 11월, 남부를 떠나 이모와 함께 시카고로 이주하고 이어서 어머니와 동생 합류. 우체국, 보험회사, 병원 등지에서 일하며 생계를 이어감. 당시 북부 도시에서는 마커스 가비(Marcus Garvey)가 벌인 '아프리카로 돌아가자'는 운동을 비롯하여 흑인 민족주의와 '할렘 르네상스'라고 불린 새로운 흑인문학운동이 활기를 띠었음. 이런 분위기에서 독서에 탐닉, 드라이저(Theodore Dreiser), 씽클레어 루이스(Sinclair Lewis), 거트루드 스타인(Gertrude Stein)에 매료됨.

1930년 1929년 대공황의 여파로 일자리가 계속 끊기는 어려움을 겪음. 시카고의 흑인들을 다룬 소설 집필 시작.

1931년 구호소의 주선으로 싸우스사이드 청소년 클럽에서 일하다가 시카고의 연방흑인무대 홍보 담당으로 자리를 옮김. 흑인 잡지 『애버츠 먼슬리 매거진』(*Abbots Monthly Magazine*)에 단편소설「미신」(Superstition) 발표. 공산당 활동, 특히 흑인권리투쟁연맹에 관심을 갖기 시작.

1933년 공산당이 후원하는 문학인 조직인 존 리드 클럽 시카고 지부에 가입함. 클럽 기관지『좌파 전선』(*Left Front*)에 혁명시 발표. 클럽의 사무국장을 맡음.

1934년 공산당 입당.『신 대중』(*New Masses*) 등 여러 지면에 시를 발표함.『좌파 전선』편집위원.

1935년 첫 소설을『주님 오늘』(*Lawd Today*)이라는 제목으로 출판사에 타진 시작. 2년간의 노력 끝에 실패하고 이 소설은 사후 출간됨. 단편소설「빅 보이 고향을 뜨다」(Big Boy Leaves Home) 집필. 연방작가기획 일리노이 지부에 전문작가로 고용되어 일리노이 역사 및 시카고 흑인사 연구.

1936년 연방연극기획으로 옮겨 문학 자문위원 및 출판위원으로 재직.

1937년 뉴욕으로 이사함. 공산당에서 발행하는 신문『데일리 워커』(*Daily Worker*) 할렘판 편집인으로 활발한 기고 활동.「흑인문학의 청사진」(Blue Print for Negro Writers) 발표.

1938년 단편「불과 구름」(Fire and Cloud)으로『스토리 매거진』(*Story Magazine*)에서 수여하는 문학상 수상. 네편의 단편을 수록한『톰 아저씨의 후예들』(*Uncle Tom's Children*) 출간. 1940년판에는 단편 한편과 서문이 추가됨. 작가 지망생이던 랠프 엘리슨(Ralph Ellison) 만남.『미국의 아들』(*Native Son*) 초고 탈고.

1939년 러시아 유대계 출신인 무용 교사 미드먼(Phima Rose Meadman)과 결혼하나 이듬해 이혼함.『미국의 아들』을 완성함.

1940년 『미국의 아들』출간. '이달의 책'에 선정됨. 멕시코로 이사했다가

다시 뉴욕으로 돌아오는 길에 자서전 준비차 남부를 떠난 후 처음
이자 마지막으로 남부에 들름.

1941년　유대계 백인 여성 엘런 포플러(Ellen Poplar)와 결혼. 폴 그린(Paul
Green)과 공동 각색한 희곡 『미국의 아들』이 브로드웨이에서 상
연됨. 사진작가 에드윈 로스컴(Edwin Rosskam)과 공동으로 엮은
흑인민중사 『천이백만 흑인의 목소리』(*12 Million Black Voices*) 발
간. 워섬(Frederic Wertham) 박사를 만나 정신분석학에 관심을 가
지기 시작함.

1942년　중편 『지하생활자』(*The Man Who Lived Underground*) 발표. 첫딸
줄리아(Julia)가 태어남.

1944년　공산당을 탈당함. 흑인 문제를 주변화하는 데 대한 불만이 원인
이었다고 함. 탈당과 관계없이 사회주의 변혁을 신봉하는 맑스주
의자로 남음. 「나는 공산당원이 되려고 노력했다」(I Tried to Be a
Communist)를 발표하면서 공산당과 공식 결별. 「지하생활자」를
보완하여 발표함.

1945년　열아홉살까지의 삶을 담은 자서전 『검둥이 소년』(*Black Boy*)이 출
간되고, '이달의 책'으로 선정되며 베스트셀러가 됨. 젊은 흑인 작
가 제임스 볼드윈(James Baldwin) 만남.

1946년　뉴욕 그리니치빌리지에 주택 구입. 뉴욕에서 싸르트르 만남. 프랑
스 정부 초청으로 빠리를 방문, 거트루드 스타인을 비롯한 많은
프랑스 작가들의 환대를 받음.

1947년　잠시 뉴욕에 머물다가 영원히 미국을 떠나기로 결정하고 빠리로
돌아감. 뉴욕으로 가는 길에 들른 런던에서 조지 패드모어(George
Padmore)를 만나 아프리카에 관심을 가지게 됨.

1948년　지드, 까뮈, 싸르트르, 쌩고르, 쎄제르, 디오쁘 등 프랑스 작가들

및 그곳에서 활동 중인 아프리카 작가들과 함께 아프리카의 예술과 정치를 다루는 잡지 『프레장스 아프리껜느』(*Présence Africaine*)를 창간함. 식민지 문제에 관심을 가지면서 유럽보다는 아시아·아프리카 국가들에 대한 기대를 키우게 됨.

1949년 둘째딸 레이첼(Rachel)이 태어남. 아르헨띠나에서 자신이 각색하고 주역을 맡은 『미국의 아들』 영화화 작업.

1950년 아이띠 여행. 이후 5년간 인종과 식민지 문제에 관해 강연하며 유럽을 돌아다닌 후 여행기들 발표.

1951년 빠리에 돌아와 프랑스-미국 장학재단 설립. 소설 『국외자』(*The Outsider*)와 모든 등장인물을 백인으로 설정한 『야만의 휴일』(*Savage Holiday*) 집필에 전념.

1953년 『국외자』가 출간되나 평단의 반응이 좋지 않음. 가나의 독립을 주장하던 정치인 웅크루마(Nkrumah)의 초청으로 골드코스트(1957년에 가나공화국으로 독립함)에서 여름을 보내며 아프리카에 대한 자료 수집.

1954년 『야만의 휴일』 출간. 미국에서는 무시당했으나 프랑스판은 상당히 주목받음. 가나의 탄생을 그린 여행기 『블랙 파워』(*Black Power*) 발간. 에스빠냐 여행.

1955년 반둥에서 열린 최초의 아프리카·아시아 정상회담 참석.

1956년 제1차 흑인 예술가·작가 회의에서 발제를 맡음. 『반둥, 십오억의 사람들』(*Bandoeng, 1,500,000,000 hommes*) 프랑스에서 발간. 영어판은 같은 해 『피부색의 장막』(*The Color Curtain*)이라는 제목으로 발간. 에스빠냐의 종교적, 정치적 억압을 다룬 『이단의 에스빠냐』(*Pagan Spain*) 발간. 루이 싸뺑(Louis Sapin)과 희곡 『굿니스 영감』(*Daddy Goodness*) 공동 집필(1959년 초연).

1957년   강연집『들어라, 백인아!』(*White Man Listen!*) 발표. 소설『기나긴
         꿈』(*The Long Dream*) 집필.

1958년   『기나긴 꿈』 출간. 미국 평단에서 혹평을 받음.

1959년   모친 별세. 빠리에 들른 마틴 루서 킹 만남. 아메바성 이질에 걸림.
         하이꾸(일본 단시) 쓰기 시작. (최종적으로 약 4000편 창작.) 영국
         에서 거주비자를 신청하나 발급을 거부당하고 빠리로 돌아감.

1960년   『기나긴 꿈』을 브로드웨이에서 공연함. 소설『아버지의 법』(*The
         Law of a Father*) 집필 시작. 11월 28일, 빠리에서 심장마비로 별
         세. 화장 후 빠리의 뻬르라셰즈 공원묘지에 안장됨.

1961년   중단편 모음집『여덟명의 사내』(*Eight Men*) 출간.

1963년   『주님 오늘』 출간. 「미완성 소설에서 뽑은 다섯 이야기」(Five
         Episodes from an Unfinished Novel) 발표.

1975년   원래『검둥이 소년』의 일부로 집필되었던 북부로 이주한 이후의
         자전적 기록이『미국의 굶주림』(*American Hunger*)으로 출간.

고전의 새로운 기준, 창비세계문학

오늘날 우리는 인간의 존엄과 개성이 매몰되어가는 시대를 살고 있다. 물질만능과 승자독식을 강요하는 자본주의가 전지구적으로 확산되면서 현대사회는 더 황폐해지고 삶의 질은 크게 훼손되었다. 경제성장만이 최고의 선으로 인정되고 상업주의에 물든 문화소비가 삶을 지배할수록 문학은 점점 더 변방으로 밀려나고 있다. 삶의 본질을 성찰하는 문학의 자리가 위축되는 세계에서는 가진 자와 못 가진 자 할 것 없이 모두가 불행할 수밖에 없다.

이 시대야말로 인간답게 산다는 것의 의미가 무엇인지 근본적인 화두를 다시 던지고 사유의 모험을 떠나야 할 때다. 우리는 그 여정에 반드시 필요한 벗과 스승이 다름 아닌 세계문학의 고전이라는 점을 강조한다. 고전에는 다양한 전통과 문화를 쌓아올린 공동체의 경험이 녹아들어 있고, 세계와 존재에 대한 탁월한 개인들의 치열한 탐색이 기록되어 있으며, 새로운 세상을 꿈꾸는 아름다운 도전과 눈물이 아로새겨 있기 때문이다. 이 무궁무진한 상상력의 보고이자 살아 있는 문화유산을 되새길 때만 개인의 일상에서 참다운 인간적 가치를 실현하고 근대적 삶의 의미와 한계를 성찰하는 지혜를 얻을 수 있을 것이다.

'창비세계문학'은 이러한 문제의식에서 출발한다. 세계문학의 참의미를 되새겨 '지금 여기'의 관점으로 우리의 정전을 재구성해야 할 필요성이 그 어느 때보다 절실하다. '정전'이란 본디 고정된 목록으로 존재하는 것이 아니라 그때그때 주어진 처소에서 새롭게 재구성됨으로써 생명을 이어가는 것이다. 우리는 먼저 전세계 문학들의 다양성과 차이를 존중하면서 국가와 민족, 언어의 경계를 넘어 보편적 가치에 기여할 수 있는 가능성에 주목하고자 한다. 근대를 깊이 성찰한 서양문학뿐 아니라 아시아와 라틴아메리카, 중동과 아프리카 등 비서구권 문학의 성취를 발굴하고 재평가하는 것 역시 세계문학의 지형도를 다시 그리려는 창비의 필수적인 작업이 될 것이다.

여러 전집들이 나와 있는 세계문학 시장에서 '창비세계문학'은 세계문학 독서의 새로운 기준이 되고자 한다. 참신하고 폭넓으면서도 엄정한 기획, 원작의 의도와 문체를 살려내는 적확하고 충실한 번역, 그리고 완성도 높은 책의 품질이 그 기초이다. 독서시장을 왜곡하는 값싼 유행과 상업주의에 맞서 문학정신을 굳건히 세우며, 안팎의 조언과 비판에 귀 기울이고 독자들과 꾸준히 소통하면서 진정 이 시대가 요구하는 세계문학이 무엇인지 되묻고 갱신해 나갈 것이다.

1966년 계간『창작과비평』을 창간한 이래 한국문학을 풍성하게 하고 민족문학과 세계문학 담론을 주도해온 창비가 오직 좋은 책으로 독자와 함께해왔듯, '창비세계문학' 역시 그러한 항심을 지켜나갈 것이다. '창비세계문학'이 다른 시공간에서 우리와 닮은 삶을 만나게 해주고, 가보지 못한 길을 걷게 하며, 그 길 끝에서 새로운 길을 열어주기를 소망한다. 또한 무한경쟁에 내몰린 젊은이와 청소년들에게 삶의 소중함과 기쁨을 일깨워주기를 바란다. 목록을 쌓아갈수록 '창비세계문학'이 독자들의 사랑으로 무르익고 그 감동이 세대를 넘나들며 이어진다면 더없는 보람이겠다.

2012년 가을
창비세계문학 기획위원회

창비세계문학 2

미국의 아들

초판 발행/1993년 2월 25일
개정판 1쇄 발행/2012년 10월 5일
개정판 4쇄 발행/2020년 7월 11일

지은이/리처드 라이트
옮긴이/김영희
펴낸이/강일우
책임편집/권은경
펴낸곳/(주)창비
등록/1986년 8월 5일 제85호
주소/10881 경기도 파주시 회동길 184
전화/031-955-3333
팩시밀리/영업 031-955-3399 편집 031-955-3400
홈페이지/www.changbi.com
전자우편/lit@changbi.com

한국어판 ⓒ (주)창비 2012
ISBN 978-89-364-6402-8 03840